FOLIO SCIENCE-FICTION

Emmanuel Chastellière

LA PISTE DES CENDRES

Gallimard

Emmanuel Chastellière est cofondateur et rédacteur en chef du site de référence consacré à la *fantasy* Elbakin.net, traducteur littéraire et chroniqueur passionné. Son premier roman, *Le village*, a été nommé au prix Imaginales 2017 ; et son deuxième roman, *Célestopol*, récompensé par le prix Révélation 2018 des Futuriales.

La vengeance est boiteuse, elle vient à pas lents,
Mais elle vient.

VICTOR HUGO
Hernani

PROLOGUE

Le vent rappela au petit garçon qu'il était le maître de la région, hurlant sous les étoiles baignées de lune. Comme souvent, au cœur de l'été, Azel avait du mal à trouver le sommeil.

Il avait quitté sa chambre par la fenêtre et rejoint une guérite toute proche en passant par les toits. Il ne voulait pas emprunter les couloirs de la demeure familiale, trop silencieux, trop peu familiers encore. Avant de fêter ses neuf ans quelques mois plus tôt, Azel vivait parmi les domestiques de la propriété, l'une des plus grandes de la région.

Son père lui avait répété plusieurs fois cette information après l'avoir convoqué pour lui annoncer qu'il pourrait désormais disposer de sa propre chambre, tout comme ses deux frères. En réalité, l'enfant doutait qu'Antero et Heitor dorment sur une simple paillasse, avec pour seul mobilier un guéridon coiffé d'une vasque. Ces différences étaient sans doute logiques : Azel n'était que leur demi-frère, même si tous trois étaient orphelins de mère. Celle des jumeaux avait trouvé la mort quelques mois à peine après celle d'Azel, une indigène qui n'avait pas survécu à sa naissance. La mère d'Antero et Heitor était quant à elle une véritable dame, issue de la noblesse, venue avec son époux s'installer au Nouveau-Coronado après la chute du dernier rempart à se dresser devant les forces de la Couronne : l'*Amar'Sul Kituvhaa*, l'empire du Léopard.

Azel était donc un bâtard. Il connaissait ce mot depuis peu, mais là aussi, son père l'avait prononcé à plusieurs reprises au cours de leur brève conversation. Le petit garçon n'avait rien dit, se contentant d'acquiescer, si bien que Julen Alborán avait paru s'en agacer.

— Enfin, sais-tu parler notre langue ?

C'était l'une des premières fois qu'Azel rencontrait son père. Il ne l'avait aperçu que de loin auparavant, silhouette efflanquée arpentant son domaine d'un pas décidé, du lever du jour au coucher du soleil. Il ne semblait jamais cesser de marcher. Azel n'avait jamais pu observer son visage et il s'était révélé incapable de faire autre chose que détailler ses traits sévères, ce nez trop long, ses yeux gris-bleu, se demandant s'il lui ressemblait ou s'il tenait davantage de sa mère, Qirazipa. Il n'avait jamais vu celle-ci, pas même sur l'un de ces morceaux de papier qui figeaient la réalité pour l'éternité. Un jour, on avait fait poser l'enfant devant l'un des appareils capables de ce prodige, comme tous les domestiques du domaine. Une façon de conserver une trace de chacun d'entre eux dans les registres des contremaîtres. Azel avait entendu dire que plus de deux cents serviteurs travaillaient dans la propriété. Ça faisait beaucoup.

— Désormais, tu logeras avec nous, lui avait répété son père, avant de détourner les yeux.

Étrangement, le vieil homme paraissait fuir le regard de son fils.

— Je ne sais pas ce que l'on va faire de toi, mais il est temps de te donner une véritable éducation. Il ne sera pas dit qu'un Alborán manque à ses devoirs.

Ils s'étaient quittés ainsi, sur ces quelques mots. Son père s'était éloigné en direction des écuries, alors que le soleil disparaissait derrière les crêtes des montagnes de l'Azur. Azel était resté là, les bras ballants, ne sachant que faire.

Le petit garçon jeta un coup d'œil aux marches en bois de la galerie. Deux heures qu'il était assis là ce soir, les bras croisés sur ses genoux. Tout le monde l'avait vu, mais personne n'avait esquissé le moindre geste à son intention. Sitôt la nouvelle ébruitée, Azel avait compris qu'il ne faisait plus partie des domestiques et que ceux-ci allaient l'éviter à leur tour. Il avait changé de camp. Finalement, il avait dû attendre le retour de son père pour que celui-ci mette pied à terre et le prenne par le col pour le conduire à l'intérieur.

— Imbécile, n'ai-je pas été assez clair ? Si tu me vaux encore des ennuis…

Azel se souvenait de cette menace. Malgré la peur de l'inconnu, le petit garçon avait espéré croiser plus souvent son père, mais dormir sous le même toit n'avait pas changé la donne. Julen demeurait insaisissable, au contraire d'Antero et Heitor. De six ans ses aînés, les jumeaux vivaient déjà leur vie et l'accompagnaient dans les champs de girofliers ou auprès des troupeaux. Azel avait craint leur réaction en apprenant la nouvelle de son changement de statut, mais ils s'étaient contentés de le saluer poliment les premiers matins passés à table avec eux, avant de disparaître plusieurs semaines, partis à l'autre bout de la propriété.

C'était tout un monde que l'enfant ne connaissait pas. Il n'avait même encore jamais vu les fameuses « licornes » qui faisaient la renommée des Alborán. Certains domestiques prétendaient que leur viande traversait l'océan pour être servie à la cour de la reine Constance. Ce n'était pas surprenant : Julen ne faisait-il pas partie de la Compagnie des Cinq Cents ? Azel ne savait pas vraiment de quoi il était question, mais il avait compris que c'était quelque chose de très important, qui illustrait le rang de leur famille. Pas étonnant que son père soit un homme si fier ! Azel espérait pouvoir bientôt admirer l'une de ces créatures au pelage laineux couleur café, dotées de cornes majestueuses. Ces derniers temps, elles étaient source d'inquiétude pour leur propriétaire : une partie du troupeau était tombée malade. Les autres domaines de la région devaient faire face au même problème, mais aucun d'entre eux n'avait pu trouver de solution à temps. Impossible de consommer cette viande.

Azel plissa le nez. Il se souvenait encore de la puanteur de la grande flambée au loin, bien au-delà des limites des champs les plus proches. L'odeur avait perduré longtemps après les flammes ne laissant derrière elles qu'une fumée âcre. Ce soir, le petit garçon s'était décidé à sortir pour la première fois depuis qu'on lui avait attribué une chambre. Fasciné par la sphère armillaire qu'il avait découverte dans le salon quelques jours plus tôt, Azel voulait observer les constellations. Il ne connaissait que leurs noms indigènes et s'était mis en tête de rattraper son retard. Le ciel était si limpide dans les plaines… Ce n'était pas pareil au Sud, lui avait dit l'un des domestiques.

« Là-bas, il y a de la fumée partout. Et des lumières qui brillent en pleine nuit. Pas seulement quelques bougies, mais des villes entières illuminées ! Et ce ne sont même pas les mêmes constellations que tu peux voir à Carthagène ! »

Carthagène…

La capitale du Nouveau-Coronado. Azel n'avait jamais quitté le domaine, mais il imaginait des centaines de maisons comme la leur, collées les unes aux autres, sans jardins, sans champs. Son père lui-même ne s'y rendait qu'une fois par an. Et encore, deux ans plus tôt, il ne s'était même pas déplacé. Se dire que les étoiles étaient différentes derrière les montagnes de l'Azur avait quelque chose de magique. Le petit garçon serra plus fort le vieil ouvrage qu'il tenait contre sa poitrine. Il l'avait récupéré un peu plus tôt, dans une bibliothèque fermée à clé. Il avait prévu de le remettre en place dès le lendemain matin, sans faute.

À l'ombre du clair de lune, Azel contourna la demeure familiale par la droite, avançant courbé en deux, derrière une rangée d'hortensias plus haute que lui. Une majestueuse yeuse se dressait non loin, au centre de la propriété. Azel ne comptait pas aller bien loin de toute manière. Il aurait même pu demeurer sur le toit de sa chambre, mais il avait d'autres projets. Il ne voulait pas qu'on puisse le surprendre en restant trop près de la maison.

Il lui suffisait de…

— Azel ? C'est toi ?

Antero et Heitor venaient de découvrir l'enfant. Les jumeaux étaient rentrés sur le domaine deux jours plus tôt, mais, comme souvent, Azel ne les avait pas croisés. Comme lui, ils étaient habillés de salopettes, une veste jetée par-dessus leur chemise. Ils portaient chacun sur l'épaule une tige métallique. Ils s'apprêtaient à sortir au cœur de la nuit, tout comme lui. Toutefois, même si leur père leur imposait des journées de travail débutant au petit jour, celui-ci était encore bien loin.

Les deux jeunes gens échangèrent un regard avant qu'Antero ne reprenne la parole. Tous trois partageaient les mêmes yeux anthracite hérités de Julen.

— Ça te dirait de nous accompagner ? Voir des licornes ?

Heitor désigna l'épais volume glissé sous le coude de son demi-frère d'un signe de tête.

— Tu avais autre chose en tête… Père sait que tu as pris ce livre ?

— Non.

Azel secoua la tête, comme si sa réponse n'avait pas suffi. Il n'avait pas l'habitude d'adresser la parole à ses frères.

Les jumeaux ne dirent rien, se contentant de sourire.

— Ne t'inquiète pas, fit Antero à voix basse, nous n'allons pas te dénoncer ! Alors ? Tu veux venir ? Heitor a perdu une sacoche dans le champ tout à l'heure et cet idiot ne s'en est aperçu que maintenant. Il vaut mieux qu'on la retrouve ce soir, sinon on va se prendre une drôle de soufflante !

— Tu pourras nous aider à chercher ! renchérit le second.

Sans parvenir à s'en expliquer la raison, Azel hésitait. Il n'avait jamais accompagné ses frères nulle part. Suivre deux personnes dont il aurait dû se sentir proche mais qui l'intimidaient tant avait de quoi le perturber et l'effarouchait plus encore que d'ordinaire.

Mais n'était-ce pas l'occasion qu'il avait tant espérée ?

— D'accord, répondit-il enfin.

— Parfait, fit Antero, s'exprimant toujours à mi-voix. Suis-nous dans ce cas.

Azel leur emboîta le pas en direction des écuries, s'employant à rester à leur hauteur.

Les chevaux étaient les plus gros animaux qu'Azel avait vus jusqu'alors, même s'il savait que les « licornes » étaient beaucoup plus imposantes, et repoussantes, que ces bêtes-là. Il demeura toutefois quelque peu stupéfait devant les montures d'Antero et Heitor. Les autres indigènes du domaine lui avaient transmis leur défiance à l'égard des chevaux. Ce n'était pas une créature originaire de la région. Les colons les avaient emmenés avec eux quinze ans plus tôt et les bêtes avaient eu du mal à se faire au climat du Sud. Cependant, depuis que le Nouveau-Coronado dominait toute la péninsule de la Lune-d'Or, et notamment les terres du Nord, plus froides, ils avaient eux aussi trouvé un nouvel essor.

— Tu vas monter avec Heitor, dit Antero, tout en glissant sa tige métallique sous sa selle. Il a plus l'habitude d'avoir quelqu'un derrière lui, ajouta-t-il avec un clin d'œil à l'intention de son jumeau.

Heitor grogna mais ne répliqua pas. Il s'agissait sans doute d'une plaisanterie connue d'eux seuls. Azel se sentit triste : il n'avait aucune histoire à partager.

— Donne-moi ton livre, fit Heitor. On va le mettre dans la sacoche.

— Tant qu'il t'en reste une !

Le jeune homme grogna de nouveau, mais cette fois Azel sourit. Il tendit le vieil ouvrage d'une main légèrement tremblante. Il aurait préféré garder le volume avec lui. Après tout, il s'en sentait personnellement responsable, et, au fond de lui, il redoutait encore que tout cela ne soit qu'un jeu à ses dépens. Et si ses demi-frères décidaient de cacher l'atlas, afin de lui causer des ennuis quand leur père serait de retour de la foire ?

— Moi qui pensais que tu devais dormir à poings fermés ! Tu te retrouves souvent à gambader à cette heure-là ? sourit Heitor.

Il avait toujours eu une voix douce pour quelqu'un de sa corpulence.

— Non, non, c'était la première fois.

— C'est qu'on ne croise jamais de gens comme toi le soir. Tu sais que, normalement, vous devez tous rester à l'intérieur de vos dortoirs, reprit Heitor tout en l'aidant à prendre place derrière lui.

Azel en profita pour garder le silence.

Il n'avait aucune idée de la réponse que pouvait bien attendre son frère. Des gens comme lui… Azel savait au moins ce qu'il entendait par là.

Le petit groupe quitta les écuries sans attirer l'attention de quiconque.

L'enfant laissa dériver ses pensées. La seule personne qui aurait pu être encore debout à cette heure n'était autre que leur belle-mère à tous les trois, Ombeline. Azel aimait bien Ombeline. La jeune femme était douce. Elle avait toujours un mot gentil pour lui, ou un sourire à lui offrir. Elle n'était pas là depuis longtemps, peut-être que cela les rapprochait un peu. Les premières années de sa vie,

Azel avait connu son père sans épouse, mais Julen Alborán avait fini par se remarier, choisissant sa femme de nouveau parmi la noblesse du Coronado. Azel n'avait pas rencontré beaucoup d'étrangers comme elle.

Le petit garçon battit des paupières. Il avait dû s'assoupir quelques instants malgré lui : la fatigue de la journée, la tension des préparatifs de la nuit... Antero et Heitor ne parlaient pas. On entendait seulement le bruit étouffé des sabots de leurs montures et le souffle de la brise qui agitait ses cheveux. Azel se retourna sur le dos du cheval, en direction du domaine, et ses yeux s'écarquillèrent. Il ne l'avait jamais vu ainsi, d'aussi loin. Les bâtisses elles-mêmes et les vergers qui les entouraient semblaient énormes, mais ce n'était rien comparé à l'immensité des plaines prisonnières de la nuit. Azel était seul avec ses frères, sous le regard des montagnes qui étiraient vers les étoiles leurs flèches de roche aux arêtes déchiquetées.

Ces géantes de pierre et de glace l'avaient toujours fasciné. Azel aurait eu cent questions à poser à ses frères ; mille même. À quoi ressemblaient les montagnes de plus près ? Qu'éprouvait-on à leur sommet ? Azel n'en savait rien. Mais il n'osa pas les interroger, pas à ce moment-là. Ils avaient dû franchir le portail du domaine une demi-heure plus tôt environ, à en juger par la position de la lune. Son éclat laiteux nimbait les étendues herbeuses d'un liseré argenté, et Azel remarqua tout à coup que le canon poli de la carabine de son frère, posée en travers de la selle, luisait doucement. L'enfant frissonna. C'était la première fois qu'il voyait une arme à feu de si près. Les autres indigènes lui avaient toujours raconté que la poudre représentait une aberration. Non pas qu'ils aient peur. En vérité, ils méprisaient ce type d'armes, quelles qu'elles soient.

« Ce n'est pas une arme noble », lui avait simplement expliqué Yatakalu, une femme qui prétendait avoir servi la famille impériale. « Ce n'est pas comme la lance ou l'épée. C'est une arme de lâche, faite pour frapper dans le dos. Même un incapable peut tuer avec. »

Azel lui avait rétorqué que l'empire du Léopard connaissait l'existence de la poudre. Certains soldats utilisaient des lances à feu ; il l'avait lu dans un livre. La vieille femme s'était contentée de renifler, en lui faisant remarquer qu'il s'agissait des guerriers-harpies. Azel n'avait pas compris en quoi cette réponse était définitive, mais elle n'avait rien voulu ajouter.

En revanche, tous les gardiens de troupeaux possédaient des carabines ou des revolvers. Azel savait que les voleurs de bétail étaient une véritable « plaie » aux dires de son père. Tout comme l'étaient les conflits entre domaines, pour des questions de propriété, qui n'étaient pas si rares.

Azel préféra détourner le regard du canon rutilant et releva la tête, plissant les yeux.

— Est-ce… est-ce que le troupeau est encore loin ?

Heitor se raidit légèrement et fit claquer sa langue.

— Ne parle pas si fort. Pour le troupeau, on verra ça plus tard. Il y a eu un changement de plan.

Azel n'osa rien dire et repéra soudain, plus à l'est, une maigre colonne s'éloignant en direction des premiers contreforts d'une éminence des environs, ridicule comparée aux montagnes. Il devait s'agir de trois ou quatre personnes, tout au plus, avançant à pied, avec seulement deux torches.

— Désolé pour les licornes, Azel, mais on s'est dit que ça devrait te plaire aussi, intervint Antero, qui avait ramené son cheval au pas. Tu as vu ces gens ? Ils se dirigent vers ce petit massif, là-bas, tu vois ?

Azel hocha la tête.

— Ils sont à peine plus âgés que toi, tu sais ?

— Comment vous pouvez le savoir ?

Antero et Heitor gloussèrent.

— Oh, je n'ai pas une aussi bonne vue. Ce sont des ouvriers du domaine. On est venu nous dire qu'ils sortaient la nuit ces derniers temps. Une histoire de cérémonie. Comme celle des anciennes croyances de la région, vois-tu. Avec Heitor, on s'est dit que ça pourrait être intéressant, pour toi en particulier !

Cette fois non plus, le petit garçon ne releva pas l'allusion à son héritage indigène. Il ne lui avait jamais servi. Personne n'avait pu lui raconter les mythes et les légendes de l'empire du Léopard. Les autres domestiques préféraient éviter de répondre à ses questions, si bien qu'il avait cessé d'en poser au fil des mois. Ses demi-frères ne pensaient sans doute pas à mal.

— Je crois qu'ils se réunissent dans une caverne. On pourra finir le chemin à pied, pour ne pas se faire remarquer, suggéra Heitor, plus calme encore que d'ordinaire.

— C'est qu'on ne voudrait pas les effrayer ! S'ils agissent aussi discrètement, c'est qu'ils ont sans doute peur qu'on leur reproche de quitter le domaine.

— Comme de vulgaires fuyards…

Les trois frères reprirent la route, tout en demeurant à l'écart des torches. Ils s'arrêtaient parfois, laissant leurs montures au repos une minute ou deux. Enfin, les jumeaux échangèrent un signe de tête et mirent pied à terre, guidant désormais leurs chevaux par les rênes, après avoir fait signe à Azel de rester à leur hauteur. Le chemin se fit rapidement pentu. Ils marchèrent encore un bon moment, alors que la colline se révélait finalement plus escarpée et plus imposante qu'elle ne le paraissait de loin. Heureusement, l'enfant n'aurait pas besoin de l'escalader. L'entrée de la caverne se remarquait déjà et leur petit groupe temporisa de nouveau. L'ouverture dans la paroi ne devait pas faire plus d'un mètre de large et trois de haut. Les indigènes avaient disparu à l'intérieur. Le passage s'élargissait sûrement pour devenir une véritable grotte.

— Bon. À notre tour. On va entrer nous aussi, mais pas un bruit, d'accord ? lui dit Antero. Nous sommes là seulement pour observer. Je n'ai jamais vu de cérémonie de ce genre. Je suis curieux. Pas toi ?

— Si, bien sûr, répondit Azel.

Que pouvait-il répondre d'autre ?

Ils n'avaient plus que cent mètres en pente douce à parcourir. Les jumeaux attachèrent leurs montures à un buisson aux branches basses. À vrai dire, les chevaux n'avaient pas l'air de chercher à s'enfuir. Cette première balade avait même rassuré Azel. Ces animaux savaient se montrer dociles et calmes. Lui devait maintenant suivre ses demi-frères en silence.

Tout à coup, la faille s'illumina de lueurs rougeoyantes parées de fugaces éclats d'ambre.

— Ça y est, ils ont allumé un feu. Parfait, souffla Antero.

Il se retourna vers Azel et Heitor avec un doigt sur les lèvres pour leur intimer une ultime fois de se taire avant de franchir la bouche de pierre. À l'intérieur, le couloir s'élargissait bel et bien. En progressant prudemment, leurs bottes ne produisaient pas de bruit sur la roche nue. Le boyau s'étirait sur plus de vingt mètres, avant de déboucher sur une grande salle, dont la voûte culminait à quelque quatre mètres de haut.

Plus ils avançaient et plus les trois frères ralentissaient le pas.

La lueur des flammes qu'ils ne pouvaient toujours pas voir directement devint soudain plus vive et Azel manqua pousser un cri. Il fallut qu'Heitor pose une main sur sa bouche pour étouffer sa surprise. Une immense silhouette déchiquetée venait d'apparaître sur la paroi de droite, agitant des bras incroyablement longs et déformés.

Quand les battements de cœur d'Azel ralentirent enfin, quand le tonnerre de terreur reflua dans ses oreilles, il perçut ce que les jumeaux avaient déjà saisi de leur côté : des chuchotements. Le petit garçon tendit le cou, jetant un coup d'œil au-delà de la pierre. Il se tenait accroupi, tout comme les jumeaux juste derrière lui.

Les quatre indigènes étaient bien réunis autour d'un feu. Quatre garçons. Le plus grand devait avoir un an ou deux de plus qu'Azel. Penché en avant pour boire ses paroles, son auditoire semblait captivé, alors qu'il accompagnait ses mots de gestes théâtraux. Ce qu'Azel avait pris pour une fée n'était autre qu'un assemblage de brindilles et de fil de lin que manipulait le conteur. Trois autres squelettes de bois étaient disposés devant lui, attendant d'intervenir eux aussi dans cette farandole. Leurs ombres, tour à tour, s'animaient sur la paroi rocheuse, au gré des flammes et des mots.

— Les fées ont toujours dominé ces terres, disait le conteur. Toujours. Lorsqu'elles sont arrivées ici, elles ont donné vie à notre peuple. Longtemps, nous les avons écoutées, nous leur avons obéi. Il fallait se montrer à la hauteur de leurs exigences, obéir à leurs commandements.

— Grand-mère raconte qu'elle n'en a jamais vu, intervint un autre.

Le chef du groupe haussa les épaules.

— Et qui a détruit Xemballa ? C'est pourtant bien une fée. À elle seule, elle a réduit à néant la plus merveilleuse des cités de l'Empire ! Si avec ça vous ne comprenez pas qu'elles sont toutes-puissantes…

— Alors pourquoi elles sont parties ?

— Elles ne sont pas vraiment parties, répondit l'autre. Elles ont décidé de se retirer à Tichgu.

Tichgu.

Azel avait déjà entendu ce nom. Prononcé avec révérence parmi les domestiques, souvent écorné d'un ton mâtiné de moquerie par les gens comme son père. Tichgu était la grande capitale des fées et les légendes racontaient qu'elle abritait la fontaine de Jouvence.

— C'est pour empêcher les longs-nez de la trouver ?

— Tu sais bien que non ! fit un troisième adolescent. Tout ça, c'est n'importe quoi. Les longs-nez sont venus en pensant exploiter nos terres, c'est tout. Mais ils ont l'air d'avoir compris que pour les mines, c'est pas la peine !

Tous rirent cette fois, d'un rire amer. Si le père

d'Azel était avant tout éleveur, d'autres comme lui avaient traversé l'océan en espérant faire fortune dans l'extraction de minerai. Les sous-sols de l'ancien Empire étaient censés abriter des gisements d'un métal incroyable, l'orichalque, mais, la plupart du temps, ceux qui trouvaient quelque chose tombaient seulement sur des filons de cuivre ou d'argent.

— Les fées reviendront un jour parmi nous. Elles retrouveront leur place. Et ce jour-là, les sacs de farine…

Le conteur improvisé s'interrompit un instant pour brandir de nouveau sa marionnette au-dessus du feu. Fasciné, Azel observa ses membres beaucoup trop fins s'étirer sur la pierre, tandis que l'indigène reprenait la parole. Le petit garçon, tout absorbé par cette scène, n'avait même pas remarqué qu'Heitor avait disparu, le laissant seul avec Antero.

— Oui, elles reviendront, martela le chef du groupe. Quand leurs ennemis se seront dévoilés. Ils plieront le genou devant elles, se lamenteront d'avoir provoqué leur courroux et…

Bouche bée, Azel regarda Antero passer devant lui. Il s'était relevé sans un bruit, sa carabine à la main, et avançait maintenant à découvert. Le petit groupe d'indigènes se tut aussitôt en l'apercevant.

— Eh bien ! lança-t-il, vous avez perdu votre langue ? Vous étiez pourtant très bavards !

Choqué, Azel comprit en cet instant que son demi-frère n'avait pas dû saisir un traître mot des histoires racontées par les adolescents. Comme tant d'autres sur le domaine, il n'avait jamais appris la langue de l'Empire. C'était la langue des vaincus, de ceux qui n'avaient plus d'importance.

— Alors ? Vous ne dites rien ?

Antero se tenait à deux mètres du cercle. S'il ne visait pas les adolescents, son arme était toujours bien visible. Le chef du petit groupe n'abandonna pas son rôle et fut le premier à oser répondre, non sans s'être mis à genoux auparavant, en signe de soumission.

— Pardonnez-nous, maître, dit-il dans la langue du Coronado. Nous n'aurions pas dû quitter le dortoir.

— Ah, tu parles donc, fit Antero. Je me disais aussi…

Il tournait le dos à son demi-frère, toujours figé et à demi dissimulé un peu plus loin dans le boyau rocheux, mais Azel sentait bien, dans sa posture, dans sa voix, que tout avait changé pour l'héritier des Alborán.

— C'est ma faute, maître, reprit l'autre. Je suis le seul coupable. Je vous en prie, ne les punissez pas à cause de moi.

Antero fit un pas de côté, baissant son arme sur la marionnette la plus proche. Les autres indigènes n'osaient pas s'écarter d'un pouce face au canon d'acier émaillé de reflets ambrés.

— Il fallait y penser avant.

Antero appuya sur la détente.

La balle ricocha sur la pierre en soulevant des étincelles.

Deux marionnettes avaient volé en éclats. Les quatre indigènes tremblaient. Les deux plus jeunes se jetèrent dans les bras du plus âgé.

— C'est trop tard à présent, fit Antero, toujours aussi nonchalant.

Si le jeune indigène reprit la parole, cette fois, il

garda les yeux baissés. Azel se demanda si c'était pour éviter de fixer le canon ou bien Antero.

— Nous allons rentrer, maître. Inutile de…

— Qu'est-ce que vous êtes venus faire ici ? l'interrompit le demi-frère d'Azel. Pourquoi avez-vous osé braver les règles ?

Le conteur releva légèrement la tête.

— C'était une erreur. Nous ne recommencerons pas.

— Réponds à ma question.

L'adolescent battit des paupières de longues secondes.

— Je… Nous… nous sommes venus raconter nos histoires.

— Vos histoires… Vous ne pouvez pas discuter sur le domaine ?

Son interlocuteur secoua la tête. Les trois autres ne bougeaient plus.

— Il y a des lieux spécifiques pour ça.

Ce fut sa seule réponse. L'adolescent se tut et tourna la tête, transperçant soudain Azel du regard. Le petit garçon tomba à la renverse, sur les fesses, avant de se rendre compte que ce n'était pas lui que l'indigène regardait mais Heitor, visage fermé, revenu parmi eux. Il était sorti chercher les deux tiges de métal que les jumeaux avaient emportées avec eux.

Antero sourit en voyant son frère apparaître, ignorant Azel.

— Des histoires ? Moi aussi, j'ai des histoires à vous raconter. D'ailleurs, nous allons en écrire une tous ensemble, ça vous dit ?

Antero fit face aux quatre fuyards.

— Reculez. Contre la paroi.

Cette fois, le conteur n'osa pas intervenir et indiqua d'un geste à ses camarades d'obtempérer sans discuter. Ils reculèrent, trois mètres plus loin. Antero s'avança, ramassant d'une main la marionnette la plus élaborée.

— Nous n'avons pas besoin de pantins pour cette histoire-là, dit-il.

Il fit signe à Heitor de le rejoindre.

— Voilà de quoi nous avons besoin, reprit-il en désignant les tiges de fer.

À la lumière des flammes, Azel les reconnut enfin et sentit sa gorge se serrer. Ce n'étaient pas de simples tiges, mais des outils, destinés à marquer le bétail. Heitor, sans un mot, les plongea dans les flammes alors que son frère jetait la marionnette dans le feu. Depuis le début de cette escapade nocturne, Antero avait conservé un large sourire. Avec horreur, Azel constata qu'il n'avait pas quitté ses lèvres.

— Et voilà votre histoire, reprit Antero. Celle que nous sommes venus vous raconter ce soir.

Le conteur bondit sur ses pieds, se plaçant les bras écartés devant ses trois compagnons.

— Je vous en prie, maître. Je suis seul responsable. J'accepte la punition, mais eux n'ont pas mérité ça.

— Une fois encore, tu crois pouvoir infléchir mon jugement, fit Antero, mais tu te trompes.

Sa carabine se balançait doucement entre ses mains. Les ombres des jumeaux, gigantesques, dominaient la grotte tout entière, comme si celles des marionnettes n'avaient jamais existé, écrasées par la stature des deux fils du Coronado.

— C'est tout simple. Si vous sortez comme ça en pleine nuit sans prévenir, comment peut-on être sûr de vous retrouver ? Notre père nous l'a souvent répété : marquer les bêtes, c'est pour leur bien. Il faut pouvoir les retrouver facilement si deux troupeaux se rencontrent. Et puis, franchement, j'ai beaucoup de mal à vous distinguer les uns les autres ! Toi aussi, je crois, Heitor ?

Il n'attendit pas sa réponse.

— Laissez-vous faire. Ça ne prendra qu'un instant. J'ai déjà vu ça très souvent. Le temps de serrer les dents et tout sera fini. Si vous cherchez à vous débattre…, je ne garantis rien. Un accident est si vite arrivé.

Heitor sortit la tige du feu et la brandit au-dessus de sa tête en effectuant un lent arc de cercle. L'extrémité rougeoyante donnait l'impression de débusquer les dernières ombres encore tapies dans la grotte.

— Alignez-vous les uns à côté des autres et enlevez votre chemise. Allez, reprit Antero, il n'y a pas de quoi pleurnicher. Vous l'avez bien cherché.

Les yeux écarquillés d'horreur, Azel vit le conteur se laisser retomber à genoux, vaincu, incapable de poursuivre la lutte.

— Toi, fais quelque chose. On ne va pas y passer la nuit.

L'un des trois autres indigènes dut alors aider son camarade à ôter sa chemise, comme l'avait demandé leur maître. Le conteur ne réagit pas.

La vision d'Azel se brouilla, mais il entendit leurs cris, leurs cris à tous. Les hurlements, la puanteur de la chair brûlée qui ne lui laissait aucun répit, qui cherchait à ramper dans ses narines, dans sa gorge.

Et les cris, qui continuaient, encore et encore, se mêlant au sifflement de ce baiser brûlant. Tout à coup, Azel crut percevoir autre chose résonner dans la grotte, avant qu'une main se referme sur son épaule droite et qu'il sente l'haleine d'Antero chasser un instant la puanteur de la chair torturée.

Azel ouvrit les yeux, oubliant son demi-frère pour porter son regard sur les quatre indigènes blottis les uns contre les autres. Trois d'entre eux sanglotaient doucement, mais le conteur, hagard, n'avait toujours pas quitté sa gangue de torpeur.

— Et voilà, Azel.

— Vous… vous avez fini ?

L'enfant avait honte de sa question, mais il ne savait plus quoi dire.

— Oh, oui. Enfin, avec eux, ajouta-t-il d'une voix sinistre.

Les yeux d'Antero se plissèrent, mais ils brillaient toujours d'un éclat rieur.

— Tu ne pensais tout de même pas y échapper, si ? C'est pour ça qu'on t'a emmené avec nous. Tu es l'un d'eux, Azel. Et si tu l'avais oublié…, nous allons te le rappeler.

Antero le releva sans ménagement. Sa main n'avait pas quitté son épaule un seul instant depuis qu'il s'était approché.

— Allez, approche-toi du feu. C'est ton tour.

Heitor replongea la tige au cœur des flammes. Dans son regard, Azel crut saisir l'ombre d'un vacillement. Son bras ralentit, un instant seulement. Puis ses yeux redevinrent aussi durs que ceux de leur père. Les quatre indigènes n'avaient que faire du fils du maître, en dépit de leurs traits communs. Leurs plaintes se fracassaient sur les parois de la grotte.

Azel trébucha et tomba à genoux, face aux flammes. Il sentit le tissu de ses pantalons, déjà humides, se déchirer, mais quelle importance ?

Antero se pencha à son oreille, tout en défiant du regard les quatre indigènes.

— Alors, où sont vos fées maintenant ? J'attends toujours qu'elles viennent vous sauver.

Azel détourna la tête, en direction de la paroi. Il voulut hurler, non pas d'effroi, mais de stupeur. Dissimulée derrière un rocher, une fée, une véritable fée, était maintenant apparue, dévoilant son regard ambré au seul petit garçon.

Le pouvoir vient de la terre, Azel. Le pouvoir vient de la terre.

La morsure rouge avala ses cris.

PREMIÈRE PARTIE

1

1896.

Sous le soleil de Carthagène, la flèche de la basilique brillait de mille feux.

Après vingt ans de travaux acharnés, l'ouvrage était enfin sur le point d'être achevé. On venait de hisser à son sommet les douze statues représentant les séraphins majeurs qui protégeaient le monde des démons. Le bâtiment de pierre et sa façade recouverte d'azulejos en damier dominaient la cité portuaire, capitale du Nouveau-Coronado depuis que les premiers colons avaient posé le pied de l'autre côté de l'océan, plus de trente ans auparavant.

À cette époque, Rodrigo Alcàcer n'était pas né. Le vice-roi fit la moue en levant les yeux sur la basilique. Statues de séraphins ou pas, ses dimensions restaient bien modestes face à la magnificence des sanctuaires du Coronado. Rien que la nef de la basilique du Roi-des-Rois à Vila Verde était plus vaste que le bâtiment devant lui. Carthagène ne pouvait pas se permettre de se passer d'un tel édifice plus longtemps. Les travaux auraient dû prendre fin quatre ans plus tôt. Malheureusement, le chantier, déjà en retard, avait dû s'interrompre suite à une série de cyclones dévastateurs qui avaient fait tomber un pan entier du mur sud et endommagé lourdement la charpente. Au moins, Rodrigo n'avait pas eu besoin de puiser dans les maigres réserves de la colonie pour s'acquitter des réparations et de la reprise des travaux. Le chantier était financé uniquement par les dons des fidèles et les apports de la Croix-Blanche. Les tempêtes tropicales représentaient un moindre mal : Carthagène devait parfois endurer des tremblements de terre. La cité n'en avait toutefois pas connu depuis plus de dix ans et le vice-roi espérait bien que les choses restent ainsi.

Rodrigo tira sa montre à gousset de la poche droite de son veston et plissa les yeux. Midi, bientôt. Il n'était donc pas en retard. Les abords de la basilique s'avéraient toujours très fréquentés. Un véritable marché s'était installé là au fil des ans. Le vice-roi se retourna en direction du quartier est de la ville, le plus ancien, qui accueillait l'académie militaire du Nouveau-Coronado. Rodrigo se demandait tout de même ce qui avait pu passer par la tête de ses prédécesseurs. À tout le moins, il ne s'agissait pas d'architectes dans l'âme. Encore aujourd'hui, la capitale semblait pousser de façon anarchique, au gré des besoins des uns et des autres, avec ses façades à l'enduit zébré de fissures, piqueté de salpêtre et de moisissures.

Le vice-roi plissa le nez. Ce n'était pas une belle ville. On installait présentement un système d'égout qui rendait fous ses concepteurs. Un seul quartier méritait le coup d'œil : celui du bord de mer, loin du centre, avec ses jolies maisons colorées aux toits pimpants et ses jardins clos. Pour être honnête, un observateur extérieur aurait presque pu penser qu'il s'agissait d'une cité différente. Rodrigo n'était pas un spécialiste du cadastre, mais il avait cherché un temps à embellir Carthagène, avant de renoncer à son tour. En vingt-cinq ans, la population de la ville était passée de quinze mille à plus de cent vingt mille habitants. Comment gérer cette croissance incroyable ?

D'autant qu'elle s'était nourrie d'illusions. Déjà, à l'époque, lorsque les forces du Coronado avaient débarqué, beaucoup s'imaginaient faire fortune. Toutefois, la Lune d'Or n'était pas la corne d'abondance espérée. Un climat pénible et changeant, des populations difficiles à soumettre, des ressources en fin de compte très limitées… Malgré cela, rien n'avait été en mesure de tempérer les ardeurs des candidats à l'expatriation : la seconde vague de colons, la plus importante, une fois tombée la dernière puissance autochtone, l'empire du Léopard, avait traversé l'océan, persuadée de pouvoir profiter des plaines du Nord pour se tailler d'immenses domaines. Sans compter ceux qui se voyaient déjà trouver des filons d'orichalque dans les montagnes.

Malgré les allégations de certains esprits farfelus, personne n'en avait découvert la moindre once. Et pourtant, les autorités avaient recensé des centaines de témoignages affirmant que le prince héritier de l'Empire s'était dressé contre un ennemi terrifiant, avec sur le dos une armure brillant comme la lune au cœur de la nuit. Rodrigo avait vu cette armure, exposée au palais. Son palais. Elle ne lui avait jamais paru extraordinaire. Hommes de science ou d'Église, nombreux étaient ceux qui l'avaient étudiée. Aucun n'avait trouvé quoi que ce soit de probant. Quant à ces histoires de fées… Son prédécesseur avait consigné par écrit ce qu'il avait vu lui aussi la nuit où le sort de l'Empire avait été scellé.

— Besoin de vous confesser, Votre Excellence ?

Interrompu dans ses réflexions, Rodrigo baissa la tête sur un homme de dix ans son aîné qu'il connaissait bien : Comnène, le prélat de la Croix-Blanche, arrivé sur place un an avant lui. Autant l'homme lui avait toujours paru affable, avec son menton rond et son nez épais, autant son regard l'avait toujours mis mal à l'aise, sans parler du silencieux moine au masque de séraphin qui poussait son fauteuil.

Toute sa bienveillance semblait se concentrer dans ses paroles, mais certainement pas dans ses yeux verts, perpétuellement en alerte.

— Point du tout, Comnène. Je sortais de la réunion du Conseil. La troisième cette semaine, soupira-t-il.

— Marchez donc avec moi, je pourrais peut-être vous éclairer de mon avis.

— Allons, je ne voudrais pas vous contrarier avec des choses aussi… bassement matérielles. Un homme comme vous a forcément mieux à faire.

— Mieux à faire ? Alors qu'il me faut parfois des jours pour obtenir des nouvelles d'une mission ? Il est plus que temps de mettre un terme à ces échauffourées dans le Nord, et vous le savez très bien. Quand allez-vous enfin vous décider à agir ?

Le vice-roi serra les dents. Il ne comptait pas laisser Comnène lui faire ainsi la leçon. Il avait déjà dû se justifier pendant près de deux heures face aux représentants du Conseil.

— Ce n'est pas ma faute si je suis si mal entouré.

À ces mots, Rodrigo ne put s'empêcher de regarder autour de lui. Depuis quelque temps, il avait toujours le sentiment de surprendre un murmure, un regard dédaigneux. Lorsqu'il avait proclamé une campagne de pacification officielle sur les territoires du Nord suite aux premiers remous indigènes, tout le monde, lui le premier, s'était imaginé que ce serait l'affaire d'une poignée de semaines. Il avait déjà fallu franchir les montagnes de l'Azur, véritable barrière naturelle protégeant les plaines herbeuses de la péninsule. Le train traversait la chaîne depuis plus de quinze ans, certes, mais ces rebelles avaient fait sauter plusieurs ponts pour ralentir la progression des troupes. Et ce n'était qu'un problème parmi tant d'autres ! Les grands propriétaires terriens passaient leur temps à se plaindre de ne pouvoir commercer avec d'autres puissances que le Coronado lui-même, d'autant que Carthagène était le seul port en eaux profondes permettant d'écouler leurs marchandises en direction du Premier Continent. À moins d'avoir recours à la contrebande avec des colonies étrangères, tout au nord.

À ce jour, la situation n'avait pas évolué d'un pouce. Les deux parties campaient sur leurs positions et Rodrigo n'était pas parvenu à ramener le calme au sein de la colonie.

Le vice-roi foudroya le prélat du regard.

— Si vous êtes si pressé de nous voir triompher, n'hésitez pas à accomplir un miracle. Quand je pense à ceux qui sont venus ici à la recherche de la fontaine à Tichgu…

Les ennemis du Coronado affirmaient que le défunt roi Philippe, père de la reine Constance, avait voulu à l'origine envahir la péninsule en quête de cette cité de légende, le cœur battant du pouvoir des fées. Mais aucun explorateur n'avait jamais trouvé ni cité, ni fées, ni source miraculeuse.

— N'oubliez pas que j'ai d'autres chantiers à mener, reprit Rodrigo, jetant un coup d'œil à la basilique. Bien plus concrets. Le monde ne s'arrête pas de tourner pendant que des esprits rebelles essaient de se soustraire à la Couronne. Quand je pense qu'ils n'ont pas voulu accepter que l'on crée une banque…, une simple banque ! J'aimerais bien savoir comment ils comptent financer leur projet de canal sans nous.

— Le plus ironique, renchérit le prélat, c'est qu'ils reprochent à Carthagène de leur imposer un pouvoir central trop fort, et que font-ils ? Ils sont à deux doigts de réclamer l'indépendance, comme s'ils n'allaient pas devoir faire face aux mêmes difficultés.

Les deux hommes avaient malheureusement chacun leurs propres défis à relever. Et Rodrigo n'avait pas de temps à consacrer à ceux du prélat. Outre les mouvements d'humeur du Nord, les pirates avaient fait leur retour dans le golfe, pour la première fois depuis des années. Rodrigo se souvenait encore de la disparition un an plus tôt du *Cœur Vaillant*, un navire battant pavillon de l'Ulster qui transportait une cargaison d'or. Il avait dû s'excuser personnellement. Et ce n'était rien comparé aux commémorations des vingt-cinq ans de la chute de l'empire du Léopard, dont il avait également la charge. Un sujet autrement plus important que composer avec une bande de séditieux.

Heureusement, en dehors d'un petit cercle de conseillers convaincus d'avoir de bonnes idées dont il fallait lui faire part au plus vite, les habitants de Carthagène conservaient un optimisme presque naïf.

Ces « échauffourées » n'avaient aucune conséquence ici, chez la caste la plus élevée de la société et ceux qui la servaient.

Perdu dans ses pensées, Rodrigo n'avait pas noté que le temps s'était brusquement couvert, mais la brise marine avait bel et bien forci. Les palmiers du bord de mer, venus à grands frais d'une autre région, agitaient leurs couronnes émeraude. Le regard de Rodrigo se porta au-delà du rivage et des premiers rouleaux d'écume. Non loin de la promenade, une négociante indigène tenait un étal où s'amoncelaient des cages contenant des colibris, une lourde natte jetée sur son épaule gauche. Elle était sans doute descendue des montagnes, traversant une jungle en perpétuel recul. Deux femmes observaient les cages avec de grands sourires. Elles piaillaient comme deux imbéciles passant leurs futiles existences à glousser avant de retourner distribuer des ordres à leurs domestiques et des reproches à leur époux. De l'autre côté, la marchande les considérait distraitement. Ses yeux cherchaient ceux du vice-roi. C'était précisément l'insistance de son regard qui avait poussé Rodrigo à tourner la tête un peu plus tôt. Il avait toujours apprécié la compagnie féminine, sans distinction d'origines.

— Combien pour ce colibri ? demanda le vice-roi, s'approchant d'un pas décidé et laissant Comnène seul avec son secrétaire.

La jeune femme lui répondit, les yeux baissés, et Rodrigo la paya sans discuter le prix annoncé. Il lui tendit un billet coloré et agita la main.

— Vous voyez ces billets, Comnène ? C'est moi qui ai décidé de les faire imprimer avec des représentations de tableaux de l'histoire du Coronado. Ainsi, même les gens comme cette marchande peuvent en apprendre plus sur notre beau pays !

— Fantastique, répondit le dignitaire religieux en s'approchant dans son fauteuil. N'oubliez surtout pas d'adresser un télégramme à ce sujet à la reine. Vous êtes tout autant son serviteur que moi.

Trois jours plus tôt, on avait confirmé à Rodrigo la fin des travaux de la ligne télégraphique sous-marine. Deux navires s'étaient rencontrés à mi-distance entre le Coronado et sa colonie pour lancer la pose d'un câble bien plus résistant que le précédent, qui avait cédé au cours de la saison des tempêtes.

Le télégraphe avait changé bien des choses en dix ans. Une missive pouvait en quelques heures atteindre la capitale du Coronado, quand il fallait plus de trois semaines, dans le meilleur des cas, pour la rallier par la mer. Et Constance n'avait jamais été réputée pour sa patience. Il lui avait transmis les dernières informations en date concernant les échauffourées avec le Nord la veille et attendait une réponse. C'était avant tout pour cette raison qu'il avait du mal à rester concentré ce matin. Dix fois, vingt fois, il avait imaginé un valet apportant à la reine son message, sur un plateau d'argent. Plateau qu'elle faisait voler à travers la salle du trône ou son cabinet.

Constance approchait désormais des cinquante ans et son règne, s'il ne souffrait pas des incertitudes de celui de son père, n'avait pas connu grand panache. Les autres puissances du Premier Continent affichaient leurs ambitions et s'étaient engagées sans détour sur la voie du progrès, quand Constance restait entourée de figures dévotes. Le vice-roi lui-même n'avait pas la main sur certaines activités de la Croix-Blanche ici. Seule certitude, le conflit avec les indépendantistes contrariait les petites affaires du prélat et de son ordre. Le vice-roi se renfrogna en songeant un instant à son prédécesseur ; celui-ci l'avait bien prévenu pourtant qu'il ne serait finalement qu'un pantin au bout d'un fil de cuivre, tout comme lui l'avait été pendant ses vingt ans de bons et loyaux services.

Rodrigo n'avait pas démérité, seulement il avait posé le pied dans la péninsule pétri de certitudes. Il avait commis de nombreuses erreurs, avait agi trop vite, s'était montré trop dur, trop impatient, désinvolte aussi, de temps en temps. Le vice-roi considéra une fois encore la petite vendeuse de colibris. Il en avait assez de cette conversation, qui le ramenait toujours à ses problèmes. D'autant que le prélat le ralentissait dans sa promenade ; bien malgré lui sans doute, mais ça n'en demeurait pas moins agaçant.

— Comme vous le soulignez avec tant de subtilité, j'ai encore beaucoup à faire, je vais devoir vous laisser.

— Déjà ? Quel dommage. J'espère malgré tout qu'au milieu de vos préoccupations vous saurez vous souvenir de mes doléances concernant les missions de la Croix-Blanche.

Le regard du prélat se reporta ensuite sur l'oiseau en cage, qui voletait de tous les côtés, battant des ailes si vite qu'on l'aurait cru pris de panique.

— Vous comptez vraiment emporter ce volatile avec vous ?

— Et pourquoi pas ? fit le vice-roi, avec un grand sourire. Il porte bonheur et j'en ai bien besoin !

Le prélat préféra ne pas répondre malgré un

scepticisme évident. Il claqua des doigts et son aide lui fit faire demi-tour, avant de s'éloigner sans plus de cérémonie. Rodrigo détourna les yeux. Le silencieux assistant ne portait pas un masque, mais bien un casque représentant un séraphin quelconque, ce qui donnait à sa tenue une dimension belliqueuse plutôt déroutante.

Le vice-roi l'oublia néanmoins bien vite. Il remarqua que la jeune femme qui venait de lui vendre ce colibri l'observait toujours.

— Qu'y a-t-il ? Vous regrettez le prix que vous m'avez proposé ?

— Pas du tout, répliqua-t-elle, d'un ton soudain plus assuré. Je suis heureuse de voir que le vice-roi du Nouveau-Coronado apprécie ce que la nature a à offrir.

— Ah ! ça n'a rien de bien surprenant, vous savez. Si nous sommes là, c'est justement car nous savons que ces terres ont beaucoup à donner.

La jeune femme fit basculer sa natte sur l'autre épaule.

— Nous avons une coutume. Je me disais que ce serait une belle idée de vous voir l'honorer.

— De quoi s'agit-il donc ?

— Si vous passez par les quais, vous pouvez pousser jusqu'au cap. Vous connaissez certainement.

— Oui, nous y avons bâti un phare, je crois, acquiesça le vice-roi, désignant le fanal avec un sourire taquin.

— C'est cela même, confirma la jeune femme, qui s'exprimait avec aisance, malgré un phrasé marqué par un accent prononcé. On dit que libérer un oiseau au sommet du cap permet de réaliser un vœu.

Rodrigo souleva sa cage à hauteur des yeux.

— Eh bien, c'est une jolie tradition, que je ne connaissais pas ! Pourquoi pas ! Je l'aurai donc acheté pour le libérer, c'est un beau symbole aussi.

— Désolée, sourit la jeune femme. Vous l'aurez acheté pour rien.

— Mais non. C'est moi qui vous remercie pour avoir osé me souffler cette idée.

La jeune femme inclina gracieusement la tête et le vice-roi décida de partir. Il était temps de se remettre en route. Il avait l'habitude de passer par les quais. Rodrigo avait envie de tâter le pouls d'une ville qu'il ne connaissait pas assez à son goût. Ses odeurs, ses couleurs... Le vice-roi ne pouvait rester caché dans son palais. Il ne s'arrêta pas pour autant devant chaque marchand, en particulier sur le port. L'agitation risquait de déplaire au pauvre colibri qui virevoltait toujours aussi vigoureusement entre les barreaux de sa cage.

Rodrigo se contenta donc des odeurs de saumure et des cris des pêcheurs, bifurquant bien vite sur un sentier aménagé longeant la côte. Le chemin était bordé de lampadaires alimentés par du pétrole lampant. Carthagène en comptait trois ou quatre cents désormais. Un coup d'œil à la grève en contrebas lui révéla la présence d'une colonie d'éléphants de mer, dont les sifflements mélodieux valaient bien les chansons des pêcheurs. Observant les flots, il vit un modeste boutre à voile bleue le doubler en direction du cap et crut un instant reconnaître la jeune femme qui lui avait vendu son nouvel ami à plumes. Rodrigo secoua distraitement la tête. Cela n'avait rien d'impossible. Les indigènes étaient souvent mal vus dans les trains et beaucoup, en particulier ceux qui ne vivaient pas à Carthagène même et dans ses environs, préféraient encore caboter pour remonter la côte est, avant de s'enfoncer à pied dans les terres. Rodrigo imaginait très bien la jeune femme remballer ses affaires et se dépêcher de rejoindre le port. Le vice-roi regretta de ne pas l'avoir interrogée sur sa vie, ses rêves, ses déboires. D'autant que, pour une fois, il n'était pas tombé sur un domestique servile ou un rebelle buté. Les yeux dans le vague, il battit des paupières. Déjà, le boutre avait disparu derrière le promontoire sur lequel se dressait le phare.

Il haussa les épaules. Une autre fois !

— Ne t'inquiète pas, tu seras bientôt libre, dit-il en se penchant sur le colibri. Encore un peu de patience.

Il arriva finalement au pied de la pointe, en se disant qu'il aurait bien mérité de faire son vœu. Au loin, un énorme transport pétrolier, capable de véhiculer plus d'un millier de barils, bouchait la baie. Rien à voir avec les navires graciles de la marine à voile. Rodrigo ne pouvait qu'espérer voir ce commerce se développer à l'avenir, si la production pouvait augmenter sereinement.

Trois sentiers permettaient de rallier le phare, mais il préférait les escaliers. Lorsqu'il voulait faire le vide dans son esprit, il s'amusait souvent à compter les marches. Trois cent quarante-huit, très exactement, pour rejoindre la porte de l'édifice.

Rodrigo savait qu'il devait s'économiser et ne pas entamer l'ascension avec trop d'allant ou bien il risquait de faire plusieurs haltes. Non seulement il désirait atteindre le sommet, mais il devait conserver assez de souffle pour formuler un vœu, comme le réclamait la coutume. Arrivé à plus de deux cents marches, au milieu des oliviers plantés là vingt ans plus tôt, le vice-roi se retourna vers la cité en contrebas. D'ici, la vue était déjà spectaculaire, même s'il savait qu'elle le serait d'autant plus au sommet. Les murailles bâties à la hâte n'étaient jamais parvenues à contenir l'expansion désordonnée de la ville. C'était une lutte sans fin pour se tailler une place. Rodrigo se souvint que, trois semaines auparavant, il avait dû ordonner à la garde de chasser des indigènes qui s'étaient installés dans un cimetière, utilisant les mausolées comme de véritables maisons. Comment tolérer de tels comportements ?

Le vice-roi posa un instant la cage en équilibre sur une marche pour se frotter les cuisses, avant de reprendre son ascension. Il lui restait une centaine de degrés, pas plus. Au palier suivant, Rodrigo tourna le dos à la cité. Il poussa un léger soupir. Autour de lui, d'autres oiseaux répondaient maintenant aux gazouillis de son colibri.

— Nous touchons au but. Tu les rejoindras sous peu, ajouta-t-il à son intention.

Il prit toutefois quelques instants pour observer une statue de séraphin disposée dans un angle de la dalle. Chaque palier en comptait une, mais celle-ci était ornée de ce qui ressemblait à un bonnet en lin. Le vice-roi sourit. Il se souvint que c'était une coutume indigène : protéger les statues des divinités et autres esprits pour qu'elles ne souffrent pas du froid la nuit ou en hiver. C'était toutefois la première fois qu'il voyait ça sur une statue représentant l'un de leurs dieux à eux, les envahisseurs.

Avec un hochement de tête affirmé, Rodrigo se félicita d'avoir suivi la suggestion de la jeune marchande. S'il ne l'avait pas écoutée, si elle n'avait pas osé lui souffler cette idée, il n'aurait sans doute pas découvert ce signe encourageant. Il était possible que leurs deux croyances, leurs deux cultures, se rejoignent. Les séraphins et les fées n'étaient pas si différents, après tout. Un doux soleil caressait la statue, se faufilant entre les branches d'olivier. Alors que l'astre paraissait se voiler un instant, Rodrigo se retourna. Il avait cru apercevoir du coin de l'œil une silhouette sur les marches suivantes, mais cette impression demeura fugace. Il n'avait pas croisé âme qui vive en chemin. En dehors des soldats en patrouille ou des opérateurs du phare, il n'y avait de toute façon pas grand monde pour monter jusqu'ici ; il ne s'agissait pas d'une promenade très fréquentée.

Tenant toujours la cage avec précaution, le vice-roi se remit en marche. Cette fois, le phare était bien visible, impressionnante colonne de pierre. Rodrigo se retrouva bien vite au niveau de l'avant-dernière volée de marches. Il avait décidé de finir d'une traite avant de libérer le colibri, mais il se figea soudain.

Il y avait bien quelqu'un, descendant en sens inverse. La jeune femme qui lui avait vendu l'oiseau sur le marché. Elle s'était arrêtée, elle aussi, un petit sourire sur le visage. Son front dégagé était recouvert d'une fine pellicule de sueur. Elle avait dû presser le pas et emprunter un chemin plus abrupt pour le devancer.

Instinctivement, le jeune homme posa la cage à ses pieds et lui adressa un signe de la main.

— Je ne pensais pas vous revoir ! lança-t-il, tâchant de ne pas paraître à bout de souffle.

Le sourire de l'indigène s'élargit.

— C'est que j'avais une dernière question pour

vous. Je me demandais quel vœu vous comptiez faire en libérant le colibri.

Le vice-roi lui rendit son sourire.

— Je ne sais pas si c'est différent chez vous, mais je considère que c'est assez personnel. Je vais tout de même vous le dire. Je souhaite que les tensions qui paralysent notre nation s'apaisent au plus vite. Nous n'avons rien à y gagner.

La jeune femme hocha la tête.

— Notre nation…, mais quelle nation, vice-roi ? Personne ne vous a invités ici. Et maintenant, vous vous déchirez entre vous, et nos peuples doivent une fois de plus en subir les conséquences. Voilà la vérité.

Rodrigo plissa les yeux. Son attitude avait changé du tout au tout.

— Écoutez, je comprends…

Un bruit métallique l'interrompit. Une chaîne venait d'apparaître dans la main droite de la jeune femme, le long de sa jambe. Au bout de cette chaîne, une pointe de fer acérée.

Le vice-roi recula d'une marche et se mit à observer les environs, le cœur battant la chamade. Ils étaient seuls parmi les oliviers.

— Non, vous ne comprenez pas, répondit la jeune femme, réduisant la distance les séparant. Vous n'avez jamais compris. Ni les uns ni les autres. Vous n'êtes pas chez vous ici. Le Nouveau-Coronado n'existe pas.

Rodrigo ouvrit la bouche. Il était certain de pouvoir la convaincre. Il avait l'habitude de s'adresser au Conseil, aux dignitaires religieux, aux colons issus de la noblesse, aux ouvriers, aux soldats. Ce n'était pas une pauvre indigène…

Le sifflement de la vive-lame prit de vitesse son raisonnement.

Le vice-roi vacilla, remontant les mains sur sa gorge dans un réflexe vain. Il était déjà trop tard. Le sang maculait ses doigts, ses manches, les marches sous ses yeux. En basculant sur le côté, il renversa la cage, qui s'ouvrit sous le choc. Une douleur intense embrasa son front et le priva de l'usage de la vue quelques secondes. Son crâne venait de percuter une marche, de plein fouet. Il aurait voulu pousser un cri de souffrance, mais il ne parvint qu'à crachoter une toux laborieuse. Il était en train de s'étouffer dans son propre sang. Au prix d'un effort aussi éprouvant qu'inutile, il se retourna sur le dos.

Le colibri le regardait, battant des ailes au-dessus de son visage. Le petit oiseau aux yeux noirs semblait presque surpris. Tout comme Rodrigo.

Il ferma les yeux un instant. Peut-être avait-il encore le temps de formuler un vœu, bien différent désormais.

La vive-lame siffla de nouveau.

2

Le regard d'Azel balaya les plaines, loin en contrebas.

Les uns après les autres, les pics de l'Azur défiaient les voyageurs. Ils s'élevaient si haut que le soleil semblait avoir du mal à se hisser au-dessus de ces flèches, comme si ces dernières cherchaient à le retenir. Pourtant, les premiers rayons ne tarderaient pas à poindre, illuminant les coulées blanches des flancs du massif, sans réchauffer personne.

Le jeune homme secoua la tête et jeta son cigarillo au milieu des rochers. Décidément, il n'appréciait guère le tabac. Le vent avala aussitôt la fumée. Ici, les habitants n'avaient pour horizon que les montagnes et leurs rêves brisés.

— Debout, dit-il, sans même se retourner. Il faut partir.

Le silence lui répondit. Le jeune homme sourit. Il n'allait pas donner à son prisonnier la satisfaction de pivoter pour lui adresser la parole les yeux dans les yeux. Jusqu'à maintenant, celui-ci s'était muré dans le mutisme le plus total.

— C'est comme tu veux, reprit-il. Moi, je finis mon

petit déjeuner et on reprend la route. Tu devrais te préparer.

Cette fois, quelques cailloux déplacés lui confirmèrent que l'homme couché dans son dos, près du feu mourant, s'était redressé.

— Tu comptes vraiment me livrer ?

Azel se retourna à moitié.

— J'ai besoin d'argent.

— Ça ne te dérange pas de traquer ton propre frère ?

Le jeune homme éclata de rire et le captif parut surpris.

— Quoi ? N'avons-nous pas la même couleur de peau ? Ne suis-je pas ton frère ?

— J'ai déjà deux frères et c'est largement suffisant, crois-moi.

Le prisonnier se renfrogna. Azel l'avait capturé la veille. Il savait très bien que l'homme avait de fortes chances de passer par les montagnes ; il était bien plus facile de s'y cacher que sur les plaines, et c'était le chemin le plus indiqué quand on cherchait à rejoindre Surkutir.

— Moi aussi, j'ai une question. Qu'est-ce que tu comptais faire à Surkutir ? Tu sais que ce n'est pas une cité libre.

— C'est tout comme. Les envahisseurs sont peu nombreux là-bas, dans les montagnes. Ils n'aiment pas vivre sous terre, sourit le prisonnier. Ils préfèrent bâtir leurs petites cabanes en bois au lieu de profiter de la roche.

L'homme n'avait pas tort sur ce point. Surkutir était autrefois l'une des cités majeures de l'empire du Léopard, mais aussi l'une des plus reculées. Les forces du Nouveau-Coronado l'avaient découverte plus d'un an après la chute de l'Empire et de sa capitale, Xemballa. Azel avait eu l'occasion d'y aller une fois, et il devait bien admettre que ses jardins statuaires l'avaient impressionné.

— On t'aurait retrouvé tôt ou tard. C'est une destination logique.

— Mais je ne comptais pas m'y établir.

Azel réprima un nouveau rire.

— Ah, le Grand Exil !

Le visage de son prisonnier se ferma un peu plus encore.

— Oui, le Grand Exil. Si nous le pouvions, nous partirions tous. Cette terre n'est plus pour nous. C'est tout.

Azel se pencha pour ramasser sa cafetière. Un peu plus loin, sa monture hennit et le jeune homme releva la tête en plissant les yeux. La bête, attachée à un sapin rabougri, ne paraissait pourtant pas nerveuse. Et il ne décelait rien aux alentours, aucune trace de prédateur. De toute façon, il lui faudrait s'éloigner le temps de se réapprovisionner en eau dans le torrent non loin, qui tombait en cascade depuis le sommet du petit cirque.

— Ne va pas t'enfuir, je reviens.

Son prisonnier, pieds et poings liés, ne prit même pas la peine de répondre, se contentant d'écouter les ultimes crépitements du feu.

Le torrent blanchi d'écume s'étirait à environ trente pas, enrageant d'être encore si faible. Il deviendrait bien plus puissant dans quelques mois, à la sortie de l'hiver, lourd de la fonte des neiges, ce qui restait préférable à un abreuvoir recouvert de glace. Azel remplit ses deux gourdes et repartit en direction de son campement de fortune, non sans flatter son cheval au passage. Il avait acheté cette monture une semaine plus tôt et n'avait pas encore eu l'occasion de s'y attacher vraiment. Azel ne lui avait même pas donné de nom.

Après une dernière caresse sur les naseaux, le chasseur ranima le feu à l'aide de la lame de son couteau puis mit de l'eau à chauffer. Il s'assit en face de son prisonnier et saisit le carnet qui ne le quittait jamais, sous sa veste en cuir. Puis le jeune homme entreprit de dessiner, se servant d'un bout de fusain.

— Quel est ton nom ? lui demanda le fuyard, se décidant finalement à reprendre la parole après un long silence.

— Mon nom ? fit Azel, sans lever les yeux de son carnet. Pourquoi ?

— J'aimerais savoir qui est le traître qui me ramène à ses maîtres.

— Je n'ai pas de maître. Et je m'appelle Azel.

— Azel, répéta l'homme, hochant lentement la tête. Je t'ai demandé ton nom. Ton vrai nom, tu comprends ? Pas celui que les longs-nez t'ont donné.

Azel releva la tête et sentit le mépris dans le regard de son prisonnier : ce dernier lui demandait le nom que lui aurait donné sa mère, celui qu'il aurait porté s'il n'avait pas été le fils de Julen Alborán.

— Désolé, je n'en ai pas d'autre.

— Tu es vraiment un cœur-blanc, asséna aussitôt le captif.

La gorge d'Azel se noua. L'homme s'était exprimé dans la langue commune des autochtones de la région. La langue maternelle d'Azel. Il ne l'avait jamais oubliée, même s'il ne la pratiquait pour ainsi dire jamais. Son dernier souvenir dans cette langue remontait à… Les sourcils froncés, Azel leva les yeux sur une galerie minière, abandonnée depuis longtemps ; il n'aimait pas les cavernes.

— Je ne suis pas un cœur-blanc, répondit-il laconiquement dans la langue du Coronado, mais appelle-moi ainsi si ça te chante. Ou sac de farine. Sac de farine, ça te plaît aussi ?

Une fois l'eau bouillie, Azel prépara son café. Il ne faisait pas si froid, pas encore, mais il aimait le boire bien chaud, et chargé en mélasse. Il se passa la langue sur les dents. Ce foutu sucre, il fallait bien ça pour supporter ce pays. Azel grogna et posa la cafetière sur le feu.

— Et toi, tu ne me demandes pas mon nom ? fit le prisonnier, visiblement agacé par le détachement d'Azel.

Le jeune homme se tapota le flanc droit.

— Je l'ai là, sur ton avis de recherche. Mais à vrai dire, je m'en fous.

— C'est honnête.

— Plus que toi.

Azel siffla entre ses dents. Il n'avait pas pu s'empêcher d'ajouter ces trois petits mots. La réaction de son interlocuteur fut immédiate.

— Moi ?

— Oui, toi, soupira Azel. Tu me qualifies de traître, mais comment appelles-tu un chamane qui a renié ses croyances pour abuser les plus crédules ?

— Tu ne sais pas de quoi tu parles…

— Ah oui ?

Azel se redressa, posant le menton sur ses deux mains croisées.

— Tu n'es pas le premier que je rencontre. Faire croire aux ouvriers que tu es capable de les maudire pour leur couper l'envie de s'échapper, alors que tu te carapates toi-même ? Tu n'es pas seulement un traître, tu es aussi un bel hypocrite.

Pour la première fois, le chamane détourna les yeux, et Azel fut incapable de se contenir.

— Je vais te dire ce qui se serait passé : tu aurais fini par crever de froid dans une grotte à trois jours de Surkutir. Je parie que tu n'y as jamais mis les pieds.

— Mais j'aurais accompli mon destin. Toi, tu penses accomplir le tien ?

Le chamane tendit ses deux mains liées en avant. Au moment de reprendre la route, Azel lui détacherait les pieds, pour lui permettre de marcher dans le sillage de son cheval. Mais pas avant, et pas les mains. Jamais.

— Je ne crois pas au destin.

L'homme baissa lentement les poignets.

— Ah oui ? Moi, je dirais que tu le fuis.

À cet instant, la cafetière se mit à siffler et Azel sursauta. Le clapet de métal se mit à battre comme s'il applaudissait son propriétaire avec moquerie. Le prisonnier esquissa un mince sourire en coin.

Azel aurait pu se lever d'un bond, renverser la cafetière et décider de partir sur-le-champ. Cependant le jeune homme se contint et se servit une grande tasse, avant d'agrémenter son café de mélasse. Comme toujours, il eut la main généreuse.

— Je ne t'en propose pas, répondit-il en changeant de sujet. Tu as la langue déjà trop bien pendue de bon matin. Je n'ai pas envie de t'entendre jacasser jusqu'à Trevelin.

Le chamane choisit de se taire, cette fois. Il ne comptait pas offrir à Azel le plaisir de réagir à sa petite provocation, comme lui-même s'était abstenu quelques instants plus tôt. Toutefois il ne quitta pas le jeune homme des yeux tandis que ce dernier buvait lentement son café fumant, son regard papillonnant de sa monture aux sous-bois tout proches, dans leur dos.

Azel glissa deux doigts dans sa bouche et siffla, une fois, plus sèchement que les vibratos enjoués de la cafetière. Quelques instants plus tard, deux billes dorées transpercèrent la brume qui planait au-dessus du petit cirque.

Le jeune homme saisit une lanière de viande séchée, la dernière qu'il ait conservée. La veille, il avait proposé de quoi se restaurer à son prisonnier, mais pas ce matin.

— Tu descends ?

Ignorant ostensiblement le chamane qui n'avait pas manqué de repérer le bout de viande, Azel fit signe à la bête qui rôdait non loin. C'était sa présence que le cheval avait repérée un peu plus tôt. Il n'était pas encore habitué à son odeur. C'était elle aussi qui avait dissuadé les prédateurs de s'approcher plus près.

— C'est pour toi, fit Azel en lançant la lanière brune sur sa droite, à l'écart du feu crachotant. Descends vite, si tu la veux, ou j'en connais un qui va jouer les couleuvres, non ?

Le prisonnier se raidit en voyant apparaître une créature énorme, croisement manifeste entre un loup et un chien de combat du Coronado. Noir comme la nuit, avec un museau plus plat que celui d'un loup gris des montagnes. Incroyablement silencieux, l'animal s'avança à deux mètres d'Azel. Il l'avait rencontré un an plus tôt, seul survivant de sa portée.

— Allez, vite, Apisi.

La bête saisit l'offrande et l'avala sans un bruit.

Des bosquets de hêtres indiquaient le début de la descente dans la vallée, en direction des vastes plaines herbeuses. Le terrain se ferait désormais moins accidenté, ce qui conviendrait mieux à son cheval, tout comme au prisonnier. Azel planta sa tasse entre deux rochers et entreprit de ranger ses affaires. Le jeune homme se leva ensuite afin de tout ranger dans ses sacoches, sans un regard ou un mot de plus pour le chamane.

Celui-ci était resté au service de son maître plus de quinze ans. D'après les témoignages obtenus, il avait toujours été plutôt bien traité, du moins pour un autochtone au service d'un grand propriétaire employant des centaines d'indigènes. Pourquoi décider de s'enfuir au bout de quinze ans, alors que sa situation n'avait dû guère changer ? D'autant que le domaine Malaron avait la réputation de considérer ses ouvriers avec une certaine bienveillance, qui lui valait parfois des moqueries. Il se murmurait que Malaron pourrait vendre une partie de ses terres, convoitées par les prospecteurs pétroliers, mais personne ne semblait vraiment savoir ce qui avait pu pousser le chamane à passer à l'acte, même si, bien sûr, son rôle lui avait valu de solides inimitiés au fil des ans.

Azel aurait pu questionner son prisonnier, mais ses réponses, sa vie ne l'intéressaient pas. L'homme pourrait se justifier de bien des façons, lui mentir, et quel que soit ce qu'il aurait pu lui raconter, son histoire n'aurait rien changé pour Azel.

Il roula une couverture devant son troussequin et décrocha la longe de son cheval pour lui mettre le mors. Il était temps de reprendre la route. Azel fit signe au captif de se lever et ce dernier obéit sans rechigner. Jusqu'à présent, à part en paroles, il n'avait pas protesté contre son sort. Comme la veille, il accepta de voir ses liens attachés au pommeau de la monture du chasseur de primes.

Le jeune homme était parvenu à se laisser happer par la contemplation du paysage, tout en gardant à l'œil leur itinéraire. À flanc de colline, un sentier les conduisit hors des bois, maigres et clairsemés. Le chasseur de primes et son prisonnier se retrouvèrent à la merci de la morsure du vent, au-dessus des plaines.

Au-dessus des nuages.

Les rayons du soleil peinaient toujours à les illuminer. Une mer de coton sale semblait s'étendre jusqu'aux montagnes à l'horizon. D'autres pics, d'autres sommets, d'autres volcans.

Azel plissa les yeux alors qu'il s'engageait sur la piste qui contournait le mont suivant, permettant de redescendre dans la vallée. Quelque part sous les nuages gris, à plusieurs centaines de lieues de là, se trouvaient les ruines de Xemballa, la capitale impériale. Même par temps clair, à cette altitude, il aurait été difficile de l'apercevoir à une telle distance, mais aujourd'hui… c'était tout bonnement impossible.

Une éruption volcanique avait dévasté la montagne des années plus tôt, avant sa naissance, décapitant net l'empire du Léopard. La plus grande puissance autochtone de la péninsule s'était ensuite écroulée en quelques semaines seulement, tel un château de cartes emporté par la brise. Que restait-il de Xemballa ? Les bâtiments qui n'avaient pas été avalés aux premières heures de la catastrophe par la lave étaient dans leur immense majorité tombés sans tarder. La cité aux neuf cercles avait vu ses canaux se remplir d'un magma aussi épais qu'implacable. Les secousses avaient perduré des mois sur la montagne, et personne n'aurait été assez fou pour chercher à s'y établir.

Sans doute que les vainqueurs, les colons, auraient souhaité s'en emparer autrement. À présent, ses ruines éparpillées sur les pentes du volcan n'étaient plus qu'un symbole : celui de la défaite cruelle de l'Empire.

Un éclair muet illumina soudain une masse de nuages en contrebas. Azel pencha la tête sur le côté. Il ne s'agissait pas d'un orage ordinaire. Depuis le jour funeste de la disparition de Xemballa, le volcan ne s'était jamais vraiment arrêté de déverser sa colère sur le monde. Il n'était plus question d'éruption, mais d'averses de cendres. Tous les quatre ans environ, la montagne crachait d'épais nuages, durant plusieurs semaines. Les arbres fruitiers, les toits, les animaux eux-mêmes, rien ne pouvait échapper à ce voile gris. Avec le temps, ces crises avaient paru s'espacer, mais un nouvel épisode avait débuté plus de deux semaines auparavant. Azel avait trouvé ça étrange, car le précédent remontait à deux ans seulement.

Au niveau du col, dans les montagnes, le vent et l'altitude s'étaient unis pour empêcher le volcan d'exercer son courroux. Il n'est pourtant pas le seul dans la cordillère. Azel pouvait en compter une dizaine, au bas mot. Tous étaient endormis depuis longtemps.

Quelque chose avait bel et bien réveillé la montagne.

La région tout entière était devenue le royaume

du chaos. Outre les pluies de cendres, un voyageur égaré aurait dû composer avec des tremblements de terre qui avaient fendu la terre de toutes parts et une pénombre presque surnaturelle, née d'orages monstrueux qui ne semblaient jamais à court de foudre. Tout le monde évitait ce territoire, considéré comme perdu. Même les colons aux appétits démesurés et les repris de justice les plus retors avaient dû renoncer. Il n'était toutefois pas nécessaire de s'approcher des ruines pour subir les conséquences de cette pluie. Le jeune homme remonta son foulard au niveau du nez. Nul doute que cette nouvelle tempête de cendres frapperait leur destination. Il ne proposa pas au fuyard de se protéger le visage mais jeta un coup d'œil en direction d'Apisi. Le demi-loup les suivait, cinq pas derrière le cheval. Si le chamane tentait quoi que ce soit pour s'échapper, l'animal lui broierait les mollets.

— Il représente quoi, ce dessin ? demanda son prisonnier, apercevant le motif de son foulard. C'est un symbole des cœurs-blancs ?

— Qu'est-ce que ça peut te faire ?

Bon sang. Le jeune homme s'était juré de garder les mâchoires serrées jusqu'au pied de la montagne.

— Je ne sais pas, je suis curieux, c'est tout.

— Si tu veux tout savoir, je l'ai acheté sur un marché, il y a plusieurs années. C'est une salamandre. Un animal magique qui résiste au feu.

Le chamane ricana.

— Vous, les colons, vous ne savez rien de la magie…

À quoi bon le contredire de nouveau ? Rien ne le ferait changer d'avis sur Azel. À ses yeux, il n'était qu'un étranger. Et le jeune homme ne connaissait que trop bien cette impression. Il fut d'autant plus surpris que son prisonnier aborde un autre sujet.

— Il y a deux routes pour rejoindre la ville. Tu ne veux pas passer par le fort ?

Azel se contenta de marmonner sous son foulard, sans prendre la peine d'articuler ou de le retirer. Autour d'eux, alors qu'ils avaient désormais avancé suffisamment pour descendre sous la couverture des nuages, la végétation s'était faite un peu plus dense, la parure des cyprès et des hêtres un peu plus riche en feuilles aux mille couleurs. Le jeune homme appréciait ce spectacle, mais ce n'était pas la raison de son détour. Il souhaitait avant tout éviter la citadelle de la Croix-Blanche.

Azel préférait chevaucher une demi-journée supplémentaire plutôt que de croiser la route de l'un de ces prétendus hommes d'Église. Pour être honnête, il n'avait jamais eu affaire à eux directement. En dehors de leurs missions et de leurs forts, on les rencontrait rarement. Mais vouloir traverser l'océan pour s'établir dans la montagne et s'enfermer dans des bâtisses en pierre aussi imposantes que sinistres… Comment pouvait-on choisir cette voie ? Par tous leurs séraphins, que faisaient-ils de leurs vies, terrés ici ? Il avait entendu les rumeurs sur des disparitions d'indigènes, sur des expériences menées en cachette, en rapport avec la fameuse magie du sang des peuples de la région. Si toutes ces fadaises au sujet d'alchimistes d'État renégats n'étaient qu'un ramassis de racontars, ces bâtisses n'en demeuraient pas moins lugubres.

Par chance, le père d'Azel n'avait jamais été très sensible à la religion, et, dans le Nord, la Croix-Blanche avait eu plus de mal à s'implanter. La faute aux distances et à des terres encore à dompter. Les pionniers avaient autre chose à faire que de chercher le temple le plus proche afin de se rendre à l'office. Julen Alborán s'en tenait au strict nécessaire en matière de pratiques religieuses. Azel n'avait même jamais vu de représentation de séraphin en dehors des livres.

Tout en reportant son attention sur la piste désormais en pente douce, le jeune homme s'imagina une de ces créatures au milieu des plaines. Un colosse de près de dix mètres de haut, aux ailes de feu, armé d'une épée d'or et de foudre, dominant la steppe et ne devant rendre compte qu'aux montagnes… Azel sourit derrière son foulard.

Ils progressèrent encore deux bonnes heures avant que le chasseur de primes décide de faire halte, pour reposer sa monture et lui permettre de boire tout son saoul ; certainement pas pour ménager les pieds fatigués de son prisonnier. Les chuchotements bouillonnants des torrents de montagne s'étaient peu à peu apaisés, ces derniers se rejoignant en une véritable rivière, plus paisible. Elle coulait en parallèle à la piste, ses flots chargés de feuilles mortes et de brindilles. À peine trois lieues plus loin, la rivière se changeait en cascade, dominant la petite ville de Trevelin. La cascade elle-même n'avait rien de bien spectaculaire, avec ses dix pas de large pour vingt de haut, qui suffisaient toutefois à alimenter plusieurs moulins. Ensuite, la rivière quittait paisiblement la ville pour se jeter dans le plus grand lac de la région, ce qui ne voulait pas dire grand-chose, car on les comptait sur les doigts d'une main.

Le prisonnier d'Azel l'avait attendu assis sur un

rocher et le jeune homme ne put s'empêcher de le provoquer à nouveau.

— Savoure bien ta dernière heure de liberté ! lança-t-il avant de remonter en selle, sans même un regard.

Le chamane se contenta de baisser la tête et Azel éprouva une satisfaction amère : il était enfin parvenu à le faire taire. Sa monture adopta un pas soutenu. Le jeune homme nourrissait une certaine impatience. S'il avait toujours apprécié la solitude, Trevelin demeurait une ville suffisamment modeste pour ne pas l'oppresser. Elle avait surgi de terre à peine vingt ans plus tôt, bâtie de toutes pièces par la seconde génération de colons. De nombreux élevages avaient récupéré de quoi s'étendre dans les cités abandonnées de l'Empire, mais Trevelin était une création nouvelle. Ses premiers habitants avaient voulu perpétuer leurs traditions et, avec ses arches et ses toits d'ardoise, Azel avait souvent entendu dire, non sans fierté, qu'il s'agissait d'un bout de leur pays répliqué de l'autre côté de l'océan. Mais la seule chose qui importait vraiment au jeune homme était de savoir que la ville ne comptait pas plus de huit ou dix mille habitants. Une taille encore à sa mesure, même si certaines rues s'avéraient fort fréquentées.

Azel marqua un dernier arrêt en arrivant en vue de la cité. La rivière s'était écartée sur leur droite et on entendait déjà le tonnerre de la cascade. Le vent changeant avait chassé les tourbillons de poussière, au moins pour un temps. Heureusement, le volcan ne crachait pas en continu et la distance qui le séparait de la ville se révélait trop importante, même pour un tel géant.

Depuis qu'ils s'étaient remis en route, le chamane

n'avait plus ouvert la bouche et le chasseur de primes manqua le remercier pour cette accalmie bienvenue. Mais son prisonnier le surprit, alors que les échos de la cascade se faisaient de plus en plus pressants.

— Je te dirai une dernière chose, Azel Alborán. Tu es maudit.

Le jeune homme soupira avec lassitude mais pivota tout de même. Le chamane s'était redressé, le dos raidi, Apisi grognant inexplicablement derrière lui.

— Tu me jettes un sort ? Tu crois m'effrayer ? Si je suis un cœur-blanc, tu penses que je vais croire à ces foutaises ?

Le chamane secoua lentement la tête.

— Non. Je ne t'ai rien fait. Je te préviens seulement, car c'est la dernière chose que je pourrai faire pour toi. Tu as été marqué.

Le jeune homme ne put réprimer un frisson.

— Marqué par les fées, reprit le chamane. Inutile pour moi de te lancer une malédiction, mes pouvoirs sont si dérisoires comparés aux leurs…

Azel se souvenait encore de la grotte, des flammes, des cris, des yeux dorés de la créature. La douleur du fer. Sa peau, qui sifflait, qui cuisait, couverte de cloques. Une vision qui le hantait encore à ce jour.

— Ferme donc ton claque-merde, rétorqua-t-il, abandonnant son détachement moqueur. Il n'y a pas de magie ici. Si vous en aviez, vous n'auriez pas été vaincus par une bande de va-nu-pieds cinquante fois moins nombreux que vous. Tu n'es qu'une espèce de guérisseur qui abuse des crédules. Tu sais faire disparaître tes pupilles ? Fantastique. Ne va pas me faire croire que tu as maudit quelqu'un, n'importe qui, au cours de ta misérable existence. Tu ne trompes que toi-même.

— Te voilà bien disert.

Le regard du chamane redevint net mais il semblait toujours contempler quelque chose au-delà d'Azel, de la ville, de l'horizon.

— Tu crois leur avoir échappé, mais les fées sont toujours là, avec toi.

— Je t'ai dit de la boucler !

Azel ravala sa salive. Il aurait voulu lui cracher au visage, lui asséner qu'il connaissait une « prophétie » à son sujet dont la réalisation ne faisait aucun doute, et, un instant, tirer son arme et faire feu, pour lui arracher ses mâchoires, ses mots.

Il n'en fit rien.

Ils pénétrèrent en ville sous le couvert d'une nouvelle averse de cendres, si bien que personne ne prêta attention au chasseur de primes et à son prisonnier. Azel n'en demandait pas tant. Il n'avait pas grand-chose à craindre : personne ne s'aventurerait à libérer le chamane et ce dernier ne représentait pas une cible d'une valeur suffisante pour attiser la convoitise d'autres chasseurs de primes. L'averse était juste assez forte pour donner l'impression que le jour tombait et chasser la plupart des gens des rues.

La monture d'Azel se laissa guider jusqu'au bureau du prévôt. Le jeune homme mit pied à terre près des trois marches conduisant au seuil, attacha son cheval et poussa son captif en avant. Malgré la pénombre, Azel remarqua que le représentant de la loi n'était pas là. Son adjoint, Demiral, un rouquin d'une petite vingtaine d'années à l'épaisse moustache, était assis derrière son bureau et releva aussitôt la tête en entendant la cloche sonner. Ses favoris étaient sans doute destinés à lui donner un air plus âgé, sans succès.

— J'ai quelque chose pour vous, fit Azel après avoir poussé son prisonnier sur une chaise. C'est un fuyard. Je l'ai capturé hier et je vous le ramène.

L'adjoint secoua la tête.

— Misère… Vous auriez pu vous rapprocher du domaine de son maître, ça lui aurait fait moins de chemin pour le récupérer.

— Vous êtes le premier poste que je croise. Je ne fais que suivre la loi. Le reste… Qu'ils se débrouillent pour le ramener. Cette partie-là ne fait pas partie du contrat.

— J'aurais dû m'absenter moi aussi…, grommela l'officier.

— Le prévôt a quitté la ville ?

— Une affaire urgente, il y a trois jours. Des gens comme lui s'en sont pris à une mission.

L'adjoint se raidit.

— Enfin, je veux dire…, des rebelles bien sûr.

Azel ne répondit rien. Les chasseurs de primes métis n'étaient pas nombreux. À vrai dire, il était même le seul de la région. Tout le monde connaissait son père et l'influence de la famille Alborán dans cette partie de la péninsule.

Il entendit le chamane ricaner doucement dans son dos.

— Il ne reviendra pas aujourd'hui ? s'enquit Azel.

— J'en doute. Si ce n'était qu'un constat, j'imagine qu'il serait déjà rentré, avec les autres, mais plusieurs patrouilles devaient se retrouver sur les lieux pour tenter de récupérer les petits.

— Les petits ?

— Ouais. Cette fois, ils ont emmené les enfants avec eux. C'est pas une vie…

— Des morts ?

L'adjoint ricana, comme si la simple idée que des rebelles puissent oser aller jusqu'à cette extrémité lui semblait folle.

— Je ne crois pas. Ils ont seulement incendié la mission, en commençant par la chapelle, évidemment. Foutus sauvages.

— C'est vous qui avez commencé, souffla le chamane. Il ne fallait pas enlever ces enfants à leurs mères.

Demiral parut remarquer pour la première fois la présence du prisonnier.

— Qu'est-ce que tu as dit, toi ? Vous voyez ? dit-il, tapant du poing sur la table et prenant Azel à témoin. On essaie de sauver l'âme de ces barbares et voilà comment ils nous remercient ! Tuer l'indigène en eux, c'est ce que l'on peut faire de mieux. Putain, aucune reconnaissance chez ces bâtards.

Un lent sourire froid se dessina sur les lèvres d'Azel.

— Oh, croyez-moi, je sais ce que c'est.

Se laissant emporter, l'adjoint avait pour la seconde fois perdu contenance. Ignorant Azel, il se leva en faisant grincer sa chaise puis se dirigea vers le prisonnier avant de le relever sans ménagement et de le pousser dans un couloir, en direction des deux cellules du poste. Lui adressant un dernier coup dans le dos, il referma la porte et la verrouilla, crachant au visage du chamane à travers les barreaux.

Azel n'assista pas à la scène. Il se tenait toujours debout, devant le bureau, son chapeau entre les mains. Le seul bon moment de cette journée approchait : l'heure de sa rétribution. Demiral réapparut quelques instants plus tard et Azel glissa l'avis de recherche sur son bureau.

— La récompense était de cinquante pistoles.

— Tant que ça ? renifla l'autre. Vous êtes sûr ? Laissez-moi vérifier.

— Vous avez le même avis suspendu derrière vous.

L'adjoint n'eut d'autre choix que de s'incliner devant cette réalité.

Il ne chercha plus à relancer la conversation avec Azel. Moins de dix minutes plus tard, le jeune homme était de retour dans les rues de la petite ville, soupesant une bourse modeste mais rebondie.

Azel s'apprêtait à quitter la rue principale quand un inconnu l'aborda.

— Chasseur de primes, monsieur ?

Le jeune homme aurait voulu ne lui accorder qu'un coup d'œil, mais l'accoutrement de ce nouveau venu retint son attention presque malgré lui. Il portait en effet une armure et un heaume à l'aspect si brut qu'ils semblaient forgés à partir de versoirs de charrue. Rien à voir avec les cuirasses des cataphractaires de la Croix-Blanche. En bandoulière, il portait une carabine damasquinée d'or, armée d'une baïonnette effilée, le genre d'équipement réservé en principe aux soldats, quoique plus luxueux.

— Je peux vous aider ? fit Azel.

— Diantre, monsieur, j'en conçois l'espérance. Vous me trouvez présentement en quête d'esclaves, quelle que soit leur provenance. Peut-être auriez-vous des pistes à ce sujet ?

Azel fronça les sourcils. *Esclaves*. Personne n'employait ouvertement un tel terme, quand bien même la servitude était une réalité. D'après les autorités, les indigènes encore présents sur le territoire étaient « confiés » aux bons soins des colons. S'ils se trouvaient sur vos terres, ils étaient de fait sous votre protection, mais c'était également votre droit de les utiliser pour quelque tâche que ce soit. Une bien belle innovation des lois du Coronado.

— Je ne crois pas que vous trouverez votre « bonheur » dans la région. On manque de bras, en général.

Le chasseur sourit à travers son étrange heaume et Azel se rendit compte que ses yeux se déportaient de quelques degrés à sa gauche, comme s'il se refusait à croiser son regard.

— Je me nomme Jophiel.

Un prénom d'ange. Ce n'était pas courant au sein des colons. Les noms des séraphins et de leurs sous-fifres étaient considérés comme sacrés. Azel garda le silence et le sourire du nouveau venu s'élargit.

— Bigre ! Je ne vous dérangerai pas plus longtemps, mais si jamais une trouvaille indue vous traversait l'esprit, nourrissez donc quelque pensée à mon séant.

Azel ne répondit pas, tandis que Jophiel s'éloignait déjà. Le jeune homme avait dû se retenir de rire. Il était mal vu qu'un métis se moque d'un ressortissant du Coronado, mais ce Jophiel semblait chercher à ourler de belles phrases, sans disposer du vocabulaire adéquat.

Son regard balaya les alentours. Il pouvait aller boire un verre, mais Azel n'en avait pas très envie. Le jeune homme ne s'était jamais laissé tenter par la boisson. L'alcool ne l'intéressait pas et il n'en avait pas besoin pour s'apitoyer sur son sort, quand il en ressentait le besoin. De passage à Trevelin, Azel prenait toujours une chambre dans la même pension, dans l'une des rues les plus « anciennes » de la ville, qui formait un cul-de-sac. Il était encore tôt, mais il avait envie d'un bain. C'était l'un de ces petits plaisirs dont il ne parvenait pas à se passer. La plupart des indigènes ne se lavaient pas ainsi. Il avait découvert les baignoires une fois admis dans la demeure de son père et avait pris goût au réconfort que ça lui procurait.

L'averse de cendres avait cessé. Même si elle reprenait, la pension comportait des boxes et sa monture serait donc à l'abri. Azel eut besoin de moins d'un quart d'heure pour atteindre la barrière safran qui marquait l'entrée des jardins. Un coup d'œil lui indiqua que tous les boxes étaient libres. Bien. Avec un peu de chance, Azel disposerait de la chambre de son choix, celle qui offrait un balcon avec vue sur la montagne.

La veuve Altera tenait cet établissement, seule, depuis le décès de son époux. Azel aimait bien la vieille femme, qui ne lui posait jamais de questions, même entre deux visites espacées de plusieurs mois. L'interroger sur ses occupations n'était pas son genre. Il s'était même demandé au début si elle le reconnaissait vraiment d'une fois sur l'autre.

Azel la retrouva dans le hall d'entrée de la maison, comme toujours.

— Tiens donc, un revenant ! Ce sera pour une nuit ?

— Deux.

Le jeune homme se détendit imperceptiblement. Ici, pas besoin de discuter davantage. À quoi bon lui expliquer qu'il comptait prendre le temps de choisir sa prochaine cible ? La vie de chasseur de primes était sienne depuis trois ans, bien qu'il aspirât à autre chose, s'il voulait se montrer honnête avec lui-même. Malheureusement, il n'avait pas beaucoup d'opportunités ; mais pourquoi raconter tout cela à cette femme ?

Azel récupéra sa clé et s'apprêtait à emprunter les escaliers en bois quand la veuve l'interpella, à sa grande surprise.

— Azel ? Quelqu'un vous attend dans la bibliothèque.

3

— Un autre thé, monsieur ?

L'homme assis à son bureau en acajou détourna un instant les yeux de son manuscrit. Depuis quelques mois, il avait entrepris l'écriture de ses mémoires afin de s'occuper l'esprit. Il s'agissait avant tout de livrer sa vérité, quand bien même ne trouverait-il personne pour publier son texte de l'autre côté de l'océan.

— Non merci, Ferdinand. J'ai encore de quoi me désaltérer si l'envie m'en prend. De toute manière, je comptais aller me promener sur la plage.

L'homme se releva lentement, s'appuyant à deux mains sur les accoudoirs de son fauteuil avant de poser la question rituelle, qu'il adressait tous les jours à son intendant.

— Je suppose que vous n'avez noté aucun rendez-vous ?

Le dénommé Ferdinand secoua la tête.

— En effet, monsieur. Votre agenda est libre.

— Très bien.

— Si je puis me permettre, monsieur, fit l'intendant en esquissant un geste au passage de son maître, la brise a forci ce matin. Je vous conseille de ne pas rallier la plage en bras de chemise.

— Mon cher Ferdinand, que ferais-je sans vous ?

Le visage du majordome resta de marbre, et son maître regagna ses appartements à l'étage, pour se changer.

Il avait beau plaisanter, il suivrait le conseil de Ferdinand. Artemis Cortellan n'avait plus vingt ans, ni même trente. Seul dans sa chambre, devant son armoire ouverte, il s'observa dans un miroir en pied. Le cousin de la reine Constance avait fêté, seul là aussi, ses cinquante-quatre ans quelques semaines plus tôt. Il conservait encore trois uniformes de mercenaire dans sa penderie, dont celui qu'il avait souvent porté ici, en débarquant vingt-six ans auparavant en tant que capitaine mercenaire, chef de troupes d'élite. Artemis fit la moue. Il avait toutefois perdu son casque évoquant la gueule d'un loup depuis longtemps, dans les rues de Xemballa, à l'autre bout de la péninsule de la Lune d'Or.

Il était arrivé avec une idée bien précise en tête : se tailler un royaume, en profitant de l'instabilité des lieux et du désintérêt du Coronado pour sa colonie naissante. Il n'avait pas hésité dans ce but à mentir, trahir, blesser. Mais il avait finalement échoué, alors que la victoire se trouvait à portée, au bout du canon.

— Ton grand cœur t'a rattrapé, Artemis, murmura-t-il sans y croire lui-même.

Les autorités du Coronado, soudain persuadées de l'intérêt de s'établir ici après la chute de l'empire du Léopard, avaient repris la main sans tarder. Artemis avait été nommé vice-roi, mais il s'était retrouvé comme châtré. Il n'avait été en poste que pour exécuter les ordres venus de la capitale, les mains liées par la Couronne.

Pendant vingt-deux longues années, Artemis avait touché du doigt son rêve, devenu un véritable cauchemar. Il ne s'était jamais vraiment impliqué dans la vie de la colonie. À quoi bon ? Son investissement ou ses succès n'auraient rien changé à son sort. Le Coronado lui était désormais interdit. Il ne retournerait jamais sur les terres de son enfance, de ses premières campagnes, de ses premiers amis, ses premières amours. Ses hommes avaient disparu eux aussi, disséminés aux quatre coins du monde.

Si certains pouvaient le voir aujourd'hui… Artemis secoua la tête en enfilant une nouvelle chemise. S'il restait solidement charpenté, les cheveux blonds de l'ancien mercenaire avaient viré au gris depuis cinq ans. Au moins, il les avait conservés ! Toutefois, il flottait dans la plupart de ses maillots de corps, il avait besoin de lunettes pour lire de près et ses genoux le faisaient souvent souffrir, parfois sans prévenir. Il lui arrivait même de boiter, à cause de sa hanche gauche. Il portait la barbe, mais c'était avant tout pour dissimuler les rides au coin de sa bouche et conserver une mâchoire carrée. Si le temps n'avait pas empâté sa silhouette, il avait néanmoins affadi ses traits.

Oui, Artemis Cortellan avait perdu de sa superbe.

Certains jours, l'homme se disait que régner sur ce petit domaine n'était peut-être pas si mal. Il n'avait plus à voir personne, et au moins avait-il la certitude que l'on ne pouvait plus le moquer dans son dos ou le considérer comme un médiocre. Souvent, il lui arrivait de parler dans le vide lors des réunions du Conseil. Ses membres ne cherchaient même pas à le vexer en agissant de la sorte : sa voix ne portait plus, tout simplement.

Artemis quitta sa chambre et sortit de l'enceinte du manoir. Malgré son manteau, un frisson lui remonta le long de l'échine. Ferdinand avait raison. Trois ans plus tôt, la Couronne lui avait signifié sa mise à la retraite. Il avait assumé les fonctions de vice-roi pendant un peu plus de vingt ans et pouvait donc aspirer à se retirer. Un instant, un instant seulement, Artemis avait imaginé que la lettre de Constance serait porteuse de clémence. Comment avait-il pu le croire ? Pourtant, la reine avait bien quelque chose en tête pour lui. Cette île. Ce bout de rocher, battu par les vents, perdu dans le golfe de la péninsule. La reine Constance avait formellement décrété qu'il en était le maître et le propriétaire, et elle lui souhaitait d'y mener une paisible retraite. Artemis s'engagea sur le petit sentier caillouteux bordé d'un muret conduisant à la grève. Autant lui indiquer à quel endroit creuser sa tombe ! Cette « récompense » pour services rendus n'était qu'une façon supplémentaire de se moquer de lui, en lui offrant un mouroir. Mais cette décision n'avait rien d'extraordinaire pour sa cousine, qu'il n'avait pas revue depuis vingt ans.

Son regard fut attiré par le ressac, par les vagues, si paisibles en apparence. Il n'avait pas revu bien des gens depuis vingt-cinq ans, des noms qui avaient su créer leur propre légende, parfois en disparaissant de la face du monde. Combien de fois, combien de temps Artemis les avait-il tous cherchés ? Il avait vite perdu le compte de ses tentatives devenues de cinglants échecs. L'ancien vice-roi déboucha sur la plage de galets blancs. Il pouvait faire le tour complet de l'île à pied, même à son âge, en moins de quatre heures. Pourtant, ce caillou ne lui déplaisait pas, pour être honnête. Artemis s'assit sur un rocher. Il commençait même à prendre quelques habitudes, au fil de ces mois de solitude et de réflexion, à l'image de ses plaisanteries rituelles avec Ferdinand au sujet de ses rendez-vous inexistants. Il tira sur sa barbe drue. Peut-être que Constance lui avait fait une faveur, au bout du compte. Le mercenaire avait enfin l'occasion de faire la paix avec lui-même. D'aucuns auraient pu le penser sincèrement.

Toujours assis, accompagné par le chuchotement de l'écume qui ne montait pas encore jusqu'à ses pieds, Artemis tira l'épée qu'il portait au côté ce matin. Ferdinand avait haussé un sourcil en le voyant boucler son ceinturon ; il n'y avait pour ainsi dire personne sur l'île, à part eux. L'ancien vice-roi était ravitaillé deux fois par mois, et c'était tout. Mais l'intendant n'avait rien dit, comme souvent. Artemis n'avait pas tenu cette lame entre ses doigts depuis des années. La sensation était étrange. Il avait vu apparaître de petites taches brunes sur le dos de ses mains. L'homme qui avait fièrement brandi cette épée était bien différent de celui qu'il était devenu.

Artemis Cortellan se souvenait encore des paroles de son père. Deux épées légendaires, forgées dans un métal tombé des étoiles… Celle-ci n'était peut-être pas en orichalque, mais elle n'en demeurait pas moins incroyable. Sa sœur était restée dans son écrin ce matin.

— Je n'ai pas été digne de vous. Pas depuis longtemps, murmura-t-il à la lame plantée au milieu des galets.

L'ancien vice-roi releva la tête. Au loin, un boutre

à voile bleue s'éloignait en barrant vers l'est, derrière une épave rouillée. Il était peut-être temps de remonter. Il était peut-être temps de se débarrasser de cette épée, ou de la ranger pour de bon dans son fourreau, de la remiser au placard. Il détourna les yeux sur la modeste falaise, à sa droite. Non. L'inaction n'était pas dans sa nature. L'ancien mercenaire avait toujours besoin de nouveauté. Avec un dernier regard en direction de sa demeure, sur les hauteurs, il saisit une cigarette au clou de girofle. Artemis appréciait leur goût sucré et le léger crépitement, presque joyeux, qu'elles émettaient en se consumant. Il doutait que leurs effets thérapeutiques soient vraiment efficaces, mais dans le doute, pourquoi se priver de ce petit plaisir ? D'autant qu'il les faisait venir en secret jusqu'ici depuis Cibao, la colonie au nord du Nouveau-Coronado qui appartenait à l'Ulster.

Quelques mois plus tôt, la dernière famille de pêcheurs qui vivait de l'autre côté de l'île avait mis les voiles. Artemis ne les avait pas chassés, ni lui ni d'autres représentants du Nouveau-Coronado, comme cela avait pu être le cas sur beaucoup d'atolls et autres archipels du golfe. Certains indigènes délogés étaient partis s'installer sur la côte, voire dans les terres, d'autres avaient rejoint les rangs de la piraterie. Souvent, Artemis avait réclamé que les forces du Nouveau-Coronado montent une véritable campagne pour pacifier le golfe. De nombreux bâtiments avaient été arraisonnés ces dix dernières années, quand ils n'étaient pas envoyés par le fond. Constance y voyait la main de corsaires à la solde des autres puissances coloniales du continent, mais Artemis nourrissait d'autres théories, que personne n'avait voulu écouter, une fois de plus.

L'ancien mercenaire porta la main à son flanc et grimaça. Il endurait ces élancements depuis de longs mois, mais aucun médecin n'avait su le soulager. Artemis avait souhaité faire appel à des indigènes, sans pouvoir en trouver. Il jeta un œil vers la tour au sommet d'une falaise, à sa gauche, que l'on apercevait à peine depuis la plage. Ses communications étaient surveillées. S'il pouvait recevoir des télégrammes, Artemis n'avait pas le droit d'en envoyer.

En vérité, il était en prison.

Lentement, Artemis se redressa. Il ne restait jamais bien longtemps face à la mer. Cette fois, il avait envie de prolonger un peu sa promenade, en empruntant un sentier différent pour reprendre la direction du manoir. C'était un manoir bien modeste d'ailleurs, selon les critères du Coronado. Pour la colonie, ce n'était pas si mal, même si la bâtisse restait moins impressionnante que certaines nouvellement construites à Carthagène. Pour autant, il ne regrettait pas l'ancien palais du vice-roi, d'un goût douteux, en plus d'être ouvert aux quatre vents. À l'époque, vingt-cinq ans plus tôt, on construisait vite, pour parer au plus pressé. Cette frénésie n'avait d'ailleurs jamais cessé.

Artemis se surprit à avoir le souffle court en remontant les marches taillées dans la pierre conduisant à l'entrée sud du manoir. Sur l'île, la végétation avait conservé sa nature luxuriante. De l'autre côté du golfe, deux décennies avaient tout changé. Si le véritable grenier à blé de la colonie se trouvait au nord, dans les plaines de l'ancien empire autochtone, les jungles du Sud avaient connu de grandes transformations elles aussi, dont les effets les plus radicaux ne se feraient sentir que dans plusieurs années. Il avait fait de son mieux pour tenter d'équilibrer les choses entre les deux pôles de la péninsule. Peine perdue. Avant même son séjour insulaire, il avait compris que les deux camps étaient inconciliables, d'autant qu'il ne fallait pas oublier qu'il était toujours possible que Nord et rebelles indigènes trouvent un terrain d'entente, eux.

Enfin, il se retrouva dans le petit jardin qui entourait le manoir. Ferdinand l'attendait. Il avait dû sortir à sa rencontre et se rendre compte qu'Artemis avait emprunté un autre chemin. Ferdinand le gardait à l'œil, tout comme son prédécesseur, qui avait trouvé la mort au cours d'un tragique accident deux mois plus tôt ; nul doute que les autorités désiraient que le majordome du vice-roi à la retraite puisse leur transmettre tout signe d'un comportement étrange de sa part. Ferdinand ne le suivait pas à la trace non plus. Sans doute avait-il peur de glisser lui aussi sur un rocher…

— Un problème, Ferdinand ? demanda Artemis en s'approchant d'un pas lent.

L'intendant était livide.

À la main, il tenait un bout de papier. Un télégramme.

— Vous avez un message, monsieur. De la part de Carthagène.

L'ancien mercenaire ne laissa rien paraître.

— J'écoute.

— C'est… au sujet des tensions avec le Nord. Un navire est en route. Il devrait arriver avant ce soir, ici même. Les autorités ont décidé de vous rappeler, afin de diriger nos troupes.

— Si le Nouveau-Coranado veut faire appel à son plus vieux serviteur…

Artemis poussa un long soupir. Finalement, le temps du repos n'avait pas encore sonné. Pour lui comme pour son épée.

— Le… le vice-roi est mort, monsieur. Assassiné par les rebelles indigènes, il semblerait, poursuivit Ferdinand, d'une voix toujours aussi blanche. Il n'y a eu aucune revendication de leur part, mais tout porte à croire qu'ils sont à l'origine de ce meurtre horrible.

Artemis autorisa, pour la première fois, un mince sourire à fendre son visage, et son regard s'éclaira d'une flamme bleue.

— Voilà une infamie de plus à venger. J'espère que mes tenues sont prêtes. Nous rentrons.

Artemis n'accorda même pas un regard au télégramme. La feuille tremblait toujours entre les doigts de son intendant qui la tenait pourtant maintenant à deux mains. Cortellan tira son épée et laissa le soleil réchauffer sa lame.

Tout se passait selon ses prévisions.

4

— Quelqu'un ? Pour moi ?

La vieille femme dodelina de la tête et disparut derrière une porte. Azel n'avait pourtant croisé personne, ni aperçu de cheval, hormis la carriole de la pension.

Sa main droite se posa sur la crosse de son arme. Il connaissait bien la bibliothèque, qu'il avait visitée lors de chacun de ses courts séjours. Azel pinça les lèvres. De quoi pouvait-il bien avoir peur ? Personne ne l'attendait assis en face de la porte, une carabine chargée sur les genoux. Le jeune homme décida même de monter d'abord dans sa chambre, pour déposer son balluchon. Une fois à l'intérieur, Azel jeta un coup d'œil par la fenêtre la plus proche. Apisi était couché dans le jardin. Au début, l'animal avait eu du mal à comprendre qu'il ne pouvait pas suivre son ami à l'intérieur, mais il avait fini par s'y faire. S'il n'aimait pas la ville, les jardins étaient d'une taille suffisante pour préserver son humeur. Azel prit le temps de se laver le visage, puis de s'allonger dix minutes sur le lit trop mou, avant de redescendre.

Il traversa la salle à manger avec en point de mire la porte de la bibliothèque, entrouverte. Il aurait pu temporiser, mais il l'ouvrit nonchalamment, avant de se figer sur place, incapable de faire un pas de plus.

— Bonjour, Azel.

— Bonjour, bredouilla le jeune homme.

Il sentit la paume de sa main encore sur la porte devenir moite, sa gorge se serrer. Depuis combien de temps n'avait-il pas vu la femme aux yeux vairons assise en face de lui ? Deux ans ? Deux ans et demi même.

— Tu as l'air d'aller bien.

— Père est là ?

La jeune femme eut un sourire presque amusé.

— Non. Il ne sait pas que je suis venue ici. On ne se parle plus beaucoup, ton père et moi.

— Parce que ça a déjà été le cas ?

Azel regretta aussitôt ses paroles. Les mots d'un enfant jaloux. Pas ceux d'un adulte de vingt et un ans, face à sa belle-mère de tout juste trente-cinq.

— Non, bien sûr, répondit-elle, sans paraître froissée. Mais je ne suis pas venue pour discuter de ton père.

— Comment m'as-tu trouvé ?

Azel n'avait aucune envie de l'entendre lui expliquer la raison de ces retrouvailles.

— Je sais que Trevelin et cette pension te font office de camp de base ces derniers mois. En fait, je suis là depuis une semaine déjà. J'espérais que tu rentres plus tôt.

— Désolé. En général, les fugitifs que je poursuis ne me facilitent pas la tâche.

— Azel, je ne serais pas venue si ce n'était pas important.

Le cœur du jeune homme battit plus fort encore.

— C'est à cause de père ?

Ombeline se leva et commença à tendre la main, comme si elle voulait saisir celles d'Azel pour le rassurer, mais le jeune homme fit un pas de côté. Sa belle-mère se figea, avant de baisser la tête.

— Non, rassure-toi, ton père va bien. C'est moi qui ai besoin de toi.

Combien de fois avait-il espéré entendre ces mots dans sa bouche ? Il savait quels risques avait courus Ombeline pour venir le trouver ici, seule. Mais ces risques, elle ne les avait donc pas pris pour lui ; seulement pour le solliciter.

— Je ne vois pas ce que je peux faire.

— Je te demande juste de m'écouter pour l'instant, si tu veux bien. Au moins… en souvenir de…

Elle ne termina pas sa phrase, mais sa nuque s'inclina un peu plus.

— Très bien, soupira Azel. Dis-moi.

La jeune femme ne parut pas soulagée pour autant, mais elle se rassit bien vite.

— Il y a quatre jours, une mission de la Croix-Blanche a été…

— J'en ai entendu parler, l'interrompit Azel.

— Bien. C'est la troisième fois en deux mois. Tu sais que pour ma part, je donne aux bonnes œuvres de l'ordre. Depuis quelques semaines…, le pasteur d'une autre mission et moi, nous faisons un peu plus que ça.

— Tu l'aides à laver le cerveau des gamins ?

— Azel, s'il te plaît. C'est tout le contraire, expliqua-t-elle en baissant d'un ton. Nous voulons les aider à fuir. À suivre le Grand Exil.

Cette fois, le jeune homme resta coi. Sa stupeur devait être lisible sur son visage. Le chamane avait déjà fait mention de ce voyage. Le Grand Exil, un départ vers l'ouest, vers une île mythique pour toutes les peuplades de la péninsule, un refuge unique, qu'aucune d'entre elles n'avait jamais trouvée : Ophir.

— Ce sont surtout des femmes et des enfants. Les hommes sont trop surveillés ou sont morts, quand ils n'ont pas décidé de reprendre les armes. Ils sont plus de trente à camper sur les terres de la mission. Il nous faut quelqu'un de fiable pour les conduire dans les montagnes.

— Ils cherchent vraiment Ophir ?

— Non, ils se contenteraient de Surkutir, rassure-toi. Ils passeraient ensuite la frontière et les chutes de Calabrim.

Azel détourna les yeux, en direction de la porte de la bibliothèque.

— Ça ne me rassure pas du tout. Vous avez perdu la raison. Un convoi de trente personnes sur les plaines ? Avant de devoir franchir des cols enneigés sur des centaines de lieues ? C'est de la folie. Tu ne peux pas croire que je pourrais accepter.

— Azel. Il n'y a que vers toi que je peux me tourner. On ne peut pas les cacher très longtemps. Ils ne sont pas vraiment à l'abri.

— Toujours plus qu'à découvert dans les plaines. N'importe qui pourrait s'en rendre compte. Il ne te faudrait pas seulement un guide, mais de quoi engager des mercenaires pour assurer leur protection. Je ne vois pas père financer tout cela.

— Je ne peux pas compter sur son argent, c'est certain. Et je n'ai pas l'intention de le contrarier davantage.

Ombeline disait sans doute la vérité ; ou du moins

elle croyait le faire. C'était toujours la même chose avec sa belle-mère : elle ne voulait pas faire de mal, mais quelles que soient ses intentions, les autres souffraient par sa faute.

— Quand bien même tu aurais de quoi soutenir cette expédition, cela ne change rien : c'est délirant.

Pour la première fois, la jeune femme se redressa.

— C'est leur seule chance, Azel. La seule. Ce monde n'est plus le leur. Ils ne peuvent pas rester. Tu passes ta vie dans la montagne ou seul sur les plaines, mais tu vois bien ce qui enfle depuis des mois, partout. La colère. Les jalousies. Je ne reconnais plus ce que les hommes comme ton père ont voulu bâtir ici.

Azel ricana ouvertement.

— S'il s'agit d'une nation dominée par une poignée de privilégiés, alors je crois au contraire qu'ils n'ont jamais été aussi heureux de leur réussite.

— Tu sais que tu exagères.

— Ne t'adresse pas à moi comme si j'étais encore un enfant, rétorqua Azel, les dents serrées.

— La situation s'aggrave, Azel, reprit Ombeline, ignorant sa dernière remarque. Tu as vu ce qui se passe sur le domaine, avec ces puits de pétrole. Les propres combats de ton père.

— Voilà qui le change, non ? Lui qui a volé des milliers d'hectares, là, au moins, on lui propose de les racheter. C'est déjà quelque chose.

— Tu sais que Carthagène se cache derrière ces décisions. Certains parlent même de sécession. Les premières victimes, ce seront une fois de plus ces femmes et ces enfants. Il faut les aider.

Les épaules d'Azel s'affaissèrent.

— Ce n'est pas une question d'argent, je ne peux pas, c'est tout. Je n'ai aucune envie de partir pour un voyage de plusieurs semaines. Tu ne me croiras peut-être pas, mais je suis sincèrement désolé pour eux. Pour toi.

Ombeline se rassit et observa un instant les jardins, avant de changer de sujet.

— Apisi a l'air d'aller bien. Je me souviens de la première fois que tu l'as ramené.

— Oui. Père a voulu l'abattre. Écoute, si tu penses m'attendrir, ce n'est pas comme ça que tu…

La jeune femme eut un sourire triste.

— Non, ce n'est pas cela. À cette époque, les choses étaient compliquées, mais tout a changé si vite…

Jusqu'à présent, Ombeline s'était exprimée avec une fougue, une passion qu'il ne lui connaissait guère. Impossible pour lui de ne pas se sentir presque jaloux de la voir défendre ces réfugiés avec une telle détermination, elle qui n'était que douceur. Mais, sous ses yeux, elle venait de redevenir la jeune femme blessée qu'il avait si longtemps côtoyée. Fragile, prête à céder, à craquer. Sa carapace était fêlée.

Avant même d'ouvrir la bouche, il regretta ses paroles.

— Je te raccompagnerai à la mission.

— Je suis venue en diligence. J'ai déjà pris mon billet de retour. Je peux très bien rentrer toute seule.

— J'irai voir tes réfugiés.

Azel leva aussitôt une main pour tempérer l'espoir que ses mots avaient pu ranimer.

— Je n'ai pas changé d'avis. Je ne veux pas jouer les guides, mais je peux toujours vous aider à ouvrir les yeux en t'accompagnant. Ensemble, nous trouverons peut-être une autre solution.

Cette fois, le jeune homme ne recula pas quand

Ombeline lui saisit les mains pour les serrer entre les siennes. Malgré les gants qu'elle portait, il était capable de sentir la douce chaleur qui émanait d'elles.

— Je te remercie, Azel. Il t'en coûte. Si seulement je pouvais t'épargner…

Elle fit un pas vers lui, cherchant à attirer la tête d'Azel contre son épaule.

Surpris, le jeune homme se laissa faire.

— Merci, répéta-t-elle.

Son odeur, le grain de sa peau, la couleur vive de ses cheveux… Azel ferma les yeux.

— Combien d'enfants ? Combien de femmes ? demanda-t-il, s'écartant lentement. Aucun d'entre eux n'a été confié à quelqu'un d'important ?

Quelques instants de plus et la situation serait devenue insoutenable. Il ne savait pas ce qu'Ombeline éprouvait de son côté en l'attirant contre elle, mais il n'avait aucune intention de le découvrir. Si la jeune femme ne parut pas troublée, elle dut tout de même chercher ses mots.

— Avant mon départ, il y avait cinq enfants de moins de douze ans, deux de moins de quinze et huit femmes.

— Avant ton départ ? Ce n'est pas définitif ?

— Eh bien…, je ne sais pas. Il se peut que certains d'entre eux aient entendu parler de la mission.

Une soudaine colère chassa toute nostalgie chez Azel.

— Bon sang, Ombeline ! Si père ferme les yeux sur tes combats, ce n'est pas le cas de tous dans la région ! Et tes petits amis n'ont pas besoin d'attirer l'attention sur eux !

— Je crois que les autres propriétaires ont d'autres

préoccupations. Entre les rebelles et les forces de Carthagène, une poignée de réfugiés cachés sur les terres d'une mission de la Croix-Blanche ne devrait pas les intéresser. Ce ne sont pas des confiés en fuite, Azel. Seulement des nomades.

— C'est ce qu'ils prétendent. Et même si c'est la vérité, peut-être que les rebelles voudraient les récupérer pour gonfler leurs rangs. Ils ne peuvent pas rester là. C'est…

— De la folie. Tu l'as déjà dit. Mais je ne pouvais plus rester les bras croisés. C'est facile pour toi, tu mènes ta vie comme tu l'entends, seul. Ce n'est pas possible pour eux.

Facile… La colère flamba un peu plus dans le cœur du jeune homme, mais il préféra ravaler sa bile. Facile. Comme elle se trompait !

— Père n'est pas sur le domaine en ce moment, c'est bien le cas ?

Ombeline fronça le nez.

— Oui. Il est parti pour la foire aux bestiaux de Providence. Il a deux mâles qui ont de bonnes chances de l'emporter, selon lui.

Depuis une dizaine d'années, les éleveurs de « licornes » organisaient de véritables duels opposant les bêtes parmi les plus impressionnantes de leur cheptel, au cœur d'arènes construites spécialement pour l'occasion.

— Encore ce tournoi. Je croyais qu'il avait d'autres sujets d'inquiétude.

— C'est une tradition.

— Alors, profites-en, répondit Azel, préférant ne pas songer à ces traditions bien souvent simples preuves de rigidité. De retour à la mission, il faut demander à ton convoi de rallier le domaine. Il y aura déjà un peu moins de risques pour eux.

— Mais enfin…

— Personne n'imaginerait mon père les laisser s'installer sur ses terres, non ? C'est bien pour ça qu'il faut le faire, grinça Azel. Mais ce n'est que mon avis. De toute façon, je sais que tu n'en feras qu'à ta tête.

Ombeline se permit enfin un sourire complice.

— Ne t'adresse pas ainsi à tes aînés.

Le jeune homme ouvrit la bouche. Il se sentait comme projeté des années en arrière, quand il avait cru pouvoir jouer les héros, quand il s'était imaginé qu'Ombeline aspirait à la même liberté que lui, que son père était aussi mauvais père que mari. Leurs conversations volées avaient toujours eu le don d'éclairer ses journées, de lui apporter un soupçon d'espoir sur lequel il avait longtemps refusé de souffler, de crainte de l'aviver. Azel referma la bouche ; il avait eu raison de le faire.

Il voulut tout de même lui répondre d'un mot, mettre un terme à cette conversation si éprouvante pour ses nerfs et se réfugier en haut des escaliers. Azel se surprit à songer au chamane. C'était la première fois qu'il repensait à son prisonnier. Pourquoi ? À cause de ce qu'il lui avait lancé au visage en arrivant en ville ? Ce dernier aurait bien ri en le voyant ainsi. Ce n'était pas la première fois qu'on pointait du doigt ses origines, et ce ne serait certainement pas la dernière. Plutôt que de s'interroger plus avant, il préféra proposer à Ombeline de sortir. S'ils devaient faire la route ensemble, il leur fallait parer au plus pressé.

Une heure plus tard, les deux jeunes gens retrouvèrent la rue principale pour faire rembourser le billet de diligence d'Ombeline et acheter quelques provisions supplémentaires avec l'argent récupéré. Ils s'apprêtaient à reprendre le chemin de la pension quand Azel se tourna en direction de la banque de la ville. Ombeline le rendait nerveux. Si jamais il lui arrivait quelque chose, son père l'accuserait et le jugerait responsable.

Azel serra les dents. Il ne lui arriverait rien.

Il remarqua tout de suite une agitation certaine, devant le tripot de la ville. Un groupe de cinq ou six hommes chantaient à tue-tête, une bouteille à la main pour deux d'entre eux. Tous semblaient passablement éméchés, mais leurs gestes et leurs regards restaient vifs, comme si leur ivresse était feinte. Le jeune homme ralentit le pas, retenant instinctivement Ombeline. Il n'avait jamais apprécié ce genre de festivités, qui pouvait très vite prendre un tour beaucoup plus sombre.

Le chasseur de primes plissa les yeux. Les hommes portaient le même genre d'armure de fortune que le dénommé Jophiel, si l'on mettait de côté l'absence de heaume. Ils devaient donc faire partie de la même bande, ce qui n'était pas pour le rassurer. Il n'avait pas vu d'insigne sur la poitrine ou à la ceinture de Jophiel, ce qui signifiait que lui et les autres ne faisaient pas partie de la milice. Celle-ci n'était guère recommandable, mais les mercenaires l'étaient moins encore. Les gens s'écartaient ostensiblement du petit groupe, quitte à changer de trottoir pour ne pas risquer de se faire apostropher.

— Ne vous faites pas prier ! fit l'un des six hommes. Venez donc fêter ça avec nous ! ajouta-t-il tandis que l'un de ses compères sifflait un air paillard.

Tous deux visaient un jeune couple sorti quelques instants plus tôt de la banque toute proche. Les quatre mercenaires restants s'étaient déplacés sur la chaussée, toujours aussi enjoués en apparence, pour leur barrer à moitié le chemin.

— On vous paie un coup à boire !

Un autre de leurs compagnons tapota une bourse à sa ceinture avec un geste équivoque.

— On a de quoi bien s'amuser tous ensemble !

— Allez, venez ! reprit le premier.

Un instant, Azel envisagea de retourner voir l'adjoint Demiral, mais sous quel prétexte ? Parce que des mercenaires chantaient trop fort dans la rue et n'hésitaient pas à interpeller des passants ? Azel savait qu'il valait mieux ne pas se retrouver sur le chemin de ce genre de bandes, qu'il comparait volontiers à des nuages de criquets. Si Jophiel était à la recherche d'ouvriers indigènes, alors ces hommes devaient être au service du propriétaire terrien le plus offrant. En plus des tensions croissantes avec le Sud, le Nord était souvent en proie à de véritables affrontements entre domaines majeurs. Quand les vachers ou les gardes privés ne suffisaient plus, beaucoup n'hésitaient pas à engager des mercenaires pour tenter de porter un coup fatal à un rival.

Par chance pour lui, le père d'Azel disposait de suffisamment d'influence pour éviter de telles attaques, même si certains propriétaires voisins se montraient de plus en plus téméraires.

Ignorant les remarques de la petite bande derrière un sourire tremblant, le couple fit mine de poursuivre son chemin. Le jeune homme leva même une main pour repousser l'un d'eux qui ne voulait pas s'écarter de son chemin.

— Hey, à quoi tu joues ? C'est pas très poli, siffla le mercenaire.

Il pirouetta pour éviter le bras du jeune homme et se retrouva derrière la compagne de ce dernier, la serrant aussitôt par la taille et posant son menton sur son épaule droite.

— Si ton bon ami ne veut pas venir avec nous, toi tu peux, non ? reprit-il.

Les rires résonnèrent de plus belle sous l'avant-toit de l'établissement.

— Il faut intervenir, Azel, lui intima sa belle-mère, une main sur son poignet.

Azel tressaillit.

— Je sais.

Il fit un pas en avant, à l'instant précis où Jophiel quittait à son tour le tripot, une tasse de thé ou de café encore fumante à la main. Les lèvres pincées, il la déposa délicatement sur la barrière.

— Bigre ! Mais que vois-je, que vois-je ? Ne sont-ce point de nouvelles têtes ? s'exclama le nouveau venu, ôtant son gant droit.

Le visage d'Azel s'assombrit. Jophiel fit deux pas pour se retrouver à la hauteur du couple. Puis, de son gant, il souffleta le mercenaire qui avait saisi la jeune fille. Celui-ci la relâcha aussitôt.

— En voilà des manières ! reprit-il, d'un ton bien différent. Nom d'une escopette ! Je vous en prie, allez-y, jeunes gens, la rue est à vous !

Le couple s'en fut sans demander son reste, passant au pas de course devant Azel et Ombeline, sans même les voir.

Alors que son camarade le regardait bouche bée,

Jophiel le gratifia d'une nouvelle gifle, beaucoup plus forte, si retentissante qu'elle lui fendit la lèvre. Il avait beau mesurer trois pouces de moins que chacun des six hommes autour de lui, Jophiel était de toute évidence leur chef.

— Sommes-nous là pour guindailler ? Non point, ajouta-t-il d'une voix douce.

Nouvelle gifle, qui fit cette fois reculer le mercenaire trop entreprenant.

— Ne recommencez point, malandrins !

Jophiel se servit encore quatre fois de son gant, si bien que sa victime finit par battre en retraite avant de s'écrouler de l'autre côté de la chaussée, sous le regard ébahi des badauds. Azel, lui, ne trouvait rien d'amusant dans cette scène. Le chef de bande renfila finalement sa manicle, dégoulinante de sang.

Sans un mot pour son camarade, il pivota vers le chasseur de primes.

— Salutations vespérales ! lança-t-il soudain, son regard toujours déporté de quelques degrés sur le côté.

Il claqua des doigts, projetant de fines gouttelettes cramoisies sur l'homme encore à genoux. Aussitôt, les autres se précipitèrent dans son sillage, sans même relever leur camarade.

— Tout cela ne me dit rien qui vaille, murmura Azel.

Le jeune homme se figea quand Jophiel fit volte-face ; l'avait-il entendu ? Allait-il les prendre pour cible ?

Le mercenaire se contenta de récupérer sa tasse.

— Dire que je voulais juste prendre un bon café, soupira Jophiel. Ces gouliafres auront ma peau.

Et cette fois, ses yeux se plantèrent dans ceux d'Azel.

5

Artemis Cortellan ne put s'empêcher de sourire en montant sur le pont de la corvette le ramenant à Carthagène. Sous ses yeux, au sommet du cap de Bonaventure, l'Ange aux épées se dressait de toute sa hauteur, les bras en croix.

Depuis plus de vingt ans, il avait considéré cette statue, constituée de centaines et de centaines de lames formant ensemble un séraphin, comme le symbole de ses défaites, alors qu'elle l'avait accompagné des années durant sur les champs de bataille du Premier Continent, tel un véritable porte-bonheur. Constance avait ordonné qu'on la déplace au sommet de cette falaise, non pas pour célébrer les succès de son cousin, malgré ses dires, mais avant tout par ironie. Tous deux savaient très bien qu'Artemis jugeait la statue avec mépris. Ce n'était pas lui qui avait fait tomber l'empire du Léopard, il n'en avait que trop conscience.

Aujourd'hui, les choses étaient différentes. Il était de retour, sous le regard de ce séraphin d'acier qui lui avait servi à forger sa légende. Toutes les lames qui le composaient, de la première à la dernière, étaient censées avoir été arrachées à ses ennemis. Une vérité, en grande partie. Pendant longtemps, Artemis avait été capable de nommer la plupart d'entre elles, mais bien vite il avait joué avec la vérité, comme souvent, pour mieux tromper le prochain adversaire à se dresser sur sa route.

Malgré les embruns, Cortellan ne voulait pas retourner en cabine. Il ne baisserait pas la tête, les yeux rivés sur la statue. À travers elle, il prendrait sa revanche sur tous ceux qui l'avaient berné ou considéré comme un simple rebut. Tous avaient oublié une chose, sa cousine la première : Artemis n'abandonnait jamais.

— Que les choses soient bien claires, Cortellan, je ne soutiens pas votre retour, fit une voix dans son dos.

— Et que les choses soient bien claires pour vous aussi, je n'en ai que faire, répliqua-t-il. Le Conseil a décidé à l'unanimité de me faire confiance.

Pas le temps d'attendre l'aval officiel de la reine. Pour le moment, Constance avait dû accepter la fin de l'exil de son impétueux cousin. Dédire le Conseil ne ferait qu'ajouter à la confusion, et la confusion ne pourrait que lui donner l'air faible aux yeux de ses rivaux.

Cette fois, son interlocuteur se contenta d'un grognement.

L'ancien vice-roi n'avait encore jamais croisé Ander Derrera, un capitaine de cavalerie de trente-cinq ans. Il s'était présenté à lui avec une solennité qui avait rappelé à Artemis les raideurs de l'Académie. À défaut de se montrer doué sur le champ de bataille, Derrera avait retenu de ses années de formation une affectation guindée, se raccrochant aux règles en espérant pouvoir s'abriter derrière. Du genre à compenser sa médiocrité par un zèle mal placé.

— Vous n'avez pas mené de bataille depuis combien de temps au juste ? Vous êtes peut-être une légende de l'Académie, mais vous êtes dépassé.

— Vous dites ? fit Artemis, se retournant vers le capitaine sans se départir de son sourire. Il est vrai que je n'ai pas commandé de troupes depuis longtemps. Je ne vais pas le nier. Mais parlons de faits, puisque vous aimez vous y référer ! À combien d'engagements contre ces rebelles indigènes avez-vous participé Derrera ? Combien ?

— Sept, répondit l'officier, le dos raidi.

— Et vous l'avez emporté combien de fois ?

— Ce n'étaient pas des batailles à proprement parler, chercha à se défendre Derrera. J'ai bien saisi ce que vous aimeriez m'entendre dire, Cortellan. Mais mes hommes et moi avons tout de même abattu deux cent trente de ces sauvages lors de notre dernière campagne.

Le sourire d'Artemis disparut.

— En comptant les femmes et les enfants.

— Comment osez-vous… ?

— C'est faux ? coupa Cortellan. J'ai lu vos rapports. N'allez pas croire que l'exil m'a privé de tout contact avec Carthagène. Des femmes et des enfants, Derrera. Rien que pour ça, vous auriez dû être démis de vos fonctions et renvoyé de l'armée. Vous souillez la réputation du Coronado, des deux côtés de l'océan.

Le capitaine de cavalerie serra les dents. Ses moustaches cirées frémissaient.

— Vous n'avez pas le droit de me parler sur ce ton. Je suis…

— Sous mes ordres, l'interrompit une nouvelle fois Artemis. Et vous devriez plutôt me remercier de ne pas vous gourmander en public. Vous êtes au mieux médiocre, mais n'ayez crainte, vous ne serez pas le premier à ne pas en souffrir plus que ça, si vous savez faire au moins une chose : écouter.

Sur la côte, de grands tas de scories emplissaient l'air d'une odeur légère, métallique et sulfureuse. L'herbe poussait en touffes éparses, se dressant entre de gros morceaux tordus de métal mis au rebut. Les longs bâtiments en brique des fonderies, des ateliers de moulage, des forges, des fabriques de poudre, des usines de munitions, des hangars de matériel ferroviaire et de locomotives étaient apparus à leur tour. Artemis se surprit à goûter cette vision. Comme lui, ce savoir-faire dormait depuis trop longtemps.

— Gardez vos leçons pour vos mémoires, siffla Derrera. Vous ne comprenez pas. Moi aussi, je vous connais, mieux que vous ne le croyez. Personne ne sait trop comment vous vous êtes retrouvé ici il y a vingt-cinq ans, vous et vos troupes. Ce n'est pas banal. Et vous n'avez pas réussi grand-chose sur place, à part repousser une bande de trois ou quatre cents cavaliers privés d'artillerie, en terrain plat et à découvert. Tout le monde connaît la véritable cheville ouvrière de la colonisation. Cérès Orkatz.

Artemis cilla. Il aurait tant voulu ne pas réagir. Cette fois, nul amusement ou sentiment de revanche, comme lorsqu'il avait posé les yeux sur l'Ange aux épées. Nulle ambivalence en entendant le nom de Cérès Orkatz. Le colonel du 22e avait disparu quelques mois après la chute de l'empire du Léopard et personne ne l'avait jamais revue[1]. On la disait devenue mercenaire à son tour à l'autre bout du continent, ou bien entrée dans les ordres en secret – hypothèse stupide à ses yeux – après avoir fait son retour au Coronado. En vérité, tout le monde avait perdu sa trace. Cortellan le premier. Il ne savait même pas si elle était encore en vie.

Carthagène se dessinait maintenant sous leurs yeux. Des bâtiments de toutes sortes avaient envahi la côte, même si la plupart des entrepôts et des usines se situaient de l'autre côté de la ville. Artemis n'avait jamais compris pourquoi le Nouveau-Coronado n'avait pas décidé de changer de centre névralgique une fois la péninsule conquise. Certes, en général, un pays choisissait toujours d'établir ses frontières loin de sa capitale, pour limiter les risques en cas de conflit. Mais dans le cas présent c'était surtout préjudiciable à l'autorité que l'on voulait exercer sur la région.

Face à ce silence soudain, Derrera crut pouvoir accentuer son avantage.

— Vous n'avez pas conscience des batailles que nous avons dû mener. Je vous parle d'un ennemi invisible. Pas moins. Et qui refuse tout combat direct. Ils sont tout le temps en mouvement.

— Et bientôt, vous allez me parler de fantômes dans la nuit, répondit Artemis d'un ton sec, pour masquer son trouble naissant. Je comprends votre frustration. Ce n'est pas ainsi qu'on livre bataille. Où est l'honneur, et autres balivernes. C'est vous qui ne connaissez pas la région, Derrera. Mais je ne vous blâme pas ! ajouta-t-il aussitôt en levant une main.

1. Voir *L'empire du Léopard.*

Les troupes locales ont elles aussi connu le laisser-aller. Pas assez de discipline, peu d'expérience… Les uns comme les autres, vous n'étiez pas prêts à faire face à un tel soulèvement.

— Vous voilà magnanime, cracha l'officier.

— Non. Je continue avec les faits. Rien de plus. Si la reine Constance a accepté mon retour, qui suis-je pour la contredire ? Et qui êtes-vous, *vous* ? Personne.

Pour la première fois, Derrera baissa les yeux.

— Je…

— Il va falloir revoir totalement notre stratégie. Plus de petits groupes à la poursuite des leurs. Il faut frapper fort. Mon successeur avait peut-être la tête ailleurs, et bien d'autres problèmes à régler en priorité, mais il faut cesser d'avoir peur de nommer les choses par leur nom. Il ne s'agit pas de mener à bien une opération de pacification, d'assurer la protection d'une personnalité ou d'une autre. Les indigènes ne représentent qu'une partie du problème. Ce que j'ai à mener ici…, c'est une guerre.

— Comme vous y allez ! Une guerre ! À croire que vous l'appelez de vos vœux.

— La guerre ne répugne à aucune ruse.

— Et nous avons tous hâte de savoir ce que vous nous préparez afin de nous conduire à la victoire, répondit l'officier, sans la moindre trace de moquerie dans sa voix.

— Oh, mais je n'en doute pas.

Artemis pivota de nouveau en vue de la côte.

— Je ne suis là que pour servir ma reine et mon pays.

L'ancien mercenaire se doutait bien de ce que devait penser Derrera. Même s'il parvenait à mettre un terme aux agissements des rebelles de tous bords, rien n'indiquait que Cortellan aurait droit à un autre destin que celui qui lui avait été attribué ; il retournerait sur son bout de rocher, pas au Coronado. Il devrait donc jouer une nouvelle carte. Son retour n'était qu'une première mais cruciale étape.

— Vous n'avez pas conscience des changements. Certes, nous n'avions jamais connu d'attaque de train, même du temps de la conquête. Non, personne n'aurait osé il y a quelques années tenter de faire sauter un puits de pétrole. Mais les choses vont désormais nettement plus loin que ces actes de sabotage : auparavant, les indigènes n'avaient jamais réussi à s'entendre. Chaque groupe cherchait avant tout à survivre. La seule chose qui aurait pu unir la plupart d'entre eux, c'était leur allégeance contrainte et forcée envers l'Empire. Ils n'étaient pas capables de présenter un front uni et nous en avons profité pour les faire tomber les uns après les autres. Mais ils ont à présent un chef.

— Le Loup Gris ?

— Ne l'appelez pas ainsi, siffla Ander. C'est lui donner une stature de figure héroïque.

— Oubliez son titre. Pensez seulement à ses actes. Personne ne sait qui il est, mais en quelques mois à peine, il les a tous unis sous sa bannière et les a poussés à embrasser la lutte armée. C'est un exploit inédit.

— Vous l'admirez, peut-être ?

Artemis ne répondit pas à la question.

— Vous avez trop longtemps sous-estimé vos ennemis, pris à la légère la menace qu'ils représentent. C'est votre faute s'ils sont devenus de plus en plus audacieux.

Derrera frappa le bastingage du plat de la main.

— Je ne peux pas vous laisser dire ça.

Nonchalamment, Artemis brandit un épais rapport.

— Il y a plus. Il y a deux semaines, les ingénieurs de la Compagnie orientale ont été chassés de leur campement. Trois d'entre eux sont morts. Pourquoi n'avez-vous pas réagi ?

— Je ne vois pas…

— Pourquoi les coupables n'ont-ils pas été châtiés ?

— Cortellan, vous savez aussi bien que nous que l'étendue de ce territoire est problématique. Le prévôt local a bien cherché à les retrouver, mais…

Derrera conclut sa phrase d'un haussement d'épaules.

— Précisément. Mais où sont-ils, ces prévôts ? Que font les responsables du Nord ? Tout ce que je constate, c'est que leurs terres restent la base arrière de ces rebelles. Ils se déplacent comme bon leur semble et je n'ai pas l'impression que les autorités soient très pressées de leur courir après. Ils préfèrent accuser Carthagène. Et la milice de la Compagnie des Cinq Cents ? Elle agit le plus souvent pour son compte. C'est presque une armée parallèle, mais financée par de l'argent qui devrait revenir dans les caisses du palais. Vous savez tout comme moi pourquoi : ils nourrissent leurs propres griefs contre la vice-royauté. Depuis votre refus devant leur projet de canal…

— Un refus dicté par la Couronne.

— Le résultat est le même : cela fait longtemps maintenant qu'il existe des dissensions entre eux et nous. Je vous l'ai dit : on ne peut plus fermer les yeux. Il faut affronter la vérité. Il y a dans nos rangs des éléments qui alimentent la discorde. Qui vous dit que les Cinq Cents n'ont pas guidé la main des indigènes ?

Ander se redressa.

— Vous allez très loin, Cortellan. Trop. Vous voulez une lutte fratricide ?

— Je veux en finir avec toute lutte. Je veux que tout soit remis à plat une bonne fois pour toutes. Je veux un Nouveau-Coronado uni. Et pour atteindre cet objectif, il faut être prêt à faire des sacrifices. En séparant le bon grain de l'ivraie.

Toujours circonspect, Derrera s'éloigna cette fois sans un mot, avec un regard pour le phare, dernière étape avant leur arrivée dans le port. Ne sachant plus quoi répliquer, le capitaine de cavalerie préféra rediriger son exaspération sur le timonier. Cortellan, pour sa part, choisit d'observer les courbes délicates de l'Opéra de la ville, construit alors qu'il était encore en poste. Probablement l'une de ses seules réussites depuis qu'il vivait dans cette région du monde.

À ce jour, du moins.

Artemis débarqua près de la capitainerie moins d'une demi-heure plus tard, les narines frémissantes. Une odeur suave et entêtante lui monta aussitôt à la tête, plus vive que la brise salée des quais mouchetés d'algues rouges.

— Ah ! Le parfum des mangues pourries ! lança-t-il joyeusement. Voilà une chose qui ne m'avait pas manqué !

Derrera, qui le suivait de près, grommela, considérant sans doute qu'il s'agissait d'une remarque ô combien désinvolte à l'heure où Carthagène pleurait le vice-roi. Les exactions contre les indigènes s'étaient multipliées depuis deux jours, alors que l'on avait enterré Rodrigo Alcàcer quelques heures plus tôt à peine. Encore un sujet délicat à traiter ! Cortellan s'était montré très clair face au capitaine de cavalerie : il n'était pas de retour pour assumer les fonctions de vice-roi. Il l'avait fait pendant plus de deux décennies et c'était bien assez à son goût. Que la reine Constance nomme donc un nouveau pantin. Lui devait investir à présent un rôle bien plus large, alors que les contestations montaient de toutes parts. La Compagnie des Cinq Cents s'était interrogée publiquement sur les intentions de la Couronne, proposant son propre candidat pour prendre la tête de la colonie, tout en sachant pertinemment que le Conseil n'en tiendrait pas compte. Cette manœuvre avait étonné Cortellan, car, à sa connaissance, la plupart de ses membres avaient abandonné la diplomatie pure. Il fallait croire qu'une poignée s'y accrochait encore.

— Si vous ne voulez pas loger au palais, où faut-il vous conduire pour le moment ? reprit Derrera, alors qu'ils rejoignaient la promenade.

On avait chassé les marchands, ambulants ou pas, du moment qu'ils n'étaient pas citoyens de la colonie. Pour tout dire, la promenade tout entière semblait désertée, signe évident de tensions en ville.

— Pourquoi pas dans la caserne ? Je veux être au plus près des troupes.

Le capitaine ouvrit la bouche mais se figea aussitôt. Une cloche sonnait à toute volée en ville. Il devait forcément s'agir de la basilique pour qu'on entende aussi bien un carillon aux accents devenus sinistres. Ils étaient trop à l'écart pour pouvoir observer les rues les plus proches, mais aucun incendie ne semblait s'être déclaré. La cloche sonnait toujours. On discernait aussi des cris, derrière les clameurs du bronze. Des cris de plus en plus bruyants, qui semblaient gagner toute la ville.

— Que se passe-t-il encore ? maugréa l'officier en se retournant vers le petit groupe de soldats qui venait de débarquer avec eux.

Évidemment, aucun d'entre eux ne savait quoi lui répondre. Artemis les considéra tous d'un œil dur, puis il se baissa pour ramasser une mangue blette.

— Vous évoquiez tout à l'heure la situation qui pourrissait depuis des mois ? Je crois que le couvercle a sauté. Plus vite que je ne le pensais moi-même, je dois l'admettre, ajouta-t-il avec un sourire froid. Je vous l'ai déjà dit, le véritable ennemi, ce n'est pas ce Loup Gris, ni les indigènes. Ce sont les anciens de la Compagnie des Cinq Cents.

— De quoi parlez-vous ?

— Allons, vous n'avez toujours pas deviné ? Je vous avais mis en garde tout à l'heure. C'est la guerre, souffla Artemis, devançant les paroles d'une estafette accourant à leur rencontre. La guerre entre Carthagène et le nord du pays.

6

Au petit matin, Azel retrouva Ombeline dans la rue, mais il se raidit aussitôt.

Sa belle-mère était en train de discuter avec Jophiel, qui tenait son casque sous un bras. La jeune femme souriait, comme souvent. Ses yeux, en revanche, semblaient chercher à fuir son interlocuteur, et les coins de sa bouche n'étaient pas relevés, mais figés. Ils se tenaient tous les deux devant la porte cochère de la banque, tandis qu'Azel s'était absenté deux minutes pour rejoindre le bureau du prévôt, prêt à consulter les nouvelles offres de prime. Il s'était senti soulagé en ne croisant pas le chamane, mais cette sensation venait de voler en éclats.

— Ah, vous devriez rejoindre madame votre mère, souffla l'adjoint Demiral dans son dos, s'appuyant à deux mains sur la barrière. Ce gars-là et sa bande…, je ne les avais encore jamais vus, mais ce sont sûrement les pires gredins que j'aie croisés depuis longtemps. Deux d'entre eux ont manqué foutre le feu à l'auberge cette nuit et un troisième s'est amusé à passer à tabac un domestique. Je ne sais pas ce qu'ils cherchent, mais… je ne peux pas sévir tout seul.

Azel tâcha de ne pas presser le pas, tout en se redressant légèrement. Les autres mercenaires n'étaient pas dans la rue, ou demeuraient hors de vue. Un doigt sur son chapeau, il salua Jophiel en silence et se tourna vers Ombeline.

— Tout va bien ?

Le visage de sa belle-mère ne trahit aucun agacement.

— Bien sûr, Azel. Je répondais aux questions de ce monsieur.

— Alors, vous êtes de la *fazenda* Alborán, vous aussi ?

Azel se contenta d'un hochement de tête.

Le regard de Jophiel se posa alternativement sur le jeune homme et sa belle-mère, sans jamais les dévisager vraiment, toujours changeant.

— Je me permettais de solliciter madame au sujet de la requête dont je vous entretenais hier, sans blandices aucunes. Au cas où sa réponse eût été différente.

— Je peux vous affirmer qu'elle ne l'est pas, répliqua alors Ombeline. Les indigènes qui ne travaillent pas déjà sur un domaine ou ailleurs sont libres d'aller où ils veulent.

Jophiel sourit. Ses boucles rousses lui retombaient dans les yeux, voilant son regard et accentuant un peu plus encore son rictus.

— Pas de calembredaines entre nous, je vous prie ! J'ai ouï bien des échos à ce propos. Ne m'en veuillez point, je vous prie. Je suis seulement un émissaire.

Instinctivement, Azel s'était placé entre le mercenaire et Ombeline.

— Si vous êtes là pour voler des ouvriers, je vous conseille de ne pas vous faire prendre, dit-il en appuyant une main sur le torse de son interlocuteur, qui baissa aussitôt les yeux. Ou vous risquez d'avoir beaucoup de chasseurs de primes pressés de vous rencontrer.

— Diantre, monsieur ! Il est dommage de me prêter des intentions aussi malavisées. Gardez donc le sourire auprès d'une si belle femme. Je ne voulais point incomber de me montrer trop entrepreneur à votre goût. Et je ne connais point ces querelles entre domaines qui vous mettent de si méchante humeur.

Comme la veille, Jophiel n'insista pas et repartit en direction du tripot qui constituait le quartier général de son groupe.

— On dit entreprenant, crétin, siffla Azel, pour ne reprendre que l'une de ses multiples fautes.

Il attendit de le voir franchir le seuil de l'établissement avant de se tourner vers Ombeline.

— Tu es prête ? Il va falloir galoper à bride abattue. Nous n'avons pas de temps à perdre.

— Je chevauchais déjà au Coronado quand tu pleurais encore dans tes couches, répondit-elle, cherchant à alléger l'atmosphère.

En moins d'une heure, après un dernier détour par la pension préservée de toute cette agitation, les deux cavaliers avaient quitté la ville. La veille, Ombeline s'était procuré une monture, négociant pied à pied. Mais elle avait bien fait : le cheval soutenait sans difficulté la comparaison avec celui d'Azel et leur première journée de route se déroula sans difficulté.

Tous les deux n'avaient jamais voyagé seuls l'un avec l'autre. Pour tout dire, Azel ne se souvenait pas avoir déjà accompagné sa belle-mère ainsi, sur les plaines. Les premières lieues à la sortie de la ville avaient quelque chose de presque sauvage, zébrées de vastes étendues de lupins en fleur, chargés de lourdes grappes violettes. Un peu plus à l'ouest, une rivière traçait son propre chemin, fil d'or serpentant au fond d'un val de grès. Ici, la nature vibrait de couleurs intenses, sans nuances : des aplats jade, cobalt, opalins, jetés sur une toile immense.

Ils décidèrent de dormir à la belle étoile, après une journée de silence et de vent.

— Jamais je n'aurais eu cette liberté au Coronado, fit la jeune femme, une fois assise près du feu de camp. Voyager ainsi, ajouta-t-elle alors qu'Azel ne répondait pas, seule, avec un homme, au milieu de nulle part. Pour ça, j'ai fini par apprécier ces terres.

— Elles vont vite changer, répliqua le jeune homme.

À son tour, Ombeline s'abstint de réagir. Azel savait qu'elle ne changerait pas d'avis, pas cette fois. Ils avaient laissé derrière eux les premiers puits de pétrole, qui se multipliaient dans la région. Même Azel avait été bien obligé de les remarquer ; impossible de faire autrement face à ces géants de métal qui se dressaient sur les plaines. Pour quel résultat ? Impossible à dire. Même en leur tournant le dos, difficile de ne pas saisir au loin ces grincements plaintifs portés par le vent, sans même parler de leurs relents infernaux.

— Père devrait vendre. Je ne crois pas qu'il ait jamais été heureux ici, reprit Azel. Il devrait en profiter pour retourner au Coronado. J'imagine qu'il a gagné le droit de rentrer.

Ombeline garda le silence.

— Je monterai la garde cette nuit. Inutile de te

réveiller. Je peux me débrouiller seul. Apisi est là pour me faire la conversation.

— Je ne sais pas comment je dois prendre le fait de savoir que tu me préfères la compagnie d'un chien. Mais je ne discuterai pas.

La jeune femme plaisantait, du moins en grande partie. Azel ne releva pas ce trait et la laissa s'installer sous sa tente. Il resterait donc là, seul, à contempler les flammes, une couverture sur les épaules. Les cendres ne tombaient plus et Azel espérait qu'elles en resteraient là pour la nuit. Quoi qu'il en soit, celle-ci serait courte. Il ferait jour avant que le soleil ne donne la pleine mesure de ses rayons et le jeune homme comptait bien avoir repris la route à ce moment-là. Plus tôt ils arriveraient à la porte de la mission et plus tôt il pourrait repartir. Faire la route en tête à tête avec Ombeline s'avérait plus éprouvant pour ses nerfs que n'importe quelle traque. Même au bout de plusieurs heures, Azel ne se sentait toujours pas à l'aise en sa présence.

Pourtant, ils s'étaient contentés de chevaucher l'un derrière l'autre ou côte à côte, rien de plus. Le temps était encore clément. L'herbe avait viré au brun et les montagnes brillaient comme un cercle de flammes. Les rumeurs de la terre passaient toujours pour des paroles chaleureuses. Ombeline semblait s'être réchauffée depuis leur entretien dans la bibliothèque, au contraire d'Azel. Il ne parvenait pas à chasser pour autant une étrange sensation d'espoir, qui ne faisait qu'aviver un peu plus son malaise. Lui demander de profiter d'une nuit complète de sommeil était une façon pour lui de se retrouver enfin seul. Il tendit la main vers Apisi, qui suivit des yeux ce geste avec attention mais ne releva pas la tête, posée sur ses pattes avant.

— Tu es fatigué toi aussi, chuchota Azel. Je comprends. Ces derniers jours ont été compliqués, c'est vrai.

Mais les suivants ne le seraient-ils pas plus encore ?

Adossé à sa selle, le jeune homme parvint à se reposer une heure ou deux, la nuque à même le cuir usé. À dire vrai, il ne craignait pas vraiment de danger cette nuit. Les indigènes rebelles n'attaquaient pas les voyageurs isolés. Ils ne l'avaient jamais fait, et à raison : s'ils avaient commencé à attaquer de simples civils, l'armée se serait intéressée à leur cas depuis longtemps. Quant à l'étrange bande croisée à Trevelin, elle était encore en ville à leur départ et Azel avait entendu dire que les cavaliers voulaient traverser le prochain fleuve dans la direction opposée à celle du monastère.

Ombeline se réveilla avant cinq heures du matin et Azel sauta sur ses pieds pour activer le feu, la prenant de vitesse pour éviter de la voir se rapprocher.

— Je n'ai pas grand-chose à manger, la prévint-il.

— La même chose que tous les jours, j'imagine ? répondit la jeune femme, en passant une main dans ses cheveux pour les attacher. Je n'ai rien contre la viande séchée.

Moins d'une demi-heure plus tard, ils étaient de nouveau à cheval au milieu des berces laineuses. Apisi trottinait à la hauteur d'Azel, jetant des coups d'œil suspects à sa monture, comme s'il imaginait que l'on ne pouvait faire confiance à une bête aussi grande ; le demi-loup avait conservé une méfiance certaine à l'égard des chevaux.

— La mission doit se trouver à trois heures de route, pas plus, indiqua Ombeline en tendant le cou.

Comme les forts, les domaines de la Croix-Blanche étaient tous bâtis sur le même modèle, avec au centre une chapelle. Le tout placé sous la protection de l'un des séraphins appartenant à leur panthéon, chaque ordre composant la Croix-Blanche dépendant d'un protecteur défini. Le jeune homme grogna en se souvenant de ses leçons de catéchèse. Pendant longtemps, il avait dû apprendre par cœur leurs noms et leur histoire. Qui était qui, au bout du compte ? Ils se ressemblaient tous à ses yeux.

Ce matin-là, les averses de cendres n'avaient toujours pas repris. Le jeune homme leva la tête, plissant les yeux. Il ne put s'empêcher d'esquisser un petit sourire, qui n'échappa pas à Ombeline, revenue à sa hauteur.

— Qu'est-ce qui t'amuse ?

— Rien. Les cendres… Ils ne sont pas habitués à cela dans le Sud.

Autour d'eux, le paysage refusait obstinément de changer. Quelques hêtres servaient de point de repère à Azel, tandis que la brume se déployait sous le regard des montagnes taillées à la serpe. Caressée par la brise, la nappe de brouillard formait de véritables vagues, aux mille reflets irisés. Le chasseur de primes aurait même pu désigner chaque courant qui l'agitait, au gré des coups de vent et des collines.

— On dirait des grappes de lucioles, lui fit remarquer Ombeline, désignant un tourbillon de brume plus lumineux que les autres.

L'amas cotonneux semblait s'accrocher de toutes ses forces à un buisson de fougères géantes. Azel acquiesça sans mot dire. Un peu plus tôt, il s'était fait la même réflexion, se souvenant de grottes de la région connues pour abriter des milliers de vers luisants. Son esprit vagabond avait même songé à proposer un détour à sa belle-mère. Il était décidément toujours aussi bête.

Par chance, comme prévu, ils arrivèrent en vue de la mission en milieu de matinée.

Les plaines n'avaient pas encore eu le temps de se réchauffer. Azel se redressa sur ses étriers. Même si on avait visiblement tenté de les dissimuler derrière des bâches, déceler la présence d'un nombre étonnamment élevé de chariots et autres charrettes à bras dans la cour de la mission était chose aisée. Ils n'avaient pourtant pu emporter avec eux ce qui à leurs yeux n'avait pas de prix : leurs champs, la chaleur des anciens étés, le ciel pâle d'hiver ou l'odeur de leurs souvenirs. Les fuyards s'étaient contentés d'empiler leurs affaires sur une antique guimbarde. Pas de poules ou de chats, ils avaient dû les abandonner eux aussi.

— Laisse-moi leur parler, fit Ombeline, à l'approche du mur qui délimitait le domaine. Les armes les mettent mal à l'aise. En attendant, tu peux te recueillir dans la chapelle.

Cette fois, Azel éclata de rire.

— Ma foi… Ne me demande pas de confesser mes péchés ou je ne repartirai pas avant demain.

Les deux voyageurs franchirent le portail de la mission et le jeune homme abandonna Ombeline, la suivant du regard alors qu'elle s'approchait d'un groupe de réfugiés. Ils étaient tous installés à l'extérieur des bâtiments, sous les arcades.

Tout en secouant la tête, Azel se rendit à la porte de la chapelle.

— Reste à l'entrée, ordonna-t-il à Apisi.

Pourquoi ne pas s'asseoir cinq minutes sur un banc ? Le jeune homme ne se voyait pas faire les cent pas dans la cour.

— Azel ?

Il se raidit aussitôt en reconnaissant la voix qui venait de l'interpeller, surgie de la pénombre.

C'était son frère, Heitor. Sa voix, résonnant comme dans la caverne. Le fer. La douleur.

— Qu'est-ce que tu fais ici ? gronda Azel.

Il le distinguait maintenant, debout devant la statue de séraphin, au bout de la courte allée centrale. Son demi-frère se tenait là, immobile, un balai entre les mains.

— Je suis arrivé il y a six mois. Je ne savais pas que tu devais venir aujourd'hui.

— Je ne serais pas venu si j'avais su que tu étais en poste ici.

— Je crois que si. Ombeline aurait bien réussi à te ramener.

Azel fronça les sourcils. Sous-entendait-il quelque chose ?

— Tu la soutiens dans cette folie ?

— Elle s'est tournée vers moi, répondit Heitor. Je ne pouvais pas abandonner ces gens.

Azel serra les dents. Il n'avait jamais revu son frère depuis que ce dernier était entré dans les ordres, dix ans auparavant. Devait-il le croire sur parole quand il affirmait aujourd'hui qu'il se souciait du sort des autochtones ?

— Et tu es prêt à défier ton père pour cela ? rétorqua-t-il.

Heitor secoua la tête.

— C'est aussi ton père, Azel.

Il fit un pas en avant. Dans la pénombre, il semblait usé, les épaules voûtées.

— Inutile de me le rappeler.

Heitor leva une main en signe d'apaisement.

— Ne nous disputons pas sous l'œil des séraphins. Je ne voulais pas t'offenser. Ainsi, tu as donc accepté de jouer les guides ?

— Moi ? renifla le jeune homme. Non. Je suis seulement venu voir de quoi il retournait. Comment peux-tu faire ça toi aussi ?

— Je n'ai pas envie de les voir devenir esclaves. Ils ont le droit de tenter de rejoindre leurs rêves.

— Des mirages. C'est bien tout ce qu'ils peuvent espérer atteindre. Et les enfants ? Je croyais que les missions étaient là pour les… éduquer.

Heitor poussa un long soupir en détournant les yeux.

— Nous savons tous les deux que c'est mal, Azel. Je ne cautionne pas ces directives.

— Très bien. Ta conscience t'honore. Mais bien sûr, ce sont aux autres d'agir à ta place. Qu'est-ce que tu as fait à part les laisser se cacher ici ?

— C'est déjà plus que beaucoup de mes confrères, malheureusement.

Azel ne répondit pas. Heitor avait raison, aussi triste que soit ce constat. Le jeune homme se surprit à lui confier ce qu'il avait prévu de faire. Avait-il tranché en chemin ? En arrivant, sur un coup de tête ? Ou sitôt retrouvé Ombeline dans la bibliothèque de la pension ? La réponse n'était que trop évidente à ses yeux.

— C'est trop dangereux pour eux de rester. Je vais les conduire sur le domaine, le temps qu'ils se préparent pour la suite de leur voyage.

— Chez nous ? Mais…

— Je ne vois pas d'autre solution. Tout le monde sait que père ne tolère pas les fuyards. Tu te souviens quand il avait délogé les trois familles installées près du ruisseau ? Ou des échauffourées avec les Cortillo au sujet des sources d'eau chaude ? Personne n'ira les chercher là. En tout cas, pas s'ils restent deux ou trois jours seulement.

— Je vois.

— Tu n'es pas d'accord ?

Une nouvelle fois, Heitor semblait tout faire pour éviter le moindre risque de conflit.

— Je ne suis pas apte à prendre ce type de décision. Si tu penses que c'est la bonne solution…, je crois que tout le monde t'écoutera.

Tout le monde… Azel n'avait pas l'intention de s'adresser à tout le monde, précisément. Peu à peu, son regard s'était fait aux ténèbres qui écrasaient la chapelle.

— Tu t'es habitué à cette vie ? demanda-t-il enfin. Père t'en veut encore d'avoir quitté le domaine. Et bien sûr, ça lui est déjà arrivé de m'accuser d'être responsable de ta décision.

À ces mots, Azel revit le sourire de son frère, ce sourire qui l'avait hanté pendant des années, celui qui avait dissimulé les intentions les plus abjectes, sans oser se rebeller contre Antero.

— Il t'accorde trop d'importance, comme souvent. Je ne suis pas entré dans les ordres parce que j'avais honte de mes actes passés, même si, en effet, j'avais honte de ce que je t'ai fait subir ou de mon comportement avec la plupart de mes semblables. J'essaie juste de faire de mon mieux pour ne pas avoir plus de regrets que je n'en ai déjà, lorsque j'arriverai au bout du chemin.

Azel aurait voulu lever les yeux au ciel, ricaner, ouvrir la bouche pour lui lancer une pique acerbe. Mais il se contenta d'un hochement de tête.

— Tu crois qu'ils ont une chance de parvenir à destination ? lui demanda Heitor.

— Certains peut-être, répondit Azel, sans hésitation. Tous, ça m'étonnerait. À lui seul, le voyage leur prendra plus d'un mois. Tu es prêt à défier ta hiérarchie pour eux ?

Heitor se retourna à demi, levant les yeux sur la statue dans son dos.

— Ce n'est qu'un concours de circonstances. Je ne vois pas les séraphins soutenir cette position. Je suis bien placé pour savoir que l'Église n'est là que pour pacifier les foules et éviter le recours à l'armée.

Azel se surprit à trouver cette conversation presque trop facile à mener. Mais plus de dix ans s'étaient écoulés depuis cette fameuse nuit. À part quand il se passait la main sur l'épaule, son marquage ne le faisait plus souffrir depuis longtemps. Lui comme son frère avaient vécu trop de choses au cours de toutes ces années pour avoir encore la force ou l'envie de régler leurs comptes dans le sang. Le jeune homme se retourna en entendant Ombeline rire. À contre-jour, il la vit jouer avec l'un des enfants du groupe, dans la cour.

Heitor fit alors un pas vers lui, mais Azel pivota aussitôt.

— Même si je les conduisais aux chutes de Calabrim, ça ne changerait rien, reprit-il, soudain contrarié. Pourquoi la situation serait-elle plus favorable pour eux de l'autre côté de la frontière ? Les autres colonisateurs ne sont pas plus cléments que le Coronado.

— Laissons-les suivre leurs rêves. De toute manière, que peut-on leur offrir d'autre ?

Ce n'était pourtant pas les idées qui manquaient : leur rendre leurs terres, leurs traditions. Cesser de les exploiter.

Heitor fit un autre pas vers son demi-frère. Il ne restait plus que deux bancs pour les séparer.

— Azel. Aimerais-tu te recueillir un moment avec moi ?

— Prier ? Certainement pas.

Il désigna Ombeline du pouce.

— Je ne suis pas venu pour ça. Ni pour toi.

— Oh, je sais très bien pourquoi tu es là.

Azel quitta la chapelle sans un regard pour son frère, mais il demeura sur le seuil. Allait-il le suivre ? Au bout de quelques instants, les chuchotements du balai reprirent leur cours.

À sa gauche, l'un des enfants du groupe l'observait, un bout de bois dans une main et un petit canif dans l'autre. Tous, en réalité, le dévisageaient. Ombeline se tenait en avant, comme pour les présenter. Sûrement pas ! Le jeune homme s'adressa à elle, sans un regard pour les autres.

— Tu aurais pu me dire qui dirigeait cette mission, lui reprocha-t-il.

— Je pense que j'aurais réussi à te convaincre de venir jusqu'ici malgré tout, mais je ne voulais pas que tu passes le trajet à appréhender ces retrouvailles.

— Tu me connais si bien, ironisa-t-il.

Inutile de prolonger cette conversation. Azel balaya du regard les indigènes rassemblés dans la cour. Hommes, femmes et enfants, tous efflanqués, tous mal fagotés, certains chaussés de simples sandales de paille, dont les brins s'éparpillaient déjà. Heitor avait dû leur faire don de vêtements, mais ceux-ci se révélaient souvent trop grands, trop usés. Leur peau olivâtre était terne, leurs regards se faisaient fuyants, même parmi les enfants. Ombeline n'avait pas cherché à minimiser la vérité : ils devaient être une grosse vingtaine. C'était beaucoup trop.

Il se retourna vers sa belle-mère.

— Tu les connais tous ? Est-ce qu'il y a des cas particuliers dans leurs rangs ? Il faudra que tu me racontes ça sur la route. On ne peut pas attendre.

— Sur la route ?

Azel soupira.

— Ils représentent une cible trop évidente ici. Heitor aussi, pour être honnête. Le temps de trouver une solution, il vaut mieux tous repartir pour le domaine. Ce sera plus facile de cacher autant de personnes parmi les domestiques.

— Avec toi, finalement ?

Le pisteur haussa les épaules, faussement désinvolte.

— C'est la seule solution qui me vient à l'esprit pour l'instant. Votre projet a été préparé dans l'urgence. Il faut parer au plus pressé le temps de réfléchir à la bonne solution. Si elle existe.

La jeune femme acquiesça, la mine solennelle, puis son regard glissa dans le dos d'Azel. Heitor avait quitté la chapelle, un seau à la main.

— J'ai prévu quelques provisions, nous les avons déjà chargées, expliqua-t-il à son demi-frère.

— Formidable.

Presque malgré lui, Azel pivota une fois encore vers la foule de fuyards.

— Tous parlent la langue du Coronado ? Vous, là, vous saurez répondre si un colon vous interpelle ? demanda-t-il à un jeune homme brun dégingandé aux sourcils broussailleux. Alors ?

Un vieil homme s'avança et prit la parole, tandis que son compagnon plus jeune baissait la tête, affichant une mine penaude.

— Otiru était interprète autrefois et…

— Pour un interprète, il est encore plus taiseux que moi, ricana Azel.

Les deux indigènes échangèrent un curieux regard, puis le vieillard ouvrit de nouveau la bouche, une main posée sur une roue de chariot.

— C'est parce qu'il ne peut pas. On lui a tranché la langue.

Azel inspira bruyamment par le nez.

— Oh. Désolé. On ? Des colons ?

— Eh non, répondit le vieillard avec un sourire triste. Des membres de son clan. Otiru avait renoncé au travail de la terre et à la chasse pour servir les colons du Coronado. Il l'a fait pour aider sa famille, mais à part sa femme, personne ne l'a vu ainsi.

— Les colons devaient très bien payer s'il a accepté de trahir les siens, maugréa Azel.

— Quand ils se sont établis plus loin et surtout quand ils ont commencé à apprendre quelques mots de notre langue par eux-mêmes, ou nous une partie de votre propre langue, ses services ont fini par ne plus être vraiment nécessaires. Mais il était devenu très riche et la jalousie a frappé une partie des cœurs du clan.

— Alors ils se sont servis de son rôle comme prétexte.

Le vieillard acquiesça. Pendant toute la conversation, le dénommé Otiru s'était contenté de contempler l'horizon.

— Ils lui ont tout de même laissé la vie sauve, mais il s'est retrouvé privé de son meilleur atout, et chassé du clan. Pour lui, l'exil est la seule solution.

— Sa femme n'est pas venue avec lui ?

— Non.

Le vieillard chenu se satisfit de cette réponse et, cherchant de toute évidence à éviter d'embarrasser un peu plus son camarade, il s'approcha encore d'Azel puis s'inclina, les deux poings serrés l'un contre l'autre.

— Je me nomme Usan. Au nom de tous mes compagnons, je vous remercie de nous accompagner.

Cette fois, ce fut au tour d'Azel de garder un silence contrit. Dans son dos, le regard reconnaissant d'Ombeline ne l'avait pas quitté un instant.

7

Après s'être adressé au Conseil une bonne partie de l'après-midi, Artemis Cortellan avait rejoint la réception qu'il avait décidé d'organiser dans les jardins du palais, seul havre de paix de la cité. Un doux feulement vint le distraire… Des pupilles dorées illuminèrent les ténèbres, un peu sur sa droite. Au milieu des pelouses parsemées de jonquilles aux couleurs éclatantes, le nouvellement promu général avait été surpris de découvrir deux léopards des neiges, solidement enchaînés malgré leur état lamentable, qui laissait penser que les félins auraient eu bien du mal à dévorer le moindre invité. Le regard d'Artemis se durcit. Il n'avait jamais admiré ces bêtes, véritables fantômes des montagnes, autrefois symboles de l'Empire du même nom, mais en faire des animaux de compagnie constituait l'une des pires idées du défunt vice-roi Rodrigo.

Assis dans une exèdre, il se tenait adossé contre le marbre opalin de l'une des terrasses basses du palais, qui donnait justement sur les pelouses, et observait les léopards en attendant de pouvoir s'adresser à son public du soir.

Il avait bien revêtu une magnifique livrée, mais il

n'était définitivement pas un invité comme les autres, encore moins en cette soirée. Le général attirait tous les regards, en particulier après son discours devant les « élus » du Conseil. Les Cinq Cents, l'alliance de grands propriétaires terriens venus s'installer dans la colonie en échange d'importantes subventions, avaient décidé de proclamer l'indépendance non pas des seuls territoires du Nord, mais du Nouveau-Coronado tout entier, en leur nom. Quelle audace ! En particulier à tout juste deux mois des célébrations des vingt-cinq ans de la colonie. Il fallait mater cette contestation nouvelle au plus vite. Le Conseil lui avait donc accordé les pleins pouvoirs militaires, le nommant général en chef des armées de Carthagène, un titre ronflant. La plupart des ressources de la colonie avaient été réattribuées au domaine militaire par la même occasion.

Artemis aurait dû se poser mille questions, mais il n'avait d'yeux que pour la cantatrice qui avait rejoint la réception une heure plus tôt. Il l'avait approchée sans mot dire, incapable d'attendre plus longtemps, sitôt son interlocuteur, le capitaine Derrera, parti lui chercher une nouvelle coupe.

— Bonsoir, Sabatha.

Elle ne se retourna pas tout de suite.

— Vous m'aviez donc remarquée ce soir ? lui demanda-t-elle d'une voix de miel.

Un instant, la colère déforma son beau visage poupin, comme si elle était vexée qu'il ne l'ait pas rejointe plus tôt. Elle lui ressemblait beaucoup, mais Artemis avait appris à masquer son courroux lorsqu'il n'obtenait pas l'objet de ses désirs. Elle recouvra néanmoins un calme apparent, épousseta sa robe de moire au col doublé d'hermine et se composa une mine moins empourprée, se préparant à retourner se mêler aux autres invités présents.

— Je constate que vous vous amusez bien sans moi, dit-il d'un ton plein d'allant.

La jeune femme pivota vers lui, ignorant les trois ans écoulés depuis leur dernière rencontre. Artemis savait que son existence s'était compliquée sans sa protection, d'autant plus que Sabatha était originaire de l'Ulster, le plus grand rival du Coronado, des deux côtés de l'océan. Sur ce continent, leur colonie de Cibao s'étendait au nord de Surkutir, en face des chutes de Calabrim.

— Et pourquoi pas ? Derrera est plutôt plaisant, dans son genre.

Cortellan jeta un coup d'œil au capitaine de cavalerie, qui leur tournait toujours le dos.

— Ah ? J'ai du mal à m'en rendre compte pour l'instant. Il se comporte en moucheron bourdonnant en permanence à mes oreilles.

— À votre âge, vous êtes bien sûr d'entendre encore quelque chose ? plaisanta la jeune femme, dissimulée derrière son verre au liseré d'argent. Et puis, il faut le comprendre. Il imaginait mener la campagne contre les sauvageons des montagnes, et vous voilà de retour, sans crier gare !

— À vous écouter, on dirait presque que mon retour vous contrarie aussi, Sabatha. Du temps où j'étais vice-roi, j'ai toujours soutenu l'Opéra de Carthagène. Vous et vos camarades n'avez jamais eu à vous plaindre de moi.

La cantatrice fit la moue tout en jetant un regard en coin aux léopards.

— Peut-être pas, c'est vrai…, mais à peine commençais-je à croire en quelque chose de possible pour moi que la reine vous renvoyait loin d'ici. Sans votre protection, l'Opéra a souffert. Rodrigo a voulu marquer sa différence.

— Il est vrai que le défunt vice-roi et moi n'avions pas les mêmes passions, reconnut Artemis.

— Allez-vous nous priver de pistoles pour vous offrir plus de canons ? ironisa encore Sabatha. J'ai ouï dire que l'université se plaignait déjà de manquer de fonds. Il paraît même que des érudits soutiennent les étudiants qui ne veulent pas entendre parler de conscription.

— Des érudits, ici ? plaisanta Artemis. Cette université a toujours été un nid à problèmes. Enfin, il fallait bien occuper nos jeunes esprits !

Derrera semblait sur le point de revenir. Il devisait avec un membre du Conseil, l'un des rares ayant accepté l'invitation de Cortellan ce soir – même nécessaire, la guerre n'enthousiasmait personne. L'ancien vice-roi n'était qu'un expédient à leurs yeux, et s'être vus contraints de le rappeler en avait agacé plus d'un dans leurs rangs. La victoire d'Artemis n'en serait donc que plus savoureuse.

— Ma chère Sabatha, aurai-je l'occasion de vous voir un peu plus tard ce soir ? murmura le général. Je me souviens avec délice d'avoir eu le privilège d'assister à quelques concerts privés pour mon seul plaisir.

La cantatrice eut un petit rire, étrangement peu mélodieux.

— Vous ne croyez pas si bien dire… Quand vous étiez seul sur votre île avec votre majordome, ces souvenirs ont dû vous tenir chaud. Je ne sais pas, Artemis. La réponse est simple. J'éprouve une certaine tendresse pour vous, certes, mais le temps a passé… et ni vous ni moi n'avons rajeuni entretemps.

À ces mots, la jeune femme s'éloigna la première, surprenant Artemis. Bien entendu, il n'avait pas organisé cette petite soirée dans le seul but de la voir sans avoir à se déplacer en personne. Du moins, l'ancien mercenaire aurait juré le contraire s'il avait dû s'exprimer à ce sujet. Il aurait pu observer de loin la prochaine conversation de Sabatha, mais il préféra se détourner à son tour, le regard une fois de plus attiré par les léopards des neiges. L'un des deux animaux semblait presque craintif face à toute cette agitation, tandis que le second s'était allongé sur un rocher, résigné.

— Votre réception se déroule comme vous l'entendiez ?

Derrera, ses moustaches toujours aussi bien cirées.

— Tout à fait, capitaine. J'espère que vous en profitez aussi.

— Moi ? Bien sûr. Et j'ose croire qu'il n'y a pas de tensions entre nous.

— Mes décisions de cet après-midi sont allées dans votre sens, alors j'imagine que tout va pour le mieux, n'est-ce pas ? rétorqua le général.

— Oui. Mais je me doute que vous avez choisi de me confier ce nouveau poste de chef de la seconde armée pour que je ne proteste pas contre l'audace de vos plans.

Artemis aquiesça d'un signe de tête.

— Ne me remerciez pas. Vous tous vous êtes endormis, nos troupes comme nos usines, nos artisans.

Derrera, affichant un sourire crispé, semblait espérer prolonger leur conversation, au contraire de Cortellan.

— Général ? fit une nouvelle voix.

Les deux officiers découvrirent alors un homme qui devait avoir environ dix ans de plus que le capitaine et portait de timides favoris blonds. Artemis se dit que ses cheveux étaient presque de la même couleur que les siens vingt ans plus tôt. Le rictus de Derrera se changea en grimace et le capitaine de cavalerie battit en retraite, sans même saluer le nouveau venu.

— Monsieur ? fit Artemis. Je n'ai pas le plaisir de vous connaître, mais si vous êtes capable de faire fuir le capitaine Derrera aussi vite, j'ai hâte d'apprendre votre nom !

— Je suis Andelo Calider. Je travaille pour *La Gazette*. J'aurais voulu vous parler au sujet de la campagne qui nous attend.

— *La Gazette*… Un nouveau journal lancé pendant que je profitais de ma retraite, c'est bien cela ? C'est vous qui avez écrit au sujet des « empilements de baraques » sous les remparts de Carthagène où « s'entassent les pauvres », me semble-t-il. Je ne me souviens pas de vous avoir vu sur la liste des convives invités…

— Certainement un petit oubli.

— Certainement. Que puis-je faire pour vous, monsieur Calider ?

Si l'homme avait l'air nerveux, il ne semblait pas intimidé pour autant. Il était peut-être davantage question chez lui d'excitation.

— Pensez-vous que nos troupes sont en état de mener une véritable guerre ?

— Il le faut, répondit Artemis. Je pourrais relancer la conscription, mais pour le moment, je compte faire avec ce que j'ai. Il faut aller vite.

Le journaliste balaya les pelouses des yeux.

— Avec l'organisation d'une telle soirée, vous ne paraissez pas très pressé de prendre la route pourtant. Si vous me permettez.

— Permettez-vous donc ! fit Cortellan, avec un éclat de rire qui attira sur eux une poignée de regards curieux. Mais ne vous fiez pas aux apparences. Mettre en ordre des troupes ne peut se faire d'un claquement de doigts.

L'un des deux léopards se mit à gronder doucement, et Calider sursauta.

— En tout cas, la présence de ces bêtes n'est pas de mon fait, rappela Cortellan.

— Votre prédécesseur avait en effet des goûts douteux. Exhiber le symbole du grand ennemi du Coronado semblait lui tenir à cœur.

Calider désigna le verre d'Artemis.

— Vous parliez d'apparences. Je n'ai pas pu m'empêcher de remarquer que vous en êtes toujours à votre premier verre. Vous n'avez quasiment rien bu de la soirée.

— À mon âge, il faut se préserver !

— Si vous le dites…

Si le journaliste n'était visiblement pas convaincu, il changea néanmoins de sujet.

— Avez-vous pu confirmer l'authenticité de la revendication des rebelles indigènes, au sujet de la mort de Rodrigo ?

— Je n'ai pas de raison d'en douter, répondit Cortellan avec un calme et un sérieux retrouvés. Mais je ne manquerai pas de vous tenir informé, vous et vos confrères d'ailleurs.

— C'est fort aimable de votre part, général. D'autant que je sais bien que ces quelques jours ont dû être très intenses pour vous. J'imagine que, comme beaucoup de nos concitoyens, vous préféreriez que le Nouveau-Coronado ne se déchire pas.

— Êtes-vous un pacifiste, monsieur ?

— Je n'ai pas honte de cette étiquette, répondit Calider d'un ton égal. Je pense même que les gens du Nord ont des raisons légitimes de réclamer des changements. Et je ne parle pas que des colons.

— Tiens donc. De là à profiter des troubles et de la mort du vice-roi pour déclarer l'indépendance de la colonie ? De toute la colonie ? Vraiment ? Vous comprenez bien que notre reine ne pouvait pas accepter cela.

— Je ne dis pas que leurs chefs ont eu raison de le faire, mais je comprends que chaque homme venu s'installer ici ait l'envie de mener sa vie comme il l'entend.

— Les torts sont partagés, dans ce cas, répliqua Cortellan, d'un ton grinçant. Je suis bien placé pour savoir que la noblesse du Sud considère que beaucoup des colons de la deuxième génération n'ont pas souffert comme eux, présents depuis le début, et que vous n'avez fait que cueillir les fruits de leur labeur. C'est un ressentiment qui persiste encore aujourd'hui.

— Et on pourrait espérer que l'on cherche à l'apaiser, non à l'attiser.

— Je n'en suis pas responsable, monsieur.

Cette conversation commençait à agacer Cortellan. Sous des dehors bien plus policés que Derrera, cet Andelo Calider s'avérait tout aussi irritant. Une constatation qui concordait avec les renseignements que le général avait pu obtenir à son sujet.

— Je ne fais que répondre aux exigences du Conseil, reprit-il. Avec les célébrations du vingt-cinquième anniversaire de la colonie dans moins de trois mois, le temps presse.

— C'est fort dommage, en effet.

Le journaliste poussa alors un profond soupir.

— Je ne vais pas vous retenir plus longtemps, général, rassurez-vous. Mais j'aurais tout de même une faveur à vous demander.

— Je vous écoute, fit Artemis, retrouvant machinalement le sourire.

— C'est une demande incongrue, je préfère vous prévenir. J'aimerais vous suivre en campagne. Témoigner de la vie de nos soldats, de leurs doutes, de leurs espoirs. Vous avez certainement remarqué que c'est une chose de plus en plus courante sur le Premier Continent. Je suis convaincu que nos concitoyens…

Calider se tut quand Artemis posa une main sur son épaule droite.

— Non. Je suis désolé, la guerre n'est pas un spectacle. J'ai connu des familles venues pique-niquer près d'un champ de bataille, admirer les mouvements de troupes comme s'il s'agissait d'un défilé.

— Ce n'est pas du tout…

— Dans vos intentions ? Je ne vous connais pas, Calider. Demandez donc à Derrera, le capitaine sera probablement mieux disposé que moi. Je pense que lui-même pourrait pique-niquer pendant que ses hommes meurent pour la patrie.

— Je peux vous citer dans un article ?

Le général passa une main dans sa barbe. Il aurait voulu sourire, mais sa hanche l'élança de nouveau et il dut se contenter d'une grimace. Artemis eut soudain très envie d'une cigarette.

— J'ai quelque chose qui devrait tout de même vous intéresser, ajouta-t-il.

Cortellan frappa alors dans ses mains pour attirer l'attention de tous.

— Mes amis ! J'ai encore une petite surprise pour vous ce soir. Si vous voulez bien me suivre !

Les convives échangèrent des regards généralement interdits, mais tout le monde, y compris Calider, choisit de le suivre sans la moindre question. Ils se retrouvèrent tous à monter dans six berlines aux fenêtres fermées. On leur confia même un bandeau pour se couvrir les yeux. Par tous les séraphins, qu'avait pu encore inventer Artemis Cortellan ? Visiblement, il préférait encore les attelages de chevaux aux voitures à trois roues pétaradantes que l'on croisait parfois dans les rues de Carthagène.

Le trajet dura bien quinze minutes. Calider, assis dans le cinquième carrosse, osa soulever son bandeau un instant. Il s'aperçut qu'il était le seul à ne pas jouer le jeu. Difficile d'en juger avec des fenêtres voilées, mais le journaliste avait l'impression qu'ils avaient quitté l'enceinte de la ville. Il remit toutefois bien vite son bandeau en place en sentant leur convoi ralentir fortement. Les cochers improvisés, des soldats de la garnison, aidèrent ensuite les invités à descendre, avant de les conduire à l'intérieur d'un bâtiment toujours aussi mystérieux.

L'édifice devait néanmoins être assez haut de plafond, car la voix d'Artemis Cortellan résonna soudain avec force.

— Les prochaines semaines seront difficiles à vivre pour tous, mes amis. Pour nous, en campagne, mais aussi pour vous, ici. Je sais que vous allez vous inquiéter pour vos pères, vos frères, vos amis. Nous n'avons plus l'habitude des combats, c'est un fait. Nous nous sommes enfoncés dans le confort, pour ne pas dire complu. Ce qui nous attend, ce n'est pas une aventure, c'est une maladie, une maladie qu'il faut affronter, qu'on le veuille ou non. L'heure du choix est derrière nous. Place à l'audace, car, mes amis, les peuples n'ont jamais que le degré de liberté que leur audace conquiert sur la peur. Mais j'aimerais que tout soit bien clair pour chacun : tous, nous devons faire front. Tous, nous devrons avoir bien conscience que ce conflit va entraîner des morts. Larmes et sang vont couler de pair. Parce que… Regardez…

Cortellan s'interrompit de longues secondes, si bien que Calider et d'autres n'y tinrent plus et ôtèrent leurs bandeaux. Après tout, il venait de leur en donner l'autorisation implicite. Cortellan les avait conduits dans une fonderie. Calider leva la tête. L'immense bâtiment était enveloppé de ténèbres impénétrables de fumée âcre. Des vagues de chaleur se déversaient des chaudrons rougeoyants. Des silhouettes voûtées munies de tiges de fer, des puddleurs, se déplaçaient comme des âmes en peine, remuant les feux liquides. La fonderie n'avait pas connu une telle activité depuis des années.

Les invités eurent besoin de s'habituer à la pénombre avant de repérer le général en chef des armées du Nouveau-Coronado. Il se tenait debout devant une cuve de fer en fusion. Plusieurs invités durent reculer, les larmes aux yeux, comme frappés par la chaleur.

Artemis Cortellan tira sur la chaîne. Tout à coup, l'assemblée eut l'impression de voir le soleil surgir en pleine nuit et se déverser sous leurs yeux dans une véritable vague d'or. Mais il était seulement question d'acier. Une rivière de métal en fusion tomba en cascade sur le sol. Des nuages de vapeur étouffants et des étincelles tourbillonnantes s'élevèrent dans un ronflement sifflant.

— Regardez, mes amis ! répéta Cortellan. C'est la guerre qui bouillonne devant vous !

8

Le convoi se mit en branle à l'aube, Azel en tête.

Ombeline était présente elle aussi, puisqu'elle devait de toute façon retourner au domaine, mais le jeune homme lui avait demandé de voyager à bord de l'un des chariots. Il n'avait pas envie de devoir lui faire la conversation toute la journée. Aller et venir tout au long du convoi exigerait déjà assez de lui. Franchissant la crête d'une colline basse, ils descendirent dans une dépression remplie de brume avant de remonter sur une butte. Azel atteignit le premier la crête suivante et serra la bride à sa monture, qui se cabra. Pour quelqu'un ne connaissant rien du Nord, la région aurait paru étonnamment vallonnée.

Les fuyards avaient pris place dans quatre chariots, dont seulement deux couverts. Pour le moment, en cas de rencontre problématique, Azel avait prévu d'expliquer qu'ils conduisaient les autochtones sur le domaine de son père, même si cette affirmation ne résisterait pas à un examen approfondi : sans parler de leurs papiers à l'authenticité douteuse, qui pourrait imaginer qu'un propriétaire terrien comme Julen Alborán soit disposé à engager une bande de vieillards, de femmes et d'enfants, en très grande majorité ? Toutefois, l'agitation régnait sur les plaines, et chacun traçait sa propre route en espérant ne croiser personne.

Azel se retourna en direction du chariot de tête. Apisi avançait à sa hauteur, comme s'il avait compris que son maître préférait le voir garder un œil sur Ombeline. Le convoi était étonnamment calme, presque silencieux. Était-ce vraiment une surprise ? Leur voyage n'avait rien de joyeux. Ombeline, assise sur le banc à l'avant, était en train de discuter avec quelqu'un sous la bâche. Sans doute l'un des enfants. C'étaient eux qu'il fallait surveiller en priorité. Otiru tenait les rênes des deux mules qui tiraient l'attelage. Azel n'avait pas osé lui adresser la parole depuis la veille. La situation de l'interprète l'avait davantage touché qu'il ne souhaitait se l'avouer. Qu'Azel aurait-il bien pu lui dire ? Que pouvait-il attendre lui-même d'une nouvelle vie ? Franchir la frontière ne lui rendrait pas sa langue.

Le chasseur de primes secoua la tête.

Même si le cœur du domaine de son père était encore loin, ils ne tarderaient pas à pénétrer sur ses terres. Certains troupeaux paissaient à une dizaine de lieues de leurs enclos. Les plaines elles-mêmes avaient beaucoup changé ces dernières années, mais pas certaines visions : bientôt, il aperçut un ballon s'élever dans les airs. Personne dans le convoi ne parut s'en émouvoir, pas même les enfants. Ce n'était pas une image nouvelle : les montgolfières, aux ballons portant les armoiries de chaque famille concernée, défiaient les airs depuis longtemps. On pouvait ainsi surveiller les bêtes de très loin et observer d'éventuels déplacements suspects. Elles s'étaient faites un peu plus rares ces dernières années, avec le déclin des troupeaux, mais quand il s'agissait d'observer des centaines, voire des milliers de têtes, on ne pouvait se contenter de chevaucher d'une prairie à l'autre.

Les voleurs de bétail étaient très mal considérés. Azel en avait lui-même capturé plus d'un. Et abattu tout autant, avant même de devenir chasseur de primes. Il posa une main sur l'étui de son arme. Il se souvint de l'une de ses seules sorties à cheval avec son père, à une demi-journée de la maison…, tout ça pour descendre trois voleurs pas plus âgés qu'Azel à l'époque. Le jeune homme avait fêté ses dix-sept ans trois semaines auparavant. Julen les avait abattus sans sommation. Deux autres avaient fui sans demander leur reste, pendant qu'Azel ne pouvait se retenir de vomir, les mains sur les genoux. Pour une fois, son père ne lui avait fait aucun reproche, mais il n'avait pas eu non plus le moindre geste ou la moindre parole de réconfort à son intention. Aujourd'hui encore, le jeune homme se savait incapable de manifester le même détachement lorsqu'il tirait son arme pour tuer. Azel n'avait jamais vu quelqu'un affronter ou donner la mort avec un tel sang-froid.

Julen avait toujours épuisé ceux qui l'entouraient, au point de les repousser, les uns après les autres. Il était de la race des forts, implacable, taillé pour l'aventure. Avec les armes à feu ou les chevaux, les hommes comme lui avaient apporté aussi, souvent, les certitudes boursouflées du Premier Continent.

« *Ceux qui ne sont pas assez forts récurent la merde des autres, Azel. Ici ou ailleurs.* »

Le pisteur secoua la tête et reporta son attention sur le convoi qui s'étirait devant lui. La route prit bien vite des allures de sentier de montagne, serpentant sans fin au milieu des rares futaies osant défier les vents vicieux de la cordillère. Même sous le soleil, ils étaient capables de vous donner le frisson. Pourtant, l'esprit d'Azel n'aimait que trop se réfugier dans ces grands espaces qu'il avait apprivoisés au fil de ses errances. Il pouvait se cacher sous un rocher, dans une langue de glace, parmi les hautes herbes coiffées de houppes duveteuses. Partout. Le monde s'offrait à lui, implacable, mais beau pour tous. Leur convoi ne pouvait pas espérer fuir ainsi, emporté par la brise sifflante. Leurs chariots demeuraient désespérément écrasés sous cet océan céleste, rivés à la route.

Ils poursuivirent leur chemin pendant une bonne heure sans croiser ni apercevoir personne, sous la menace minérale des dents de la montagne. Le ballon aurait dû se rapprocher lentement, mais Azel avait l'impression qu'il montait au contraire de plus en plus haut. Son enveloppe affichait le cerf des armoiries de la famille Alborán. Azel connaissait peut-être les deux hommes dans la nacelle, à moins que ce ne soit des ouvriers, engagés récemment. Ombeline lui avait expliqué que son père avait de plus en plus de mal à trouver de la main-d'œuvre qualifiée. Beaucoup de vachers avaient décidé depuis quatre ou cinq ans de se reconvertir, en optant pour des métiers nettement mieux rémunérés que ce que le vieil homme pouvait proposer, sur des domaines encore plus vastes que celui de Julen ou dans l'industrie pétrolière.

Azel laissa le chariot de tête le rattraper et désigna le ballon d'un signe.

— Tu crois que c'est un comité d'accueil ?

— J'en doute, sourit Ombeline. Tu sais bien qu'il pense plus à ses bêtes qu'à nous.

La jeune femme tourna la tête vers l'ouest et les montagnes avant de pousser un long soupir.

— Pour une fois que l'on aurait eu besoin d'une bonne pluie de cendres, évidemment, il faut faire sans.

— Ne te désole pas trop vite, ricana Azel. Elles reviendront bien assez tôt nous tomber sur le coin de la figure.

— Pour le moment, tout se passe bien, fit Ombeline, retrouvant tout son sérieux.

— Il faut dire que la piste est bonne. Surtout pour un trajet qui n'est plus si souvent emprunté.

S'ils continuaient à cette allure, ils arriveraient en vue de la *fazenda* avant le surlendemain, exactement comme Azel l'avait espéré. Mais il ne fallait pas faire de mauvaises rencontres ou casser un essieu. Azel glissa une main sur la crosse de son pistolet. Le métal, lui, ne changeait pas, compagnon rassurant, fidèle.

— Pour cette nuit, on disposera les chariots en cercle, en glissant le timon de chaque chariot sous les roues arrière du précédent. Rien de bien extraordinaire, lança le jeune homme. Je prendrai le premier tour de garde. Nous ne sommes pas très nombreux, alors je ne m'amuserai pas à tirer en l'air demain matin pour vous réveiller.

— Et je suppose que tu n'as pas de clairon non plus ? le taquina Ombeline. Quel dommage. Ne t'inquiète pas. Je crois que c'est la troisième fois que tu donnes tes consignes. Le convoi ne compte pas cinquante chariots, nous devrions nous organiser sans peine.

Azel grommela. Pourvu que la jeune femme ait raison.

Jusqu'à maintenant, il avait préféré conserver ses distances. À quoi bon sympathiser avec des gens qu'il ne reverrait jamais ? Il n'avait pas l'intention de repasser sur le domaine avant des mois. Il espérait juste ne pas les revoir l'année prochaine sur les terres de Julen.

Les pensées d'Azel se mirent à dériver au fil du vent qui soulevait les cheveux d'Ombeline. Bon sang. Était-il aussi prévisible ? Il avait pourtant d'autres soucis ; l'automne serait là dans quelques semaines et le chasseur de primes devait revoir ses plans pour l'hiver. Il lui était arrivé de jouer les trappeurs pendant quelques saisons, mais le prix des fourrures avait largement baissé depuis que Carthagène avait décidé d'empêcher tout commerce avec l'Ulster et les autres puissances coloniales du continent. Il lui fallait trouver une autre solution. Il aimait pourtant cette activité. Seul dans la montagne, sans personne pour lui dicter sa loi ni requérir ses services.

Une heure plus tard, le ballon dirigeable entama une lente descente. Il avait disparu hors de vue quand le modeste convoi fit étape pour la nuit. Azel avait choisi de s'installer près d'une émergence rocheuse, à une cinquantaine de pas de la berge de la rivière Mormoa, le principal affluent du lac du même nom. Même une fois installés autour de deux feux de camp, les indigènes n'étaient guère disposés à se laisser aller au bavardage. Ils restaient là, en petits groupes de cinq ou six personnes. La plupart d'entre eux ne se connaissaient que depuis quelques jours et seul le malheur les avait réunis. Ce n'était pas suffisant pour nouer des liens qui ne soient pas seulement nourris par leurs souvenirs terribles.

Azel était monté s'installer sur l'affleurement

rocheux pour mieux observer les environs et surtout demeurer seul. En contrebas, Ombeline faisait mijoter du ragoût à feu doux, tout en discutant avec deux autres femmes. Beaucoup, notamment les plus jeunes, demeuraient à l'intérieur des deux chariots bâchés. Apisi aurait pu rester près du feu, mais la bête avait suivi Azel. Il ne s'était pas retourné mais il sentait la présence de l'animal dans son dos.

— Il est avec vous depuis longtemps ce loup ? fit soudain une voix.

Le jeune homme sursauta. Il n'avait pas entendu la petite fille approcher. Azel fronça les sourcils. Merde. Décidément, il n'était pas en forme ces jours-ci.

— Apisi n'est pas un loup, répondit-il en jetant un coup derrière lui. Enfin, à moitié seulement.

C'était l'une des plus jeunes du groupe, celle qu'il avait vue la veille en train de tailler un morceau de bois. Tollani.

— Il ressemble à un loup pourtant.

Azel changea de dialecte, même s'il le maîtrisait moins que celui de la région.

— On peut parler dans ta langue si tu veux. Je suis comme Apisi. Un bâtard.

— Il n'est pas méchant ? demanda encore la petite fille, optant pour sa langue natale.

— Il t'a laissée approcher, non ? Il n'attaque pas n'importe qui. En fait, il n'attaque pas.

— Vous l'avez dressé ?

Azel étouffa un ricanement.

— Je ne peux pas dire ça. Tu ne peux pas dresser une bête comme Apisi.

— Ce doit être difficile, de dresser des chiens. Je n'en avais jamais vu avant… avant vous.

Azel fit la moue. On lui avait raconté que les colons avaient apporté les chiens sur ces terres avec eux, pour la guerre. Son père, d'ailleurs, avait toujours eu des molosses, pour protéger les troupeaux ou monter la garde. Il se souvenait de ses méthodes. Brandir le poing et s'exprimer avec des mots durs.

— Avec Apisi, si tu hausses le ton une fois…, c'est fini. Le lien est brisé. Il faut faire preuve de douceur.

Tollani hocha la tête et garda le silence un moment. Comprenait-elle la portée des paroles d'Azel ou se contentait-elle de poser les questions qui lui venaient à l'esprit ? Son regard restait fuyant, mais elle multipliait les coups d'œil en direction du demi-loup, qui avait reposé la tête sur ses pattes.

Le jeune homme saisit alors ses intentions.

— Tu voudrais le caresser ?

— Je peux ?

— Viens par ici, fit Azel, avec un signe de la main.

Tollani s'approcha lentement, tout en gardant un œil sur Apisi.

— Entre les deux oreilles. Avance la main doucement mais sans hésitation. Si tu hésites, il va se demander pourquoi et se méfiera. Mais ne t'en fais pas, il ne fera de mal à personne si je suis là.

— D'accord.

La petite fille s'exécuta. Apisi, les yeux grands ouverts, observa la main sans manifester le moindre signe de tension. Tollani glissa les doigts dans sa fourrure et se mit à le caresser doucement. Au bout de quelques instants, un sourire commença à se dessiner sur le visage de la petite fille.

— Ce doit être bien d'avoir quelqu'un qui vous protège, chuchota-t-elle soudain. Je pense que maman serait contente.

Azel tourna la tête en direction de la rivière. Si Ombeline elle-même n'était pas parvenue à infléchir sa volonté, quelques mots de la bouche de cette gamine ne changeraient rien à l'affaire. Azel ne découvrait pas leurs conditions de vie, ni leurs malheurs. Au contraire, il ne les connaissait que trop bien. Il pouvait compatir, mais rien de plus.

— Tu ne peux pas toujours compter sur les autres, tu sais. Je ne suis personne, mais prends-le comme un conseil si tu veux : apprends à te débrouiller par toi-même. Au bout du chemin, tu seras toujours seule, quoi qu'il arrive.

— Maman n'avait pas très envie de partir. Elle aurait voulu se battre.

Azel lança un regard noir en direction de la jeune femme.

— Ta maman a bien fait de changer d'avis. Prendre les armes contre Carthagène, c'est voué à l'échec. Mais ça n'empêche pas certains de recommencer, encore et encore.

D'un geste de la main, Azel balaya les plaines.

— Ils ont tout l'horizon pour se cacher. Et ça ne suffit jamais.

Il secoua la tête. Il ne voulait pas embrouiller la tête de cette pauvre petite avec ce genre de considérations guerrières.

— Alors vous êtes là pour toujours ? On sera tous obligés de partir ? demanda encore Tollani.

Vous. Même une simple enfant comme elle le voyait comme l'un de ces étrangers qui avaient traversé l'océan pour voler leurs terres. Pourtant Azel était né ici. Sa mère était une indigène elle aussi. Il n'avait jamais connu le Coronado. La reine Constance n'était pour lui qu'un visage au revers d'une pièce. Il n'avait même jamais vu de tableau la représentant. Tollani ne savait pas tout cela. Elle ne pouvait que se fier à ses yeux, et il fallait croire que le regard d'Azel n'était pas celui d'un indigène pour elle.

— Personne n'est obligé de partir. Certains restent, se battent ou baissent la tête, répondit-il finalement.

Le pisteur assis sur son rocher fit passer son poids d'un pied à l'autre. Ses jambes étaient saisies de picotements. Il éprouvait une certaine gêne, soudaine, en songeant à l'empire du Léopard. Du regret ? Si l'Empire avait survécu, son père ne serait jamais venu s'installer sur les plaines et il ne serait tout simplement pas né. Comme s'il avait lu dans les pensées de son maître, Apisi lui jeta un coup d'œil, avec l'air de se dire qu'il n'était pas temps de s'apitoyer sur son sort.

— J'ai bientôt terminé mon bateau, fit Tollani. C'est avec le même, mais en plus grand, qu'on prendra la mer.

Azel fronça les sourcils.

— La mer ? Tu sais que Surkutir n'est pas au bord de la mer. Tu parles des chutes ?

— Non, non, la mer. Maman voudrait aller plus loin que les montagnes, au nord-ouest. Elle ne veut pas franchir les chutes pour aller de l'autre côté.

Plus loin ? Encore ce Grand Exil ? Azel avait envie de rire mais se retint. Personne ne prenait la route de l'ouest, même si beaucoup de peuples indigènes comptaient des légendes à ce sujet. Si l'Empire et les autres royaumes de la péninsule n'avaient toujours eu que des navires à voiles, les puissants bâtiments à vapeur du Nouveau-Coronado et des autres puissances coloniales n'avaient jamais rien trouvé non plus. Ophir n'existait pas. La route vers l'ouest revenait à traverser un océan plus vaste encore que celui de l'est et dont les tempêtes étaient si terribles que tout le monde renonçait au bout de quelques jours.

— Je suis sûr que ton bateau arrivera à destination.

Le jeune homme leva les yeux. Par chance, la mère de Tollani était venue les rejoindre, mettant fin à son supplice. C'était une belle femme aux yeux éteints. Sa lèvre inférieure, fendue, s'était rouverte ce soir.

— Je suis venue vous chercher pour le repas, ajouta-t-elle, toujours les yeux baissés. Comme vous voulez que nous reprenions la route tôt demain matin, il vaut mieux ne pas attendre.

— Vous avez raison.

— Tollani, tu viens ? demanda-t-elle d'un ton plus léger.

Tous les trois, suivis d'Apisi, redescendirent en direction du campement improvisé. Tollani s'attardait volontairement près du demi-loup, pour profiter un peu plus longtemps de sa compagnie.

— Vous voyagez seule avec votre fille ?

— Non. Son père fait partie du convoi, mais…

Elle leva la main droite, dévoilant ouvertement sa phalange manquante.

— Tollani aurait dû avoir une petite sœur, reprit-elle à mi-voix, mais elle est morte à la naissance. Dans ma tribu, on juge les femmes responsables de telles morts. Chollallan n'a pas voulu intervenir quand le chamane du village m'a tranché le doigt. Depuis, je ne lui parle plus.

Azel se contenta d'un signe de tête.

— Vous connaissez madame Ombeline depuis longtemps ? demanda-t-elle tout à coup, consciente de la gêne du chasseur de primes.

— C'est l'épouse de mon père, répondit sobrement Azel, mais je ne la vois pas très souvent.

— Vous semblez proches pourtant.

Azel glissa ses mains dans sa ceinture.

— Ah oui ?

— Elle croit beaucoup en vous. J'ai vu comment elle vous regarde, ajouta-t-elle à mi-voix. Elle va être déçue si vous ne changez pas d'avis.

Le jeune homme soupira, mais l'indigène ne lui laissa pas le temps de répondre.

— Oh, je ne cherche pas à vous apitoyer. Personne ici ne va tenter de vous influencer. Nous savons que nous sommes en route pour un voyage de mille chansons.

Azel ne releva pas. Il savait que certains indigènes déterminaient les distances au fil de leurs couplets.

— Tant mieux. Parce que ça ne marche pas avec moi.

— Je pensais juste à madame. Nous lui devons beaucoup. Si elle n'avait pas pris les choses en main, nous serions encore dans la cour de la mission.

— Ah, je pensais que c'était grâce à moi ! voulut plaisanter Azel.

— Vous savez quand même que nous ne nous sommes pas tous retrouvés là par le plus grand des hasards, non ? Madame Ombeline a utilisé ses relations pour nous rassembler. Si elle l'avait pu, je suis sûre qu'elle aurait voulu réunir des centaines d'entre nous.

— Des centaines, vraiment ? Si ça avait été le cas,

là, je ne serais pas venu, vous pouvez me croire, Ombeline ou pas.

La jeune femme sourit et releva la tête pour la première fois depuis le début de leur courte discussion.

— Oh, je suis certaine du contraire.

Par chance, la conversation prit fin ; ils étaient de retour près des feux de camp. Ombeline, penchée sur la marmite, leva les yeux à leur approche et sourit. Les entrailles d'Azel se nouèrent. Bon sang. Il n'apprendrait jamais, avec elle.

— Vous vous êtes bien amusés ?

— Je ne sais pas si on peut dire ça, répondit précipitamment Azel. Tollani m'a montré…

Tout en la cherchant des yeux, Azel constata que la petite n'était plus là. Il croisa le regard ambré d'Apisi et pivota aussitôt en direction de la rivière.

— Et merde. Je reviens tout de suite, dit-il, prenant garde à ne pas laisser l'inquiétude s'insinuer dans sa voix.

Ce n'était pas le moment de faire peur à la mère de la petite, mais Azel n'était pas tranquille. Il partit droit vers la rivière, tandis que l'herbe autour de lui se faisait plus dense, plus haute. Bientôt elle lui arriva à mi-cuisse.

— Tollani ? Tu es là ?

Azel tourna la tête sur sa droite et la repéra. Elle était accroupie sur un rocher, les yeux rivés sur le cours d'eau. Azel remarqua qu'elle avait toujours son modèle réduit entre ses mains.

— Tout va bien ? demanda-t-il en s'approchant.

Tollani semblait pâle, le regard écarquillé, la bouche entrouverte, comme si elle ne l'entendait plus.

Azel en comprit bien vite la raison.

Sur la rivière, deux cadavres allongés sur un radeau improvisé dérivaient lentement. Ils étaient tous les deux criblés de balles, mais il demeurait impossible de distinguer leurs visages. Tous les deux avaient été recouverts d'une matière évoquant le goudron.

Il était désormais tout près de la petite fille.

— Tollani, écoute-moi, reprit-il. Tollani ! insista-t-il en lui posant une main sur l'épaule. Retourne auprès de ta maman. Tout de suite.

Le radeau s'était arrêté, ralenti par un méandre.

— Tollani, répéta Azel, plus durement. File !

Comme frappée par la foudre, la petite bondit sur ses pieds et s'enfuit en courant, laissant tomber son bateau au pied du rocher. Azel secoua la tête en soupirant et le ramassa.

Le jeune homme la suivit du regard quelques secondes puis se retourna en direction des deux corps. Il ne comptait pas les enterrer, mais il devait au moins remettre ce radeau à flot, histoire que le courant l'emporte sans attendre. Si jamais quelqu'un cherchait ces deux hommes, il ne fallait pas les attirer vers eux.

Azel s'approcha en jurant entre ses dents. Il savait bien qui avait pu commettre ce forfait. Si certains indigènes voulaient incendier les puits de pétrole qui tentaient de s'implanter dans la zone, d'autres, du côté des colons, n'hésitaient pas à faire dans la contrebande de carburant. Le pétrole restait une ressource rare et chère. S'il était possible d'en détourner quelques barils pour les revendre à prix d'or…, beaucoup ne se privaient pas. Mais ceux qui se faisaient prendre se retrouvaient sévèrement punis.

L'un des deux hommes avait gardé la bouche grande ouverte, car on lui avait enfourné un bâillon dans la gorge, un bâillon lui-même imbibé de pétrole.

— J'espère qu'ils étaient déjà morts quand on leur a infligé ça, soupira Azel.

Il tourna vivement la tête sur sa droite en remarquant une lanterne.

Ombeline.

— Faut-il s'inquiéter ? demanda la jeune femme. J'ai pris le temps de rassurer Tollani. J'espère que ça ira.

— Ce ne sont pas les premiers cadavres qu'elle voit, je me trompe ? répliqua Azel, avant de se radoucir aussitôt. Avec un peu de chance, ce seront les derniers.

Les épaules d'Ombeline s'affaissèrent.

— J'aimerais le croire. Tu as besoin d'aide ?

— Tu ne me demandes pas de leur donner une sépulture décente ?

— J'ai conscience que nous avons déjà bien trop à faire. Ne me prends pas pour une oie blanche. Et ça ne me dérange pas non plus de salir ma robe, si tu veux tout savoir.

— Désolé, répondit Azel, penaud. Je peux déloger la barque seul. De toute manière, je suppose qu'elle va se coincer de nouveau en aval, ou bien se renverser. Je veux seulement qu'on ne passe pas la nuit à proximité. Si certains sont fascinés par les visions morbides…, pas moi.

Ombeline tourna la tête vers l'amont.

— Dire que cette rivière était si paisible autrefois. Nous doublerons les tours de garde cette nuit. Tu es d'accord ? S'il y a une raffinerie clandestine non loin, on devrait même faire un détour.

Azel secoua la tête.

— S'il y a des clandestins, je pense qu'ils vont plutôt se faire discrets. La milice doit être toujours sur leurs traces. Je préfère qu'on rejoigne le domaine de père au plus vite, comme prévu. Un détour pourrait nous entraîner sur la route de ces contrebandiers. Demain, on devrait s'éloigner de la rivière si l'on s'en tient au trajet envisagé. Ce sera sans doute plus sûr.

— Très bien. Je te l'ai dit, je te laisse seul maître de cette expédition.

— Ce n'est pas une expédition, répondit Azel en poussant sur la barque.

Pas la sienne, en tout cas. Une seconde poussée suffit à débloquer le radeau, qui reprit sa route au gré des flots paresseux.

— Nous aurions pu leur dédier une prière, poursuivit la jeune femme.

— Même s'ils ne méritaient pas ce sort, on parle de crapules.

— Les séraphins ne font pas de distinction entre les hommes. Ils sont là pour tous nous bénir dans leur grande bienveillance.

Cette fois, Azel ricana ouvertement.

— Les séraphins, on leur fait dire ce que l'on veut. Je ne crois pas que la Croix-Blanche partage les mêmes vues que toi. Tu n'as qu'à voir comment sont traités ceux que tu veux aider.

— Tu ne m'apprends rien, Azel, répondit calmement Ombeline. Mais je ne te parlais pas de la Croix-Blanche. Je te parlais de ce que chacun peut faire pour son prochain.

Le regard du jeune homme se posa de nouveau sur la barque qui s'éloignait peu à peu.

— Nos « prochains » ne risquent pas d'entendre ta prière.

9

Artemis Cortellan balaya du regard les derniers préparatifs en cours sur la voie ferrée numéro deux.

Cette trop courte semaine s'était révélée des plus chargées. Il avait dû réviser les effectifs de l'armée pour s'adapter à la situation présente : un régiment comptait désormais quatre cents soldats de deuxième classe et vingt-deux officiers, tandis que les batteries étaient organisées en unités de quatre canons. Cinq régiments composaient une brigade, deux brigades formaient une division, et trois divisions donnaient un corps, ce qui sur le papier devait représenter des effectifs de douze mille hommes, avec un bataillon d'artillerie et un régiment de cavalerie. Cortellan envisageait de prendre seulement deux régiments avec lui et de laisser une division entière à Derrera. Le reste des troupes, en service actif, protégerait Carthagène et les frontières de la vice-royauté. Il ne fallait jamais oublier ses arrières, tout comme les frontières à l'autre bout du chemin.

Peut-être était-ce la frontière qui définissait une société. Elle représentait une notion de destinée, de possibilités infinies, et même une soupape de sûreté pour ceux qui n'étaient pas capables de s'intégrer.

Les trains comptaient bon nombre d'anciens soldats dans leurs effectifs. Peut-être en avaient-ils trop vu, avaient-ils vécu dangereusement trop longtemps pour rentrer à la maison. Ici, ils pouvaient être libres. Peut-être la frontière définirait-elle bien plus ce Nouveau Monde que n'importe quelle décision de la reine. Peut-être était-ce cela qui faisait peur au Conseil : le fait que les choses, d'une façon ou d'une autre, allaient changer davantage encore.

Le regard d'Artemis parcourut le faisceau ferroviaire. S'il éprouvait une relative nostalgie des chevaux, la modernité avait relégué ces derniers au rang de moyen de transport secondaire. Entretenir des milliers de cavaliers représentait un cauchemar logistique qu'il n'aurait souhaité à personne, pas même à Derrera.

Son train de commandement à la dinanderie étincelante devait partir dans quelques heures à peine, en direction des montagnes de l'Azur, vers le nord. Une voiture caparaçonnée de fer était placée devant la locomotive. Un tube d'artillerie dépassait du sabord avant. La motrice, de même que les deux voitures derrière elle, était également recouverte de fer.

Il ne s'agissait pas de n'importe quel train, le commandant en chef des armées du Nouveau-Coronado y avait veillé personnellement. Les forces militaires de la péninsule n'avaient jamais disposé d'un tel engin, mais cela ne signifiait pas que les choses ne pouvaient pas changer, surtout en temps de guerre. D'aucuns l'auraient considéré comme tape-à-l'œil. En vérité, les changements voulus par Artemis s'avéraient surtout esthétiques. Il s'agissait de marquer les esprits, ceux de ses propres hommes tout autant que ceux de leurs ennemis.

— Lieutenant Damir, tout est prêt ? demanda Artemis.

Valero Damir était un nouveau venu, le seul officier que Cortellan avait trouvé digne de le seconder. Un peu vert, mais de bonne volonté et capable d'initiatives. Il portait un uniforme neuf : des pantalons et une veste bleu ciel, avec un passe-poil blanc sur le côté des jambes, autour des poignets et au bas de la vareuse à huit boutons.

— Je dirais que nous avons besoin encore d'une petite heure pour charger les dernières caisses de munitions.

À l'autre bout du faisceau de triage, un train signala son départ d'un sifflement perçant. Il avançait par à-coups, tirant une longue file de wagons plats vides, très probablement chargés de rails un peu plus tôt. L'ancien vice-roi lui jeta un simple coup d'œil en coin, sans même se donner la peine de tourner la tête.

— Vous avez pris les bonnes caisses ? Celles que je vous ai désignées hier ?

— Bien sûr, monsieur, répondit Damir.

Les mâchoires crispées, il ne faisait aucun effort pour cacher sa frustration. Artemis sourit. Bien. C'était ce qu'il manquait depuis longtemps aux troupes de la vice-royauté : le feu de la colère, à même d'embraser leurs cœurs. Mais elle devait rester froide, maîtrisée, calculée, comme la sienne.

— Assurez-vous que le train parte dans trois heures au plus tard. Qu'il s'arrête dans toutes les gares. Je veux que l'on nous voie. Ce convoi est un symbole, celui de l'autorité de la Couronne.

— Bien, monsieur.

— J'espère que vous avez choisi vos hommes avec

soin, d'ailleurs. C'est une mission de la plus haute importance, même si nous arriverons peut-être à destination sans avoir rencontré la moindre difficulté.

Damir grinça des dents, s'acharnant à regarder droit devant lui.

— Je le crois, monsieur. En tout cas, je me porte garant de chacun d'entre eux. Ils défendront votre bureau au péril de leur vie.

— Dommage que le vice-roi n'ait pu en dire autant. Pauvre de lui…

Cette fois, le lieutenant Damir ne réagit pas, se bornant à saluer Artemis.

— Permission de disposer, monsieur ? Je dois rejoindre mes hommes pour une prière sur le parvis de la basilique.

— Faites donc.

Damir parut hésiter un instant.

— Vous ne venez pas ?

Cortellan secoua la tête.

— Non. Je dois bien avouer que les séraphins ont perdu beaucoup de leur attrait pour moi depuis Xemballa.

Damir ne répondit pas et claqua des talons avant de filer en direction du centre-ville. Artemis lui accorda à peine un regard avant de tirer une cigarette de son étui. Imperceptiblement, ses épaules retombèrent. Il avait du mal à rester le dos bien droit. On ne pouvait guère lutter contre l'âge et le temps. Une chose était sûre : sa mémoire au moins ne lui faisait pas défaut. Xemballa ne devait pas signifier grand-chose pour quelqu'un comme Damir, âgé de trois ou quatre ans au moment de la chute de l'Empire. Artemis, lui, avait vu de ses yeux une fée reprendre vie et manquer détruire à elle seule une civilisation tout entière. En comparaison, le panthéon invisible des séraphins, aussi nombreux soient-ils, n'avait sauvé personne cette nuit-là. Comnène pouvait toujours invoquer leur protection, Artemis ne risquait pas de leur faire confiance. Le prélat l'avait reçu deux jours plus tôt, l'assurant de son soutien plein et entier. De belles paroles, comme toujours avec ceux de son ordre.

Aucun séraphin n'aurait pu affronter une telle créature. Le regard d'Artemis se posa une nouvelle fois sur les canons embarqués. Il n'était pas certain qu'un train blindé en soit davantage capable. Il ferma les yeux. Il avait frappé la fée avec un tir de mortier. Il l'avait touchée, de plein fouet. Et ce monstre n'avait rien senti. Il n'était même pas certain qu'une batterie de mitrailleuses puisse en venir à bout.

Un mince sourire se fraya finalement un chemin sur ses lèvres. Une rébellion indigène, des colons indépendantistes… Il ne manquait plus qu'un retour des fées et de la magie !

— Bataillon… Ad'vous !

Cortellan balaya la ligne du regard.

— Portez… armes !

Ce bruit lui procura un frisson de plaisir froid. Tous portaient des pantalons et des vestes bleu marine à quatre boutons ainsi que des képis mous de feutre d'une teinte similaire. La vue de ces troupes fit battre son cœur plus vite. Enfin ! Il leva les yeux sur les couleurs qui claquaient dans la brise, s'attardant sur un étendard criblé de balles, portant les noms d'une demi-douzaine de batailles âprement disputées. Des batailles si lointaines aujourd'hui. Depuis combien de temps ce drapeau ne s'était-il pas déployé sous le soleil de Carthagène ?

Un tourbillon de vapeur s'éleva et la fanfare entama à cet instant précis un air guerrier, rivalisant avec le crissement des rouages de la locomotive. Le faisceau de triage sentait l'huile, le cuir et vibrait de promesses.

Il était temps de partir.

Des heures et des heures plus tard, le train siffla pour la troisième fois, et plus d'un petit garçon leva les yeux pour observer le cheval d'acier à l'horizon. Il approchait lentement du ravin et du pont à arches suspendu dans le vide.

Encore deux ou trois minutes et il traverserait.

— Hé, qu'est-ce que tu fais là, toi ?

Le gamin se retourna, tombant aussitôt à quatre pattes, cherchant par réflexe à éviter un éventuel projectile.

— Bordel, petite merde, toi et les tiens, vous n'avez pas le droit d'être ici !

L'homme, debout quinze mètres en contrebas, au pied de la pente, s'élança à grandes enjambées. Le petit garçon ne l'avait encore jamais vu, celui-là. Il s'agissait sans doute de l'un des contremaîtres de la mine de charbon que lui et les siens arpentaient jour après jour, à la recherche de morceaux à dérober. Il avait tiré sa matraque et arborait aussi un pistolet à la ceinture. L'enfant était figé sur place, incapable de fuir. L'autre ahanait déjà, peinant dans la montée, la bouche grande ouverte. Le petit voleur aurait dû en rire. Avec son visage rougeaud, le colon affichait une mine ridicule.

Mais pour être resté trop longtemps à observer le

passage du train, le petit garçon risquait maintenant une sévère bastonnade.

— Et en plus, tu ne fuis pas ! Petite merde, tu te prends pour qui ?

Au côté du garçonnet, une ombre grandit au sommet de la crête, s'étirant jusqu'aux pieds du contremaître qui se figea à son tour.

— Qu'est-ce que… ?

Le petit garçon leva cette fois les yeux sur une silhouette masquée. Lui aussi était bouche bée maintenant, de surprise. Le contremaître s'était écroulé et son corps dévalait la pente, pour finir sa course sur le sinueux sentier.

— Tu devrais partir, chuchota la voix derrière le masque de tissu. Et passe le message à tes camarades. Quittez la mine pour ce soir.

Le gamin hocha la tête et retrouva soudain l'usage de ses jambes, bondissant plus loin le long de la crête.

Le Loup Gris ramena à lui son arme et pivota en direction de la voie ferrée loin en contrebas. Le convoi de fer avait fait retentir une fois de plus son sifflet. Le chef des rebelles contempla la mine autour de lui, tout en frottant machinalement le médaillon enroulé à son poignet gauche. Des années maintenant que les entrailles de la mine brûlaient. Les autorités de Carthagène n'avaient jamais rien fait pour éteindre ces foyers qui rongeaient peu à peu les terres arables des environs. Impossible de cultiver quoi que ce soit désormais. Le charbon était partout. Une raison de plus de déplacer les populations locales, en prétextant se préoccuper de leur sécurité. En réalité, c'était l'occasion parfaite pour s'approprier leurs terres et exploiter ces blocs noirs dans leurs machines infernales. Tous les prétextes étaient bons pour s'en prendre aux indigènes.

Le Loup Gris connaissait bien les lieux. Il avait tout de suite retrouvé son chemin pour atteindre la crête, marchant au milieu des bouches béantes et rougeoyantes qui donnaient sur ces souterrains d'un autre monde. Les colonisateurs parlaient souvent des Enfers et leur description correspondait tout à fait à cette mine. Les autres contremaîtres avaient été chassés. Celui-là avait eu le malheur de se trouver dans un coin reculé de la mine. Le Loup Gris n'avait pas tergiversé en saisissant le crampon de voie ferrée lui servant de poignard. Lui et les siens n'avaient que trop hésité durant trente ans face à l'envahisseur.

— Tout est prêt, fit une voix derrière lui.

— Donnez le signal. Ils ne peuvent pas fuir plus loin que le bout de leurs rails.

Quelques secondes plus tard, le pont explosait.

Assis à son bureau, Artemis Cortellan leva la tête. Les grincements dus au roulis s'étaient faits plus forts.

— Arrêtez le train !

Le conducteur n'avait pas attendu que le caporal Cormel le rejoigne dans la cabine pour actionner les freins d'urgence du convoi. À l'approche de la dernière courbe les obligeant à ralentir, il s'était finalement aperçu qu'une partie des rails devant eux avait été arrachée. Le mécanicien et lui étaient parvenus de justesse à arrêter leur train dans une pluie d'étincelles, mais la motrice folle avait soulevé le premier wagon, retombé sur le flanc gauche. La locomotive laboura le sol en déversant des panaches de fumée sale, avant de finir sa course dans un dernier soubresaut. Une roue de train brisée rebondit à la verticale, s'arrêtant finalement moins de trente pas plus loin sur la voie. Personne à bord n'avait eu le temps de reprendre son souffle ou de descendre pour estimer l'étendue des dégâts. Le pont s'était effondré dans un chœur de gémissements métalliques bien plus terrible que celui des freins chauffés à blanc trois minutes plus tôt.

Les rebelles, cachés dans le poste d'aiguillage sur le côté de la voie, avaient surgi à cet instant précis, profitant du chaos et du nuage de vapeur qui tourbillonnait encore pour immobiliser les soldats de Carthagène ayant quitté le couvert du train blindé. Les autres, blessés, ne leur avaient opposé aucune résistance.

Le Loup Gris pénétra dans le wagon de tête, déjà investi par dix de ses guerriers. Il ne restait plus qu'une porte à faire sauter, celle du bureau privé d'Artemis Cortellan. Ils auraient peut-être dû patienter quelques secondes, laisser le train disparaître dans le vide. Mais ils avaient besoin d'une monnaie d'échange, d'un levier.

Les guerriers, alignés de part et d'autre, s'inclinèrent, une main sur la poitrine, au passage du Loup Gris. Il tenait à ouvrir la porte lui-même. L'annonce du retour d'Artemis Cortellan avait agi comme un déclencheur dans leurs rangs. Il ne pouvait pas laisser un militaire aussi célèbre que lui mener les forces du Nouveau-Coronado. Même si leurs tactiques de guérilla avaient porté leurs fruits, ils n'étaient à l'abri de rien. Sans compter que Carthagène leur avait mis sur le dos la mort du vice-roi, bouleversant ses plans !

Le Loup Gris repoussa une nouvelle bouffée de colère, les dents serrées sous son masque.

Tout cela était si fragile…

Finalement, il laissa deux de ses guerriers fracasser la porte. Au bout de longues minutes, celle-ci était à peine entamée et ils durent employer des explosifs.

— Reculez !

Un nuage de fumée envahit le wagon. Tous les insurgés s'étaient répartis en deux rangées pour protéger leur chef. Le reste du train était entièrement sous leur contrôle désormais. Seul Artemis, enfermé dans son bureau, pouvait encore tout faire basculer.

La fumée se dissipa lentement et trois guerriers franchirent le seuil de la voiture, armes au poing.

— Vous pouvez entrer ! cria l'un d'eux. Il est là.

Le Loup Gris réprima un frisson. Il fut le dernier à pénétrer dans le compartiment, prêt à asséner ses conditions au chef de guerre des colons. Mais ses mots, les mots qu'il avait répétés si souvent depuis la veille, ne parvinrent pas à se frayer un chemin hors de sa gorge.

— Vous n'êtes pas Artemis Cortellan, souffla le Loup Gris.

— En effet, répondit le jeune officier assis derrière un modeste bureau en hêtre. Je suis le caporal Cormel, du 3e d'infanterie.

Une large estafilade lui avait ouvert le cuir chevelu et il était également blessé au bras. Son coude était tordu selon un angle à même de faire blêmir n'importe qui.

— Où se trouve Cortellan ?

Le caporal se permit un sourire, malgré la souffrance évidente qui déformait ses traits.

— Oh, très loin d'ici. C'est donc vous le Loup Gris… Je vous imaginais plus grand.

Un murmure stupéfait monta parmi les insurgés. Quelle désinvolture dans ces paroles !

— Et je ne suis pas entouré de sorcières ou de guerriers possédés par les esprits. Où est-il ? répéta le chef des rebelles.

— Très loin. Il a décidé de jouer au chat et à la souris avec vous.

— Vous allez mourir, répliqua le Loup Gris.

— Alors je suis heureux d'avoir pu servir mon pays, fit le caporal. Cortellan se doutait que vous alliez encore faire sauter des ponts. Il veut frapper fort. Et vite.

— Où est-il ? demanda une troisième fois son interlocuteur, peinant de plus en plus à garder le contrôle de ses nerfs. Je vous ai posé une question !

— Je ne sais pas. C'est la vérité.

— Vous pensez qu'il a choisi un autre chemin ? Que ses troupes sont parties à pied ? On les aurait forcément remarquées, non ? Nous surveillons toutes les routes !

Le Loup Gris leva la main pour faire taire celui qui avait pris la parole dans son dos. Même si ce soldat ne pourrait témoigner de cette scène, il ne voulait pas afficher devant lui leur trouble et leurs défaillances. Le chef des rebelles se tourna ensuite vers un autre homme, échangeant avec lui une série de signes de la main.

— Vous étiez tous prêts à sacrifier vos vies pour une simple diversion ? reprit-il.

— Vous n'êtes pas les seuls à savoir vous montrer déterminés.

Un instant, le Loup Gris hésita à récompenser la

bravoure du soldat en le laissant partir. La nouvelle de l'assaut du train et de la destruction de ce pont leur reviendrait de toute façon aux oreilles bien assez vite.

Le caporal trancha pour lui, dans un coup de tonnerre.

— Rien ne nous arrêtera.

Le gradé tomba lentement vers l'avant, face contre le bureau, dans une mare de sang qui recouvrit la surface cirée. Il venait de s'ôter la vie, de son bras valide.

— Nous avons échoué, souffla l'un des guerriers.

Son chef se tourna vers lui, posant une main sur son épaule.

— Non. Vous avez accompli votre mission avec courage. Nous avons éliminé une vingtaine de soldats et fait sauter l'un de leurs ponts. Le quatrième. Et pour la première fois, nous nous sommes même emparés de l'un de leurs trains !

— Parce qu'ils l'ont laissé sciemment en sous-effectif, grommela un autre de ses hommes.

— Le résultat est le même.

Le Loup Gris quitta le wagon blindé et se pencha par la fenêtre la plus proche dans la voiture suivante. Devant lui, de l'autre côté du précipice, l'immense mine de charbon à ciel ouvert était toujours la même, jusqu'à la dernière fumerolle. Ses feux étaient les derniers à troubler la nuit. Si Carthagène était au courant de leurs intentions, il leur restait sans doute peu de temps pour dépouiller ce train de ce qu'il pouvait contenir de précieux, et surtout disparaître.

— C'était la bonne stratégie, j'en suis sûr, souffla-t-il pour lui-même, effleurant de nouveau son médaillon.

Qu'importait où se trouvait en réalité Artemis Cortellan. Au fond de lui, le Loup Gris savait maintenant qu'il devait retourner dans le Nord.

Les grincements reprirent de plus belle et Artemis Cortellan se leva de sa chaise. Au-dessus de sa tête, la veilleuse se balançait lentement.

Il ouvrit la porte de son bureau et monta les cinq marches qui le séparaient du pont supérieur où il fut accueilli par la brise marine.

Vivifiante.

Artemis sourit en contemplant les flots.

Ils avaient franchi le cap de Bonaventure la veille.

Direction le Nord.

Le capitaine Horacio descendit de la dunette et vint se présenter devant Artemis. Les cheminées jumelles qui s'élevaient au milieu du navire se trouvaient à plus de sept mètres au-dessus de la ligne de flottaison. L'équipage était aligné à tribord, sur l'étroit espace non ponté entre le garde-corps et le réduit central casematé. À leur approche, les sifflets de manœuvre exécutèrent un trille et l'équipage se mit au garde-à-vous. Se souvenant du rituel propre à la marine, Artemis pivota pour saluer en premier les couleurs, puis l'officier sur le pont.

— Tout va bien, monsieur. Nous suivons le cap prévu. Nous devrions passer à la hauteur des montagnes de l'Azur d'ici demain matin.

Artemis se contenta de hocher la tête.

Pour le moment, son pari était gagnant : tout le monde à Carthagène, y compris le prélat Comnène, s'était attendu, évidemment, à ce qu'il traverse la moitié de la péninsule à pied ou en train, quand c'était encore possible. Mais les actes de sabotage étaient en hausse et Cortellan avait déjà connu une campagne à pied et à cheval, lors de son arrivée sur les terres du Nouveau-Coronado.

Plus jamais ça.

Prendre la mer, par la voie de l'ouest, voilà une stratégie que personne n'avait anticipée. Il s'agissait aussi de la façon la plus efficace de prendre de court la guérilla des rebelles indigènes. Ils avaient sans doute prévu de les ralentir, de chercher à les affaiblir tout au long de leur voyage. Mais les soldats de Cortellan n'emprunteraient aucune route. En mer, ils ne craignaient que le tourment des tempêtes. En longeant les côtes, il était convaincu de pouvoir atteindre les plaines du Nord plus vite qu'à travers les terres.

— Les autres bâtiments ? demanda-t-il.

— Ils sont dans notre sillage. Nous n'avons reçu aucun message. Tout va bien de leur côté également.

— Bien. Vous savez pourquoi je vous ai choisi pour cette mission, capitaine ?

Horacio battit des paupières.

— Ma foi, monsieur, parce que je suis l'officier de marine le plus gradé de la colonie ?

— Surtout parce que j'ai toujours entendu dire que vous étiez un navigateur-né. Nous ne livrerons pas de combats en mer, mais il me fallait quelqu'un capable de relever ce défi.

Le capitaine se passa une main sur la nuque.

— C'est fort aimable, monsieur. Disons que j'étais favorable à l'exploration de cette voie ouest. Mais je comprends que le vice-roi ait préféré privilégier le golfe. Vous-même, je crois, vous avez mené une guerre contre les pirates.

Artemis leva la tête vers le ciel.

— Il y a longtemps. Et j'ai vite compris que l'on poursuivait des fantômes…

Le silence tomba. N'ayant pas été autorisé à rompre, Horacio se balançait mollement d'un pied sur l'autre.

— Ne craignez-vous pas que l'Ulster en profite ? Si l'on remarque la disparition de bâtiments au niveau de nos patrouilles, je crains que nos ennemis décident de chercher à s'emparer de certaines voies maritimes.

Pour le moment, la flotte de la colonie comprenait uniquement deux cuirassés et quatre canonnières à aubes nouvellement armées. Une demi-douzaine de sloops à trois mâts surveillaient principalement le golfe. Afin de transporter ses troupes, Artemis avait dû réquisitionner la plupart de ces bâtiments. Il aurait souhaité pouvoir procéder différemment, mais il n'avait pu influencer la production à ce point depuis son île, pas plus qu'il n'était capable de ralentir le cours du temps. Au fond de lui, Artemis savait que le long terme ne le concernait plus.

— Allons, qu'est-ce qui vous dérange en réalité ? Simplement ceci : j'ai bousculé nos habitudes. Vos habitudes. Et ce changement vous rend nerveux. C'est logique. Mais si les troubles s'étendent à toute la péninsule, vous pouvez être certain que, là, l'Ulster cherchera à intervenir. Il faut en finir au plus vite. Pourrions-nous forcer l'allure ?

— Vous voulez dire encore ? s'étonna Horacio.

Artemis hocha la tête.

Un poignard d'ambre déchira les ténèbres et s'enfonça dans les profondeurs de l'océan. Artemis observait la tempête d'un regard torve. Voilà un temps qui seyait à son humeur ! Les messages qu'ils avaient échangés avec la capitale ne leur avaient pas été d'un grand secours : il se révélait pour l'instant impossible d'obtenir des nouvelles plus précises à propos de la rébellion. Ils avaient également été contraints de changer de cap à trois reprises afin d'éviter de monstrueux blocs de glace, remontant du Sud lointain.

Les éclairs continuaient à déployer leur toile dorée dans les cieux. La houle enflait, la bise glacée leur fouettait à tous le visage. Le général observa les marins un moment, sans les interrompre, simplement satisfait de les voir agir en véritables soldats du Coronado.

Les portes coulissantes de la dunette s'ouvrirent sans bruit, laissant place à l'officier chargé du quart, drapé dans une tunique de pluie.

— Quelle nuit ! Nous ne courons aucun danger, mais nous perdons du temps. Certains membres de l'équipage parlent de… magie, grommela-t-il. Ils interprètent les moindres signes à tort et à travers, et cela ne mène à rien !

— Ne les blâmez pas… Pour beaucoup, il s'agit de leur première grande expédition.

Horacio se contenta d'un salut et distribua une bordée d'ordres à la volée. Artemis soupira. Il devait les distraire. Comme s'il avait voulu croiser le fer avec les éclairs, il tira son épée hors du fourreau, dressée vers les nuées d'encre pourpre.

— Ici et maintenant ! haleta-t-il.

Quatre soldats durent s'avancer, l'échine courbée sous le vent, contraints et forcés de délaisser leur poste.

Ce n'était pas la première fois qu'Artemis faisait mander de simples recrues. Tenter de résister face à un bretteur comme lui relevait de la folie, en particulier dans ces conditions. Aucun d'eux n'avait pratiqué le Zéphyr, la cour où les épéistes du Coronado se livraient duel depuis des générations. Artemis l'avait toujours emportée avec lui, se le représentant en cet instant même.

Les quatre militaires retenus passèrent pourtant à l'attaque, baïonnette au canon. Artemis se contenta de parer et d'esquiver, dans un tourbillon de pluie. L'océan leur opposait des creux de dix pieds, mais le général semblait danser, se jouant de l'équilibre, toujours sur la corde raide, tandis que ses adversaires improvisés tombaient avec une gaucherie patentée. Artemis les balaya d'un coup de contre-taille, deux d'entre eux s'écrasant dans les éclaboussures du pont, les deux derniers voyant leurs assauts écartés d'une simple glissade.

Noyés sous ses passes, trois de ses assaillants peinèrent à comprendre qu'il les libérait de leur astreinte, déjà rassasié. Du tonnerre plein les oreilles, ils se retirèrent en titubant dans le poste d'équipage. Artemis quant à lui éclata d'un rire sonore, qui roula dans l'air salin et porta jusqu'aux flots déchaînés, comme en offrande à l'orage. Mais Artemis leur offrait sa douleur. Son corps était brisé. Tout cela n'était que de l'esbroufe, destinée à raffermir son autorité. Ne pas céder. Donner le change. Ployer, sans rompre. Voilà à quoi il en était réduit. Bon sang, il avait tellement envie d'une cigarette ! Quand bien même ses douleurs étaient loin de s'envoler avec la fumée.

Aux premières lueurs du jour, orage et tempête s'étaient retirés au loin sans laisser de traîne. *La Flèche d'Or* et ses suiveurs progressaient sur une mer calme, aux remous enfin apaisés après des heures de lutte acharnée entre les éléments. En milieu de matinée, l'attention des matelots présents sur le pont fut attirée par de mélodieuses complaintes.

— Des baleines ! s'exclama Horacio.

Une dizaine de ces créatures gigantesques et pourtant si gracieuses nageaient dans leur sillage. Les trombes d'eau qu'elles propulsaient dans les airs à intervalles réguliers donnaient la cadence, dans une ronde bien plus élégante que la leur, toute militaire. Le corps fuselé des cétacés semblait survoler les flots plus que les fendre. Les baleines plongèrent sous l'écume, le brouillard se déchira en poussière de diamant, et l'orage revint, montagne de nuages boursouflés se déversant sur la flotte, comme depuis une cascade perdue dans les cieux.

— Les éléments ont pris leur parti, sourit le général. Très bien, maintenons la cadence, cap sur le Nord ! Surkutir nous attend.

10

La nuit se révéla calme, même si beaucoup au sein du convoi ne dormirent que d'un œil.

Aucun autre cadavre n'apparut sur la rivière. Azel cligna des yeux, finit rapidement de se laver le visage et se redressa en direction du campement. Deux adolescents étaient en train d'éteindre les feux de camp et tous les autres membres du convoi montaient à bord de leurs chariots respectifs. Ombeline elle-même avait de nouveau pris place sur le banc de l'attelage de tête et semblait le chercher du regard. Le jeune homme soupira. Il avait promis d'accompagner les fuyards sur le domaine Alborán. Pire, c'était sa propre suggestion ! Il ne pouvait s'en prendre qu'à lui-même.

Azel retrouva donc la tête du petit convoi. Si le temps se maintenait, ils parviendraient à destination à temps pour passer la nuit sur les terres de son père. Le jeune homme jeta un coup d'œil en arrière. Cette fois, Apisi avait choisi de fermer la marche. Le demi-loup en avait visiblement assez de trotter d'un chariot à l'autre. Azel ne lui fit pas signe. L'animal n'avait rien demandé, il ne faisait que suivre son ami. Azel s'en voulait de lui imposer ses volontés, mais il avait besoin de lui, besoin de savoir qu'il pouvait se tourner vers lui.

Peu de temps avant midi, alors que le ciel se couvrait de voiles blancs, le chasseur de primes crut apercevoir un nuage de poussière à l'horizon. Aussitôt, il leva la main droite pour faire signe au convoi de s'immobiliser. Impossible de se cacher : ils se trouvaient de nouveau au beau milieu des plaines. Toutefois le nuage se dissipa quelques minutes plus tard, comme s'il n'avait jamais existé.

De temps en temps, Azel saisissait sa longue-vue pour observer la ligne d'horizon. La seule difficulté de la journée trouva son origine au sein du convoi lui-même. Peu de temps après midi, une arche en bois prise d'assaut par des vignes sauvages se dressa sur leur route et le vieil Usan tira sur les rênes de la charrette de tête, refusant d'avancer.

— On ne peut pas passer par là, expliqua-t-il à Azel. C'est un *upeha*.

Devant le regard interrogateur du jeune homme, il avait poursuivi dans un soupir :

— Un portail de bienvenue. Un clan vivait ici, avant. Ils ont dû fuir en abandonnant leurs histoires.

— Leurs histoires ?

Suivant le regard du vieillard, Azel avait remarqué alors que le fronton de l'arche était sculpté sur toute sa longueur.

— Nous n'avons pas le droit de passer sans invitation.

— Ça va être compliqué. Écoutez, Usan…

— Azel, on peut faire un détour.

Il s'était retourné vers Ombeline, qui s'était approchée en silence. Le jeune homme serra les dents. Il comprenait l'attachement des indigènes à leurs coutumes, mais il fallait se montrer pragmatique. Ombeline soutint son regard. Et une fois de plus, Azel céda, préférant reculer.

— Très bien.

Le convoi fit demi-tour, le temps pour leur guide de déceler une autre piste praticable pour tous. Azel nota ironiquement qu'il lui avait fallu trois chansons pour y parvenir, avec l'aide précieuse d'Otiru, l'interprète à la langue tranchée. De toute évidence, l'homme craignait de passer pour inutile au sein du groupe. Si un quelconque train s'était arrêté près du domaine de son père, ils auraient eu besoin de moins d'une journée de voyage pour le rallier. Au lieu de cela, Azel jeta un dernier regard amer à l'arche avant d'éperonner sa monture.

L'après-midi défila sous des nuages de moire. Le passage de terre battue fendant les plaines demeura désert, même s'ils croisèrent un chariot abandonné dans un fossé. La chute de l'Empire avait également signifié l'abandon de tout entretien des terres pendant plusieurs années, alors que les colons du Coronado étaient arrivés sans rien connaître d'une région qui ne se laissait pas apprivoiser aisément – si c'était même possible. Azel n'attendit pas que le soleil les abandonne à son tour pour ordonner l'arrêt du convoi. Ils avaient dû perdre deux heures, mais il n'était pas question de les rattraper de nuit. L'obscurité était le domaine des créatures comme Apisi, pour qui les plaines ne dormaient jamais.

Une fois installé à l'écart pour prendre son tour de garde, Azel releva la tête, conscient d'une présence fugace.

Quelques secondes les yeux plissés lui suffirent à discerner de qui il s'agissait. Le plus jeune garçon du groupe de réfugiés, qui ne devait même pas avoir encore huit ans. Comment s'appelait-il déjà… Iodun ? Il s'était éloigné de la couche de ses parents, sans doute pour assouvir un besoin naturel, mais au lieu de retourner s'allonger, le gamin s'était figé à quelques pas d'Azel, l'observant depuis le rocher derrière lequel il s'était caché.

Azel maugréa. Il n'avait aucune envie de faire la conversation à qui que ce soit, surtout pas maintenant. Pourquoi les enfants semblaient-ils tous chercher sa compagnie ? Il avait encore moins envie de le raccompagner ou de réveiller tout le groupe. Il décida donc de l'ignorer, mais le garçonnet quitta son abri pour s'avancer dans sa direction. Cette fois, Azel dut étouffer un grognement.

Iodun vint se planter juste devant lui. Azel ouvrit la bouche, mais il s'avéra plus rapide.

— Merci.

— Merci ?

Le chasseur de primes s'en voulut aussitôt de répéter bêtement ce mot prononcé d'une voix hésitante. Le petit avait pris la peine de s'exprimer dans la langue des envahisseurs, alors qu'Azel savait qu'entre eux les fuyards utilisaient bien sûr leurs propres idiomes.

— Merci de venir avec nous, ajouta-t-il en chuchotant.

— Tu peux parler dans ta langue, soupira Azel.

Le garçonnet ne réagit pas, mais il fourra une main dans sa tunique, avant de tendre vers lui son poing fermé. Un instant plus tard, ses ongles noirs s'écartèrent, dévoilant deux galets ronds.

— C'est pour toi.

— À mon tour de te dire merci, alors, répondit Azel.

— C'est pour t'aider, quand tu surveilles le camp la nuit, expliqua l'enfant au bout de quelques secondes.

— D'accord.

Azel récupéra les deux pierres au creux de sa propre main, mais il ne se trouvait pas plus avancé. Gêné, il n'osait poser d'autres questions à un simple gamin.

— C'est mon frère qui me les a données. Avant. Il n'est plus là.

— Je suis désolé.

À la grande surprise d'Azel, Iodun n'éclata pas en sanglots. Ses yeux ne se mirent même pas à briller sous le clair de lune. Il haussa simplement les épaules.

— C'est loin. Et il est toujours avec moi. Maman me l'a dit.

Le jeune homme hocha la tête, préférant garder le silence. Au bout de quelques instants, il vit un fin sourire se dessiner sur les lèvres du petit.

— Tu ne sais pas ce que c'est ?

Il posa les deux mains sur celle d'Azel.

— Ce sont les yeux de Tetuoc. C'est une fée d'autrefois. Maman m'a raconté qu'elle pouvait enlever ses yeux pour les faire rouler et observer des tas de choses sans se déplacer. Si tu dois surveiller le campement, tu peux t'en servir. Comme ça tu peux rester ici te reposer pendant que les yeux surveillent tout ça.

— Ah oui ?

Iodun fronça les sourcils.

— Tu devrais connaître. Je ne comprends pas.

Azel ouvrit la bouche une nouvelle fois, mais comment lui expliquer en des termes simples la réalité de sa situation, de sa vie ? Le souvenir de sa rencontre avec une fée était marqué au fer rouge sur sa peau et il le reniait depuis quinze ans. De justesse, Azel ravala un juron.

— Je connais les fées, mais pas celle-ci. Il y en a beaucoup, je crois.

— Je te les prête. Si tu veux les utiliser, il faut les poser derrière toi et ne surtout pas te retourner. Ils partiront tout seuls faire un tour et ils reviendront s'il y a un problème.

Azel acquiesça. Iodun croyait-il vraiment à ce qu'il racontait ? En tout cas, rattrapé par le sommeil, il étouffa un bâillement sonore. Azel tenait là sans doute sa chance de conclure la discussion.

— Tu devrais retourner auprès de ta mère. Elle risque de s'inquiéter, murmura le jeune homme.

— D'accord. Si tu veux que je te raconte d'autres histoires sur les fées, j'en connais plein. Ça me dérange pas si tu les connais pas.

Cette fois, Azel sourit.

— Je m'en souviendrai.

Ce soir encore, ils s'étaient tous installés en cercle. Beaucoup ne dormaient pas, inquiets à l'approche du domaine. Un premier indigène se mit à taper doucement dans ses mains au retour d'Iodun. Aucun d'eux n'avait saisi d'instruments, même si Azel les avait entendus plusieurs fois psalmodier, pour partie d'entre eux. Leurs chants lui avaient évoqué des prières ou des psaumes, comme le disait la Croix-Blanche. Ce soir, les choses paraissaient différentes autour du feu de camp.

Pour la première fois depuis leur départ, les

fuyards avaient laissé derrière eux leurs souvenirs douloureux pour invoquer ceux à même de leur réchauffer le cœur, au-delà des flammes. Azel hésita quand l'un d'eux saisit un tambourin, puis un second, une flûte. Un autre tira une sorte de théorbe, égrainant une pincée de notes graves, presque solennelles, quittant ensuite d'un bond espiègle ses quatre cordes pour se faufiler dans les hautes herbes, au gré de leurs mélopées surannées. Ça n'était encore jamais arrivé. Ils étaient comme seuls au monde sur les plaines : que pouvaient-ils bien risquer à chanter ?

Les choses le gênèrent davantage quand plusieurs entreprirent de danser. Les domestiques du domaine ne dansaient jamais. À vrai dire, les rares occasions où il les avait surpris en train de chanter, loin des granges, leurs chants n'avaient rien à voir avec ceux-ci. Ils ressemblaient bien plus à des supplications.

Mais des pas de danse… Azel n'avait jamais été très à l'aise. Son père avait déjà donné deux bals auxquels il n'avait pu se dérober dans sa jeunesse, mais le jeune homme n'avait jamais rejoint la piste. Toujours assis sur un rocher, Azel jeta un coup d'œil en coin à Ombeline. Elle aussi tapait des mains, un grand sourire aux lèvres. Elle semblait encourager les indigènes et le jeune homme n'osa intervenir. Pour le moment, il n'y avait rien à craindre, et il pourrait toujours prétexter partir patrouiller pour échapper à cette vision.

Ombeline s'était tournée vers Usan.

— C'est une danse ancienne ? demanda-t-elle à mi-voix, comme si elle ne voulait pas interrompre les premières circonvolutions des interprètes.

— On peut le dire, sourit le doyen du groupe, les deux mains sur les genoux. Malheureusement, je suis bien trop vieux pour tourbillonner ainsi. La danse va de pair avec les jeunes jambes, agiles et lestes.

— Allons, vous n'êtes pas si vieux, rétorqua Ombeline avec un sourire.

Azel nota alors qu'Otiru et une jeune femme se faisaient face. Pour la première fois, l'interprète n'était pas seul ni ne se cachait dans le sillage d'Usan. Chacun fit un pas vers l'autre, une main levée. Azel grogna. Il aurait presque pu se laisser aller à taper lui aussi des mains quand le couple se rejoignit.

Mais la voix d'Usan, réduite à un simple chuchotement, détourna son attention, et Azel tendit l'oreille.

— C'est une danse de solstice, à l'origine, reprit ce dernier. Mais c'est aussi un symbole de réconciliation.

Ombeline hocha la tête.

— Je vous remercie de me permettre d'assister à un tel moment, répondit-elle tout aussi doucement. Je me sens honorée.

Le vieil homme lui rendit son signe de tête, mais il n'ajouta rien de plus.

La danse se poursuivit plusieurs minutes, rythmée par les cordes des cithares et les percussions, chaque note jetée dans la nuit resserrant leurs liens à tous. Azel s'aperçut qu'il battait la mesure du doigt et chercha des yeux Apisi afin de se donner une contenance. Tollani dansait maintenant avec son père. Pour la première fois depuis que son épouse lui avait confié son histoire, cette dernière regardait Chollallan avec clémence et, Azel voulait le croire, un soupçon d'affection. Les sourires semblaient devenus contagieux à la lueur des flammes.

Azel tourna de nouveau la tête quand le vieil homme se mit à rire doucement. Il était légèrement penché en arrière et avait levé la main droite. Ombeline se tenait debout devant lui.

— Oh, non, non, madame, disait le vieillard. Je ne peux pas.

— Je vous l'ai dit, vous n'êtes pas si vieux ! répliqua la belle-mère d'Azel.

— Cela n'a rien à voir avec mon âge, madame.

Ombeline parut soudain soucieuse.

— Si je n'ai pas le droit de participer à cette danse en tant qu'étrangère, je comprendrai très bien. Je suis désolée si…

— Ce n'est pas cela non plus. Ah ! comment vous le dire ? Je n'ai pas le droit de danser avec vous. Vous êtes une femme de la noblesse dans votre société, et j'appartiens au peuple.

— Vous savez que je ne crois pas à ce genre de barrière.

— Je sais, madame, sourit le vieil homme. Et je vous en remercie, je ne crois pas que vous réalisiez à quel point. Mais moi, oui, j'y crois encore. Et tout le monde parmi nous. Ah ! j'en suis désolé.

— Ça ne fait rien, répondit Ombeline.

Azel s'attendait à la voir s'écarter de deux pas pour se rasseoir, mais c'était bien mal la connaître. Le regard du jeune homme s'agrandit au fur et à mesure qu'elle s'approchait, avant de se planter devant lui.

Sans plus attendre, elle lui tendit les deux mains.

— Azel, me ferais-tu l'honneur de m'accorder cette danse ?

Le pisteur resta coi, incapable d'exprimer le moindre mot, tandis que son cœur s'était mis à battre plus fort, résonnant à ses oreilles avec une telle ardeur qu'Azel eut peur que la jeune femme l'entende, trouvant là la réponse qu'elle espérait.

Elle souriait toujours.

— S'il te plaît... Tu es mon dernier recours ! plaisanta-t-elle.

Ne pas trembler comme un idiot.

— Je ne sais pas danser.

— Même si tu me marches sur les pieds, ce n'est pas bien grave, puisque je peux toujours monter dans le chariot.

Le vieillard se tourna vers les deux jeunes gens.

— Azel, je crois que vous n'avez pas le choix...

Lui ne souriait pas, mais Azel aurait juré que son regard brillait d'un éclat plein de malice.

Les mains moites, les jambes raides à force de vouloir être bien certain de réprimer le moindre tremblement, il se leva puis fit un pas en avant. Ombeline lui saisit les mains sans plus attendre et recula de deux pas en direction des danseurs.

Azel ne s'était jamais tenu aussi près de la jeune femme, de son visage, depuis leur étreinte fugace dans la bibliothèque. Danser..., c'était tout autre chose.

— Je suis désolée, souffla-t-elle, et Azel perçut une légère odeur d'alcool dans son haleine. Je n'ai pas souvent l'occasion de danser au domaine, alors, pour une fois..., j'aimerais en profiter.

Son cavalier hocha la tête, les lèvres pincées.

Azel mourait d'envie de baisser les yeux sur ses pieds, redoutant de se montrer beaucoup trop gauche pour elle, surtout avec ses bottes crottées. Mais il ne pouvait s'y résoudre, plongé dans son regard améthyste. Ses sentiments flottaient comme des cendres dans la brise, emportés de-ci, de-là.

Les notes des instruments de musique furent les premières à s'évaporer dans la nuit, suivies des rires des autres danseurs. Bien vite, Azel se retrouva seul avec Ombeline, sous les étoiles. Il lui avait déjà tenu la main, pour l'aider à monter à cheval, mais jamais aussi longtemps. Malgré le contact de ses gants, il était persuadé de sentir la chaleur de ses paumes dans les siennes. Les silhouettes évoluant autour d'eux s'évanouirent à leur tour, couple après couple. Même le feu de camp ne semblait plus aussi vif, comme s'il était sur le point de s'éteindre. Le murmure de l'herbe caressée par les pieds des danseurs se tut à son tour. Cette fois, Azel ne voyait plus rien, n'entendait plus rien que leurs deux souffles, unis. Il n'était sans doute pas le plus à l'aise à évoluer dans le cercle, mais il avait tout oublié de sa gêne, de sa maladresse, de sa retenue.

Plus rien d'autre ne comptait que…

Le feu crépita, les flammes grimpèrent soudain. Le vieillard venait de jeter une nouvelle bûche au cœur du foyer, qui s'était aussitôt embrasé. À cet instant même, les craquements des branches accompagnèrent les ultimes notes du morceau. Tous les danseurs s'étaient déjà arrêtés, et Azel constata qu'Ombeline et lui-même étaient les derniers à tournoyer encore. Son cœur battait la chamade et le front d'Ombeline perlait de sueur, tant et si bien qu'elle cilla et détourna les yeux. Ses cheveux s'étaient en partie détachés, libérant des mèches brunes, dont certaines lui collaient aux tempes. Azel était persuadé que les joues de la jeune femme avaient rosi, mais sans doute était-ce simplement à cause de la danse. Lui n'avait pas bu, mais il avait l'impression d'être rattrapé par un vertige inédit.

— Eh bien, merci, dit-elle, le souffle court, posant un instant la main droite sur le torse d'Azel. J'espère que je n'ai pas abusé de ton temps.

Ce n'était pas une véritable question. Elle pivotait déjà vers le vieillard.

— Désolée, j'aurais dû penser au feu. Vous avez dû vous charger de cette tâche.

— Ma foi, ce n'est pas si difficile. Vous l'avez dit un peu plus tôt, je ne suis pas si vieux.

Ombeline ne rit pas, ni ne répondit. Elle salua bien vite les musiciens et s'éloigna en direction de sa tente. Azel la suivit du regard, et déjà les effluves d'alcool lui revenaient aux narines. Il n'avait encore jamais remarqué cela chez elle. Une telle attitude ne lui ressemblait pas. Elle lui avait toujours paru si déterminée, si enthousiaste à l'idée d'entamer ce voyage.

— Ne vous en faites pas pour elle, fit le vieillard, s'approchant de lui en silence. Elle est forte. Très forte.

— Je le sais, répondit Azel, sans s'offusquer.

Mais c'était exactement ce qui inquiétait le jeune homme : au fil des ans, Ombeline avait dû afficher une faconde qui n'avait rien d'une attitude de façade, mais comment conserver une telle armure en permanence ? Comment ne jamais baisser sa garde, comment paraître toujours calme et sûr de soi ? Tous ces efforts pesaient sur ses épaules. Il aurait dû se sentir euphorique, porté par leur danse, mais il se sentait seulement penaud, et tout aussi seul qu'auparavant.

— Autant j'apprécie madame, autant les hommes comme ton père, pas du tout, reprit le vieillard à mi-voix. Tu ne devrais pas hésiter à lui dévoiler tes sentiments. Je parie que tu n'attends que ça.

Un à un, les membres du convoi s'écartèrent du feu, même le vieil homme, même Otiru. Azel se retrouva seul. Le monde avait bien du mal à reprendre des contours nets. Il claqua la langue. Azel n'avait plus qu'un goût amer dans la bouche.

11

Ainhoa secoua la tête.

— On ne devrait pas sortir le boutre aujourd'hui, dit la jeune femme.

Son époux ne répondit pas tout de suite, toujours penché sur la structure de bois et de peau cirée. De quoi lui éviter de lever les yeux sur le ciel aux nuages presque violets qui se faisaient de plus en plus nombreux, de plus en plus boursouflés. La brise avait forci sur la plage de galets, si brusquement qu'Ainhoa se demandait si le vent n'était pas assez fort pour déchaîner une averse de pierres dans son sillage. Le temps lui-même n'avait rien de surprenant, encore moins en cette saison. D'ordinaire, personne ne prenait la mer à cette période de l'année, mais son second époux estimait qu'ils ne pouvaient faire autrement pour espérer nourrir le clan.

Depuis cinq saisons maintenant, le poisson était devenu plus rare. Ils avaient donc dû rallonger leurs périodes de pêche, et s'aventurer de plus en plus loin.

— Vraiment, Anoki, rentrons, insista-t-elle.

Finalement, son époux lui adressa un regard.

— Il le faut, soupira-t-il en se passant une main sur la nuque. Il n'y a presque plus rien à manger. Je ne peux pas me rendre à Surkutir les mains vides. On se rirait de moi, et il ne faut pas espérer un geste de leur part là-bas.

Surkutir, l'une des plus grandes cités de l'empire du Léopard après la capitale désormais dévastée, Xemballa. Ainhoa n'y avait jamais mis les pieds et ce n'était pas pour lui déplaire. Le concept même de « ville » la laissait indifférente. Elle se retourna vers le village, qui dominait la crique. Pourquoi s'entasser les uns sur les autres quand la terre avait tant à offrir ? La jeune femme n'avait jamais rêvé que de champs s'étendant à perte de vue, sans la moindre clôture pour les défigurer.

De temps en temps, une délégation du clan se rendait à Surkutir pour pratiquer le troc. Du moins était-ce le cas autrefois. En cela aussi, les choses avaient changé depuis la chute de l'Empire. Ils avaient dû se mettre à vendre et acheter des marchandises. Et surtout, de nouveaux visages étaient apparus en ville. Des visages pâles, bien plus pâles que les leurs en tout cas, avec des cheveux blonds ou roux. Ainhoa n'avait encore jamais vu de « sacs de farine » de ses yeux, mais elle n'éprouvait guère de curiosité à ce sujet. Ils restaient des hommes et des femmes, comme eux. Pourquoi seraient-ils venus jusqu'ici ? Surkutir elle-même se trouvait à près de trois semaines à dos de mulet et la ville était déjà très loin du sud de la péninsule. C'était un autre monde. Mais ces Blancs avaient voulu imposer leurs règles, à Surkutir et ailleurs. Ce n'était pourtant pas eux qui avaient vaincu Xemballa, mais la colère de la montagne. Les envahisseurs s'étaient approprié cette victoire, comme beaucoup d'autres choses. Par chance, leur clan n'était pas concerné. Ils vivaient trop loin au nord, dans une région bien trop reculée pour intéresser la ville qu'ils avaient bâtie à l'autre bout de la péninsule. Ainhoa plissa les yeux. Comment s'appelait-elle déjà… Carthagène ? Encore un nom étranger, qui avait commencé à envahir leur quotidien, intangible mais toujours présent.

Elle fit un pas vers Anoki, cherchant à poser la main sur son poignet.

— Si tu veux sortir en mer, attends au moins que l'orage soit passé.

Comme pour accompagner le conseil de la jeune femme, une goutte d'eau tomba alors dans sa paume.

— Tu vois !

Anoki détourna les yeux.

— Ce n'est pas une petite averse qui me fera peur. Nous sommes déjà sortis par un temps pareil.

— Je sais, mais…

Anoki leva soudain une main. Non pas pour la faire taire, mais pour saluer de nouveaux arrivants. Trois silhouettes étaient apparues sur le sentier menant à la grève.

— Je n'ai pas besoin que tu viennes avec moi, glissa très vite le jeune homme. Les gars ont accepté de me suivre. Fais-moi confiance, Ainhoa.

Ses mots étaient devenus prière. Elle savait qu'Anoki redoutait qu'elle attire sur lui les moqueries de ses amis en le critiquant devant eux. Ils faisaient tous partie de la même génération au sein du clan, nés l'année de la Terrible Lune. Ainhoa préféra se tourner vers l'océan, une main devant les yeux, pour contempler le ciel, un réflexe inutile. La mer avait toujours submergé les rêves des marins.

Les quatre pêcheurs n'avaient qu'une centaine de mètres à peine à parcourir pour mettre leur bateau à l'eau. L'embarcation était si légère malgré ses cinq mètres de long qu'ils auraient pu la porter à deux. Ainhoa les regarda s'éloigner. Elle les entendit rire, après avoir sans doute échangé quelque plaisanterie à son sujet.

Un instant plus tard, le boutre avait fendu ses premières bordées d'écume. Rames et voiles entrèrent en action. La jeune femme ferma les yeux. D'ici une poignée de minutes, le canot disparaîtrait derrière la pointe de la crique.

Ainhoa battit des paupières. Ses oreilles bourdonnaient. Elle l'avait senti derrière ses yeux clos : un éclair venait de transpercer les nuages. Le coup de tonnerre retentit, sec et impitoyable. Le premier de la journée. Le seul ? La jeune femme ne voulait pas d'un orage. Pas maintenant. Instinctivement, elle recula. Elle ne pouvait pas demeurer à découvert sur la plage, à la merci de la foudre. Un peu plus loin, une rangée de flamboyants bleus se dressait au-dessus des rochers.

Pourtant, Ainhoa restait les deux jambes plantées sur les galets. Elle sentait déjà le froid imbiber ses chaussures tressées. Un premier frisson remonta le long de ses jambes, soulevant un sillon de chair de poule sur ses cuisses.

Le tonnerre gronda une deuxième fois, plus fort, et le vent lui répondit avec un sifflement menaçant. La jeune femme dut plisser les yeux, lever un bras devant son visage. Au troisième coup de tonnerre, elle fit enfin un pas en arrière, comme si le vent lui-même lui avait décoché une gifle en plein visage, au point de la faire vaciller.

Pourquoi maintenant ? Pourquoi maintenant ? ne cessait-elle de se répéter.

La brume était apparue à l'horizon, s'avançant peu à peu en direction de la plage comme pour se lancer à l'assaut des nuées, toujours plus dense, plus haute, envahissant la crique tout entière, prête à déferler sur les terres. Le canot avait disparu depuis de longues minutes désormais, avant même d'atteindre la pointe. La pluie se mit à tomber elle aussi, pour mieux chasser Ainhoa qui recula, se retrouvant sous le carbet avant le septième coup de tonnerre. La jeune femme n'avait jamais assisté à la moindre bataille. Les clans étaient trop éloignés les uns des autres pour se chercher querelle. Pourtant, elle aurait pu jurer que les chants des tambours de guerre ressemblaient à ces coups de boutoir toujours plus pressants. Le voile de brume avait dépassé l'écume venue mourir sur la grève, érigeant ses murs nébuleux de toutes parts, pour mieux se refermer sur la crique.

Genoux remontés contre la poitrine, bras croisés, la jeune femme observa l'orage pendant un long moment, les yeux rivés sur l'horizon. Elle savait que si elle tournait légèrement la tête sur sa gauche, elle apercevrait les tumulus de pierre de leur cimetière réservé aux victimes de la mer. Ainhoa ne voulait pas les regarder, pas même du coin de l'œil. Il n'en était pas question.

La jeune femme sentait la colère enfler en elle, alors que la pluie était parvenue à se glisser sous le toit de sa hutte, chaque goutte une véritable aiguille de glace cherchant à s'immiscer sous sa peau. Encore un peu et une bourrasque emporterait le carbet au-dessus de sa tête. La jeune femme aurait pu tenter de rentrer au village. À quoi bon rester ici ?

La pluie était toujours aussi forte, mais le tonnerre

semblait commencer à s'éloigner en direction du sud, charriant avec lui son cortège de nuages. Elle tressaillit quand il frappa de plus belle, de retour sur la crique. Ses cheveux se redressèrent sur sa nuque, tandis qu'un crépitement montait non loin. Trois battements de cœur affolés plus tard, la foudre s'abattit au niveau du cimetière marin et, cette fois, l'orage obligea la jeune femme à tourner la tête.

Impossible de distinguer la mer. Ainhoa ne pouvait saisir que son mugissement, presque ridicule au cœur de la tourmente. La mer semblait presque aussi apeurée qu'elle face à ce déchaînement capable de faire disparaître le monde même. Inutile de tendre la tête vers le village. Lui non plus n'était plus visible.

Ainhoa plissa les yeux. Illuminant la brume, trois formes massives se découpaient au-dessus des flots. Un instant, la jeune femme s'imagina découvrir d'énormes bêtes réveillées par la tempête, créatures de légende remontées à la surface pour mieux punir leur témérité.

Ce n'était pas une illusion. Les trois formes drapées de ténèbres étaient toujours là après un éclair supplémentaire, puis deux, puis trois. Mais elles ne s'approchaient plus, comme figées à l'horizon. La tempête était incapable de les atteindre, ni le vent, ni la pluie, ni les éclairs, à croire que ces manifestations surgies du néant s'avéraient plus fortes que les éléments eux-mêmes.

À l'horizon, les trois gigantesques créatures s'illuminèrent soudain, leurs feux plus intenses encore que les lames d'étincelles qui n'osaient plus les frapper. Balayant le tonnerre, écartant la houle, elles se mirent ensuite à chanter. Un hurlement strident, qui se répéta encore et encore, rebondissant sur les flots avant d'exploser sur les galets. Au fond d'elle-même, Ainhoa savait qu'il s'agissait en réalité d'une mise en garde. À qui s'adressait-elle ?

La jeune femme devait attendre encore le retour du boutre et de son équipage. Elle s'était juré de ne pas bouger. Ainhoa se le répétait encore en courant à perdre haleine en direction du village. Elle s'était jetée tête la première dans les bancs de brume. Peu importait ce qu'ils cachaient, elle savait qu'il ne fallait pas rester sur la plage.

Un ultime roulement de tonnerre remonta le sentier avec elle, ses échos prêts à lui mordre les talons. Quelque chose se préparait à débarquer. Quelque chose, la jeune femme en était persuadée, que personne au village n'avait jamais vu. Quelque chose de bien pire que les fées.

Ainhoa était déjà trop loin pour apercevoir les débris du boutre qui s'était fracassé contre la canonnière de Carthagène. C'était une véritable armée qui se préparait à débarquer sur ce rivage désolé.

Et avec elle, aussi terrible et rusée que l'orage, la guerre.

12

Ils arrivèrent sur le domaine peu de temps avant le coucher du soleil.

Azel aperçut le premier les immenses barricades de hêtres, arbres importés pour faire barrière à un vent capable de vous rendre fou.

Les trois chariots s'arrêtèrent en retrait des principaux bâtiments, ne serait-ce que pour ne pas attirer l'attention des domestiques. Azel et Ombeline poursuivirent leur route à cheval, mais le jeune homme mit pied à terre plus tôt qu'il ne l'avait imaginé, sans attendre de rejoindre l'écurie. Dans la cour, sous l'yeuse, Azel repéra le boghei qu'Ombeline n'avait pas pris pour rallier Trevelin.

Contrairement à ce que sa belle-mère lui avait affirmé, son père, qu'il n'avait pas vu depuis plus d'un an, était bien là. Bras croisés, le dos droit, ses cheveux du même gris que son regard d'acier, il semblait patienter sur la terrasse du corps de logis, seul. Après une vie passée au grand air, sa peau tannée était devenue aussi sombre que celle d'Azel.

Sans même adresser un quelconque salut à son fils, il désigna le convoi d'un signe de tête.

— Que font-ils ici ? Je ne veux pas de ça chez moi.

— Ils ne sont pas là pour longtemps, père, répliqua Azel, sans chercher non plus à le saluer. Je voulais juste qu'ils puissent passer la nuit ici plutôt que sur les plaines.

Julen Alborán hocha lentement la tête.

— C'est donc ton idée.

— Non, c'est la mienne.

Ombeline avait fait un pas en avant, tenant toujours son cheval par la longe.

— C'est moi qui ai contacté Azel. Je voulais l'engager comme guide. Ces femmes et ces enfants sont sous ma protection.

— Que pensera-t-on en voyant que j'abrite un convoi entier de fugitifs ? Ne me dis pas que je pourrais les faire passer pour des serviteurs. Ils ne sont pas marqués. Et je n'ai aucune envie de nouvelles têtes confiées à ma garde.

Ombeline fit un autre pas en avant.

— Ne t'en prends pas à Azel. C'est ma décision. Ils seront repartis demain matin. Heitor est au courant.

— Ah oui ? Et cela devrait me rassurer ?

— La mission n'est pas un lieu sûr, répondit Ombeline. Je te demande seulement de leur accorder l'asile pour une nuit.

Le silence tomba sur la terrasse.

Finalement, Julen décroisa les bras.

— Bien. Cette semaine est déjà une déception après tout, puisque mes bêtes n'ont pas remporté de prix à Providence. D'accord. Une nuit, pas plus. Et cachez leurs chariots dans l'une des granges. Eux pourront dormir dans ton école. Après tout, elle accueille déjà leurs semblables.

Azel ravala son étonnement. Ombeline était donc

allée jusqu'à faire bâtir une école pour les enfants du domaine, quels qu'ils soient. La jeune femme répondit d'un hochement de tête et fit demi-tour en direction du groupe. Azel ne bougea pas, ne sachant ce qu'il devait faire à présent. La suivre sous le regard de son père le mettait mal à l'aise. Qu'avait-il de plus à lui dire ? Rien. Ce n'était pas une surprise. Il n'avait rien à lui dire depuis des années.

— Tu vas rester planté là ? finit par lui demander ce dernier. Tu seras mon invité ce soir. Finalement, l'idée de ta belle-mère t'aura ramené ici, ricana-t-il. Il ne manquera qu'Heitor à notre table. Depuis combien de temps n'est-ce pas arrivé, t'en souviens-tu ? Pas moi.

La gorge d'Azel se serra.

— Antero est ici ?

Julen avait posé les deux mains sur la rambarde, observant la colonne de chariots se remettre en branle.

— Oui. Il est arrivé un peu plus tôt. Il n'a pas changé d'avis et a voulu me convaincre une fois encore de vendre, lui aussi. Vous êtes tous les trois de sacrées têtes de mule. Mais moi aussi. Je ne vendrai pas.

— Je devrais rester ici, pour surveiller le convoi.

— Que pourrait-il leur arriver ? Ne les as-tu pas conduits sur mes terres justement parce que tu pensais qu'ils y seraient en sécurité ?

— Si.

— Alors entre, imbécile. La table sera mise pour quatre. Nous dînerons dans une heure. Pour le moment, Antero se repose.

Que pouvait lui répondre Azel ? Julen n'avait pas l'habitude que l'on discute ses décisions. Son fils ne lui avait jamais confié le tour sinistre de ses demi-frères. Le soir, quand ils l'avaient ramené sur le domaine, Azel s'était réfugié parmi les domestiques, comme avant, poursuivi par les rires d'Antero et d'Heitor. Ensuite, le temps pour sa plaie de cicatriser, il s'était arrangé pour ne pas apparaître torse nu. La honte lui avait servi de manteau jeté sur ses épaules. Julen n'était sans doute même pas au courant de ce qui s'était joué cette nuit-là entre les trois frères.

Azel eut bien du mal à se retenir de faire volte-face en direction d'Ombeline. Il ne pouvait pas compter sur son soutien, pas en cet instant.

— Très bien.

Son père n'avait pas attendu sa réponse pour retourner à l'intérieur. Azel resta de longues minutes à contempler les trois marches du perron. Ce soir, les grincements du plancher ciré avaient quelque chose de lugubre et non de familier. Azel n'avait aucune envie de croiser son demi-frère avant de passer à table. Le dîner s'annonçait déjà assez pénible ainsi. Il se réfugia donc dans sa chambre. Cette pièce était toujours la même, à l'image de la demeure. Son père n'en avait pas fait une étude ou une remise. Un bouquet de fleurs apportait une touche de couleur ; sans doute une attention d'Ombeline. Autrement, la chambre conservait son caractère sinistre et dépouillé.

— On dirait la cellule d'un prisonnier, grommela Azel, avant de s'asseoir sur son lit.

Il n'y avait quasiment pas un bruit dans la maison. Le jeune homme se contenta d'aiguiser son couteau pendant de longues minutes avant de prendre le chemin de la salle à manger, tête haute. Il ne savait pas quand exactement Antero ferait son entrée, mais il n'avait pas l'intention de détourner les yeux. Son père et Ombeline étaient déjà à table, assis en face l'un de l'autre. Julen avait la tête tournée en direction de la cuisine, tandis que son épouse lui parlait. Antero n'était pas encore arrivé.

— Azel, te voilà ! fit la jeune femme. Assieds-toi. Nous mangerons bientôt.

Azel prit place à la table, ne sachant pas s'il devait rester assis, le dos raide, les mains sur les cuisses. Il songea un instant aux indigènes du convoi, dehors.

— Nos amis sont bien installés ?

— Autant que faire se peut, répondit-elle. Ton père a eu la gentillesse de leur accorder le couvert en plus de l'hospitalité.

— N'exagérons rien, réagit pour la première fois Julen. J'ai juste demandé aux cuisines de leur servir un bouillon. Je n'ai aucune envie que certains d'entre eux cherchent à chaparder parce qu'ils auraient trop faim.

— Je reconnais bien là ta générosité, père.

Le visage de Julen s'assombrit et il ouvrit la bouche pour répondre à la pique de son fils. Mais une nouvelle voix le prit de court.

— Oh, Azel, tu as toujours la langue bien pendue ! fit Antero.

Le jeune homme sentit une main se refermer sur son épaule, à l'endroit même de sa scarification. Antero avait rejoint à son tour la salle à manger, arrivant dans le dos de son demi-frère. Azel serra les dents pour ne pas se dégager d'un coup d'épaule. Hors de question de lui donner cette satisfaction.

Ombeline, déterminée à ne pas laisser ces tensions s'envenimer, intervint d'un ton faussement enjoué.

— Eh bien, nous sommes au complet alors ! Il est temps de dîner.

Antero lâcha enfin l'épaule de son demi-frère et fit lentement le tour de la table. Malgré ses mots moqueurs, il semblait agité, plus agacé qu'amusé. Le temps avait érodé sa ressemblance avec Heitor, qui avait toujours été le plus accompli des deux sur un plan physique.

— J'ai vu que vous n'êtes pas venus seuls, reprit-il une fois assis, tandis que la cuisinière apportait un premier plat. Tu es sûr de ta décision, père ?

— Je te l'ai dit, Antero. Contrairement à ce que vous imaginez, c'est moi qui décide ici. Vous êtes chez moi.

— Tu ne manques jamais une occasion de le rappeler, ne t'en fais pas, c'est très clair. Qui sont-ils ? Que font-ils ici ?

— Ils ne sont que de passage. Ils reprendront la route demain, répondit Ombeline.

— Tu tiens tête à une compagnie pétrolière, mais tu acceptes des fuyards sur tes terres ? Bon sang, père ! Des collègues à moi sont morts, assassinés par les leurs ! De bons citoyens ! Comment peux-tu tolérer leur présence ? C'est inqualifiable ! Quand Carthagène…

Azel savait ce que son demi-frère allait dire. Il ne jurait que par Carthagène. Antero était parti étudier dans le Sud pour devenir ingénieur. Toute sa vie était au sud désormais. Il ne revenait plus très souvent sur les terres des Alborán. Manque de chance, il avait fallu que l'une de ses rares visites tombe précisément aujourd'hui.

— Tu mélanges tout, répliqua Julen.

— Je m'interroge seulement sur ton sens des

priorités. Réfléchis, père. L'offre que je peux te garantir ne tiendra pas longtemps.

— De quoi s'agit-il ? demanda Ombeline.

Antero lui accorda à peine un regard, les yeux rivés sur son père.

— Tu sais bien que toutes les sociétés d'exploitation pétrolière comme la Compagnie orientale dépendent en fait de la Couronne. C'est la dernière occasion que tu as de négocier, père. Et encore, c'est uniquement parce que j'ai intercédé en ta faveur. Ouvre les yeux.

Face au mutisme de Julen, concentré sur son assiette, Antero se tourna cette fois vers Ombeline.

— Enfin, raisonnez-le. Je ne te demande rien, Azel, je me doute que tu ne peux pas comprendre.

— Quoi donc ? La loi de l'offre et de la demande ? Ou tu penses que, par défaut, je soutiens toujours les indigènes ? Dois-je te rappeler que je suis chasseur de primes ? Ma dernière récompense, je l'ai obtenue en ramenant un chamane.

Antero agita la main.

— Tant mieux si tu t'amuses à courir après des enchanteurs. J'ai pris sur moi de venir ici tant que nous avons encore une marge de manœuvre. Il faut se tourner vers l'avenir. Et l'avenir, c'est le pétrole qui se trouve sous ces foutues plaines.

— J'ai déjà un métier, répliqua Julen. J'ai mille têtes de bétail, des champs, des vergers. Une distillerie, pour l'ahrec, si la viande de licorne ne rapporte plus assez. Je n'ai pas besoin de plus. L'argent va et vient, mais la terre se perd pour toujours. C'est pour créer votre héritage que je suis venu ici.

— Bientôt, tes foutues licornes rejoindront celles de nos légendes, répliqua Antero, en se servant en vin lui-même. Tu ne peux pas rester arc-bouté sur ta vision. Le XXe siècle approche.

— Et qu'est-ce que ça changerait ? fit Azel, incapable de se taire. Que ce soit nos récoltes, la viande, les fourrures ou ton foutu pétrole, de toute façon, c'est Carthagène et le Coronado qui en profitent.

— Tiens donc, quel discours !

— Allons, du calme tous les deux, intervint Ombeline.

— Il est trop tard maintenant, reprit Julen, d'une voix lasse. Chacun devra assumer ses actes en conséquence. Et je n'ai pas l'intention de renier mes convictions. Tous ceux qui ont un jour vécu sous ce toit le savent.

Antero ricana.

— N'est-ce pas, Azel ? fit-il. Nous serons au moins d'accord là-dessus.

Le jeune homme n'en fut pas surpris. Il avait souvent vu Antero défier son père, bien plus qu'il ne l'avait fait lui-même. Et quand Antero ne parvenait pas à l'emporter, soit le plus souvent, il se retournait contre une cible plus facile à blesser : Azel.

Mais ce dernier ne se laisserait pas dicter sa conduite, pas ce soir. Ce n'était pas une question de volonté. Azel se sentait tout simplement trop fatigué.

— Je ne suis là que pour une nuit. Père me l'a assez répété lui aussi. Il est le seul maître du domaine. À lui de décider ce qu'il veut en faire. Tu ne me feras pas entrer dans tes petits jeux, répliqua-t-il.

— Oui, j'imagine que tu as d'autres *jeux* en tête, souffla Antero.

Son regard glissa lentement vers Ombeline. Par chance, le teint hâlé de la jeune femme ne laissait pas entrevoir un quelconque rougissement. Même si Azel, lui, le perçut.

Antero était-il prêt à aller jusque-là ? Se permettrait-il une telle infamie ? Il reprenait en tout cas déjà la parole, sous le regard froid de leur père.

— On dirait bien que je ne suis pas le bienvenu. Si j'avais imaginé un jour qu'Azel serait mieux reçu que moi, par toi du moins, père…, je ne l'aurais pas cru. Il semblerait qu'il y ait donc une première à tout. À quoi bon rester ?

— Voyons, Antero, tenta Ombeline.

Le demi-frère d'Azel posa sa serviette.

— Je voulais convaincre père que c'était le moment d'accepter un chantier de prospection et je tombe sur un troupeau de sauvages tranquillement installé dans nos propres granges. Quelle est la prochaine étape ? Nous demander de nous engager dans la milice ?

— On se doute bien que tu t'engagerais pour Carthagène, siffla Azel.

— Azel, s'il te plaît, fit Ombeline.

— Laissez, laissez, belle-maman ! Votre petit *chouchou* a raison après tout ! Je n'ai pas honte de soutenir la Couronne. Vous avez perdu la raison. Mon campement est à trois heures de cheval, mais je préfère encore le rejoindre que passer la nuit ici.

— Antero, c'est inutile. Nous ne sommes pas obligés d'être tous d'accord, reprit une fois de plus Ombeline.

Mais le demi-frère d'Azel ignora sciemment la jeune femme.

— Je ne crois pas que leur prochaine étape les conduira ici, poursuivit Antero, mais ils ne tarderont plus. Et avant nous, l'armée, ou la milice. Si pour une fois tu voulais bien m'écouter, je t'en conjure, père : ne t'implique pas dans les affrontements à venir.

Pour la première fois, Azel sentit Julen touché. Le regard du vieil homme passa de son fils à son épouse, puis revint se poser sur son assiette.

— Il est trop tard pour cela…

Sans aucun doute Julen Alborán faisait-il là allusion aux indigènes qui campaient maintenant dans son arrière-cour.

— Tu ne pourras pas dire que tu n'as pas été prévenu, dans ce cas. Heitor dans sa mission, ce cher Azel dans les montagnes et moi au sud… Tu as bien mené ton domaine, et ta vie, cracha Antero. Pas étonnant que tu te retrouves tout seul à présent. Il paraît même qu'une partie de tes vachers sont partis rejoindre la milice.

Azel dissimula sa surprise. Les vachers de Julen étaient peu portés sur la violence, comme beaucoup d'hommes dont le métier comportait déjà bon nombre de risques. Pourtant, ils étaient prêts à rejoindre les rangs d'une milice à la réputation exécrable, même si ses exactions étaient exagérées par Carthagène.

Le demi-frère d'Azel, déjà debout, quitta la salle à manger sans un regard en arrière, d'un pas raide, devançant le carillon de l'horloge qui dominait la pièce.

— Tu devrais peut-être le rattraper, souffla Ombeline à l'intention de son mari.

— Certainement pas. Chacun suivra sa voie. Il n'y a rien de plus à ajouter ce soir. Il est à l'image de Carthagène : il n'écoute pas. Personne ne veut d'une guerre. Mais ce que je veux encore moins, c'est perdre mon honneur. Je ne suis même jamais entré dans les alliances entre domaines. Je n'ai jamais engagé de mercenaires ou de miliciens pour affaiblir un autre propriétaire. Les racines de la maison Alborán s'étendent bien au-delà de ces centaines d'hectares. Il ne sera pas dit que notre nom se retrouvera sali. S'il le faut, je défendrai la cause en laquelle je crois.

— Julen… Ce n'est pas possible, fit Ombeline. Vous ne pouvez pas parler sérieusement de prendre les armes. Personne ne vous le demande.

— Mais moi oui. Et qui représentera cette famille, si ce n'est moi ? Qui ? Azel ? Prendras-tu les armes en tant qu'héritier de cette maison ?

— Faute d'une autre solution ?

— C'est toi qui le dis. Tu vois ? poursuivit son père en se retournant vers son épouse. Il n'y a personne ici. Je suis seul.

— Je suis là, moi, répondit Ombeline en baissant la tête, mais Julen ne parut pas l'entendre.

À son tour, il quitta la salle à manger. Le plat principal n'avait même pas encore été servi.

Azel n'hésita guère, repoussant lui aussi sa chaise après avoir vidé son verre d'un trait. Il ne pouvait pas rester seul avec Ombeline ainsi.

L'atmosphère qui régnait dans la maison était devenue proprement étouffante. Pendant longtemps, des années même, il n'avait pas osé sortir la nuit sur le domaine. Lors de sa dernière visite, il avait préféré dormir sous sa tente sans passer la tête à l'extérieur de toute la nuit. Mais cette fois, impossible de se réfugier dans sa chambre.

Il allait devoir affronter les ombres.

13

Artemis s'avança, une main sur les rênes de sa monture, l'autre pressant un mouchoir de soie contre son nez. Il ne s'était pas imaginé une telle puanteur.

En vérité, il ne s'était pas attendu non plus à cette vision. Sur la plage, les barges avaient fini de déverser leurs troupes, en rangs serrés derrière leurs officiers. Avec lui, un simple détachement d'une centaine d'hommes avait investi ce village de pêcheurs.

— Général ! l'interpella Damir. C'est sidérant, vous ne trouvez pas ?

Artemis savait bien à quoi ce dernier faisait allusion ; le village et ses habitants semblaient vivre deux ou trois siècles dans le passé. Vingt-cinq ans plus tôt, l'ancien capitaine mercenaire avait pu admirer de près les merveilles de l'empire du Léopard, bien plus raffiné que ce que les colons et les représentants du Coronado se plaisaient à raconter. Mais ce soir, Artemis avait l'impression de remonter le temps.

— Ils mènent une vie simple, répondit-il tout en se retournant vers les villageois, tous réunis au même endroit, près d'un puits.

Aucun d'entre eux n'avait prononcé le moindre mot. Bouche bée, ils les avaient regardés débarquer, compagnie après compagnie, avec un flot de caisses, de vivres, de chevaux et de véhicules.

— Ils sont tout aussi surpris que nous, il me semble, poursuivit Cortellan.

Le contraste entre ces troupes à la pointe du progrès et ces hommes et ces femmes qui vivaient à la façon de leurs ancêtres avait quelque chose de saisissant.

— Combien de temps encore ? demanda Artemis.

— Je dirais environ une heure, le renseigna son second.

— J'aimerais que les navires reprennent la mer dès ce soir.

— Bien entendu, général.

Le mouchoir de Cortellan dissimula son sourire. Cet homme était tellement prévisible !

— Je me disais…

Cette fois, Artemis dut se tourner vers lui, mais Damir avait laissé sa phrase en suspens, comme incapable de suggérer à haute voix ce qu'il avait en tête.

— Oui ?

— Ne devrions-nous pas nous montrer prudents ? s'enquit-il avec un coup d'œil aux villageois, tenus en respect par une poignée de soldats, quand bien même n'avaient-ils manifesté aucun signe d'hostilité. Personne ne sait que nous sommes là. Et si l'un d'entre eux filait jusqu'au prochain village prévenir d'autres habitants de la région ? C'est peut-être même déjà fait !

Artemis passa une main dans sa barbe.

— Vous voulez organiser un peloton d'exécution et passer ces gens par les armes ?

— Je dis juste que pour conserver l'effet de surprise…

— Ce n'est pas nécessaire, l'interrompit Cortellan, haussant les épaules.

— Mais…

— Il n'y a pas de « mais ». L'essentiel était de préserver la nouvelle de notre venue ici et nous y sommes parvenus, vous l'avez admis vous-même. Mon objectif est de faire tomber Surkutir, fit Cortellan, insistant sur le nom de la cité. Que tout le monde le sache, au contraire !

Damir ne répondit pas, incrédule.

— Nous n'allons pas arriver sous ses murs en nous cachant. Nous avons près d'une semaine de plaine devant nous. Que tous sachent que nous arrivons, et que la peur monte dans leurs cœurs.

La réaction des villageois lui donna raison ; plusieurs d'entre eux avaient saisi le nom de Surkutir et tous le répétaient désormais à voix basse.

— Vous voyez ? reprit Artemis.

Son second acquiesça d'un signe de tête, toujours sans mot dire. Lui et les autres officiers savaient pertinemment pourquoi Cortellan avait choisi de frapper de la sorte l'une des rares cités indigènes connues de tous dans la péninsule : en faisant tomber Surkutir, l'un des symboles du Grand Exil, l'ancien vice-roi s'assurait d'une véritable démonstration de puissance, la première sur ces terres depuis plus de vingt-cinq ans, tout en préservant les colons et leurs possessions.

— Surkutir sera un exemple, qui devrait faire réfléchir les ennemis de la Couronne. *Tous*, ajouta-t-il encore, d'une voix toujours égale.

En réalité, Artemis n'était pas loin d'éprouver un

soupçon d'agacement. Dans quel métal était donc forgé son second ? Bientôt, ce dernier s'inquiéterait sans doute de possibles attaques en cours de route, alors qu'aux dernières nouvelles les rebelles se trouvaient à l'autre bout des plaines. Si le Loup Gris et sa bande cherchaient la confrontation, Artemis les briserait. Tout comme il briserait les espoirs des grandes fortunes du Nord, qui s'étaient laissé enivrer par leurs envies de liberté jusqu'au point de non-retour.

Le regard de Cortellan quitta le misérable village pour se porter sur les lointaines montagnes. Depuis combien de temps n'avait-il pas posé les yeux sur les sommets de la chaîne de l'Azur ? Les cimes élancées couronnées de neige n'avaient pour ainsi dire pas changé, comme si cette glace ne fondait jamais. Qui d'autre avait pu les contempler ? La Couronne avait bien envoyé à l'assaut quelques cartographes et une poignée d'explorateurs aventureux, mais la région demeurait la plus sauvage de tout le Nouveau-Coronado. En comparaison, Surkutir, à une soixantaine de lieues plus au sud, représentait une destination certes exotique, mais bien connue des autorités.

— Nous partirons donc dans une heure, reprit-il finalement.

— Ah, je pensais que nous allions monter un camp de fortune pour la nuit, suggéra Damir, et vous installer dans l'une de ces huttes. Elles sont modestes, mais en pierre, et…

— Allons, je suis certain que les jambes de nos soldats les démangent, après cette balade en mer ! rétorqua Artemis. Profitons du temps calme pour une petite marche nocturne. L'air est… vivifiant.

Ce n'était pas la première fois que son second émettait cette idée, et Artemis n'aurait pas cru le voir insister ainsi. S'il manifestait de telles velléités, il devrait sans doute le surveiller de plus près.

— Il faut savoir surprendre, reprit-il, ne pas se contenter d'un coup d'avance sur ce que les autres peuvent penser de vous.

Mille cinq cents hommes avaient fait le voyage jusqu'ici. Artemis s'était assuré d'emmener avec lui des troupes de qualité, dans la mesure du possible. Sans rivaliser avec ses propres mercenaires de l'époque, ces hommes étaient disciplinés et prêts à passer à l'action. S'ils restaient toute la nuit ici, Cortellan craignait d'ailleurs quelques incidents avec la population du village, en particulier les femmes. Même des soldats de métier avaient parfois du mal à se tenir et le général nouvellement promu n'avait aucune envie de devoir composer avec ce genre d'exactions. La future chute de Surkutir ne constituerait pas un défouloir elle non plus. Cortellan briserait les défenses de la cité, la mettrait à genoux, en chasserait les têtes les plus dures, mais rien de plus. Il n'était pas question de livrer la ville en pâture à ses hommes.

Artemis se pencha sur le côté.

— Je croyais que nous avions rassemblé tous les villageois, soupira-t-il un instant plus tard.

— Tout à fait, mon général.

Artemis tira son sabre et le pointa en direction de la pointe près de la grève où se dressaient des tumulus qu'ils avaient identifiés comme de probables tombes. Une femme se tenait là, seule, les yeux rivés sur les flots.

— Oh. Je vois. Je suppose que cette indigène a échappé à notre vigilance. Voulez-vous que je la fasse ramener ici ?

Artemis pinça les lèvres.

— Inutile. Je vous l'ai dit, que la nouvelle de notre arrivée se répande n'est pas un problème, bien au contraire. Je voulais juste attirer votre attention sur cette erreur.

Il ne s'intéressait déjà plus à la réaction de son second, sa curiosité tournée vers cette silhouette frêle qui pourtant défiait l'océan. La nuit avalerait bientôt cette femme, qui n'avait pas pris de lanterne. Artemis lui-même ne l'aurait jamais remarquée si elle ne s'était pas décalée sur un côté, quittant l'abri d'un tumulus.

Tout à coup, une vieille femme haussa le ton dans la foule des villageois et se libéra de la poigne d'un garçon d'une quinzaine d'années. La matriarche abandonna le groupe et passa devant les soldats d'un pas décidé, sans même leur accorder un regard. Artemis leva une main pour signifier à ses hommes de ne pas réagir. Qu'on la laisse faire. Il devint vite évident qu'elle comptait seulement rejoindre sa cadette. Elle se mit même à courir, et quelques soldats rirent en entendant tinter ses bracelets, amusés par cette vision incongrue. Artemis resta de marbre. Il avait saisi l'expression apeurée sur son visage, l'émotion qui animait ses traits fatigués. Quelques instants plus tard, elle parvint au bout de la pointe, se précipitant dans les bras de sa cadette, avant de briser son étreinte en lui martelant l'épaule du poing.

— Ce doit être une histoire de famille, fit Damir. Bien. Je retourne superviser le départ des troupes, si vous n'avez plus besoin de moi.

— Vous pouvez disposer, répondit Artemis, sans quitter les deux femmes des yeux.

Leur émotion était belle, pure et terrible. Mais elle

n'était rien, tout comme ces femmes n'étaient rien dans la grande histoire du monde. Ce soir, il les aurait oubliées, et demain, ces villageois vaqueraient à leurs occupations comme si le défilé de soldats n'avait jamais existé.

Les mille cinq cents hommes formèrent une longue colonne qui dépassait les limites du village. Les officiers de Cortellan vérifiaient que chaque section du cortège occupait bien la place qui lui était réservée. Les villageois s'étaient peu à peu écartés, abandonnant leurs demeures pour les tumulus du cimetière. Désormais rongés par l'inquiétude, ils observaient les soldats de loin. Les deux femmes qui s'étaient distinguées un peu plus tôt n'étaient nulle part en vue.

Trois sirènes retentirent soudain. Les navires avaient levé l'ancre et s'apprêtaient à quitter ces eaux pour redescendre jusqu'à Carthagène. En guise de réponse, les lampes du convoi s'embrasèrent, d'un bout à l'autre. Une colonne de feu semblait illuminer la nuit, rivalisant avec le clair de lune.

— Nous ne sommes pas des fantômes, jeunes gens ! tonna Artemis. Nous ne prenons pas la route sans un bruit, sans flamme ! Nous avons une mission, messieurs. Le Coronado et la reine Constance vous regardent depuis l'autre côté de l'océan. Il est temps de nous réveiller et de rappeler à tous que l'on ne piétine pas l'autorité de Carthagène. Il en va de votre réputation… et de la mienne.

L'ancien vice-roi sourit en brandissant son sabre de cavalerie vers les étoiles. Les constellations avaient changé, et une partie des soldats semblaient distraits, plus intéressés par ces étoiles inconnues à Carthagène que par son discours.

— Et si je n'ai que faire de la vôtre, j'accorde une grande importance à la mienne ! La paix reviendra sur ces terres et nous en serons l'instrument. Que la lumière des séraphins nous accompagne sur notre route.

Artemis inclina la tête en signe de respect. Parfait. Ce geste lui permettait surtout de dissimuler un sourire devenu moqueur. Les séraphins… Il ne croyait pas un mot de son discours à leur sujet.

Pour être honnête, il n'avait pas prononcé un mot empreint de sincérité depuis son retour en grâce.

14

Azel ne croisa personne dans la maison et personne ne chercha à l'arrêter. Tant mieux. Le jeune homme dut se retenir de bondir au pied des marches de la terrasse, les descendant au contraire d'un pas raide et lent. Il espérait ne pas saisir un éclat de voix au dernier moment. Apisi se leva sans un bruit et le suivit sur les pelouses qui entouraient la maison. L'animal n'était pas à proprement parler agité, mais il semblait nerveux. Difficile d'imaginer que les tensions contenues sous ce toit ne s'en échappent pas d'une façon ou d'une autre, ne serait-ce qu'en partie.

— Allez, viens, mon vieux, souffla Azel, une main sur la hachette passée à sa ceinture. On va faire un tour.

Le jeune homme ne cherchait pas la compagnie des réfugiés, mais il comptait bien monter la garde. Si les endroits où s'asseoir pour la nuit ne manquaient pas, il avait avant tout besoin de se dégourdir les jambes. Tout en gardant les granges et l'école dans son champ de vision, Azel s'éloigna en direction du bosquet le plus proche. Les arbres élancés réunis là dominaient une petite mare. Les plaines regorgeaient de cours d'eau souterrains, et de nombreux travaux de terrassement et d'assèchement étaient en général nécessaires avant toute construction. Le père d'Azel avait conservé quelques-uns de ces étangs naturels, qui servaient parfois de lieux de rendez-vous nocturnes aux domestiques les plus hardis. Avec les tensions du moment, nul doute que ceux-ci avaient dû recevoir des consignes strictes leur interdisant de sortir. Tant mieux.

Il ralentit tout de même en apercevant une silhouette accroupie près du bord de l'étang. Apisi aurait dû grogner ou relever les oreilles, mais l'animal n'en fit rien. Ils connaissaient tous les deux la petite fille penchée sur l'eau.

Tollani.

Azel hésita, prêt à faire un détour, mais Tollani avait déjà remarqué sa présence. Elle mit un doigt sur sa bouche pour faire signe au jeune homme de garder le silence. À côté d'elle, Azel reconnut alors son bateau.

Il franchit les derniers mètres les séparant en étouffant un soupir.

— Tu as terminé ? lui demanda-t-il à voix basse.

Tollani acquiesça d'un franc signe de tête, puis ramassa le boutre miniature pour le tendre au jeune homme.

— C'est réussi, répondit Azel en l'inspectant.

Il était bien obligé de jouer le jeu.

— Je voulais voir s'il pouvait flotter. Maman dormait déjà, alors je suis sortie. Tu ne lui diras rien ?

— Non, promis.

Tollani récupéra son petit bateau et le posa délicatement à la surface de l'étang, avant de le pousser d'un doigt. Tous les deux le regardèrent prendre de la vitesse et entamer sa traversée. Parfois, un simple objet pouvait contenir tout un monde.

— Là-bas, nous serons heureux. Quand nous arriverons de l'autre côté. Personne n'ira aussi loin pour nous retrouver.

Azel savait pertinemment que ce n'était pas le chemin que les têtes pensantes du groupe avaient l'intention de suivre. Pas de départ pour l'Ouest, seulement les montagnes, les chutes de Calabrim, et, peut-être, de l'autre côté de la frontière, un nouveau départ. Mais Tollani croyait dur comme fer qu'elle allait traverser les plaines de l'Ouest pour découvrir le rivage du grand océan. Ici, sur cet étang, le boutre était presque parvenu à destination. Pas de tempête, pas de récifs, aucun obstacle pour le ralentir. Il filait, léger, gracieux, troublant à peine la surface de l'eau.

— Tu as fait du bon travail, la complimenta maladroitement Azel. Il m'a l'air très stable.

— Tu vois, répondit Tollani, comme si elle ne l'avait pas entendu, tout le monde dit que les fées régnaient sur la Lune d'Or, mais nous sommes arrivés les premiers. C'est ce que grand-père m'a raconté. Les fées se sont installées après nous. Mais elles étaient bien plus fortes et connaissaient la magie.

Azel hocha la tête sans mot dire. Fées ou colons, l'antériorité des indigènes ne changeait toutefois rien à leur situation : ils étaient toujours les grands perdants de l'histoire.

Le boutre miniature avait fini sa course, frappant la berge, nettement plus abrupte de l'autre côté, proue en tête. Tollani s'était aussitôt levée pour aller récupérer son bateau. Azel nota qu'Apisi ne la quittait pas des yeux. Peut-être s'inquiétait-il pour elle, même si l'étang n'était pas très profond.

— Je vais m'en occuper ! lança-t-il à la petite, en la voyant se pencher sur son bateau coincé un pied plus bas. Fais attention, ne va pas basculer tête la première.

Surprise par la brusquerie soudaine d'Azel, Tollani manqua justement tomber en avant.

— Bon sang…, grommela Azel.

Le pisteur fit rapidement le tour de la mare et récupéra le boutre miniature.

— Je ne voulais pas te faire peur, dit-il, regardant Tollani droit dans les yeux. Sois prudente.

Debout, elle contemplait ses pieds, comme si elle avait oublié le bateau qu'Azel lui avait fourré dans la main droite.

— Je ne voulais pas…

La voix de Tollani tremblait. Tout comme ses mains. Elle gardait la tête baissée, mais Azel aperçut une larme qui coulait sur sa joue avant de tomber dans l'herbe, trahie par le clair de lune. Il ne manquait plus que ça.

— C'est pour ça que tu ne veux pas nous accompagner ? lui demanda-t-elle soudain, fuyant toujours son regard. Je sais que tu ne veux pas venir dans les montagnes avec nous. Maman me l'a dit. C'est parce que tu penses que moi et les autres on ne t'obéirait pas ?

Cette fois, la petite ne cherchait plus à dissimuler ses sanglots, sa colère, ses peurs.

Azel mit un genou à terre et tendit la main pour lui serrer doucement le bras, mais Tollani recula d'un pas et fila entre les arbres, en direction des granges. Elle avait déjà quitté le bosquet, sans un regard en arrière, sans un cri. Azel aurait dû s'élancer à sa poursuite. La petite ne craignait sans doute rien, mais il ne pouvait pas laisser cette conversation se terminer ainsi. Tollani ne connaissait pas les lieux. Elle risquait de se tordre une cheville, se cogner la tête… Il n'y avait pas que la mare, d'autres obstacles et dangers potentiels se dressaient sur sa route.

Mais Azel ne bougea pas.

Il regardait Ombeline.

Elle quittait à l'instant les écuries, tirant un cheval par la bride. Un instant plus tard, elle montait souplement en selle. Quitter la maison ainsi n'était pas dans ses habitudes. Et quitter le domaine à cheval, en pleine nuit, encore moins.

Azel avait un convoi à surveiller, même d'un œil. Ombeline connaissait les environs. Elle avait toujours la lune pour se repérer et sa monture était probablement tout aussi expérimentée qu'elle. Sa belle-mère ne courait aucun risque.

Les deux mains sur les genoux, Azel se releva lentement, jetant un coup d'œil en direction de la maison. Après tout, lui aussi avait bien besoin de s'éloigner de ces murs. Il émanait de la bâtisse une dureté qui rayonnait au-delà des limites mêmes du domaine.

Sous le regard interrogateur d'Apisi, Azel se dirigea vers les écuries à son tour et récupéra son cheval. Il s'aperçut que ses gestes n'étaient pas très assurés. Ses mains tremblaient, mais le jeune homme blâma les effets de l'alcool bu à table. Il n'aimait pas son comportement. Tentant de faire aussi peu de bruit que possible, il avait l'impression d'être réduit à l'état de voleur de chevaux sur ses propres terres. Mais se trouvait-il chez lui, justement ?

Il attendit d'avoir parcouru plus de deux cents mètres avant de lancer sa monture au galop. Azel éperonna la bête de plus belle, balayant les alentours du regard. Ombeline n'avait pas pu prendre beaucoup d'avance, d'autant qu'elle pensait avoir quitté le domaine sans attirer l'attention de personne.

Au clair de lune, Azel repéra sans difficulté le cheval de la jeune femme. Elle aussi avait lâché la bride à sa monture. Le cœur d'Azel se serra. Et si la bête s'emballait ? Si Ombeline se cassait une jambe au beau milieu des plaines… Il manqua éclater de rire. À qui voulait-il faire croire ça ? Azel flatta l'encolure de son cheval puis lui adressa deux petites tapes pour le pousser en avant. Ombeline ne le remarqua pas avant qu'il soit à moins de cent mètres. Elle parut hésiter, puis ramena son cheval au pas, tout en lui faisant décrire un large demi-cercle. Elle se retourna alors vers lui et son cheval se cabra.

Azel prit peur. Il poussa sa monture droit sur Ombeline, puis mit pied à terre d'un bond et saisit ses rênes, tirant sèchement dessus. Mais la monture de sa belle-mère ne s'était pas mise à paniquer et elle s'immobilisa.

Penaud, Azel relâcha l'animal. Ombeline le regardait, les yeux luisants, mais si le jeune homme avait cru deviner des larmes, il ne vit que de la colère.

Azel savait très bien à quoi s'exposait la jeune femme depuis des années, pour ne pas dire depuis son arrivée sur les plaines. Contrairement à lui, qui pour dissimuler ses émotions avait dû les refouler, Ombeline avait la force, sans les cacher ou les faire taire, de sublimer ses douleurs au point de paraître plus forte, à défaut de toujours l'être. Ce n'était pas le cas ce soir. Cette nuit, la jeune femme semblait à bout.

— Je me suis disputée avec ton père, confessa alors Ombeline.

— Il ne va pas se demander où tu es passée ?

— Pourquoi ? Ce n'est pas la première fois. Et cela fait des années que nous ne partageons plus la même couche.

Azel ne réagit pas.

— J'ai essayé de le convaincre, encore, poursuivit-elle sans attendre de réponse. Après cette soirée, je pensais qu'il ouvrirait les yeux. Voir Antero partir ainsi…, je sais que cela l'a touché, mais il ne l'avouera jamais. Parfois je me dis que vous êtes si semblables tous les deux…

— Ne dis pas ça, gronda Azel, d'un ton bien plus sec qu'il ne l'avait voulu. Père n'a jamais tendu la main à personne. Sa réaction ne m'étonne pas.

— Nos amis sont pourtant bien là ce soir, sur ses terres. Il n'est pas aussi inflexible que tu le crois. Mais j'aimerais tellement qu'il accepte de comprendre qu'il ne peut pas continuer à vivre ainsi. Personne ne le peut.

Azel serra le poing.

— Tu as encore de la famille au Coronado. C'est peut-être le bon moment pour retourner les voir. Je suis sûr que père te laisserait partir. Après tout, tu n'en fais déjà qu'à ta tête !

Azel avait considéré cette dernière phrase comme une boutade, mais il vit dans la pénombre Ombeline froncer les sourcils. Pour une fois, elle n'avait pas l'air de partager son sens de l'humour.

— C'est comme ça que tu me vois ? Comme

quelqu'un qui n'en fait qu'à sa tête, qui se contente de suivre ses passions, histoire d'occuper ses journées ?

— Ombeline, je ne voulais pas…

Non, il n'allait pas s'excuser. Il prenait toujours des pincettes avec elle, mais elle savait pertinemment que le jeune homme ne la voyait pas ainsi. Il n'était pas un domestique apeuré.

— Tu sais très bien que tu te trompes. Tu sais très bien ce que je ressens pour toi.

— Azel…

— Non. Si tu suivais vraiment tes passions…, nous n'en serions pas là. Et pourtant, tu es sortie. Ne me dis pas que tu n'espérais pas tomber sur moi.

— Et ? Si c'était le cas, serait-ce si grave ?

Le jeune homme regretta aussitôt d'avoir présumé qu'elle ait pu jouer la comédie. Elle avait passé un gilet long, mais Azel nota alors qu'elle ne portait qu'une chemise de nuit de lin en dessous. Elle resserra les pans de son gilet autour d'elle sous le regard de son beau-fils, avant de mettre pied à terre pour interposer son cheval entre eux.

— Serait-ce si grave, Azel ? Que vas-tu faire si tu ne changes pas d'avis ? Tu vas me laisser là, avec ces réfugiés sur les bras ?

— Je t'avais prévenue, répondit-il doucement. Je ne peux pas m'engager pour eux. Cette idée, c'est toujours de la folie.

— Alors tu vas me laisser là ? insista-t-elle, flattant sa monture. Derrière toi ? Nous avons déjà vécu cette scène, toi et moi.

Azel était parti, des années plus tôt. Pour de multiples raisons. Mais s'il voulait se montrer honnête envers lui-même, c'était avant tout parce qu'il n'était plus capable de côtoyer Ombeline chaque jour. Cela lui pesait bien plus que vivre sous le même toit qu'un père qui l'ignorait et le méprisait, ou auprès des fantômes de ses frères qui rôdaient toujours dans les environs.

— Et tu ne m'as pas retenu, répondit-il. Tu t'es contentée de venir me trouver quand tu avais besoin de moi, pas plus, pas moins. Tu ne m'as pas écrit. Pas une fois.

C'était une attaque pleine de bassesse. À quelle adresse aurait-elle pu lui faire parvenir du courrier ? Azel était toujours sur les routes, c'était aussi pour cela qu'il appréciait tant la vie qu'il s'était choisie, seul.

— Si tu savais… combien de fois j'ai songé à t'écrire, combien de lettres j'ai jetées au feu au fil des ans.

— Azel…

— Mais tout ce que j'aurais pu te dire, tu le savais déjà. Ne viens pas me reprocher de n'avoir rien fait. Et maintenant, tu voudrais…

— Qu'est-ce que tu es allé t'imaginer, Azel ? murmura Ombeline, d'une voix réduite à un feulement. Cesse de voir en moi une femme que je ne suis pas. Cesse… de me regarder comme une femme, pour commencer.

Le jeune homme ne savait que répondre, mais il contourna lentement la monture aux naseaux frémissants. Ils étaient là, de nouveau réunis sous les étoiles, et Azel en voulait à son cœur de l'avoir induit en erreur. Ombeline venait de lui lancer au visage la seule question importante : qu'avait-il imaginé ? Que la jeune femme l'attendait ? Que la lune serait le seul témoin de quoi ? Leur amour inavoué ? Quel amour ?

Cet amour n'avait jamais été présent que dans le propre regard d'Azel, depuis toujours.

Les deux jeunes gens se tenaient face à face, Ombeline figée par la colère, Azel par ses mirages. Cette fois, il céda et fit un pas vers la jeune femme, ignorant ses doutes, ses yeux encore luisants.

— Ombeline, et si tu m'écoutais pour une fois ? Viens avec moi. Partons.

Elle éclata de rire, un rire dur, aux accents moqueurs, qu'il n'avait jamais entendu sortir de sa gorge auparavant. Il aurait dû se sentir foudroyé sur place, mais il fit un pas en avant supplémentaire, tendant les mains vers Ombeline.

— Pourquoi tu resterais ici ? reprit-il. Tu vois bien que cette vie ne mène à rien. À quoi bon insister encore ? Viens avec moi. On peut partir demain. Cette nuit, même.

Cette fois, elle ne rit pas. Sa voix s'était faite grave, tendue.

— Et pourquoi je te suivrais ? demanda-t-elle. Qu'est-ce qui pourrait bien me pousser à partir ?

— Tu le sais déjà, Ombeline.

Elle n'osait plus le regarder à présent.

— Tes sentiments pour moi ? souffla-t-elle, si discrètement que le jeune homme crut n'avoir pas vu ses lèvres bouger.

— Non. Les tiens, répliqua Azel.

Ombeline releva la tête, et pour la première fois depuis que le jeune homme l'avait rattrapée, elle souriait. Mais la tristesse n'avait pas quitté son regard, alors qu'elle nouait les mains devant elle.

— Et tous les gens que nous avons conduits ici ? murmura-t-elle. Usan, Iodun, Cholallan… Tu voudrais qu'on les abandonne sur les terres de ton père ?

Qu'on leur tourne le dos à tous ? Ce n'est pas possible, Azel.

— Pourquoi pas ? Je les ai conduits à l'abri. Ils n'ont qu'à reprendre la route eux-mêmes, ou bien père n'a qu'à leur offrir du travail, qu'est-ce que j'en sais ? Ils sont sous sa responsabilité maintenant. Quelle importance, en réalité ? Qui t'a demandé de te sacrifier ? Les séraphins ? Les convenances ?

— Azel…

— Si tu viens avec moi, personne ne nous retrouvera. Nous pourrons être heureux. Seuls. Tu te moques de mes montagnes, comme tu dis, mais toi et moi…

Enfin, il avait osé lui confier ce qu'il avait sur le cœur, enfin, il s'exprimait avec flamme, enfin, il prenait le risque d'éprouver autre chose que de l'amertume ou des regrets. Il lui tendait toutes ces lettres oubliées. Mais à quel prix ? Azel, rattrapé par l'émotion, se mit à bredouiller, incapable de finir sa phrase. Il ne parvenait pas à lui dire le plus important à ses yeux, même si elle le savait déjà, depuis des années.

— Toi et moi…, on pourrait…

La jeune femme franchit le dernier pas les séparant, le regard levé sur la lune.

— Merci, Azel. Pendant deux minutes, tu es parvenu à me faire croire à ton rêve. Et c'est un beau rêve, à quoi bon le nier ?

— Alors, viens ! Qu'est-ce qui te retient ? Ne me fais pas croire que c'est mon père.

— Ton père n'est pas un mauvais homme.

— Je sais bien, tout n'est pas de sa faute. Mais ce n'est pas un homme bon pour autant. Même toi, tu ne prétendras pas le contraire. Si tu voulais bien…

Le rugissement de l'incendie les frappa tous les

deux, tout comme la volée de braises que le vent avait soudain conduite jusqu'à eux. Le jeune homme fit à peine trois pas avant d'écarquiller les yeux, bouche bée, tandis que son cœur s'emballait encore, pour des raisons tout à coup bien différentes.

L'école.

Le bâtiment construit sous l'impulsion d'Ombeline était ravagé par les flammes, à un quart de lieue de l'endroit où ils se tenaient. L'une des remises brûlait. Non, deux, remarqua Azel.

La jeune femme était déjà remontée en selle.

— Ombeline, attends !

Azel l'imita, rattrapé par une peur indicible. Toutes les lettres surgies de son passé qu'il avait cru enfin lui transmettre venaient de partir en fumée sous ses yeux. Lancé à la poursuite d'Ombeline, le chasseur de primes, déjà horrifié, sentit son cœur se serrer un peu plus encore en découvrant deux cavaliers fondant sur sa belle-mère, surgis de la droite et de la gauche pour l'intercepter.

Le sang d'Azel ne fit qu'un tour. Il tira brusquement sur les rênes, bondit à terre, puis saisit la carabine qui n'avait pas quitté son étui depuis des semaines maintenant. Son bras tremblait, mais il n'avait pas le droit d'hésiter. Azel plissa les yeux et son doigt se replia sur la détente. L'un des deux cavaliers avait déjà rattrapé Ombeline, tendant un bras vers elle.

Azel tira.

Un instant plus tard, un hurlement sonore résonna sur les plaines : le cavalier tenait sa main transpercée par la balle et, incapable de contrôler sa monture, bascula sur le côté. Son cheval coupa la route du second cavalier qui dut faire un écart, permettant à Ombeline de reprendre de l'avance. La jeune femme, cavalière expérimentée, n'avait quasiment pas ralenti. Azel poussa un soupir de soulagement tremblant tout en avançant à grands pas, mais le second assaillant n'avait pas dit son dernier mot. Azel se refusait à courir malgré la peur qui lui nouait les entrailles. S'il devait de nouveau faire feu, la plus infime imprécision risquait de se révéler fatale.

Le cheval d'Ombeline avait entamé une courbe sur sa gauche. Au lieu de poursuivre son chemin vers le domaine, sa trajectoire la ramenait vers Azel. Le chasseur de primes accorda un coup d'œil aux bâtiments en flammes. Il constata alors un troisième départ d'incendie, à l'autre bout de la propriété. L'un des vergers. Azel jura entre ses dents en armant sa carabine. Le temps manquait. Oubliant toute prudence, le jeune homme ne pouvait plus compter que sur une poignée de cartouches. Il n'avait pas jeté un seul regard en arrière en direction de son cheval, son attention tout entière rivée sur le domaine, sur Ombeline.

Le premier cavalier s'était finalement redressé et Azel se rendit compte qu'il portait une armure. La bande de Jophiel. C'étaient forcément eux. Le mercenaire s'était tourné vers lui. Il souriait. Azel n'hésita pas et la crosse de sa carabine vibra contre sa joue. Une première balle rebondit sur une plaque de métal. Merde. Le sourire de son adversaire s'élargit, un instant seulement. La seconde balle lui fit sauter la moitié du cuir chevelu et il s'effondra brusquement, avalé par la plaine.

Bon sang. Si Jophiel et ses hommes avaient décidé d'attaquer le domaine des Alborán, comment leur résister ? La plupart des domestiques ne savaient pas se battre et n'avaient surtout accès à aucune arme. Et Ombeline était prête à se jeter tête la première dans ce traquenard ! Azel avait l'impression que la nuit elle-même reculait peu à peu devant l'incendie, plus vorace à chaque seconde.

L'autre cavalier lancé sur leurs traces talonnait maintenant la jeune femme et avait tiré lui aussi son arme. Ces hommes étaient là pour tuer. Azel réprima un frisson, suivant la chevauchée de cet inconnu du bout de son canon. Encore quelques degrés sur la droite… Azel appuya sur la détente. Le sifflement du projectile fendit l'obscurité laiteuse et le cavalier, désarçonné, vacilla, incapable de conserver son assise. Lui aussi poursuivit sa course, mais le pied gauche coincé dans son étrier, sa tête rebondissant dans l'herbe à chaque foulée de son cheval.

Azel était finalement arrivé à la hauteur du mercenaire qu'il avait abattu sans hésiter et ne lui accorda pas un regard. Eux aussi se montreraient sans pitié, il en avait la sinistre certitude.

— Ombeline ! hurla-t-il.

Désormais, tous deux étaient assez proches du domaine pour entendre le crépitement du brasier. Et surtout les cris.

Azel siffla, cherchant sa monture du regard, chaque instant plus vital que le précédent.

— N'y va pas, Ombeline, je t'en prie !

La jeune femme fit mine de l'ignorer, ou peut-être ne comprit-elle réellement pas ses paroles, alors que près de deux cents mètres les séparaient encore. Les flammes s'étendaient maintenant jusqu'au champ de girofliers au-delà des bâtiments. Avec un craquement lugubre, Azel crut apercevoir un pan entier de la plus grande des remises s'abattre dans un panache d'étincelles qui embrasa les étoiles elles-mêmes.

Oubliant un instant Ombeline, il se souvint enfin des réfugiés, enfermés dans le bâtiment servant d'école. Il était invisible depuis leur position, et construit en pierre, mais... Une détonation le fit sursauter et l'arracha à ses pensées. Le second cavalier, visiblement encore vivant, avait réussi à déchausser et venait de manquer Azel de peu. Le jeune homme fit volte-face et tira sans réfléchir en direction du mercenaire, à peine visible dans les hautes herbes. Il ne pouvait lui accorder plus d'une cartouche, mais l'homme ne tomba malheureusement pas et leva de nouveau le bras tout en s'avançant, prêt à en finir. Azel ne portait pas d'armure. Il ne pouvait même pas espérer se cacher derrière un tronc d'arbre, un rocher. Ces mercenaires n'étaient pas des amateurs : ils avaient tendu une embuscade idéale.

— T'es foutu, sale...

Il ne termina pas sa phrase.

Apisi, tapi dans l'herbe, venait de bondir. Le demi-loup saisit le poignet du mercenaire, qui lâcha son arme et se mit aussitôt à hurler. Il tenta de donner un coup de poing à l'animal de sa main libre, mais les mâchoires d'Apisi se resserrèrent et l'homme tomba à la renverse.

Azel, bouche bée, laissa le demi-loup derrière lui, franchissant la distance les séparant pour saisir le revolver du mercenaire. Un troisième cavalier approchait déjà, ventre à terre, rênes tenues d'une seule main, son fusil tournoyant au-dessus de sa tête. Cette fois, Ombeline n'avait pas le temps de s'enfuir. Azel mit un genou à terre et visa. Le mercenaire tenait désormais les rênes entre ses dents, debout dans ses étriers, sa propre arme à l'épaule, braquée sur l'épouse de Julen Alborán.

Les lèvres entrouvertes, Azel poussa un long et lent soupir. Pas de précipitation. Pas de geste brusque. Pas de…

Feu.

Le mercenaire bascula en arrière et quitta lui aussi sa selle, avant de retomber lourdement dans l'herbe. Cette fois, Azel se mit à courir. Il ne laissa aucune chance à l'homme de se relever, l'abattant d'une balle en plein visage avec le revolver de son camarade. Azel pouvait encore rattraper Ombeline. C'était l'unique solution. Le jeune homme saisit les rênes du cheval privé de son cavalier, un hongre bai, puis sauta en selle, le talonnant sans retenue. L'animal visiblement effrayé hennit violemment, mais pas assez pour couvrir le fracas du brasier. Il s'élança au grand galop et Azel se retrouva enfin dans le sillage de sa belle-mère. Il pouvait encore la rattraper, oui, il en était sûr. Il le devait. Il avait eu raison depuis le début. Il devait la conduire très loin d'ici, maintenant plus que jamais. Au fond de lui, Azel avait oublié tous les autres, les domestiques du domaine, les membres du convoi, son père. Il était sans doute trop tard pour eux, quelque chose en lui le savait. Un pressentiment plus sombre que les cendres qui tourbillonnaient autour de lui.

Le cheval, déjà couvert d'écume, semblait à bout de souffle. Ses flancs puissants se soulevaient sous les cuisses d'Azel, et pourtant ce dernier avait l'impression de ne jamais combler l'écart entre Ombeline et lui. Centimètre par centimètre, cela ne suffirait jamais. Les cris, les crépitements des flammes…

Incessants.

Écœurants.

Terribles.

Combien de temps galopa sa monture ?

Une balle percuta soudain l'animal en plein poitrail. Il poussa un hennissement de douleur avant de chuter lourdement, entraînant son cavalier avec lui. Azel eut seulement le temps de déchausser, puis de basculer à terre, lui aussi.

Il battit des paupières, du sang plein les yeux. Effleurant l'arête d'un rocher, il s'était ouvert le front dans sa chute.

Tant bien que mal, le jeune homme se releva, sonné, s'appuyant d'une main sur son cheval mourant. Les flammes montaient de plus en plus dans le ciel du domaine, si hautes qu'on les aurait crues capables d'atteindre un ballon survolant les plaines. Azel fit à peine trois pas avant d'écarquiller les yeux, bouche bée, tandis que son cœur tambourinait plus fort encore, mais pour des raisons bien différentes. De justesse, il parvint à ne pas laisser son arme lui filer entre les doigts.

Une douleur brûlante s'enfonça dans son côté droit avec un bruit sourd. Une balle. Une balle venait de lui transpercer l'abdomen. Azel retomba sur un genou, une main sur sa chemise déjà souillée de sang. Il ne baissa pas les yeux pour autant sur la plaie aux lèvres à vif.

— Au tour de ton putain de clébard, crut-il entendre.

Saisi de vertiges, Azel tira la hachette qu'il portait à la ceinture et la lança en direction de la voix, à l'instant même où une nouvelle détonation lui emplissait le nez d'une odeur de poudre.

Dans son dos, Apisi gémit. Azel le vit s'approcher de lui en boitant. Le mercenaire, lui, était mort.

— Fous le camp, marmonna-t-il. Fous le camp.

Malgré lui, il tendit une main vers le demi-loup. Les mots n'avaient plus de sens. Alors vinrent les sanglots. Azel ne sentit pas ses yeux se fermer, tout entier concentré sur sa douleur, en espérant qu'elle l'empêche de sombrer dans l'inconscience.

En vain.

15

Surkutir était la seule cité d'importance au nord des montagnes de l'Azur à ne pas abriter en son sein de garnison permanente. Elle n'en avait jamais compté. Moins de dix mille habitants occupaient ses murs et Surkutir était souvent oubliée par tous, y compris les autorités de Carthagène.

Les troupes d'Artemis Cortellan respectèrent les délais que le chef de guerre s'était donnés, mais beaucoup se demandaient s'il était vraiment nécessaire de transporter de lourdes pièces d'artillerie au cœur des montagnes. Plusieurs officiers s'en étaient même fait l'écho, quand bien même n'était-il pas question de remettre en cause cette stratégie. Mais le général semblait si sûr de lui que cet émoi disparut bien vite.

Artemis s'écarta de la tête de la colonne et fit pivoter son cheval sur la gauche. Il se dirigea vers l'ouest en grimpant une douce et longue pente, laissant la route derrière lui. Le sol était dur, desséché par la chaleur du soleil de midi. Il chevaucha ainsi quelques centaines de mètres, remarquant à peine que Damir le suivait.

Franchissant la modeste crête, il tira sur les rênes et se dressa sur ses étriers, les jambes ankylosées après plusieurs heures de chevauchée. Il se retourna pour regarder derrière lui.

La colonne s'étendait au loin, à travers l'immense plaine, vers le sud. Ses troupes occupaient près d'une lieue de route. Leurs mousquets étincelaient sous la lumière du soleil. Leurs tenues étaient impeccables : les uniformes, les couvertures roulées, jusqu'à leurs chapeaux mous. Les drapeaux régimentaires étaient déployés tous les cent mètres. Il sentit son cœur se gonfler à leur vue. Ses hommes, ses corps, son armée.

La cadence de la chanson que les hommes aboyaient était parfaitement adaptée à la marche et celle-ci commençait à se propager le long de la ligne.

Il détourna sa monture de la crête et s'en retourna vers sa colonne, au galop. Tandis qu'il remontait celle-ci, les hommes, de bonne humeur, l'applaudirent respectueusement, ce qu'ils n'avaient encore jamais fait depuis leur départ. Encore innocents pour la plupart, ils étaient remplis de fierté et d'enthousiasme, sentiments qu'Artemis avait oubliés depuis longtemps. Il éprouva tout à coup une joie froide et impatiente. Ils étaient prêts au combat.

La phase suivante de son plan pouvait commencer.

Deux jours plus tard, Damir rejoignit Cortellan à la tête de la colonne.

— Mon général, les éclaireurs ont repéré un petit attroupement, au niveau du premier lacet de la montagne, en direction de la ville.

— Combien d'hommes ?

— Tout juste une dizaine, apparemment. Ils nous ont vus mais n'ont pas réagi. Ils n'ont pas fui, ni cherché à attaquer. Je crois qu'on les voit même d'ici maintenant.

À la grande surprise de Damir, Artemis ne chercha pas à se munir de jumelles ou d'une longue-vue pourtant à portée de main, mais il claqua la langue et lança sa monture au petit galop.

Sans réfléchir, son second l'imita, incrédule. Ils arrivèrent rapidement en vue du groupe en question. Ils n'étaient effectivement qu'une petite dizaine, tous des hommes, tous vêtus de noir et coiffés de bicornes passés de mode depuis au moins une génération. Tous étaient assis sur de gros rochers ronds usés par le temps. Lorsque Artemis se retrouva à moins de cent mètres de distance, l'un d'eux se leva, lentement. Il tenait un fusil à la main sans adopter une position de tir.

De sa main libre et gantée, il adressa même un salut à Cortellan.

— Général, de qui s'agit-il ? demanda Damir en tirant sur les rênes de sa monture pour se ranger au côté d'Artemis. Vous les connaissez ?

La réponse était évidente.

— J'avais besoin de guides, pour nous aider dans notre périple au cœur de cette région sauvage, lui expliqua doctement Cortellan. Ces messieurs connaissent les environs comme leur poche. Il m'a paru une bonne idée de faire appel à eux.

Damir hocha la tête. En soi, faire appel à des guides locaux n'avait bien sûr rien d'extraordinaire, mais il ne put s'empêcher de se demander quand le général avait-il pu prendre contact avec ces hommes. Au premier coup d'œil, aucun d'entre eux ne trahissait de racines autochtones, mais ils ne lui rappelaient pas non plus ses propres camarades du Coronado.

Encore que ! Ici, le soleil semblait beaucoup moins généreux qu'à Carthagène, après tout.

— Qui sont-ils ? demanda-t-il à mi-voix.

Aucun des membres de cette bande ne lui avait accordé le moindre regard et un seul d'entre eux avait réagi à leur arrivée. L'homme tenait toujours son fusil à deux mains, devant lui, mais il n'avait pas cherché à engager la conversation.

— Mes invités, répondit simplement Cortellan.

Manifestement, le général n'avait pas l'intention d'en révéler davantage pour le moment. C'était son droit. À bien y regarder, ces hommes ne ressemblaient pas non plus à de rudes montagnards à même de les guider par des sentiers connus d'eux seuls. Damir les aurait plutôt comparés à une véritable bande de tireurs d'élite, ou de gardes du corps.

— Ils vont donc nous accompagner tout au long du trajet ?

— Bien sûr. Mais ne commencez pas à vous inquiéter de leur logistique. Vous pouvez agir comme s'ils n'étaient pas là. Considérez-les comme mes ombres.

Une fois de plus, Damir se contenta d'un signe de tête. Cortellan souriait. Et son second vit l'homme debout lui rendre son sourire, tout en tirant de sa poche un paquet que le lieutenant ne reconnut pas tout de suite.

Des cigarettes au clou de girofle.

Surkutir était une cité partiellement troglodyte, qui se dressait près des immenses chutes de Calabrim. De l'autre côté des cataractes, les terres n'appartenaient plus au Nouveau-Coronado et on quittait la péninsule pour pénétrer sur le continent lui-même.

— On ne peut pas prendre la cité à cent, par la ruse. Les habitants croisent bien quelques soldats de temps en temps, mais même une simple délégation risquerait d'éveiller leurs soupçons, rappela Artemis au matin de l'ultime montée vers la cité. Et nous ne cherchons pas à investir les lieux.

Damir hocha la tête en silence. Il avait informé son état-major de ses intentions réelles concernant la ville la veille seulement. Pourquoi s'en prendre à Surkutir ? Les forces des indépendantistes se trouvaient nettement plus au sud et Artemis aurait pu choisir une route beaucoup plus directe une fois de retour sur la terre ferme.

— Nous avons besoin de faire un exemple, avait-il expliqué. Trop longtemps, le vice-roi a laissé cette cité vivre sa vie comme si elle était restée indépendante, ou peu s'en faut. Et bien avant cette tentative de rébellion, nous savions pertinemment que de nombreux indigènes fuyaient le joug du Nouveau-Coronado en traversant les chutes. J'imagine qu'un certain nombre a trouvé la mort à cette occasion, mais d'autres se sont bel et bien échappés. Et le conseil de cette ville a fermé les yeux en toute connaissance de cause.

— Ils ont certainement remarqué notre approche, avait indiqué l'un des officiers. Notre cortège ne peut passer inaperçu, malgré tous nos efforts.

Artemis avait souri.

— Souvenez-vous, il n'a jamais été pensé dans ce but.

La cité leur apparut donc en fin de matinée, alors que le soleil était déjà haut dans le ciel. Le fracas des chutes avait devancé cette vision depuis plus d'une heure. D'abord simple murmure se mêlant au bruit des bottes, puis rugissement compliquant la moindre conversation, le vacarme s'était amplifié de lacet en lacet. Le lieutenant Damir avait cherché le cercle noir de Cortellan des yeux, mais ces « guides » ne s'étaient pas manifestés au cours de l'ascension.

Au sommet du col, Surkutir avait enfin révélé son écrin de pierre. À flanc de montagne, la cité semblait comme suspendue au milieu des chutes qui l'entouraient. Artemis lui-même ne l'avait contemplée qu'une seule fois en vingt ans. Dans tout le convoi, une vingtaine de personnes à peine avaient déjà vu Surkutir de leurs propres yeux par le passé. La fatigue de cette ultime montée n'émoussa en rien la stupeur que tous les autres éprouvèrent alors, en parvenant finalement au pied de la ville.

Trois ponts enjambant la cataracte conduisaient à ses portes, même si Cortellan savait que d'autres accès existaient, notamment en passant par des grottes. Mais, comme il l'avait également assuré la veille à son état-major, les emprunter en secret pendant qu'une partie des troupes occupaient les yeux et les esprits des habitants ici même ne faisait pas partie de ses intentions.

Artemis ne fut en tout cas pas surpris en découvrant un homme vêtu de robes colorées les attendre devant le premier des trois ponts parallèles. L'ancien capitaine mercenaire leva une main pour faire signe à l'avant-garde de s'immobiliser, puis il s'avança, seul, à la rencontre du représentant de la cité.

— Salutations, fit ce dernier, s'exprimant dans la langue du Coronado avec un fort accent. Nous avons appris votre arrivée il y a deux jours. Que se passe-t-il ? Nous n'avons pas l'habitude de vous voir venir en si grand nombre jusqu'ici.

Cortellan passa une main dans sa barbe en souriant. Si le porte-parole était contrarié de constater qu'Artemis n'avait même pas daigné mettre pied à terre, il n'en laissa rien paraître.

— Je ne doute pas que vous ayez remarqué notre venue.

— Surkutir a aussi eu vent de troubles dans le Sud, poursuivit l'envoyé, conservant un visage neutre. Nous pouvons vous assurer que nous n'avons rien à voir avec cette agitation. Du temps de l'empire du Léopard, déjà, notre cité possédait un statut à part.

Artemis se pencha sur sa selle, presque amusé. Le représentant de Surkutir lui tenait un discours qu'en d'autres circonstances il aurait jugé tout à fait pertinent.

— Épargnez votre salive, répliqua-t-il enfin. C'est vous qui allez m'écouter. D'ici trois heures, tout au plus, nous entamerons le bombardement de Surkutir. Si vous voulez évacuer la ville, nous ne nous y opposerons pas, mais nous ne vous attendrons pas non plus.

— Je… je ne comprends pas.

Le sourire d'Artemis s'élargit.

— Je me suis pourtant exprimé lentement. Le conflit en cours ne vous concerne pas, j'en ai peur, mais ce n'est pas la question. Vous êtes la cible dont j'avais besoin.

Le porte-parole de la cité semblait muet de stupeur.

— Vous avez donc trois heures devant vous. Ne perdez pas votre temps.

L'homme parvint enfin à dominer ses émotions.

— Mais… pourquoi ? Nous n'avons rien à voir avec votre guerre !

— J'ai deux adversaires à mater et votre cité peut m'aider, face à l'un comme face à l'autre. Nous savons tous que Surkutir n'a jamais été très regardante quand certains de vos compatriotes ont cherché à quitter le Nouveau-Coronado, n'est-ce pas ? En soi, cette liberté prise avec nos lois ne pouvait pas demeurer impunie bien longtemps, surtout en ce moment.

L'envoyé de la ville ne l'écoutait plus. Il avait remarqué dans le dos de Cortellan les mouvements de troupes et des pièces d'artillerie entières hissées sur les hauteurs de la falaise. Les envahisseurs de Carthagène ne plaisantaient pas.

— Il n'y aura pas de négociations. Nous ne voulons pas de tribut, pas de domestiques confiés à de nouveaux maîtres, rien de tout cela. Je vous le répète, vous et vos familles pouvez fuir. Il ne vous sera fait aucun mal et nous vous laisserons passer. Mais l'histoire de Surkutir s'arrête aujourd'hui.

— Vous êtes fous. Vous êtes fous ! martela le porte-parole en haussant la voix, cherchant à interpeller les soldats massés dans le dos d'Artemis.

Ce dernier secoua la tête.

— Fous ? Non. Déterminés ? Oui.

L'envoyé recula d'un pas.

— Nous pouvons résister. Vous ne connaissez pas Surkutir. Vos armes ne pourront jamais faire tomber la montagne. Nous pouvons rester cachés des mois durant s'il le faut. Avez-vous tout ce temps devant vous ?

— Allons, il n'est pas question de vous affamer. Nous n'allons pas chercher à conquérir votre cité, quartier par quartier. Je crois que je n'ai pas été assez clair : dans quelques heures, Surkutir ne sera plus qu'un tas de ruines. Si vous souhaitez vous terrer sous les décombres, grand bien vous fasse, mais ceux d'entre vous qui s'échapperont par les tunnels n'auront plus droit à la même clémence de notre part. Vous pouvez rapporter mes paroles mot pour mot à vos concitoyens.

Le porte-parole le regarda un long moment, bouche bée.

— Vous êtes fou, répéta-t-il enfin.

Artemis Cortellan se contenta de le saluer d'un signe de tête, avant de repartir sur le sentier.

Quelques instants plus tard, Damir leva sur lui un regard interrogateur.

— Je ne sais pas, répondit Cortellan, anticipant sa question. J'espère pour eux que j'ai su me montrer suffisamment convaincant ou que leur envoyé le sera. Une chose est sûre, je n'attendrai pas plus.

Les deux heures suivantes s'écoulèrent à l'ombre des chutes rugissantes. Les murmures des soldats se faisaient de plus en plus bruyants. Chacun se demandait ce que les habitants de Surkutir allaient bien faire, alors qu'Artemis Cortellan leur avait promis que leur cité serait détruite, quoi qu'il arrive. Peu à peu, leurs regards se tournèrent immanquablement vers la ville, irrésistiblement attirés, tandis que la rumeur se taisait, écrasée par l'attente et les chutes.

— Ils sortent, s'écria un soldat dans le dos d'Artemis.

Cortellan, bras croisés, ne laissa transparaître aucun signe de soulagement. Des dizaines de silhouettes se pressaient à l'autre bout du pont central. Bien vite, il apparut qu'elles étaient même des centaines. La plupart des habitants n'avaient quasiment rien emporté avec eux, faute de temps. Ils traversèrent le pont d'un pas vif, tête basse. Aucun d'entre eux n'osait lever les yeux sur les soldats, redoutant leur réaction. Les hommes de Cortellan s'étaient écartés de chaque côté de la piste pour les laisser passer. Ils semblaient en majorité partager le malaise des citoyens évacués et les fuyaient du regard.

Mais pas Artemis.

— Même à l'autre bout de la péninsule, il fallait respecter Carthagène, leur lança-t-il, choisissant la langue commune des indigènes. Personne n'échappe à l'autorité de la Couronne. Que tous le sachent.

— Nous les jetons sur les routes..., fit à mi-voix son second.

— Pour mieux répandre la nouvelle de notre arrivée, reprit Artemis. Et en les jetant sur les routes, ils sèmeront le chaos pour nous dans les rangs du Nord. Comment réagiront nos adversaires devant tous ces réfugiés ? Que les servants de pièces se mettent en place. Il est temps.

Conscient qu'il ne gagnerait rien à interroger plus avant l'ancien vice-roi, son second contint ses questions et ses doutes. Les signaleurs levèrent leurs drapeaux et quelques secondes plus tard, les premiers boulets jaillirent des fûts en sifflant, fondant droit sur les maigres défenses de Surkutir. Certains seraient sûrement choqués lorsque la poussière retomberait, mais les conquérants du Coronado n'avaient-ils pas déjà procédé ainsi par le passé ? Artemis n'avait pas participé à cette première phase, mais les troupes du roi Philippe ne s'en étaient pas cachées. Les petits royaumes qui occupaient autrefois le sud de la péninsule avaient été particulièrement malmenés. Maisons vandalisées, citernes éventrées, animaux massacrés..., les soldats n'avaient reculé devant rien à cette époque. Artemis, au moins, avait eu la magnanimité d'accorder une chance à la population.

L'écho des canons résonnait dans le col, emporté vers les sommets.

— Bien. J'en ai assez du bruit de ces chutes d'eau, soupira l'ancien capitaine mercenaire. Faites-le disparaître sous la poudre.

16

— Saperlotte ! Notre petit dormeur revient d'entre les morts ! fit une voix, soulevant une vague de ricanements, si étrange au milieu des hurlements.

Azel battit des paupières pour chasser le sang. Il comprit aussitôt qu'il n'avait pas la force de se relever. Impossible de déterminer laquelle de ses douleurs était la plus vive, entre sa nuque ou ses côtes. Redoutant chaque instant à venir, fatalement porteur de malheur, le jeune homme tentait désespérément de réprimer ses tremblements et d'estimer combien de temps il était resté inconscient. Assez pour qu'on le ramène et qu'on le jette tout près des pelouses du domaine, après l'avoir privé de toutes ses armes. L'avancée des flammes aurait dû lui servir de point de repère, mais d'aussi près, tout était différent du tableau qu'il avait contemplé avec horreur un peu plus tôt.

Le feu dévorait tout. Azel était incapable d'ébaucher le moindre raisonnement, d'élaborer la moindre pensée cohérente. Tout n'était plus que sensations. Il se souvenait seulement d'avoir tendu la main vers Apisi, qui marchait en claudiquant, blessé à la patte. Pourvu que le demi-loup se soit échappé de cet enfer.

Animé par une volonté presque étrangère, Azel releva la tête, pour mieux se protéger les yeux d'un bras quand une bourrasque de braises traversa les pelouses. Instinctivement, il pivota vers la maison. Les bûches de la remise s'étaient écroulées les unes sur les autres, s'éparpillant dans une cascade dorée. Le corps de logis lui-même était la proie des flammes, le porche déjà à demi consumé. Le feu dansait déjà derrière les fenêtres, sur les toits, enveloppant chaque mur de rubans de braises qui tournoyaient dans le vent. Devant les marches dévorées par l'incendie, le boghei familial s'était renversé, rattrapé lui aussi par le brasier insatiable. Au cœur de cette vision infernale, son esprit refusa un instant d'accepter ce qu'il discerna ensuite : l'une des licornes du domaine, libérée de son enclos, passant lentement devant la demeure en feu. La corne d'ivoire de la gigantesque bête à la fourrure brune se découpait sur les flammes, tandis qu'elle balançait doucement la tête en broutant. Un brandon vagabond illumina tout à coup son œil vitreux, à la pupille dilatée. Azel tressaillit quand un coup de feu chassa finalement l'animal.

Grimaçant, il tourna la tête, chaque degré lui arrachant un grognement. La marque de la crosse se faisait encore durement sentir à la base de son crâne. La douleur sourde avait envahi son crâne tout entier, au rythme de ses battements de cœur. Il ne pouvait pas continuer à ignorer plus longtemps ceux qui l'encadraient et leur chef au parler si étrange. Les mercenaires croisés à Trevelin étaient disposés en demi-cercle sous l'yeuse qui se dressait près de la remise attenante à l'école, certains assis, d'autres debout. Vision plus dérangeante encore, ils avaient récupéré plusieurs éléments de mobilier dans les cuisines de la maison, dont une table et plusieurs chaises.

Jophiel, lui, était à cheval, une tasse fumante à la main. Pour la seconde fois, il regardait Azel droit dans les yeux.

— Comme on se retrouve, n'est-il pas ? Je vous avais fait savoir que nous avions besoin de chair fraîche, et toi et la petite dame, vous avez osé m'affabuler ! Pourtant, que vois-je ? Vous avez échafaudé un véritable convoi.

Azel ne chercha pas à répondre. Il avait à peine écouté le discours du cavalier. Une dizaine de cadavres, membres du convoi et domestiques du domaine, étaient étendus à terre, criblés de balles. Parmi eux, Tollani, serrée contre la poitrine de sa mère, morte elle aussi. Azel avait l'impression que chaque nouvelle bordée de flammes rongeait un voile d'horreur supplémentaire, l'entraînant un peu plus loin dans la nuit.

Et les cris ne cessaient pas.

— Ceux qui se sont barricadés à l'intérieur n'entendent point sortir, alors il a fallu sévir ! poursuivit Jophiel.

Plusieurs de ses camarades hochèrent la tête. Certains devisaient calmement, comme installés autour d'un feu de camp après une dure journée de labeur. Malgré leur sérénité apparente, tous avaient une arme à feu braquée sur Azel. Devant les portes, celui-ci repéra finalement une petite dizaine d'indigènes, tous membres du convoi cette fois, dont Otiru et Usan. Certains pleuraient, d'autres hurlaient eux aussi, mais tous regardaient les cadavres, pour ne pas se retourner vers l'école.

— Cette nuit nous a réunis pour une raison. Le

mensonge. Le mensonge hante ces lieux. Je l'ai tout de suite senti.

Azel, recroquevillé sur lui-même, contemplait le sol. Les graviers de l'allée frissonnaient autour de ses poignets. Qu'il se taise. Il fallait que Jophiel se taise. Tout de suite. Comme les lamentations des indigènes. Chaque voix qu'il pensait reconnaître, si proche et si lointaine à la fois, lui était insupportable.

Une autre voix familière se fit soudain entendre, aux accents sifflants, rauques, comme si cette gorge était entravée de sang, de bile, de glaires. Pour la première fois, elle montait du dos d'Azel et le jeune homme se rendit compte qu'il n'avait pas cherché une seule fois à regarder derrière lui.

— Vous êtes sur mes terres, monsieur. *Mes* terres, répétait la voix encore et encore.

Lentement, le jeune homme se retourna vers son père. Julen Alborán était lui aussi à genoux, une corde grossière lui liant les mains, plus solidement qu'Azel. Ses cheveux argentés étaient maculés de suie et de sang, tout comme ses vêtements. Sa pommette droite était ouverte, son œil gauche à moitié fermé. Il ne s'était pas livré sans se battre, lui non plus. Et contrairement à Azel, il se tenait toujours le dos bien droit pour interpeller le chef des mercenaires.

— En effet, voilà qui paraît évident, il suffit de contempler les entours de cette belle bâtisse, répliqua Jophiel, quittant Azel des yeux. Pourquoi accueillir ces indigènes, monsieur ? soupira-t-il. N'en avez-vous point déjà vous-même bon nombre à votre service ?

— Ces indigènes ne sont rien pour moi, c'est vrai. Et si certains se sont échappés, leurs propriétaires auraient été les bienvenus pour les ramener chez eux. Mais ils m'ont été confiés, que je le veuille ou non.

Plusieurs mercenaires échangèrent des regards amusés.

— Sous vos grands airs, vous n'êtes qu'un vulgaire braconnier, poursuivit Julen, refusant de céder. Quel domaine vous a engagés ? À moins que vous ne soyez à la solde de ces maudits prospecteurs d'or noir ?

Le ton de Jophiel changea alors du tout au tout.

— *Tais-toi*. Moi, un braconnier ? Que sais-tu de ce que je veux, vieil homme ? Rien. Que sais-tu de ma mission ? Je cherche des élus. Certains partiront avec nous. Les autres n'ont pas besoin de survivre. Quelle misérable existence pourrait bien les attendre ?

Le père d'Azel ne répondit pas, cette fois, rattrapé par une violente quinte de toux, qui l'obligea enfin à ployer l'échine. Il ahanait toujours bruyamment. Azel aurait voulu détourner le regard, mais ses yeux étaient toujours rivés sur Julen. Il ne l'avait jamais vu ainsi. Quelles pensées devaient se bousculer dans son esprit borné ? Son domaine en flammes, attaqué par des inconnus, et lui, le maître des lieux, à genoux, contemplant ce désastre, comptant les morts, des morts qui pour certains n'avaient aucune importance à ses yeux. Azel connaissait bien son père. Ne pas avoir su protéger ses biens…, c'était une véritable faute. Une faute morale, une faute d'honneur.

Une soudaine rancœur lui noua la gorge. Comment pouvait-il se laisser dicter son comportement par son éducation en cet instant ? Et pourtant, ce fut bien Azel qui prit finalement la parole.

— Vous n'aviez pas besoin de faire ça. Vous cherchiez des esclaves et maintenant, vous voulez…

— Et pourquoi ne pas le faire ? Je te l'ai dit à Trevelin, je ne suis pas un voleur. Ni un *braconnier*. Mais il nous faut de la chair fraîche. Ce convoi… Je ne pouvais rêver mieux. Et comme, en plus, vous m'aviez menti, il était normal de marquer le coup. Vous m'avez menti, toi et la petite dame… Diantre ! Que dirait le maître du domaine à ce sujet ? Vos escapades ne le dérangent point ?

Le mercenaire vida sa tasse, puis leva les yeux sur l'yeuse qui semblait le fasciner.

Azel sentit alors le regard ardent de son père se poser sur lui, bien plus terrible que celui de Jophiel. L'espace d'un instant, un terrible instant, il avait oublié l'essentiel, cet essentiel que Julen n'avait jamais considéré de la sorte. Ombeline. Où était passée la jeune femme ? Il ne voyait pas sa monture. En réalité, le cheval de Jophiel était le seul en vue. Les autres mercenaires avaient dû laisser les leurs à l'écart de l'incendie, un brasier qui grondait si fort qu'il parvenait même à couvrir les pleurs des indigènes. Azel nota distraitement qu'il en éprouvait une pointe de soulagement coupable. Mais tout cela n'avait plus d'importance.

Ombeline.

Son esprit avait refusé de songer à la jeune femme depuis qu'il avait ouvert les yeux. Le sifflement d'une corde accompagné d'applaudissements nourris, si incongrus, la ramena au premier plan. L'un des mercenaires venait de jeter un solide lien en travers de l'une des branches basses de l'yeuse, tirant dessus avec les encouragements de ses camarades. Une couronne de cheveux ne tarda pas à apparaître à son extrémité. Azel écarquilla les yeux si fort qu'un élan de souffrance flamboyant lui barra le front. Les indigènes continuaient à pleurer, mais il ne les entendait plus, ne les regardait plus.

La tête d'Ombeline, inclinée mollement, était passée dans un nœud coulant. Des pans entiers de son gilet, déchiré, flottaient dans la brise. Incapable de parler, elle se tenait les bras ballants, tandis que ses pieds, eux, étaient invisibles, masqués par les heaumes des mercenaires debout.

Azel se releva d'un bond, cherchant à saisir une arme disparue depuis longtemps, les yeux rivés sur Ombeline. Mais la jeune femme ne le regardait pas. Un premier mercenaire partit d'un rire moqueur, cueillant Azel d'un crochet au foie, tout près de sa plaie. Le chasseur de primes retomba lourdement et un haut-le-cœur lui retourna l'estomac. Il n'avait pas fait trois pas.

— Arrête, Azel, gronda Julen dans son dos. N'oublie pas qui tu es. N'oublie pas ton rang. Ne te donne pas en spectacle.

— En spectacle ? cracha Azel, se relevant sur un coude. Ils vont la tuer, père !

Il sentit alors la main paternelle se refermer sur son épaule. Bêtement, Azel espérait encore une marque de soutien, de réconfort, mais Julen n'avait cherché qu'à se redresser, menton en avant.

— Ils ne le feront pas, le tança-t-il, avant de s'adresser de nouveau à Jophiel. Vous avez voulu nous donner une leçon. Tout cela n'était qu'une démonstration, n'est-ce pas ? Vous vous en êtes pris à mes terres, à mes serviteurs. Il est utopique de vous résister. J'ai compris le message.

Pour la première fois de sa vie, Julen Alborán semblait prêt à s'incliner face à une autre puissance que la Couronne.

— Père, tu ne te rends pas compte, ils…

— Votre petit numéro suffit, poursuivit-il, ignorant son fils.

Azel fut certain de saisir un soupçon d'agacement déjà de retour dans sa voix.

Comme dérangé dans ses pensées tandis qu'il contemplait toujours l'yeuse, Jophiel mit du temps avant de répondre.

— De quoi me parlez-vous donc ? De pétrole ? D'expropriation ? Tout cela est si futile…

Il tapa dans ses mains et la corde se tendit brusquement. Horrifié, Azel remarqua que la branche ployait à peine sous le poids de la jeune femme. Ombeline se balançait maintenant dans le vide, en tournoyant. Elle ne se débattait même pas. Peut-être était-elle déjà morte lorsque Jophiel avait décidé de cette mise en scène macabre. Une partie de lui-même qu'Azel ne voulait pas écouter le souhaitait plus que tout.

— Vous serez tous maudits, tonna Julen. Maudits ! Vous n'êtes qu'une bande de chiens sans honneur. La justice…

— Oh, mais nous sommes la justice, son incarnation même, l'interrompit Jophiel.

Dans le dos d'Azel, Julen ne disait plus rien, stupéfait, aussi pitoyable que sincère. *L'argent va et vient, mais la terre se perd pour toujours*, avait-il dit à table, sûr de lui. Il y avait pourtant bien plus important que la terre. Il avait cru que les mercenaires ne mettraient pas leur menace à exécution, mais son épouse était bel et bien suspendue au bout d'une corde, les pieds dans le vide. Azel pouvait les voir à présent, maintenant que les hommes de Jophiel s'étaient écartés, à dessein, de l'arbre. L'un de ses pieds était nu, sale. Du sang séché maculait sa cheville. Chaque détail s'offrant à son regard lui semblait plus horrible que le précédent, et pourtant Azel ne pouvait se retenir de les relever, les uns après les autres, les gravant dans sa mémoire.

Il ne prêta pas attention au mercenaire s'écartant du groupe pour venir se placer derrière son père.

— J'étais surpris de trouver un tel arbre ici, reprit Jophiel, d'un ton rêveur. Mais c'est un signe ! Vous êtes originaire du Coronado, vous connaissez la coutume. Le pouvoir vient de la terre. Cet arbre vous a donné sa force vitale. À vous de lui rendre la pareille.

Le mercenaire qui s'était déplacé en silence saisit Julen par le col. Le père d'Azel ne réagit pas, se laissant pousser en direction de l'arbre. Un autre nœud coulant l'attendait. Le chef de famille ne chercha pas à se débattre pendant qu'on le hissait sans ménagement près de son épouse, qui tournoyait toujours, telle une poupée de chiffon. Azel contemplait toujours la scène, incrédule. Il sentit les premières larmes couler sur ses lèvres, des larmes de rage plus que de chagrin. Son père s'était-il laissé si facilement briser ? Comment pouvait-il accepter la mort d'Ombeline, entre toutes, sans se battre ? Sous le regard d'Azel, les cavaliers ne formaient plus qu'une masse grouillante.

Comme s'il sentait soudain le poids de la colère de son fils, une colère nourrie depuis des années au feu de leurs silences, Julen, debout sur un tabouret chancelant, releva la tête, la corde autour du cou.

— Je ne t'en ai jamais voulu, Azel. Pour rien. Même pour elle. Sache-le. Tu l'as aimée mieux que…

Jophiel secoua la tête.

— Il est temps. Je ne voudrais point vous séparer.

D'un coup de pied, l'un des mercenaires fit sauter

le tabouret soutenant le père d'Azel. Il rejoignit aussitôt Ombeline dans l'horreur. Azel voulut hurler mais ses dents se contentaient de claquer, sa langue figée par une coulée de plomb invisible. Stupéfait, presque envieux de son sort, il vit son père éructer et tendre le bras pour chercher la main inerte d'Ombeline, les réunir dans cette ultime épreuve. Julen n'avait pas cherché à se débattre, seulement à retrouver son épouse. Il n'y avait pas de place pour Azel. Il n'y en avait jamais eu. Il détourna les yeux, honteux, en direction des plaines. Le nœud coulant resserrait ses terribles anneaux. Ses pleurs étouffés avaient presque quelque chose d'indécent sous les quolibets et les rires des cavaliers.

Les flammes se rapprochaient peu à peu, teintant les feuilles de reflets dorés, mais l'arbre majestueux était toujours miraculeusement préservé, réduisant les mercenaires dans son ombre à une pantomime de silhouettes anonymes.

Tous, sauf Jophiel.

— Sang, cendres, mort et larmes, murmura celui-ci, levant les yeux sur la cime de l'yeuse. Voilà le creuset que nous attendons tous, un jour ou l'autre. Il épuise en nous tous les poisons pour n'en garder que les quintessences. Et c'est ton tour maintenant.

Azel ne saisit pas tout de suite qu'il s'adressait à lui. Il ne sentit pas non plus deux mains inconnues placer la corde autour de son cou avec des gestes empreints d'une douceur aussi surprenante qu'abjecte, avant de le tirer en avant. Les deux pieds enfoncés dans le gravier, le chasseur de primes résista quand on le bouscula en direction de l'arbre, déclenchant de nouveaux rires. Mais il n'avait pas peur de la mort, non ; Azel ne voulait pas s'approcher de son père, encore moins d'Ombeline. Comment endurer d'aussi près le spectacle de ces traits déformés, de ces yeux révulsés, de ces langues boursouflées et tremblantes, de ces odeurs aussi, plus intenses que la puanteur des flammes ? Un liquide aux relents âcres coulait le long des jambes de son père, et Azel doutait que ce soit du sang.

Il aurait dû fermer les yeux, mais ses paupières étaient paralysées. Il pouvait en sentir trembler chaque cil, chaque nerf, priant en vain pour qu'elles lui obéissent enfin et se referment. Rien à faire, Azel était à bout de forces, épuisé par une nuit et une vie de non-dits.

— Sang, cendres, mort et larmes, répéta doctement Jophiel, loin de son ton habituel. Le terreau de la renaissance. Vous n'avez pas voulu nous aider, mais nous reprendrons la route après ce dernier cadeau. Pour vous.

Les jambes d'Azel ne le portaient plus suffisamment pour grimper sur le tabouret, mais les mercenaires le hissèrent, suspendant sa corde à une autre branche de l'yeuse. Le chuchotement du nœud coulant ne musela pas le crépitement du brasier. Cherchant un ultime refuge dans le reflet des étoiles, malgré les branches, les feuilles, les flammes et la fumée, Azel ne sentit pas tout de suite son support disparaître, pour offrir son corps meurtri au baiser du vide.

Il sentit l'ongle de son index céder, brisé en deux sous la pression de la corde. Impossible de glisser ses autres doigts entre le chanvre et sa peau. Il se balançait d'avant en arrière, le regard perdu.

— Il n'est pas mort sur le coup ! remarqua l'un des mercenaires.

Jophiel se retourna sur sa selle, sans tirer sur les rênes.

— Tel père, tel fils. Il a donc gagné un sursis, répondit-il. Qu'il profite de ses derniers instants dans cette vie.

Azel ne prêta pas attention à son départ, ni à celui de ses hommes, filant tous comme le vent en compagnie d'une poignée de prisonniers, dont Cholallan, le père de Tollani, et Otiru, l'indigène à la langue tranchée. Tollani, le regard éteint, le visage bleui. Et pourtant, malgré la peine assourdie qu'il éprouvait pour elle, Azel pouvait dire sans honte qu'elle ne représentait rien. Il l'aurait sacrifiée lui-même pour sauver Ombeline.

Une, dix, cent fois.

Et la corde se balançait toujours. Le sang battait de plus en plus fort dans les tempes du jeune homme. Pourquoi personne n'était venu les aider ? Si les derniers fuyards étaient morts sous les balles des mercenaires, tous les domestiques du domaine n'étaient pas présents autour de l'arbre. Même si certains avaient haï leur maître, pourquoi… Azel ferma les yeux. Il ne pouvait que tenir, repousser l'échéance, un instant après l'autre. Impossible de saisir une lame, impossible de crier, impossible de continuer à chercher à agiter ses jambes alors qu'il redoutait à tout instant de sentir ses doigts glisser. Et pourtant, il devait rester en mouvement. Il ne voulait pas contempler les cous brisés de son père et d'Ombeline. Il préférait encore se perdre dans les étoiles et ignorer les cris qui l'assaillaient de toutes parts. Les hurlements qui lui baignaient les oreilles lui donnaient la sensation de se noyer, comme si on l'avait jeté dans un puits sans fond.

Les larmes lui montèrent aux yeux. Douleur ? Regret ? Peur ? Il ne voulait pas devenir un cadavre. Il ne voulait pas finir comme tous les autres sacrifiés. Car voilà ce qu'ils étaient déjà, des cadavres, encore chauds mais déjà privés de vie.

Dans un ultime sursaut, Azel crut les rejoindre. Mais il n'en eut pas le temps : levant les yeux sur l'yeuse, il saisit une ombre assise sur une branche. Peut-être que quelqu'un avait réussi à se hisser là sans attirer l'attention ! Peut-être qu'il ou elle pourrait avancer jusqu'à lui pour trancher la corde qui le retenait ! Il chercha à formuler un mot, mais c'était impossible. La tension, la brûlure étaient bien trop fortes. Azel écarquilla les yeux. La silhouette se pencha en avant en souriant, posant deux mains qui n'avaient rien d'humain sur le tronc.

La fée.

Celle-là même qu'il n'avait pas revue depuis que ses frères l'avaient marqué.

Bonjour, Azel. Cela faisait bien longtemps.

Les dents serrées, le chasseur de primes chercha à hurler mais ne réussit qu'à se mordre la langue. Le sang jaillit dans sa bouche, première sensation chassant l'engourdissement. Il n'était pas mort. Il n'était pas mort ! La créature s'avançait maintenant vers lui, lentement, son visage déchiré par un sourire mauvais qui s'ouvrait d'une oreille à l'autre.

Les bras d'Azel s'étaient mis à trembler. Ses doigts gourds ne lui faisaient même plus mal. Il ne sentait plus sa blessure au flanc, ni ses jambes.

Je t'attendais…

La fée n'était plus qu'à deux mètres de lui. Tout à coup, Azel sentit la branche gémir sous le poids de la créature. Un instant plus tard, elle ploya.

Dans un craquement rivalisant avec celui des flammes, la branche tordue céda et le jeune homme fut emporté dans le vide. La fée disparut dans les ténèbres.

Azel n'espérait qu'une chose : ne plus jamais la revoir.

DEUXIÈME PARTIE

17

Figé sous une masse de cadavres, Azel ouvrit les yeux.

Il eut besoin de longues et terribles secondes pour comprendre où il se trouvait. Son horizon était réduit à un morceau de toile de jute noire. Il voulut crier, mais sa gorge tuméfiée refusa de laisser passer le moindre son, pas même un pitoyable croassement. Un corps était allongé en travers de son ventre, sa tête dodelinant dans le vide. Pour un peu, ce voile sinistre aurait pu suffire à lui ôter la vie. Les images de la confrontation lui revinrent alors en mémoire, bien plus vives que la promiscuité des corps entassés avec lui.

Son père n'avait pu être jeté dans un chariot sans le moindre égard. Son père… Azel sentit ses mâchoires se serrer. Non. Son père ne pouvait pas être là, tout simplement car Julen ne pouvait pas être mort.

Mais je ne suis pas mort non plus. Pourquoi l'avait-on placé dans cette carriole avec les cadavres des indigènes ? Qui avait fait ça ? Quand ?

Pris de panique, le pisteur avait l'impression que le fond du chariot allait céder d'un instant à l'autre, comme si le tas de corps n'attendait que ça pour l'entraîner avec lui. Azel voulut soulever son bras droit pour se dégager. Impossible. Il ne le sentait plus, alors qu'aucun mort ne pesait dessus. Pourquoi ? Il se retrouvait incapable de parler, de bouger. Il ferma les yeux un instant. Le regard moqueur de Jophiel lui brûla aussitôt les paupières, qu'il rouvrit brusquement.

Son père. Les membres du convoi. Les hurlements des indigènes enfermés dans l'école, le crépitement incessant des flammes, les geignements d'Apisi, une patte blessée. La puanteur de la chair calcinée. Et les rires. Les rires de ces hommes déchaînés.

Ombeline… Le visage écarlate, la langue gonflée, ses yeux, ses beaux yeux désormais injectés de sang et prêts à jaillir de leurs orbites, et ses doigts, ses doigts entremêlés à ceux de son père dans la mort. La mort qui avait balayé le domaine.

Au prix d'un terrible effort, Azel parvint à basculer à demi sur le côté, juste à temps pour ne pas s'étouffer dans ses vomissures. Relevé sur un coude, il écarta tant bien que mal un pan de tissu et fut aussitôt frappé par la froideur de la bise. La nuit régnait toujours sur les plaines. Combien de temps avait-il pu s'écouler depuis qu'il avait sombré dans l'inconscience ? Azel voulut secouer la tête pour dénouer ses épaules raides, mais son cou était trop douloureux et il ne réussit qu'à aviver le mal, fermant les yeux de nouveau.

Le jeune homme n'avait qu'une envie, vider ses poumons de cet air vicié, alors que ses mâchoires restaient obstinément bloquées. Trop faible, son coude céda et il retomba sur la carriole, sa tête heurtant le plancher. Il devait se concentrer sur autre chose, tout sauf ce caisson rempli à ras bord de corps à demi dévorés par les flammes. Azel n'avait pas réussi à voir qui guidait cet attelage. Il n'avait même pas déterminé le nombre de chevaux : un seul, deux, quatre ? Le chariot lui-même ne lui évoquait rien, n'arborait aucun signe distinctif, et certainement pas les cerfs majestueux des armoiries de la famille Alborán. Il s'agissait seulement d'un amas de planches grossier, tout juste bon semblait-il à transporter cet horrible chargement. Il finit par remarquer deux lanternes suspendues à l'avant, dispensant une lumière froide. La silhouette anonyme du cocher lui apparut enfin, réduite à l'état d'ombre plus noire que la nuit. Le jeune homme sentit les poils de sa nuque se hérisser ; il n'avait jamais vraiment suivi les cours de catéchisme au sujet des séraphins, mais il se demanda s'il n'était pas sur le chemin des Enfers, sous l'œil du conducteur chargé de guider les âmes damnées jusqu'à leur destination finale.

C'était une erreur. Il n'était pas mort. Il le savait. Il n'était pas mort. Il le fallait.

Azel chercha à prolonger la lutte, mais il était condamné à sombrer. S'il fermait les yeux…, le chasseur de primes était convaincu que ses paupières resteraient closes. Le cocher se retourna enfin, plus grand, toujours plus grand, bientôt courbé en deux sur Azel. La fée n'avait pas disparu. Elle était là pour guider le sinistre convoi. Elle étira ses doigts décharnés vers lui, écartant un corps du revers de la main avant de poser ses griffes sur la poitrine d'Azel, au niveau du cœur. Le chasseur de primes était incapable de crier, de respirer. La créature n'appliquait aucune pression, mais ce simple contact se teintait de quelque chose d'insoutenable. La douleur augmenta alors que les doigts de la fée semblaient maintenant s'enfoncer sous sa peau.

— Tu n'as plus besoin de ça, souffla la créature grimaçante. Je te le prends.

Ses doigts se refermèrent sur le cœur d'Azel.

Le jeune homme hurla enfin.

— Te voilà réveillé.

Azel se redressa d'un bond.

Le chariot.

Non. Il avait disparu. Les morts aussi. Le jeune homme cligna des yeux et se rendit compte qu'il était allongé dans un lit. Il leva les yeux sur une croix, suspendue au mur.

Heitor était assis à côté de lui, les mains croisées, bien plus pâle que dans le souvenir d'Azel.

— Du calme, lui dit son demi-frère, sans esquisser le moindre geste. Tu es en sécurité ici. Nous sommes au dispensaire.

Enfin, les mâchoires d'Azel cédèrent et lui obéirent.

— Quand…

— Tu es resté inconscient presque deux jours, répondit son frère aîné, anticipant sa question. C'est moi qui t'ai ramené ici, mais tu peux remercier ton loup. Je te croyais mort.

— Le chariot, fit Azel, portant une main à son cou. C'était toi ?

Heitor hocha la tête, le visage fermé.

— Oui. J'ai été prévenu par des domestiques. Je suis venu aussi vite que j'ai pu, mais c'était trop tard, je n'ai rien pu faire. Je suis désolé. Je n'aurais jamais cru…

Azel avait envie de hurler, de rejeter la responsabilité du massacre, mais il se revit s'élancer après Ombeline, après avoir échoué à la convaincre de le suivre. Ils auraient pu partir, très loin, si loin de leurs vies misérables, sans jamais savoir ce qui s'était joué sur le domaine. Ils auraient pu échapper au massacre. Il aurait pu la sauver, elle, rien qu'elle, elle et personne d'autre, et ça lui aurait suffi à endurer la présence de ces fantômes jusqu'à la fin de ses jours. Ombeline faisait disparaître chez lui culpabilité, doute, rancœur. Avant, peut-être. Désormais, toutes ces émotions, et plus encore, se déversaient dans le creuset de sa rage. Le creuset. Les paroles de Jophiel lui revinrent en tête. *Sang, cendres, mort et larmes.* Azel se frappa la cuisse du poing. Une fois. Deux. Dix, de plus en plus fort. Rien. Son corps était privé de toute sensation. Mais il tapait, tapait encore sa peau devenue cramoisie.

— Du calme, Azel, s'il te plaît ! réagit son frère.

Ce n'était pas une remontrance, seulement de l'inquiétude, ce qui ne fit que tourmenter un peu plus encore le jeune homme.

— Ne me dis pas quoi faire. Je… je…

Pris d'un haut-le-cœur, Azel bascula sur le côté et se mit à tousser, mais il n'avait plus rien à cracher.

— Je t'en prie, calme-toi.

— Où est père ? demanda aussitôt Azel.

Heitor secoua tristement la tête.

— Je ne l'ai pas emmené. Je l'ai enterré sur le domaine. Je me suis dit que tu n'aurais pas voulu finir là-bas, alors je pensais t'enterrer avec les victimes du convoi, ici. Elles n'étaient pas toutes dans le chariot. Plusieurs… plusieurs ont disparu entièrement dans les flammes de l'incendie.

Azel serra les dents en tentant de se redresser. Usan, Tollani, Otiru, la jeune Iodun…

Ils étaient tous morts.

Un beau soleil illuminait la chambre. Dehors, des sturnelles chantaient. Tout était si calme, si pur.

Ils étaient tous morts.

— Où est Apisi ? murmura-t-il.

— C'est lui qui a remarqué le premier que tu étais encore vivant. Je jure que j'ai cru que tu ne respirais plus quand je t'ai trouvé.

— Alors, tu m'as jeté au milieu dans le chariot.

— C'est cela. Et Apisi nous a suivis de loin pendant plusieurs heures. Mais il s'est rapproché peu à peu, malgré sa patte. C'est là que j'ai compris que tu étais bel et bien vivant.

Azel ne dit mot. Incapable de déglutir, il avait la gorge à vif. Les vertiges semblaient à deux doigts de l'emporter de nouveau. Il eut besoin de quelques instants avant de se rendre compte que son frère avait repris la parole.

— Je t'ai veillé comme j'ai pu, entre deux funérailles.

Azel nota alors ses ongles noirs de terre et détourna les yeux.

— Apisi n'a pas voulu entrer, mais il rôde sur le seuil. Je lui ai posé une attelle.

Le jeune homme hocha la tête puis saisit le drap pour le repousser.

— Qu'est-ce que tu fais ? interrogea Heitor, d'une voix toujours chargée d'inquiétude. Je viens de changer ton pansement ! Tu as de la chance que la balle n'ait fait que traverser !

— De la chance… Je dois retourner sur le domaine, répondit Azel, d'une voix lasse.

Son frère posa une main sur son poignet.

— Il a brûlé en majeure partie. Je parle des bâtiments. Pour le moment, je ne vois pas ce que tu pourrais y trouver.

Azel se mit à trembler, mais il résista au désir impérieux de repousser violemment son frère. En vérité, il avait peur de ne pas en avoir la force.

— Tu ne veux pas que j'aille présenter mes respects à père ? C'est la moindre des choses, non, pour un fils ?

Heitor pinça les lèvres. Tous les deux songeaient aussi à Ombeline, mais le prêtre se garda bien de la mentionner.

— Si tu t'y rends maintenant, tu vas certainement croiser Antero.

La douleur et la colère manquèrent fendre le masque d'Azel, lui faisant perdre visage humain.

— Il est passé il y a deux jours. Il était vraiment effondré.

Heitor baissa la tête.

Azel s'était attendu à le voir enfin s'emporter, redevenir celui qu'il était dans sa jeunesse, masse de muscles et de malveillance. Mais le prêtre semblait éteint, brisé.

— J'ai tant prié ces derniers jours, souffla-t-il. Je n'ai plus de mots.

Déstabilisé, Azel ne pouvait pas renoncer pour autant. Sa colère était trop vive.

— Si tu savais à quel point je n'en ai que faire. Tu sais où sont partis ces fumiers ?

Heitor soupira, avant de secouer la tête.

— Non. Ce sont les domestiques qui m'ont expliqué ce qui s'était passé. Certains voulaient partir tout de suite, au petit matin, mais d'autres préféraient attendre Antero pour se décider. Il reste beaucoup de choses à faire sur le domaine. Les bêtes ont quitté leur enclos, par exemple, et j'imagine que personne ne s'est encore lancé à leur recherche. M'est avis que la plupart des domestiques vont prendre le risque de s'enfuir.

Même après ce dont ils ont été témoins? La colère embrasa un peu plus le cœur calciné d'Azel. Aucun d'entre eux n'avait rien fait cette nuit-là. Pas un n'avait esquissé le moindre geste pour leurs frères, leurs cousins, seulement pour son père, leur maître. Ils étaient tous des indigènes après tout, liés par le même destin, plombés par les mêmes problèmes.

— Je dois partir, répéta Azel, évitant le regard de son frère, tout comme la croix.

— Sois raisonnable.

— Il faut que je me rende sur le domaine. Je n'ai pas peur d'Antero.

Il devait revenir sur ses pas. Il avait mis si longtemps avant de retrouver ce domaine, pour finalement le voir disparaître à moitié dans les flammes. Non, c'était impossible. Il devait y retourner pour voir la tombe de son père de ses propres yeux. Pour voir…

— Si tu veux vraiment partir, alors je t'accompagnerai.

— Oh, mais tu es sûrement bien trop occupé ici.

— Azel…

Le visage du chasseur de primes se déforma.

— Quoi? C'est toi qui voudrais m'expliquer comment me comporter? Je repasserai ici dès que j'aurai eu mes réponses. Tu pourras venir avec moi.

— Pour faire quoi?

Heitor avait l'air sincèrement perplexe, comme si l'idée que s'apprêtait à lui soumettre Azel ne lui avait jamais traversé l'esprit, pas un instant en quatre jours.

Azel laissa passer une poignée de secondes avant de conclure, sinistre :

— Je vais les traquer.

Son frère ouvrit la bouche, puis la referma, répétant trois fois ce même mouvement avant de finalement parvenir à émettre une réponse.

— Tu n'y penses pas ! Ils pourraient être n'importe où.

— Je ne suis pas le plus mauvais pisteur de ce côté-ci des montagnes, répliqua Azel.

— Je n'en doute pas.

Pour la première fois, Azel sentit de la colère chez son frère. Une véritable amertume.

— Il n'en reste pas moins que c'est une folie ! Je sais que tu ne crois pas aux séraphins, mais rends-toi compte ! Si tu bascules sur cette voie, tu ne reviendras plus en arrière. Si ça se trouve, ils sont déjà morts ! Tu sais bien à quel point ces terres sont dangereuses ! Que feras-tu dans ce cas ? Que feras-tu si ta vengeance t'échappe à jamais ? Dis-moi. Dis-moi !

Azel le toisa du regard.

— Qui es-tu devenu, Heitor ? Qui sur cette terre ne voudrait pas se venger ? Après tout, c'est la seule chose que l'on peut gagner, ici, la vengeance. La seule.

— Ne cède pas à ces démons, Azel. Ne suis pas ce chemin. Beaucoup d'autres l'ont emprunté avant toi et aucun n'en est jamais revenu indemne. La vengeance ne t'apportera pas la paix.

Azel sourit. Non pas avec morgue, non pas avec froideur, mais avec tristesse.

— Mais je ne recherche pas la paix.

— Ne me dis pas que tu fais ça pour les membres du convoi. Je prierai tous les jours de ma vie pour eux, mais je suis sûr qu'ils ne voudraient pas ça.

— Tu ne peux pas le savoir. Et je ne le fais pas pour eux. Ni pour père.

Azel n'alla pas plus loin.

Son frère ne l'avait pas convaincu pour autant. Le jeune homme se sentait toujours aussi déterminé. Le regard de Jophiel sous son heaume le poursuivait. Il n'avait pas détruit seulement le domaine, mais aussi ses précieuses et dérisoires illusions. Il n'avait d'autre solution que de le faire disparaître.

— Je ne te demanderai qu'une chose, reprit finalement Heitor après un long silence. Prends le temps de te reposer. Tu viens tout juste de rouvrir les yeux. Tu as beau vouloir partir, je ne suis même pas sûr que tu puisses descendre les escaliers, encore moins monter à cheval. Je t'en prie, sois raisonnable.

— Raisonnable… Tu n'as que ce mot à la bouche.

À la grande surprise d'Heitor, cette fois, ce fut Azel qui prit ses mains dans les siennes.

— Si tu as si peur que je me perde en chemin, viens avec moi, lui dit ce dernier, d'une voix vibrante d'une fragilité mâtinée d'espérance. Je t'en prie, Heitor. Accompagne-moi. Je compte bien demander la même chose à Antero. Tous les trois réunis, nous…

— Tous les trois réunis ? soupira Heitor. Par la violence, Azel, par la violence ! Et tu es bien placé pour savoir ce que cela signifie. Je sais bien que tu ne m'as jamais pardonné. Et si tu ne m'as pas pardonné, tu ne risques pas d'avoir été plus magnanime avec Antero. Rien que pour ça, tu ne devrais pas retourner sur le domaine.

Azel écarta aussitôt les mains.

— S'il y a bien une chose, une seule, qui pourrait nous rassembler, n'est-ce pas le meurtre de Julen ?

— Ne l'appelle pas ainsi, répondit Heitor dans un souffle. Je vois bien que ce n'est qu'un prétexte à tes yeux. Et quand bien même je serais disposé à te suivre, je ne peux pas oublier le dispensaire. Les gens ici ont encore besoin de moi.

— Bien sûr. J'agirai seul alors.

Cette fois, Heitor ne chercha plus à intervenir. Ils avaient beau s'être perdus de vue pendant de longues années, le prêtre savait très bien qu'Azel ne changerait pas d'avis, surtout à présent. Si jamais il parvenait, par miracle, à retrouver sa trace, puis à le confronter… Heitor ferma les yeux. Il ne voulait pas explorer cette voie, même en pensée.

— Prions, dit-il.

Azel ne chercha pas à se dérober. Pour la première fois depuis longtemps, et sans doute pour la dernière fois, ils partagèrent un moment de paix.

Le cadet des Alborán réussit à se lever deux heures plus tard, mais il remit son départ au lendemain. La balle n'avait fait que traverser les chairs mais la douleur était toujours là. La fièvre l'avait laissé exsangue, et elle semblait tapie dans les lèvres de sa plaie. Bien qu'il se sente poussé par un besoin impérieux, il dut admettre que la prière aux séraphins était parvenue à écarter ce sentiment d'urgence absolue, à moins que ce ne soit cet instant de communion avec son frère, un apaisement auquel il avait toujours aspiré sans le savoir. Mais il savait aussi que ce soulagement ne durerait pas.

Il tourna la tête en direction de la fenêtre de sa chambre, en fait celle de son demi-frère. *Elle* l'appelait à nouveau. Et il répondrait à son appel. Il s'avança et jeta un coup d'œil dans la cour du dispensaire.

Pour partir à la poursuite des cavaliers, Azel savait qu'il lui faudrait encore faire une chose, une chose qui n'avait rien d'aisé : dire au revoir à Apisi. Il n'avait pas le droit d'imposer sa rage à l'animal. Le jeune homme trouva le demi-loup couché à l'ombre d'un hêtre dans la cour, la tête orientée vers sa chambre, comme pour le surveiller.

L'animal ouvrit aussitôt les yeux, avant même qu'Azel n'approche.

— Tout doux, mon vieux, chuchota le jeune homme. Ce n'est que moi.

Un peu plus tôt, il avait demandé à Heitor de lui seller un cheval, pour ne pas avoir à le faire lui-même sous les yeux de son compagnon. Il n'était pas certain de parvenir à lui faire comprendre qu'il devait rester ici avec de simples mots, mais Azel savait qu'il ne pouvait pas se contenter de lui passer un collier autour du cou pour l'attacher à une chaîne, quand bien même réussirait-il à le faire.

— Toi et moi, on va devoir se quitter, dit-il en mettant un genou à terre devant le loup, qui pencha la tête sur le côté en percevant un voile étrange dans la voix de son ami. Je ne veux pas que tu me suives. Heitor aura bien besoin de toi ici. D'accord ? De toute façon, tu dois te remettre.

Il faillit ajouter « toi aussi », mais il refusait d'admettre que son demi-frère avait raison, même en son absence. Heitor s'était résigné à le voir partir, se murant dans le silence.

Apisi se redressa, digne et silencieux, ce qui ne fit qu'accentuer le malaise d'Azel. Il avait imaginé avoir le cœur serré, mais le jeune homme prenait finalement conscience de ce qui s'était joué cinq jours plus tôt.

Son cœur avait cessé de battre et il ne savait pas s'il repartirait vraiment un jour.

18

Les premières nouvelles du front avaient fini par arriver à Carthagène, portées par les blessés, les déçus, ceux qui n'avaient pu demeurer au combat, renvoyés pour ne pas ralentir les déplacements des troupes de choc de Cortellan.

Après quelques escarmouches à Providence et Trois-Pistoles, les indépendantistes et les troupes du capitaine Derrera s'affrontaient pied à pied dans les rues de Trevelin, première ville d'importance de l'autre côté des montagnes et carrefour stratégique avant de s'engager sur les plaines. Pour le moment, la prise en étau envisagée par le général Cortellan ne pouvait pas être mise en œuvre, puisque la seconde armée piétinait. Et personne ne s'en inquiétait. Chacun y voyait un simple contretemps et Derrera fournissait un sujet de moqueries évident, à même de dissiper les quelques tensions que ces surprises pouvaient éventuellement provoquer.

Tout en prêchant la bonne parole et la réconciliation, la Croix-Blanche soutenait sans surprise Carthagène, même si Calider se souvenait que Cortellan n'avait jamais été un grand ami des différents prélats, suscitant une défiance égale en retour.

Comnène ne l'avait pas défendu au moment de son exil, bien au contraire.

Calider relisait son compte-rendu avant de le porter à l'imprimerie. En l'absence d'un vice-roi en fonction, *La Gazette* disposait d'une liberté nouvelle, même si le journaliste ne pouvait guère en profiter. Calider fit la moue. Il regrettait encore de n'avoir pu embarquer pour suivre le conflit au plus près. De toute évidence, Cortellan n'était pas habitué à la présence de civils en pleine campagne militaire. Les choses avaient vite changé durant son absence, mais, exilé sur son île – car il fallait bien y voir un exil, et non une retraite dorée –, il n'avait pas eu les moyens ou l'occasion d'en prendre conscience. Quand bien même était-il un véritable habitué des champs de bataille, pour lui il s'agissait avant tout d'un terreau de légendes.

— Tu te fais vraiment vieux, mon gars, soupira Calider. Encore un peu et tu admettrais que tu l'admires !

Une heure plus tard, il quitta les locaux de *La Gazette*, tirant sur les pans de sa veste froissée. Il consulta sa montre, puis la rangea, soulagé. Il avait prévu de se rendre à la basilique pour assister à l'office du soir. Depuis combien de temps avait-il perdu la foi ? Des années, sans doute, mais une messe demeurait l'une des seules choses à même de l'apaiser. La force de l'habitude, née du rituel.

Calider approcha de la basilique, le nez levé sur les séraphins. Comment les ignorer ? Sous le soleil couchant, les statues brillaient de mille feux. Calider pénétra à l'intérieur du bâtiment et tira sur son col de chemise. Après la moiteur qui pesait sur les rues de la ville, la fraîcheur qui régnait sous les voûtes de la basilique était la bienvenue. Calider s'asseyait toujours au fond de la salle. C'était peut-être un détail, mais par respect pour les véritables croyants, il ne se voyait pas assis près du chœur, empêchant ainsi quelqu'un habité par la foi de profiter de sa splendeur. Beaucoup de colons le faisaient quand même, pour une question de réputation. Calider n'avait jamais été animé par ce genre de réflexes. Ce qui expliquait ses facilités évidentes dans l'exercice de son métier. Il ne se souciait pas vraiment des apparences ou de ce que l'on pourrait bien penser de lui.

Calider observa les vitraux en attendant que débute l'office. Il avait encore une poignée de minutes.

— Je n'ai jamais aimé ces scènes, mais peut-être parce que je ne les comprends pas, fit une voix dans son dos.

Calider tourna la tête sur sa droite. Une jeune femme s'était penchée en avant, les deux bras croisés sur le banc du journaliste. Ce n'était pas vraiment ce que l'on attendait d'une femme, encore moins d'une indigène, même assise au dernier rang, mais elle ne semblait pas s'en soucier. Pas plus qu'elle ne paraissait réellement s'intéresser aux vitraux.

— Je vous connais, mademoiselle ?

— Moi, oui.

Calider tiqua. L'avait-il déjà croisée ? Où ? Quand ? Ces réponses lui échappaient. Elle portait les cheveux longs, certaines mèches prises dans des rubans ocre, une coiffure typique des autochtones que l'on ne voyait plus beaucoup à Carthagène, surtout ces derniers temps. Une lourde natte reposait sur son épaule gauche.

— Il faut croire que la réciproque n'est donc pas

vraie. Mais vous pouvez toujours me donner votre nom…

La jeune femme sourit.

— Sûrement pas à quelqu'un comme vous. Et vous avez quoi, quarante-cinq ans ? Certes, c'est déjà un bel âge ici. Dans nos familles, beaucoup de ceux de votre génération ne sont plus là, eux.

Calider dissimula son étonnement.

— Êtes-vous venue me trouver pour une raison particulière ?

— En effet.

Calider réprima tant bien que mal un sursaut en voyant une lame apparaître entre les doigts de l'indigène. D'un simple mouvement de bras, elle pouvait l'enfoncer dans sa gorge et le laisser mourir, avachi sur son banc. Mais elle ne paraissait pas vouloir s'en servir. Faisant discrètement jouer la lame dans sa main droite, elle désigna la nef avant de la glisser hors de vue.

— Vous semblez vous intéresser de près à cette campagne.

— Quel correspondant ne le ferait pas ?

— Votre regard se pose au mauvais endroit, c'est tout le problème. Vous ne devriez pas vous soucier d'Artemis Cortellan.

Un sourire hésitant réapparut sur le visage de Calider.

— Ah oui ? Vous m'en direz tant.

— Ne trouvez-vous pas que la Croix-Blanche s'agite énormément au sujet de cette entreprise de pacification ?

Le journaliste se tourna à son tour vers le chœur de la basilique.

— En paroles, comme toujours. J'ai entendu

quelques sermons et discours enjoignant aux jeunes gens de se joindre aux troupes, mais quoi de plus normal ? Chacun est dans son rôle.

— Bien sûr. Mais vous pourriez par exemple vous interroger sur ce qui anime notre bon prélat depuis quelque temps. Avant même la mort tragique du vice-roi, il se positionnait déjà en faveur d'une intervention militaire dans le Nord.

Calider garda le silence. Malgré les motivations plus que suspectes de cette intrigante jeune femme, elle n'avait peut-être pas tort. Il avait voulu partir pour connaître le frisson d'une exaltation qu'il n'avait finalement jamais vraiment ressentie, mais il s'était aussi bien laissé abuser par celle-ci. Trois détails sanglants et les ventes s'envolaient ! Une campagne militaire attirait fatalement l'attention. Certes. À lui de voir au-delà.

— On a souvent dit que la Croix-Blanche avait profité des fouilles sur les terres de l'Empire pour piller elle-même les tombes, afin que d'autres ne le fassent pas à sa place. Beaucoup de prétendues reliques sont parties pour le Coronado, mais j'ai eu la preuve, et je ne suis pas le seul, que le prélat et ses prédécesseurs avaient aussi gardé certains artéfacts pour leur propre compte. Seulement, de telles histoires ne vont pas passionner les foules, pas ces jours-ci. Les récits de bataille paraissent bien plus captivants pour la populace.

— N'est-ce pas à vous de leur donner de quoi en juger ?

— Mon enfant…

— Pas de ça avec moi, l'interrompit sèchement l'indigène à la langue bien pendue. Mais je ne suis pas là pour vous dire quoi faire. J'émettais juste une suggestion. Si ce n'est la Croix-Blanche, ce Loup Gris semble digne d'intérêt, non ? Beaucoup l'estiment d'ailleurs.

— On dirait que vous êtes tout aussi frustrée que moi d'être coincée ici.

— Mais vous, vous avez le choix, répliqua-t-elle. Vous pouvez très bien prendre un train dès ce soir. Moi..., je suis retenue à Carthagène.

— Taisez-vous ! fit leur voisin le plus proche, agrémentant son intervention d'un regard noir à l'intention de la jeune femme. L'office va débuter !

— Encore un peu et il m'aurait traitée d'infidèle, marmonna-t-elle entre ses dents.

Presque malgré lui, Calider se retourna vers la nef. Le prélat de la Croix-Blanche venait de faire son entrée, son fauteuil toujours poussé par son fidèle serviteur au masque doré. Levant les bras au-dessus de lui, il entama aussitôt son discours.

— Mes bien chers frères, chères sœurs réunies ici avec nous, prions pour les âmes égarées de nos amis au-delà des montagnes ! Nos soldats sont partis dans l'intention louable de les ramener à la raison. Certains résistent encore, leur esprit embrumé par les discours d'indigènes qui ont perdu la tête depuis longtemps et se sont réfugiés dans la haine.

Des murmures contrariés montèrent de l'assemblée, mais le prélat poursuivit.

— Ne les blâmez pas ! Nous devons prier pour eux aussi. Souvenez-vous de nos troupeaux : les brebis égarées n'ont pas conscience d'avoir pris le mauvais chemin. On ne peut les juger responsables. Il faut simplement leur tendre la main pour les guider sur la bonne voie.

— Quel beau discours, grinça la jeune femme.

Mais Calider ne l'écoutait pas.

Une procession constituée de plusieurs brancards venait de faire son entrée dans l'église, passant bien vite devant lui pour s'engager dans l'allée centrale et remonter en direction du chœur. Calider tendit le cou et aperçut plusieurs blessés, dont certains avaient le visage bandé. Comment savoir de qui il s'agissait ? Comment savoir s'ils étaient réellement des soldats blessés revenus du front ? Au nombre de huit, on les disposa en cercle au pied de l'estrade. Les brancardiers reculèrent ensuite, les laissant seuls devant le prélat. Calider se leva sans même s'en rendre compte, empruntant l'une des allées parallèles pour s'approcher du chœur lui aussi. Plusieurs blessés gémissaient, quand d'autres gardaient le silence.

— Ces hommes se sont battus pour nos valeurs, pour le Nouveau-Coronado, reprit alors le prélat d'une voix toujours aussi forte mais teintée de tristesse. Victimes d'une embuscade, ils se sont vaillamment défendus.

Il leva les bras de nouveau, plus haut encore que la première fois, au niveau du masque de son aide.

— Ils ne peuvent plus se battre aujourd'hui, mais leur foi les sauvera. Leur foi les sauvera ! répéta-t-il avec une force étonnante pour sa fragile stature.

Le soleil du crépuscule n'illuminait plus les vitraux, mais Calider remarqua que personne n'avait encore allumé de lampes au sein de la basilique, où régnait une pénombre singulière. Le journaliste tâchait d'observer tout aussi bien les réactions de l'assemblée que celle du prélat, qui avait maintenant tourné son visage vers la voûte, comme s'il contemplait les séraphins qui coiffaient l'impressionnant édifice. Avec un regard en arrière, il s'aperçut que la jeune femme avait disparu, à moins qu'elle ne l'ait imité en empruntant un autre chemin.

— Regardez ! poursuivit le prélat. C'est un miracle !

Calider sourit. Le religieux était encore un peu vert ; sa naïveté se percevait au détour de certaines de ses envolées. Qu'allait-il bien faire ? Avait-il engagé un comédien qui allait se lever devant l'assistance ? Ils avaient laissé le Moyen Âge derrière eux, longtemps avant de prendre la mer pour rejoindre cette péninsule. Personne ne serait assez naïf, justement, pour se laisser berner par un tel tour.

— Vous serez bientôt guéris, bientôt, je vous le promets, ajouta encore l'officiant.

Un instant plus tard, Calider laissa tomber son crayon, mais personne ne le remarqua malgré le silence qui régnait dans la basilique.

Les blessures des huit soldats luisaient doucement d'un éclat bleuté.

— L'âge des miracles est de retour, conclut le religieux.

Le journaliste se pencha pour ramasser son crayon d'une main tremblante. Cette fois, Calider se retrouvait seul sous les vitraux. Dans son dos se dressait une représentation de Lelahel, le Guérisseur. Voilà qui semblait fort à propos.

De ses propres yeux, il vit la nouvelle se répandre dans la foule, puis au-delà de l'enceinte de la basilique, sitôt l'office terminé. Carthagène tout entière bruisserait bientôt de mille rumeurs au sujet de ce qui venait de se produire sous les yeux des fidèles.

— Mes amis, j'ai une grande nouvelle à vous annoncer avant de conclure cette célébration ! reprit le prélat, d'une voix toujours aussi exaltée. Alors que certains de nos propres frères et sœurs veulent nous voir nous déchirer, la réconciliation est à nos portes, et non la guerre. Dans quelques semaines, le Nouveau-Coronado fêtera ses vingt-cinq ans ! Vingt-cinq ans de paix. Vingt-cinq ans de prospérité.

Calider leva les yeux sur la voûte pour ne pas ricaner.

— Nous avions prévu de fêter dignement un tel événement. Puis le malheur nous a frappés, tous. Je pense bien sûr à la mort de notre bon vice-roi. Et à cet affrontement fratricide avec nos propres familles, au-delà des montagnes. Des morts, des morts, encore des morts. Il n'est pas question pour nous de nous résigner à cela.

Comnène laissa échapper un soupir aussi contrit que théâtral.

— Mais je connais mon rôle, ma place. Pour porter un message d'espoir, de renaissance pour nous tous, pour que cet anniversaire se révèle à la hauteur de toutes nos espérances, il faut une autre voix que la mienne. Et cette voix, c'est celle de notre reine, Constance ! Sa Majesté sera bientôt là, en personne, pour célébrer les vingt-cinq ans du Nouveau-Coronado avec nous. Nous tous ! Oui, la reine Constance sera bientôt parmi nous ! poursuivit le prélat, toujours vibrant de fièvre. Elle arrive. Et avec elle, le Cœur du Coronado.

Lentement, Calider se pencha en avant. Encore une surprise. Le Cœur n'était autre que la relique la plus célèbre du Coronado, présenté comme le véritable cœur du plus puissant des séraphins, Uriel. Mais un tel artéfact, qu'il soit authentique ou pas, ne quittait jamais les murs de Ciudad, d'aussi longtemps que pouvait s'en souvenir le journaliste. Si Constance avait accepté de l'emporter avec elle à Carthagène, cela ne pouvait signifier qu'une chose : la souveraine comptait bel et bien réaffirmer son pouvoir sur le Nouveau-Coronado, plus que célébrer la richesse de ce nouveau territoire.

Ceux qui ne voulaient pas de l'indépendance mais qui souhaitaient tout de même agir comme bon leur semblait allaient vite déchanter. Les gens applaudissaient non pas une visite royale, mais une reprise en main.

19

Il manqua tomber de cheval trois fois lors du premier jour de trajet le ramenant au domaine familial. En tout, il se serait écoulé près d'une semaine depuis le départ des cavaliers quand il retrouverait enfin la propriété. Heitor avait eu raison ; ils devaient être déjà loin. Azel serra plus fort le pommeau de sa selle. Sa plaie à l'abdomen l'élançait toujours, tenace. Cela ne changerait rien pour lui : il les traquerait jusqu'au dernier, même si cela devait lui prendre des années. Avait-il quelque chose de mieux à faire de sa vie ?

Mais d'abord, il devait parler à son frère.

Le jeune homme avait décidé de ne pas bivouaquer et de poursuivre sa route toute la nuit s'il le fallait, n'accordant qu'un bref moment à sa monture pour boire et se reposer. Lui-même demeurait debout non loin du cheval, une main sur son arme à feu. Azel était incapable de s'asseoir. Il voulait arriver aussi vite que possible sur le domaine. Surtout, il n'avait aucune envie de se retrouver à camper près de l'un des arrêts effectués avec le convoi ; avec Ombeline. S'il avait pu, Azel aurait emprunté un autre itinéraire, mais il ne pouvait se permettre de prendre du retard, quitte à devoir se frayer un chemin au cœur de ses souvenirs encore si frais.

Dans le ciel, les constellations luisantes ne lui apportèrent aucune réponse, et Azel ne leur confia aucune question, aucun doute. Azel n'aimait pas la lune, qui réveillait chez lui le passé, colorant les ombres d'un lait amer. Il n'avait plus besoin du secours des astres, ni de celui de quiconque. Par moments, il chancelait et devait se cramponner à deux mains pour ne pas glisser. À d'autres, comme possédé, il éperonnait sa monture pour la lancer au grand galop sur la plaine, cette plaine immense qui semblait l'avoir fait prisonnier de ses espaces infinis, captif de ses propres tourments.

S'il avait suivi son instinct et était resté seul dans ses montagnes, rien de tout ce qui s'était produit depuis ne serait arrivé. Il aurait pu passer la nuit à se lamenter sur son sort ou y consacrer sa vie entière. Chaque regret, chaque pensée en entraînait mille autres, alimentait les feux de ce brasier pour ne jamais le laisser en paix. Impossible d'échapper à ses flammes aveuglantes. Mais le jeune homme avait fait un autre choix, ce soir-là, quand il avait cru croiser le regard de la fée. Et désormais, il devait l'assumer.

Il se retourna à plusieurs reprises, craignant qu'Apisi ne le suive de loin, l'imaginant en train de chasser une chevêche des terriers. Azel n'en aurait été qu'à moitié étonné, et il savait très bien que si le loup l'avait voulu, jamais il ne l'aurait repéré. Sous le vent ou pas, l'animal ne réapparut pas, ni à quelques lieues à peine du dispensaire, ni lorsqu'il fut à proximité du domaine.

Azel sentit qu'il approchait de sa destination

avant même de distinguer le premier signe de dévastation. L'odeur de l'incendie, un mélange de clou de girofle et de cheveux roussis, planait toujours dans l'air, à plusieurs lieues à la ronde. Fourbue, sa monture peinait de plus en plus, mais il était bien décidé à franchir au plus tôt les portes de la propriété blessée, recouverte d'une pellicule noire et grasse. Le pouvoir de la terre, comme l'avait dit la fée... Pouvait-il encore le sentir ? Le jeune homme n'en savait rien, et il refusait de chercher la réponse à cette question. Il ne voulait pas le croire, pas plus maintenant qu'auparavant.

Azel plissa les yeux en talonnant une dernière fois sa monture, mais il n'y avait personne dans les environs. Son frère n'avait pas décidé d'organiser de patrouilles à la lisière de la propriété. N'importe qui aurait pu venir braconner sur les lieux, mais restait-il seulement quelque chose à piller ?

En arrivant en vue des bâtiments toujours debout, Azel mit pied à terre et attacha le licol de son cheval à la barrière la plus proche. Il avait de quoi paître ici. Azel n'avait pas encore aperçu le moindre visage, comme si le domaine n'était plus peuplé que de fantômes, à moins qu'ils n'aient décidé eux aussi de fuir les lieux du drame. Heitor lui avait expliqué que Julen avait été enterré de l'autre côté du corps de logis, près de ses jardins privés, loin des champs. Le jeune homme ralentit le pas, presque sans s'en rendre compte.

Il se figea en reconnaissant son demi-frère. Antero, les mains croisées devant la tombe encore fraîche de leur père, lui tournait le dos. Azel n'aurait pas dû se sentir étonné. Le plus souvent, dans sa jeunesse, c'était ainsi, le dos tourné, qu'il avait vu Antero.

— Je pensais bien que tu reviendrais, fit soudain Antero, prenant la parole sans même lui jeter un regard en coin.

— J'ai l'impression d'être passé bien plus souvent que toi ces dernières années, répondit Azel, déjà gagné par la colère.

— Pourquoi es-tu là ? poursuivit son frère, ignorant ses mots. Ne crois-tu pas que tu en as assez fait ? Sans ce stupide convoi, jamais rien de tout cela ne se serait produit. Et tu le sais parfaitement.

— Ils auraient trouvé autre chose, volé les confiés de père. Ça, tu le sais très bien, toi aussi. Comment se passe ton tour du propriétaire ?

Pour la première fois, Antero se retourna, et Azel réprima un mouvement de recul. Les yeux de son demi-frère étaient rougis, encore luisants ; Azel ne l'avait jamais vu ainsi.

Décontenancé, il ne réagit pas tout de suite quand Antero se jeta sur lui et lui asséna un crochet du gauche qui manqua le renverser.

— Petite merde ! gronda Antero, en le frappant de nouveau. Tu as toujours détesté le domaine et tu oses me faire la leçon ! J'ai *supplié* père de vendre ! S'il m'avait écouté, si seulement…

Azel était tombé dès le second coup. Il laissa son demi-frère continuer à le cogner, plus fort à chaque phrase assénée. Ce n'était pas un calcul de sa part, il ne comptait ni rester stoïque ni attendre que l'orage passe, mais il avait l'impression persistante de ne rien sentir, comme si son corps était déjà mort, pendu au bout de cet arbre, comme si les coups de poing de son frère étaient ceux d'un enfant, l'enfant qu'Azel n'avait jamais connu lui-même.

Bien vite, seul résonna le souffle court et haché

d'Antero. Dans la fraîcheur de cette matinée blême, il formait comme une couronne de nuée au-dessus de sa tête.

— J'ai longtemps cru vouloir reprendre la *fazenda*, mais cette vie ne m'intéresse pas, dit-il enfin. Est-ce que tu imagines pour autant que je cautionne ce qui s'est passé ? Bon sang, Azel, on ne s'est pas parlé depuis des années, mais ne me fais pas croire que tu peux le penser ! C'est uniquement ta colère qui parle.

— Si tu es toi aussi en colère, rétorqua Azel en se relevant lentement, viens avec moi pour venger père. Ta petite vie d'ingénieur, c'est comme la prêtrise d'Heitor. Tous les deux, vous vous cachez derrière ce vernis, mais je suis bien placé pour savoir qui vous êtes réellement.

Antero fit mine de regarder au loin.

— Je ne vois pas Heitor, ce qui veut dire qu'il a refusé ta proposition. J'ai raison ?

Son sourire rappela une fois de plus ses souvenirs de jeunesse à Azel, qui garda le silence.

— Je m'en doutais, poursuivit Antero. Je n'ai pas envie de te faire une réponse différente juste pour que tu changes d'avis à mon sujet. Moi non plus, je n'ai pas envie de mourir dans un coin perdu au milieu des plaines.

Azel laissa tomber un long filet de salive sanguinolente jusqu'au sol, avant de s'essuyer la bouche du revers de la main.

— Ta réponse ne me surprend pas.

Le visage d'Antero se ferma, mais un sourire apparut bien vite.

— Si tu veux tout savoir, l'un des survivants du

domaine dit avoir entendu deux cavaliers parler de Xemballa.

— Xemballa ? Pourquoi se rendre là-bas ?

— Honnêtement, je n'en sais rien. Et je préfère ne pas le savoir. Qu'est-ce qui peut se passer dans la tête d'une bande de tarés ? répliqua Antero, avant de s'écarter.

Il n'avait toujours pas repris son souffle.

Azel serra les dents en le suivant du regard. Ces mercenaires étaient imprévisibles.

Il aurait dû se mettre en route sur-le-champ, mais il ne pouvait pas partir sans contempler la tombe à son tour. Son demi-frère lui avait expliqué qu'il n'avait pas voulu attendre pour enterrer leur père. Heitor viendrait bénir la sépulture encore fraîche quand il trouverait le temps. Si leur père était relativement pieux, il ne s'était jamais vraiment intéressé aux convenances et nul doute que s'il les regardait depuis les cieux, il n'avait que faire d'avoir été mis en terre ainsi.

Azel renifla. Là-dessus, il ressemblait bien à Julen. Seul devant la tombe, le jeune homme prit conscience que, malgré tout ce qu'il avait pu affirmer, il avait toujours espéré parvenir à lui faire comprendre comment il voyait sa vie, qu'ils n'étaient finalement pas si différents tous les deux. Mais il ne pourrait jamais le faire. Il ne pourrait jamais lui demander pourquoi il s'était toujours comporté comme il l'avait fait avec lui, alors qu'il se rendait fatalement compte de ce que ses deux demi-frères lui infligeaient, jour après jour. Il ne pourrait jamais lui demander pourquoi il avait détourné les yeux, pourquoi il ne lui avait jamais tendu la main, pourquoi il était demeuré un étranger pour lui, jusqu'au bout.

Contrairement à Ombeline.

Le jeune homme ne parvenait pas à invoquer l'image de sa belle-mère, peut-être parce qu'il n'osait pas lever les yeux sur la sépulture de la jeune femme. Heitor l'avait fait enterrer elle aussi, mais plus loin, et non avec la propre mère des jumeaux. Azel n'avait qu'une vingtaine de pas à franchir et il savait déjà qu'il n'y parviendrait pas. Tout comme il n'avait jamais pu se recueillir sur la tombe de la femme qui lui avait donné le jour, enterrée dans la fosse commune destinée aux serviteurs du domaine, sans le moindre signe distinctif. Azel savait qu'elle était là, quelque part, perdue au milieu de dizaines d'autres morts depuis vingt ans.

— J'ai encore ça pour toi.

Antero était de retour, avec un petit sac.

— Ne crois pas que père ne t'ait pas aimé, reprit-il d'une voix plus radoucie, pour la première fois de leurs deux vies. Au contraire. C'est même ça qui avait le don de m'agacer si souvent. Pourquoi toi, alors que ta mère n'était même pas une noble ? Même pas du Coronado ! Mais j'ai finalement compris, Azel. Il l'aimait. Bien plus que notre mère, bien plus qu'Ombeline. Il avait laissé un pendentif pour toi. Il appartenait à ta mère, je crois.

Azel n'aurait pas su le décrire. Il ne lui rappelait ni un animal ni quoi que ce soit de précis. Le métal brillait doucement, avec des reflets cuivrés, mais la pierre au centre avait l'air tout à fait ordinaire. Une topaze, peut-être ? Le jeune homme s'agaça. Pourquoi perdre son temps à observer ce bijou venant d'une inconnue ? Que pourrait-il bien en faire, à part le revendre pour en tirer une poignée de pistoles ? Ce pendentif ne représentait absolument rien pour lui.

Il n'était pas hanté par le poids du souvenir, seulement celui de l'absence. Azel, les doigts encore tremblants à cause de sa blessure, le fourra dans sa veste.

Antero ricana, mais contrairement à ce que son demi-frère imagina instinctivement, ce n'était pas pour se moquer de lui.

— Tu as aussi droit à une bouteille de sa dernière cuvée d'arhec. On en avait une chacun, de celle-là. Le vieux en gardait une de côté tous les ans depuis l'ouverture de la distillerie, il y a cinq ans.

Azel laissa son demi-frère déposer le sac près de la tombe, sans se retourner. Il ne cherchait pas à l'ignorer, il ne pouvait tout simplement plus bouger. Ombeline lui était finalement apparue.

La femme de ses souvenirs. Parfaite. Les cheveux dans le vent, l'ombre d'un sourire dans le regard.

Tue-les, Azel. Tue-les tous.

20

Calider secoua la tête quand un livreur lui distribua l'édition du jour du *Courrier de Carthagène*, l'une des publications de la ville, nettement mieux implantée que *La Gazette* ou *L'Excelsior*, et surtout plus appréciée dans les hautes sphères du pouvoir.

Un dessin représentant le prélat et les blessés disposés devant lui ornait la une du journal sur toute sa largeur. Calider grogna en parcourant l'article. Le journal avait pu interroger directement le prélat, à moins que celui-ci n'ait convoqué le rédacteur en chef pour lui faire part de ses déclarations. « Nous devons remercier les séraphins, affirmait-il. Je ne suis que leur modeste instrument. » « Tous ensemble, nous pouvons accomplir de grandes choses pour le Nouveau-Coronado. »

Quel tissu de banalités !

— Un problème ? lui demanda Cressida, sa nièce, en apprentissage au journal. Vous n'avez pas l'air dans votre assiette.

— Qu'en penses-tu ? répliqua Calider en lui présentant le journal.

Cressida haussa les épaules.

— Je ne sais pas. Tant mieux ?

— Tu crois aux miracles maintenant ?

— En tout cas, on en aurait bien besoin, répondit-elle d'un air penaud.

— J'étais présent à la basilique. Rien ne prouve que nous ayons assisté à un tel prodige.

— Mais rien ne démontre le contraire. Si les fidèles ont envie d'y croire, c'est suffisant.

Calider replia le journal en deux et le posa sur le bureau le plus proche.

— Suffisant pour quoi exactement ? C'est toute la question.

Les deux jours suivants ne lui apportèrent malheureusement pas de réponse tranchée. Calider poursuivit son travail, tout en espérant revoir la jeune indigène venue à sa rencontre. Cette femme n'était ni ordinaire ni désintéressée. Si elle voulait orienter les investigations de *La Gazette* vers d'autres cibles que Cortellan, elle prévoyait fatalement d'en tirer un bénéfice.

L'esprit toujours pétri d'interrogations, Calider se rendit chez son barbier. Le journaliste ne l'avait pas choisi par hasard : il s'agissait d'un ancien soldat, passé notamment par le 25e de cavalerie. Après cinq ans de bons et loyaux services, il avait décidé de quitter les rangs de l'armée pour ouvrir son échoppe, mais il conservait bien sûr des liens étroits avec son passé. Nombre de soldats préféraient venir le voir pour se faire tailler la barbe plutôt que de passer sous les ciseaux de leurs camarades, quitte à devoir débourser une jolie somme.

Calider avait choisi ce matin à dessein. Le barbier l'avait prévenu qu'il avait de fortes chances de s'asseoir à côté d'un voisin intéressant.

— Je te présente le sergent Vope, lui lança le

barbier. Je n'ai que vous deux comme clients ce matin, c'est calme.

— En effet, répondit Calider. Peut-être que pour une fois, tu ne te tromperas pas de rasoir !

Le sergent Vope sourit à cette pique tandis que le barbier se retournait vers ses instruments sans mot dire.

— Merci d'être venu, reprit le journaliste, baissant d'un ton. J'avais hâte de vous parler, sergent. Il paraît que vous étiez à la bataille de Providence, c'est bien ça ?

— Tout à fait, monsieur. Même si parler de bataille est exagéré. Tout au plus un engagement face à quelques dizaines d'indépendantistes.

Le militaire remonta sa manche droite.

— J'ai été blessé, moi aussi. Comme mes camarades.

— Vous parlez bien de ceux qui ont attiré l'attention de tous grâce au prélat ?

Vope hocha la tête.

— Je les connais bien, on fait partie de la même compagnie. Et je peux vous dire que leurs blessures brillaient déjà de retour au campement le soir même. Je le sais, parce que la mienne aussi.

Le visage de Calider se rembrunit.

— Vous voulez dire…

— Que le prélat n'était pas là pour lever les mains ou implorer les séraphins. La seule évidence, c'est que nos blessures ont guéri plus vite que celles d'autres soldats qui n'ont pas connu la même chose. C'était comme si nous étions protégés des infections. Du coup, je n'affirmerai pas que ce n'est pas un véritable miracle.

— Mais si c'est le cas, le prélat n'en est pas responsable.

Le sergent Vope haussa les épaules tout en détournant le regard en direction de la vitrine.

— J'imagine que non, mais comment savoir ? Si les médecins ne peuvent pas expliquer de quoi il s'agit, tout est possible.

Le silence retomba entre eux, cédant place au murmure des rasoirs. Attendant son tour, Calider réfléchit encore à la situation. Le religieux avait dû simplement profiter de ce phénomène mystérieux.

— En vérité, reprit finalement le sergent tandis que le barbier s'était éloigné dans son arrière-salle, il y a bien pire que cette histoire. Et personne n'en parle.

Calider ne dit rien, attendant que le militaire en vienne aux faits.

— J'ai entendu dire que le Nord est soutenu par l'Ulster. Des hommes à nous auraient capturé des indépendantistes qui transportaient des lingots d'or marqués de son poinçon. Cortellan ou pas, si l'Ulster les finance, la campagne pourrait bien durer des mois, voire des années. Ce serait une catastrophe.

— Vous n'avez rien vu de vos yeux ? demanda le journaliste.

— Non. J'ai été démobilisé. Si je n'étais pas déjà debout, on m'aurait sûrement réquisitionné pour participer à ce numéro dans la basilique.

Calider croisa le regard de l'homme dans le miroir qui leur faisait face. Son sarcasme témoignait d'une colère à peine contenue. Le Nord, financé par une puissance étrangère ? Voilà qui pouvait en effet changer le cours des choses. Par esprit d'aventure et par intuition, Calider avait voulu suivre Artemis

Cortellan. Mais peut-être que se retrouver dans les pattes du capitaine Derrera se révélerait tout aussi instructif…

Calider avait beau réfléchir, la rumeur dont lui avait fait part Vope lui paraissait toujours aussi curieuse. L'Ulster pouvait-il vraiment soutenir des hommes et des femmes recherchant l'indépendance ? Certes, au départ, ce serait un coup porté au Coronado, mais si le Nord réussissait dans son entreprise, voilà qui risquait de faire naître de pareilles velléités un peu partout, y compris au sein des propres colonies de l'Ulster. Non, décidément, c'était un bien mauvais calcul à ses yeux.

Le journaliste se dirigea vers le bureau télégraphique le plus proche. Si *La Gazette* n'était pas intéressée par ses articles, il pouvait peut-être se tourner vers les quotidiens du continent. Il n'aimait pas louer ses services ainsi, mais après tout pourquoi ne pas le faire ? Malheureusement, sa tentative tourna court. On l'informa qu'il était impossible d'envoyer un télégramme pour le moment.

— Sans doute le câble, lui indiqua le préposé. Cela fait plusieurs jours qu'il est pratiquement impossible de faire circuler le moindre mot. Pourtant, le vice-roi avait fait tout changer !

Calider retrouva la rue toujours aussi perplexe. Et maintenant, des problèmes de télégraphe. Quitte à financer lui-même son voyage, il devait prendre la route du Nord et du conflit. *La Gazette* avait toujours accepté, voire revendiqué, un point de vue différent des autres titres de presse de la péninsule.

Il était temps d'en faire la démonstration.

21

Une journée s'écoula sans répit, en direction du Nord et de Xemballa. Même en plein midi, Azel ne put s'empêcher de noter que le soleil semblait voilé, projetant une lumière étrangement pâle malgré l'absence de nuages, dénuée de toute sensation de chaleur.

Cette impression ne le quitta pas. Azel, les yeux rivés sur le sol, cherchait le moindre élément trahissant le passage de Jophiel et sa bande, mais il ne décela rien d'exploitable. Un tel groupe aurait dû laisser derrière lui des centaines d'empreintes de fers, des sentes piétinées, des cendres, encore. Mais ils lui refusaient tout indice. Ombeline, elle, était toujours là, peu importait le train qu'il imposait à sa monture. Elle le considérait avec compassion, l'encourageant d'un sourire chaleureux à poursuivre.

Finalement, suivant à la lettre un plan de route élaboré aux premières heures du jour, il arriva, alors que le soleil déclinait, en vue du fleuve Mahopi, parmi les trois plus grands à parcourir les plaines. Le cours d'eau était resté en grande partie indompté, si bien que les gués n'étaient pas très nombreux. S'arrêter à Pastrania, une bourgade qui n'avait pas su grossir avec le temps, représentait encore leur meilleure chance de traverser dans les environs, à moins bien sûr d'être prêt à effectuer un détour de plusieurs dizaines de lieues pour trouver un autre passage.

Hors de question.

Avant même de descendre la colline abritant une trentaine de bâtiments, au pied d'un méandre plus large que les autres, Azel comprit qu'une agitation inaccoutumée s'était emparée des lieux. Une bonne vingtaine de personnes étaient massées près du gué et discutaient à vive voix. Le jeune homme eut le temps d'en voir deux ou trois brandir le poing avant de se retrouver au pied de la butte. Azel s'avança d'un air détaché, à pas mesurés. Pastrania était un lieu de passage, où les esprits pouvaient facilement s'échauffer entre étrangers. Tout le monde avait besoin du gué, administré par les autorités locales.

— Un problème avec le bateau ? demanda-t-il à l'un des membres de la petite assemblée, parmi les plus en retrait.

L'homme lui accorda à peine un coup d'œil, sans quitter des yeux le modeste navire doté d'une unique roue à aubes à la poupe.

— Non, rien à voir. Le bateau est prêt, mais la traversée est retardée. À cause d'eux ! ajouta-t-il avec un signe de tête.

Azel tendit le cou et son visage s'assombrit. Quatre indigènes étaient alignés à genoux sur le sol, les mains liées derrière le dos.

— Qu'ont-ils fait ?

— Ils n'ont pas respecté les zones de pêche. C'est pourtant pas compliqué ! s'emporta l'homme, s'adressant clairement aux quatre prisonniers cette fois. Vous n'avez pas à venir ici ! Cette rive n'est pas pour vous.

L'un des indigènes se redressa à ces mots.

— Nous avons toujours pêché ici, répliqua-t-il, tête haute. Pourquoi devrions-nous changer ? Les poissons se fichent bien des tracés de vos cartes !

De nouveaux cris de protestation montèrent. Azel secoua la tête. Depuis Carthagène, l'administration locale avait scindé l'empire du Léopard en six nouvelles provinces, dont les contours ne tenaient évidemment pas compte du passé des différentes ethnies de la région, majoritaires ou non.

— Ne leur réponds pas, siffla un autre captif, avant d'ajouter dans leur langue : Tu sais qu'ils nous ont poussés de ce côté eux-mêmes, pour nous faire payer une amende. Ils sont corrompus, c'est tout.

— Hé, arrêtez de baragouiner ! Qu'est-ce que tu viens de dire ? Tu nous as insultés ?

Azel fronça les sourcils.

Rares devaient être ceux qui avaient compris les paroles du pêcheur. Quand bien même se serait-il expliqué dans la langue des colons, il ne devait pas s'agir du premier incident de ce genre.

Un officiel ne tarda pas à se présenter à Azel.

— Vous êtes ?

Azel avait l'habitude des réactions méfiantes, nourries de préjugés et de peur. Sans un mot, il glissa doucement une main sous sa veste et en sortit son permis.

— Azel Alborán, chasseur de primes assermenté.

Les yeux de l'officiel s'écarquillèrent. Il avait fatalement dû reconnaître son nom de famille, mais il semblait surtout intrigué par les marques violettes sur son cou que le foulard du jeune homme ne dissimulait pas complètement.

— Je suis en mission et j'ai besoin de traverser le fleuve, poursuivit Azel. Au plus vite.

L'autre pinça les lèvres. Son regard s'attarda sur lui quelques instants encore, mais il ne dit rien de plus.

— Alors ? reprit Azel. Le passage sera rétabli quand ?

— Je ne sais pas encore exactement.

— Et qu'est-ce qui va leur arriver ?

Son interlocuteur haussa les épaules et tourna les talons, pressé d'écarter la foule.

— Eux vont traverser avec quelques gardes pour être conduits en prison.

— Parce qu'ils ont osé venir pêcher de ce côté du fleuve ? Tant qu'il y a du poisson, qui ça dérange ?

— Ce n'est pas moi qui ai tracé les frontières, rétorqua l'officiel.

Pastrania ne méritait pas vraiment le nom de bourgade qu'Azel lui avait attribué un peu plus tôt. L'essentiel des bâtiments, construits dans une terre si meuble que l'on aurait dit de la boue, adoptait des angles étranges. Il n'y avait pas de tripot, pas de bureau du prévôt, pas de relais postal, évidemment ; pas même une véritable pension. Ce n'était qu'une étape parmi d'autres. Les tensions de la région jetaient bien du monde sur les routes. Beaucoup de ceux qui ne prenaient pas le gué s'étaient installés près du quai, bien décidés à attendre le premier passage de la navette lorsque la liaison serait rétablie. Au loin, sur le fleuve, des lumières se mirent à clignoter dans le crépuscule mauve qui tombait depuis les montagnes. Il s'agissait d'un village autochtone, qui périclitait depuis l'essor pourtant tout relatif de Pastrania.

Les quatre indigènes étaient pour le moment enfermés, à environ deux cents mètres de là, dans un enclos sommaire qui devait d'ordinaire abriter des chèvres. Pour un peu, le jeune homme se serait étonné de ne pas les voir partager cet espace avec des animaux.

— Si je paie le double, je peux prendre le bac avec vous tout à l'heure ? Après tout, je suis un officiel, moi aussi.

— Le triple, rétorqua l'autre sans hésitation. Et je vous fais une place à vous et votre cheval. Revenez dans trois quarts d'heure, je dirais.

— Merci de votre générosité…

La plupart des gens présents, des hommes seuls, s'étaient regroupés par tablées de quatre ou cinq autour d'une bouteille. Des feux de camp avaient répondu aux lumières du village bâti sur le fleuve.

Azel décida d'en profiter pour interroger d'autres voyageurs le long de la berge. Certains d'entre eux auraient pu apercevoir Jophiel et les autres, même de loin. Il s'était presque attendu à suivre une piste de feu et de cendres au fil des forfaits des mercenaires, mais Azel n'avait pas croisé de bourgs ravagés, de missions incendiées. Le domaine de son père était apparemment le seul endroit de toute la région à avoir subi leur courroux, et ce constat ne fit rien pour l'apaiser.

Le bac et ses environs immédiats, grouillants de voyageurs n'hésitant pas à se héler d'un bout à l'autre de la rive, l'insupportaient. Il venait de passer plus d'une journée seul, sans croiser la route de quiconque, et ce retour à la « civilisation » l'écœurait, en plus de le laisser les nerfs à vif. Chaque regard, chaque souffle rance, chaque éclat de rire gras, tout était prétexte à le mettre hors de lui s'il n'y prenait pas garde. D'ordinaire, il serait resté à l'écart de toute cette agitation avec son demi-loup, mais il avait laissé Apisi derrière lui et il était contraint de prendre la parole, comme les autres. De temps en temps, le regard d'Azel dérivait jusqu'aux pêcheurs.

Il questionna une dizaine de personnes au cours de la demi-heure suivante, mais aucune ne put le renseigner. Deux hommes refusèrent même de lui répondre, ou, en tout cas, l'ignorèrent. Il n'insista pas. Ces deux-là semblaient plus inquiets ou impressionnables que mesquins. Il fallait se rendre à l'évidence : la bande de Jophiel avait dû décider de traverser ailleurs. Azel avait choisi l'option la plus logique en venant ici, mais il se reprochait déjà ce qu'il considérait comme un échec.

Une cloche sonna tout à coup, lui faisant relever la tête. Il était temps de rejoindre le bac. De l'autre côté du fleuve, les lumières brillaient doucement. La barge à moteur hoquetait doucement.

Assis près de la rive, par terre, trois hommes l'interpellèrent.

— Ça vous dirait de nous payer un coup à boire, étranger ? Il faut bien s'occuper ! Nous, on va devoir attendre demain matin pour traverser…

Azel se retourna à demi. Il venait de récupérer son cheval. Il considéra les trois compères. L'alcool, les femmes et le jeu. Pastrania n'était pas le seul endroit des plaines à réunir les trois pires fléaux du monde, bien sûr, mais leur demande candide le surprit malgré tout.

— Ça dépend. Je cherche quelqu'un. Ils sont peut-être passés par ici. Il y a deux ou trois jours.

— Tout le monde cherche quelqu'un. Il va falloir vous montrer plus précis.

— Les hommes que je cherche se rendent à Xemballa. Tout détail m'intéresse, n'importe quoi, ajouta-t-il, s'employant à ne pas laisser transparaître sa détresse.

— Xemballa ? Tu as dû mal comprendre, mon gars, reprit l'un des trois hommes.

Ils se turent à l'arrivée des captifs. Tête basse, ces derniers ne protestaient plus. Même en l'absence de prisonniers, beaucoup de voyageurs préféraient dormir ici et payer moins cher en attendant le lendemain matin plutôt que traverser le fleuve de nuit. Avec son cheval, Azel se décala sur la droite. Ils devraient tous deux monter en dernier. D'un œil distrait, il regarda défiler trois gardes, puis les pêcheurs enchaînés.

— Qu'est-ce que vous allez faire de ma mule ? fit une nouvelle voix.

Azel releva la tête. C'était une voix jeune, presque féminine.

Il découvrit un autre prisonnier qu'il n'avait pas encore remarqué, accompagné par un dernier garde. Le grand adolescent au crâne presque rasé avait les mains attachées dans le dos et le regard rivé sur une modeste mule portant deux sacoches de cuir.

— Tais-toi, grogna le garde. Je n'ai pas envie de t'entendre jacasser pendant toute la traversée.

— Elle est à moi ! Vous n'avez pas le droit de la récupérer pour vous !

Le garde ricana.

— Fallait y penser avant, petit. Tu n'as pas de permis pour vendre tes saloperies. Ni ici ni ailleurs.

Et je n'ai aucune envie de garder ce nid à variole pour moi.

L'adolescent avança sans rechigner, ne voulant manifestement pas être séparé de son animal. On le poussa dans un coin, avec les autres prisonniers. Manquant perdre l'équilibre, il mit un genou à terre sur la barge et reprit aussitôt ses protestations, tandis qu'Azel et sa propre monture fermaient la marche. Le bac allait pouvoir entamer sa brève traversée.

— Je veux ma mule ! Constance ! Tout ira bien, Constance.

Azel gloussa en reconnaissant le nom de la souveraine du Coronado. L'un des gardes, celui avec lequel il avait échangé quelques mots à son arrivée, remarqua cette réaction et se retourna vers le chasseur de primes.

— Ça vous fait rire ?

Azel sentit le regard des gardes se diriger lentement vers lui, de même que celui de l'adolescent, alors que la barge s'écartait de la rive.

— Je trouve ça cocasse, c'est tout.

Le chasseur de primes n'était même pas certain que cet homme connaisse le nom de la reine. Il s'agissait juste pour lui de s'en prendre à celui qui demeurait un indigène à ses yeux. Azel ne s'en préoccupa pas plus et changea de sujet.

— Dites-moi, vous n'auriez pas vu ou même entendu parler d'une bande de cavaliers dans la région ?

— Non, mais ça ne manque pas par les temps qui courent. La plupart savent bien qu'il ne faut pas attirer l'attention de la milice, fanfaronna-t-il.

Azel sentit son cou se tendre, ses épaules se raidir.

La nouvelle de la destruction du domaine Alborán semblait n'avoir pas encore atteint le fleuve.

— Qu'est-ce que vous comptez faire de moi ? reprit l'adolescent.

Le garde leva les yeux au ciel.

— Dès qu'on accostera, on te laissera dans la prison locale. Tu y croupiras le temps qu'il faudra.

— Et ma mule ?

— Vendue, mangée..., ça n'a pas grande importance.

À la fois agacé d'être interrompu et curieux de constater que le prisonnier était moins préoccupé par son propre sort que par celui de l'animal, Azel se tourna une seconde fois vers lui. Contrairement au groupe de pêcheurs désormais résignés, le garçon n'hésitait pas à défier du regard les gardes. Azel s'approcha de son cheval, le flattant doucement. Sans même s'en rendre compte, il adressa aussi une caresse à la mule.

Il écarta bien vite la main et pivota vers l'autre rive pour se donner une contenance. La cité se dessinait. Il leur restait moins de cinq minutes de traversée, sauf imprévu. Tant mieux. Il n'avait qu'une hâte, reprendre la route de Xemballa. Azel en avait assez des miliciens, des pêcheurs dociles. Il se mit à faire les cent pas au rythme des pales de la roue à aubes, contemplant les flots noirs d'un œil. Combien de secrets dissimulaient-ils ?

— J'ai vu les cavaliers que vous cherchez, fit une voix à ses oreilles.

L'adolescent.

Azel s'efforça de poursuivre sa ronde sans réaction. Le garçon ne l'interpella pas une seconde fois, le laissant faire le tour de l'embarcation. Il avait bien conscience de ne pouvoir attirer l'attention aussi ouvertement. Mais lorsque Azel passa à nouveau devant lui, l'adolescent répéta, tête baissée :

— Je les ai vus. Hier matin, sur l'autre rive. Une dizaine, je dirais. Ils ne vont pas à Xemballa, pas directement en tout cas. Je peux vous aider. Je vous dirai tout si vous m'aidez à m'échapper.

Azel ne réagit toujours pas et entama un troisième tour de barge, repérant la configuration des lieux dans ses moindres détails. Il n'y avait pas grand-chose à voir : l'embarcation à fond plat disposait seulement d'un banc à tribord, le reste de l'espace étant réservé aux passagers ou à la marchandise. Qu'est-ce qui lui prouvait qu'il disait vrai ? Rien, pour le moment. Il porta instinctivement la main à son flanc endolori. S'il laissait échapper cette chance…

— Hé, toi, tu ne veux pas arrêter de te promener ? Ma parole, il me file le tournis celui-là, se moqua l'un des gardes.

Azel releva la tête, puis lui décocha un coup de poing en plein dans le nez. Le milicien se plia en deux sous le coup de la douleur et Azel en profita pour le faire basculer par-dessus bord. Les pêcheurs le regardaient, bouche bée.

— Ça vous dit de ne pas finir dans une cellule ? siffla Azel.

— Vous faites quoi, là ? fit un autre garde. Et où est passé Sampa ?

Azel pivota. Pas de coup de feu. Pas de cri. Il devait éviter les bruits suspects à tout prix. Dans la pénombre, le chasseur de primes se jeta sur ce deuxième milicien avec sa lanterne, qu'il parvint là encore à projeter par-dessus bord d'un coup d'épaule. Il se retourna un instant plus tard, esquivant un coup de couteau, désarmant son agresseur du plat de la main. Cette fois, il se servit du manche de sa propre lame pour frapper le troisième sur la tempe. Pendant ce temps, les pêcheurs s'étaient libérés et s'étaient précipités sur le gouvernail de la barge, maîtrisant le garde pour reprendre le contrôle de sa trajectoire. La tête de l'homme percuta l'une des pales et il disparut à son tour, accompagné d'une gerbe de sang.

L'embarcation amorça un virage brusque l'éloignant de la cité fluviale et Azel perdit l'équilibre.

— T'es foutu cette fois.

— Constance !

Le garde penché sur Azel se retourna et le chasseur de primes en profita pour lui saisir la jambe. Une nouvelle embardée suffit à faire vaciller le milicien, à l'instant précis où la mule du jeune indigène ruait, le touchant au niveau de l'épaule et lui arrachant un glapissement de douleur. Le dernier garde présent dégaina, mais Azel fut plus rapide. Se relevant à demi, il tira le premier et le pistolet de sa cible s'envola dans la nuit avec un éclair d'argent. Tant pis pour la discrétion. L'homme n'attendit pas plus, sautant de lui-même dans l'eau.

Le calme revint aussitôt à bord de la barge. Les pêcheurs s'étaient réunis près de la proue, mais déjà l'un d'eux interpellait à son tour Azel.

— Mais qu'est-ce qui vous a pris ?

Devant le silence du jeune homme, il poursuivit.

— On allait passer une journée ou deux en cellule, mais là, dès qu'ils vont retourner de l'autre côté, ils vont vouloir nous retrouver, et cette fois, ça ne sera pas la même histoire.

— Peut-être que le fleuve va les emporter très loin, intervint l'adolescent, qui s'était finalement levé pour rejoindre sa mule.

— La ferme, toi !

Malgré leurs protestations, les pêcheurs ne comptaient pas se livrer. La barge se dirigeait à l'est de la cité. En continuant droit devant, ils devraient toucher terre à une bonne demi-lieue de leur destination d'origine. Entre ce changement de cap inopiné et le bain offert aux gardes en pleine nuit…, Azel pourrait repartir sans difficulté.

— Ne m'oubliez pas.

Le chasseur de primes tourna lentement la tête en direction de l'adolescent.

— Te voilà libre. Alors, qu'est-ce que tu as à me dire ?

Le garçon sourit en levant les mains.

— J'ai encore toute ma tête. Je ne vous dirai rien maintenant. Je veux faire la route avec vous.

Azel le dévisagea avant de répondre et de trancher ses liens.

— Avec moi ?

Le calme était retombé entre les deux groupes, à peine troublé par le chant du fleuve. La berge n'était plus qu'à une centaine de mètres à présent. Deux pêcheurs s'étaient portés à la proue, brandissant des lanternes. Moteur éteint, la barge ralentit puis s'enfonça lentement dans le sable. L'indigène ne réagit pas, se contentant de rester auprès de sa mule après avoir vérifié ses sacoches.

Azel le considéra en silence. Sa chemise s'était ouverte au cours de l'empoignade, mais il ne l'avait pas remarqué plus tôt.

— Tu es une femme.

L'indigène ne changea pas d'expression.
— Et ?
— Rien du tout. Tu fais bien ce que tu veux. En tout cas, tu parles bien la langue du Coronado.
— Moins bien que vous, sourit-elle.
— Pourquoi a-t-il parlé de variole un peu plus tôt ?
Elle se redressa puis haussa les épaules.
— Je ne sais pas. Je n'ai jamais été malade, mais dans la région, certaines tribus ont transmis la maladie à des colons il y a de ça une quinzaine d'années. Moi, je n'en ai pas de souvenir. Donnez-moi quinze minutes et je suis prête. Je ne vous retarderai pas. Je m'appelle Zuhaitza.
Une fois les pêcheurs disparus dans la nuit, elle lui expliqua tout de même avoir quitté son clan depuis trois ans, pour tenter sa chance au milieu des colons. Une expérience qui n'avait pas vraiment tourné comme elle l'espérait, ainsi qu'Azel avait pu s'en apercevoir. La jeune fille avait dû s'improviser préparatrice de potions en tous genres, qu'elle avait vendues auprès d'un marchand ambulant pendant quelque temps. Mais ce dernier avait trouvé la mort deux hivers plus tôt et elle n'avait pas eu de quoi reprendre son commerce. Depuis, elle se contentait de passer d'un village de la région à l'autre, en prétextant apaiser tel ou tel mal. Elle jouait simplement sur les idées que se faisaient les colons au sujet des populations autochtones. Elle aurait certainement été très mal vue si elle avait révélé de véritables secrets aux étrangers.
— Ça va ? Vous êtes tout pâle.
— Ce n'est rien, répliqua Azel d'un ton vif. Ne t'inquiète pas pour moi.

— Je n'ai pas dit que je m'inquiétais, mais vous devez bien reconnaître que vous ne pouvez pas voyager seul.

Azel savait pertinemment qu'il avait pris la route trop vite. Il n'aurait pas dû chevaucher aussi longtemps, ni même monter à cheval. Mais que pouvait-il faire d'autre ? Il devait fuir, fuir le plus loin possible de ses fantômes.

La jeune fille ouvrit finalement une de ses sacoches. Elle pencha la tête sur le côté, imitée par sa mule. L'effet était comique, mais Azel avait tout sauf envie de rire.

— Vous êtes sûr de pouvoir monter ?

— C'est... J'ai été blessé, dit-il en portant une main à son côté.

— Je peux vous aider si vous voulez. Dans mon clan, on m'a appris tout ça.

— J'ai ce qu'il faut avec moi, répliqua Azel, les dents serrées. Ça va aller.

La jeune fille se tourna vers le fleuve.

— Vous m'avez aidée cette nuit. Laissez-moi vous rendre la pareille.

Azel voulut protester, mais il tenait à peine debout. Zuhaitza n'eut besoin que d'un léger mouvement de la main pour le pousser à s'asseoir. Azel tomba comme une masse, manquant se renverser sur le côté.

— Laissez-moi voir ça, marmonna l'indigène, saisissant sa sacoche d'une main.

— Qu'est-ce que c'est ? demanda Azel, avec un signe de tête.

— Des bouteilles.

Le jeune homme ne savait pas s'il devait s'agacer ou rire.

— Je parle du contenu.

— De la jusquiame noire, des baies d'aubépine. J'utilise des dizaines de plantes. Vous voulez vraiment que je les cite toutes ? Maintenant ?

Azel se contenta de grogner en guise de réponse.

Elle te ment.

La fée. Ombeline avait disparu à Pastrania mais la fée était de retour. Bredouillant, Azel voulut se redresser, pris de panique, mais il était si faible, trop faible. La jeune indigène s'imagina simplement qu'il n'avait pas envie de ses onguents, mais elle n'en avait cure.

Elle te ment, siffla de nouveau la fée.

Zuhaitza avait déjà écarté la chemise du chasseur de primes, contemplant sa plaie en grimaçant.

— On vous a bien recousu, mais c'est pas joli.

Malgré ces mots peu amènes, ses doigts suivirent délicatement les contours de la blessure. Les yeux fermés de peur d'apercevoir la fée, Azel ne pouvait plus compter que sur ses autres sens. Des années qu'il n'avait pas senti la main d'une femme sur sa peau, et il fallait que ce soit celle de cette indigène qu'il venait de rencontrer. Elle s'était penchée sur lui et il sentait son souffle glisser dans son cou, dans son dos. Il émanait de Zuhaitza un parfum de cuir et de transpiration, mais Azel se surprit à ne pas pincer le nez. Le mélange n'était pas désagréable. Il avait souvent humé bien pire.

Elle te ment, répéta la fée, mais sa voix était devenue plus faible à ses oreilles, comme assourdie, presque plaintive. Azel fit de son mieux pour se concentrer sur les paroles de Zuhaitza, son odeur, le contact de ses doigts sur son flanc, tout ce qu'il aurait voulu oublier : cela ne faisait que rendre plus douloureuse l'absence d'Ombeline. Mais entre la culpabilité et la fée, il eut vite fait de choisir.

La créature protesta une dernière fois, mais sa voix n'était plus qu'un écho, emporté par la brise.

Elle te ment.

À bout, Azel se laissa aller à pleurer, dans les bras de la jeune fille.

22

Artemis et ses hommes avaient poursuivi leur descente vers le sud, à un rythme toutefois nettement moins soutenu que pour rallier Surkutir. Le général s'entretenait régulièrement avec son « cercle noir », comme l'avaient surnommé une poignée d'officiers, mais, en dehors de ces entrevues, ceux-ci demeuraient toujours à l'écart. Les hommes en noir ignoraient Damir, qui fit rapidement de même.

À l'ombre d'un arbre mort aux branches tordues, Artemis et son second observaient la plaine en contrebas depuis de longues minutes, les mains croisées sur le pommeau de leurs selles.

— À votre avis, demanda finalement le lieutenant Damir, qui seront les grands gagnants de cette journée ? Les rebelles ou nous ?

Un groupe de guerriers aux couleurs du Loup Gris avait été aperçu une heure plus tôt. Une cinquantaine d'hommes, pas plus. Le plus souvent, ils demeuraient invisibles, et lorsqu'ils se laissaient voir, ce n'était jamais bon signe. Artemis Cortellan sourit, levant les yeux sur l'arbre tout proche. Trois corbeaux étaient perchés là, sur la branche la plus épaisse, échangeant des regards silencieux comme s'ils communiquaient entre eux.

— Les gagnants de la bataille ? Ni l'un ni l'autre, mon cher.

Le sourire d'Artemis s'élargit tandis qu'il désignait du doigt les oiseaux sur leur branche.

— Si vous cherchez les vainqueurs, vous n'avez qu'à lever les yeux. Je crois qu'ils seront bien plus nombreux tout à l'heure. Les nouvelles vont vite quand il est question de faire bombance, vous ne croyez pas ?

Les collines Bleues, Tanil, Annonciation... Carthagène avait su remporter toutes les autres « batailles » de la campagne, mais il ne s'agissait que d'escarmouches sans conséquence pour le moment. Personne ne s'en souviendrait.

Sous leurs yeux, un poteau télégraphique flambait.

— Il ne faut pas s'en étonner, poursuivit Cortellan. Même en parvenant à les surprendre, ils allaient bien finir par réagir. Ne plus compter sur le télégraphe, voilà qui me rajeunit, vous ne vous rendez pas compte. Et je ne vais pas m'en plaindre ! ajouta-t-il dans un sourire.

L'armée de Carthagène avait évidemment anticipé une telle avarie, mais cela n'empêchait pas Damir de nourrir des regrets face à cette perte. Tout se révélait tellement plus simple avec une ligne télégraphique !

Les pigeons voyageurs s'avéraient tout à fait fiables, mais ces oiseaux n'étaient jamais à l'abri d'une mauvaise rencontre ou d'une tempête.

— Je retourne à ma tente pour le moment. Je n'ai pas encore eu le temps de prendre mon petit déjeuner, vous m'excuserez.

Une fois de plus, les ombres de Cortellan l'attendaient.

Pour des guides, ils étaient rarement aux avant-postes, même si le général avait fait mention plusieurs fois de leurs conseils avant d'exposer aux officiers le trajet de leur prochaine étape. Ils étaient toujours trois ou quatre quand Damir rejoignait Cortellan sous sa tente pour l'informer ou le prévenir. Ni lui ni les autres soldats n'avaient vraiment eu l'occasion de discuter ne serait-ce qu'avec un seul d'entre eux. Ils ne refusaient jamais la conversation lorsqu'on les interpellait mais ne se montraient guère diserts. Si bien qu'au bout de quelques jours la plupart se lassaient, et Damir lui-même n'insistait que parce que son sentiment initial ne s'était pas dissipé depuis leur rencontre au pied de Surkutir. Tout comme le Conseil ne pouvait faire entièrement confiance à Cortellan, ce dernier se méfiait bien sûr des hommes sous ses ordres. Damir n'en était pas surpris, ni offusqué.

Une heure plus tard, l'officier se présenta devant Cortellan, la mine défaite.

Le général ne l'avait encore jamais vu ainsi depuis le début de leur campagne.

— Qu'y a-t-il, lieutenant ? Vous avez reçu un nouveau message de Trevelin ?

— C'est… c'est le fleuve, mon général. On ne peut pas le traverser.

Artemis soupira, se redressant tout en tirant discrètement sur sa barbe.

— Et pourquoi donc ? Un problème de logistique de bon matin ? Je me doute que tous les ponts ont dû disparaître à des lieues à la ronde, mais…

Damir secoua la tête.

— Ce n'est pas cela, mon général. C'est… Le fleuve est en feu, lâcha-t-il tout de go.

Artemis ne prit pas la peine de le faire répéter. Il se leva de son tabouret et quitta sa tente à grands pas, ignorant les élancements dans sa jambe gauche. L'ancien mercenaire s'en voulait. Pourquoi n'avait-il pas perçu cette odeur avant de franchir la toile de feutre ? À deux cents mètres de leur campement, une véritable barrière de flammes se dressait sur plusieurs centaines de mètres de large, bien plus lumineuse que le pâle soleil à l'horizon.

Artemis éclata de rire tandis que Damir le rejoignait.

— Fabuleux. Nous aurions dû le voir venir.

— Mon général ?

— Combien de barils ont-ils dû déverser à votre avis ? Cinq cents ? Cinq mille ?

— Je n'en sais rien, mon général, soupira Damir. Le feu brûle depuis une bonne heure déjà. On ne voit rien à cause des flammes, mais à mon avis, ils continuent de leur côté à vider des bidons dans le fleuve.

Artemis hocha la tête. Un simple détachement de soldats pouvait s'acquitter de la reconnaissance.

— Ils auraient pu attendre qu'une partie de nos troupes se trouve déjà sur le fleuve, dit-il enfin, sans le quitter des yeux.

Ils s'en sont pourtant abstenus.

— Peut-être qu'ils avaient peur de se faire repérer s'ils nous avaient laissés approcher autant, répliqua son second.

— Peut-être, concéda Artemis, mais je pense que c'est une volonté du Loup Gris.

Si leurs barges improvisées avaient fini leur course au milieu des flammes, Cortellan aurait contemplé un massacre en cet instant. Le chef des rebelles indigènes lui avait épargné cette vision. Et se l'était épargnée aussi. Cet homme devait avoir déjà connu son lot de morts, au point d'être prêt à épargner ses ennemis alors qu'ils se trouvaient à sa merci.

— Mon général ?

Artemis garda le silence, son regard absorbé par le feu dansant au fil de méandres. Ce Loup Gris était décidément bien singulier. Après avoir jeté sur les routes la population de Surkutir et entamé sa descente vers le sud, Artemis s'était attendu à ce que la résistance des rebelles s'effondre, pour le laisser affronter seul les indépendantistes du Nord. Mais les indigènes avaient au contraire multiplié les escarmouches, tout en refusant le combat direct. Éboulements déclenchés dans des vallées encaissées, destruction des poteaux télégraphiques, empoisonnement des puits…, et maintenant, des centaines ou des milliers de barils de pétrole jetés dans le fleuve pour ralentir leur progression.

Le temps jouait contre eux. Artemis secoua la tête, ordonnant à Damir de venir le chercher une fois que les troupes pourraient franchir le cours d'eau. Quelle ne fut pas sa surprise de voir le lieutenant revenir le trouver bien plus vite que prévu.

— Nous venons de recevoir un nouveau message, général ! s'écria Damir, brandissant la feuille de papier. On peut au moins compter sur nos fidèles pigeons !

Artemis haussa un sourcil interrogateur. Il avait rarement vu son second animé par une telle fièvre.

— De quoi s'agit-il, Damir?

— Notre reine ! Constance ! Elle sera là en personne pour l'anniversaire de la colonie !

Artemis pivota pour saisir le fourreau de son sabre.

— Quelle belle surprise, répondit-il dans un sourire. Constance, ici. Je ne pensais pas que la colonie lui semblait digne d'intérêt au point de faire un tel voyage.

— Elle devrait arriver d'ici un mois et demi ! ajouta Damir, visiblement sincèrement excité à la perspective de la visite royale. Elle sera là pour les cérémonies les plus importantes des vingt-cinq ans.

— J'imagine fort bien.

Damir continua à lui parler pendant près de cinq minutes, mais pour l'essentiel le message se résumait à cette annonce. Artemis ne l'écoutait plus vraiment. Il le laissa babiller, tel un enfant chantant à tue-tête en sautillant autour de lui.

Ainsi, Constance se déplacerait elle-même sur ces terres. Artemis avait agi avec les vingt-cinq ans de la colonie en ligne de mire, mais surtout poussé par un destin qu'il savait scellé pour lui. Il avait tout prévu en vue de l'anniversaire du Nouveau-Coronado, tout, sauf que la reine en personne déciderait de se lancer dans cette traversée. Constance n'avait plus affronté l'océan depuis près de deux décennies. Le Nouveau-Coronado possédait une dimension symbolique à ses yeux, certainement, mais elle avait perdu tout intérêt pour la colonie depuis bien longtemps. Un anniversaire, même celui des vingt-cinq ans, n'avait pas de quoi attirer son attention, d'autant que Constance n'avait jamais eu la réputation de multiplier les voyages, en particulier aussi loin de Vila Verde.

Artemis reposa vite sa tasse de thé encore fumante. Il ne voulait pas que le lieutenant puisse voir ses doigts trembler.

— Mon cher Damir, si notre reine nous attend dans quelques semaines à Carthagène, nous allons devoir rejoindre Trevelin d'autant plus vite.

Pour la première fois depuis des jours, l'officier lui répondit d'un grand sourire, avant de saluer puis de quitter la tente de commandement. Artemis se retrouva seul, mais il attendit que la surface de son thé cesse de trembler pour saisir de nouveau l'anse de sa tasse. Non, il n'avait pas menti à son second. Il devait rallier Trevelin puis Carthagène aussi rapidement que possible. Artemis n'avait jamais imaginé prendre son temps, mais il s'était accordé des délais qu'il comptait bien respecter, avec ou sans Constance. Il ne devait pas laisser les plans de sa cousine détourner les siens. Il reviendrait à Carthagène en héros, en sauveur, exactement comme il l'avait toujours désiré.

Ensuite… Il songea un instant au cercle de ses ombres, qui devaient maintenant être également informées de la venue de Constance. Ensuite, il exécuterait une ultime révérence avant de disparaître dans la nuit de l'histoire.

L'homme en noir avait justement attendu le départ de Damir pour s'avancer dans la lumière.

— Vous avez entendu ? s'enquit Artemis sans même prendre la peine de se retourner.

— Qui n'est pas au courant dans le camp ? rétorqua l'autre. Mais je ne pense pas pouvoir m'en réjouir autant que vos concitoyens…

Artemis ne put réprimer un léger sursaut quand l'homme vint en silence poser une main sur son épaule. Personne n'osait l'approcher de la sorte.

— Veillez à ce que cela ne mette pas en péril nos

plans. Si la transaction ne peut pas être conclue dans les temps, je crains fort que nous nous retirions.

— Je croyais avoir l'accord de…

— N'allez pas prononcer son nom ici, siffla l'autre. Nous savons tous les deux que l'on vous surveille de près malgré toutes vos précautions. Accord ou pas, c'est à vous de nous remettre ce que nous avons demandé. Si vous n'êtes pas en mesure de mener à bien notre affaire, tant pis. Nous trouverons une autre solution pour contrarier votre patrie.

Artemis se dégagea d'un léger mouvement d'épaule.

— Voulez-vous bien reculer ? Vous empestez la peur. Je ne vous imaginais pas aussi prompt à céder à la panique au moindre imprévu.

— Faites attention à vos paroles, Cortellan. Nous sommes là autant pour vous protéger que pour vous tenir en laisse. Vos propres intérêts n'ont pas d'importance.

— Je le sais. Mais réfléchissez. Si Constance vient juste d'annoncer sa venue pour les vingt-cinq ans de la colonie, alors nous avons encore plus d'un mois devant nous, sachant que la traversée à elle seule devrait lui prendre environ trois semaines. C'est largement de quoi mener à terme notre petite affaire. Je n'en ai plus pour longtemps, ajouta-t-il en se retournant à demi sur son fauteuil.

L'homme en noir esquissa un sourire.

— J'espère que ce n'est pas une façon de parler et que vous êtes bel et bien aussi confiant que vous le dites. Nous attendrons, mais sachez que la prudence guide nos actes. Il n'est pas question pour nous de nous retrouver ici à l'arrivée de Constance avec un tel merdier sur les bras. Nous ne voulons pas d'une guerre.

— C'est pourtant bien une guerre que je mène.

— Allons, si peu, renifla l'autre. Vous êtes bien content de vous retrouver sur le champ de bataille, quoi que vous en disiez. Et vous avez parfaitement compris ce que j'entendais par là : il n'y aura pas de conflit armé avec le Coronado de notre côté. Notre lutte se joue sur un autre terrain.

— Constance est à l'aise sur tous les terrains, rappelez-vous-le.

— Votre haine pour votre cousine vous pousse de toute évidence à lui accorder bien plus de crédit qu'elle n'en mérite. N'oubliez pas que le Coronado se trouve dans une position précaire. C'est justement pour cette raison qu'il nous a paru temps d'agir. Le pouvoir en soi n'a rien de corrupteur. Mais il attire les esprits faciles à acheter. L'intransigeance de votre souveraine et sa peur de perdre le contrôle de son propre royaume l'ont isolée sur la scène continentale. Votre cousine est tristement seule. J'oserais même dire que vos situations ne sont pas si différentes…

— Oh, je n'ai pas besoin de vos brillants raisonnements à ce sujet, ni en général d'ailleurs.

Comme pour masquer son irritation soudaine, Artemis se saisit d'une cigarette, qu'il renonça à allumer au bout de trois essais infructueux.

— Je comprends mieux, reprit-il, pourquoi je n'ai pas plus souvent cherché à discuter avec vous depuis que vous avez rejoint notre joyeuse bande. Votre conversation peut se révéler bien vite…

— Agaçante ? fit l'homme en noir, se penchant pour allumer la cigarette d'Artemis à l'aide de son propre briquet. On me le dit souvent, il en faudra plus pour me vexer.

Le capuchon se referma en claquant.

— Quant à vous, vos petites piques et vos bons mots sont amusants, mais vous n'êtes plus un gamin, Cortellan. Vous ne pourrez pas être jugé comme un vilain garnement qui n'a pas su tenir sa langue. J'espère pour vous que vous en avez conscience.

— Oh, j'allais oublier : je peux aussi me passer de votre sollicitude.

Sans plus attendre, Artemis recracha la fumée de sa première bouffée de cigarette. L'homme en noir ne parut pas s'en offusquer et ne réagit même pas, ce qui ne surprit pas Cortellan. Le vieux général savait pertinemment que cette petite provocation supplémentaire ne changerait rien à l'affaire. Son interlocuteur avait raison ; il ne faudrait sans doute pas grand-chose pour le voir commettre un faux pas.

— Je vais donc me retirer, fit l'homme en noir. Vous savez où nous trouver.

Artemis ne répondit rien, se contentant de tirer un peu plus fort sur sa cigarette. C'était déjà la douzième ou treizième de la journée. L'odeur du clou de girofle devenait un peu trop présente sous sa tente, mais il ne parvenait plus à s'en passer. Toute cette opération était en train de mal tourner, quand bien même il refusait de l'admettre, seul sous la toile. La résistance des rebelles, la médiocrité de Derrera, tout cela était en train de lui coûter cher. Et maintenant, Constance qui menaçait de se rendre sur place alors qu'il n'avait jamais été question de sa venue !

Lentement, la fumée se hissait jusqu'aux plis les plus hauts de la tente, puis les épousait un instant avant de poursuivre sa route. L'esprit agité, Artemis laissa quelques cendres tomber sur son bureau, consumant aussitôt le message apporté plus tôt par Damir au contact de leur souillure ambrée. Le vieux général le saisit en jurant dans sa barbe, avant de se relever et d'écraser sa cigarette sous son talon. Était-ce un signe ? La feuille à moitié mangée avait fait disparaître une partie du brouillon de son prochain discours, celui-là même qu'il s'était imaginé donner sous les remparts de Carthagène. Mais la ville et son triomphe semblaient encore si loin. Il envisagea de rappeler Damir, mais à quoi bon ? Il n'avait jamais cherché à créer un quelconque lien avec le lieutenant, et il en conçut à cet instant une pointe de regret.

Face à l'adversité, le général devait composer sans confident.

23

Azel crut saisir des chuchotements tout près. La fée était-elle de retour ? Le chasseur de primes ouvrit brusquement les yeux. Non. C'était Zuhaitza, en train de sangler sa mule.

L'indigène lui tournait le dos. Lentement, Azel porta la main à son côté. Le bandage était toujours là. Il n'avait pas rêvé. Zuhaitza s'était bien chargée de le panser. Il ne savait que dire. Tout s'entrechoquait sous son crâne. Le jeune homme se souvenait seulement de s'être endormi en pleurant.

— Vous êtes réveillé ? lui lança l'indigène sans prendre la peine de se retourner.

— Quelle heure est-il ? demanda Azel.

— Vous n'avez pas de montre ? Je dirais qu'il doit être cinq heures, à dix minutes près. Je vous l'ai dit hier, vous n'étiez vraiment pas en état de reprendre la route. Et j'avais raison.

Le chasseur de primes grogna tout en se redressant prudemment, avant de s'asseoir, les jambes croisées. Il tendit la main vers ses sacoches mais interrompit son geste. Presque malgré lui, Azel tendit l'oreille, n'osant relever la tête. Aucune trace d'Ombeline ou de la fée. Il pivota finalement vers Zuhaitza. Elle aurait pu s'enfuir avec ses possessions, mais ses affaires semblaient toujours là, à en juger d'un coup d'œil. La prudence aurait voulu qu'il vérifie, mais il se sentait étrangement confiant. Peut-être que la fatigue lui pesait encore trop. Ses épaules, tout comme son cou, étaient raides, tendues comme une corde d'arc.

— Je me suis dit que vous deviez utiliser votre selle comme oreiller, mais bon, vous avez beaucoup bougé, précisa encore la jeune fille.

Elle avait raison. Autour de lui, une partie de ses affaires étaient éparpillées près de ses jambes et il avait repoussé la couverture que Zuhaitza avait dû remonter au niveau de son menton. Elle avait fini de s'occuper de sa mule et se contentait maintenant de lui flatter l'encolure.

— Tu n'es pas partie, soupira Azel.

— Bien observé. Je vous ai dit que je ne voulais pas faire la route toute seule vers le Nord. Ce n'était pas pour faire tout le contraire quelques heures plus tard.

Cette fois, Azel ne dit rien et se leva lentement. Il semblait plus solide sur ses jambes ce matin. Il fallait admettre que l'indigène semblait savoir ce qu'elle faisait avec ses potions et onguents. Il ferma les yeux un instant, refusant de la remercier. Pivotant, Azel aperçut le fleuve, simple liseré d'argent à l'horizon ce matin. Ils avaient donc dû avancer un peu plus qu'il ne l'avait imaginé cette nuit. Personne ne semblait s'être lancé à leur poursuite depuis Pastrania. Zuhaitza suivit son regard.

— Si j'avais aperçu quelqu'un, je vous aurais réveillé, dit-elle.

Azel hocha la tête et s'écarta d'une vingtaine de

pas, disparaissant derrière un rideau de massettes. Il se contenterait d'une toilette sommaire, surtout en n'étant pas seul. Tournant le dos à leur campement de fortune, le jeune homme ôta sa chemise en grimaçant, ses yeux irrésistiblement attirés par le pansement qui barrait son flanc. Il se risqua à palper les contours de la blessure, avec une moue appréciatrice. La douleur avait reflué au cours de la nuit. Torse nu, il fit jouer ses épaules pour tenter de les dénouer avant de remonter à cheval, puis il leva les bras au-dessus de sa tête et s'étira en se tendant sur la pointe des pieds.

— Vous êtes un ancien serviteur confié à un maître ? murmurèrent les roseaux derrière lui.

Azel fit volte-face, saisissant aussitôt sa chemise. Zuhaitza s'était approchée sans bruit.

— Pourquoi tu me demandes ça ? répliqua le chasseur de primes, dissimulant sa gêne en renfilant précipitamment le vêtement de coton délavé.

La jeune indigène affichait un visage impassible.

— À cause de votre marque, dit-elle avec un signe de tête. Sur l'épaule. C'est pour le bétail. Ou des esclaves qui ne disent pas leur nom. Ça m'étonne, vu que vous n'êtes pas comme moi.

Azel se figea, alors que ses mains n'avaient pas encore quitté ses manches. Merde. Il avait fallu qu'elle l'entrevoie.

— Non, je ne suis pas un ancien serviteur, gronda Azel, rattrapé par la douleur.

Pressé de dissimuler sa marque au regard de Zuhaitza, il avait réveillé sa blessure. Il manqua jurer mais fut trop surpris un instant plus tard en passant la tête dans son col de chemise de se retrouver nez à nez avec l'indigène, qui s'était approchée encore pour l'aider.

— J'apprécierais que vous ne salopiez pas mon boulot, dit-elle, tout en soulevant le tissu pour observer l'état du pansement. Et vous n'êtes pas obligé de me répondre, pour la marque.

— Mes demi-frères m'ont fait ça, répondit Azel, les mots quittant sa bouche avant même qu'il s'en rende compte. Quand j'étais plus jeune. Pour bien me montrer que je n'étais pas comme eux, justement, ajouta-t-il encore.

— D'accord, fit Zuhaitza, gardant les yeux rivés sur le flanc d'Azel.

Elle recula d'un pas, considérant le jeune homme de la tête aux pieds. Azel garda le silence. Il n'avait plus rien à ramasser ou à faire pour se donner une contenance. Elle avait forcément remarqué les meurtrissures qui lui mangeaient encore le cou, peut-être même dès la veille au soir. Les traces du baiser de la corde formaient un véritable collier, le ramenant là encore à sa condition d'indigène. Sous le regard de Zuhaitza, Azel eut soudain l'impression de jouer un rôle, de n'être qu'un pantin habillé comme un colon. Mais il savait bien que colon ou indigène voyaient toujours en premier chez lui *l'autre* moitié, celle qui faisait de lui une créature hybride et repoussante à leurs yeux, quand il ne suscitait pas une curiosité malsaine dans le regard de certaines dames. Rien de tout cela pourtant avec Zuhaitza. Il ne lisait ni curiosité, ni moquerie, ni dégoût dans ses prunelles placides aux reflets cuivrés.

Azel ouvrit la bouche, sans même savoir s'il s'apprêtait à la remercier ou à l'insulter, mais elle fut la plus rapide et tendit une main vers lui, paume ouverte.

— Je suis venue parce que j'ai oublié de vous rendre ça. Cette nuit, vous vous êtes redressé tout à coup et vous l'avez jeté dans les herbes. Je me suis dit que vous deviez faire un cauchemar ou qu'en tout cas c'était la maladie qui dictait vos actes. Du coup, je l'ai récupéré. Vous ne l'aviez pas lancé bien loin.

Azel écarquilla les yeux, les lèvres toujours entrouvertes. Il s'agissait du pendentif que son père lui avait laissé. Celui qui appartenait autrefois à sa mère. Sans un mot, il saisit le bijou et le fourra dans sa poche de pantalon.

— Merci, murmura-t-il.

Zuhaitza se contenta d'un hochement de tête puis tourna les talons. Le chasseur de primes se retrouva seul, une situation qu'il ne connaissait que trop bien et soudain devenue étrange.

Il retrouva la jeune fille une poignée de minutes plus tard et lui indiqua qu'ils allaient lever le camp, sans autre commentaire. Elle rangea le couteau dont elle se servait pour se raser le crâne et monta en selle. Constance, la mule, dodelinait doucement de la tête. Dans la poche d'Azel, le pendentif et sa chaîne le gênaient. Il décida de le passer autour du cou, non sans une pointe d'appréhension. Mais le contact du métal ne lui fit pas mal.

Zuhaitza n'avait pas menti. Elle connaissait au moins les bases de l'équitation avec sa mule, ce qui n'était pas si courant chez les peuples indigènes de la péninsule, qui avaient découvert cet animal avec l'arrivée des envahisseurs.

Ils s'en furent sans échanger un mot pendant de

longues minutes, seulement accompagnés par le tintement assourdi des fers des chevaux résonnant sur la piste pierreuse. Azel regardait droit devant lui. Quel que soit son destin au bout de cette route, le chasseur de primes ne pensait pas revenir sur ses pas. Il finit tout de même par reprendre la parole après avoir parcouru une lieue vers le nord, en direction de Xemballa.

— Tu comptes me dire ce que tu as entendu, maintenant ? demanda-t-il à la jeune fille, prenant toujours bien soin de ne pas la dévisager.

Elle était positionnée à sa droite et n'avait pas manifesté la moindre difficulté à suivre le rythme imposé.

— Bien sûr. La seule chose que je voulais, c'était venir avec vous. Vous avez accepté, je n'ai donc aucune raison de ne pas tenir ma promesse, fit-elle, laissant tout de même s'écouler plusieurs secondes sans rien ajouter.

Si bien qu'Azel finit par tourner la tête vers elle.

— J'attends.

La jeune fille se passa une main sur le crâne, plantant son regard acéré dans celui du pisteur.

— Je faisais boire ma mule en amont de Pastrania. J'ai pu me cacher juste à temps avant leur arrivée. J'ai tout de suite senti qu'ils étaient louches.

— Ils portaient bien des sortes d'armures ?

— Ils ont dit qu'ils voulaient passer par Topil, répondit la jeune fille avec un hochement de tête.

— Topil ?

— Ah oui… Salvation, je crois, dans votre langue. Il y a un fort de la Croix-Blanche là-bas. Voilà qui précise tout de même leur itinéraire, non ? Vous auriez pu choisir dix pistes différentes pour vous rendre à Xemballa sans jamais les croiser.

Azel reporta son attention sur la piste, en partie pour dissimuler son agacement. Pourquoi un fort de la Croix-Blanche ?

Jophiel avait-il d'anciens acolytes là-bas ?

— Que comptez-vous faire ? demanda Zuhaitza, constatant qu'Azel était retombé dans le silence. Ils ont sans doute déjà atteint le fort.

— Peut-être pas.

Azel pouvait combler une partie de son retard sur les cavaliers de Jophiel en coupant à travers les secteurs les plus sauvages des plaines, mais il aurait du mal à les rattraper avant le fort. Ce n'était même pas souhaitable, en vérité. Malgré sa résolution, il n'imaginait pas prendre un tel bâtiment d'assaut à lui seul. Il pourrait en revanche les suivre de loin avant de choisir le moment idéal pour frapper.

Et tuer.

Si les cavaliers avaient prévu plusieurs étapes, Azel avait encore une chance de les devancer avant leur arrivée sur les pentes de Xemballa.

— Pourquoi les traquez-vous ? lui demanda soudain Zuhaitza.

Elle ne lui avait pas encore posé la question.

Au fil de la journée, Azel se confia, par bribes. Zuhaitza l'avait déjà vu pleurer, souffrir, elle savait pour sa marque. Pourquoi ne pas lui en dire davantage ? Il voulut garder pour lui la plupart des détails de son existence mais se surprit à les dévoiler. Le jeune homme évoqua la *fazenda* de son père, ses années loin du domaine, Apisi, la nuit de l'incendie, des morts. Il mentionna Ombeline, bien sûr, la raison de son retour, et la raison de l'attaque de Jophiel, à cause des fuyards que sa belle-mère et lui avaient choisi de conduire sur les terres des Alborán. Azel butait sur son prénom à chaque fois, redoutant de voir apparaître le spectre souriant de la défunte devant lui.

Sous un arbre.

Assise au pied d'une colline.

Debout au bord du chemin.

Zuhaitza ne fit aucun commentaire.

24

Calider relut son article.

Au vingt-quatrième jour de la lutte fratricide qui déchire le Nouveau-Coronado…

Il secoua la tête. Avait-on vraiment besoin de lyrisme pour illustrer un tel conflit ? Le journaliste en doutait de plus en plus.

Il était arrivé en bout de ligne ferroviaire deux jours plus tôt, après son départ de Carthagène. Qu'il y soit invité ou pas, c'était une perspective digne d'intérêt pour lui. Le correspondant avait rejoint l'armée en marche la veille, après avoir franchi les dernières lieues le séparant du gros des troupes dans une banale carriole, en compagnie d'une poignée de soldats. On l'avait ensuite conduit directement sous la tente d'Ander Derrera, preuve que l'on ne le considérait pas comme un simple civil sans importance. Il se murmurait que le capitaine goûtait fort l'attention des journalistes envoyés à sa rencontre. Nul doute qu'il tentait de s'attirer leurs bonnes grâces, contrairement à Cortellan.

Le capitaine de cavalerie était assis derrière un petit bureau et ne se leva pas pour accueillir son visiteur. Pour tout dire, il ne redressa pas même la tête lorsque Calider s'éclaircit la gorge.

— Monsieur Calider, c'est bien ça ? se contenta-t-il de demander. J'ai été surpris à l'annonce de votre arrivée soudaine.

Le journaliste croisa les mains dans le dos.

— Ma foi, je ne pensais pas que celle-ci méritait d'être annoncée.

— Oh, ne vous mettez pas martel en tête, vous êtes loin d'être le premier sur les lieux. En revanche, vous êtes sans doute le seul à nourrir des idées aussi… étonnantes.

— Mes convictions ne sont pas partagées par tous, j'en ai conscience.

Pour la première fois, Derrera releva la tête, posant son stylo-plume pour tirer doucement sur ses moustaches cirées.

— Bel euphémisme. Je vais me montrer honnête avec vous : si je le pouvais, je vous conduirais moi-même sous la tente de Cortellan, surtout s'il ne veut pas de vous.

Le correspondant se retint de sourire.

— Pour le coup, je ne dirais pas non. Mais il semble que vous ne soyez pas en mesure de le faire, je me trompe ? Depuis combien de temps êtes-vous devant Trevelin ? Quatre jours déjà ?

La main de Derrera se figea sur ses moustaches.

— Nous ne sommes pas devant Trevelin, nous sommes bien implantés dans la ville. Nous venons même de faire une avancée capitale. Notre artillerie règne en maître. Ce n'est plus qu'une question de temps.

— N'est-ce pas justement le temps qui vous

manque ? Si j'en crois la stratégie du général Cortellan…

Derrera se leva, jetant un coup d'œil au miroir en pied dans le coin opposé de sa tente.

— Je connais bien sa stratégie, ne vous en déplaise. Et je l'applique. Nous allons remonter sur le Nord. Quoi qu'il en soit, les sécessionnistes sont déjà condamnés. Ils sont pris entre deux feux, sans possibilité de battre en retraite. Il n'y a plus que les plaines entre Cortellan et moi.

— Pourriez-vous au moins me confirmer les pertes évoquées du côté de la seconde armée ? reprit le journaliste.

— Les pertes ? Vous l'avez sans doute lu : nous comptons quelques dizaines de blessés et cinq morts pour le moment. Et Cortellan ose parler de guerre !

Ce fut au tour de Calider de sourire.

— N'est-ce pas déjà cinq de trop ?

— Sans doute aux yeux des séraphins ou des gens comme vous, répliqua Derrera. Croyez-moi, ce n'est pas grand-chose. Mais trêve de bavardages. Je tenais à vous dire que je peux assurer votre protection dans la mesure de nos moyens, mais qu'une chose soit claire : si vous êtes là, vous avez le droit de rapporter la réalité de la guerre comme vous l'entendez, mais je ne veux plus entendre d'histoire de drapeau blanc et de pacifisme. Il n'y aura pas de paix tant que l'un de ces deux camps n'aura pas triomphé, et, comme Cortellan, j'entends bien me trouver à la tête de troupes victorieuses.

Le regard de Calider se posa sur le sabre de cavalerie jeté sur une chaise toute proche.

— Je n'en doute pas. Mais en l'absence d'un vice-roi, la Croix-Blanche dirige Carthagène et donc la destinée de la colonie. En attendant l'arrivée de notre souveraine…

Derrera fronça les sourcils comme s'il attendait que le journaliste poursuive, trahisse un sentiment de défiance, mais Calider garda le silence.

— Bon. Je ne pourrai pas vous garder à mes côtés, ni vous ni vos confrères d'ailleurs. Le sergent Aragona devrait toutefois pouvoir vous seconder et vous aider lors de votre séjour parmi nous.

— Comme c'est aimable à lui ! ironisa le correspondant. Je n'ai pas l'habitude de me laisser dicter mes articles. Chacun de nos concitoyens doit se faire sa propre opinion.

— Bien sûr, bien sûr.

Le feutre murmura de nouveau dans le dos de Calider et un jeune homme, que le journaliste identifia aussitôt comme le fameux sergent, apparut, se mettant aussitôt au garde-à-vous, sans un regard pour lui.

— Mon capitaine, me voilà.

Le journaliste devait admettre que l'accueil de Derrera et de ses troupes s'avérait nettement plus cordial qu'il ne l'avait anticipé au cours de son trajet. Encore plus si l'on songeait à la situation de cette bataille, qui s'enlisait bien davantage que beaucoup n'étaient prêts à le tolérer à Carthagène.

Derrera congédia les deux hommes en quelques mots et Calider retrouva le sergent de l'autre côté de la toile.

— Désolé de n'avoir pas été présent pour vous accueillir à votre descente de train, s'excusa Aragona.

Il affichait une mine ouverte, presque souriante, alors que des balles s'échangeaient à moins d'une demi-lieue de là. Ses yeux, en revanche, étaient ternes, mangés par les cernes.

— Ce n'est rien. Je me doute que vous êtes soumis à une grande tension ces derniers jours ! répondit Calider d'un ton presque enjoué lui aussi.

Sans surprise, le sergent ne mordit pas à l'hameçon. Le voir se confier aussi vite aurait été bien trop facile et Calider n'en espérait pas tant.

— Il en va ainsi de toute campagne, j'en ai peur, se contenta de répondre Aragona. Si vous voulez bien me suivre…

Le sergent l'entraîna aussitôt parmi les rangées de tentes. Il lui apparut rapidement qu'Aragona avait dû être choisi pour sa capacité à feindre l'enthousiasme. Si la plupart des soldats ne semblaient pas s'en faire, beaucoup se demandaient tout de même ce qu'ils étaient venus faire ici. Trois semaines déjà que cela durait, quand beaucoup à Carthagène avaient parié sur une reddition du Nord en trois jours, avant le moindre mouvement de troupes. Mais où était le frisson des combats ? Quand pourraient-ils reprendre le cours de leur vie ?

— Tout de même, reprit sans attendre Calider, vous affrontez peut-être un cousin, un frère. Voilà qui n'est pas si courant.

Le sergent s'arrêta devant une tente plus grande que les autres, ignorant la remarque de Calider pour désigner du doigt la structure rectangulaire de plus de quinze mètres de long.

— Voici notre hôpital de campagne. Pour le moment, le capitaine Derrera vous l'a probablement dit, nous nous en sortons très bien. Sans doute parce que nous sommes sous l'œil des séraphins.

— J'en suis sûr. Pensez-vous que ce sont eux qui

ont sauvé nos soldats blessés en les bénissant de leur éclat ?

— Je ne les ai pas vus moi-même, fit le sergent, conservant un ton égal. C'était de l'autre côté des montagnes, au sud. Mais je dirai que l'essentiel, c'est que cela les ait aidés à survivre.

Une autre tente, tout aussi grande mais d'une couleur différente, attira le regard de Calider, à quelque cent pas de là.

— Et de quoi s'agit-il là-bas ?

— Ah, je pense que cela devrait vous intéresser ! Vous avez de l'intuition. C'est la tente que nous avons réservée à vos collègues. Et vous, donc. Vous pouvez en profiter pour rédiger vos articles, avant de les télégraphier pour Carthagène, bien sûr.

Calider hocha lentement la tête.

— Je vois. Tout cela paraît remarquablement organisé. Vous avez décidé de bien faire les choses.

— Je le prends comme un compliment, monsieur ! répondit le sergent. Il y a vingt-cinq ans, la situation n'était pas la même, c'est certain. Nos soldats avaient d'autres chats à fouetter que d'accueillir des correspondants, et nous avons juste conservé quelques photographies de cette époque pour les livres d'histoire. Mais aujourd'hui… nous vivons la première guerre photographiée et couverte par des gens comme vous.

— Vous êtes bien philosophe, sergent ! J'admire votre recul.

Aragona remonta ses lunettes rondes d'un doigt, manifestement gêné.

— Vous êtes dans l'armée depuis longtemps ?

— Non. Deux ans. Je ne me destine pas à cette carrière cependant. J'aspire à devenir professeur.

— Un autre sacerdoce, sourit Calider. Donc vous ne croyez pas que cette guerre puisse s'éterniser ?

— Oh, guerre, je ne sais pas. Je sais que c'est un mot que le général Cortellan emploie volontiers, mais je préfère la retenue du capitaine Derrera.

— Vous m'en direz tant.

— C'est vrai ! Et je ne vois pas comment le conflit pourrait durer. Nous avons tout pour nous : les effectifs, la qualité de l'armement, le soutien de la Couronne…

Naïveté ? Optimisme forcé ? Ou tout bonnement l'envie de croire en ses propres paroles ? Calider ne savait pas comment expliquer la confiance du sergent. Si l'on se fiait aux intentions de Cortellan, la seconde armée de Carthagène aurait déjà dû retrouver les troupes du général, mais tous, de Derrera à Aragona, semblaient se contenter d'occuper une partie de Trevelin.

Comme s'il se doutait des pensées du correspondant, le sergent lui fit signe de se remettre en marche pour rejoindre une modeste colline. De là, au-delà de Trevelin, on pouvait apercevoir des puits de pétrole, un peu plus à l'ouest.

— Nous ne sommes pas seulement ici pour nous emparer de cette ville, mais bien pour sécuriser les puits, reprit Aragona. Une partie des troupes ne peut donc pas nous aider ici.

Calider choisit d'ignorer ce nouvel exposé.

— Y a-t-il une vraie inquiétude chez les officiers ? Est-ce que certains pensent que les rebelles pourraient frapper directement Carthagène ?

Les mains sur les hanches, Aragona éclata de rire.

— Même vous, vous ne pouvez pas croire une chose pareille.

— Je ne m'en inquiète pas, si c'est ce que vous voulez dire.

Invitant Calider à le suivre, le sergent reprit sa visite. Il fallait bien l'appeler ainsi : il s'agissait de montrer au journaliste à quel point tout était bien rodé au sein du camp, que le moindre « retard » n'était en réalité qu'une façon de temporiser pour déterminer la meilleure stratégie, ou de se montrer magnanime envers leurs adversaires. Les rangées de tentes étaient en tout cas parfaitement alignées, les allées les plus fréquentées dégagées, et les forces de Carthagène semblaient afficher un moral solide.

— Tout va bien, lui répéta Aragona pour la troisième fois en moins d'une heure.

— Je crois avoir fait le tour, encore merci. Je ne voudrais pas vous retenir plus longtemps.

— Mais vous ne me dérangez pas ! Et j'ai encore beaucoup de choses à vous montrer. Vous allez en prendre plein la vue !

Si l'enthousiasme du sergent était feint, il s'avérait du moins à toute épreuve, au point que Calider se mit à douter. Ces jeunes gens étaient peut-être bel et bien tous convaincus de faire ce qu'il fallait, de se battre pour la bonne cause. Comme beaucoup d'autres avant eux. Mais pour le vérifier, le correspondant devait parvenir à fausser compagnie à son guide. Calider se demanda tout à coup si Cortellan avait refusé qu'il le suive car le général savait déjà qu'il n'aurait pas la patience ou l'envie de confier à une partie de ses hommes la gestion des journalistes dépêchés sur place.

Les autres bâtiments qui avaient pu se dresser là avaient été abattus, laissant un grand espace où les troupes avaient monté leurs tentes. Les meilleurs emplacements se trouvaient près des murs, qui restaient à l'ombre la plus grande partie de la journée et se voyaient parfois protégés du vent. Le « terrain de manœuvre » était situé au centre, une zone de terre sèche parfaite pour s'entraîner, ce que les troupes de Derrera ne semblaient pas très enclines à faire. Ils étaient maintenant parvenus devant une guérite surmontée d'un grand poteau, dont l'usage ne faisait aucun doute. Six hommes faisaient la queue devant la porte d'entrée du modeste bâtiment.

— Voilà le poste télégraphique, confirma aussitôt Aragona. Comme vous pouvez le constater, c'est un endroit plutôt fréquenté.

Calider observa les hommes qui attendaient leur tour. Il n'avait jamais aimé juger selon les apparences, mais certains avaient l'air à première vue plus doués pour mener du bétail que pour écrire des articles de presse. Un tel constat n'avait rien d'étonnant : appâtés par des conditions souvent favorables, du moins de l'autre côté de l'océan, beaucoup n'hésitaient pas à tenter leur chance et à s'improviser correspondants sur le front, quand bien même écrire ou partager leurs témoignages ne les avaient jamais vraiment intéressés.

— Saviez-vous que le Nouveau-Coronado compte désormais près de mille deux cents lieues de lignes télégraphiques ? reprit le sergent Aragona. C'est encore loin des chiffres du Premier Continent, mais c'est tout à fait respectable.

Calider hocha la tête sans réfléchir, plus intéressé par le début de bagarre qui venait d'éclater dans la file d'attente. Le dernier des six hommes avait saisi le troisième par le col et l'invectivait vertement.

Oubliant sa leçon, Aragona s'interrompit pour les séparer.

— Alors, que se passe-t-il ici ? s'exclama-t-il une fois revenu un semblant de retenue. Et vous, vous vous tournez les pouces ?

Pour la première fois, le sergent perdit son calme en s'adressant au soldat surveillant le poste télégraphique. Ce dernier s'était laissé déborder par ces échauffourées, à moins que la situation ne l'ait simplement amusé. Mais le dernier de la file ne comptait pas en rester là.

— Désolé, sergent, mais ce connard ne devrait pas avoir le droit de taper quoi que ce soit aujourd'hui !

— Et pourquoi donc ?

— Hier soir, intervint un autre, il a maintenu la ligne occupée pour nous empêcher de transmettre nos chroniques à temps.

— Mon article était très long, c'est tout ! se défendit l'homme, menaçant du poing celui qui venait de prendre à son tour la parole.

— Tu parles ! Tu as télégraphié une partie des écrits des séraphins, tout ça pour gagner du temps ! Tu savais très bien qu'il serait trop tard ensuite pour nous !

— Du calme, messieurs, coupa Aragona. Cet incident est regrettable, mais franchement, il vaut mieux en rire.

Le sergent conduisit ensuite Calider à la tente réservée aux correspondants. Un seul de ses confrères était présent, assis sur sa couchette. Il ne se souvenait pas l'avoir vu faire la queue un peu plus tôt.

— Vous avez pu transmettre votre message ? demanda Calider. Tout de même, ce conflit est un tel gâchis ! Ne pensez-vous pas que les gens du Nord ont des raisons légitimes de réclamer des changements ?

— De là à prendre les armes ?

— Eh bien, je comprends que chaque homme venu s'installer ici ait l'envie de mener sa vie comme il l'entend. Ils affirment avoir présenté des arguments raisonnables au Conseil.

— Raisonnables ou pas, ces indépendantistes sont butés, soutint l'autre.

— Oh, j'entends bien que certains soutiennent sincèrement cette campagne, répondit Calider. Mais la population ne mérite pas de réels comptes-rendus, selon vous ? Je lisais encore ce matin dans le train les journaux du jour, ceux que l'on trouve à Carthagène. Je sais comment ça se passe. J'ai vu tout à l'heure deux de nos « camarades » entrer sous la tente de Derrera. Je ne serais pas étonné que leurs prochaines chroniques soient truffées de déclarations émises alors qu'ils partageaient avec lui une bonne bouteille pendant que les autres se contentent de gruau.

— Entretenir le moral des troupes et celui de nos concitoyens, je considère que c'est important.

— Peut-être, mais ce n'est certainement pas notre rôle ! Cela ne devrait pas faire partie de notre travail.

Un autre correspondant les rejoignit, secouant sa main droite.

— Tout va bien ? lui demanda son collègue.

Le nouveau venu étouffa un bâillement tout en secouant la tête.

— Ouais. Je finis juste par avoir mal à force de manier la touche du télégraphe. Il faut taper tout ça de plus en plus vite.

Souvent, les journalistes écrivaient leurs articles

de nuit avant de se précipiter jusqu'au poste télégraphique le plus proche et repartir à fond de train sur le front afin de pouvoir observer le champ de bataille une journée de plus. À voir leurs mines défaites, leurs gestes las, il y avait de quoi finir épuisé, aussi bien sur le plan physique qu'émotionnel.

Calider hésita à poser la question qui lui brûlait encore les lèvres.

— Est-ce que l'un de vous a tenté d'approcher l'autre camp depuis le début de la bataille ?

— De l'autre côté de la ville ? Pourquoi ?

Calider battit des paupières.

— Je ne sais pas, pour connaître leurs positions, peut-être ?

Une fois de plus, ses collègues semblaient ne nourrir aucun regret quant à leurs choix. Sans s'annoncer, bien entendu, le sergent Aragona réapparut, les rejoignant sous la tente.

— Monsieur Calider ? l'interpella-t-il. Vous êtes prêt ? Le capitaine a prévu de vous faire découvrir de plus près un autre aspect de notre mission ici.

— Encore ! ironisa le correspondant. Derrera m'a l'air tout bonnement débordé. Quel homme ! Comment peut-il accomplir tout cela ?

Aragona se contenta de sourire.

— Personne ne m'accompagne ? demanda encore Calider, sous le regard étonné des trois autres.

— Pas ce soir, répondit le sergent.

Était-ce une façon de donner de lui l'image d'un privilégié pour empêcher tout lien potentiel avec les autres envoyés ? Possible.

Les deux hommes s'éloignèrent une fois de plus du camp, mais aussi de Trevelin. Au bout de cette nouvelle ligne droite se dressait un hangar au milieu d'une clairière. Le journaliste ralentit le pas, comprenant immédiatement de quoi il était question en levant les yeux sur le ballon qui commençait à gonfler au-dessus d'une nacelle en osier, au centre.

— De quoi s'agit-il cette fois ?

— Nous vous proposons un survol des champs pétrolifères. Ainsi vous pourrez vous rendre compte de l'étendue de notre surveillance.

Calider ne releva pas.

— Tenez, c'est pour vous. Il risque de faire frisquet là-haut, ajouta le sergent en lui tendant la couverture qu'il portait sur le bras.

— Je vois que j'ai droit à un traitement de faveur.

Cette fois, le sourire d'Aragona s'effaça.

— On vous surveille, mais c'est normal. Cela dit, si vous pensez avoir droit à un traitement de faveur, vous vous accordez une importance démesurée.

— Mon cas importe peu.

— Si vous le dites. Si vous souhaitez prendre de la hauteur…, vous allez pouvoir en profiter.

Calider préféra ne pas relever, se tournant vers le pilote du ballon, qui ôta son masque de cuir pour lui donner quelques consignes.

— Nous allons survoler les puits. C'est sans doute la seule vraie richesse de ces terres que nous pourrons exploiter à l'avenir.

— Je n'ai pas entendu le général Cortellan l'aborder dans ses discours. C'est une initiative personnelle du capitaine ?

Le pilote haussa les épaules.

— Ah, ça, j'en sais rien, mais c'est logique, monsieur. Ça pue, c'est sale, mais certains en raffolent déjà.

Calider n'insista pas et monta à bord, les yeux

levés sur la flamme du brûleur. Une poignée de minutes leur suffit pour s'élever à environ trois cents mètres.

— L'idée, c'est de ne pas monter trop haut, précisa le pilote.

— Vous promenez tous les correspondants ainsi ? répondit Calider, contraint de hausser la voix.

— Moi, ça ne me dérange pas ! Et c'est une jolie vue, vous ne trouvez pas ?

Calider reporta son attention en contrebas. Dans la nuit, les petites lumières des puits évoquaient des étoiles, comme s'il était en train de contempler un miroir, capable bientôt de rivaliser avec les cieux eux-mêmes.

Dans son dos, le pilote poursuivit son discours appris par cœur.

— C'est l'avenir que vous...

L'explosion balaya ses mots. Droit devant eux, une flamme de plus de trente mètres de hauteur illuminait désormais la zone, tandis que la nacelle s'était mise à tanguer. Le souffle invisible fut bien vite remplacé par une fumée plus noire que la nuit. Une odeur entêtante frappa Calider de plein fouet et le journaliste toussa. Le pilote, les yeux écarquillés, tentait de reprendre le contrôle du ballon.

— Bordel !

— Que se passe-t-il ?

— J'en sais rien, mon pauvre ! Un accident, j'espère !

Mais à l'autre bout du champ pétrolifère, une seconde explosion leur démontra le contraire. Si les deux puits s'étaient dressés côte à côte, le feu aurait pu se propager de l'un à l'autre, mais plus de cent cinquante mètres les séparaient, au bas mot.

— Et merde ! siffla le pilote. Foutrebleu ! Accrochez-vous !

Calider obéit sans discuter. Fumée, flammes et rafales s'étaient désormais liguées contre le ballon. Le journaliste voulait encore croire qu'il ne s'agissait que d'un simple accident, qu'ils allaient pouvoir se poser à l'écart des puits, sans danger, mais le crépitement des balles se fit tout à coup entendre, grésillant jusqu'aux cieux. Une poignée de secondes plus tard, Calider comprit que leur ballon était lui-même pris pour cible à présent, à moins qu'une balle perdue ne l'ait déjà transpercé. La montgolfière se mit à tourbillonner lentement sur elle-même, tandis que le pilote s'agitait sur le brûleur, en vain.

— Je… je ne suis pas sûr de pouvoir quitter le champ ! bredouilla-t-il enfin. La toile est percée et…

Une troisième explosion, beaucoup plus proche, le renversa. Horrifié, Calider le vit basculer à moitié par-dessus bord. Le journaliste se jeta en avant, oubliant toute prudence, et le ramena dans la nacelle.

— Je vous ai dit de vous tenir, imbécile, glapit le pilote.

— Et vous alors ?

— Parfois, ça ne suffit pas !

Il trouva encore la force de sourire, mais le ballon recommença à tournoyer, bien plus vite cette fois-ci. Calider trébucha et se retrouva plaqué contre la paroi en osier. Leur descente en spirale avait quelque chose d'aussi lent qu'implacable. À chaque mètre les rapprochant du sol, l'éclat des flammes se faisait plus vif, les odeurs devenaient plus écœurantes. Ils traversèrent un nuage de fumée et le cœur de Calider se mit à battre la chamade. Si le ballon s'arrachait à ce nuage pour finir sa course dans le brasier ?

Et toujours le crépitement des volées de balles, de plus en plus aigu.

Le pilote hurla et Calider ouvrit les yeux, incapable de faire autrement. Ils avaient quitté les fumerolles noires et le sol était réapparu. Il existait donc. Il ne s'était pas changé en mare de pétrole enflammé. Il semblait toujours aussi dur, nu et… il se rapprochait beaucoup trop vite.

La montgolfière s'écrasa presque en silence, mais certainement pas en douceur. Le ballon avait basculé à plus de soixante degrés et la nacelle se retourna à moitié. Calider et son compagnon d'infortune se raccrochaient toujours à l'armature mais ils finirent leur course sur la toile. Le journaliste rebondit trois fois sur le ballon aux trois quarts dégonflé avant que sa course folle ne le ramène sur terre. Il se redressa tant bien que mal, les mains sur les genoux, la bouche grande ouverte, cherchant le pilote du regard. Il le retrouva de l'autre côté du ballon, lui aussi sain et sauf en apparence.

— On dirait qu'on s'en est sortis ! Je n'ai que des égratignures, et vous ? demanda le pilote.

— Rien de cassé.

Autour d'eux, le champ pétrolifère avait pris des allures de véritable enfer. Il serait difficile de ne pas le mentionner dans *Le Courrier* ! Trois puits avaient pris feu. Les colonnes de flammes désormais assez proches se révélaient bien plus impressionnantes d'ici, sans même parler des vagues de chaleur qui en émanaient. Deux puits s'étaient déjà effondrés sur eux-mêmes et un quatrième recrachait son précieux liquide noir à même le sol, sa machinerie brisée. Calider se remit à tousser, cherchant un mouchoir.

Mais les odeurs étaient trop fortes pour être contenues par un pitoyable morceau de tissu.

Au bout d'un moment qui lui parut bien trop long, il réussit à dompter sa quinte de toux. Ses côtes le faisaient souffrir.

— Vous n'avez pas entendu des balles ? Avec ce vacarme, je…

Calider s'interrompit ; le pilote avait disparu. Bon sang. Comment allaient-ils se sortir de cet enfer ? La nuit et la fumée s'étaient liguées contre eux, s'écartant uniquement pour dévoiler des langues de feu capables de les réduire en cendres aussi sûrement qu'elles le feraient d'une nacelle en osier.

— Pilote ? Vous êtes là ?

Pour la première fois, Calider saisit l'ombre de plusieurs silhouettes à une dizaine de mètres de lui.

— Hé ! Par ici ! les interpella-t-il.

Sans aucun doute des soldats, dépêchés par Derrera et les autres. Il fallait bien arrêter ces incendies avant qu'ils ne deviennent incontrôlables.

— Par ici ! répéta-t-il, rattrapé par une nouvelle quinte de toux.

Lorsqu'il releva la tête, les silhouettes ne s'étaient pas rapprochées d'un pas. Le pilote était toujours invisible. S'il avait perdu connaissance, Calider devait agir au plus vite pour tenter de se sortir d'ici. Un instant, il se demanda si tout cela n'était pas une manœuvre de la part de Carthagène pour le faire disparaître, lui et son son de cloche si différent des autres voix de la presse. Calider secoua la tête. Aragona l'avait prévenu un peu plus tôt : il n'était pas si important que cela. Que personne ne cherche à les sauver confirmait cet état de fait, plutôt qu'un terrible complot entre Église et armée. S'il ne se dépêchait pas…

Calider sentit soudain une présence derrière lui et fit volte-face, les yeux plissés. Il aurait pu rire, mais il toussa encore. Si l'accident et l'incendie des puits ne venaient pas à bout de sa curiosité, une troisième possibilité de mourir se présentait à lui.

Un homme avait mis pied à terre, le visage dissimulé derrière un masque de tissu. Il ne portait pas l'uniforme imposé par l'armée de Carthagène, ni même celui détourné par les forces indépendantistes des plaines. Calider savait très bien malgré tout qui se tenait ainsi devant lui.

Le Loup Gris.

Le chef rebelle, à l'origine du sabotage des puits, venait supprimer les témoins de ses actes.

25

Azel tira sur les rênes et prit la direction des montagnes du Nord-Est, et non droit vers le nord. Il lui suffisait d'ajuster sa route. La cordillère était comme figée à l'horizon ; les plaines ne bougeaient pas non plus autour d'eux. Les nuages semblaient identiques à ceux qui avaient défilé dans les cieux au cours des dernières heures, à croire que le monde était resté le même, comme si personne ne se souciait du destin des fourmis qui arpentaient ces terres.

Azel et la jeune fille chevauchèrent encore une petite heure avant de mettre pied à terre pour une courte nuit. Que cela lui plaise ou pas, le chasseur de primes devait composer avec la fatigue des animaux.

— Pourquoi tu me regardes comme ça ? fit Zuhaitza, qui n'avait pas tardé à le tutoyer.

Azel détourna la tête pour cracher un noyau de prune.

— Désolé. Je me demandais juste depuis combien de temps tu te déguisais en homme, mais ça ne me regarde pas.

L'indigène ne répondit pas tout de suite, le regard perdu dans les flammes. À la lueur du feu, les traits de son visage semblaient plus anguleux, plus masculins.

— Ce n'est pas un déguisement, finit-elle par expliquer, surprenant Azel. Je n'ai pas le choix.

Le chasseur de primes étira ses jambes.

— Pas le choix ?

— Ma sœur aînée a disparu. C'était elle qui jouait ce rôle, avant. Quand le fils aîné de la famille meurt, ce qui a été le cas pour nous, la coutume veut que la fille la plus âgée le remplace comme homme de la famille. C'est comme ça.

— Ça veut dire t'habiller en homme, donc.

La jeune fille haussa les épaules.

— Pas seulement. Ça va au-delà des apparences. Aux yeux de mon clan, je suis un homme maintenant. Je peux prendre les décisions que seul un homme peut prendre dans nos tribus. J'ai exactement les mêmes droits que quelqu'un avec une bite entre les jambes.

Azel toussa, cherchant à dissimuler sa surprise. Il n'avait pas imaginé que la jeune femme emploierait un tel terme.

— Je vois.

Elle ricana.

— Non, je ne crois pas. Il faut faire partie du clan pour comprendre les subtilités de ce rituel. Si cela existait chez nous, je pourrais même aller chez le barbier, comme un homme.

— Et te marier avec une femme ? On t'appelle monsieur alors ?

— Ce mot n'existe pas dans ma langue, mais oui, c'est l'idée.

— Et tu vas devoir continuer ainsi…

— Jusqu'à ma mort, oui. Mon frère ne va pas

revenir, ma sœur n'est plus là, donc… Quand j'y pense, on s'était promis tous les trois de trouver Ophir… Il ne reste plus que moi.

— Mais si tu ne vis pas avec ton clan, est-ce que tu ne peux pas agir comme tu veux ?

Zuhaitza grimaça.

— Je ne vis pas avec mon clan, mais je vis avec mon honneur. Je ne compte pas y renoncer maintenant.

— L'honneur ! renifla Azel. Cette notion est partagée des deux côtés de l'océan et elle est souvent la cause de bien des maux.

— On s'en sert de prétexte, mais l'honneur lui-même n'est pas en cause, se défendit Zuhaitza. Toi-même…

— Quoi ? Tu crois que je veux me venger pour une question d'honneur ? J'en ai rien à foutre. Si je veux la tête de ce Jophiel, c'est pour que la colère en moi se taise. C'est tout, soupira-t-il.

La jeune indigène fit la moue, mais elle ne répondit rien, les yeux levés sur Azel. Il finit par sentir monter un malaise étrange en lui. Il n'aimait pas se confier, même à une inconnue qu'il quitterait définitivement d'ici quelques jours.

Il préféra changer de sujet.

— Tu n'as pas répondu tout à l'heure. Au sujet du mariage.

— Non, je ne peux pas avoir de tels liens. Je dois me dévouer entièrement à ma famille. Si un jour je tombe sur un membre de mon clan, je ne veux pas qu'on puisse me prendre en défaut.

— Il y a des hommes avec les cheveux longs.

Pour la première fois de la soirée, Zuhaitza sourit.

— Je sais. Mais pour moi, c'était une façon de changer de statut.

Azel hocha la tête.

— En tout cas, si tu as besoin d'un rasoir, je peux te prêter le mien.

— Imbécile ! répliqua l'indigène en lui lançant un caillou.

C'était un jeu, mais Azel dut tout de même se pencher sur le côté pour éviter le projectile, qui disparut au-delà du cercle. Du coin de l'œil, il vit réapparaître Ombeline. Elle affichait une mine triste, et son cœur se serra.

— J'ai déjà vu des femmes se grimer en homme, reprit-il, faisant bien attention à ne pas employer le terme de déguisement, pour s'engager dans des métiers qu'on ne leur attribue pas habituellement. Ça existe aussi au Coronado. Mais je n'ai jamais entendu parler d'une telle coutume.

— Une différence de plus entre nous…

Comment prétendre le contraire ? Azel nota que le regard de la jeune femme se tournait à nouveau vers le sud.

— Tu peux encore changer d'avis, lui dit-il. Revenir en arrière.

— J'ai fait le tour de la région, l'interrompit-elle, d'une voix soudain moins assurée.

Azel se pencha sur le feu pour l'attiser.

— Tu ne t'es jamais fait prendre ?

— Je ne crois pas…

— Je dois admettre que moi aussi, j'ai cru que tu étais simplement un gamin monté trop vite en graine.

Cette fois, le sourire de la jeune indigène se fit triste.

— J'ai l'habitude maintenant. Cela fait bientôt deux ans que je suis un *tuletac*.

Un homme sans ombre, traduisit Azel.

Le chasseur de primes se surprit à avoir encore d'autres questions à poser à Zuhaitza. Elle avait précisé que sa sœur avait disparu, mais comment ? Que voulait-elle dire par là ? Azel réfléchit, tout en jouant avec le noyau d'une nouvelle prune, qu'il faisait rouler sur sa langue. Peut-être parce que la jeune femme vivait toujours selon les traditions de son peuple. Malgré la solitude, malgré les colons qui avaient envahi leurs vies et imposé leurs règles…, elle traçait son chemin, sans plier.

Elle te ment.

Azel se redressa d'un bond et Zuhaitza leva sur lui un regard interloqué. Se relevant elle aussi, elle saisit aussitôt une arme dans son paquetage.

— Tu as repéré quelque chose ? Un danger ? demanda-t-elle, aux aguets.

Mais Azel ne put lui répondre.

La fée venait de s'adresser à lui, une fois encore.

Il plongea à nouveau son regard dans les flammes, espérant faire disparaître tout recoin d'ombre où la créature aurait pu se cacher.

Elle te ment.

Azel finit par se rasseoir sans mot dire et l'indigène l'imita quelques secondes plus tard. Elle ne lui demanda pas pourquoi il ne lui avait pas répondu, et la conversation qui s'était tissée entre eux mourut.

Le chasseur de primes prit l'unique tour de garde. Il savait qu'il ne parviendrait pas à dormir. Pourquoi personne n'avait vu les cavaliers et leurs prisonniers ? Ils avaient bien dû traverser le fleuve eux aussi. Bien sûr, la bande avait pu décider de faire un détour, mais… personne ne se rendait jamais à Xemballa. Il n'y avait rien à tirer de la montagne, ni de la région tout entière. Même les pires hors-la-loi pourchassés par les milices ou les autorités l'évitaient. Alors, pourquoi Jophiel et les siens avaient-ils choisi cette route ?

Elle te ment, fit la voix. *Elle te ment.*

Azel ferma les yeux.

Ils reprirent la route avant l'aube.

Azel avançait tête basse, à croire qu'il somnolait sur sa monture. Mais il se tourna tout à coup vers Zuhaitza, qui ne cessait de lever les yeux sur le ciel.

— C'est juste un aigle, dit-il.

— Ce n'est pas lui que je regarde, mais sa proie.

Une chèvre grimpait en parallèle, sur les contreforts de la falaise. Azel l'avait repérée lui aussi, un peu plus tôt.

— Si tu espères qu'elle s'en sorte, c'est peu probable.

La jeune fille acquiesça.

— Il ne va plus tarder à frapper.

Azel vit alors l'aigle descendre en piqué, droit sur sa cible.

— À croire que tu commandes aux animaux, ricana-t-il.

L'imposant rapace ne laissa aucune chance à la chèvre. Il la saisit entre ses serres aiguisées à l'instant même où elle sautait sur le rocher suivant et l'arracha à la pierre. D'un puissant battement d'ailes, il s'envola en direction des cimes. La pauvre bête se débattait, mais il était trop tard. Lorsqu'elle parvint à se libérer, elle était déjà si haut que les deux voyageurs ne purent que la regarder chuter dans le vide et rebondir sur les rochers, avant de rouler sur elle-même dans la pente, jusqu'au pied de la falaise.

— Et voilà, son festin est servi, commenta la jeune fille.

Azel ne dit rien. Il savait que le sien se refuserait encore à lui de longues nuits.

Les deux jeunes gens poursuivirent leur route toute la matinée, toujours en direction du nord-est. Entre la boussole et le soleil, Azel ne s'inquiétait guère. Impossible de s'écarter de leur chemin. Le soleil était toujours aussi pâle ce matin-là aux yeux du jeune homme, mais quelle importance ? Le jour, le monde était privé de ses couleurs, de ses odeurs, de sa nature vibrante. La nuit… La nuit, le sang coulait depuis la lune, parant l'obscurité de reflets vermillon.

Peu de temps après midi, ils trouvèrent un ruisseau où faire boire leurs montures. Azel leur palpa les jambes, vérifia l'état de leurs fers. Ils étaient déjà fourbus, bien sûr, mais la mule de Zuhaitza ne déméritait pas.

Le terrain environnant se fit plus raide de nouveau, de façon bien plus abrupte que s'ils avaient décidé de rallier Xemballa en ligne droite à travers les plaines herbeuses. Constance semblait beaucoup plus à l'aise ici. L'herbe était toujours présente, mais les arbustes aussi, sous un ciel limpide. Cette route les avait au moins éloignés d'une possible tempête de cendres.

— Tu as toujours voulu devenir chasseur de primes ? demanda la jeune fille, brisant un nouveau silence.

— Non.

— Je me disais bien. Le monde compte déjà assez de gâchettes.

Azel se retourna sur sa selle.

— Avant l'arrivée des colons, la guerre existait déjà ici.

— Je ne dis pas le contraire, répliqua Zuhaitza en haussant les épaules. Mais vous semblez avoir vraiment le goût du sang. C'est comme si les fusils et vos pistolets faisaient partie de vous, comme si vous vous endormiez avec étant petits. Ce n'est pas normal de manipuler de façon aussi désinvolte des bouts de métal capables de donner la mort.

— Une épée peut donner la mort. Une hache. Une faux. Tout dépend de celui ou celle qui la manie. C'est pareil pour les armes à feu.

— Tu penses vraiment pouvoir abattre vingt hommes avec ça ? demanda-t-elle encore, désignant la carabine.

— Je peux tenir tête à vingt hommes. Je n'ai pas dit que je les abattrais tous.

Un seul homme comptait dans l'esprit d'Azel. Jophiel. Et il n'avait même pas besoin de s'approcher. Avec une 73, il était capable de faire sauter la tête d'un homme à plus de trois cents mètres. Cela n'avait jamais été un problème. Mais ce n'était pas ce qu'il recherchait. Le jeune homme voulait regarder Jophiel droit dans les yeux, sentir sa peur, voir son sang éclabousser son visage. Tout ce que la distance ne lui offrirait pas.

Cette distance entre eux qu'il désirait combler plus que tout.

Une autre chèvre apparut. Saisi par une impulsion irrépressible, Azel s'empara de son arme, fit basculer le canon pour glisser une cartouche à l'intérieur puis s'arrêta un instant pour viser.

La foudre crachée par la carabine frappa l'animal de plein fouet.

— Tu vois, dit Azel d'une voix blanche, je peux tout faire avec une carabine. Même nous offrir de quoi dîner.

Le soir venu, la jeune fille disparut un long moment. Ils avaient trouvé un autre cours d'eau, beaucoup plus modeste, près duquel établir leur campement de fortune. Azel doutait qu'il ait pu arriver quelque chose à Zuhaitza mais se surprit à le craindre. Ses battements de cœur devinrent soudain erratiques et il grimaça, portant la main à son flanc et ouvrant de grands yeux en prenant conscience que sa blessure ne l'élançait pas.

Étouffant un grognement, le pisteur se retourna vers le feu, qu'il avait eu du mal à allumer sous le crépuscule. Il préférait contempler les flammes que risquer de croiser le regard chaque jour plus contrit d'Ombeline, écouter le crépitement de la flambée plutôt que prêter l'oreille aux imprécations de la fée, étonnamment calme.

Entre deux décoctions préparées par la jeune indigène, Azel se sentait parfois étonnamment serein, malgré la fatigue. Il grommela à cette nouvelle pensée, presque aussi irritante que Zuhaitza elle-même.

Azel jeta un coup d'œil à Constance, la mule. La jeune fille était peut-être partie lui chercher de la luzerne. Le chasseur de primes tira sa carte de la région, étirant la longueur de cuir devant lui. Ses doigts se mirent à trembler quand il se souvint que la plupart des points d'eau indiqués dessus n'avaient pas été repérés par hasard, au gré de l'exploration des plaines, mais en suivant les troupeaux de licornes disparus depuis.

— Tout va bien ?

Azel sursauta et jura ouvertement cette fois. Zuhaitza l'avait surpris, se tenant bien trop près de lui. Une chance qu'il n'ait pas sorti son carnet de croquis. Depuis leur rencontre, il s'était remis à dessiner, sans trop savoir pourquoi.

— Oui, pourquoi ça n'irait pas ? répliqua-t-il plus sèchement qu'il n'en avait eu l'intention.

— Monsieur est susceptible !

La jeune fille ne s'en offusqua pas et lui fourra une écuelle sous le nez.

— Je peux te la faire chauffer si tu veux, reprit-elle.

Azel se rendit compte qu'il s'agissait d'une carapace de tortue.

— Il y en a beaucoup dans la région et elles font de bonnes soupes.

— Mais on dirait juste du sang !

Zuhaitza haussa les épaules.

— C'est sûr. La chair n'est pas bonne pour ce que tu as. Et puis, il serait temps que tu goûtes des plats typiques de ta culture, non ? Monsieur le fils de notable.

Azel lui jeta un coup d'œil dubitatif, ravalant sa question suivante. Avec elle, il était trop facile de se lancer dans des discussions sans fin, trop facile d'oublier. Ce constat raviva sa culpabilité, flamboyant de plus belle.

Il ne voulait pas oublier.

26

Les premiers jours de la bataille de Trevelin s'étaient révélés assez animés.

Le Nord avait voulu reconvertir l'un de ses ballons de surveillance des troupeaux pour observer les déplacements de troupes adverses aux abords de la ville, mais Carthagène avait descendu rapidement les deux premières montgolfières à s'élever dans les airs, si bien qu'il n'y en avait pas eu de troisième. Et c'était bien le Sud, encore, qui avait ainsi récupéré l'avantage côté reconnaissance en s'installant sur les collines dominant la ville.

Mapril replia la lettre sans poursuivre sa lecture et la fourra dans son enveloppe.

— C'est quoi ça, mon vieux ? Encore un courrier ? T'es sacrément populaire dans ta famille.

Le jeune homme dissimula bien vite l'enveloppe dans le revers de sa veste.

— T'occupe.

Dans l'ombre de la porte, son camarade haussa les épaules.

— Aucun problème. Tu crois que ça sert à quelque chose ? Tout ça, reprit-il finalement, désignant la rue la plus proche du bout de son fusil. Huit jours qu'on est là et on a quoi, avancé de deux cents mètres ? Et encore, je suis généreux.

— On n'a pas le choix, siffla le troisième soldat présent avec eux sous le toit de l'ancienne taverne de la ville.

Baxtra ne semblait pas vraiment d'accord. Il était toujours mal à l'aise en présence de Verset, et Mapril n'était pas loin de partager ce sentiment. Verset se lécha les lèvres, puis saisit le petit volume qu'il portait toujours avec lui.

— Il est temps pour un nouveau sermon.

Baxtra leva les yeux au ciel puis chercha le regard de Mapril. Tous deux savaient très bien ce que cela signifiait pour lui.

Verset replia soigneusement l'une des pages de l'ouvrage avant de la déchirer d'un coup net. Avec des gestes toujours aussi précis, il entreprit de rouler la feuille avant de saisir sa blague à tabac.

— Je ne comprends vraiment pas pourquoi tu n'utilises pas du papier à rouler comme tout le monde. Ou alors tu pourrais chiquer.

— Chiquer, ce n'est pas digne.

— Parce que découper et brûler le Livre une page après l'autre, oui ?

Mapril détourna les yeux, préférant ignorer la dispute. Trevelin avait bien changé. Les habitants avaient fui ; certaines maisons avaient brûlé ; on aurait dit une ville fantôme.

L'odeur du tabac fit frémir ses narines et le ramena à la table qu'ils occupaient. Les yeux de Verset étaient rivés sur lui.

— Tout va bien ? demanda-t-il d'un ton placide.

Mapril se contenta d'un hochement de tête.

Si les choses devaient changer, il fallait que le

Nord l'emporte. Une petite voix ne cessait de lui répéter qu'ils n'avaient aucune garantie d'une véritable nouvelle donne, mais la lointaine Carthagène ne pouvait plus leur dicter comment mener leurs vies.

— J'ai vraiment hâte que cette campagne finisse, bon sang ! soupira Baxtra. J'espère bien qu'on touchera une prime !

Cette fois, Mapril ne put réprimer un ricanement.

— Si le Nord instaure vraiment une république, elle n'aura pas beaucoup de sous à donner. Mais tu te retrouveras sûrement avec un bout de terrain sur les plaines, t'en fais pas.

Encore faudrait-il qu'il y ait des terres à distribuer aux vétérans. *Tu crois que ça sert à quelque chose ?* La réponse la plus probable était que non. Les autorités du Nord, pas plus d'ailleurs que les rebelles indigènes sous les ordres du Loup Gris, n'auraient jamais imaginé qu'Artemis Cortellan réagisse aussi vite et, surtout, décide de passer par la mer pour les prendre à revers. L'ancien mercenaire avait débarqué très loin dans le Nord, dispersant devant lui les populations, causant ainsi d'autant plus de chaos dans les rangs de ses ennemis. Si les forces indépendantistes se retrouvaient prises en tenaille… Mapril secoua la tête.

Par chance, si Artemis Cortellan demeurait un brillant stratège prompt à réagir, il n'en allait pas de même des officiers qu'il avait laissés derrière lui. Si l'armée de bric et de broc du Nord n'était pas parvenue à descendre en direction de Carthagène, les forces du Sud n'étaient pas montées plus haut que Trevelin. Chaque camp occupait donc les mêmes positions depuis plus d'une semaine, d'une rue de la ville à l'autre. Mais quel que soit le vainqueur de cet affrontement, Trevelin ne serait plus jamais cette petite cité paisible dont les roues de moulins tournaient gaiement à l'ombre des falaises.

— Vous croyez que le colonel va céder cette fois-ci ? gloussa Baxtra.

Un grincement à l'étage lui répondit et les trois hommes levèrent la tête à l'unisson.

— T'es qui pour critiquer le colonel ? lança une nouvelle voix.

— Voilà la Chouchoute, marmonna Baxtra en détournant la tête.

Personne ne manifesta la moindre réaction face à ce commentaire.

Despoina avait rejoint leur groupe dix jours plus tôt seulement et les autres membres de l'escouade ne l'avaient pas accueillie avec beaucoup d'enthousiasme. Non pas à cause de son sexe : les armées du Coronado comptaient des femmes dans leurs rangs depuis longtemps. Baxtra et les autres préféraient la laisser en dehors de leurs conversations à cause de ses liens avec leur supérieur. La Chouchoute n'était autre que la fille du colonel, même si personne n'était censé le savoir. Il n'y avait eu aucune communication officielle à ce sujet.

Mais tout se savait en temps de guerre.

— Je ne suis personne, madame, répliqua finalement Baxtra.

La jeune femme les regardait toujours d'en haut, les deux mains sur la rambarde surplombant la salle du tripot. Elle avait attaché ses cheveux en double boucle, l'une des trois coiffures autorisées dans l'armée pour les femmes. Son regard dur ne lâchait pas les trois autres membres du groupe. Comment faire autrement ? Comme la plupart des troupes du

Nord, il s'agissait d'anciens miliciens n'acceptant guère l'autorité.

— Vous devriez savoir qu'il ne faut pas tenir compte de ce qui se dit sous les tentes, surtout maintenant.

— Faut quand même avouer que l'Évacuateur, c'est un surnom marrant, tu ne trouves pas ? insista Baxtra. Mais à un moment, s'il continue de reculer…

Il laissa sa phrase en suspens, foudroyé sur place par le regard de la Chouchoute.

Mapril se retourna une fois de plus vers la rue, toujours caché dans l'angle mort de la fenêtre. Le colonel Sorel se contentait pour l'essentiel de manœuvres d'évitement, ce qui revenait à reculer, ce jour-là jusqu'aux rues désertes de Trevelin.

— Baxtra n'a pas tort. Il va falloir trouver une solution pour chasser cette bande d'idiots, intervint à son tour Verset, hochant doctement la tête.

— On en a une de solution, justement. Allez, la pause est terminée, les gars !

— La ligne de front ne bouge plus depuis trois jours. Chaque camp tient ses positions en ville, répondit Baxtra. Rien ne dit que ça va marcher.

Le jeune homme chercha en vain un sourire sur le visage de ses camarades.

— Vous savez que j'ai raison, insista-t-il. *Tu* le sais, ajouta-t-il en relevant la tête vers la rambarde.

— Tu as fini ? Je viens de vous le dire, la pause est terminée.

Malgré l'animosité évidente de Baxtra à l'égard de la jeune femme, celui-ci savait qu'il n'était pas en mesure de se rebeller ouvertement, et pas seulement pour une question de hiérarchie.

Les quatre soldats se préparèrent à laisser derrière eux les épais murs de pierre et de rondins pour rejoindre leur chantier. Mapril les laissa passer tous les trois en direction de la cave, choisissant de fermer la marche. La Chouchoute passa devant lui en roulant des hanches et lui lança un coup d'œil.

— D'habitude, tu prends les devants, remarqua-t-elle à mi-voix.

Mapril ne put s'empêcher de noter quant à lui que c'était la première réplique de la fille du colonel énoncée avec calme, pour ne pas dire une certaine douceur. Baxtra s'était arrêté sur le seuil.

— Je vous tiens la porte, les amoureux ?

Baxtra s'était exprimé d'un ton guilleret, mais, étrangement, Mapril ne lut aucun humour dans son regard.

— Ta gueule, fit sèchement la Chouchoute. Nous ne sommes pas en avance.

Tous les quatre rejoignirent l'entrée du tunnel qu'ils creusaient depuis près de dix jours. Par chance, le sous-sol en argile les dispensait d'étayage important, même si le bois de construction ne manquait pas. Il fallait surtout consulter régulièrement leur compas pour s'assurer de ne pas dévier du tracé prévu.

— La banque ne doit plus être loin, murmura Mapril, le front couvert de sueur.

Despoina releva la tête. La chaleur qui régnait dans le tunnel avait laissé des traces sur sa chemise. La poussière humide lui maculait le cou et les joues. Sous terre, impossible de conserver sa veste.

— J'espère que tu plaisantes.

— Tu sais bien que oui, sourit son camarade.

— Je préfère ça. Ce n'est pas le cas de tout le monde.

Despoina savait que Baxtra avait réellement eu l'intention de profiter du chaos ambiant pour cambrioler la banque à l'aide d'un tunnel. La jeune femme l'avait surpris la pioche à la main et, sans son intervention, Baxtra croupirait sans doute quelque part, pourquoi pas au fond de son propre tunnel. En tout cas, il aurait été chassé de l'armée, manque d'effectifs ou pas. Despoina connaissait bien son père, il ne transigeait pas. La jeune femme ne l'avait pas dénoncé, leur proposant à la place ce stratagème. Elle considérait lui avoir sauvé la peau, un sentiment pas vraiment partagé par Baxtra.

— Ça lui passera, répondit Mapril.

Le masque de la jeune femme se fêla une fois de plus. Pourtant, elle ne s'adressa pas à lui avec douceur, mais avec lassitude.

— Il ne comprend pas. Vous ne comprenez pas.

Ils avaient beaucoup trop chaud dans le tunnel.

— Tiens.

Despoina lui tendit son mouchoir, encore humide. Devant les hésitations de son camarade, elle insista.

— C'est mieux que rien. Je te dégoûte tant que ça ?

On n'entendait plus que leurs souffles mêlés au bout du tunnel.

— Tu sais bien que non. Et je comprends le colonel, reprit Mapril après un coup d'œil en direction du coude du tunnel. Il ne veut pas perdre ses hommes. C'est sans aucun doute un officier respectable, précisa-t-il, songeant au fait que sa propre fille faisait partie de ce détachement, sans aucun passe-droit.

— C'est moi qui ai demandé à intégrer le groupe. Ce n'est certainement pas l'idée du colonel.

Impossible pour elle de l'appeler « père » devant l'un de ses camarades. Mapril baissa d'un ton. Ils étaient si proches désormais qu'il pouvait voir malgré la pénombre la moindre gerçure des lèvres de son sergent.

— Tout est prêt, murmura-t-il.

La lumière vacilla un instant. Baxtra était de retour, le visage plus fermé que jamais, mais cette fois, Despoina n'était pas en cause, pas directement du moins.

— J'ai tout installé.

Au-dessus de leurs têtes, le sol tremblait de temps en temps, au fil des rondes de garde.

— C'est le moment ou jamais de changer d'avis, fit Mapril.

Tous les deux savaient bien qu'ils n'avaient pas le choix. Despoina s'était montrée limpide. Si ce n'étaient pas eux, son père enverrait d'autres soldats se charger de cette mission.

La jeune femme baissa les yeux sur les cinq mètres de mèche. Quatre-vingt-dix secondes par mètre, soit un peu plus de sept minutes pour quitter les lieux et rejoindre leur camp avant la première détonation. Une parmi des dizaines.

— Verset, tu veux nous bénir ça ? ricana Baxta.

L'interpellé ferma les yeux tout en tirant son exemplaire du Livre des séraphins, puis il en arracha une page. Les trois autres le regardèrent se rouler paisiblement une cigarette, comme s'ils n'étaient pas sur le point de faire sauter l'une des deux positions d'artillerie de l'ennemi, à cent cinquante mètres de là.

Il était temps de partir.

Les quatre soldats se préparèrent à laisser derrière eux les épais murs de pierre et de rondins qui les protégeaient depuis une petite heure. Évitant la sortie principale, ils avaient décidé de quitter l'auberge par une porte latérale donnant sur une ruelle étroite qui n'était pas à découvert, contrairement à la grand-rue.

La jeune femme s'arrêta, près de la roue à aubes d'un moulin. Ils n'avaient toujours croisé personne depuis leur départ de l'auberge. Mapril leva les yeux sur le ciel. Pour une fois, une averse de cendres aurait pu leur être utile, mais un tel voile aurait frappé les deux camps sans distinction.

— Dépêchons, les pressa la jeune femme.

Tous s'aperçurent qu'un silence inhabituel régnait, comme un linceul jeté sur les toits.

Mapril se pencha vers sa supérieure.

— Sergent, ne vous arrêtez pas. Il y a un tireur, à six heures. Dans le clocher. Ce n'est pas l'un des nôtres.

Imperceptiblement, Despoina hocha la tête. Si Verset fit de même, Baxtra s'élança au pas de course de l'autre côté de la rue, disparaissant entre deux bâtiments. Le sergent, incrédule, ne put s'empêcher de jurer.

— Espèce de sale fils de…

— À couvert ! s'écria Mapril, poussant sans hésiter la jeune femme dans le canal boueux.

Tous bondirent dans le chenal à moitié asséché qu'ils longeaient depuis une longue minute. Despoina écrasa son poing sur la paroi. À moins de s'exposer elle-même aux tirs, elle ne pouvait plus suivre des yeux le soldat ennemi. Trois tirs rebondirent sur le muret un instant plus tard. Mapril bascula en avant.

Une balle avait suffi.

À l'abri de la pierre, les trois soldats échangèrent des regards stupéfaits. Mapril porta une main à son épaule. Le tissu de sa veste était déjà imbibé de sang.

— Merde, il ne m'a pas raté, ce con-là, grogna le soldat.

Despoina jeta un coup d'œil au-dessus du muret mais rentra bien vite la tête dans les épaules quand un nouveau sifflement annonça une balle, qui rebondit sur la pierre dans une gerbe d'étincelles.

— Il a l'air nerveux, gloussa Mapril.

— Ne fais pas l'idiot, intervint Despoina, une main sur l'épaule de Mapril pour maintenir son bras en place.

— Nous sommes seuls avec lui, ahana ce dernier. Il a dû jouer les éclaireurs. Je ne sais pas s'il a repéré d'où l'on venait ou s'il a compris ce qu'on faisait dans la taverne, mais s'il prévient sa hiérarchie…

La jeune femme secoua la tête.

— Pour le moment, on ne peut pas se préoccuper de ça. Il faut te ramener au camp. Si tu perds trop de sang et que tu perds connaissance… Personne n'a envie de te porter.

Mapril eut un petit sourire.

— Tant de sollicitude, ça fait plaisir.

Sa poitrine se soulevait de plus en plus vite. Le soldat était de toute évidence encore sous le choc.

— Il… il ne peut pas se déplacer. Pas… pas tout de suite. S'il avait compris ce qu'on trafiquait ici, il serait déjà parti éteindre la mèche. Le clocher, c'est parfait pour lui.

Despoina fronça les sourcils.

Verset se contenta d'un hochement de tête, avant de se relever et de tirer en direction du clocher. Une fois, deux fois. Il se baissa de nouveau avant que leur adversaire ait pu riposter.

— Et c'est toi qui tires sur une église, sourit Despoina, se détendant quelque peu.

La jeune femme l'imita un instant plus tard, pendant que Verset rechargeait son arme.

— Il va falloir qu'on avance, nous aussi. Et faire sans Baxtra, puisqu'il a choisi de ne penser qu'à sa gueule. Je te jure que si je le retrouve…

— *Quand* vous le retrouverez, sergent, corrigea Mapril.

Despoina cligna des yeux avant d'acquiescer. Il leur restait cinq cents mètres à parcourir pour rallier le camp. Cinq cents foutus mètres.

— On peut le faire.

Il devait rester quatre mètres de mèche avant que leurs camarades montent à l'assaut. Quatre petits mètres. Et le tireur embusqué pourrait observer leurs moindres déplacements une fois hors du canal.

— Tu peux marcher ? demanda-t-elle.

— Il faudra bien.

La jeune femme se tourna vers Verset.

— À trois…

À vingt-cinq mètres sur leur droite, le canal bifurquait. Sur une courte distance qui ne les mènerait à rien, certes, cet embranchement leur permettrait de quitter le chenal à l'abri des balles, puisqu'une demeure se dressait encore là. Ils progressèrent dans le silence, seulement troublé par le clapotement de la boue soulevée par leurs bottes. Avant de se mettre en route, Verset avait arraché une page de plus du

Livre pour l'allumer, la glissant entre deux pierres du mur.

— Comme ça, il pensera qu'on n'a pas bougé, avait-il murmuré.

Une fois au pied des marches, ils auraient quelques secondes pour traverser la rue et rejoindre une autre demeure. Despoina n'osait plus regarder sa montre. Elle estimait qu'ils auraient trois rues à franchir ainsi avant de se retrouver enfin hors de vue mais surtout hors de portée du tireur. Malgré la tension, la jeune femme s'étonnait presque de son calme. Mais elle savait que la première rue serait la plus facile à franchir. Une fois que le tireur aurait repéré leur déplacement, leur progression deviendrait bien plus dangereuse. Puisqu'elle devait soutenir Mapril, Verset serait le seul à même de faire feu.

— On y va ! siffla la jeune femme.

Tous les trois franchirent les cinq marches les séparant de la rue, avant de se figer sur place. Deux soldats de Carthagène se tenaient là, leurs armes braquées sur eux, baïonnette au canon.

— On ne bouge plus ! aboya l'un d'eux. T'as vu, je savais bien qu'on avait entendu quelque chose par ici !

— Tu parles, ricana l'autre, c'est Briam qui nous a guidés depuis le clocher ! Lâchez vos armes !

Verset consulta Despoina du regard. La jeune femme tenta de l'ignorer, tout comme le souffle court de Mapril sur son cou, et le sang qui coulait toujours sur ses pantalons.

— Nous avons un blessé, commença-t-elle. Il a besoin de soins, il…

— J'ai dit : jetez vos armes, répéta le second soldat.

Despoina tourna la tête en direction du clocher.

La silhouette du tireur embusqué avait disparu. Il était peut-être descendu rejoindre ses camarades.

— Qu'est-ce que je fais, sergent ? murmura Verset. Il doit rester un mètre.

Le regard de Despoina se porta à nouveau sur le clocher. Le soldat ennemi était de retour et ne se cachait plus. La jeune femme plissa les yeux.

Un instant plus tard, le premier des deux combattants adverses tomba à la renverse, fauché par une balle en pleine tête. Le second, bouche bée, l'était encore quand il lâcha à son tour son fusil, abattu lui aussi. L'écho des deux tirs résonna encore sur la place de longues secondes.

— À couvert ! siffla Despoina.

Même sous le choc, elle devait agir. Tous les trois atteignirent le mur de la demeure la plus proche et se laissèrent glisser à son pied.

— Il faut foutre le camp tout de suite ! hurla Baxtra en les rejoignant, le visage éclaboussé de sang. Le tunnel va exploser dans moins d'une minute !

La voie était libre. Il n'y avait pas d'autre tireur embusqué. En tout cas, Despoina devait le croire. Ces deux affirmations ne cessèrent de s'entrechoquer sous son crâne, se changeant en véritables suppliques. Ils traversèrent le champ de ruines qui les séparait encore de la lisière de leur camp. Avec Verset, ils étaient désormais deux pour soutenir Mapril. Baxtra n'avait pas proposé son aide, mais la jeune femme ne comptait pas le reprendre pour cette fois, pas après ce qu'il avait fait.

Ils plongèrent dans la tranchée avec soulagement, à l'instant même où la mèche s'éteignait, à trois cents mètres de là. Même tête baissée, même avec des murs de terre comme seul horizon, le sergent sentit la terre trembler, vit le ciel se colorer d'une teinte sanguine.

Autour d'eux, les soldats du Nord rugirent, portés par un même élan. Tout en sachant ce qui allait se produire, Despoina ne put retenir un sourire. Elle avait réussi. Sang et cendres, elle avait réussi ! Elle sentit la main de Mapril effleurer son oreille droite. Non. Ils avaient réussi, tous.

Maintenant, ce serait aux autres de prendre le relais.

Despoina était contre cette attaque. Même en profitant de l'effet de surprise, en cas de réussite de leur mission, les troupes de Carthagène conservaient une seconde ligne d'artillerie, sans doute plus redoutable encore que les batteries avalées par le cratère. En cas d'assaut, les soldats postés sur la colline n'hésiteraient pas à faire feu, même s'il leur faudrait sans doute se remettre eux aussi de la manœuvre osée du Nord. Son père lui avait bien affirmé, encore et encore, qu'ils n'avaient pas le choix et qu'il fallait s'endurcir.

Les trois derniers soldats désignés quittèrent la tranchée à l'instant même où elle relevait les yeux. Il était temps pour eux de la quitter aussi, mais pour rejoindre le camp et conduire Mapril à l'infirmerie.

— Il se passe quelque chose sur la colline, annonça Baxtra, premier à s'extirper de là, bien entendu.

Le cœur de Despoina se serra en se retournant, tandis que Verset poussait Mapril en direction d'une échelle. Le regard de la jeune femme ne fut pas attiré par la colline, pas tout de suite. Elle contemplait, les yeux écarquillés, le cratère fumant qui avait englouti une bonne moitié des pièces d'artillerie de Carthagène déployées en ville. Les charges avaient bel et bien sauté sur toute la longueur du tunnel. Et avec elles, sans doute, des dizaines de soldats, sans parler de ceux qui n'étaient que blessés.

— Beau travail, murmura Mapril, en passant devant elle.

La jeune femme préféra ne pas répondre.

Une ligne d'escarmouche se précipita vers l'avant en petits groupes. Les combattants qui ouvraient la marche s'arrêtaient pour tirer, puis s'agenouillaient pour recharger, tandis que ceux qui les suivaient les dépassaient de quelques mètres en courant, avant de les imiter. Les premiers atteignirent les décombres et les escaladèrent. Plusieurs d'entre eux tombèrent, mais la vague poursuivit sa progression et pénétra dans la cité comme une déferlante.

Une colonne de cavaliers se précipita au galop depuis le flanc gauche jusqu'au mur en ruine. Ils mirent pied à terre et entrèrent en grand nombre. Cinquante soldats, fusils en bandoulière dans le dos, s'employaient à dégager un chemin tandis que l'artillerie d'appui se mettait également en route vers la ville.

Despoina tourna le dos au champ de bataille en apercevant plusieurs canons pivoter sur la colline. Leurs ennemis n'avaient pas traîné. Les premiers soldats du Nord n'avaient parcouru qu'un peu plus de deux cents mètres sur les cinq cents qu'ils avaient à combler. Si Carthagène avait jusque-là hésité à détruire Trevelin, ce ne serait plus le cas à présent. Ils allaient frapper.

Une première détonation retentit dans son dos et

Despoina frémit, baissant la tête. Les canons tonnaient déjà.

Ignorant les regards interdits de Baxtra et Mapril, le sergent les laissa là. Pour la première fois depuis longtemps, elle avait envie de se réfugier sous la tente de son père. Il était un peu plus loin sur la ligne, à n'en pas douter. À force d'être moqué, il avait dû se résoudre à tenter une telle offensive. Plus ils attendaient et plus ils risquaient de voir arriver Artemis Cortellan sur leurs talons.

Despoina avait beau le savoir, elle ne parvenait pas à lui pardonner. La jeune femme hésita longtemps, errant au milieu des tentes tandis que les détonations se poursuivaient dans son dos. Bientôt, les fusils se firent entendre eux aussi, se joignant au chœur de poudre. Elle se retint encore une poignée de minutes, puis, à son troisième passage devant la tente de son père, décida d'entrer.

Il fallait qu'elle l'entende, une fois de plus. Peut-être que cette fois, ses raisons la convaincraient. Despoina laissa retomber le battant de toile et son regard se tourna instinctivement vers le bureau du colonel. Une veilleuse brillait. Son père n'avait pas oublié de l'éteindre en sortant, quelqu'un se tenait en fait assis à sa place.

Un homme que Despoina n'avait encore jamais vu mais qu'elle reconnut sans hésitation. Le Loup Gris des rebelles indigènes attendait visiblement lui aussi le retour du colonel Sorel.

Les yeux de l'homme luisaient d'un éclat vif dans la pénombre ambrée.

— Que faites-vous ici ? demanda Despoina en portant une main à sa ceinture.

— Je vous en prie, le colonel Sorel sait que je suis là. À vrai dire, il attend même ma venue.

— Plaît-il ?

La jeune femme sentit l'homme sourire sous son foulard. Il ne s'était même pas levé. Pour être tout à fait honnête, il ressemblait bien davantage à un bandit de grand chemin qu'à l'image qu'elle s'était faite de lui.

— Vous venez du champ de bataille ? demanda-t-il, d'un ton beaucoup plus sérieux. Vous avez dû voir ce qui s'est passé.

— Nous avons donné l'assaut, oui.

— Et vous avez neutralisé toute l'artillerie de Carthagène. Enfin, *nous* l'avons neutralisée, devrais-je dire.

Despoina battit des paupières.

— Je ne comprends pas, reconnut-elle.

— Vous êtes la fille du colonel, c'est bien ça ? Sorel m'a parlé de vous. Je peux vous le dire alors : mes hommes ont repris la colline. Vous n'avez pas vu que ce sont les positions de Carthagène que nous venons de viser ? Vos camarades ne sont pas partis à la mort. Le capitaine Derrera va devoir changer de stratégie s'il compte bel et bien prendre cette ville.

— Vous… vous avez assassiné le vice-roi, c'est ce meurtre qui a précipité tout cela. Jamais mon père ne ferait alliance avec vous.

Le Loup Gris leva la main.

— C'était certainement le but de nos ennemis communs. Ils ont sans doute eu vent de cette alliance et ont cru pouvoir la tuer dans l'œuf. Mais en nous poussant au désespoir, ils nous ont au contraire conduits à cette extrémité. Bien sûr, votre père, tout comme la Compagnie des Cinq Cents, ne peut le reconnaître publiquement. Nous partageons nos informations et il arrive que j'agisse dans votre sens. Comme ce soir. Dans l'ombre.

— Et vous venez malgré tout au cœur du camp ?

— Je sais me montrer discret. Et si vous, vous n'êtes pas au courant de nos petites affaires, sachez aussi que ce n'est pas ma première rencontre avec votre père.

— Merci de me l'apprendre, répliqua Despoina, d'un ton grinçant.

La jeune femme se retourna brusquement en apercevant une ombre derrière l'entrée de la tente. Son père était là.

— Oh. Je ne pensais pas vous voir, soupira Sorel. Et je parle pour vous deux.

— J'ai rempli ma part du marché, répondit le Loup Gris, ignorant brusquement la jeune femme. Je voulais vérifier de mes yeux ce que vous m'aviez promis.

27

Les deux jeunes gens poursuivirent leur chemin plusieurs jours, entre discussions animées et confidences plus intimes, avec pour seuls témoins la bise et les montagnes. Azel ne savait jamais sur quel pied danser avec l'indigène, mais, pour la première fois, il parlait librement ; à croire qu'elle possédait un talent singulier, malgré sa rudesse apparente. Une clé, qui n'appartenait qu'à elle.

Azel et la jeune fille ne s'aperçurent pas tout de suite qu'ils longeaient une voie ferrée. Ils avancèrent encore une heure, sans croiser personne ni même entendre de train au loin. La région devenait peu à peu plus sauvage et toujours plus vallonnée. Difficile de poser des rails sans lourds travaux, même si après avoir franchi les montagnes, il n'y avait de toute évidence rien d'impossible pour les ouvriers de Carthagène. Surtout quand leur existence tout entière était dédiée à ce genre d'aménagements.

Enfin, ils aperçurent un bâtiment en bois au toit de tôle, qui s'embrasait dans la lumière du soleil déclinant.

— Une gare, ici ? fit Zuhaitza, talonnant sa monture pour revenir à la hauteur d'Azel.

Il s'agissait bel et bien d'une gare, perdue au milieu des plaines. Cinq minutes plus tard, les deux voyageurs se rendirent compte que d'autres structures se dressaient un peu plus loin. Il y avait là six ou sept maisons sans doute, toutes dépourvues de toit ou de fenêtres, comme si elles n'avaient jamais été achevées.

Une silhouette apparut alors sur le modeste quai, brandissant une lanterne. Le cœur d'Azel frissonna quand il s'imagina un instant reconnaître Ombeline. Mais non. L'homme affichait un uniforme parfaitement repassé… et le manche d'une carabine dépassait de son dos.

— Il n'y aura pas de train avant trois jours, les héla le chef de gare, dès qu'il les jugea à portée de voix. Et encore, si ce train-là n'est pas annulé entretemps.

— On ne vous prévient pas ? interrogea Azel.

— Pensez donc ! Le télégraphe est en panne. Comme d'habitude.

L'homme devait avoir près de cinquante ans. Un coup d'œil aux environs confirma à Azel qu'il était seul. Il n'y avait personne aux abords de la gare ou des maisons abandonnées.

— Si vous voulez, poursuivit le cheminot, descendant les trois marches du quai pour se retrouver à leur hauteur, vous pouvez vous installer dans l'une des maisons, là-bas. Ce n'est pas moi qui vous dénoncerai !

— Nous dénoncer ? fit la jeune femme.

Le chef de gare lui lança un regard surpris.

— Ouais. Ces baraques ont été construites exprès pour les gens comme vous. Carthagène pensait que si on leur construisait des maisons, les indigènes s'installeraient pour de bon quelque part, au lieu de se déplacer un peu partout et de déranger les propriétés agricoles avec leurs itinéraires.

Zuhaitza ravala une réplique bien sentie. Une fois de plus, ses traditions étaient jugées par un œil non seulement indifférent mais bien peu au fait de leurs réalités.

— Sauf que, bien sûr, ça n'a pas marché. Et les colons, évidemment, n'avaient pas le droit pour autant d'en prendre possession. Nous, on devait se débrouiller par nous-mêmes ! Quelle folie. Carthagène ne comprend rien à rien.

— Quelqu'un s'est pourtant bien servi, répliqua Azel.

— Vous parlez des toits et des portes ? Oui, au bout d'un moment, forcément. Mais pour les emmener ailleurs. Ça n'a aucun sens de vouloir fonder une ville au milieu de nulle part. C'est une terre sauvage, bonne pour les amateurs de gibier, c'est tout.

— Alors qu'est-ce que vous faites encore là ? rétorqua la jeune fille, d'un ton ouvertement vindicatif.

— Je suis chef de gare, mon grand, répondit-il, la prenant pour un garçon. Jusqu'à preuve du contraire, cette gare est toujours desservie, même si c'est une fois par semaine au mieux. Alors je reste en poste. C'est mon devoir.

Le devoir, encore ! Azel jeta un rapide coup d'œil à Zuhaitza. Pourvu qu'elle tienne sa langue. Il ne l'avait pas acceptée à ses côtés pour attirer l'attention. Zuhaitza détourna le regard. Elle avait visiblement saisi le message tacite d'Azel et choisi de ne pas insister.

— Parfois, reprit le chef de gare, il y a quelques

voyageurs de passage, comme vous. C'est l'occasion d'avoir des nouvelles du Sud.

Azel se raidit sur sa selle. Il n'avait aucune nouvelle à donner et une question le taraudait déjà, toujours la même.

— Vous avez croisé des cavaliers, ces derniers jours ?

Sans même prendre le temps de réfléchir, l'homme fit non de la tête.

— Je m'en souviendrais. C'est déjà rare d'en croiser un, alors toute une bande… Je ne pourrais pas la rater. C'est aussi pour ça que ma carabine ne me quitte pas. On n'est jamais à l'abri d'une mauvaise rencontre, même ici…

Elle te ment, siffla une fois de plus la voix dans son oreille.

— Vous êtes sûr ? insista malgré tout le jeune homme.

— Tout à fait. Personne n'est passé par ici depuis plus de dix jours. Même pas le train, en fait. Je me demande parfois si on ne m'a pas oublié !

— Où va ce train ? intervint Zuhaitza. Je ne savais pas qu'ils montaient si loin dans le Nord.

— Oh, il n'y a pas de ligne pour Surkutir, si c'est le sens de votre question. Je ne suis pas sûr qu'il y en ait un jour là-bas d'ailleurs. C'est un train de marchandises, pour la mine de Soleqin. En principe, il y a un convoi par semaine, mais là… Depuis quelque temps, la ligne fonctionne au ralenti. Quand je pense que certains pensaient trouver de l'orichalque…

Le chef de gare secoua la tête. La péninsule n'était pas entièrement dépourvue de ressources. Les seuls à pouvoir en tirer de véritables bénéfices n'étaient pas les chercheurs de métaux solitaires, mais les compagnies minières qui formaient de véritables entités tentaculaires.

Mais, déjà, celles-ci subissaient la concurrence de nouvelles organisations dédiées à la recherche de ce précieux or noir, plus tangible que ne l'avait jamais été l'orichalque des légendes.

— Et ça ne vous inquiète pas ? relança Zuhaitza.

Le chef de gare soupira puis haussa les épaules.

— Ma foi, dit-il en ôtant sa casquette pour passer une main dans ses cheveux gris, moi, je suis là pour surveiller le passage et m'assurer qu'il n'y ait pas de risque d'accident. Autant dire que ce qui se passe du côté de la mine, ça ne me concerne pas. Est-ce que vous comptez rester ici ce soir ? Avec vous, la population locale triplerait ! ajouta-t-il encore, narquois.

— Merci de votre proposition, mais nous devons poursuivre notre route, répondit aussitôt Azel. Nous ne pouvons pas nous permettre de nous offrir une soirée de repos.

— C'est bien dommage pour vous.

S'il se montrait honnête avec lui-même, Azel regrettait l'absence de train. Il aurait abandonné sa monture sur-le-champ pour monter à bord d'un convoi de marchandises. Le train n'allait peut-être pas beaucoup plus vite qu'un cheval par ici, mais il n'était pas sujet à la fatigue. Il n'avait jamais entendu parler de cette mine, mais la ligne s'étirait en direction de Xemballa. C'était la seule chose qui importait à ses yeux.

— Si vous voulez faire boire vos bêtes avant de repartir, il y a un point d'eau un peu plus loin. Un puits, derrière la dernière maison du village.

Azel remercia le chef de gare d'un signe de tête. Zuhaitza et lui le saluèrent puis se dirigèrent vers la maison indiquée. Alors qu'Azel remontait un seau, le cheminot réapparut et les héla de nouveau.

— Si vous cherchez des cavaliers de passage dans la région, vous devriez peut-être vous rendre à l'observatoire. Mais ça vous obligerait à faire un détour. Je dirais qu'il faut bien deux heures depuis la gare.

— L'observatoire ?

Le chef de gare acquiesça.

— Encore une initiative avisée de la part de nos chères autorités ! renchérit-il. Il a ouvert ses portes il y a quoi, dix ans ? Ils cartographient les cieux ou quelque chose de cet ordre. Je n'étais pas encore en poste ici, pauvre de moi. Ils sont une dizaine là-haut, de vrais ermites. Si jamais les gens que vous cherchez ont décidé de ne pas suivre la voie ferrée, ils sont peut-être montés sur le plateau.

Azel lança un regard interrogateur à la jeune fille, mais Zuhaitza ne réagit pas.

— Merci pour le renseignement, répondit-il finalement.

— De rien. J'avoue que je suis curieux… Vous avez une raison particulière de chercher les cavaliers dont vous parlez ? Sauf votre respect, vous avez l'air…

— Je suis chasseur de primes. J'ai l'habitude de parcourir les plaines.

— Ça, je veux bien le croire, il faut savoir être prêt à bouffer de la poussière pour toucher une bourse.

— Comme vous dites.

Les deux chevaux ayant bu tout leur saoul, Azel décida qu'il était plus que temps de repartir. Dormir quelques heures dans l'une de ces maisons ouvertes aux quatre vents ne l'intéressait pas. Ils quittèrent donc le chef de gare sans attendre, le saluant une dernière fois de la main. De loin, Zuhaitza le vit retourner sur son quai et commencer à l'arpenter de long en large. La soirée promettait d'être longue pour lui. Leur passage avait sans doute encore avivé sa solitude, le ramenant à son absurde condition.

— Tu comptes monter jusqu'à cet observatoire ? demanda-t-elle alors que leurs deux montures avançaient au trot.

— Pourquoi pas ? Je n'arrive pas à pister ces bâtards, alors…

Elle te ment.

La jeune fille ne répondit rien, comme si elle lui laissait l'entière responsabilité de sa prochaine décision.

Elle te ment.

Le chef de gare ne s'était pas trompé ; ils arrivèrent en vue de l'observatoire deux heures et demie plus tard. Le chemin s'était révélé pentu, pierreux, mais praticable. Un chariot pouvait aisément monter jusqu'aux deux dômes abritant les télescopes, ce qui semblait logique : construire de tels instruments de précision demandait certainement de transporter de lourdes pièces, à commencer par de précieux miroirs. Pour la première fois depuis qu'il s'était engagé sur cette route, alors que les étoiles s'étaient mises une à une à briller pour les accompagner, Azel se sentait étrangement calme. Non pas serein, mais apaisé. Pourquoi aurait-il dû nourrir de quelconques scrupules, envers qui que ce soit ? Il s'était donné un but, tout comme tant d'autres. Le sien consistait uniquement à faire voler en éclats les plans des cavaliers. Comme pour se moquer de sa résolution, sa blessure l'élança.

— On dirait qu'il n'y a personne…

Zuhaitza s'était arrêtée dix mètres avant Azel, aux aguets. La jeune fille semblait tout aussi perplexe que lui. À cette altitude, l'horizon dévoilait des lueurs mordorées rappelant un orage, mais ils n'avaient pas entendu le moindre grondement de tonnerre au cours de leur ascension. Même au loin, la présence de cette fumée avait quelque chose de surprenant.

— Vous vous demandez ce que c'est ? fit une nouvelle voix. C'est la guerre.

— La guerre ?

— Des mineurs se sont rebellés. Cela fait bien quinze jours maintenant, leur indiqua l'astronome venu à leur rencontre. Ils en ont eu assez de creuser pour rien.

La jeune fille ricana.

— Même s'ils trouvaient quelque chose de valeur dans cette mine, cela n'aurait rien changé pour eux, non ? Ils n'en tireraient aucun bénéfice. À leur place, je me serais révoltée bien plus tôt.

Azel se tendit. Mais l'astronome, lui, arbora un petit sourire.

— Ce n'est pas moi qui vais vous dire le contraire.

Depuis leur rencontre, c'était la première personne à vouvoyer la jeune indigène, et surtout à s'adresser à elle d'égal à égal.

— Puis-je vous aider ? demanda-t-il encore.

Azel, penché sur son pommeau de selle, réprima un soupir.

— À vous de nous le dire. Avez-vous eu des visiteurs ces deux ou trois derniers jours ?

Le scientifique secoua la tête.

— Pas de visiteurs qui puissent vous intéresser, j'imagine.

— C'est-à-dire ?

L'homme se passa une main dans le cou.

— Désolé, à force de lever la tête sur les étoiles, j'ai attrapé un torticolis qui ne veut pas s'en aller. Je ne crois pas que je puisse vous renseigner davantage, mais si vous voulez rester pour la nuit, j'imagine que nous pourrons vous accueillir.

Azel plissa les yeux.

— Vous avez recueilli des rebelles, c'est ça ? Des gens de la mine sont venus se cacher ici ?

L'astronome soupira.

— Je ne vois pas ce qui peut vous faire penser ça.

— Un plein chariot de draps fraîchement lavés ? Quelque chose me dit que certains parmi vous doivent avoir peur que vos invités vous transmettent la variole.

— La variole ? Pas du tout. Vous êtes originaires du Sud ? Je me souviens qu'à Carthagène il y a eu une vraie folie autour de cette maladie. Il me semble que certains se sont même débarrassés de leur personnel de maison. Une vraie épidémie, mais de bêtise.

L'astronome se retourna un instant pour jeter un coup d'œil par-dessus son épaule, en direction d'un bâtiment aux allures d'entrepôt.

— Des indigènes sont venus nous trouver il y a une petite semaine. C'est vrai qu'au début nous avons eu peur. Nous avons imaginé qu'il s'agissait peut-être de combattants, ou du moins de sympathisants.

— Je vous pensais de leur côté…, siffla la jeune fille.

— Dans une certaine mesure, oui. Mais c'est Carthagène qui assure le fonctionnement de cet observatoire. Nous ne pouvons pas l'ignorer.

— Vous devez pourtant être bien seuls ici.

— Cela ne signifie pas que les autorités n'envoient jamais personne.

— Et vous n'avez pas vu passer de cavaliers récemment ? Des mercenaires. En armure.

Une nouvelle fois, l'homme eut un signe de tête négatif.

— Pas que je sache. Les gens qui sont arrivés l'autre jour sont encore libres. De pauvres gens, que nous n'avions encore jamais vus.

L'astronome poussa un long soupir et baissa la tête.

— Notre observatoire… Son emplacement a été choisi pour des questions de science, mais nous n'avons pas cherché s'il y avait d'autres points à prendre en considération. Cette famille nous a demandé si elle pouvait creuser à l'arrière de l'entrepôt que vous voyez là-bas, car c'était là que se trouvaient leurs tombes.

— Vous vous êtes installés sur un cimetière ?

— Sans le savoir ! s'exclama le scientifique. Je suppose que cela n'aurait rien changé pour Carthagène, mais pour nous…

— Et ils creusent depuis une semaine ?

L'astronome eut un hochement de tête penaud.

— Ils doivent récupérer leurs momies. Je n'ai pas tout saisi, mais c'est une cérémonie un peu particulière, réservée à la famille. Non pas que nous comptions y assister. Je leur apportais ces draps afin qu'ils puissent poursuivre à l'abri des regards.

Le visage d'Azel se ferma. Ce détour ne leur avait rien appris concernant Jophiel.

— Pas d'autre visiteur donc ?

— Un cartographe, il y a bien deux semaines,

mais sur la route de Carthagène. Si vous aviez dû le croiser, ce serait déjà fait. Enfin, tout dépend de votre trajet bien sûr. Je sais qu'il espérait pouvoir emprunter un train.

Azel grinça des dents en constatant que Zuhaitza avait mis pied à terre, sans attendre de consigne de sa part. Elle n'écoutait plus l'astronome, manifestement, avançant en direction de l'entrepôt.

— Je ne crois pas…

Le savant ne termina pas sa phrase, sous le regard courroucé de la jeune fille. Que pouvait-il bien dire au sujet d'une culture qui n'était pas la sienne ?

— S'ils ne veulent pas de moi, ils me le signifieront, murmura-t-elle en passant près de lui.

— Zuhaitza ! siffla Azel.

— Je m'occuperai de ton pansement plus tard.

La monture du chasseur de primes s'agita, contaminée par sa propre nervosité. Il pouvait partir, la laisser là. Après tout, avait-il vraiment besoin d'elle ? Il lui avait donné sa parole, mais quelle valeur avait-elle ? Pas grand-chose, lui-même n'hésitait pas à le reconnaître. Le jeune homme descendit pourtant à son tour de cheval. Une chose était sûre malgré tout : ils ne passeraient pas toute la nuit en ce lieu. Depuis que l'astronome avait mentionné l'existence d'un cimetière, la tranquillité d'esprit d'Azel avait volé en éclats. Il ne le voyait plus qu'en passeur prêt à collecter de nouvelles âmes. Azel n'avait que trop goûté la saveur de la mort sur sa langue ces derniers temps.

Le regard dans le vague, le chasseur de primes sentit sa main se poser sur la poignée de son arme en décelant du mouvement à sa droite. Il sursauta. C'était seulement le savant, revenu auprès de lui avec une tasse fumante. Il avait même ranimé un feu. Azel avait dû s'égarer dans ses pensées plus longtemps qu'il ne l'avait supposé.

— Un thé en attendant votre ami ?

Azel le remercia d'un signe de tête.

— Vous vous rendez en pèlerinage ?

— En pèlerinage ? ricana le chasseur de primes. Où ça ?

— Désolé, je pensais que vous vous rendiez au sanctuaire de Curdin. La cathédrale de sel. C'est sur cette route.

— Non, pas du tout. Je compte rallier Xemballa.

— Le volcan ? Vous êtes sûr que ce n'est pas trop risqué ?

Azel eut un sourire triste.

— Tout est risqué dans la région.

L'horizon s'embrasa soudain.

— Cette fois, c'est un orage, murmura l'astronome en secouant doucement la tête. Vous pensez qu'ils ont une chance ? Les mineurs.

— C'est à moi que vous demandez ça ?

— Vous semblez être un homme d'armes. Les propriétaires de la mine ont fait appel à plusieurs bandes de mercenaires. Ils ont senti la curée.

— Je ne sais pas combien ils sont, mais des mercenaires armés contre des hommes avec de simples pioches..., même s'ils ont réussi à voler quelques fusils...

— Ces soulèvements sont de plus en plus nombreux. Mais pour constituer une réelle menace, il faudrait qu'ils puissent s'organiser.

— Vous l'appelez de vos vœux ?

— Peut-être est-ce parce que nous vivons au-dessus des nuages, mais je ne me sens pas obligé de prendre parti. Personne ne nous demandera notre avis de toute façon. Et beaucoup s'interrogent sur notre utilité et ce que nos recherches sont à même d'apporter à la Couronne. Je tâche simplement de rester neutre.

— J'en doute…

Azel grimaça.

Il était temps de changer son pansement. Le jeune homme avait pris l'habitude d'attendre Zuhaitza pour la laisser s'en charger, mais il pouvait tout de même s'en occuper seul. Comme depuis plusieurs jours, outre un onguent, il buvait également une décoction aux vertus apaisantes, qu'elle avait confectionnée elle-même.

— Vous êtes sûr que c'est bon pour vous ? demanda l'astronome à mi-voix, alors qu'il portait le breuvage à ses lèvres.

La question semblait lui brûler les lèvres depuis de longues minutes, mais Azel nota qu'il avait attendu que Zuhaitza s'éloigne de nouveau avant d'oser la poser.

— Vous n'avez pas l'air bien.

— Il ne faut pas se fier aux apparences, répliqua le jeune homme. Depuis que j'ai commencé à boire ça, je me sens plus apaisé.

— Vraiment ? Écoutez, vous allez sans doute me dire que ça ne me regarde pas, mais si vous espérez toucher une prime dans cet état…

L'astronome ne termina pas sa phrase. Zuhaitza était déjà de retour des ombres.

— Vous parliez de moi ? lança-t-elle à la cantonade.

— Figure-toi…

— Pas du tout, fit le savant, coupant la parole à

Azel. Je trouvais simplement que votre potion n'avait pas l'air d'avoir bon goût, mais je ne remets pas en doute son efficacité.

La jeune fille s'assit en souriant, mais son regard était rivé sur les flammes. Azel frissonna. Sourire ne lui ressemblait pas et on aurait dit davantage un chien de chasse retroussant les babines. Un malaise soudain réapparut dans le cœur d'Azel, qui fit taire la voix en lui avant même qu'elle n'ait le temps de prononcer la moindre accusation, toujours la même.

Plusieurs ombres surgirent alors autour du feu ; la famille d'indigènes. Leurs ongles noircis et leurs paumes sales témoignaient de leurs dernières heures de labeur.

Le patriarche de la famille prit la parole, mais Azel ne comprenait pas ce dialecte.

— Qu'a-t-il dit ? demanda-t-il, s'adressant à l'astronome aussi bien qu'à Zuhaitza.

— Ils ont terminé. Ils aimeraient partir dès maintenant.

— Je croyais que les peuples indigènes n'aimaient pas voyager la nuit. N'est-ce pas l'heure des fées ? s'enquit Azel, goguenard.

Son interlocuteur lança un regard gêné au petit groupe.

— Si, mais ils n'ont plus le choix désormais. Les routes de la nuit sont ouvertes, a-t-il dit. Avant que vous ne le demandiez, je ne sais pas ce que cela signifie.

— Peu importe. Dites-lui donc que personne ne les retient.

Le patriarche leva un doigt en direction d'Azel et reprit la parole.

— Il dit… il dit qu'il ne peut pas partir sans avoir salué un membre de la famille… impériale.

Lentement, Zuhaitza se redressa, avant d'interpeller directement le vieil homme, qui lui répondit tout aussi vertement. Un instant plus tard, la jeune fille se retournait vers Azel.

— Ton pendentif. Il dit que c'est le symbole des armoiries de la famille de Xinxi-La.

— Il appartenait à ma mère.

— Alors ta mère était de la famille de l'empereur.

Azel poussa un cri aux allures de glapissement.

— N'importe quoi.

— Qirazipa, souffla le patriarche.

Azel se tourna vers lui, bouche bée.

L'indigène venait de prononcer le nom de sa mère. Le jeune homme se leva, chancelant. Impossible. C'était impossible.

— Azel… Tu ne savais pas ?

— Je ne savais pas quoi ?

Comment avouer que son père lui avait toujours caché qui était vraiment sa mère ? Qu'il ne lui avait rien laissé, en dehors de ce pendentif ? Et quelle importance ? L'empire du Léopard était tombé depuis plus de vingt ans. Soudain, le bijou lui parut beaucoup plus lourd. Azel esquissa un geste, mais la douleur le figea. Le médaillon lui donnait l'impression d'être devenu incandescent, porté au rouge, dégageant la même chaleur sourde et subite que lorsque ses frères l'avaient marqué au fer. Impossible. La fièvre devait lui jouer des tours, comme souvent.

Pourquoi ? Pourquoi en cet instant ?

Elle te ment.

Le vieil homme s'était retourné en direction de sa

famille et, un à un, les indigènes s'inclinèrent, genou à terre.

— Dis-leur d'arrêter ça tout de suite. Dépêche-toi !

Les mains d'Azel s'étaient mises à trembler, tandis qu'un ricanement moqueur résonnait sous son crâne, plus puissant et acéré que tous ceux qu'il avait pu subir au cours de son enfance, comme si le monstre tapi en lui avait attendu cet instant pour révéler sa véritable nature et se gausser de son sort.

Zuhaitza semblait fébrile.

— Il dit que ta mère appartenait à une branche de la famille régnante. Elle était sans doute la cousine du prince et de la princesse. Ta mère devait être la nièce de Xinxi-La lui-même !

— Je n'ai jamais entendu parler de cette histoire, répliqua Azel, d'un ton mauvais. Dis-leur de se relever et de partir sur-le-champ. Je ne veux plus rien entendre à ce sujet.

Sans réfléchir, le jeune homme se pencha vers son paquetage et saisit sa carabine.

— Foutez le camp !

Azel mit son arme à l'épaule, un doigt sur la détente. Il ne voulait pas tirer ; ou peut-être que si. Il n'en savait rien. Il n'avait juste aucun désir d'en apprendre davantage sur son passé, encore moins en cet instant. Seule comptait la traque, une traque qui pour le moment ne lui avait rien apporté. Son ascendance n'avait aucune importance. Même si cet homme ne se trompait pas, appartenir à la noblesse d'un empire déchu ne lui serait d'aucune aide sur les plaines.

Les indigènes n'attendirent pas. Habitués aux menaces, ils ne cherchèrent pas à discuter face au canon d'une arme. Ils s'éloignèrent sans un cri, sans un bruit. Zuhaitza n'avait pas prononcé un mot de plus, mais elle n'avait pas quitté Azel des yeux non plus. L'astronome, quant à lui, n'avait manifestement pas osé s'interposer entre le chasseur de primes et la famille chassée des lieux. Il était toujours assis près du feu, figé.

Azel décida de fuir à son tour l'observatoire, sans un mot, hagard. Incrédule, la jeune fille le regarda seller sa monture et se remettre en route, sans lui accorder le moindre mot. Comptait-il tout simplement fuir, lui aussi ?

Zuhaitza sentit la colère monter en elle. Elle ne le laisserait pas faire.

— Je crois que nous ne vous dérangerons pas plus longtemps, dit-elle finalement à leur hôte.

Azel s'était réfugié sous un affleurement rocheux de moins de huit pieds de haut, à peine assez profond pour qu'on puisse parler de grotte. Tout au long de sa descente, il avait suivi des yeux un train au loin. Un train en flammes, qui ne s'était pas arrêté en gare, disparaissant dans le néant.

Le jeune homme avait eu le temps d'allumer un feu de camp et se tenait avachi près du foyer, ses jambes repliées sous lui. L'orage qui s'abattait sur la montagne rendait les ténèbres plus opaques que d'ordinaire. Le tonnerre venait de faire résonner jusqu'aux rails en contrebas. La foudre avait dû frapper non loin. La fureur des éclairs illuminait à grand fracas les reliefs de pierre acérés.

Les yeux d'Azel se posèrent sur la bouteille de son père, l'autre cadeau qu'il lui avait laissé avec ce foutu pendentif. Il ne l'avait encore jamais ouverte, pas même pour nettoyer une plaie quelconque. Frigorifié, hagard, le jeune homme la saisit. Il dévissa le bouchon et but au goulot, une lampée après l'autre. Le liquide laiteux se déversa dans sa gorge, lui échauffant rapidement les sangs, tandis qu'une odeur d'amande le disputait maintenant à celle des braises et de la pluie d'orage. Sans même reprendre son souffle une seule fois, Azel vida la bouteille à moitié, puis, de rage, la jeta dans le feu de toutes ses forces. L'alcool s'évapora instantanément dans une grande flambée s'élevant jusqu'à la voûte de pierre. Un instant, les flammes prirent des allures de séraphin et Azel se mit à ricaner, bien vite rattrapé par un hoquet qui lui coupa le souffle. Des éclats de verre brisé scintillaient à ses pieds et il voulut les écarter de sa botte. Pas question de se coucher là-dessus. Son cœur se serra, et le tonnerre rugit à cet instant. Était-ce le sort qu'il méritait ? Qu'avait-il bien pu faire pour se retrouver là cette nuit ?

Le jeune homme gardait la tête baissée, incapable de jeter le moindre coup d'œil à la route. Même si c'était impossible, il redoutait plus que tout que le groupe d'indigènes l'ait suivi jusqu'ici pour lui présenter de nouveau ses respects. Une folie. C'était une folie. L'empire du Léopard n'avait jamais eu la moindre signification à ses yeux. Il connaissait mieux l'histoire du Coronado que celle de l'Empire. Il tenta d'invoquer le visage de sa mère, mais c'était peine perdue.

Les seuls traits qui lui revenaient en tête n'étaient autres que ceux d'Ombeline. Azel eut soudain la sensation que son épaule brûlait, mais la fée ne prit pas la parole. Il s'aperçut qu'il avait le souffle court, comme s'il avait fui l'observatoire à pied. Pourtant, son cheval était bien là, un peu plus loin, installé sous la saillie rocheuse. Azel n'avait aucune envie de s'approcher de la bête, de sa chaleur. Il préférait encore rester près du feu qui lui semblait désespérément froid. C'était la punition qu'il s'était choisie.

Petit à petit, son regard devint flou et il se sentit basculer sur le côté, incapable de prendre la peine de s'installer correctement pour la nuit. Même s'il ne l'admettrait jamais, il s'en voulait d'avoir réagi ainsi face à ces pauvres gens. Ce n'était pas de leur faute. Ils s'étaient sans doute trompés en toute bonne foi. Qu'avaient-ils à gagner en affirmant qu'il appartenait à la famille impériale ? Les dernières vapeurs d'alcool eurent finalement raison d'Azel. Il s'endormit une main serrée sur son pendentif, en se répétant que sa mère l'avait peut-être volé, tout simplement. Il ne pouvait s'agir que d'une domestique.

Plus tard, bien plus tard dans la nuit, la rumeur de l'orage ne voulait toujours pas s'éloigner. Azel s'agita, prisonnier d'un sommeil trouble. Il ne sentait pas le contact dur de sa selle ou de la pierre sous sa tête, mais une chaleur diffuse, aux relents musqués. Il connaissait cette odeur, il en était persuadé. Il se laissa bercer ainsi, se retournant doucement sur le côté, le visage enfoui contre un ventre ferme et tendu. Oui, quelqu'un l'avait retrouvé, s'était assis auprès de lui, avait posé sa tête sur ses cuisses. Bientôt, des doigts se glissèrent dans ses cheveux, doucement. Les caresses étaient lentes, mais Azel sentit ce ventre se soulever un peu plus vite, trahissant son émotion. Un souffle chaud lui picota la nuque. Le jeune homme ne voulait pas que ce rêve cesse. Incapable d'ouvrir les yeux, il frissonna quand un baiser délicat ranima son cœur.

C'était forcément Ombeline. Il tendit le bras, cherchant une nuque qu'il emprisonna entre ses doigts, pour mieux retenir ce baiser. Ombeline. Il pressa sa langue rugueuse contre des dents qui s'écartèrent, étouffant un murmure en rendant son baiser à sa belle-mère.

— Azel, s'il te plaît, lui dit-elle.

Sa voix tremblait.

Azel sentit poindre une sensation nouvelle, un autre genre de frisson que ceux nés de la pluie glacée ou de la colère ardente. Basculant sur le côté, il entraîna sa belle-mère avec lui. Elle glissa contre la paroi rocheuse, avec un petit cri de surprise et de douleur mêlées, et Azel se retrouva au-dessus d'elle, pantelant.

Il ouvrit les yeux pour la première fois, découvrant des prunelles écarquillées qui cherchaient les siennes, intensément.

— Écoute-moi, Azel.

Mais il n'avait plus envie d'écouter personne, pas même Ombeline. Il l'embrassa encore, sans douceur cette fois. La jeune femme gémit mais ne se déroba pas. Il pouvait sentit leurs cœurs meurtris battre à l'unisson, seulement séparés par des voiles de chair et de tissu. Se redressant un instant, Azel se débarrassa de sa chemise, la jetant derrière lui. Si elle finissait dans le feu, tant pis. Ombeline profita de cet instant de répit pour s'écarter doucement et le jeune homme sourit, lui saisissant la cheville avant de la ramener sous lui. D'une main, il cherchait à défaire les nœuds de sa robe tandis que l'autre se glissait sous les fesses de la jeune femme.

Elle avait posé les deux mains sur ses épaules et cherchait toujours son regard. Ombeline n'était pas censée connaître sa marque mais elle ne s'en préoccupa pas. C'était exactement ce dont Azel avait besoin. Le chasseur de primes hésita, gêné, puis lui sourit tendrement. Il n'avait jamais eu un tel sourire pour quiconque, pas même Ombeline, pas jusqu'à maintenant. Il se livrait entièrement, pour la première fois. Azel avait du mal à soutenir son regard et détourna les yeux. Un obscur sentiment d'urgence lui tenaillait les entrailles. Maintenant ou jamais. Ombeline lui était revenue, pour une nuit, une unique nuit. Il en était persuadé. Un frisson remonta le long de son échine. Le jeune homme était suspendu à son souffle, caressant du bout des lèvres les siennes, avant de plonger vers son cou. Le cou gracile de la jeune femme, qu'il voulut couvrir de baisers pour en chasser les meurtrissures violacées qui ne voulaient pas disparaître. Une douce ivresse coulait dans ses veines, flux et reflux. L'air était électrique et il vit la chair de poule courir sur l'épaule d'Ombeline. Il se mit à pleurer tout en tirant sur les pantalons d'Ombeline, qui, gauche ou timide tout à coup, roulait sur elle-même et ne lui facilitait pas la tâche. Il avait cru qu'elle portait une robe, comme dans son souvenir. Il avait dû se tromper, comme souvent.

Au-dehors, l'orage redoublait de fracas, féroce et furieux. Chaque baiser les conduisait un peu plus loin sur le chemin de l'abandon. Azel poussa un grognement de douleur. La simple pensée de son existence brisée suffisait à changer la pluie en sel. La peur n'avait pas quitté son cœur, ses braises étaient encore chaudes. Sous son étole, la poitrine d'Ombeline se dessinait au rythme de ses respirations, ses courbes de plus en plus évidentes.

— Azel…

Enfin, le ton de la jeune femme avait changé. Elle ne répétait plus que son prénom, encore et encore. Ce n'était plus une mise en garde, un garde-fou, mais bien une supplique, comme si elle l'adjurait à présent de lui donner ce qu'ils attendaient tous les deux depuis si longtemps. Elle souleva les hanches, s'arc-boutant sur la pierre, et Azel manqua déchirer ses pantalons de cuir, après avoir ôté ses bottes d'un geste brusque.

S'ils ne pouvaient vivre ensemble, il était temps de lui faire ses adieux, pour de bon. Il ne voulait plus l'avoir sur sa route.

La main d'Azel avait pris une nouvelle direction, et la pulpe calleuse de ses doigts, telle une araignée aux pattes agiles se mouvant sur un cœur de pétales, glissa à l'intérieur des cuisses de la jeune femme.

La privant du moindre répit, il lui arracha un ultime baiser, cruel et doux, buvant son souffle et sa vie. Elle répliqua avec une ardeur qui n'avait plus rien de mesuré. Azel s'était saisi de ses hanches à pleines mains. Le jeune homme n'était plus qu'un souffle rauque. Ombeline voulut se retourner sur le côté dans un chuchotement de tissu. Mais Azel pesait de tout son poids sur elle, comme pour mieux épouser ses courbes sèches. Il la pénétra comme une brûlure, et soudain l'air lui manqua. Alors, elle se saisit à deux mains de son visage, ses doigts plongeant avec rudesse dans ses cheveux bouclés, attirant à elle son souffle animal pour voler à son tour un baiser passionné, le défiant de tout son être.

Elle pressa un peu plus ses hanches contre les siennes, et Azel crut sentir des larmes salées dans son cou. Il souleva la jeune femme de la couche, sa tête basculée en arrière, ses frêles chevilles emprisonnées entre ses doigts. Son corps semblait répondre à de nouvelles sensations, tout ce qu'elle s'était jamais retenue d'accomplir, sans doute. Azel voulait contempler son visage, mais Ombeline s'y refusait, une main sur les yeux, détournant la tête. Son autre main était posée sur la joue droite du jeune homme, comme pour la caresser fébrilement, mais il s'aperçut que les ongles d'Ombeline s'étaient enfoncés dans sa peau au cours de leur danse, laissant un liseré vermillon dans leur sillage. Lui n'éprouvait plus aucune douleur, son corps couvert de sueur, comme si la fièvre qu'il pensait encore éprouver s'était trouvé un nouveau but. Un ultime roulement de tonnerre embrasa les cieux et, avec une dernière et désarmante envolée, Azel les délivra tous deux de leurs entraves inavouées.

Comme décidée à faire preuve d'une fougue à la hauteur de celle de son amant, la jeune femme le repoussa, avant de se retourner à son tour, se hissant au-dessus de lui, dos aux flammes. Quelques instants trop brefs, leurs deux souffles partagèrent le même frisson, la même ferveur, puis Ombeline posa la main sur la poitrine d'Azel, qui se souvint du geste semblable de la fée dans la carriole le ramenant chez Heitor.

Sous la caresse de la flambée, Azel hésita, alors que la jeune femme pesait soudain de tout son poids sur ses hanches, les deux genoux enfoncés dans le sol rêche. Mais elle ne grimaça pas, les lèvres entrouvertes dans un sourire presque carnassier. Le pisteur était désormais prisonnier de l'étreinte fiévreuse qu'il avait initiée. Dans la pénombre empestant la fumée, les yeux emperlés de larmes, Azel ne parvenait plus à saisir son regard vairon. La silhouette dressée au-dessus de lui n'était plus qu'une ombre, aux facettes ciselées. À sa merci, il renonça finalement à toute lutte. Il n'était plus seul. Il n'avait plus besoin de résister ou de supplier. La danse de la jeune femme avait pris un tour plus abrupt, martelant les hanches d'Azel sans répit. Il voulut à nouveau poser les doigts sur elle, mais elle le chassa du revers de la main. Azel glapit. Cette fois, la jeune femme faisait preuve d'une brusquerie toute nouvelle. Contrairement à lui un peu plus tôt, Ombeline ne se souciait que d'elle, mais le chasseur de primes ne lui en voulait pas. Trop longtemps, trop souvent, elle avait ignoré ses désirs. Azel détourna toutefois la tête, rattrapé par les vertiges. Un éclair, plus vif que tous les précédents, illumina la saillie rocheuse et lui arracha un nouveau cri à l'instant précis où son corps tout entier se raidissait dans une ultime flambée. Les flammes ne couronnaient plus la jeune femme penchée sur lui.

Le regard d'Azel chercha alors à se réfugier dans les nuages, mais il n'eut pas le temps de prendre son envol. Sous la pluie, au-delà de l'avancée de roche, Ombeline le dévisageait avidement. Et il sut bien vite, sombrant déjà dans l'inconscience, qu'elle ne l'avait pas quitté des yeux un seul instant.

28

Il ne fallut pas longtemps à Calider pour comprendre que le Loup Gris était en réalité intervenu pour les sauver, son pilote et lui. Les deux hommes avaient tout de même eu besoin d'un peu de temps pour se sentir rassurés. Ils pouvaient très bien être emmenés pour servir de monnaie d'échange ou finir exécutés un peu plus loin, en guise d'exemple concret.

Ce ne fut pas le cas. Les guerriers du Loup Gris les poussèrent sur un cheval et les obligèrent à repartir avec eux. Ils formaient un détachement de plus de cent cavaliers, qui s'éloigna bien vite des abords de Trevelin, avant que les forces de Carthagène n'aient pu se décider quant à la stratégie à adopter. Les cavaliers chevauchaient en silence. La victoire ne semblait pas avoir échauffé leurs esprits.

Ils étaient arrivés sur le camp des indépendantistes alors que leur commandant venait de donner l'assaut. Le premier de grande ampleur depuis le début du conflit, le premier dont on se souviendrait vraiment.

Il eut en revanche besoin d'une journée avant de prendre conscience de l'alliance tacite entre les colons indépendantistes et les troupes indigènes. Si les attaques venaient de deux fronts, une telle coalition n'avait encore jamais été constatée ouvertement par les deux camps. Personne ne la revendiquait. Personne n'avait sans doute à y gagner. Mais ce rapprochement existait bel et bien.

Le correspondant n'hésita pas à le faire remarquer au colonel Sorel, qu'il avait pu finalement rejoindre sous sa tente.

— C'est vrai, reconnut-il. Pourquoi ne pas l'admettre ? De toute façon, vous ne pouvez prévenir personne. Nous non plus, cela dit.

La mine de Calider s'assombrit mais il ne répondit pas. Il n'avait aucun argument à faire valoir. Alors autant profiter si possible de sa condition tout aussi tacite de prisonnier.

— On accuse pourtant le Loup Gris d'être responsable de la mort du vice-roi. Si votre alliance s'ébruitait, vous ne pourriez plus reculer. C'est une trahison envers la Couronne.

— On ne peut déjà plus reculer. Si certains ne l'ont pas encore compris, tant pis pour eux. Je n'ai jamais cru à cette théorie. Les rebelles indigènes ne sont jamais descendus aussi loin dans le Sud. J'en viendrais presque à croire moi aussi qu'il s'agit d'une manœuvre de Carthagène pour précipiter les choses. Et intervenir sous prétexte que la milice ou les prévôts ne sont pas capables de protéger nos concitoyens. Autant agir pour leur couper l'herbe sous le pied tant que c'était encore possible.

— Engagez des pourparlers, le pressa Calider. Il est encore temps de faire cesser tout cela.

— C'est trop tard, monsieur. Cela fait des années que nous tentons de faire entendre nos demandes, avec l'impression que les lignes étaient déjà coupées entre Carthagène et nous. Je comprends que mes camarades s'en soient lassés. De guerre lasse, monsieur, de guerre lasse. C'est le mot.

Il était évident aux yeux de Calider que le colonel n'était pas un homme buté, ni assoiffé de sang et de poudre. Mais, tout comme Cortellan et d'autres, il ne représentait pas que lui. Et la majorité des indépendantistes, sans doute en partie poussée par le soutien secret de l'Ulster, avait choisi de tenter le tout pour le tout.

— Nous ne manquons pas de détermination, poursuivit Sorel, mais de tout le reste, oui : nous manquons d'hommes, de munitions..., de relais, aussi. Alors quand le Loup Gris nous a approchés..., je n'ai pas eu besoin de réfléchir. Même avec ce renfort, nous sommes sur la corde raide, soupira-t-il. Trevelin n'est qu'un répit.

— Ça aurait pu devenir un désastre.

— Certes, j'en conviens, admit le colonel.

— J'imagine que je ne pourrais pas voir d'où vous tirez vos armes...

— Là-dessus, nous sommes tous d'accord pour vous refuser cet accès ! Il n'y a jamais eu beaucoup d'usines par ici et nous avons dû improviser.

Calider soupesa l'arme qu'on lui avait mise dans les mains un peu plus tôt.

— Ce n'est pas un modèle d'origine.

Sorel secoua la tête.

— Non. La culasse a été modifiée. Encore de l'improvisation, mais il en va ainsi depuis des mois. C'est toujours comme ça, avec les Cinq Cents. Le travail est correct, c'est déjà ça.

— Vous ne semblez pas très confiant.

— Est-ce que je n'aurais pas l'air d'un parfait idiot à vos yeux dans le cas contraire ?

Il parcourut des yeux un nouveau rapport étalé devant lui.

Une agitation soudaine se fit entendre à l'extérieur. Redoutant un retour des combats, Calider ne put s'empêcher de bondir vers le seuil, n'hésitant qu'un instant avant de quitter la tente. Il se retrouva près d'une ancienne école, au mur est éventré et réduit à un tas d'éboulis.

— De quoi s'agit-il encore ? demanda-t-il au colonel Sorel.

Dans la nuit tombante seulement troublée par quelques lanternes, les rues de Trevelin semblaient hantées par des ombres lugubres. Le correspondant avait imaginé une véritable procession, mais sa vue l'avait trompé. Il y avait peut-être six ou sept hommes, pas plus, déposant des couvertures sur le fond de deux charrettes, à l'angle du bâtiment.

Le colonel s'avança à sa hauteur.

— Nous avons récupéré de notre côté un certain nombre des combattants de Carthagène. Des morts. Ils étaient entassés sur les bancs de l'école.

La mine de Calider s'assombrit. Certains de ces visages semblaient avoir quitté cette même école, ou un établissement équivalent de l'autre côté des montagnes, à peine deux ou trois ans plus tôt. Une supposition qui n'était sans doute pas très éloignée de la cruelle réalité.

— J'ai pu échanger quelques messages avec le capitaine Derrera et nous avons convenu de procéder à un échange. De prisonniers, mais surtout de cadavres, poursuivit-il dans un soupir.

— Je vois.

— C'est la première fois que nous sommes contraints d'en arriver là, poursuivit le colonel. Il y a déjà eu quelques pertes malheureuses de chaque côté, bien sûr, dues surtout à des balles perdues, et les morts ne se retrouvaient pas sur un champ de bataille, mais chacun de leur côté. Aujourd'hui, nous n'avons pas pu l'éviter.

— C'est vous qui avez donné l'ordre de passer à l'attaque, rappela doucement Calider.

Il ne savait pas comment le colonel allait réagir à ces mots. Le militaire le considéra un instant en silence, avant de se retourner en direction de sa tente.

— Comment faire autrement, monsieur ? Je ne suis pas loin de partager vos convictions, vous savez, mais nous évoluons dans une réalité qui ne peut se résumer à coups de concepts philosophiques et d'envolées lyriques. Ce ne sont pas les mots qui défilent à présent, mais les morts.

Calider ne répondit pas. Il s'aperçut tout à coup que les seuls à s'approcher des cadavres n'étaient autres que des indigènes, qui se chargeaient de les déplacer de l'école jusqu'aux deux chariots, roulés dans des couvertures. Les soldats semblaient comme endormis, bordés et serrés les uns contre les autres, les yeux clos. Mais ils ne se tiendraient plus jamais chaud. On leur avait nettoyé le visage, rien de plus. Calider se doutait que les couvertures devaient dissimuler de terribles blessures sous des uniformes déchirés ou souillés de sang.

— Ils vont au moins pouvoir rentrer chez eux, reprit finalement Sorel. Derrera les renverra à Carthagène par le premier train. Je l'aurais fait aussi si nous avions repris la gare.

— Et vous pensez que lui vous aurait rendu vos morts si vous n'aviez pas de monnaie d'échange ?

— Je n'en ai pas la moindre idée. C'est sans importance. Je fais partie de la vieille garde. D'une certaine façon, je devrais me battre sur le Premier Continent, pas ici. Si je le fais, c'est pour ma fille ou ses amis, ses futurs enfants ou les leurs. Je ne sais pas si réclamer l'indépendance est autre chose qu'une folie. En tout cas, la situation s'enlisait depuis trop longtemps et Carthagène se voilait la face en imaginant que personne ne réagirait. Je suis content finalement que le conflit ait éclaté maintenant. Ainsi, je peux jouer mon rôle, me retrouver en première ligne. Si jamais nous devons nous incliner devant le Sud, ça ne me dérange pas de finir dans les geôles de Carthagène. Plutôt nous que nos enfants, n'est-ce pas ?

— Je n'ai pas d'enfants.

Sorel leva les yeux au ciel.

— C'est une façon de parler.

— Je l'avais bien compris.

Le colonel détourna les yeux et Calider remarqua qu'il s'était tourné vers une jeune femme qu'on lui avait présentée un peu plus tôt comme sa fille. Elle quittait à l'instant leur hôpital de campagne, sans être elle-même blessée.

— Le Loup Gris va bientôt partir, ajouta Sorel, comme pour devancer la moindre question. Il n'est pas envisageable qu'il reste près de notre camp.

— Je ne suis pas sûr qu'il en ait envie de son côté, répondit Calider d'un ton distrait.

Le journaliste se précipita dans la cour adjacente. Le Loup Gris, entouré de dizaines de cavaliers, était déjà monté en selle. Le chef de guerre repéra tout de suite Calider.

— Vous êtes libre, monsieur, lui lança-t-il.

— Ah oui, de quoi ?

— De rester ici ou de retourner auprès des forces de Carthagène. Personne ne vous retiendra.

Surpris, Calider ne sut que dire.

— À vous de décider, reprit le Loup Gris, en constatant le silence du journaliste.

Calider observa quelques instants les premières demeures de Trevelin, encore intactes.

— Pourrais-je venir avec vous ?

— Avec nous ? Pourquoi ?

— Je voulais venir dans le Nord. C'était dans mes intentions depuis le début. Il n'y a pas de vrais journaux de ce côté-ci des montagnes, personne pour témoigner. Et je pense que vous êtes bien plus intéressant que la Croix-Blanche ou même que vos alliés.

— Si vous voulez vous établir ici, je vous déconseille le porte-à-porte, vu les distances, se moqua le Loup Gris.

— Je compte bien retourner à Carthagène, mais j'aimerais autant me faire le porte-voix de ceux que l'on n'entend jamais. La Compagnie des Cinq Cents et ses revendications sont bien connues. Vous, beaucoup moins.

— Vous vous attendiez peut-être à me voir vociférer en pagne à moitié nu ?

— Non. Je dois avouer cependant que je ne pensais pas que vous parliez aussi bien la langue de ceux que vous combattez.

Le Loup Gris se raidit.

— Il faut connaître son ennemi pour l'affronter. Si vous voulez venir, suivez-nous.

Il s'avéra tout aussi économe de ses mots au cours des deux heures suivantes. Calider se retrouva avec un cheval, fourni par les troupes de Sorel. Aucun des soldats croisés ne parut comprendre son choix, mais personne ne le retint. S'il était assez fou pour vouloir partir sur les pistes avec les indigènes…, grand bien lui fasse !

29

Deux jours plus tard, Zuhaitza et Azel arrivèrent en vue du fort de la Croix-Blanche alors que le soleil avait entamé sa course vers l'horizon. Azel ne fut pas surpris par l'apparence de l'imposante bâtisse. Toutes les places fortes de l'ordre étaient construites selon un plan identique. Celle-ci était adossée à la montagne elle-même, qui le dominait largement, recouvrant peu à peu le fort de ses drapés de grès. Les ouvriers réquisitionnés pour la construction d'un tel édifice avaient pourtant dû utiliser leur lot d'explosifs pour se libérer de cette gangue de roche, mais rien à faire, ici, la montagne écrasait toujours les œuvres nées de l'esprit humain. Avec ses fenêtres aux allures de meurtrières et ses remparts, on aurait dit l'un de ces châteaux forts si populaires par le passé au Coronado, et non un simple monastère.

— Si on nous laisse entrer, il va falloir se montrer prudent, fit Azel en se frottant la joue. Si Jophiel et sa bande sont passés par ici, c'est qu'ils estimaient avoir des appuis à l'intérieur même du monastère. Qui sait, ils sont peut-être même encore là !

— Ça m'étonnerait beaucoup, murmura Zuhaitza.

Depuis deux jours, la jeune fille semblait à la fois

plus nerveuse et plus taciturne à son égard. Peut-être redoutait-elle malgré ses bravades les rumeurs au sujet d'alchimistes et de moines torturant de concert des indigènes sous prétexte de leur arracher le secret d'une magie disparue. De son côté, Azel devait composer avec des nuits de plus en plus agitées, comme si la fièvre ne voulait pas desserrer ses mâchoires acérées. Ni l'un ni l'autre n'avait abordé le sujet de la mère d'Azel.

En vérité, le changement d'attitude de Zuhaitza ne datait donc pas de leur arrivée aux abords du fort. La nuit de sa fuite sous l'orage, Azel s'était réveillé à trois reprises, incapable de garder les yeux ouverts plus de quelques instants. Il était certain d'avoir vomi chaque fois, tout comme d'avoir aperçu du coin de l'œil Zuhaitza, assise le dos bien droit sous l'avancée rocheuse, le regard rivé sur les nuages. Elle avait dû faire le guet toute la nuit.

Au petit matin, Azel, toujours malade, un arrière-goût de bile dans la gorge, avait senti son estomac noué, son dos trempé de sueur. Il avait eu l'impression de se retrouver prisonnier d'une vision, tout à coup si tangible qu'elle en devenait oppressante. Saisi par un pressentiment diffus, il avait quitté le couvert de la caverne à la recherche de Zuhaitza, constatant que son absence ne faisait que le rendre plus nerveux encore. Il l'avait retrouvée un peu plus loin sur le chemin, contemplant la ligne de chemin de fer, mais lorsqu'il avait tenté d'aborder avec elle la nuit précédente, de lui demander quand elle l'avait rejoint ou s'il s'était réveillé à son arrivée, la jeune fille s'était refermée sur elle-même. Zuhaitza avait gardé les yeux rivés sur le rasoir qu'elle utilisait un jour sur deux, ne prononçant pas plus de dix mots de toute la matinée. S'il devait se montrer honnête, le mutisme de Zuhaitza et son refus de revenir sur cette nuit lui convenaient tout à fait.

— Ne t'en fais pas, si tu es avec moi, ils ne te feront pas de mal, fit le jeune homme. De toute façon, ce n'est pas le rôle de la Croix-Blanche, non ?

Il ne put s'empêcher de ricaner, songeant soudain à son demi-frère. Son rire mesquin mourut bien vite. Heitor lui avait donné la preuve que son attachement envers les indigènes et son envie de les défendre étaient bien réels.

— Je n'ai pas peur, répondit Zuhaitza. Je n'ai jamais compris cette religion, c'est tout.

— Tu n'es pas la seule. En tout cas, laisse-moi me renseigner, ne va pas poser des questions de ton côté. Si le monastère les protège, ça ne va pas être facile de soutirer des informations sur leurs intentions.

Azel lui jeta un coup d'œil en biais.

— Tu n'es pas obligée de me suivre.

La jeune fille haussa les épaules.

Il leur restait moins d'une lieue sur un sentier pétré pour atteindre les portes du fort et le silence ne tarda pas à retomber entre eux. Ils avaient dit ce qu'ils avaient à dire. Azel était toujours frappé de vertiges, que les potions de la jeune fille n'étaient pas parvenues à faire disparaître. Il se sentait rongé par une fatigue inexplicable, d'autant que Zuhaitza commençait à manquer d'ingrédients et avait dû diminuer ses doses. Mais la voix de la fée n'était pas revenue ces deux derniers jours, peut-être à cause de la proximité d'un sanctuaire dédié aux séraphins.

Les deux voyageurs arrivèrent à la porte principale. Azel mit pied à terre et s'avança vers la cloche pour s'annoncer. Ils durent patienter près de deux minutes avant qu'une fente s'ouvre dans la porte, dévoilant un regard dur.

— Bonsoir, fit Azel. Nous sommes deux voyageurs en pèlerinage pour Curdin, fatigués par une longue journée de route. Pourriez-vous nous accorder l'hospitalité pour la nuit ? S'il vous plaît.

La fente se referma sans un mot et Azel se retourna vers la jeune fille. Il n'était pas certain de savoir comment interpréter la réaction de son interlocuteur mutique. La Croix-Blanche, à quelques rares exceptions près, affichait une bienveillance de façade envers les indigènes. Elle était censée les convertir, mais la Croix-Blanche semblait plus occupée par des objectifs mystérieux connus d'elle seule que par les populations locales.

Quelques instants plus tard, la porte s'entrouvrit lentement.

— Vous pouvez entrer, fit l'homme apparu un peu plus tôt. Mais laissez-moi vos armes. Les pistolets sont interdits dans l'enceinte du fort.

Azel hocha la tête et dénoua son ceinturon. Le religieux qui se tenait dans l'embrasure portait une tenue de moine blanche en lin, ornée de l'emblème de la Croix-Blanche. Son capuchon était toutefois rejeté en arrière, dévoilant un front dégarni et un visage sévère, mais surtout des yeux d'un bleu perçant.

Il étudia un long moment Azel, puis son regard se dirigea sur sa compagne, sans un mot de plus. Finalement, il adressa un signe de tête au chasseur de primes.

— C'est bon. Vous pouvez entrer tous les deux. Vos bêtes pourront se reposer dans l'écurie. Attendez un instant que je vous ouvre.

Azel jeta un coup d'œil à Zuhaitza, toujours

étonnamment calme depuis qu'ils étaient arrivés devant la porte. Ils firent leur entrée dans une cour centrale au sol tout aussi rocailleux que l'extérieur. Azel repéra les écuries au premier coup d'œil, dans l'angle nord-est. Elles abritaient une dizaine de chevaux et de mules. L'homme qui leur avait ouvert les portes du fort était seul dans cette cour.

— Votre domestique…

— Il reste avec moi, répondit Azel, sans lui laisser le temps de poursuivre.

Le religieux ne dit rien ; il ne se retourna pas mais leva les yeux sur la croix qui ornait la tour centrale du fort.

— Les repas sont pris à sept heures du soir. Vous êtes nos seuls visiteurs aujourd'hui. Il n'y a pas beaucoup de passage dans ces montagnes.

Azel tiqua. Il n'avait pas réellement cru que les cavaliers aient passé plusieurs jours sur place, mais il s'agissait malgré tout d'une déception. Zuhaitza, quant à elle, était trop occupée à observer la disposition des lieux pour ouvrir la bouche.

Le moine les conduisit à leur cellule, avant de se retirer. Sitôt la porte fermée, le jeune homme poussa un long soupir.

— Ça ne va pas être facile. Il ne s'est pas montré très causant. S'ils sont tous comme lui…

La cellule semblait taillée à même la roche et ne comportait qu'un seul lit, sans aucun autre élément de mobilier, pas même une chaise.

— Je dormirai par terre et je te laisserai le lit, ajouta-t-il aussitôt en voyant la jeune fille le regarder droit dans les yeux. Même si tu es mon domestique, voulut-il plaisanter.

— Je m'en fous, rétorqua-t-elle sans relever le trait d'humour.

Elle n'était pas vexée. Elle s'était attendue à être considérée ainsi entre ces murs.

— Ils serviront le dîner dans une heure, reprit-elle sans attendre. Tu ne crois pas qu'il faudrait qu'on en profite pour discuter si nous n'avons rien de mieux à faire ?

— Discuter de quoi ?

— De ta naissance, pour commencer. De ton titre.

Azel se renfrogna.

— Quel titre ? Je t'ai dit que je ne voulais pas en parler.

— Tu es l'héritier de l'empire, affirma la jeune fille.

— Il n'y a plus d'empire. Et c'est faux ! Même si ma mère était bien une nièce de l'empereur, ce n'était sans doute pas la seule.

— Mais tu es le seul à être aussi un fils de Coronado.

— Ça ne change rien. Et ce n'est même pas sûr non plus. À quoi bon insister ?

Zuhaitza plissa les yeux.

— Ça ne change rien ? Je sais bien ce qui motive ta colère. Je te parle de l'avenir, alors que tu ne vis que pour le passé. Tout ce que tu attends, c'est la mort que tu convoites.

— Et quand bien même, cela ne te regarde pas. Si j'avais su… J'aurais dû me rendre directement à Xemballa. Je poursuis un fantôme depuis des jours.

— En ligne droite, à découvert ? Très bonne idée. Ce n'est pas ma faute si tes cavaliers ont autant d'avance sur nous.

— J'espère bien, répliqua Azel d'un ton acerbe.

Zuhaitza fit un pas en direction de la porte.

— Je préfère encore sortir qu'entendre de telles âneries.

Azel lui barra la route d'un bras.

— Où crois-tu aller ? Il n'est pas question que tu te promènes dans les couloirs. Ça m'étonnerait que tu en aies le droit et je n'ai pas envie qu'on nous chasse trop vite. Si ça se trouve, ils sont une centaine ici.

— Et tu as laissé toutes tes armes à l'entrée.

Azel eut un sourire mauvais.

— Non. Et je sais que toi non plus.

Oubliant son exaspération, la jeune fille ne put s'empêcher de lui rendre son sourire.

La cloche sonna un peu plus tard et les deux jeunes gens rejoignirent le réfectoire que leur avait indiqué leur unique interlocuteur. Azel pénétra dans la salle avec un mélange de curiosité et de retenue. Il ne voulait surtout pas attirer l'attention. Le jeune homme fut donc soulagé de constater que personne ne leva la tête à leur arrivée. Les lampes à huile de la salle étaient incapables de repousser les ombres poisseuses qui semblaient proliférer ici. Un sanctuaire aussi isolé ne pouvait espérer profiter de l'éclairage au gaz, et encore moins à l'électricité, qui illuminait Carthagène de ses feux artificiels.

Une vingtaine de moines étaient attablés par groupes de deux ou trois autour de longues tables en bois. Tous portaient la même tenue que celui qui leur avait ouvert les portes du monastère, et Azel le repéra d'ailleurs dans l'assemblée. Il dînait seul, alors que les autres attendaient encore qu'on leur apporte leur pitance. Il devait certainement manger avant ses compagnons coupés du monde du fait de ses attributions. Azel lui adressa un signe de tête mais ne chercha pas à s'asseoir près de lui. Il préférait rester à l'écart avec Zuhaitza, pour mieux observer les religieux. Il s'attacherait à obtenir des renseignements plus tard, peut-être en prétextant vouloir visiter la bibliothèque.

Azel sentit presque Zuhaitza se crisper, à sa gauche. Tête basse, une jeune femme venait de faire son entrée dans la pièce, un plateau entre les mains. Une indigène, tout comme elle. Elle portait un châle et une robe aux allures de tenue monacale. Sans doute une domestique, qui travaillait visiblement en cuisine. Elle passait entre les tables sans un mot, déposant des bols fumants devant chaque moine. Aucun ne lui adressa le moindre signe de tête, le moindre geste de la main en guise de remerciements. À croire que l'indigène était tout bonnement invisible à leurs yeux.

Enfin, elle s'approcha de la table des deux voyageurs.

— Merci, murmura Azel.

L'indigène leva les yeux, brièvement, avant de poser son regard sur Zuhaitza, qui la dévorait littéralement des yeux, les traits crispés. Se récriant, la domestique porta une main à sa bouche et laissa tomber son plateau. Celui-ci, ainsi que les trois bols qu'il contenait encore, s'écrasa sur le sol de pierre avec un écho retentissant. Pour la première fois depuis leur entrée, les moines réagirent et tous les regards se tournèrent vers la jeune indigène dont le visage trahissait une peur soudaine.

— Pauvre sotte, siffla l'un d'eux. Qu'est-ce qui t'a pris ? Nettoie-moi tout ça, et vite !

L'homme qui les avait accueillis s'était levé, non

pas pour aider la domestique, mais pour la tancer encore plus vertement. L'indigène s'était déjà baissée pour ramasser les bols renversés. Zuhaitza la prit de vitesse. Un genou à terre, elle saisit un bol pour le lui tendre, et Azel nota qu'elle se penchait à l'oreille de la domestique, qui sursauta, un peu plus apeurée, à l'évidence. Qu'avait bien pu lui dire la jeune fille ? Zuhaitza s'était déjà rassise à sa place, le visage impassible, alors que le moine venait de saisir l'indigène par le bras, sans ménagement. À croire qu'il ne s'était rien passé entre les deux jeunes femmes, bien qu'Azel soit certain d'avoir vu les lèvres de Zuhaitza bouger. Il avait même imaginé reconnaître un mot, « cuisine ».

— Je vous prie de nous excuser, dit le moine en se tournant vers eux. Ce n'est pas dans ses habitudes. Sachez que nous nous levons dès cinq heures pour prendre notre repas. L'office aura lieu à neuf heures, si vous désirez y assister.

— Je n'ai pas vu votre capitaine, répondit Azel, changeant de sujet. Il n'est pas là ?

— Le capitaine ? Il est souffrant. Si vous souhaitez vous confesser…

Azel eut bien du mal à ne pas laisser son visage exprimer le dégoût manifeste qu'il ressentait au plus profond de lui.

— Merci.

Le religieux jeta un coup d'œil à Zuhaitza puis s'adressa de nouveau à Azel.

— Si vous étiez leur semblable, cela n'aurait pas d'importance, mais vous avez une âme, comme nous. Ne rejetez pas cette chance.

— Ce n'est pas mon intention.

Le religieux les quitta et Azel se pencha bien vite

sur l'assiette qu'un autre domestique, un homme qui n'avait rien d'indigène, leur avait apportée sans tarder. La jeune femme avait disparu avant même qu'ils aient eu le temps de s'en rendre compte. Il avait beau se dire qu'il n'en avait que faire, Azel avait du mal à conserver son calme. Les articulations de sa main, serrée autour du manche de sa cuillère, blanchirent, mais il garda le silence. Comment était-il perçu par ces hommes, vraiment ?

Zuhaitza lui toucha finalement le coude pour lui faire signe de se lever. Il était temps pour eux de rejoindre leur cellule. Azel ne dit rien durant la traversée des couloirs plongés dans la pénombre du fort, ne croisant que deux silhouettes, furtives et chuchotantes. Sitôt la porte de la cellule franchie, Azel prit à son tour la jeune fille par le bras et la retourna contre la porte.

— Cette fois, tu vas me dire ce qui se passe. Qu'est-ce que tu as raconté à cette fille ? Pourquoi elle a réagi comme ça en te voyant ?

Zuhaitza se dégagea d'un mouvement d'épaule.

— Mais je ne sais pas ! C'est ce que je lui ai demandé justement.

Elle te ment.

— Tu mens, gronda-t-il entre ses dents, acceptant la fée pour la première fois.

— Du calme ! C'est toi qui voulais te montrer discret, qu'est-ce que tu fais ? Reprends-toi, Azel. Rien ne justifie…

Ses vertiges venaient de réapparaître. Il parvint de justesse à s'appuyer d'une main sur le mur puis recula en chancelant vers le lit.

— Ça ne va pas… Je dois m'allonger un moment, articula-t-il péniblement.

Il avait le souffle court, des bouffées de chaleur. Était-ce la nourriture ? Les moines-soldats avaient-ils deviné qu'il était à la recherche de celui qui était peut-être toujours un allié pour eux ? La nuque raide, Azel tenta de lever les yeux sur la jeune fille, constatant que Zuhaitza ne semblait souffrir d'aucun symptôme. Elle se tenait toujours à l'entrée de la pièce, les bras croisés désormais. Et elle le regardait les lèvres blanches de colère. S'était-il emporté pour rien ?

Tout ce qu'il savait, c'était qu'il était en train de contempler le plafond quelques instants plus tard. Ses paupières se faisaient de plus en plus lourdes. Il sentit une main se glisser sous ses jambes pour les soulever et l'aider à s'allonger sur le matelas.

— Finalement, on dirait que c'est toi qui vas prendre le lit.

Zuhaitza ? C'était certainement sa voix.

Une main se posa ensuite sur son front, puis sur sa joue droite.

— Tu n'as pas de fièvre. Une bonne heure de repos devrait suffire à te remettre sur pied. Laisse-moi m'en occuper.

Tout en se demandant pourquoi la jeune fille avait choisi ce terme, Azel ferma les yeux. Les garder ouverts devenait trop pénible. Moins de dix minutes allongé et il se sentirait certainement beaucoup mieux. Dix minutes, pas plus.

Dix petites minutes…

Azel ne vit pas Zuhaitza se pencher sur lui pour vérifier les battements de son cœur.

Et n'entendit pas la porte de la cellule s'ouvrir quelques instants plus tard.

30

Artemis observa le message qu'il venait de recevoir jusqu'à ce que sa vision devienne légèrement trouble.

— Une mauvaise nouvelle ? s'inquiéta son second.

Le général enroula doucement la feuille de papier.

— Le capitaine Derrera m'informe qu'ils n'ont pas réussi à prendre Trevelin.

— Comment est-ce possible ? Il semblait avoir la situation bien en main. Il n'avait qu'à attendre les renforts de Carthagène.

— Les rebelles ont réussi à reprendre une position décisive et ont pu utiliser notre artillerie. Le reste… a sauté par le biais d'un tunnel.

— Ils ont certainement perdu beaucoup d'hommes pour obtenir un tel résultat.

— Deux blessés légers seulement pour s'emparer de notre position. Et surtout, ils n'ont pas hésité à sacrifier une partie de la cité pour nous repousser.

— C'est bien la première fois qu'ils prennent un tel risque. Ils changeraient donc de stratégie.

Artemis Cortellan hocha la tête puis se leva de son siège de toile.

— Tout à fait. C'est surprenant de la part de leur

capitaine. Il n'a jamais été réputé pour être très audacieux. D'après le message, une escouade d'éclaireurs s'est particulièrement distinguée. Ce sont eux qui sont à l'origine de la prise de la colline.

Damir croisa les bras.

— Ma foi, cela ne remet pas en cause nos plans ! Qu'a décidé le capitaine ? Avec l'arrivée des troupes fraîches…

Cortellan leva la main pour l'interrompre.

— Tant pis pour Trevelin. Ce n'était pas une priorité absolue pour nous, même s'il s'agit de leur seule véritable ville d'importance. L'essentiel est fait : la population a dû être déplacée et ils doivent composer avec. Le capitaine devrait au moins les empêcher de tenter de descendre vers Carthagène, mais nous allons devoir les rejoindre plus vite que prévu. Je ne pense pas que les rebelles s'enhardissent à ce point de toute manière. Nous les tenons toujours entre le marteau et l'enclume.

— Devons-nous en informer les troupes ?

— Nous n'avons pas de raison de le cacher. Au contraire. Cela finira par se savoir et certains pourraient alors penser que nous avons cherché à dissimuler un véritable revers. Alors que ce n'est qu'un simple contretemps.

— À vos ordres, mon général.

— Rompez.

Damir quitta sa tente. Artemis ne lui accorda pas un regard ; il n'avait pu s'empêcher de dérouler de nouveau le message pour le relire.

Il n'avait pas menti : c'était loin d'être un exploit décisif pour le Nord. Mais il n'avait pas envisagé cette option, et quand bien même n'avait-il pas été présent en personne, l'ancien mercenaire considérait cet accroc comme une défaite personnelle. Cette campagne de pacification ne devait-elle pas se révéler rapide et sans bavure, un véritable triomphe, une simple formalité destinée à ramener au pas les misérables rebelles s'imaginant pouvoir s'arracher à la Couronne du Coronado ?

Artemis sourit. Bien sûr que si. Et Surkutir était la preuve de sa bonne foi et de son talent toujours affûté. Personne ne pourrait lui reprocher un revers intervenu à des centaines de lieues de là.

Pas même la reine Constance. Il en faudrait davantage pour que la Couronne commence à nourrir de réelles inquiétudes, quand bien même Artemis savait que l'on n'avait que très peu goûté son retour à une telle position d'influence. Cortellan quitta à son tour sa tente. Il devrait rédiger une réponse pour Derrera, mais d'abord, il voulait contempler ses troupes.

Des centaines de feux s'étendaient à perte de vue sur le plateau, alors que les contreforts des montagnes étaient encore habités par des spectres de fumée. Surkutir était tombée, mais personne n'aurait vraiment le temps de se réjouir, pas plus que l'autre camp ne pourrait profiter de son succès à Trevelin. Il en allait toujours ainsi en temps de guerre. Il ne fallait pas espérer un quelconque répit. La tension vous nouait toujours les entrailles, peu importait l'excitation des combats, la colère, la haine, la peur vous guidait. Seule la peur restait présente à vos côtés, de jour comme de nuit. Chez Artemis, ce n'était qu'un murmure lointain, diffus, qui ne l'avait jamais vraiment dérangé. Mais pour d'autres…

Pour d'autres, il s'agissait d'une nuée noire qu'ils portaient comme une couronne d'épines, tête basse.

Cortellan n'était pas ainsi. Depuis toujours, il s'était avancé tête haute dans la vie, et jamais il ne changerait. Il savait que son nom était redevenu une légende dans les rangs de l'armée. Dire que certains de ses soldats n'étaient même pas nés du temps de ses plus grands exploits ! Artemis jeta la cigarette qu'il venait d'allumer quelques instants plus tôt. Il ne percevait plus du tout le goût du clou de girofle mais seulement l'amertume du tabac.

Une fois de plus, il se réfugia sous sa tente à peine celle-ci quittée, prêt à rédiger un nouveau courrier. Damir se chargerait de transmettre son message, comme il en avait pris l'habitude depuis plusieurs semaines. Tous les jours, Cortellan adressait une lettre à Sabatha, la grande cantatrice de Carthagène. Dès les premiers jours, entre les distances et un réseau télégraphique en proie aux actes de sabotage de leurs adversaires, le général avait choisi d'avoir recours aux pigeons voyageurs. Mais quel que soit le moyen de communication, Damir relisait chaque missive avant l'envol du messager. L'officier se serait bien gardé de le lui dire, mais Artemis le savait. Comment ne pas imaginer que le Conseil nourrisse encore quelques réserves à son égard ? La réputation de Cortellan, ancien mercenaire, n'était plus à faire, quand bien même avait-il vécu bien plus longtemps dans la peau du vice-roi de la colonie.

Artemis se redressa en grimaçant sur son siège pliant, les deux mains dans le dos, les yeux levés sur la lampe à pétrole suspendue au-dessus de son bureau. Il manquait un dossier à ce tabouret, malheureusement. Le général secoua la tête puis relut les dernières lignes de sa lettre.

— Damir ?

Sans surprise, l'autre passa la tête sous le pan de toile quelques instants plus tard.

— Oui, mon général ?

— J'ai un courrier pour vous.

Son second se contenta d'un hochement de tête. Artemis replia son message, hésitant brièvement avant de le glisser dans une enveloppe brune.

— Dites-moi, Damir, rêviez-vous d'une autre campagne ?

Son second parut tout de suite gagné par une certaine nervosité.

— Je ne comprends pas ce que vous entendez par là, mon général, je suis désolé.

— Mais si. Nous devrions avoir déjà traversé les trois quarts de cette région selon vous, n'est-ce pas ?

— Personne ne pouvait deviner que les troupes du Loup Gris seraient aussi bien organisées. C'est presque comme s'ils œuvraient réellement de concert avec le Nord. Cette vermine… Ce sont de vrais lâches, grommela Damir, qui n'avait pas bougé d'un pouce. Exactement comme Sorel avec les troupes des Cinq Cents. Il doit y avoir quelque chose dans l'air des montagnes qui rend couard, renifla-t-il.

— Cela n'a rien à voir avec les manœuvres d'évitement du colonel Sorel, rétorqua Artemis. C'est une stratégie délibérée. Le Loup Gris est dans l'action, pas la réaction. Vous devriez être en mesure de saisir la différence.

Il s'agissait même d'une évidence aux yeux de Cortellan. Lentement, voulant éviter de trahir toute douleur, il pivota vers le sud-ouest. Si le Loup Gris continuait à se dresser sur leur chemin et si Derrera se révélait incapable de reprendre le contrôle de Trevelin…

Artemis devrait opter pour une nouvelle voie.

Droit sur Xemballa.

31

D'humeur maussade, Borja, le capitaine du fort, avait pris son repas seul. Il avait de plus en plus de mal à s'intéresser à la vie du monastère. Traverser l'océan pour rejoindre le Nouveau-Coronado avait représenté pour lui un véritable acte de foi. Si l'alchimie était en perte de vitesse depuis longtemps, la Croix-Blanche prospérait toujours et il aurait pu espérer accomplir une brillante carrière dans les ordres à Vila Verde. Mais l'empire du Léopard était tombé, et, un temps, l'alchimie avait paru recouvrer une bonne partie de son éclat et de son prestige passés. La Croix-Blanche avait donc fondé des espoirs dessus, débarquant en force au nom des séraphins. Malheureusement, ceux qui avaient rêvé d'orichalque et de fontaine de Jouvence s'étaient perdus.

Borja, lui, en faisait des cauchemars. Les forts comme le sien avaient vite perdu de leur superbe, les moines-soldats se trouvant réduits à leur condition première de simples religieux. Le frisson de la découverte s'était épuisé au bout de quelques années seulement. Certains imaginaient encore pouvoir ranimer la magie, mais Borja avait renoncé depuis longtemps.

Une fois de l'autre côté de l'océan, impossible de revenir. Le capitaine se versa un nouveau verre de vin. Il savait qu'il devrait passer l'essentiel de son existence dans ces montagnes, à gérer des hommes qui pour beaucoup, tout comme lui, avaient perdu la foi. Il leur restait l'alcool. Et quelques autres petits plaisirs pour s'occuper. Il leva la tête sur l'horloge de sa chambre. La prière n'en faisait pas partie. Borja jeta un coup d'œil en direction de son lit puis fit un pas en avant. Il avait mieux à faire que se rendre à l'office.

Quelqu'un d'autre pourrait bien se charger de la cérémonie rituelle du soir.

— Que Séraphin Tamiel me pardonne, murmura-t-il, en se versant un nouveau verre, rempli à ras bord cette fois. Je sens que je vais rester souffrant encore un moment.

Il fit un pas de plus vers son lit aux rideaux tirés, lorsqu'on frappa à sa porte. Borja jura, lissant ses robes d'un revers de main rageur avant de se retourner.

— Entrez !

La porte s'entrouvrit et une jeune femme tomba à genoux devant lui, avec un grognement de douleur et de colère mêlées. L'un des moines se tenait dans l'embrasure, une main sur la poignée de son épée. C'était lui qui venait de pousser la jeune fille à terre, sans ménagement.

— Je ne voulais pas vous déranger, capitaine, mais nous l'avons trouvée dans les cuisines. Cette indigène est arrivée ce soir en compagnie d'un autre voyageur.

— Je sais, soupira Borja, se penchant sur elle pour l'étudier les yeux plissés.

Le capitaine fit la moue. Les traits de son visage s'avéraient trop grossiers à son goût.

— Je ne serais pas venu si elle était seulement entrée sans permission dans les cuisines, mais je l'ai surprise en train de verser un produit inconnu dans plusieurs marmites. Une poudre.

Borja poussa un soupir encore plus profond que le précédent tout en jetant un coup d'œil au verre encore à moitié plein posé sur son secrétaire.

— Jeune fille, non seulement tu as abusé de notre hospitalité en te faisant passer pour un homme, toi, une simple indigène qui plus est, mais en plus tu répands je ne sais quel poison dans notre nourriture ! Que voulais-tu faire ?

Il vit les mâchoires de la jeune fille se serrer et ne put s'empêcher d'éprouver un frisson impatient. Mais elle garda la tête baissée et ne dit rien.

— Tu ne veux pas répondre ? Tu n'y gagneras rien. Sais-tu qui je suis ?

— Un connard ?

Le moine fit un pas en avant et la frappa sur le crâne.

— Comment oses-tu ? s'emporta-t-il. C'est inexcusable ! Je suis vraiment désolé de vous avoir imposé sa présence, je vais…

— Tu peux te retirer, dit doucement Borja.

L'autre le regarda bouche bée.

— Frère Petro, vous ne m'avez pas entendu ? Vous pouvez vous retirer. Je vais régler le cas de cette jeune colombe moi-même. Vous êtes certain qu'elle n'a rien eu le temps de vider dans nos plats ? Il ne faudrait pas que nos frères connaissent une mauvaise surprise demain matin.

— Non, j'en suis sûr, je suis arrivé à temps.

Borja hocha la tête, croisant les mains derrière le dos.

— Très bien. C'est parfait. Vous pouvez disposer.

Le moine-soldat semblait toujours aussi surpris, n'osant rien dire, conditionné par son respect évident pour la hiérarchie. Borja aurait pu en rire, mais il le regarda simplement partir. L'homme s'inclina profondément avant de refermer la porte.

La jeune fille n'avait pas bougé, les yeux rivés sur le sol de pierre. Elle cherchait manifestement à demeurer aussi immobile que possible. Tout son corps tremblait.

Borja sourit.

— Je me demande pourquoi quelqu'un comme toi voudrait s'en prendre à nous. Serais-tu l'une de ces indigènes rebelles qui ne supportent pas le joug du Coronado ? Est-ce que tu comprends seulement ma langue ? Allons, je sais que oui. Tu l'as prouvé tout à l'heure…

Il fit un autre pas vers la gauche de la jeune fille, comme pour mieux l'observer, tout en jetant un coup d'œil à son lit.

— Je ne crois pas que tu sois de ce bois-là. Tu n'as pas l'air d'une guerrière. Plutôt… de l'une de ces sorcières, non ? Comment les appelez-vous, les *sali'lû* ? Nous en avons brûlé des dizaines, mais c'était une solution barbare, je le reconnais volontiers. Je n'ai jamais été un grand partisan de la terreur, mon enfant.

Il se retrouva derrière Zuhaitza et poussa un nouveau soupir en observant ses courbes. Un soupir qui trahissait autre chose que de la lassitude.

— Je crois que tu étais destinée à devenir sorcière, je me trompe ? Et je pense que tu n'étais pas seule à aspirer à cette vie. Peut-être que tu avais une sœur, par exemple ? Une sœur que tu recherches depuis des années et que tu pensais retrouver ici ?

Cette fois, la jeune fille tressaillit. Comment pouvait-il le savoir ?

— J'ai raison, n'est-ce pas ? La servante que tu as croisée un peu plus tôt, tu imagines que c'est ta sœur disparue.

Zuhaitza releva brusquement la tête, lèvres retroussées, nez frémissant.

— Je *n'imagine* rien, c'est ma sœur. Je sais ce que vous faites ici. On sait ce qui se passe dans les forts de la Croix-Blanche. Une servante ? Une esclave, oui ! Et si ce n'était pas assez humiliant, vous êtes assez fous pour nous torturer ! J'ai connu des prisonniers qui ont réussi à s'échapper de vos geôles. Quand ils sont revenus…, ils n'étaient plus les mêmes. Tous ont raconté la même chose : vous nous méprisez, mais vous avez cru pouvoir manipuler la magie du sang à travers nous. Et quand vous avez constaté que ça ne fonctionnait pas, vous avez choisi de vous *divertir*. Vos interrogatoires…, c'est simplement de la torture. La plus abjecte, ajouta-t-elle en cherchant à lui cracher au visage.

Borja évita le projectile d'un petit pas.

— Plus les mêmes, dis-tu ? Sans doute à cause de la honte. Honte de leur condition de créatures sans âme, répondit-il.

— Votre obsession pour la magie…

Borja interrompit la diatribe à venir de la jeune fille d'un éclat de rire tonitruant.

— La magie ! La magie, la vôtre, celle des séraphins, je n'en ai que faire, pauvre idiote. Êtes-vous nombreux vous-mêmes à croire en la magie ? Aux fées ? Je me souviens que l'empire du Léopard avait interdit les *sali'lû* comme toi. Le dernier empereur avait sans doute vu trop grand, mais lui-même ne semblait pas très respectueux de votre passé.

Zuhaitza battit des paupières, ne sachant que dire. Cette rencontre ne se déroulait pas du tout comme elle l'avait imaginée. À vrai dire, elle n'avait pas prévu de se retrouver face au capitaine. Son plan était simple : elle avait forcé un peu la dose de la décoction qu'elle administrait à Azel depuis des jours pour l'endormir une heure ou deux. Zuhaitza comptait bien avoir recours à ses services plus tard. Elle avait prévu d'empoisonner le prochain repas des moines-soldats, mais on l'avait surprise la main dans le sac, si vite que la jeune fille n'en revenait pas, à croire qu'on l'attendait sur place. Les moines étaient sans doute de nature méfiante, et d'autant plus envers une indigène, certes.

— À quoi songes-tu, petite ?

Zuhaitza choisit cette fois de ne pas répondre. Elle ne voulait lui accorder aucune emprise sur la conversation.

— Tu te tais de nouveau ? Je te l'ai dit, cela ne changera rien. Tu te demandes probablement comment nous avons pu te prendre sur le fait. Ne blâme pas le destin. Ce n'est pas une question de malchance. Tu penses avoir retrouvé ta sœur, tu l'as prévenue de tes intentions, tu as cherché à la rassurer. Vous n'avez échangé que quelques mots dans le réfectoire, mais ton cœur s'est gonflé d'espoir. C'est naturel.

Pour la première fois, le capitaine s'éloigna, mais Zuhaitza n'en fut pas soulagée pour autant. Comment pouvait-il avoir deviné tout cela ? L'homme se tenait maintenant près de son lit. Zuhaitza gardait les yeux rivés sur ses pieds nus et ornés de touffes de poils disgracieuses. Elle ne voulait pas croiser son regard.

Elle entendit le murmure d'un rideau que l'on écartait.

— Tu te poses beaucoup de questions. C'est normal. Sache que j'ai été prévenu tout de suite. Tu n'avais aucune chance de réussir, ne t'en veux pas.

Le lit grinça. Zuhaitza leva les yeux, poussée par un instinct sinistre.

Elle croisa alors le regard de sa sœur, agenouillée sur le matelas du moine, les yeux brillants.

— Elle aussi s'est posé beaucoup de questions, reprit le religieux. Mais sa loyauté envers les séraphins l'a emporté.

— Vous… vous mentez, cracha Zuhaitza entre ses dents, si serrées qu'elle crut que plusieurs allaient se briser sur le coup.

Borja tapa dans ses mains.

— C'est vrai ! Je devrais plutôt dire sa loyauté à mon égard ! Sans doute n'a-t-elle jamais cru aux séraphins.

Pourquoi fallait-il qu'il s'exprime comme si sa sœur n'était pas là, alors qu'elle se tenait sur le propre lit de cet homme odieux ! Zuhaitza chercha une nouvelle fois le regard de son aînée.

— Pourquoi ? Pourquoi, Añua ?

Sa sœur recula lentement sur la couche.

— Parce que j'aime ma vie…, souffla-t-elle.

Les applaudissements de Borja redoublèrent et il s'assit négligemment au bord du lit.

— Quelle belle confession, dit-il, tout en passant une main dans le dos de la sœur de Zuhaitza pour la ramener contre lui.

Horrifiée, la jeune fille écarquilla les yeux.

— Il n'y a jamais eu de tortures ici, poursuivit le capitaine. Nous avons abrité des prisonniers, bien sûr, et je n'ai de toute façon que peu de respect pour les gens comme vous. Vous convertir m'a toujours paru sans intérêt. Presque aussi bête que de chercher la fontaine de Jouvence ou tenter de faire renaître la magie que nos ancêtres pensaient avoir connue. Il faut voir les vieilles reliques que l'on admire au Coronado ! Tout cela est tellement risible.

Il serra un peu plus encore la jeune fille contre lui et Zuhaitza se hérissa. Elle n'avait qu'une envie : bondir, le repousser loin, très loin de sa sœur. Mais celle-ci avait choisi de la trahir. Personne ne l'avait obligée à le faire.

— Comment peux-tu coucher avec lui ? cracha-t-elle dans leur langue maternelle.

Borja éclata à nouveau de rire.

— Ta grande sœur m'a appris votre langue. Je me sentais si désœuvré… Il fallait bien que je m'occupe.

— N'est-ce pas péché ? lui lança Zuhaitza. N'avez-vous pas fait vœu de consacrer votre vie aux seuls séraphins ?

— Ce serait péché si moi ou mes frères partagions notre couche avec une femme du Coronado, mais les vôtres n'ont pas d'âme. Alors nous ne craignons rien sous le regard des séraphins, qu'ils soient bénis.

Il se permit même d'exécuter le signe de la Croix-Blanche en levant les yeux vers le plafond. Le cœur de Zuhaitza se serra. « Moi ou mes frères »… Son regard, toujours posé sur sa sœur, se fit implorant. Servait-elle de catin à plusieurs d'entre eux ? Le fort abritait-il d'autres indigènes, réduites à l'état de simples pantins pour assouvir les appétits de luxure de ces hommes d'Église ?

Quelle que soit la langue, elle n'osait poser cette question.

Incapable de détourner les yeux, elle ne vit pas Borja se lever et s'approcher d'elle pour lui administrer un coup en plein sur la tempe. À moitié sonnée, la jeune fille tomba à quatre pattes et poussa un cri quand son coude droit heurta le sol de pierre. Le capitaine la soulevait déjà par le col.

Zuhaitza sentit tout à coup autre chose que la roche. Quelque chose de doux, de chaud. Il venait de la jeter sur le lit. Elle cligna des yeux et croisa enfin le regard de sa sœur, qui s'était pelotonnée de l'autre côté pour lui faire de la place. La lumière au plafond avait disparu, obscurcie par la silhouette de Borja, dressé au bout du lit, entouré d'un halo doré.

— Je peux comprendre tes motivations, reprit-il d'une voix douce. Tu imagines sans doute être animée de nobles sentiments, mais ta sœur n'était pas d'accord pour te suivre. Elle n'a simplement pas osé te le dire tout de suite, il ne faut pas nourrir d'animosité à son égard. Cette pauvre enfant s'est perdue si longtemps, mais avec nous elle a trouvé sa place.

Zuhaitza, sur le dos, les mains toujours liées, se débattait avec force pour tenter de se retourner, mais c'était comme si les draps et le matelas, bien trop mou, voulaient la retenir dans leurs bras de tissu. L'odeur, une odeur de sueur et de stupre, était devenue écœurante. Alors qu'elle était sur le point de basculer enfin sur le côté, une main se posa sur son épaule et la ramena doucement contre l'oreiller le plus proche.

Ce n'était pas le capitaine. Il n'avait pas bougé d'un pouce. Une fois encore, Añua agissait pour son compte, sans même que l'homme ait besoin de la menacer. La sœur aînée de Zuhaitza la regardait, un bras replié sous la tête, couchée elle aussi sur le côté.

— Ils ont toujours été gentils avec moi, tu sais, chuchota-t-elle. Pas seulement le capitaine.

— Tais-toi ! Tais-toi ! hurla Zuhaitza.

Elle ne voulait rien savoir de ce qu'avait pu faire sa sœur, de ce qu'on avait pu lui infliger, qu'elle s'imagine consentante ou pas. Mais elle n'était plus capable d'articuler le moindre son. Elle se rendit compte que ses mâchoires étaient maintenant si contractées que la douleur lui remontait dans le crâne.

À côté d'elle, sa sœur ânonnait une série de noms. Ceux des séraphins majeurs.

— Je suis heureuse ici. Je n'ai plus besoin de me demander tous les jours si l'on trouvera à manger, si quelqu'un viendra s'en prendre à nous.

Zuhaitza tenta une nouvelle fois de s'arracher à cette couche, mais les doigts de sa sœur étaient devenus un véritable étau. Elle s'était même rapprochée d'elle, se blottissant contre sa hanche gauche, son souffle chaud et acidulé caressant sa joue.

— Tu pourrais rester avec moi dans les montagnes. Tu étais d'accord, les plaines n'ont rien à nous offrir. Ni toi ni moi n'avions d'avenir là-bas. Reste avec moi, Zuhaitza. Ophir n'est pas pour nous. Ophir n'existe pas.

Elle sentit la jambe nue de sa sœur glisser sur la sienne et leurs deux chevilles se lier, pour mieux l'empêcher de bouger. Borja les regardait toujours. Son visage était plongé dans la pénombre, mais un sourire éclairait son visage. Au bord des larmes, Zuhaitza secoua la tête quand la main de sa sœur chercha la sienne.

— Reste avec moi, je t'en supplie, chuchota-t-elle encore.

Cette fois, Zuhaitza perçut une détresse évidente. Añua avait trop peur pour agir. Elle avait même cédé à cette peur alors que la jeune fille était venue la trouver en bravant tous les dangers pour l'arracher à son sort. Añua s'était laissé abuser, en paroles comme en actes. Elle ne reviendrait pas en arrière, il était bien trop tard. Añua ramena les bras de sa sœur au-dessus de sa tête, pour les attacher au cadre du lit. Zuhaitza n'avait plus la force de se débattre à présent, pas contre sa sœur en tout cas.

— Je ne sais pas si tu peux aspirer à connaître la paix parmi nous, reprit Borja, se penchant finalement à demi sur le lit. Je l'espère pour toi, sincèrement, petite. Mais l'acte que tu as voulu commettre en nous empoisonnant…

Elle n'avait pas voulu les tuer, seulement les endormir, afin de s'enfuir après leur première collation de la journée avec sa sœur et peut-être Azel, s'il voulait bien les aider encore. Et si les choses tournaient mal, le chasseur de primes aurait bien dû agir en se rangeant de son côté, par la force des choses. C'était son plan. Azel… Elle l'avait envoyé à la mort. Il risquait bien d'avoir été surpris dans son sommeil par le moine qui l'avait capturée un peu plus tôt.

Par sa faute encore une fois.

Des larmes de rage lui montèrent aux yeux, mais le capitaine les interpréta bien différemment, comme le laissa penser son sourire toujours plus grand.

— Allons, n'aie pas peur. Les séraphins te regardent. Ta sœur est auprès de toi. Que pourrais-tu espérer de plus ? Les séraphins sont des êtres de miséricorde et de bienveillance. Tu as voulu nous causer du tort, tu nous as trompés, mais il est encore temps pour toi de te voir pardonnée. Abandonne-toi aux commandements de la Croix-Blanche. Laisse-toi…

Au prix d'un terrible effort, la jeune fille arriva à soulever ses hanches du matelas pour lui décocher un coup de pied en pleine poitrine. Borja recula brusquement, manquant tomber. Il percuta une chaise qui renversa à son tour un pupitre. L'homme poussa un grognement furieux, renonçant à son masque solennel pour la première fois. Du coin de l'œil, Zuhaitza s'aperçut que le livre posé sur le pupitre était tombé par terre lui aussi, ouvert en grand. Le Livre.

Elle aurait pu en rire, mais à ses côtés, sa sœur sanglotait, comme paniquée à l'idée que sa cadette ait pu soudain dévoiler le véritable visage de son immonde protecteur.

— Pourquoi as-tu fait ça ? reprit le capitaine en se passant une main sur le menton. J'aurais déjà pu te faire abattre comme un animal malade dans la cour, mais je ne l'ai pas fait. J'ai tenté de t'expliquer notre situation, de te faire comprendre que tu avais commis une faute qui ne pouvait rester impunie, que les séraphins m'en soient témoins.

Borja lissa ses robes puis se tourna vers son bureau pour souffler la lampe à huile. Cela ne dura qu'un instant. D'une main de fer, il lui saisit cette fois les deux chevilles, prenant la jeune fille de vitesse. Elle tremblait des pieds à la tête, sans plus pouvoir faire le moindre geste, à part baisser les yeux sur le dignitaire religieux, ce qu'elle se refusait à faire. Zuhaitza leva la tête sur le plafond, seulement éclairé désormais par l'éclat pâle de la lune.

— Tu n'as pas conscience de ta chance. Le bâtard qui t'accompagnait, lui, n'est déjà plus de ce monde.

Un liseré de lumière apparut, fendant le plafond blafard, s'échappant de l'interstice de la lourde porte de la chambre.

— Quant à toi…, je déciderai de ton sort une fois que tu m'auras diverti. J'espère pour toi que tu seras plus excitante que l'étude des textes sacrés.

Zuhaitza baissa la tête en entendant le grincement du lit, plus sonore que la respiration saccadée d'Añua qui avait cessé de la retenir, sans quitter la couche. L'éclat fou des yeux de Borja se rapprocha tout à coup de la jeune fille, plus vif encore que son sourire mauvais.

Mais moins que la lame argentée qui s'enfonça un instant plus tard dans son cou. Borja se mit à battre des paupières, la bouche grande ouverte. Il s'abattit sur le lit, incapable de s'en prendre à la jeune fille qu'il éclaboussait de son sang. Elle, les draps, sa sœur. Une ombre recula et referma la porte, entrouverte le temps de deux battements de cœur seulement, avant de se pencher pour ranimer la lampe à huile.

Les yeux écarquillés, Zuhaitza découvrit Azel, les épaules voûtées, l'air hagard, les cheveux en bataille. Basculant hors du lit, Añua voulut s'enfuir, mais le jeune homme bondit et la saisit par le poignet d'une main, plaquant l'autre sur sa bouche.

— Si tu cries, j'enlève le couteau planté dans le cou de ton joli cœur et tu le rejoindras dans la mort. Qui que tu sois, ou plutôt qui que vous soyez, ajouta-t-il en foudroyant Zuhaitza du regard.

Poussée par la fébrilité, la jeune fille avait réussi à libérer une de ses mains et repoussa Borja, dont la tête était restée posée sur sa cuisse gauche. Le sang giclait encore à gros bouillons de son artère, mais l'homme n'avait pas eu le temps d'émettre le moindre son. Il n'avait même pas eu le temps de sentir la menace. Zuhaitza, les mains libres, quitta ensuite la couche détrempée sans attendre un instant de plus. Incapable de remercier Azel, la jeune fille se précipita sur sa sœur, l'arrachant à la poigne du chasseur de primes pour la pousser dans un angle, passant une main ensanglantée sur sa joue.

— Du calme, Añua. Je ne t'en veux pas. Tout ce que je te demande, c'est de garder le silence. Je t'en prie, ne crie pas. Borja était un monstre. Tu sais ce qu'il allait me faire. Tu as conscience de ce qu'il te faisait subir depuis des années.

— Elle sert de fille de joie pour le monastère, c'est ça ? murmura Azel en récupérant sa lame et en l'essuyant sur la robe du capitaine.

Zuhaitza prit un instant pour lui retourner un regard aussi dur que le sien un peu plus tôt. Devait-il vraiment la ramener à sa condition à voix haute ?

Azel se contenta de hausser les épaules.

— C'est ce que j'ai compris de mon entrevue avec le moine qui est venu me *trouver* tout à l'heure, poursuivit-il. Toi et moi, il va falloir qu'on parle.

Il n'y avait plus aucune trace de désinvolture dans la voix d'Azel. Zuhaitza devrait rendre compte de ses actes plus tard. Sa sœur s'était mise à pleurer, la tête tournée vers l'unique fenêtre de la chambre, comme si elle aspirait à rejoindre la lune.

— Tu peux encore venir avec moi, reprit Zuhaitza. Je te le promets, je ne t'en veux pas. Je comprends, tu as eu peur, tu as préféré me dénoncer. J'aurais peut-être fait exactement la même chose à ta place. Mais tu n'es pas obligée de rester ici, maintenant.

— En tout cas, elle fait ce qu'elle veut, mais on doit partir. Tout de suite.

— Pourquoi... pourquoi vous l'avez tué ? hoqueta Añua, s'adressant pour la première fois à Azel, mais sans le regarder. Pourquoi ?

Le jeune homme grogna.

— Je dois vraiment me justifier ?

Zuhaitza remarqua alors qu'il se tenait une main sur les côtes et qu'il semblait encore essoufflé.

— Je ne me sens pas très bien. J'ai manqué me faire assassiner dans mon sommeil et j'ai failli arriver trop tard pour empêcher ce sac à merde de violer une femme sous tes yeux sans que tu lèves le petit doigt. J'ai agi au plus simple.

Il cracha en direction du cadavre.

— Et je ne le regrette sûrement pas.

Il se tourna vers Zuhaitza.

— De toute façon, je ne me voyais pas l'assommer et le bâillonner. Il aurait bien trouvé un moyen de donner l'alerte malgré tout. Il faut partir, répéta-t-il.

Zuhaitza se retourna vers sa sœur.

— Viens avec nous.

La jeune femme pleurait toujours.

— Je ne peux pas, Zuhaitza. Je suis navrée, mais je ne peux pas partir. Il est trop tard pour moi.

— Si tu restes, ils vont...

— Je ne te trahirai plus, je te le promets, l'interrompit sa sœur en la regardant enfin dans les yeux. Je te le promets, insista-t-elle.

— Zuhaitza, il faut y aller.

— Je ne leur dirai rien, reprit Añua entre deux

sanglots. Personne ne sait que j'étais là ce soir. Personne ne sait que tu es ma sœur.

— Les seuls au courant sont partis rejoindre les petits séraphins, siffla Azel entre ses dents.

Tout à coup, une cloche sonna et son timbre lugubre résonna de couloir en couloir, avant de s'abattre contre la porte.

— Il n'y a pas d'office en pleine nuit, murmura Azel.

— On dirait bien que quelqu'un a dû se rendre compte de ce qui s'était passé dans la cellule, renchérit Zuhaitza.

La maigre résolution née chez sa sœur parut voler en éclats dès les premières notes de bronze.

— Ils vous ont découverts ! reprit-elle d'une voix aiguë, aux accents presque hystériques. C'est trop tard ! Trop tard !

— Ils ont dû trouver le cadavre du moine, fit Azel, en entrouvrant un instant la porte. Personne dans les couloirs, ajouta-t-il. Il faut partir tout de suite. Nous sommes en pleine nuit, le temps qu'ils se réveillent tous et comprennent de quoi il retourne, on a encore une chance.

— Je vous dis que c'est trop tard !

Zuhaitza regardait sa sœur, incapable cette fois d'éprouver la moindre compassion pour elle, à bout, à vif. Azel avait raison. Cette tentative de sauvetage se révélait un échec complet.

Ignorant les plaintes d'Añua, Azel avait saisi la lampe à huile pour en déverser le contenu sur les draps. Un instant plus tard, il embrasait le lit à l'aide de sa pierre à étincelles. Añua ouvrit la bouche pour crier, mais cette fois Zuhaitza lui intima le silence d'un geste brusque. Déjà, les premières flammes remontaient le long des rideaux, les libérant de leurs attaches. Si le feu pouvait compter sur une poignée de minutes de liberté avant l'arrivée des autres moines du fort, il n'épargnerait sans doute pas le cadavre de Borja.

— Et voilà, nous avons une diversion, annonça Azel entre deux crépitements.

— Añua, fit la jeune fille, cherchant à détourner l'attention de son aînée des flammes. Le fort, il comporte forcément un passage menant vers l'extérieur en cas de danger, n'est-ce pas ? Peux-tu nous l'indiquer ? C'est tout ce que je te demande. S'il te plaît. Même si on se fait prendre, je ne dirai à personne que tu nous l'as dit. Tu peux me faire confiance. J'étais venue pour toi, Añua, seulement pour toi.

La jeune femme parut céder devant ces mots.

— Il y a au moins un passage, dans cette chambre, derrière l'armoire du fond. Au cas où le frère-chevalier aurait dû quitter précipitamment les lieux.

— Je crois que sur ce point, on ne craint plus rien.

Nulle ironie dans la voix d'Azel.

Comme pour oublier les circonstances de ce même geste un peu plus tôt, Zuhaitza lui prit les mains.

— Merci.

— Mais je ne viendrai pas. Je ne mens pas, je ne peux vraiment pas.

La cloche lugubre résonna de nouveau dans les couloirs, à peine assourdie par la porte.

— Ne reste pas ici en tout cas. Ne te sacrifie pas parce que tu as peur.

— Zuhaitza…

Son aînée leva les yeux sur le chasseur de primes.

— Ton compagnon a raison, murmura-t-elle.

Vous n'avez déjà que trop tardé à cause de moi. Partez !

— Réfléchis, Añua…

— Partez ! répéta la jeune femme, plus fort.

Zuhaitza avait déjà tout essayé. Que pouvait-elle faire de plus pour la convaincre ? Elle avait fait ses adieux à sa sœur de longues années auparavant. Elle n'avait pas envie de lui jeter un dernier regard au milieu des flammes rampant dans la chambre. Elle ne voulait pas savoir quel destin elle choisirait.

— Tu as une arme pour moi ? demanda-t-elle à Azel.

— J'avais gardé une lame, c'est tout. Si tu voulais autre chose, il aurait fallu me mettre au courant de tes intentions. Mais ce serait revenu à avouer tes mensonges, répliqua-t-il, sans lui accorder le moindre regard.

Le tocsin résonna pour la troisième fois. Cette fois, ils entendirent des cris au bout du couloir et des bruits de pas, encore lointains.

Añua poussa alors un profond soupir avant de les interrompre d'une voix fêlée.

— Si je ne pars pas avec vous, je peux vous aider. Ils ne feront pas attention à moi, pas maintenant. Je peux gagner les écuries et vous retrouver dehors avec vos montures. Mais vos armes…

Azel la considéra réellement pour la première fois.

— Ce n'est pas grave. J'avais laissé les principales hors de l'enceinte du fort. Je savais qu'on nous demanderait de les remettre et je n'étais pas certain qu'on nous les rendrait.

— Tu penses vraiment y parvenir ?

Le regard toujours fuyant, la jeune femme hocha simplement la tête.

Azel renifla.

— Très bien. Faisons ça.

— Mais c'est beaucoup trop risqué…

Añua prit sa sœur dans ses bras et la jeune fille se tut aussitôt.

— C'est la seule solution. La garnison est en alerte maintenant, et même si je vous guidais dans les couloirs, je ne vois pas comment vous faire traverser la cour.

— Mais…

— Je t'ai menti tout à l'heure. Je n'ai pas oublié où nous rêvions d'aller toutes les deux. Tu peux encore le faire, Zuhaitza. Pour nous deux.

Son aînée s'écarta et la poussa en direction du passage.

— Allez-y !

Déjà, le meuble se remettait en place avec un léger frottement, son murmure avalé par les flammes. Añua n'avait plus qu'une poignée de minutes pour quitter la pièce à son tour. Elle s'était efforcée de sourire jusqu'à ce que le visage de sa cadette disparaisse dans l'ombre, de sourire pour ne pas laisser les larmes lui monter aux yeux.

La chaleur des flammes dans son dos ne l'aida pas.

Azel et Zuhaitza se retrouvèrent plongés dans la pénombre, mais le jeune homme avait saisi une torche. Avec un fort à flanc de montagne, l'existence d'un tel passage à cette hauteur n'avait finalement rien de bien surprenant. Même si le Nouveau-Coronado régnait désormais en maître, il fallait demeurer prudent. Difficile toutefois d'imaginer que l'on puisse emprunter ce chemin avec des chevaux. Arborant des briques pour la plupart mal agencées, ses parois luisaient d'humidité et exhalaient une odeur rance.

Il n'y avait pas le moindre élément décoratif, ni aucun symbole religieux. Il aurait tout aussi bien pu s'agir d'un passage bâti par des contrebandiers. Añua n'avait pu leur indiquer la longueur exacte de la galerie ; quelques centaines de mètres au plus, sans doute. Ensuite, les deux jeunes gens se retrouveraient sur un sentier de montagne. Si les moines comprenaient qu'ils avaient fui les lieux en empruntant le tunnel, il ne leur faudrait toutefois pas longtemps avant de se lancer à leur poursuite.

Azel serra un peu plus fort le manche de sa lame.

Añua s'était précipitée dans les corridors généralement réservés aux domestiques, certaine que, dans un premier temps du moins, les moines ne les fouilleraient pas. Comment imaginer que deux étrangers en connaissent l'existence ? Déjà, le tumulte avait envahi le fort, chaque écho du tocsin l'amplifiant encore. Sa course la conduisit finalement à l'entrée du couloir des geôles. La jeune femme n'avait plus un instant à perdre. Elle n'avait déjà que trop perdu le fil de sa vie.

Les premiers sifflements ne tardèrent pas à se planter dans ses oreilles.

— Qu'est-ce qu'elle fait ici ?

— Tu n'as plus les faveurs de ton cher capitaine ?

— Traîtresse !

— Pute !

Les insultes pleuvaient, nourries de colère, mais aussi de jalousie. Au fil du temps, le monastère s'était constitué un vrai troupeau d'esclaves. À part deux vieillards, il n'y avait que des femmes, toutes enfermées pour la nuit, quand elles ne servaient pas à assouvir les bas instincts des moines. Si ceux-ci avaient espéré un jour raviver la magie, Añua n'avait jamais connu cette époque. Toutes ces femmes avaient subi un sort identique, mais aucune n'avait cédé aussi loin qu'elle l'avait fait. Añua avait perdu sa place parmi les indigènes. Elle n'avait plus de recours, désormais seule avec ses remords, sa honte et les illusions que ce sentiment avait fait naître chez elle.

— Qu'est-ce que tu fais là ? demanda une autre voix alors qu'Añua avait enfin traversé le couloir.

Une voix beaucoup plus calme, apaisante.

— Tu sais ce qui se passe ? Si tu le sais, aide-nous, Añua, reprit la voix.

De toutes les captives, cette personne était la seule à l'avoir appelée par son prénom.

Au milieu des cris, elle perçut un hennissement. Les écuries n'étaient plus très loin. Elle avait donné sa parole à l'homme qui accompagnait sa sœur et elle ne comptait pas reculer. Depuis que ce chasseur de primes avait brisé le sort qui la retenait prisonnière, Añua y était résolue. Mais elle pouvait faire plus encore.

Azel posa une main sur la grille de fer qui leur barrait la vue. Ils étaient parvenus sans encombre au bout du tunnel. Zuhaitza et lui n'avaient pas échangé un seul mot en chemin, trop occupés à tendre l'oreille. Ils n'avaient saisi aucun écho derrière eux, pas de cris, pas de coups de feu, aucune cavalcade. Le tunnel résonnait seulement de leurs respirations hachées et du bruit de leurs pas. Ils étaient comme seuls au monde, jusqu'à ce que le froid charrié par la brise ne les caresse, accompagné par la lueur des étoiles qu'ils avaient finalement aperçues au bout du tunnel.

Une sensation étrange, d'autant plus en songeant à ce qui devait se dérouler tout près. La dépouille à demi dévorée par les flammes du capitaine avait dû être découverte, tout comme la première victime d'Azel. Tous les moines devaient être maintenant sur leurs traces.

Azel poussa de tout son poids sur la grille, qui protesta en grinçant. Il n'y avait pas de serrure. Personne n'aurait imaginé trouver une entrée ici. Les deux fuyards se retrouvèrent soudain à l'extérieur, plus haut dans la montagne. Añua ne s'était pas trompée en leur indiquant cette voie : ils avaient pu s'échapper sans rencontrer de résistance, même s'ils avaient dû pour cela tout abandonner derrière eux.

Le chasseur de primes éteignit sa lanterne puis bondit sur un rocher, se retournant vers le fort. Depuis leur position, il pouvait à présent l'observer dans son ensemble. Une dernière fenêtre s'illumina, mais la citadelle tout entière semblait réveillée. Il aperçut même deux moines sur les remparts, lanterne à la main, cherchant sans doute une trace de leur présence. Si les murailles lui dissimulaient la cour intérieure du fort, les abords des plaines demeuraient visibles. Azel plissa les yeux sous le clair de lune et jura.

— Que se passe-t-il ? Tu as vu quelque chose ?

Sa voix était fébrile, tendue. Elle devait s'inquiéter pour sa sœur, évidemment. Et peut-être qu'elle ne savait pas comment se comporter désormais avec

Azel, mais ce dernier ne semblait pas s'en soucier. Encore moins après ce qu'il venait de voir. Des cris montèrent de la place forte, si nombreux que les deux jeunes gens les entendirent distinctement malgré la distance.

— Tous les chevaux viennent de s'enfuir au grand galop, répondit-il enfin.

— Tous ? Mais ce n'est pas possible !

— La preuve que si, répliqua Azel, cinglant. Je ne sais pas ce qui a pu se passer, mais le plan de ta sœur a mal tourné. Même si les nôtres n'ont pas fui, je ne vois pas comment elle va pouvoir nous retrouver tout à l'heure.

— Une partie des moines va sûrement partir à la recherche des chevaux. Plutôt que de nous chercher nous.

Elle avait raison, bien sûr, mais Azel refusait de le lui concéder.

— Cela ne change rien pour elle, répondit-il. Ils ne laisseront sortir personne.

— Elle s'est peut-être déjà échappée à cheval.

Azel plissa les yeux.

— Je ne crois pas...

Le moine, Goshner, la poussa sans ménagement dans la chapelle. Les couloirs du monastère étaient gagnés par la folie. Añua aperçut au moins trois cadavres sur le sol, se vidant encore de leur sang. Aucun religieux parmi eux.

Goshner avait surpris Añua juste après qu'elle eut réussi à ouvrir les portes de l'entrée principale, au milieu de la quinzaine de chevaux libérés de leurs stalles. Ils avaient envahi la cour intérieure, galopant, se cabrant, hennissant. Alors que les trois quarts des moines debout s'étaient précipités dans les couloirs ou sur les remparts, elle avait pu agir dans l'ombre, exactement comme elle l'avait imaginé. Mais elle ne l'avait pas fait seule. Les esclaves qu'elle avait délivrés aussi n'étaient pas restés sans rien faire. Une partie avait pu s'échapper avec les chevaux, d'autres à pied. La mort de Borja avait tout remis en cause.

— Pourquoi tu as fait ça, petite salope ? gronda le soldat, la tenant en joue. Ça t'amuse ? Tu crois qu'on n'a que ça à faire de courir après des chevaux en pleine nuit ? Tu es la complice des deux inconnus, c'est ça ? Tu ne perds rien pour attendre.

Añua, à bout de forces, s'était écroulée sur un banc, mais Goshner n'en avait pas fini avec elle.

La jeune femme leva les yeux sur les reliques dominant l'autel. Un simple bout de tissu, censé receler de la magie, mais surtout sale et usé. Un vrai chiffon. Tout comme Borja lui-même, elle n'avait jamais cru aux séraphins, qui semblaient n'être qu'une version bienveillante mais tout aussi impuissante des fées. Prier les séraphins ne la sauverait pas.

— J'ai fait de mon mieux, murmura-t-elle.

Añua ferma les yeux. Elle pouvait tout endurer désormais : les cris incessants des soldats, le tocsin ricanant et la chapelle étouffante, dont la lumière aux reflets rougeâtres n'avait rien d'angélique.

Goshner se laissa tomber sur elle. Il fallut quelques instants à la jeune femme pour comprendre qu'il n'avait pas agi de lui-même. Añua ouvrit les yeux.

La vieille femme qu'elle avait libérée la première, un peu plus tôt, se tenait maintenant devant elle.

— Nous sommes quittes, dit-elle.

— Tu n'as pas fui avec les autres ?

— Je n'ai pas réussi, confessa l'ancienne.

De l'autre côté des portes de la chapelle, le chaos régnait toujours en maître incontesté des lieux. La fumée s'était liguée avec la pénombre pour contrarier les plans des moines-soldats. D'autres départs d'incendies avaient embrasé le fort.

Añua baissa les yeux sur le cadavre encore chaud de Goshner. Quand elle releva la tête, la vieille indigène avait disparu. Réussirait-elle à quitter l'enceinte du fort ? Plusieurs moines s'étaient postés à l'entrée. Certains avaient même tiré alors que les animaux étaient encore dans la cour, au risque de les toucher. Abattre une vieille femme seule qui avait osé quitter sa geôle ne leur ferait pas peur.

Añua savait ce qu'il lui restait à faire cette nuit. Dans un instant ou dans une heure, un autre moine-soldat la retrouverait, mais elle ne reculerait pas. D'une main, elle fracassa la vitrine contenant les reliques sacrées et les saisit. Elle saignait, mais elle se rendit compte que souiller ces objets lui importait peu.

D'un pas chancelant, elle quitta ensuite la chapelle, s'assurant que le couloir était désert. La fumée commençait à se dissiper, mais des ombres dansaient encore au milieu des flammes, à l'intérieur du fort. Les mains croisées sur sa poitrine, elle se mit en route, le dos courbé. Les portes de l'armurerie étaient ouvertes car les moines-soldats étaient venus récupérer leurs armes un peu plus tôt. Añua les franchit, tête haute. Mais elle n'avait pas réussi à échapper à la vigilance de l'un des religieux. Celui-ci l'interpella, fusil au poing, alors que la jeune femme avait déjà disparu à l'intérieur de la pièce.

— Hé, toi ! Ne bouge pas !

Aucune réponse ne surgit des ombres. Le moine

épaula son arme. Le bois de la crosse, chaud et doux, ne le rassura pas. Pas cette nuit. Il était le dernier arrivé entre ces murs. Fils cadet d'un colon qui n'avait pas réussi à trouver sa place de l'autre côté de l'océan, il n'était qu'une bouche en trop à nourrir. Il n'avait pas tardé à comprendre que la corruption la plus abjecte avait contaminé le fort, mais que pouvait-il y faire, lui ? Rien, absolument rien. Il n'avait même jamais adressé la parole au capitaine. Ce soir, il avait enfin l'occasion d'agir, de peser dans la balance. Corruption ou pas, il ne pouvait pas rester sans rien faire alors que Borja n'était plus là.

— J'entre ! On ne bouge plus ! cria-t-il encore.

Toujours pas de réponse, mais une lueur vacillante, flottant dans le vide à trois pieds du sol. Il plissa les yeux et, s'habituant à la pénombre, saisit enfin les contours d'une silhouette ; celle de la jeune femme. D'une main, elle tenait une lampe à huile réglée au minimum, et de l'autre…

— Tu as volé nos reliques ? Comment as-tu pu oser ?

Le moine n'avait jamais adressé la parole à cette indigène non plus, même s'il l'avait croisée bien plus souvent que Borja. Dans son cas, il n'avait jamais osé lui parler. Elle lui avait toujours paru soit si triste, soit au bord de la folie…, exactement comme en cet instant. Il ne connaissait même pas le nom de la femme qui lui adressa le sourire le plus doux de toute son existence.

— La Croix-Blanche a assez fait de dégâts ici…

Glacé d'horreur, le novice remarqua une ligne granuleuse parcourue de reflets sous la caresse de la lampe. De la poudre.

Il devait appuyer sur la détente. Tout de suite.

Azel et Zuhaitza observaient toujours le fort.

Ils s'étaient tout juste mis en route. Difficile d'imaginer qu'on les repère là où ils se tenaient, d'autant que les moines semblaient avoir d'autres soucis. Les deux hommes aperçus sur les remparts avaient disparu depuis plusieurs minutes.

— Je crois que l'on ferait mieux…

Les mots d'Azel furent balayés par le grondement d'une explosion, et le jeune homme leva un bras pour se protéger de l'éclat des flammes qui chassèrent la nuit quelques instants. L'écho de la détonation rebondit sur les flancs de la montagne, tandis qu'une partie du fort, à l'est, s'écroulait sur elle-même dans un fracas d'avalanche. Une fumée noire montait déjà au-dessus de la flèche de l'édifice, alors que l'aurore déployait lentement ses douces lueurs sur le carnage.

32

Le correspondant prit son temps avant de poser la moindre question.

Calider ne comptait pas adopter la même stratégie avec le Loup Gris et ses troupes qu'avec le colonel. Il se sentait comme un hôte, encore moins désiré que d'ordinaire. Les cavaliers ne manifestèrent aucune hostilité à son égard, mais pas un ne lui adressa la parole. La plupart ne lui accordaient même pas un regard. Deux jours s'écoulèrent ainsi, à voyager sur les plaines. Ils croisèrent trois autres groupes de cavaliers, toujours cent ou cent cinquante à chaque fois, pas plus. Des hommes ou des femmes, mais pas d'enfants. Tous les adultes en âge de se battre semblaient avoir rejoint les rangs de cette lutte armée. Où se cachaient donc les enfants ? Calider tâchait bien de tendre l'oreille, mais sans surprise, les indigènes discutaient entre eux dans leurs propres idiomes, sans jamais avoir recours à la langue du Coronado.

Les hommes du Loup Gris n'avaient rien d'exaltés. Ils fonctionnaient aux yeux du journaliste comme des brigades tout aussi disciplinées que les forces de la colonie, voire plus. Plutôt que des chevaux, la plupart privilégiaient des mules, bêtes endurantes au pied sûr, même en terrain difficile. Leurs montures étaient plus petites mais aussi plus rapides que les chevaux plus corpulents que l'on trouvait souvent au sud des montagnes.

Je dois bien avouer qu'une certaine surprise m'a saisi lorsque j'ai découvert dans les rangs des « troupes » du Loup Gris des gens qui ne faisaient pas partie des peuplades indigènes, mais bien des colons venus du Coronado, ou même d'ailleurs. Naïvement, je crus avoir affaire à des prisonniers. Pourquoi mener une telle vie, une existence faite d'errance et de dangers, à moins d'y être contraint ? Il ne pouvait donc s'agir que de captifs ou d'esclaves : l'empire du Léopard était connu pour avoir asservi les autres royaumes de la péninsule et puisé dans leurs ressources. Quand bien même le Loup Gris ne prétend-il à aucun moment vouloir faire renaître l'Empire de ses cendres, je songeais naturellement à une prise de guerre après un affrontement quelconque face aux forces de la colonie.

Mais les trois hommes et les deux femmes blancs que j'ai eu l'occasion de croiser au cours de ce séjour ont tenu à m'affirmer que ce n'était pas le cas et je n'ai pas trouvé de raison de croire qu'ils me mentaient, volontairement ou sous la contrainte.

— Votre article avance comme vous voulez ?

Calider releva brusquement la tête. Il n'avait pas entendu et encore moins senti le Loup Gris approcher, mais l'homme masqué se dressait près de lui, une main sur le crampon à sa ceinture.

— Je me suis permis d'y jeter un œil, par-dessus votre épaule, reprit-il devant le silence du correspondant.

Je peux vous confirmer que les anciens colons que vous avez vus ne sont pas là contraints et forcés.

Calider sourit.

— Je ne vous imaginais pas dire le contraire.

— Ça n'en est pas moins la vérité. Pas de prisonnier de guerre, pas de femme qui aurait trop honte pour retrouver son ancienne vie. Nous ne leur avons pas volé leurs âmes non plus. Ils ne se sont pas changés en sauvages.

— Je n'ai jamais écrit ou même pensé une telle chose, répondit Calider.

Le Loup Gris croisa les bras.

— Vous, peut-être, mais ce n'est pas le cas de bien des habitants de Carthagène ou même des plaines.

Une fois encore, la curiosité s'empara du correspondant.

— La raison de leur présence parmi vous est une chose, mais comment ont réagi les vôtres justement ? Vous êtes en lutte contre tout ce que représentent les colons.

— Moi ? Je ne sais pas. Ceux qui me suivent ne sont pas des brutes assoiffées de sang ou aveuglées par la haine. Parfois, pour accomplir certaines actions, nous avons recours à…

— Une potion magique ?

Le Loup Gris se mit à rire, d'un rire étonnamment chaleureux aux oreilles de Calider.

— Comment des gens qui se prétendent aussi raffinés, aussi éduqués que les habitants du Nouveau-Coronado peuvent-ils croire à de telles absurdités ? Dites-le-moi, vous qui êtes journaliste.

— Vos guerriers n'utilisent-ils pas des drogues ? insista Calider, sans trembler.

— Elles jouent uniquement sur leur moral. Il ne

s'agit pas de devenir invincible ou sans peur, mais lorsque vous devez vous attaquer à un train blindé ou lever la main sur un autre guerrier pour la première fois… Tout le monde n'a pas ce feu en lui. Il s'agit juste de l'attiser.

— Depuis que je vous suis, je n'ai pourtant pas eu l'impression d'avoir vu un général passant en revue ses troupes.

— Parce que je ne suis pas un chef de guerre.

— Je ne vous ai pas vu beaucoup parler non plus. N'avez-vous pas promis à ces hommes et ces femmes un passage vers Tichgu ?

— C'est donc ce que l'on dit de moi ? Je ne me vois pas non plus comme un homme de foi. Je ne suis pas un chamane. Vous m'avez vu entouré d'un conseil de *sali'lû* ? Frappé de visions au cœur de la nuit ? Errant entre ce monde et le suivant, à la recherche des fées, pour les supplier de nous aider ?

— Certains…

Le Loup Gris haussa les épaules.

— Tant mieux si certains à Carthagène le croient. Si le folklore peut jouer dans notre sens, parfait. Je compte bien plus sur la bêtise humaine que sur un retour des dieux.

Calider hocha la tête. Quelque chose chez le Loup Gris lui rappelait étrangement le discours de certains diplomates du Coronado.

— En tout cas, je vous ai vu plusieurs fois passer la main sur votre médaillon, dit-il en désignant l'objet qu'il portait au poignet.

— C'est un souvenir, éluda le chef de guerre. Rien à voir avec de la superstition.

— Vous maintenez n'avoir rien à voir avec l'assassinat du vice-roi Rodrigo Alcàcer ?

— Enfin, vous posez votre question. Non seulement je l'affirme, mais je pense que c'est un coup monté depuis Carthagène pour précipiter leur intervention au nord. C'est la seule explication logique, mais qui voudra l'entendre ?

— Vous êtes-vous déjà rendu à Carthagène ?

Le Loup Gris détourna les yeux un instant, en direction des montagnes de l'Azur. La capitale de la colonie se dressait à des centaines de lieues de là.

— Non, répondit-il finalement. Je ne connais pas cette cité.

— Je vous posais la question car vous semblez très au fait de la politique de la Couronne.

— Je vous l'ai dit. Je ne suis pas un sauvage. Personne ne l'est ici. Nous ne dansons pas tous ensemble autour d'un feu avant de partir nous battre, ajouta-t-il en écartant les bras.

Calider secoua la tête.

— Ne me prêtez pas les mêmes préjugés que les autres.

Le correspondant l'avait noté lui-même, bien qu'il ne se montrât pas entièrement convaincu.

Contrairement à ce que l'on raconte souvent dans les tripots et les cafés de Carthagène, le Loup Gris et ses hommes n'affichent aucun signe distinctif sur leur tenue – sinon un médaillon de famille pour leur chef, à l'éclat jaune vif –, ni rien qui s'apparente à un uniforme. La plupart d'entre eux pourraient très bien passer pour des vachers tout ce qu'il y a de plus banal si vous les croisiez dans la rue. Il y a toutefois une forme de cérémonie rituelle chez eux. Avant de partir se battre ou mener une expédition quelconque, les plus anciens se rangent en deux files et clament haut et fort leurs exploits d'autrefois. Le message pour les moins expérimentés est clair, quoi qu'en dise le Loup Gris : mieux vaut mourir que de faire preuve de couardise.

Un soir, ils arrivèrent dans une région riche en habitations troglodytes, où leur groupe avait installé aussi bien une forge qu'une école.

— Vous tâchez de concevoir une société nouvelle ici, fit remarquer le journaliste.

Le regard du Loup Gris se porta sur le campement.

— Je n'ai pas cette prétention. Je ne cherche pas à me tailler un empire. Vous n'avez peut-être pas remarqué, mais on trouve des autochtones issus de tous les royaumes de la péninsule parmi nous. L'Empire n'est plus.

— Mais les autres royaumes ont toujours accepté sa domination.

Le Loup Gris parut s'agacer.

— Tout ce qui m'importe, c'est de les voir survivre.

— Votre sort personnel ne vous intéresse pas ? Vous n'avez pas peur d'affronter Cortellan ?

— J'aimerais vous dire que non, mais les choses ont changé pour moi le jour où j'ai accepté cette charge.

Calider plissa les yeux. Quel âge pouvait bien avoir cet homme ? Sans doute pas plus de trente ans. Et voilà qu'il se retrouvait à la tête d'une bande non pas de centaines de guerriers mais de centaines de familles. Pouvait-il vraiment les contraindre à vivre comme des nomades, sans jamais s'installer nulle part, parcourant sans fin les terres de leurs ancêtres ?

Pour le moment, tout le monde était prêt à le suivre, mais ils suivaient bien davantage des promesses qu'un homme. Qu'en serait-il dans quelque temps ? Ou beaucoup plus tôt, si les choses tournaient mal…

— Vous savez, j'ai conscience de ce que le colonel et les forces indépendantistes m'ont proposé, fit le Loup Gris.

Pour la première fois, il avait adopté un ton proche de la confidence et Calider n'osa pas l'interrompre.

— C'est un simple fragment de ce que l'on possédait autrefois, les uns et les autres. Rien de plus. Et qui sait si dans dix ou vingt ans, la prochaine génération de colons ne va pas vouloir se les réapproprier à son tour. Mais je ne vois pas quoi faire d'autre. Je ne vois vraiment pas.

Calider l'avait déjà compris et le Loup Gris ne s'en cachait pas vraiment. Il n'était pas question de disparaître au pays des fées, mais le correspondant savait que le désespoir se nourrissait lui aussi de mirages.

— Je ne veux pas d'un sanctuaire sans vie, poursuivit le Loup Gris, d'une voix devenue plus dure. Je ne veux pas que l'on nous dicte comment vivre, quels usages suivre, avec qui commercer ou quand chasser.

— On croirait entendre un propriétaire de *fazenda* ! Je comprends mieux pourquoi vous avez bel et bien noué une alliance.

— Des pourparlers étaient en cours depuis des mois, avant l'assassinat du vice-roi. Sa mort a failli tout faire échouer, mais nous étions trop faibles pour nous déchirer. Longtemps, les rebelles ont attaqué des missions, des groupements isolés, des *fazendas*, comme pouvaient le faire les bandes de mercenaires. Ce n'était pas la solution à mes yeux. Il fallait opter pour une nouvelle stratégie.

— Et trouver des alliés.

Le silence du Loup Gris était éloquent.

— On ne pouvait pas les laisser frapper au cœur de nos terres. Qui accepterait plus de vingt ans de brimades ? Les vôtres ont voulu effacer notre passé, et moi-même, je me suis longtemps complu dans cette façon de faire. Ainsi, je n'avais pas à m'interroger sur mes actes, vous comprenez ?

— Je le crois.

Calider avait l'impression avec eux de chevaucher hors du temps. Au matin du troisième jour, le journaliste assista à une scène étrange alors que leur groupe avait atteint un paysage plus vallonné. Un membre des éclaireurs de la petite troupe rallia une colline plus haute que les autres et se mit à siffler. De toute évidence, il n'était pas question pour lui de passer le temps ou de tester l'acoustique des environs. Calider compta un tour de cadran entier sur sa montre avant d'entendre un autre sifflement lui répondre. L'indigène échangea ainsi avec son interlocuteur invisible pendant près de dix minutes, puis il rejoignit non pas ses camarades les plus proches mais bien le Loup Gris lui-même. Les deux hommes s'isolèrent à l'écart du groupe pendant un long moment, avant que l'éclaireur ne se retire.

Cette fois, Calider n'y tint plus et s'approcha lentement du Loup Gris. Alors qu'il lui restait encore la moitié du groupe à contourner, le journaliste fut surpris de voir le chef des rebelles le devancer.

— Monsieur Calider, je suis désolé mais vous allez devoir nous quitter, lui lança celui-ci.

— Pourquoi donc ? Que vient-il de se passer ?

Le Loup Gris détourna un instant les yeux en direction de la vallée.

— Vous pouvez me parler. Je ne suis pas un espion. Je ne suis pas là pour dévoiler vos secrets, reprit Calider. Je ne suis pas votre ennemi.

— Mais vous n'êtes pas non plus celui de Carthagène.

— Je ne suis l'ennemi de personne, c'est vrai. Je pense qu'il faut toujours…

— Croyez-moi, j'ai appris qu'il faut choisir un camp, Calider. Sinon, quelqu'un finit par le choisir pour vous. Personne ne peut rester loin de tout.

— Mais pourquoi devrais-je partir ? Vous comptez me laisser là, au beau milieu des plaines ?

Pour la première fois, Calider sentit un sourire dans le regard du Loup Gris.

— L'un de nous vous ramènera au premier poste du camp indépendantiste. Je dois maintenant aller à la rencontre du général Cortellan. La nouvelle de la reprise de Trevelin lui est déjà parvenue et il semble décidé à rallier la ville plus vite que prévu.

— Et pourquoi je ne pourrais pas rester avec vous ?

— Il est hors de question de risquer votre vie à nos côtés. Vous me semblez être un homme raisonnable. Je ne pense pas que vous soyez là pour le frisson du sang, comme certains de vos collègues. Vous avez parlé de témoigner l'autre jour. Je vous conseille de le faire avant qu'il ne soit trop tard.

— Et comment, sans télégraphe ? Même si j'étais capable de galoper à bride abattue et de changer de cheval toutes les six heures, je ne pense pas que je pourrais rentrer à temps.

— Il y a d'autres moyens de contacter Carthagène. Vous avez déjà rédigé vos articles ?

— Je m'y suis employé tous les soirs, oui.

— Alors, venez.

33

Zuhaitza et Azel avaient rallié les ruines du sanctuaire moins de deux heures après l'explosion. Les survivants, moines ou esclaves, avaient fui sans attendre l'arrivée de quiconque.

Azel était penché sur la cachette abritant ses armes les plus encombrantes.

— Tu me mens depuis le début, cracha Azel. Tu n'as jamais vu les cavaliers, si ça se trouve. Tu t'es servie de moi pour que je te conduise jusqu'ici en sécurité.

— Azel. Tu peux encore changer d'avis. Tu peux encore venir avec moi, répondit la jeune femme, d'une voix tremblante. Pourquoi veux-tu t'infliger cette vie ? Ce n'est même pas une *vie* ! C'est vrai, je t'ai utilisé, mais regarde ce que tu as accompli ! N'est-ce pas bien plus utile que cette quête sans fin de vengeance ? Ce Jophiel t'échappera toujours. C'est un fantôme. Et si tu le retrouves, Xemballa sera ta tombe.

— Mais au moins, cette tombe, je l'aurai choisie, répliqua Azel entre ses dents.

— Je t'en prie, écoute-moi. Tu pourrais accomplir des choses admirables. Ton existence n'est pas terminée simplement parce que tes parents sont morts.

Elle s'était imaginé qu'il allait la repousser, violemment. Elle était prête à l'endurer, à affronter sa colère de plein fouet. Mais la réaction d'Azel fut tout autre.

— Simplement ? Je ne peux pas, Zuhaitza, je ne peux pas te pardonner, soupira Azel. Je comprends pourquoi tu as agi ainsi, mais tu ne m'as pas seulement menti…, tu m'as empoisonné. Tu as fait de moi ton jouet pour mieux me manipuler.

— Azel, je te le jure, c'est faux. Mes potions ne t'ont pas affaibli, j'ai vraiment préparé de quoi te venir en aide. Tu ne te remettais pas, tu étais incapable de reprendre le dessus, il fallait bien faire quelque chose.

— Tu as agi uniquement pour que je me montre plus docile. Tu voulais que je suive tes suggestions sans rien dire.

— Tu sais que c'est faux. Je ne sais pas pourquoi tu prétends le contraire, mais au fond de toi, je suis certaine que…

— Tais-toi ! C'est tout ce que je te demande. Je ne peux rien attendre de plus de toi. Ces dernières semaines… je n'aurais pas dû t'écouter une seule fois.

— Ne pars pas, Azel.

— Tu n'as pas besoin de moi. Tu n'as jamais eu besoin de moi en vérité, tu ne comprends pas ? Si ça n'avait pas été moi, tu aurais pris n'importe qui. Tu aurais fini par trouver.

— Je ne voulais pas d'un mercenaire.

— Peu importe ce que tu voulais. J'ai perdu trois semaines par ta faute.

— Même en partant maintenant, tu ne pourras jamais le rattraper, à moins de passer par le plateau de Pemba.

Le visage du jeune homme s'était assombri un peu plus encore. Si les abords de Xemballa étaient une région en perdition, le plateau en question l'était plus encore. Tout le monde le contournait. Mais il avait déjà perdu trop de temps.

— Alors, s'il le faut, c'est ce que je ferai.

— C'est de la folie ! Tout ce que tu risques d'obtenir, c'est de mourir avant d'avoir rejoint le volcan.

Azel éclata d'un rire triste.

— Ça t'intéresse vraiment ? Tu comptais m'accompagner jusqu'au bout ? Ne mens pas, pas encore une fois ! Si je n'avais pas compris ton petit jeu, tu serais partie malgré tout. Ne me fais pas croire le contraire. Je n'étais qu'un outil.

La jeune fille baissa les yeux. Bien sûr qu'elle ne l'aurait pas suivi dans cette voie. Mais ce matin, entre tous, elle ne parvenait pas à lui dire.

— Ma sœur est morte cette nuit. Et c'est grâce à elle que nous avons pu nous enfuir. Ça n'a aucune importance à tes yeux ? Penses-tu vraiment que tu es le seul à souffrir ? Vraiment ?

Le jeune homme lui tourna le dos, rajustant péniblement sa selle. La fièvre le rattrapait de nouveau.

— Tu ne comptes pas répondre ? insista-t-elle.

— Je t'ai tout dit. Et je crois que tu as à faire.

Ostensiblement, Azel se retourna vers les décombres fumants au loin. La jeune fille oublia toute retenue.

— Alors, vas-y, va te faire tuer. Après tout, qu'est-ce que ça change pour moi ?

— Exactement. Pars de ton côté. Je suis sûr que tu parviendras à prendre dans tes filets un autre imbécile comme moi pour t'accompagner sur la route.

Zuhaitza retroussa les lèvres.

— Mes filets ? Comme quand on a couché ensemble ? Tu n'avais pas l'air de penser beaucoup à la femme que tu prétends venger l'autre nuit.

Azel se figea.

— Ah, tu ne dis rien ? Tu vas prétendre que je mens, là encore ? Ou que tu as tout oublié ?

Sur le point de se hisser en selle, le jeune homme était maintenant à deux doigts de s'écrouler, pris de vertiges. Impossible. C'était impossible. Il ne s'était jamais rapproché de Zuhaitza. Ils ne s'étaient même pas blottis l'un contre l'autre pour lutter contre le froid.

— Tais-toi, murmura-t-il.

Mais la jeune fille n'avait plus l'intention de se taire. Azel savait très bien ce que représentait pour elle ce nouvel aveu. Il avait trahi la mémoire d'Ombeline, tout comme les rêves de la jeune fille. Elle avait renoncé à ses principes pour quelques instants d'égarement.

— C'est facile d'accuser mes potions. Tu sanglotais, tu nageais en plein cauchemar, et moi, j'ai juste voulu t'aider. J'ai aimé ça, tu sais. J'ai aimé sentir tes lèvres sur les miennes, ton souffle. Ta langue, même. Je ne pensais pas que ce serait aussi doux, poursuivit-elle, comme se délectant de multiplier les détails.

— Je t'ai dit de te taire.

— De quel droit ? Est-ce que tu t'es arrêté cette nuit-là, quand tu me serrais contre toi ? Alors, j'ai cédé à mon propre désir. Je t'ai même *aidé*. Parce que j'espérais qu'on partagerait quelque chose. Mais c'était elle que tu appelais, encore et encore. C'est elle qui était là dans tes yeux.

— C'est faux…

Malgré ses dénégations, les images de cette nuit, de ce songe, lui revenaient en mémoire. Il ne les avait pas oubliées un instant, il avait même chéri ce rêve chaque nuit depuis, espérant le retrouver. Cette chaleur, le sel de ses larmes, le soulagement…

— Tu mens encore, finit-il par dire. Tu as utilisé tes dons pour…

Zuhaitza l'interrompit d'un grand éclat de rire.

— Parce que tu y crois à présent ?

Azel se souvenait du lendemain matin, du silence inhabituel de la jeune femme, de la façon fébrile dont elle l'avait suivi des yeux tout au long du petit déjeuner, avant de reprendre la route, comme si elle avait attendu… un mot, un geste de sa part ? Mais le jeune homme l'avait ignorée.

Elle avait raison. Zuhaitza disait bien la vérité.

— Je ne sais plus ce que je crois, lâcha-t-il en croisant enfin son regard.

L'horreur de cette prise de conscience se déversait dans son esprit. C'en était trop pour lui. Les révélations sur l'identité de sa mère, la trahison de Zuhaitza, son comportement à l'égard de la jeune fille… Potions ou pas, au fond de lui, il l'avait reconnue et avait assouvi ce qu'il n'avait pu satisfaire avec Ombeline. Ombeline, morte, le visage exsangue, les traits déformés, Ombeline, un fantôme en pleurs.

Zuhaitza, sous ses yeux, bien vivante, si intense, si… La culpabilité resserra ses anneaux autour du jeune homme, prête à l'étouffer. La culpabilité, mais aussi la honte, le regret. Toutes ces émotions enterrées avec Ombeline, à jamais. À jamais ? Quelle immense putain de connerie !

— Je ne peux plus, reprit-il, d'une voix brisée. Je ne peux plus rester là.

— Mais tu pourrais.

Zuhaitza n’était plus animée par la rage, et Azel comprit alors que ses révélations n’avaient pas eu pour but de l’accabler. C’était encore pire : elle croyait avoir une chance de le retenir en lui ouvrant son cœur.

Tout avait basculé, et pourtant, Azel savait qu’il ne reviendrait pas sur sa décision. Même si les mensonges de Zuhaitza n’avaient plus aucune importance. Il l’abandonnerait là, seule avec le cadavre de sa sœur. Tout ça parce qu’il était trop lâche pour agir autrement.

— Ne fais pas ça. N’essaie pas de me faire changer d’avis.

— Je n’ai même pas essayé. C’est pour toi que je dis tout ça. Je vais suivre le chemin que je voulais prendre avec ma sœur. Partir pour la côte et Ophir. J’y arriverai.

Encore cette utopie.

— Tu ne la trouveras pas, Zuhaitza. Ophir n’existe pas. Personne n’a jamais trouvé cette île.

Tout plutôt que de devoir se confronter à ses sentiments ou à ceux de Zuhaitza.

— Ah oui ? C’est bizarre, ça aussi tu l’avais gardé pour toi.

Et c’était vrai, car au début Azel n’avait que faire de ce que pouvait bien envisager la jeune fille. Il comprenait maintenant qu’il n’avait pas voulu la blesser, briser des illusions dont il croyait s’être libéré lui-même. En vérité, il n’avait fait que regarder ailleurs, comme toujours.

Avec ses failles, ses mensonges, ses colères, elle était tout ce dont il avait besoin en cet instant, tout ce dont il avait jamais rêvé, peut-être. Le jeune homme détourna vivement la tête, incapable d'affronter cette réalité cuisante. Il recula, mortifié, sonné par ce trop-plein d'émotions. Azel se sentait prêt à tout abandonner derrière lui, y compris la monture qu'il avait eu si peur de perdre à peine une poignée d'heures plus tôt.

Lui aussi avait raison. Il devait partir au plus vite. Dans le dos de la jeune fille, l'ombre d'Ombeline apparut soudain, avide, tangible. Son sourire, ses yeux si doux, sa modeste robe de lin, redevenue immaculée… Zuhaitza n'avait jamais été son double, et pourtant, Azel les voyait maintenant toutes les deux réunies devant lui. L'une pour le retenir, l'autre pour le pousser à la venger. Mais peut-être se trompait-il depuis le début. Ombeline ne lui avait jamais demandé de se lancer dans une telle vengeance, elle n'avait jamais été touchée par cette soif, tandis que lui s'en repaissait plutôt que d'ouvrir les yeux. Tout cela…

Azel secoua la tête et, un instant plus tard, le visage de sa belle-mère se troubla, remplacé par un faciès inhumain, bien plus dur, mauvais, déformé.

Le visage moqueur de la fée.

Des heures qu'elle ne lui avait pas adressé la parole. Des semaines qu'elle se moquait de lui.

Elle te ment depuis le début. Tue-la. Tue-les tous.

Mais Azel n'avait aucune intention de la tuer. Au fond de lui, il ne voulait même pas la rejeter. La fée, ou quelle que soit la véritable nature de la voix, l'avait trompé elle aussi, le tourmentant pour rien depuis des semaines.

— Ne fais pas ça, Azel, lui intima une fois encore Zuhaitza, ses mots se changeant en supplique.

Ne l'écoute pas.

La jeune fille disait vrai. Pourtant, Azel choisit de croire la fée.

Pendant une heure, peut-être deux, le jeune homme n'entendit rien.

La voix de Zuhaitza avait disparu dans le vent et les pas de sa monture semblaient presque silencieux. Il se dirigeait vers le col, au milieu de collines à nu aux flancs multicolores. Le spectacle aurait dû le sidérer, mais les mêmes interrogations se succédaient en boucle sous son crâne. Que pouvait bien faire Zuhaitza ? Avait-elle retrouvé la dépouille de sa sœur ? En restait-il même quelque chose à enterrer ? Azel perdit le fil des minutes, dodelinant de la tête comme s'il était à moitié assoupi sur sa selle. Il oscillait entre maladie et guérison, entre lucidité et démence. Azel se sentait comme un criminel, exclu de la communauté des hommes. Il n'avait plus que la haine. La haine était un trésor précieux, plus encore quand on n'en avait pas d'autre.

Incapable de trouver le sommeil, il errait, si étourdi par la fatigue et la douleur qu'il ne parvenait qu'à grand-peine à tenir ses rênes. Zuhaitza avait vu juste, comme souvent. Il risquait bien de rencontrer la mort au cours de cette ultime étape. Mais comment faire autrement ? Il avait gaspillé des jours à jouer les gardes du corps. Pendant ce temps, Jophiel et sa bande avaient atteint la montagne. C'était une certitude. S'y trouvaient-ils encore ?

Azel passa la langue sur ses lèvres parcheminées. Plus il remontait vers le nord et plus il perdait le fil du temps. Le soleil s'était hissé très haut dans le ciel et à cette altitude, ses rayons se faisaient facilement cuisants. Autour de lui, le paysage avait changé, portant les stigmates de l'activité humaine, prélude de ce qui l'attendait sur les pentes du volcan abritant Xemballa. La terre semblait veinée de sang, couverte de rochers pris d'assaut par la bise. Ici, les colons avaient détourné des torrents, construit des barrages, abattu des arbres. Mais si les plaines les plus proches de l'Azur avaient pu endurer un tel traitement, la nature n'en avait pas été capable sur le plateau. D'une main lasse, il chercha sa gourde, sans détourner les yeux de l'horizon.

Azel plissa les paupières. Une tache floue lui barrait la vue au loin. Un mirage ? Au bout de quelques minutes, il reconnut les lieux. Il fut un temps où cette province était le grenier à céréales de l'Empire, mais cela n'avait pas suffi au Nouveau-Coronado. Il leur fallait *plus*. Il se souvenait de son père vantant l'ingéniosité du système d'irrigation des autochtones, leurs terres riches et fertiles. L'éruption du volcan était loin d'être la seule coupable de la disparition de ce terreau millénaire. Le lac Mahuni avait été le plus grand de toute la péninsule, le seul lac d'eau salée de la région. Pêcheurs, éleveurs et paysans prospéraient, alimentant toutes les cités de l'Empire, de Surkutir à Xemballa.

Plusieurs fois, Azel pensa être rattrapé par les tourments de la fièvre. Le chasseur de primes avait toujours cru être parmi ceux qui connaissaient le mieux le Nord, l'un des seuls finalement à s'aventurer dans des coins reculés, parfois pour son seul plaisir. Pourtant, il n'avait encore jamais posé les yeux sur un tel lac. Ou devait-il plutôt parler d'une flaque ? Le plan d'eau n'atteignait que deux ou trois pieds de profondeur. Une flaque rouge vif, impénétrable. Un peu partout, telles des dents à moitié déchaussées, se dressaient des îlots de borax, opaques pour la plupart, mais veinés de reflets allant du bleu au jaune. Certains blocs semblaient n'avoir besoin que du souffle du vent pour s'effriter, recouvrant les environs d'une poussière blanchâtre.

Giflé par une rafale saline, Azel réalisa qu'il ne se trouvait pas sur les berges du lac, mais qu'il en arpentait le fond asséché. Exsangue, la province évoquait un grand corps endormi. Ici et là, mais toujours loin de lui, hors de portée de voix, son regard saisissait une silhouette, enveloppée de blanc de la tête aux pieds. Parfois solitaire, parfois en groupe, mais invariablement courbée en deux, comme brisée, sur des blocs à l'éclat si vif que l'on aurait dit des grains de soleil tombés des cieux. Toutes se dérobaient, telles des apparitions spectrales, presque irréelles. Des chasseurs de sel. C'était tout ce que ces habitants pouvaient encore arracher à leurs terres. Malgré les conditions terribles, malgré les tempêtes de cendres imprévisibles pouvant s'abattre sur eux à tout instant, ces hommes et ces femmes s'obstinaient.

Pourquoi faut-il que tu penses à eux ? Dépêche-toi, lui souffla la fée.

— Ils sont dans les limbes, murmura Azel. Tout comme vous.

Nous ? reprit la fée, d'un ton presque amusé. *Qu'appelles-tu les limbes, mon enfant ?*

— Vous êtes entre deux mondes. Vous avez fui la péninsule, mais vous ne pouvez pas vous empêcher de vouloir agir sur le destin des hommes.

C'était la première fois qu'il osait s'adresser directement à la voix depuis son retour. Même le ricanement qui lui revint aux oreilles ne fit pas vaciller sa résolution.

Plus il avançait à travers le lac et plus le sol sous les sabots de son cheval gagnait en éclat. Azel avait décidé de longer la rive ouest et il s'aperçut que les arbres eux-mêmes étaient différents. Leurs troncs avaient blanchi, mais le feu n'était pas en cause. Azel tendit le cou. Un oiseau mort était perché sur la plus haute branche d'un arbre griffu, dépourvu de feuilles. Le corbeau s'était momifié, le temps le transformant en véritable statue. Il n'était pas seul, près de cet arbre. D'autres animaux avaient trouvé la mort sur les berges et dans le lit du lac lui-même. Un peu plus loin, Azel remarqua un feu de broussailles. Mais surtout, quelqu'un de suffisamment proche pour lui adresser la parole.

Il s'agissait d'une petite fille, qui ne devait pas avoir plus de dix ans. Azel ne voulait pas lui parler ; traverser une région de fantômes lui convenait parfaitement : c'était tout ce qu'il lui était encore possible d'endurer.

La fillette pencha la tête sur le côté. Elle sourit, mais Azel frissonna.

— C'est fini, n'est-ce pas ? demanda-t-elle.

— Quoi donc ?

— Ce monde, répondit l'enfant, retrouvant son sourire.

La gorge d'Azel se serra, tandis qu'il songeait à Tollani. Il se sentit gagné par la nausée et parvint de justesse à la ravaler, mais il ne put dissimuler ce qu'il éprouvait lui aussi.

— Oui, c'est terminé.

Ses paupières commençaient à le brûler. Il venait tout juste de quitter un cauchemar éveillé pour plonger dans un autre, plus dur encore.

Il poursuivit sa route, mais la petite s'arrêta

finalement, devant une structure bâtie en pierres taillées sans logique. Sans doute un réservoir d'eau de pluie, à ciel ouvert. En comparaison avec le lac asséché, cette mare avait quelque chose de pathétique. Azel voulait regarder droit devant lui, mais ses yeux étaient attirés par l'enfant. Il ne cessait de se retourner sur sa selle. Chaque muscle de son corps, chaque os le faisait souffrir à la moindre secousse. Malgré cela, son regard se reportait encore et encore sur elle.

Elle s'était agenouillée près de la mare, tenant à deux mains le modeste récipient qu'elle avait emporté avec elle. L'eau était trouble, presque brune, mais la petite n'avait pas d'autre choix sans doute que de puiser dedans pour en ramener à sa famille.

De nouveau, elle lui adressa un signe de la main. Cette fois, Azel ne lui répondit pas.

C'était un adieu.

34

Calider s'était imaginé changé à son retour à Carthagène, mais la ville elle-même l'avait précédé sur ce point. Une nouvelle atmosphère baignait les rues de la cité, comme le correspondant put le constater sitôt descendu du train, alors que le soleil se levait à peine sur la mer.

La tournure inattendue de la bataille de Trevelin avait elle aussi voyagé jusqu'à Carthagène et s'était invitée dans les conversations de tout un chacun, y compris parmi les colons. Calider pouvait le sentir dans les regards, plus sombres, dans les discussions, se transformant en chuchotements dès qu'un étranger était en vue. L'inquiétude avait gagné la cité. Et si ce conflit devenait une véritable guerre ? Et si la conscription était bel et bien rétablie parmi les citoyens en âge de combattre ?

— On sait comment ça se passe, grognait un homme près du square de la gare. À ce petit jeu, les plus riches s'en sortent toujours ! Tu peux être sûr que les fils et les filles des grosses fortunes paieront les pauvres comme nous pour aller se battre à leur place !

Calider les observa un moment, lui et ses

camarades, sans doute des ouvriers venus des usines toutes proches. À voir leurs mines déconfites et leurs sourires las, le petit groupe avait l'air plus désabusé que réellement en colère. Le correspondant aurait bien voulu les écouter plus longtemps, voire s'avancer pour les interroger, mais il savait qu'il devait rentrer à *La Gazette*. Il n'avait pas de nouvelles du journal depuis deux jours et il avait surtout encore beaucoup à raconter sur son séjour au-delà des frontières. Lors d'un arrêt à Trois-Pistoles, Calider avait demandé s'il pouvait utiliser la ligne télégraphique, mais le personnel du train, entièrement composé de militaires, le lui avait formellement interdit, prétextant qu'ils n'avaient pas le temps pour cela. Calider avait déjà soudoyé des soldats par le passé, mais aucun d'entre eux ne s'était laissé tenter cette fois, preuve d'une tension croissante.

Surpris, le correspondant vit le groupe des cinq ouvriers disparaître à l'approche d'une patrouille, s'écartant du banc plus vite qu'une volée de pigeons. En ville, faute de soldats issus de l'armée régulière, la surveillance des rues était désormais de la coresponsabilité de la Croix-Blanche. Calider se rendit compte que leur nombre avait au moins doublé depuis son départ, tandis que les passants, eux, s'étaient faits bien plus discrets et avançaient tête basse, pressant le pas.

Au loin, les premiers rayons d'airain du soleil illuminèrent soudain la couronne de séraphins qui surmontait la basilique et Calider releva la tête, son regard irrésistiblement attiré par l'édifice religieux. La Croix-Blanche avait bien fait les choses, il fallait l'admettre. Et si l'on excluait sa tentative d'utiliser à son profit un mystère médical, le prélat Comnène ne semblait pas avoir outrepassé ses droits ou abusé de son pouvoir. Après tout, il restait une autorité morale pour une grande partie de la population. Que la Croix-Blanche tente de raffermir son influence ne s'avérait guère surprenant. Leur considération pour les indigènes, mélange de mépris et de compassion, n'avait pas changé au fil des ans. Aujourd'hui encore, Comnène et ses semblables ne voyaient en eux que des brebis égarées qui s'étaient laissé manipuler par les appétits de rébellion des indépendantistes, quand bien même cette position revenait-elle à nier la réalité.

Calider sourit en allongeant le pas. Quand on était croyant, ne niait-on pas déjà la réalité, précisément ? Le correspondant se dirigeait vers les locaux de *La Gazette*, installés dans un quartier plus populaire de Carthagène. Les rues se firent plus étroites, plus sales encore. Ici, la ville avait renoncé depuis longtemps à se parer de pavés. Les lampadaires se faisaient rares, même si Calider n'en avait pas besoin à cette heure. Il remarqua toutefois que les deux suivants étaient cassés. Près du second, deux hommes s'affairaient, mais il lui apparut bien vite qu'ils n'étaient pas là pour réparer le lampadaire, mais pour nettoyer un dessin sur le mur le plus proche, à l'angle d'une ruelle. Si les deux hommes n'avaient pas manié balai et brosse, Calider n'était pas sûr qu'il aurait prêté attention au motif peint. S'approchant en silence, il plissa les yeux : l'inscription représentait une gueule de loup. Inutile d'interroger les deux hommes pour obtenir confirmation : il était évident qu'il s'agissait du symbole du Loup Gris.

— Eh bien, messieurs, on est à l'œuvre de bonne heure ! s'exclama-t-il gaiement en s'avançant.

L'un des deux hommes, balai à la main, s'arrêta et lui décocha un coup d'œil.

— Et on aimerait bien finir au plus vite, alors si ça ne vous dérange pas…

— Qu'est-ce que vous faites ? demanda innocemment le journaliste, comme s'il n'avait pas compris le sous-entendu.

— On nettoie cette saloperie avant l'arrivée de notre chère reine Constance, répondit le balayeur, visiblement peu pressé de se remettre à l'ouvrage, malgré ses affirmations.

— Quand je pense qu'on est obligés de s'infliger ça, marmonna son acolyte.

— Comment ça ? intervint aussitôt Calider.

Les deux hommes échangèrent un regard lourd de sens.

— Normalement, c'est un boulot pour les indigènes, répondit le premier. Sauf que bizarrement, depuis quelque temps, ils n'ont pas l'air disposés à faire leur besogne.

— Ils semblent « oublier » d'effacer ce genre d'inscriptions. Ou alors elles reviennent dès qu'ils ont le dos tourné, mais eux ne sont jamais témoins de rien, évidemment.

Calider jeta un coup d'œil dans la ruelle.

— Parce que ces inscriptions se multiplient ?

— Ouais. Vous n'étiez pas en ville ces deux dernières semaines ? Trevelin n'a fait qu'empirer les choses.

— Ah ?

— Puisque je vous le dis ! martela le premier. On se doutait bien que les culs-noirs allaient prendre fait et cause pour ceux qui ont les couilles de prendre les armes, mais j'ai même vu, de mes yeux, des gens de chez nous dessiner cette tête de loup.

— C'est certainement une blague, pour ceux-là. Une façon de se moquer de nos braves soldats, tempéra le second.

Calider faillit leur demander pourquoi eux, qui semblaient en bonne santé et en âge de gonfler les rangs de l'armée, n'étaient pas allés se battre justement, mais la réponse lui sautait aux yeux. Les deux hommes lui apprirent également qu'un couvre-feu avait été instauré depuis trois jours. Interdiction de se regrouper à plus de quatre une fois passées six heures du soir et interdiction de se trouver dans les rues, tout simplement, une fois la nuit tombée.

— En tout cas, pour les quartiers comme celui-ci. Du côté de la basilique et du port, c'est autre chose, bien sûr. Entre gens civilisés, pas besoin de couvre-feu, poursuivit le balayeur.

— Bien sûr, acquiesça Calider. C'est logique.

— Je ne vous le fais pas dire.

Les deux hommes s'en retournèrent à leur besogne, le second trempant une nouvelle fois son éponge dans son seau avant de laisser son compère s'activer, sans plus se préoccuper de Calider.

Le correspondant s'éloigna sans les saluer lui-même. Les rues qu'il arpentait maintenant lui semblaient animées d'une énergie étrange, à la fois sourde et prête à éclater. Les têtes de loup se multiplièrent sur les murs, les portes ou même de simples auvents de toile. Les bras, ou les balais, manquaient visiblement pour les faire toutes disparaître. Calider ne s'étonnait guère qu'une frange de la population de colons se soit elle aussi mise à dessiner ce symbole. Depuis sa rencontre avec le Loup Gris, il avait pris conscience de l'existence d'un point commun entre ces jeunes gens, censés être concernés par le conflit : ils appartenaient tous à la même génération, celle qui n'avait jamais mis les pieds au Coronado et n'en éprouvait pas l'envie. Vila Verde et Constance ne représentaient rien pour eux, à part un pouvoir lointain et menaçant dont le retour ici même avait sans doute de quoi davantage les inquiéter que les ravir.

Les pas de Calider le conduisirent presque malgré lui près de la jetée. Il y repéra un nouvel attroupement, sous les couleurs de la colonie. Au pied du poteau, un jeune homme brandissait un autre drapeau à la main. Le journaliste ne put s'empêcher de frissonner en reconnaissant celui du Coronado. Une vingtaine de personnes s'étaient regroupées autour de lui, tournées vers le rivage. Tous paraissaient du même âge, à deux ou trois ans près. Calider fut vite certain d'avoir affaire à des étudiants de l'université. Déjà avant son départ, une partie d'entre eux contestaient la réattribution du budget de l'établissement pour entretenir l'armée.

— Et c'est cette terre qui n'est pas la nôtre qu'ils veulent défendre ! Voilà la véritable raison de cette guerre : préserver le pouvoir du Coronado ! affirmait le jeune homme, brandissant le drapeau tout en parlant. Bientôt, ce sera la conscription ! Et vous savez ce qu'il adviendra, mes amis ! Les fils des riches seront épargnés.

Ses camarades et lui venaient de toute évidence de décrocher l'étendard de son mât.

— Pourquoi devrait-on avoir peur de nos cousins ? Ils se battent parce que Vila Verde croit pouvoir déterminer ce qui est bon pour nous, à des milliers de lieues de Carthagène ! Et pendant ce temps, les autorités pillent sans vergogne les trésors du Nouveau-Coronado pour remplir les musées de notre patrie d'origine ! *Notre* patrie ? Ce n'est pas la mienne.

La prise de conscience avait dû être brutale après les événements de Trevelin. Si de tels discours se répandaient en ville…, il n'était pas étonnant que le Conseil ait décidé d'instaurer un couvre-feu et de chasser les esprits subversifs. Après tout, le Nord avait déclaré l'indépendance de toute la colonie en son nom. Si Constance considérait que cet état d'esprit était maintenant partagé jusqu'à Carthagène, il y avait de quoi s'inquiéter.

Plusieurs étudiants applaudirent, tandis que d'autres observaient un silence poli, mais tous l'écoutaient, même les plus circonspects. La question du jeune homme n'attendait pas de réponse, et Calider aurait été bien en peine de lui en fournir une. En l'observant de plus près, le journaliste se dit qu'il devait être le fruit d'une union entre un colon et une femme autochtone. L'inverse, s'il existait, ne lui aurait sans doute pas permis d'accéder à l'université.

— C'est peut-être ça qu'il faut faire, rester loin du Coronado ! répondit alors l'un des membres de l'assistance. Toi et moi, on incarne l'autre camp, le *nôtre*.

Lui aussi était métis. Avec cette nouvelle génération, c'était devenu un problème à part entière et une source de désordre. Beaucoup de ces jeunes gens ne semblaient pas savoir comment trouver leur place, et rien ni personne ne les y aidait, les maintenant au rang de figures invisibles dont on attendait silence et discrétion.

— Selon les lois de la colonie, je suis un citoyen à

part entière, mais c'est un mensonge ! Si je le suis, c'est uniquement parce que mon père est originaire du Coronado. C'est tout. Tous les autres, tous, sont exclus de tout ça. Pourquoi retourner étudier tant que nous n'avons pas tous les mêmes droits, pourquoi suivre un modèle qui n'a pas été pensé pour nous, mais pour ceux qui ont arraché cette terre à nos ancêtres ?

Le jeune homme parut sentir aussitôt le danger qui se cachait derrière la voix tremblante de colère de son camarade. S'il perdait le reste de son auditoire, ses mots ne porteraient plus.

— Tu as raison, Amos, mais on ne pourra pas construire quelque chose de nouveau ainsi. Vous l'avez tous lu l'autre jour : le Loup Gris n'est pas suivi que par des indigènes ! Des colons vivent parmi les siens. C'est pour créer un tel monde que l'on devrait se battre ! Pas pour courber l'échine devant les lois de nos mères et de nos pères ! Vous autres, vous êtes des fils et des filles du Coronado ? Non ! Vos parents le sont, pas vous.

Calider redoutait cet instant. L'instant où, enivré par ses propres mots, le jeune homme se laisserait emporter. S'il brûlait ce drapeau, s'il le piétinait, le jetait à la mer…, le journaliste n'aurait pas été surpris de voir surgir une bande de gardes, bien décidés à mettre un terme à cette agitation.

Comme s'il avait fini par sentir son regard, l'étudiant releva alors la tête dans sa direction et les traits de son visage se durcirent.

— Mes amis ! Venez avec moi. Nous avons fait ce que nous avions à faire ici.

Sans plus attendre, il s'en fut, sous les yeux fuyants des pêcheurs. Si ceux-ci avaient paru ignorer le discours, ils n'avaient pas tenté pour autant de les empêcher de décrocher le drapeau, conservant une prudente réserve. L'étudiant s'éloigna à la tête du groupe, tournoyant drapeau levé, avant de le fourrer sous sa veste.

Avant même de s'en rendre compte, Calider s'élança à sa poursuite, se faufilant entre les deux jeunes gens qui l'encadraient. Tout le groupe faisait mine de l'ignorer.

— Mon garçon ! S'il vous plaît ! J'aimerais vous parler !

— Moi pas, répondit-il en arrivant au bout du quai.

— Je suis journaliste.

— Si vous êtes du *Courrier*…

— Je suis de *La Gazette*, c'est un…

L'étudiant frondeur s'arrêta brusquement devant les portes de l'unique conserverie de la ville.

— Vous êtes Anselmo Calider ?

Il resta coi. C'était bien la première fois qu'on le reconnaissait.

— Lui-même, bredouilla-t-il, tâchant de ne pas paraître décontenancé.

— C'est vous qui avez suivi le Loup Gris dans le Nord ? Assisté à la bataille de Trevelin ?

— Pour ce qui est de la bataille, à vrai dire, je n'ai pas vraiment…

— Qu'est-ce que vous nous voulez ? l'interrompit le garçon à sa droite.

— Je voudrais juste savoir ce que vous êtes venus faire là ce matin, ce que vous pensez de tout ce qui nous arrive en ce moment. La colonie…

— Une colonie, justement ! Cette guerre, la vraie responsable, c'est la reine. Nous ne sommes que des pions pour le Premier Continent, répliqua l'étudiant au drapeau.

— S'il te plaît, Maran, attention, le mit en garde son compagnon.

Calider en profita pour faire un pas en avant, au cœur du groupe.

— Tout le monde a droit à la parole, à mes yeux. Venez au journal avec moi. Pas tous bien sûr, vous-mêmes avez compris que vous avez tout à gagner à rester discrets, malgré ce que vous venez de faire ce matin, ajouta-t-il avec un regard en direction du mât dépossédé de son drapeau.

Le frondeur ne regardait plus que lui à présent. Au bout de trop longs instants, alors que huit heures sonnaient, il acquiesça en silence.

— Très bien. On se retrouve plus tard les gars. Vous savez où.

Plusieurs voulurent protester mais il les fit taire d'un regard. Ce petit savait y faire pour imposer sa voix, même sans l'utiliser. Il claqua des doigts sous le nez de Calider et lui fit signe de le suivre, le temps pour eux de gagner une nouvelle rue.

— Je ne sais pas où se trouve votre journal, je vous suis maintenant. Laissez-moi vous dire en tout cas que j'espère que vous êtes à la hauteur des articles que j'ai pu lire.

— Ma foi, on peut me reprocher beaucoup de choses, mais je ne fais que retranscrire la vérité que j'ai sous les yeux. Si mes articles vous ont paru sensés, c'est l'essentiel. D'autres préfèrent raconter des histoires. Je me contente des faits.

Ils ne tardèrent pas à rallier un secteur plus animé de la ville, en approchant des locaux de *La Gazette*. Calider voulut interpeller un jeune vendeur de journaux qui se tenait au centre du carrefour apparu devant eux. Si sur le Premier Continent beaucoup ne distribuaient qu'un seul journal, celui qui les avait engagés, ici à Carthagène on pouvait leur demander n'importe lequel des trois quotidiens disponibles.

— *La Gazette*, petit ! lança Calider, fouillant sa bourse à la recherche d'une pièce.

— Je ne l'ai pas, m'sieur !

Le bras du journaliste resta suspendu dans les airs.

— Comment ça, tu ne l'as pas ?

— *La Gazette* n'est pas sortie depuis deux jours. C'est tout ce que je sais, moi !

Comprenant que Calider ne comptait pas se rabattre sur un autre quotidien, le gamin se détourna sans attendre.

— Vous ne savez pas que votre propre journal n'est pas paru depuis deux jours ? demanda l'étudiant, incrédule.

— Je viens tout juste de rentrer, expliqua Calider.

Tout à coup, la pièce dans sa main lui semblait bien lourde. Il se dépêcha de la fourrer dans sa veste puis repartit de l'avant, sans plus se soucier du jeune homme, qui lui emboîta le pas. Après tout, Calider n'avait pas pris la peine de le congédier.

À peine cinq minutes plus tard, ils arrivèrent en vue du bâtiment abritant les locaux de *La Gazette*. Au premier coup d'œil, rien n'avait changé, et les battements de cœur de Calider s'apaisèrent quelque peu.

Toutefois, tout changea bien vite en voyant sa nièce dans la rue se précipiter vers lui sitôt qu'elle l'eut repéré.

— Ah, mon oncle !

Les joues de la jeune femme potelée étaient rouge vif.

— C'est une catastrophe ! La garde est passée en votre absence, ils ont réquisitionné l'imprimerie ! Toutes les rotatives !

— Toutes ? Mais…

— Ils n'ont rien voulu savoir, ils ont seulement dit que c'était une décision du Conseil. En temps de guerre, ils ont besoin de toutes les ressources possibles pour leur propagande.

L'étudiant se tenait toujours à ses côtés, les bras croisés.

— On dirait bien que vos articles ont un peu trop fait parler.

— Ils ne l'avoueront jamais. La preuve, avec la raison invoquée. Un effort de guerre, pour des tracts ? Alors que chacun campe sur ses positions ? Et comment comptent-ils les distribuer, par ballons dirigeables ?

— Il n'y a pas si longtemps, votre journal aurait été réduit en cendres. Vous ne vous en tirez pas si mal, observa Maran.

— Vous trouvez ? Je crois qu'ils n'ont pas osé, qu'ils ont trop peur de déclencher un incendie en pleine ville, mais le résultat n'est guère différent, renifla Calider.

— Vous pouvez toujours faire comme nous et arracher les affiches à la gloire de la reine ou tracer des têtes de loup sur les murs.

— Alors, vous participez vous aussi à ce mouvement ?

Le jeune homme haussa les épaules.

— Il faut bien agir à hauteur de ses moyens, n'est-ce pas ? Du moins, c'est ainsi que je vois les choses.

Et je ne crois pas être le seul. Nous sommes au moins… quelques dizaines.

— Quelques dizaines, pas plus ?

— Oui, mais je ne m'en inquiète pas. Il faut du temps pour faire assez de braises. Déjà, certains de mes camarades qui considéraient toute cette histoire de loin commencent à prendre conscience que c'est de leur avenir qu'il s'agit.

Calider hocha distraitement la tête. Même si une partie de lui avait toujours envie de deviser avec Maran, il ne l'écoutait plus vraiment. Il en était incapable en cet instant, malgré une oreille toujours tendue. Le journaliste avait cru que le Nouveau-Coronado représentait une terre encore à défricher pour les hommes de sa trempe. Il s'était imaginé que ses confrères et lui pourraient inventer de nouveaux codes, briser les règles, apporter à la population non pas les anecdotes du jour mais de véritables enquêtes. Il y avait cru, lors de son séjour dans le Nord. Il avait vraiment cru être en mesure de changer les choses, d'influer sur le cours de l'histoire de la colonie, mais voilà qu'on le bâillonnait déjà, et personne au sein du journal n'avait émis la moindre protestation pour défendre leurs droits. Car il s'avérait que les gens comme lui n'avaient apparemment pas de droits, seulement des devoirs.

En suivant d'un œil les allers-retours des gardes les bras chargés de papier, Calider comprit que pour le Conseil, comme pour tous les autres représentants de l'autorité, une imprimerie n'était qu'un outil, au même rang qu'une poudrière ou un atelier de réparation pour les trains. Rien de plus. Maran en était conscient, au moins. Mais il n'allait pas se battre pour lui. Les étudiants avaient déjà leur propre lutte à mener.

Le jeune homme l'effleura en se remettant en marche, avant de lui jeter un bref coup d'œil.

— Je crois que je vais vous laisser. Vous ne pouvez pas nous aider.

— Mais je peux… je peux…

Il s'arrêta.

— Quoi donc ? Héler les passants dans la rue pour leur raconter vos articles ? Je ne crois pas que vous pourrez toucher beaucoup de monde ainsi. Vous semblez sincère, Calider. Surtout pour un ancien comme vous. Mais vous êtes prisonnier de ce carcan, comme nous. Vous ne voulez pas finir muselé au milieu de confrères qui ne voient pas de problème du moment qu'ils évitent les ennuis ? Alors il faut de nouvelles règles.

Le journaliste se contenta d'un hochement de tête. Cette fois, il avait prêté attention à chacun des mots de Maran. Une nouvelle donne, pour reprendre la propre conclusion de son dernier article. Mais comment obtenir une nouvelle donne quand les cartes étaient manifestement truquées ? Il savait depuis longtemps que *Le Courrier* ou même *L'Excelsior* avaient l'avantage sur *La Gazette* et que leur personnel n'hésitait pas à accepter des compromis qu'il avait toujours rejetés. Cette fois-ci, ce n'était toutefois pas une question de faveurs ou de services rendus.

Une telle décision marquait un nouveau tournant, aussi malhonnête que périlleux.

35

Jadon leva les yeux sur la voûte étoilée, zébrée de nuages noirs. Sur les pentes du volcan, le mercenaire avait l'impression d'avoir pénétré dans un autre monde. La rumeur des entrailles de la montagne ne cessait jamais vraiment, comme pour répondre au chant terrifiant des cieux enténébrés. Il n'avait jamais connu un tel lieu de désolation. Ici, les plaines étaient fendues aussi loin que portait le regard, leurs failles libérant des gouffres d'un noir d'encre, si profondes qu'un océan de brume semblait s'y terrer.

— Merde. Ça fait plus de deux semaines qu'on est ici à se tourner les pouces. J'en ai marre, ajouta-t-il en baissant la voix.

Il se retourna vers le sommet du volcan. Dans les hauteurs de la montagne, une faille ambrée brillait doucement.

— C'est presque comme si le volcan s'était réveillé, soupira-t-il.

— J'espère que ce n'est pas le cas, répondit son compère en reniflant.

Les deux mercenaires étaient en poste sur le flanc sud, au beau milieu des ruines de l'ancienne capitale de l'empire du Léopard. Autrefois, la cité se déployait sur neuf cercles, tous brisés. Jadon se pencha par-dessus le muret sur lequel il était adossé un instant plus tôt. Le canal en contrebas était vide, bien sûr, son lit fendu, envahi d'une végétation rabougrie. Difficile d'imaginer une cité de merveilles avec une telle vision sous les yeux. Xemballa tout entière était à l'identique, une cascade géante de gravats, pour l'essentiel.

— Tu comprends ce qu'il essaie de trouver, toi ? reprit Jadon. Je pensais qu'on était là pour chercher des trésors oubliés.

L'autre s'accorda quelques instants pour nettoyer le canon de son fusil avant de se décider à répondre.

— Il ne doit pas rester grand-chose.

— Tu crois ? Je pensais qu'avec les tempêtes il n'y avait pas grand monde pour oser venir ici.

— Pas grand monde, ça fait quand même du monde.

Interdit, Jadon pivota.

— Ouais. J'imagine. T'es là depuis longtemps ?

Il lui avait posé la question car lui-même faisait partie de cette bande depuis six mois seulement. Jophiel avait la réputation de renouveler souvent ses troupes, même s'il prétendait le contraire.

— Un an.

Jadon avait vite appris que même parmi eux, le silence était généralement de mise. Il ne se souvenait pas avoir mené de franches conversations avec ses compagnons qui finalement n'étaient que de passage. C'était la première fois qu'il se retrouvait en binôme avec son complice du soir. Pour ce qu'il en savait, les autres membres de la bande étaient disséminés un peu partout sur les pentes du volcan. Ils n'avaient vu approcher personne en deux semaines, mais Jophiel leur imposait toujours la même discipline de fer, lui-même se faisant de plus en plus discret. Et Jadon se gardait bien de le remettre en question.

Qui était Jophiel ? Lui-même n'en savait rien. Jadon s'était engagé à son service sur un coup de tête, comme tant d'autres, sans même être vraiment sûr d'y croire, suivant un autre hors-la-loi tout aussi aux abois que lui. L'oncle de Jadon s'est fait avoir avec une concession achetée du côté de Sonoma et il avait fallu éponger ses dettes. N'ayant pas envie de voir sa famille endurer ça sur trois générations, le mercenaire avait saisi cette occasion. On les avait récompensés au centuple, même si lui et les autres, toujours sur les routes, avaient rarement l'occasion d'en profiter. Ils ne craignaient pas les autorités : personne ne venait jusqu'ici. La loi des hommes n'avait pas cours. C'était une terre de légendes et de dieux !

— Encore deux heures…

Ces territoires n'avaient rien à voir avec ceux, verts et riches, qui s'étendaient plus au sud, jusqu'à la chaîne de l'Azur. Sans doute la faute du volcan et de ses averses de cendres. Ils avaient dû affronter la dernière en date moins de deux jours plus tôt. Jophiel n'avait pas paru s'en soucier outre mesure et tous avaient donc fait de même. Jadon laissa son regard vagabonder aux alentours tandis que les crissements du couteau de son compère sur une pierre lui revenaient aux oreilles, en une mélopée incessante.

Tout à coup, il décida de contourner le muret pour emprunter une passerelle miraculeusement indemne. Il tenait à faire quelques mètres. Un instant, son regard avait accroché quelque chose au loin, dans les profondeurs de la brume nocturne.

— Où tu vas ? le héla son comparse.

Jadon ne répondit pas mais continua à descendre, irrésistiblement attiré dans la pente.

— Hé !

— Je ne sais pas, je crois... Regarde, à deux heures, ajouta-t-il quelques instants plus tard.

Il doutait que son camarade ait pu l'entendre à présent. Pour la première fois de la nuit, un soupçon d'excitation teinta sa voix.

Un cheval avait surgi du brouillard sans le fendre. Jadon battit des paupières tout en épaulant son fusil.

— Qu'est-ce que c'est que ça... ?

Les consignes étaient simples : à moins de voir débarquer un régiment entier, les hommes devaient tirer à vue. Tant pis pour un voyageur égaré ; personne ne devait les surprendre pendant les fouilles. Mais abattre un cheval ? Le jeune homme écarta son arme, pris d'une quinte de toux. Jadon secoua la tête puis reporta son attention sur sa cible potentielle.

Bouche bée, il constata que l'animal avait disparu sans un bruit. Il ne s'était pas enfui. Le cheval n'était tout simplement plus là.

— Bon sang.

Il n'avait pourtant pas rêvé ! Le jeune homme aurait dû poursuivre sa descente en direction de l'apparition, au moins pour vérifier s'il trouvait bien des traces de sabots. Jadon grinça des dents. Il ne parvenait pas à se remettre en marche, comme si s'avancer dans la brume revenait à accepter de disparaître à son tour.

Pas à pas, il recula, tout en balayant la zone du canon de sa carabine. Rien, personne. Il crut apercevoir le cheval et manqua crier, mais il referma la bouche. Un ruban de brume recouvrit le spectre un instant plus tard, s'il s'était bel et bien trouvé là.

Il retrouva finalement le pont et le regard de son camarade.

— Pourquoi tu as détalé comme ça ? Tu as cru voir du gibier ?

— Ouais. J'ai raté mon coup.

Jadon voulut lui expliquer pourquoi, même si sa question laissait clairement entendre qu'il n'avait rien vu. Mais à quoi bon lui raconter qu'il avait cru repérer un cheval solitaire ? Il n'avait aucune preuve de son existence. Le jeune homme étouffa un bâillement. Peut-être bien qu'il s'était trompé, avec la fatigue. Ce ne serait pas la première fois, après tout. Il décida de s'asseoir de nouveau sur le muret, les pieds dans le vide ; et surtout de se taire. Dos à l'autre mercenaire, Jadon baissa la tête. Il n'avait plus envie de monter la garde.

Bientôt, le chuchotement de la lame de couteau reprit et Jadon soupira. Une nouvelle nuit à attendre pour rien. Ces crissements irritants finiraient bien par le bercer et s'il n'y prenait pas garde il tomberait dans le canal en s'endormant.

Il releva la tête quand les gémissements du métal cessèrent brusquement.

Le jeune homme se retourna vers son camarade. Il avait disparu, lui aussi. Comme le cheval un peu plus tôt, pensa-t-il, la gorge serrée. Jadon se redressa d'un bond, son arme à la main.

— Domian ?

Il s'était peut-être éloigné un instant pour se soulager. Sans pouvoir l'expliquer, Jadon avait l'intuition que ce n'était pas le cas. Il voulut prendre des marches à moitié dévorées par le temps pour rejoindre son poste, mais il n'en eut pas l'occasion.

Azel frappa.

Jadon s'effondra sur les escaliers de pierre.

Azel savait que sa confrontation avec Jophiel approchait enfin. Depuis qu'il était arrivé en vue du volcan, la veille, la fée s'était tue. Pour porter ses premiers coups, Azel n'avait eu qu'à serpenter sur les contreforts de Xemballa, cette cité qui aurait dû représenter tant pour lui. La cité de ses ancêtres, les seuls qu'il aurait pu connaître, s'ils avaient survécu, si la nature et leurs conquérants n'avaient pas mis fin à un empire millénaire.

Xemballa ne lui évoquait toutefois que la mort, la mort et le répit, enfin à portée. L'ancienne capitale n'était qu'un cimetière géant à ciel ouvert. Il s'était approché en empruntant l'un des cénotes, ces gigantesques puits reliés à la ville par des souterrains pour la plupart bouchés. Tant de fantômes l'accompagnaient à chaque pas, lui réchauffant le cœur, le rassurant. Il pouvait les entendre désormais. Azel avait imaginé des remontrances, des répliques assassines, des reproches, des regrets, des pleurs, mais les spectres sans visage et enchaînés les uns aux autres s'adressaient à lui avec bienveillance, presque révérence.

Comme ils l'auraient fait avec un roi.

Il croisa la route de trois autres mercenaires, bien vivants, réunis autour d'un feu de camp. Les contournant, Azel plaça trois charges de poudre dans un mur les surplombant. Avec un chuintement terriblement léger, celui-ci se brisa et déversa ses centaines de pierres sur les trois hommes, qui eurent à peine le temps de pousser un même cri de terreur. Azel ne leur accorda pas un regard, reprenant sa route. Il ne se souvenait pas s'être arrêté pour s'assurer de leur mort, mais peut-être l'avait-il fait. Il comptait sur la fée pour le prévenir, lui ouvrir la marche comme elle l'avait fait en réalité depuis si longtemps, terrée dans l'ombre.

La faille dans les hauteurs du volcan n'était plus très loin. À cette altitude, le vent s'était fait mordant, la végétation rare. Il n'y avait plus que des éboulis et des marches à moitié détruites. Le jeune homme se souvenait vaguement avoir entendu dire que le dernier cercle de la cité abritait le palais impérial, mais ce dernier n'avait pas mieux résisté que les autres, bien au contraire. Alors qu'il se rapprochait pas à pas des étoiles, la nuit qui l'entourait semblait pourtant plus dense, plus oppressante. Chaque lacet jusqu'au sommet lui réserverait son lot de douleur, il le savait. Le chemin qu'il avait pensé emprunter donnait l'impression de disparaître dans les ombres. Seule la fente rougeoyante, presque palpitante, guidait encore son regard. Azel avait de plus en plus de mal à garder les yeux rivés sur ses pieds pour s'assurer de ne pas risquer une chute, le cou perpétuellement tendu vers sa destination. Malgré la distance, cette tache de couleur avait quelque chose de si vif qu'elle semblait insoutenable, mais le jeune homme était incapable de s'en détourner.

Son bras droit était comme tétanisé par une crampe qui ne voulait pas quitter ses doigts gourds. Il grinça des dents. Sa blessure au côté l'élança une fois de plus, lui arrachant un chapelet interminable de jurons. Les dernières centaines de mètres nécessitaient de s'avancer à découvert, sans autre choix. Il n'avait plus croisé aucun mercenaire. Peut-être se trouvaient-ils de l'autre côté de la montagne, à moins que Jophiel n'ait préféré les garder près de lui, pour éviter toute mauvaise surprise. Quoi qu'il en soit, la voie était libre. La pente, plus raide, redevint douce aux abords de la faille. Si le volcan grondait sous ses pas, Azel fut étonné de ne sentir aucune chaleur émaner de la brèche. De près, elle était beaucoup plus impressionnante et évoquait l'entrée d'une véritable grotte, ouverture béante dans le flanc de la montagne. En dehors de la lumière vive et tourbillonnante qui l'obligeait à plisser les yeux, Azel ne distinguait rien à l'intérieur, pas même une silhouette ou les parois de la caverne. Il n'entendait rien non plus, ce qui l'inquiétait presque davantage. Peu importait ce que pouvait bien manigancer Jophiel, Azel s'était attendu à déceler des cris, des bruits de pioche. C'était à croire que la lumière arrêtait tout ce qui se trouvait de l'autre côté de l'entrée.

Azel tenta de détendre ses doigts une fois de plus et saisit sa carabine. Les dents serrées, il fit un pas en avant et se retrouva avalé par une pénombre cramoisie. Les parois étaient de pierre brute, mais la nature seule n'avait pas entièrement façonné ce couloir. Des inscriptions qu'il ne reconnut pas ornaient une bande d'un mètre de large courant de chaque côté de la caverne. En levant les yeux sur le plafond, à cinq ou six mètres au-dessus de lui, Azel découvrit des sculptures aux motifs là aussi indéchiffrables. Il ne pouvait toutefois s'agir d'une sépulture ; les membres de la famille royale étaient toujours enterrés dans un cénote. Devant lui, la caverne s'ouvrait en ligne droite sur plus de vingt mètres, avant de se courber légèrement sur la gauche. Là-bas, la lumière semblait plus vive encore.

Et toujours aucun bruit. Pas même la voix de la fée.

Azel fit un nouveau pas en avant. Sous ses bottes,

la pierre ne crissait même pas. Là encore, les rubans de lumière presque tangibles paraissaient absorber le moindre son. Le jeune homme se courba, la tête rentrée dans les épaules, sans même s'en rendre compte, le canon de sa carabine à mi-hauteur.

Enfin, il arriva près du coude de la caverne.

Et se retrouva nez à nez avec les mercenaires de Jophiel.

Allongés à même le sol, ils formaient un cercle autour de leur chef, un cercle complété par d'autres silhouettes tout aussi mal en point qu'eux : des indigènes. Tous étaient reliés les uns aux autres par des motifs tracés dans une poudre qu'Azel ne put identifier au premier coup d'œil. Au centre du cercle, il repéra finalement un étrange cube de métal et de bois. Il émettait des cliquetis si réguliers qu'ils en devinrent vite perturbants à ses oreilles. Une brume légère se répandait depuis le côté opposé du dispositif. Le jeune homme devina qu'il devait s'agir de l'un de ces moteurs à transmutation dont se servaient autrefois les alchimistes d'État. Il n'en avait encore jamais vu lui-même, mais il doutait de faire erreur. Azel ne s'était jamais intéressé à l'alchimie, même par curiosité. Il n'avait pas de jugement de valeur à l'égard de cette discipline, mais ce qu'il avait sous les yeux… n'était rien d'autre qu'une abomination. Sur la droite, à l'écart du cercle, il aperçut quatre ou cinq moteurs supplémentaires, entassés sur ce qui évoquait un établi, au milieu de fioles, d'alambics, de cornues et de balances. En vérité, un véritable atelier d'alchimie.

Jamais il n'aurait imaginé une telle vision. Les corps encore tremblants étaient à peine visibles par endroits, ensevelis sous des monceaux de cristaux rougeoyants, dont certaines veines montaient le long des murs jusqu'à la voûte de la caverne avant de retomber comme des stalagmites de rubis au centre. Quelques instants de stupeur supplémentaires lui permirent de découvrir l'effroyable vérité : ces cristaux n'étaient pas empilés sur les corps des sacrifiés. Ils jaillissaient de plaies aux contours déchiquetés qui semblaient s'ouvrir au hasard. Dos, jambes, poitrines…, ces pics s'échappaient de toutes parts, sans aucune logique. Les arabesques de sang cristallisé s'élevaient sous la voûte, évoquant à Azel les arches d'une cathédrale alors qu'il n'en avait jamais vu de ses propres yeux.

Si la fée s'était tue, son instinct lui hurlait de ne plus bouger. Il suffisait d'observer de plus près les hommes étendus là en cercle, leurs visages émaciés, leurs bouches aux lèvres parcheminées, grandes ouvertes, leurs doigts tordus, leur peau cireuse.

Azel franchit le voile des ombres.

Au centre du cercle, une silhouette était assise sur un trône, non loin de l'appareil étrange que le jeune homme avait repéré. Au début, Azel avait simplement cru voir des blocs de sang cristallisé amassés les uns sur les autres, avant de discerner peu à peu la forme d'un fauteuil, mais surtout, au-delà du sang, une victime encore bien vivante, assise sur ce siège tout aussi repoussant que le reste.

Jophiel.

Le mercenaire baissait les yeux sur lui, mais Azel remarqua bien vite qu'il ne le regardait pas, du moins pas vraiment. Ce n'était pas le trône infernal d'un démon régnant sur ce cercle sanglant. Le mercenaire ne pouvait pas le regarder car ses yeux n'étaient plus que deux plaies. Azel sentit quelque chose craquer sous sa semelle et s'aperçut que des dents étaient éparpillées un peu partout autour du trône. Le sang coulait de la bouche de Jophiel, secoué de spasmes qui soulevaient sa poitrine nue, en un filet vermillon ininterrompu. Ce n'était pas un trône ; seulement un instrument de torture.

— Di… diantre…, articula le mercenaire.

Ses bras et ses mains étaient rivés aux accoudoirs, eux-mêmes traversés par des clous tout aussi rouges que les arches si fragiles en apparence reliant les membres du cercle. Depuis combien de temps Jophiel était-il assis là ?

Une nouvelle série de hoquets parut ravager le frêle mercenaire de l'intérieur, remontant de ses entrailles dans un hurlement silencieux. Il voulut se cambrer, mais il lui était impossible de décoller son corps du siège. Ses jambes étaient littéralement emprisonnées dans une croûte de sang. Seule sa tête tapait encore et encore contre le dossier tandis que les puits de ténèbres en lieu et place de ses yeux semblaient chercher à capturer le regard d'Azel comme pour l'associer à son funeste sort.

Le jeune homme avait beau réfléchir, il ne parvenait pas à comprendre la scène qui se déroulait devant lui. Comme beaucoup, il avait entendu des rumeurs sur les alchimistes de la Croix-Blanche prêts à tout pour retrouver le chemin de la magie, quitte à détourner l'usage de leurs moteurs à transmutation pour étudier le sang des peuples indigènes. Mais ce spectacle, ces visions…

La tête de Jophiel retomba sur sa poitrine avec un dernier soubresaut, et Azel le crut mort. Mû par une fascination morbide, il fit un pas en avant. Azel tremblait toujours, de colère désormais. Qu'était-il arrivé au mercenaire ? Que leur était-il arrivé à tous ? Comment sa vengeance avait-elle pu lui glisser entre les doigts ?

— Des semaines que je vous traque, souffla Azel. Des semaines que j'entends ta voix, tes leçons. C'est moi qui devais te tuer, moi. Moi !

Mais Jophiel n'avait aucune réponse à lui confier.

— Di… diantre, répéta-t-il, chaque syllabe répandant de nouveaux filets de bave sanglante sur son torse.

Saisi par la fièvre, Azel fit un autre pas en avant, prêt à placer le canon de sa carabine sous le menton de Jophiel, prêt à lui faire sauter le crâne. Il était encore en vie. Une vie misérable, inconsciente, mais il n'était pas mort. Pas comme son père, les indigènes prisonniers de l'école, Ombeline. Il respirait encore et le son rauque de ses poumons encombrés de sang n'était pas seulement horrible à entendre, mais un véritable tourment.

Voilà à quoi se résumerait sa vengeance. Il ne prendrait pas Jophiel par surprise, il ne l'obligerait pas à le supplier, il ne le verrait pas se mettre à genoux, implorant sa pitié ou bien l'agonissant d'injures jusqu'à ce qu'Azel en finisse avec lui. La créature en face de lui n'était plus qu'un tas de viande privé de sens, de conscience. Azel porta la main à son côté en grimaçant. C'était sans importance. Il était prêt à affronter ce regard mort. Ce qui se passait dans cette caverne n'était en réalité pas de son ressort. Alchimie, magie, sang, fées… La poudre, la cartouche fourrée dans le canon et la mécanique de précision de sa carabine, voilà les seules choses en lesquelles il pouvait avoir encore confiance. Le chant du métal et de la poudre.

— Alors, c'est vous que Jophiel a dupé ?

Debout sous la voûte, de l'autre côté du cercle, paumes ouvertes, un homme tournait le dos à la paroi de la caverne. Un homme qu'Azel n'avait encore jamais vu.

Caché derrière le trône, il s'était tu un long moment pour mieux observer Azel. Un petit voile bleu sombre retenu par un cercle d'or dissimulait l'arrière de son crâne. Trois seringues vides étaient jetées à ses pieds. Lentement, redoutant de faire le moindre bruit, Azel arma sa carabine et mit l'inconnu en joue.

Puis il se figea.

L'homme se retourna, redressant légèrement la tête, battant des paupières comme s'il voulait chasser une vision. Ses yeux étaient gonflés, voilés. Son nez mince lui donnait des airs d'épervier et son corps tout entier semblait fait pour dominer les airs plutôt qu'arpenter la terre.

— Crois-tu que notre dieu a déserté ces terres pour les cieux, car lui aussi vit dans la peur de ce qu'il a créé ?

— Qui êtes-vous ? souffla le jeune homme. Qu'avez-vous fait ?

— Je ne suis qu'un modeste alchimiste.

— C'est vous qui avez créé tout ça ? C'est vous qui recherchiez des indigènes pour ces folies ?

— Folies ? Ce ne sont que de modestes contributions. *Le monde* a perdu la raison.

Les doigts tremblants, Azel tentait de le garder en joue. Indigènes ou membres de sa propre bande, cet homme avait tout sacrifié. Il lui avait même volé sa vengeance, sans même en avoir conscience. Il se souvint des paroles d'Heitor, lui demandant ce qu'il ferait si Jophiel était déjà mort. Pourquoi avait-il fallu que son frère ait raison ? Toute cette quête n'avait plus aucun sens. Elle n'en avait jamais eu.

Azel baissa les yeux sur le cercle gémissant. Le jeune homme comprit alors que le responsable de cette folie n'admettrait jamais ses torts.

Il ne lui restait plus qu'à tirer pour faire cesser ce cauchemar.

Mais l'alchimiste surprit son regard.

— Jophiel m'a raconté ce qu'ils avaient fait, murmura-t-il.

Il fit un pas en avant et Azel fut saisi de frissons. L'alchimiste dégageait une force incroyable, qui lui rappelait la fée, désormais silencieuse.

— Je n'ai jamais voulu cela. Alors je les ai punis moi-même, lui et les autres. Mon royaume ne peut pas être une terre d'injustices et de regrets.

— Votre royaume ? hoqueta Azel.

L'homme se redressa, lentement, écartant les deux bras.

— Le royaume que je veux construire. Un royaume pour le roi des rois.

Azel se souvenait de l'histoire du Coronado, des séraphins qui attendaient le retour du grand créateur du monde.

— Vous n'êtes pas le roi des rois, cracha Azel. Vous n'êtes pas un dieu, malgré toutes vos atrocités.

L'alchimiste pencha la tête légèrement sur le côté.

— Cette terre m'a protégé, m'a accueilli lorsque j'ai fui l'armée et la Croix-Blanche. Elle est devenue mon refuge. Il est temps pour moi de lui rendre la pareille, de lui rendre sa gloire. Elle peut encore être sauvée. Tout ce qu'il faut, c'est du sang, encore du sang. L'alchimie n'existe pas pour la chrysopée. Ton peuple avait raison, les sacrifices sont nécessaires pour créer une pierre habitée par la vie. Une pierre capable de miracles.

La colère réapparut en Azel, telle une marée qui n'aurait jamais reflué. Ce fou espérait-il vraiment créer la pierre philosophale ?

Le jeune homme fit un pas en avant et le monde changea autour de lui. La caverne disparut, mais la lumière n'était pas en cause cette fois. Les parois s'étaient mises à tourbillonner sous ses yeux et Azel manqua tomber à la renverse, pris de vertiges. Les arabesques de sang formèrent une véritable cité, riche de temples, de belvédères, de mausolées. Tichgu. Dans son antre de folie, l'alchimiste était en train de bâtir une cité miniature, se nourrissant sans relâche du sang de ses victimes. La sensation était étourdissante, plus terrible encore, plus saisissante qu'au sommet d'une falaise à pic, comme si Azel s'était jeté dans le vide en désespoir de cause. Mais il ne voulait pas finir un genou à terre, pas maintenant, pas devant ce monstre.

— Te voilà enfin à mes côtés.

Azel se demanda un instant si ce n'était pas la fée qui venait de lui adresser la parole. Il battit des cils. Sa blessure s'était rouverte, pour la première fois depuis des jours. Le sang gouttait des lèvres de la plaie, se joignant aux cristaux cramoisis qui poussaient là, comme si le fluide vital était littéralement aspiré hors de lui pour se mêler à celui de tous les autres sacrifiés.

À leurs pieds, le cercle se mit à palpiter, comme si sa lumière vacillait à son tour. La cité au loin se troubla. Azel fut contraint de poser la main sur l'accoudoir du trône maudit de Jophiel pour ne pas s'écrouler et sa carabine lui glissa entre les doigts.

Les cliquetis du moteur à transmutation furent pris d'un hoquet moqueur.

Azel n'avait jamais voulu croire aux fées, aux légendes, à la magie. Toute son éducation issue du Coronado repoussait ces connaissances, les réduisait au rang de fariboles pour simples d'esprit.

— Les fées sont cruelles, murmura alors l'alchimiste.

— Vous n'êtes pas aux portes de Tichgu. Il n'y a rien dans cette caverne qui vous permettra d'obtenir la pierre, rien.

Le visage de l'alchimiste afficha pour la première fois un signe de contrariété manifeste.

— Ah oui ?

Azel décida de frapper. C'était tout ce qu'il pouvait accomplir : purger cet homme de sa folie et se débarrasser de la sienne en même temps.

Une fièvre à nulle autre pareille envahit ses membres, et le jeune homme bondit. L'alchimiste n'eut aucune réaction, toujours plongé dans sa transe. Azel ne se contint pas. Ses phalanges s'écrasèrent contre la joue droite de son adversaire, qui tomba un genou à terre. Le chasseur de primes enchaîna avec un coup de genou qui brisa net le nez de l'alchimiste, dans un flot de sang qui moucheta la veste d'Azel. Il n'en avait cure. L'homme à l'origine de la destruction du domaine Alborán ne réagissait toujours pas.

Azel lui décocha un autre coup de poing, en plein visage, puis encore un autre. S'il ne se défendait pas, l'alchimiste refusait de s'effondrer. Azel vacilla à son tour, s'écartant d'un pas, la bouche grande ouverte.

Le sang gouttait du nez de son adversaire, tout comme du poing d'Azel. Penché la tête en avant, son visage était invisible, mais Azel s'aperçut qu'il était agité de soubresauts. Les mâchoires du jeune homme se tétanisèrent. Malgré son poing douloureux, il comptait bien frapper, frapper encore.

Azel ramena alors son bras en arrière, pivotant sur ses hanches pour donner plus de poids à son prochain coup. Il ne parviendrait jamais à faire revivre son passé, mais il pouvait se soulager de sa rage.

L'alchimiste riait doucement.

Azel se figea.

Il savait qu'il ne devait pas entrer dans son jeu. Ses mots n'étaient que fiel.

— Oui ! Oui ! Continue, aide-moi, hoqueta l'homme à genoux. Aide-moi à atteindre mon but ! Tu es dans mon creuset ! Poursuis ton œuvre ! Poursuis…

Azel le frappa au coin de la bouche, de toutes ses forces, sûr de voir deux dents s'envoler dans les airs et retomber dans le cercle des abominations.

Cette fois, l'alchimiste laissa échapper un cri de douleur, mais il se remit bien vite à rire. Son caquètement hystérique rebondit sur les parois de la caverne.

— C'est ça ! Continue ! Aide-moi à me transformer ! Je le sens, l'illumination est proche, si proche ! Continue !

Azel hurla.

Assez !

Il ramassa deux pierres. Il était temps d'en finir. Réduit à l'état de véritable bête, il frappa sauvagement, prenant les tempes de l'alchimiste en étau. Le sang jaillit, une fois encore, mais ses plaies n'étaient pas suffisantes. Que représentaient-elles face à ce que ses victimes avaient subi ? Face au sort de son père, d'Ombeline ?

Tel un pantin, l'homme se balançait maintenant d'avant en arrière, les bras ballants. À aucun moment il n'avait esquissé le moindre geste pour se défendre, comme sous l'emprise d'une drogue.

Peu importait.

— Il n'y a plus rien ici, comment ne pas vouloir... Comment...

Il toussa et recracha une nouvelle dent.

— Comment ne pas vouloir partir, à jamais ?

Azel n'hésita pas longtemps.

— Tu veux atteindre Tichgu ? Créer la pierre ? Tu veux atteindre l'autre côté ? Alors allons-y, puisque tu y tiens tant !

Le jeune homme le saisit par les épaules et quitta le cercle. L'alchimiste ne pesait rien entre ses mains. Son visage s'écrasa contre la pierre avec un bruit sourd. Mais il riait toujours, alors que le sang s'était remis à couler.

— Il t'en faut plus ?

Azel le souleva à nouveau et le projeta encore tête la première contre la roche, sans desserrer sa prise un seul instant. Cette fois, l'impact laissa une traînée de sang visible sur la paroi. Azel n'avait pas besoin de se pencher pour deviner que le visage de l'alchimiste n'était plus qu'une plaie béante et boursouflée faite de taches violettes et de coupures dégoulinantes.

— Alors, tu vois Tichgu ? Tu la vois maintenant ? hurla Azel. Ou tu en veux encore pour passer les portes de la cité ? Réponds-moi !

Le voile de l'alchimiste s'envola enfin, taché de sang.

Azel recula, ses jambes tout juste capables de le

porter. Sa victime s'était écroulée face contre terre. Ses doigts tremblaient, à l'image de ceux d'Azel. À l'arrière de son crâne, un visage d'enfant à demi formé remplaçait ses cheveux.

Et ce visage pleurait.

À l'exception de Jophiel, les gémissements du cercle reprirent de plus belle, tel un écho de terreur. Azel devait quitter cet endroit. Il ne pouvait plus rester au cœur de cet enfer. Il sentait déjà la folie de l'alchimiste le gagner, profitant de sa colère pour l'enivrer et l'entraîner sur sa voie. Autour de lui, les cadavres n'avaient pas cessé de se tortiller, les cristaux brillaient toujours, illuminant la caverne des teintes vermillon. Les actes d'Azel n'avaient rien changé pour eux. Ils demeuraient prisonniers de cette chapelle sanglante. Azel saisit sa carabine et tira sur les moteurs à transmutation. L'alchimiste était toujours agité de soubresauts lui aussi, mais il ne riait plus.

Son second visage ne cessait de pleurer.

Azel se retrouva à l'entrée de la caverne, contemplant un paysage auquel il avait tourné le dos pendant des semaines. Les pentes douces du volcan, les plaines, l'horizon déchiqueté par les montagnes au loin. Et, à ses pieds, beaucoup plus proche de lui, terriblement proche, une assemblée levait les yeux dans sa direction. Des centaines d'hommes et de femmes le regardaient. Tous prisonniers attendant leur tour sans même le savoir, prêts à finir condamnés dans l'un des cercles de l'alchimiste, conduits à l'abattoir par un homme qui n'avait que mépris et incompréhension pour leur culture, leurs traditions, leurs mythes. L'alchimiste les avait pervertis, détournés.

Azel les avait ignorés, tous ces gens, lors de son ascension. Il avait nié leur existence même, les prenant pour des fantômes ! Le jeune homme avait détourné le regard ou les avait utilisés lui-même, s'en servant comme monnaie d'échange pour gagner sa vie, sans nourrir la moindre hésitation ou ne serait-ce qu'un soupçon de regret. Mais ils n'étaient pas des fantômes hantant Xemballa, seulement des prisonniers. Cholallan et tous les autres, capturés sur le domaine, étaient peut-être encore là. Peut-être pouvait-il encore les retrouver, les libérer.

C'était ainsi, c'était écrit. L'alchimiste le lui avait répété un peu plus tôt : ce monde était impitoyable, il l'avait toujours été. L'arrivée des colons du Coronado n'avait fait que le rappeler à tous ceux qui avaient cru pouvoir l'oublier. Pourquoi imaginer qu'il puisse en aller autrement ?

Derrière lui, quelques cailloux dévalant la pente lui annoncèrent la présence d'un monstre dont il avait ignoré l'existence une heure plus tôt et pourtant bien plus réel que n'importe quelle fée. L'alchimiste avait quitté sa tanière en rampant, laissant derrière lui une traînée de sang. Le sien, et celui de ses victimes. Il ne représentait plus aucun danger. Il ne chercha même pas à rejoindre Azel, s'éloignant vers l'est, toujours incapable de se relever. À quoi bon l'achever ? Sa misérable existence se conclurait sans doute sur les pentes de la montagne, entre deux rochers. La colère d'Azel s'était tue, tout comme Ombeline et la fée, toutes ces illusions dont il s'était nourri. La fée était restée enfouie en lui aussi profondément qu'une entaille qui ne voulait pas guérir, débordant de considérations putrides.

Tout cela n'était plus.

Azel baissa les yeux sur la foule et leva la main. Trois ans s'étaient écoulés depuis sa confrontation avec l'alchimiste. Trois ans depuis qu'il avait voulu reprendre sa route une fois pansé sommairement, avant de s'apercevoir que tous les indigènes qui venaient de retrouver leur liberté ne voulaient qu'une chose : le suivre. Azel avait voulu s'enfuir, instinctivement. Malgré son état, il en aurait sans doute été capable, sur le moment. Et pourquoi vouloir le suivre, lui ? Ils ne le connaissaient pas. Il n'avait déjà pas su protéger un simple convoi d'une vingtaine de personnes, comment aurait-il pu aider des centaines d'entre eux ? Azel avait pourtant changé d'avis. Si sa propre vie avait pris fin ce jour-là, qu'aurait-il accompli au cours de son existence ? Pourquoi seraient-ils tous morts, le petit Iodun, Tollani, son père, Ombeline ? Pourquoi aurait-il abandonné Heitor, Apisi, Zuhaitza ?

Ces hommes, ces femmes, ces enfants avaient besoin de quelqu'un pour les guider. Qui d'autre que lui accepterait d'assumer cette fonction ? Il leur avait appris à vivre en nomades, car à quoi bon chercher à atteindre Surkutir ? Si certains voulaient tenter leur chance de l'autre côté des chutes, Azel ne les avait pas retenus. Mais il savait que le même destin les attendait là-bas, la même servitude.

Il devait trouver une autre voie.

Ils avaient commencé par venir au secours des mineurs insurgés de Soleqin, les premiers à gonfler leurs rangs. Les premiers d'une longue série. Azel rajusta son masque de tissu et porta la main au pendentif qu'il arborait maintenant au poignet, bien visible désormais et non plus dissimulé sous sa tunique. Il porta la main au crampon de chemin de fer lui servant de poignard, un cadeau d'un forçat libéré là encore par ses hommes et lui. Il s'était nourri de leurs histoires à tous pour créer le personnage du Loup Gris. Il fallait un symbole pour rassembler. La mort du vice-roi de la colonie avait bousculé ses plans. Cette fois, ils devaient agir tous ensemble, malgré ses doutes, malgré les incertitudes. Les dizaines de personnes qui avaient voulu le suivre étaient devenues des centaines, et plus encore. Prisonniers puis rebelles, ils s'étaient changés finalement en guerriers.

Et aujourd'hui, ils devaient reprendre leur dû. Azel savait très bien que les indigènes n'étaient pas de pauvres victimes au cœur pur. Tous, colons ou autochtones, n'étaient jamais que des hommes.

Et il n'y avait rien à espérer d'eux.

36

La flamme fragile de la lampe à huile se recroquevilla un instant.

Artemis ne prit pas la peine de relever la tête pour saluer la nouvelle venue. Elle était montée dans un train, puis avait épuisé deux montures pour le rejoindre, prenant tous les risques.

— Tu as attendu que Damir dorme à poings fermés avant de venir me trouver ?

Zuhaitza haussa les épaules.

— Pourquoi attendre ? Son attention est facile à duper. Je n'avais aucune raison de patienter à l'extérieur. Surtout par ce temps.

— Tu n'as jamais aimé les plaines.

— Ce n'est pas ma région d'origine, se contenta de répondre la jeune femme, avant de désigner du doigt l'un des coffres en chêne d'Artemis. Je peux m'asseoir là ?

— Je t'en prie, fit le général.

L'observant d'un œil, Artemis nota que, derrière son détachement habituel, l'espionne semblait nerveuse. Son regard papillonnait sous la tente comme si c'était sa première visite et elle serrait contre elle une feuille de journal.

— Que fais-tu ici, Zuhaitza ? Je ne crois pas que tu puisses te permettre de quitter Carthagène en ce moment.

— Il fallait que je vous voie.

Artemis parut se tendre.

— Nous avons un problème ? Une urgence ?

Le général vit la jeune femme esquisser une moue étrange, qu'il ne lui connaissait pas. Il comprit au bout de quelques instants qu'elle affichait un sourire hésitant.

— Non, au contraire. Si je ne fais pas erreur, j'ai peut-être trouvé une solution pour vous permettre d'en finir plus vite ici.

— Qu'est-ce que c'est ? demanda-t-il en désignant le journal, ne voulant pas la presser. Les dernières nouvelles du Sud ?

La jeune femme hocha la tête.

— Oui. C'était *La Gazette* du jour de mon départ pour Trois-Pistoles. Avec de tels articles, on risque de ne bientôt plus la trouver nulle part.

Lentement, pour éviter de grimacer face à un élancement imprévisible, Artemis pivota sur sa chaise.

— C'est la feuille de chou de ce Calider ? Il a réussi à partir avec les troupes du Loup Gris. Rien que cela pourrait lui coûter un séjour en prison, n'est-ce pas ? Faire le portrait d'un ennemi de la Couronne, et en bien, en plus… C'est à demi-mot, et pourtant c'est un véritable plaidoyer pour qui sait lire entre les lignes.

Zuhaitza ne dit rien et Artemis sentit un soupçon d'impatience troubler sa soirée.

— N'as-tu donc rien à m'apprendre de plus ? La situation à Carthagène, justement, se tend-elle toujours ?

— Il semblerait, répondit finalement l'espionne. Les agissements du Conseil et de Comnène posent question à un certain nombre de personnes, mais c'est la Couronne qui est visée, je pense. Là-dessus, vous aviez raison. La population en revanche vous met dans le même sac que les autres, de simples exécutants, mais comme vous êtes loin..., leurs reproches ne se tournent pas vers vous.

Artemis passa une main dans sa barbe, ignorant les rides sous ses doigts.

— C'était un risque à prendre. Carthagène l'emportera. Mais Derrera est encore plus incompétent que je ne l'imaginais et le Nord mieux organisé, d'autant que je n'ai pas su empêcher leur alliance avec les indigènes. Je manque de temps. Je manque tellement de temps.

Ce soir, sous la lumière tamisée des deux lampes de la tente, Artemis semblait rattrapé par les vicissitudes de l'âge.

La jeune femme se souvint de leur première rencontre, deux ans plus tôt, un peu plus maintenant, à dire vrai. Il n'avait pas tant d'alliés à l'époque. Elle s'était laissé guider par Cortellan, ne sachant plus quel chemin arpenter. Cette terre n'était plus vraiment la sienne. Les grandes causes ne l'avaient jamais intéressée. Elle se battait pour assurer sa propre survie, semant le chaos s'il le fallait. Rien de plus. Cortellan n'était-il pas façonné ainsi, lui aussi ? Elle l'avait toujours cru.

— Tu sembles troublée.

La jeune femme sursauta, tirée de ses pensées par sa remarque.

— La fatigue, sans doute, répondit-elle sans hésiter.

— En es-tu sûre ?

— J'ai beaucoup œuvré pour votre cause.

Artemis acquiesça lentement.

— Bien sûr. Je l'admets volontiers. Cependant, j'ai encore besoin de toi. Il faut se rendre à l'évidence, Zuhaitza, cette campagne n'est pas un triomphe. Je me dépense sans compter, mais je dois composer avec ce que j'ai sous la main. J'ai passé vingt ans à me constituer un réseau aux quatre coins de la péninsule en prévision d'un coup bas de la part de Constance, mais s'il y a bien une chose sur laquelle je n'avais nulle prise, c'est la qualité des troupes d'une armée qui ne mérite guère ce nom.

Les minutes passant, le général avait vu le cou et les épaules de Zuhaitza se tendre, son buste se redressant telle une jeune recrue au garde-à-vous. Elle lui répondait machinalement, ne parvenant visiblement pas à lui révéler ce qu'elle était venue lui dire. Longtemps avant le moindre article de Calider, son espionne lui avait paru fascinée par la figure du Loup Gris, comme si elle voyait à travers lui ce qu'elle aurait pu accomplir elle aussi si elle n'avait pas d'abord et avant tout songé à sa seule personne. Elle avait même sollicité à plusieurs reprises la permission de se renseigner à son sujet, mais Cortellan tenait à conserver Carthagène en point de mire grâce à elle et l'avait donc consignée en ville.

— Concernant le Loup Gris…, commença Artemis, ne la quittant pas des yeux.

— Je dois vous dire quelque chose, murmura-t-elle avant même de s'en rendre compte. Le Loup Gris. Je sais qui se cache derrière son masque.

Cette fois, Artemis se leva, s'approchant de la

jeune femme pour se saisir de ses deux épées, posées sur le coffre à côté d'elle.

— Je n'aurais jamais pu l'imaginer, poursuivit-elle, baissant encore la voix, comme une élève prise en faute. Mais après avoir lu les articles de *La Gazette*, je suis sûre de moi. Presque sûre. Calider fait mention d'un médaillon que porte le Loup Gris autour du poignet. Je l'ai reconnu tout de suite. Et le reste correspond. Ou peut correspondre.

— Tu le connais ? répondit Artemis, sans la regarder.

Zuhaitza songea à l'averse de poussière à l'extérieur, à l'orage qui grondait au loin. Toutes ces choses qui la ramenaient à son passé.

— Oui, chuchota-t-elle alors que le général demeurait penché sur le coffre. Ce n'est pas un indigène, mais un métis.

— Il y en a beaucoup, même si on essaie toujours de ne pas les voir.

— Oui, mais son père, c'est un Alborán. N'est-ce pas l'une des grandes familles de la noblesse du Coronado ?

Artemis s'écarta du coffre en lui tournant le dos. Lorsque son regard croisa de nouveau celui de la jeune femme, le général souriait.

— Dis-m'en plus.

Alors Zuhaitza lui raconta tout, tout ou presque, cherchant à gommer ce qui pouvait la trahir. Artemis l'écouta attentivement, vissé à sa chaise, les deux mains sous le menton. Il ne prononça pas un mot au cours de la demi-heure qui suivit.

— C'est pour lui que tu as cessé de te couper les cheveux.

— Ce n'est pas *pour* lui, rétorqua Zuhaitza. Entre

lui et moi… Tout cela n'a pas d'importance. Il est l'héritier de l'empire du Léopard et issu de l'une des grandes familles du Coronado, vous l'avez reconnu vous-même. Peut-être pas aussi prestigieuse que les Cortellan, mais pas loin. Vous pourriez discuter d'égal à égal, lui proposer un accord.

— Tu parais avoir beaucoup réfléchi à la question pendant ton voyage jusqu'ici.

— Vous affirmez manquer de temps, reprit la jeune femme, sans relever. Vous voulez rejoindre Trevelin, il vous en empêche. Alors demandez-lui de vous laisser passer près du volcan sans vous attaquer et, en échange, offrez-lui ce qu'il veut.

— Je ne peux pas lui offrir le Nord. La péninsule doit rester unie.

— Je ne sais pas comment Azel s'est retrouvé à la tête de ces rebelles, mais ce n'est pas un idéaliste. Accordez un territoire à tous les indigènes qui veulent vivre hors des règles du Coronado. Il n'a même pas besoin d'être grand. Je suis certaine que dans quelques années, la plupart des indigènes auront adopté votre mode de vie et même vos façons de penser. Et si une poignée d'entre eux veulent jouer aux nomades, grand bien leur fasse. N'allez pas perdre la guerre parce que vous n'avez pas voulu céder pour si peu.

Artemis la regarda longuement.

— Tu devrais plutôt le conseiller lui… Tu parles de cet homme avec une telle fougue !

Zuhaitza effleura la vive-lame rangée sous sa tunique.

— Tu peux jouer les messagères ? Tu saurais comment reprendre contact ?

La jeune femme hocha la tête, les yeux brillants.

— Pourquoi ne pas le tuer dans ce cas ?

Zuhaitza ouvrit la bouche, les mains tremblantes, mais Artemis la prit de vitesse.

— Le tuer mettrait peut-être ses troupes en déroute, mais nous risquerions surtout une bataille de plus. Tu as raison : si nous obtenons son accord et qu'il sait tenir ses hommes, nous pourrions traverser le col sans encombre et rejoindre Trevelin plus vite que prévu pour chasser Sorel et rattraper les errances de Derrera.

Le général tapa dans ses mains.

— Tu as mon autorisation pour aller le trouver. Merci, Zuhaitza. Je suis honoré que tu aies choisi de te confier à moi. Je comprends que tu aies hésité, si cet Azel est un ami à toi.

— Je n'ai pas dit que c'était mon ami, répondit la jeune femme, qui n'avait pas confié à Artemis les circonstances de leurs adieux.

Le vieux général tira sur son toupet et un petit sourire se dessina sur son visage.

— Non, en effet. Tu ne l'as pas dit.

TROISIÈME PARTIE

37

Depuis quelques heures, un vent glacé soufflait sur les plaines. Venu des hautes cimes de la cordillère, il charriait avec lui les chants des malheureux. Ce Cortellan savait instiller la peur. Contrairement aux chefs de guerre indépendantistes, qui ne nourrissaient aucun esprit tactique particulier et comptaient avant tout sur leurs effectifs – moins expérimentés mais plus nombreux –, le général incarnait le véritable danger de cette guerre. C'était un vrai militaire de carrière. Cortellan avait occupé ses pensées bien trop souvent au cours des dernières semaines, quand, nuit après nuit, le chef rebelle avait tenté de trouver comment le battre, lui, le maître tacticien, le mercenaire prestigieux.

Azel se leva. Il était temps de monter en direction du cratère pour s'isoler un moment. Devant lui, les coulées de lave séchée le disputaient aux bâtiments encore debout, vestiges d'une nuit de cauchemar.

Les mains d'Azel se mirent à trembler. Une vieille femme, accompagnée d'un petit garçon, nota sa présence et s'inclina. Il eut envie de l'interpeller, de lui dire d'arrêter ça, mais il n'en fit rien. Voilà qu'elle le montrait même du doigt à l'enfant, comme s'il était un mirage surgi du fond des âges. Ses dents se serrèrent et, ne parvenant pas à dominer ses tremblements, il reprit sa marche, pressant le pas pour échapper au poids des attentes placées en lui. Il leva les yeux sur le sommet de la montagne, encore lointain. Quelques cendres planaient dans l'air. Impossible cependant de savoir si elles dissimuleraient leurs traces quand ses hommes et lui en auraient besoin dans les prochaines heures.

N'étaient-ils pas déjà désespérés, condamnés ? Si le volcan se réveillait un jour pour de bon ? Azel trébucha, se rattrapant d'une main. Il ne s'était pas rendu compte qu'il avait déjà atteint la section où des marches naturelles donnaient l'impression d'avoir été taillées pour des géants. Comme incapable de monter jusqu'au sommet, le jeune homme quitta alors la sente principale et se dirigea vers un champ de sources chaudes. Là, les ruines d'un temple dédié au Soleil n'avaient pas renoncé à témoigner de leur magnificence révolue.

La volonté du dernier empereur du Léopard d'imposer une nouvelle religion – celle du Soleil –, et d'oublier les fées, avait contribué à saper son autorité. Azel avait toutefois bien du mal à imaginer que les conquérants du Nouveau-Coronado n'auraient pas fini par l'emporter quoi qu'il arrive. Ne l'emportaient-ils pas toujours ? Il dut soudain ouvrir la bouche pour reprendre son souffle. Malgré l'habitude, les hauteurs du volcan lui coupaient la respiration de temps à autre. Il se retourna vers les plaines, afin d'éviter cette sensation d'écrasement qui lui étreignait le cœur en regardant le sommet.

Aujourd'hui, le vent charriait régulièrement du sable, venu de champs désormais impossibles à cultiver. Ses hommes et lui pouvaient se battre contre Cortellan, mourir jusqu'au dernier, mais qui pouvait se battre contre le vent, les cendres et la poussière ? Personne.

Azel arriva dans l'un des secteurs les mieux préservés de la cité. Il était seul. Personne ne lui interdirait de monter au sommet de la plus haute ziggourat de la cité ou de déambuler dans l'ancien palais impérial, la Monastrie. Il était le seul maître en ces lieux car personne n'osait explorer ces ruines. Quelquefois, Cholallan et quelques autres ne pouvaient s'empêcher de le suivre lors de ses promenades solitaires, s'imaginant sans doute qu'il l'ignorait. Xemballa était maudite aux yeux de la plupart des peuplades indigènes de la péninsule. Tous considéraient que l'empire du Léopard avait été puni par les fées, pour son impudence et sa morgue. Et beaucoup s'en étaient réjouis, même parmi les autochtones, dont certains n'avaient pas hésité par le passé à guider et conseiller les envahisseurs dans leur campagne, dans l'espoir de se voir offrir une part de butin ou par esprit de revanche envers l'Empire, dont la mémoire oubliait aujourd'hui la cruauté. La désunion, les rancœurs, les jalousies, autant de maux qui avaient façonné le cœur des hommes des deux côtés de l'océan et Azel, pauvre fou, s'était cru capable d'y mettre un terme.

Le grondement du volcan parut l'approuver.

Dans quelques minutes, la lune atteindrait son zénith.

Dans une heure, peut-être deux, Azel donnerait l'ordre d'attaquer. La veille, ils avaient appris que Cortellan avait décidé de couper à travers le plateau, passant au plus près du volcan. C'était une occasion unique de lui barrer la route, au prix d'un véritable assaut cette fois, une bataille rangée comme le vieux général les affectionnait tant, comparé à lui, novice en la matière.

Azel rangea le dernier carnet à dessin en sa possession, dont les pages lui évoquaient un autre temps, sur les plaines. D'autres rencontres. Le papier figeait tout, incapable de retenir une voix, un geste complice, mais, seul, il arrivait à Azel de feuilleter encore ce carnet. Il secoua piteusement la tête. Sur les hauteurs d'une ancienne place bordée de maisons troglodytes, une poignée de cônes aux bouches béantes balafraient la roche, recrachant de temps en temps un nuage de cendres qui donnait parfois l'impression que la montagne était secouée de hoquets. Ces scories retombaient mollement sur les toits ou à l'intérieur des édifices éventrés. Plus tard, le vent chasserait ce voile de poussière et tout recommencerait.

Son regard retomba sur le volcan quand il la vit.

Zuhaitza.

Elle se tenait à l'autre bout de la place et se figea comme un animal traqué en sentant les yeux d'Azel se poser sur elle. Le jeune homme se rendit compte que tout son corps s'était mis à trembler.

Trois ans qu'il ne l'avait plus vue autrement qu'en songe, changé en brume de regrets au petit matin. La jeune femme n'avait pas changé ; à part ses cheveux, beaucoup plus longs, coiffés à la façon de son clan. Il n'était pas étonnant qu'elle ait réussi à se faufiler derrière ses défenses, sans parler de le retrouver. Il la savait capable de tout.

— Tu n'es pas à Ophir, souffla Azel.

La jeune femme garda le silence. Lui ne s'avança

pas à sa rencontre, redoutant de chanceler. Il ne voulait pas esquisser le moindre mouvement, craignant là encore de laisser son émotion se manifester.

— Je n'ai pas de temps à t'accorder, Zuhaitza. La guerre est là. Tu te souviens, tu la désirais, pendant un temps. Tu *l'espérais*, même.

La jeune femme s'approcha, contournant un énorme rocher recraché par la montagne vingt-cinq ans plus tôt. Elle disparut un instant derrière et Azel se demanda s'il n'avait pas rêvé, mais elle réapparut aussitôt.

— Et je l'ai eue. Je l'ai eue, Azel.

— Que veux-tu dire ? Ne joue plus avec moi.

— Je fais partie de ceux qui ont mis le feu aux poudres. J'ai tué le vice-roi de ma main. Et je ne le regrette pas.

Le jeune homme saisit soudain l'éclat de la pointe de la vive-lame et réprima un tressaillement. Pouvait-il se dire vraiment surpris par ce que venait de lui avouer Zuhaitza ?

— Es-tu venue pour moi cette nuit ?

Pour la première fois, Azel vit de la surprise se peindre sur le visage de son ancienne complice. Trois ans n'avaient rien changé à son caractère.

— Moi ? Pas du tout. Je suis là pour te porter un message.

— Un message ? Tes petits jeux ne m'intéressent pas, et tu sais que ça a toujours été le cas. Tu me dis que c'est à cause de tes actions que nous avons dû prendre la voie des armes et tu veux parler ? Pourquoi devrais-je t'écouter ? Je devrais plutôt te chasser sur-le-champ.

Elle fit encore un pas vers lui.

— Alors donne l'alarme. Fais-moi arrêter par ta bande de bras cassés.

Azel ouvrit la bouche, prêt à la prendre au mot, mais sa langue refusait de lui obéir. Il déglutit à grand-peine.

— Parle et va-t'en, dit-il enfin.

— J'ai une proposition à te transmettre.

— De qui ?

— Artemis Cortellan.

Azel se figea.

— Le chef de guerre de Carthagène a une proposition à me soumettre ? fit-il en plissant les yeux. Si tu travailles pour lui, cela veut donc dire que c'est lui qui a ordonné l'assassinat du vice-roi. Pourquoi ? C'était de la folie…

— Le général pourrait te répondre lui-même et t'expliquer ses raisons, répliqua Zuhaitza, sans chercher à démentir la déduction d'Azel. Mais il n'est plus temps de jouer, tu l'as dit toi-même.

— Que veut Cortellan ?

— Vous proposer ce que tu recherches depuis le début, Azel. Un chez-toi. Un chez-vous. Un territoire libre pour ton peuple.

— *Mon* peuple ?

Zuhaitza hocha la tête.

— Je ne fais plus partie des clans de la Lune d'Or. Je travaille pour moi seule désormais. Réfléchis, Azel. Il te propose un territoire sans intrusion, sans accords commerciaux, sans compromis. Plus question d'être « confiés » à quelqu'un. Plus jamais.

Azel leva les yeux sur la lune, comme pour lui demander conseil.

— Cortellan serait prêt à négocier un tel accord ? Dans ce cas, c'est qu'il estime que nous sommes un réel danger pour lui. Pourquoi accepterais-je sa première proposition ? Je suis sûr qu'il peut l'améliorer. Mon père disait que l'argent va et vient, mais la terre se perd pour toujours.

— Réfléchis bien, Azel, lui intima la jeune femme. Qu'avez-vous obtenu en aidant les séparatistes ? Et pendant les mois précédents ? Rien de concret, seulement un sursis. Tu penses vraiment que le Nord a une chance ? C'est fini, Azel.

— Comment peux-tu en être aussi sûre ? Je sais que le Nord reçoit de l'aide en provenance de l'Ulster, tout comme je sais très bien que cette puissance n'interviendra pas dans le conflit, mais… nous ne sommes pas sans alliés.

Il se tut en voyant Zuhaitza secouer tristement la tête.

— Depuis combien de temps n'avez-vous rien reçu de leur part, Azel, dis-moi ?

— Je n'en sais rien. Je ne suis pas impliqué directement.

— Mais Cortellan, si.

Azel se raidit.

— Que veux-tu dire par là ? Je l'ai vu de mes yeux, Zuhaitza, j'ai vu les lingots marqués du poinçon de l'Ulster, soupira le jeune homme.

— Je n'en doute pas. Peu le savent, mais il y a une bonne année, un de leurs navires a fait naufrage, non loin des eaux territoriales du Nouveau-Coronado. Le vice-roi s'est défendu en blâmant les pirates, mais ce n'étaient pas eux les responsables, pour une fois.

— Non…

— C'était Cortellan, Azel. Des intermédiaires ont ensuite contacté les colons réfractaires à la Couronne en se faisant passer pour des représentants de l'Ulster. Depuis le début, les « financements étrangers » des Cinq Cents ne sont que le produit des soutes d'un navire envoyé par le fond. Rien de plus. Et crois-moi, cette source est déjà tarie.

— Pourquoi me dis-tu tout cela ?

— Pour que tu comprennes bien que le Nord est sur le point de tomber, même si tes propres troupes sacrifiaient jusqu'au dernier homme, femme ou enfant. Quand le dernier d'entre eux tombera sous nos balles, quel cadavre sera le premier à se relever pour te pointer du doigt ? Vous n'avez pas d'alliés contre Carthagène. Aucun. Et si vous ne voulez pas que la reine Constance envoie des troupes qui n'auront pas la compréhension des hommes de Cortellan…, il faut agir maintenant.

— Je n'accepterai aucune entrevue avec lui.

— Il ne compte pas se déplacer non plus, sourit Zuhaitza, pour la première fois. Ce ne sont pas des pourparlers. Sache que nous sommes au courant de votre assaut.

Le visage d'Azel se ferma, mais il ne dit rien.

— Tu t'es bien battu, Azel, tu as réussi à éviter un grand nombre de pertes parmi les tiens. Mais ce sera un massacre si tu t'obstines. Il faut te décider tout de suite.

— Je ne peux pas. Pas comme ça…

— Rejoins-nous. Ou, si tu ne le fais pas, retiens tes troupes et n'interviens pas contre nous.

— Tu voudrais que je vous laisse descendre vers Trevelin ? Il me faudrait des garanties, Zuhaitza, exigea Azel. Et nos alliés ? C'est impossible de prendre un tel engagement en me fiant à ta seule parole. Tu sais que j'en ai payé le prix par le passé.

La jeune femme hocha la tête, tirant un rouleau

de parchemin de sous son manteau. En quelques souples foulées, Zuhaitza franchit la distance les séparant encore. Elle se tenait maintenant sur le rocher le plus proche, dépassant Azel d'une tête.

— Je sais. Voilà un message signé de la main de Cortellan revenant sur ce que je viens de t'expliquer. Le monde part en flammes, Azel. Les choses ne peuvent pas continuer ainsi.

Azel déplia la missive, après l'avoir récupérée en prenant soin de ne pas effleurer les doigts de Zuhaitza. Il parcourut des yeux le message, conforme aux paroles de Zuhaitza. Le sceau de Cortellan semblait tout aussi réel. Il s'agissait bien d'une offre officielle, d'un véritable engagement.

Azel passa la main sur son médaillon. Pouvait-il croire le général auquel il avait tenté de tenir tête pied à pied depuis des semaines ? N'exigerait-il pas d'Azel d'autres concessions, plus tard ? La reine accepterait-elle de céder une partie des territoires que le Coronado avait mis une décennie à conquérir ? Toutes ces questions s'avéraient légitimes, mais une seule importait en réalité dans le cœur battant d'Azel : pouvait-il faire confiance à Zuhaitza ?

Au bout de trois ans, malgré toutes ces épreuves, la blessure était encore à vif. Mais la fée n'était plus là aujourd'hui pour lui asséner sa sentence, qui s'était révélée tristement véridique : *elle te ment*.

— Tu n'as pas coupé tes cheveux.

Les mots d'Azel avaient quitté sa bouche avant même qu'il s'en rende compte, trop heureux de reléguer l'ombre de la fée loin de ces retrouvailles inattendues.

La jeune femme sourit de nouveau, et cette fois,

avec une bienveillance évidente. Son regard s'adoucit, hanté tout de même par une lueur plus dure.

— C'est vrai. J'ai renoncé à mon vœu depuis le jour où nous avons partagé la même couche.

— Je suis désolé… Je ne me suis jamais excusé pour cela, mais je tenais à te dire que je n'ai jamais voulu que tu renonces à ton engagement.

— Je n'ai pas dit que je le regrettais. J'ai fait ce qu'il fallait pour sauver ma sœur. Quand j'ai accepté d'accueillir ta peine, j'avais déjà renoncé à mon vœu. Je n'avais pas besoin d'être consolée, juste de vider mon sac. Il n'y avait plus rien à faire… J'ai simplement changé mon destin. Et pour cela, je te remercie.

Azel ne savait que répondre, alors qu'il avait mille questions à lui poser, tant d'émotions à partager.

— Tu as toujours ta mule ? demanda-t-il, penaud, incapable de trouver autre chose à dire.

— Constance ? Non. La pauvre est morte… J'ai un mulet maintenant. Je l'ai appelé Azel.

— Je suis sûr qu'il porte ce nom à merveille.

Zuhaitza avait retrouvé son ton pince-sans-rire, et, un court instant, tous les deux crurent saisir leur complicité passée. La jeune femme soupira.

— Le monde que nous avons connu il y a trois ans n'est plus, Azel. Toi comme moi avons beaucoup perdu. Rien ne ramènera le passé. Jamais. Je l'ai compris, et toi aussi tu dois l'accepter. Il n'est pas trop tard.

D'un geste de la main, Azel désigna les centaines d'hommes et de femmes en contrebas, sur l'autre flanc du volcan, qui s'étaient changés en soldats à son seul commandement.

— Tu considères que je vis dans le passé ?

Zuhaitza ne se retourna pas vers ses semblables.

— Ce n'est pas une armée, Azel. Tout au plus une bande d'éclaireurs. Ton bivouac n'est pas un camp fait pour accueillir des troupes, c'est un refuge pour des âmes blessées. Pour toi-même. Tu portes toujours un masque. Tu as simplement abandonné celui de chasseur de primes pour un autre. Tu te mens. N'est-ce pas la vérité, Loup Gris ? Un homme ou une légende. As-tu vraiment vu Tichgu ? T'es-tu vraiment échappé des geôles de la Croix-Blanche et de leurs salles de torture ? Tu as utilisé toutes ces histoires, ces rumeurs, pour te forger une nouvelle identité… Qui est donc cet homme que tu prétends être ?

Qui était Azel ? Le jeune homme n'avait jamais voulu réfléchir à cette question. Il s'était contenté au jour le jour d'être celui que les autres voulaient voir, consulter, attaquer, selon leurs désirs.

— Quelle importance pour toi ? rétorqua-t-il.

Une bourrasque grise de cendres s'étira entre eux.

— Tu sais très bien de quoi je parle, souffla-t-elle. Tu peux avoir un vrai statut, un statut qui compte, pas juste celui d'un illuminé qui multiplie les coups d'éclat. Embrasse ton destin, Azel. Tu es l'héritier de l'empire du Léopard, tu peux lier les deux mondes. Ce n'est pas rien, pourquoi ne veux-tu pas l'admettre ?

Il se tendit malgré lui, emporté par un tourbillon d'émotions.

— *Arrête.*

Elle poussa son avantage.

— Cesse de te cacher derrière un masque, assume ton identité. Les indigènes te suivent déjà, sans connaître ton héritage. Mais tu oublies que tu es aussi un fils du Coronado. C'est un argument de poids pour que la reine Constance accorde sa bénédiction à la proposition de Cortellan.

— Donc elle n'a rien d'une certitude.

— De quoi peut-on être sûr ici, Azel ?

— Je ne veux pas d'une réserve qui…

— Peu importe le nom qu'on lui donnerait ! s'emporta Zuhaitza. C'est une occasion unique qui ne se représentera pas. C'est la seule chose qui devrait compter. Et si tu veux qu'elle se concrétise, tu dois assumer ton héritage. Tu n'as plus le choix, Azel. Si tu ne le fais pas pour toi…

— N'êtes-vous pas capable de trancher ? fit une nouvelle voix.

Azel sursauta, arraché à des retrouvailles qu'il avait espérées trois longues années sans l'admettre.

Artemis Cortellan était apparu au milieu des ruines. Derrière lui, Azel reconnut aussitôt Cholallan et quatre autres guerriers, à genoux, les mains liées, le visage tuméfié.

— Cortellan, qu'est-ce…

— Du calme, ma petite, l'interrompit le général. Du calme… Je t'ai remerciée avant ton départ et je te remercie encore maintenant. Grâce à tes révélations, tu m'as montré le chemin. Et tu l'as fait littéralement : tu étais si pressée que tu n'as même pas remarqué que l'on te suivait.

— Libérez-les, tout de suite ! gronda Azel.

— À quel titre ? Vous n'avez rien qui m'intéresse, Alborán. Et oui, je sais qui vous êtes, ajouta-t-il dans un sourire. Pour cela, vous pouvez remercier la personne près de vous.

Azel se retourna vers Zuhaitza, qui le regardait, les yeux écarquillés.

— Je te jure, je n'y suis pour rien. Il m'a piégée moi aussi, crois-moi.

— Nous avons investi la zone, reprit Artemis d'une voix mesurée. Vous ne pouvez pas vous échapper. Si vous tentez quoi que ce soit…

Azel nota distraitement que l'un des cônes avait déjà libéré ses premières bouffées de cendres. Le deuxième à se manifester s'était quant à lui mis à gronder au-dessus de la place.

— Azel, ne l'écoute pas, enfuis-toi ! s'écria Cholallan.

D'un coup de crosse derrière le crâne, le général le fit taire.

— Ne jouez plus les héros, Azel, dit-il en cherchant son regard. Ce temps-là est révolu pour vous aussi.

— Cortellan, je…

Zuhaitza s'interrompit en voyant soudain un canon braqué droit sur elle. L'un des tireurs embusqués qui accompagnaient le général se tenait à trente mètres de là, perché sur une ancienne corniche à demi éboulée. La jeune femme n'avait encore jamais vu de tels soldats parmi les troupes d'Artemis, et elle ne put réprimer un frisson.

— Ne tentez rien ou tout cela finira mal, je vous le garantis, asséna le général, avant de conclure en scrutant l'espionne : Je prends toujours les meilleurs à mon service.

Azel suivit le regard de la jeune femme et découvrit lui aussi le tireur. Jusqu'à cet instant, il avait songé à fuir malgré la situation mal engagée. Ses hommes étaient prêts à se sacrifier, il le savait. Cependant, il avait toujours souhaité éviter les pertes inutiles – c'était même pour cette raison qu'il avait brièvement envisagé d'accepter l'accord que lui avait exposé Zuhaitza. L'ancien chasseur de primes souffla doucement. Il n'était plus question de ses seuls compagnons. Zuhaitza elle aussi était tenue en joue.

Avec un dernier regard pour la lune, Azel laissa tomber sa carabine à ses pieds.

— Très bien, acquiesça Artemis, approuvant sa décision d'un signe de tête. Je m'en doutais. Zuhaitza, attache-le.

— Non.

Sa voix était ferme et tendue. Artemis plissa les yeux, contrarié.

— Ne fais pas l'idiote. Que vas-tu imaginer ?

Ce fut le volcan qui répondit. Les derniers cônes se mirent à gronder et le sol trembla. Un tourbillon de cendres froides s'engouffra soudain sur la place abandonnée.

— Par tous les séraphins ! Abritez-vous, mais gardez le prisonnier en joue !

Azel détourna la tête et sentit sans les voir les doigts de Zuhaitza effleurer les siens, puis saisir quelque chose dans un bruit sec. Elle venait de lui arracher le médaillon qu'il portait au poignet. De son côté, Artemis levait les bras pour se protéger les yeux, tâchant en vain de les garder ouverts. L'averse ne dura pas plus de quelques secondes.

Alors qu'il s'écartait du pilier à demi écroulé derrière lequel il s'était réfugié, le général ne put que constater la disparition de son espionne en chef. Tout comme celle d'Azel.

— Imbéciles ! jura-t-il entre ses dents. Je ne la vois plus ! Vous l'avez laissée filer.

Un cercle de huit hommes tous vêtus comme

le tireur embusqué cernait désormais le chef des indigènes rebelles. Il n'avait vraiment rien vu venir. Les soldats s'étaient approchés telles des ombres. Et Zuhaitza n'était pas restée pour leur tenir tête.

Elle était partie sans hésiter.

— Êtes-vous prêt à me suivre sans faire d'histoires ? demanda encore Cortellan, tout près maintenant, les deux mains dans le dos. Pensez à vos hommes.

Azel avait les yeux rivés sur sa carabine, dont le canon brillait à moins d'un mètre.

— Pourquoi ne pas m'éliminer tout de suite, général ? interrogea-t-il, sans relever la tête.

— Je n'ai rien à gagner à vous voir mourir, répondit Artemis d'un ton serein. J'ai d'autres plans pour vous. Pour Constance, vous serez un trophée. Pour d'autres… Qui sait ce que l'avenir vous réserve ?

Le général balaya les environs du regard.

— Je n'aurais jamais imaginé revenir un jour sur les pentes de cette montagne. Xemballa a bien changé. J'avais peur de la trouver terrifiante mais elle n'est plus hantée que par vos rêves fous de liberté. Je n'avais rien à craindre de vous. Si vous êtes bel et bien un empereur de l'empire du Léopard, vous ne régnez que sur des ruines.

Azel aurait voulu lui rétorquer ce qu'il se répétait depuis trois ans, ce qu'il venait encore d'affirmer à Zuhaitza quelques minutes plus tôt : il n'avait jamais prétendu régner sur quoi que ce soit, ni imposer sa loi à quiconque. Mais déjà, à ces mots, le regard de ses camarades avait changé. Cholallan le dévisageait avec un mélange de révérence et de stupéfaction, un regard que le général surprit.

— Vos amis ont l'air de ne pas comprendre. Je

vois que vous avez gardé ce petit secret pour vous. Vous pourrez toujours leur expliquer tout cela en route. Avez-vous voulu cacher votre identité par peur d'attirer la jalousie d'autres prétendants ou parce que vous n'avez pas eu le cran d'assumer ce rôle ?

Cette fois encore, Azel se mura dans le silence. En vérité, il n'avait aucune réponse à donner au général.

38

Ainsi s'acheva la lutte armée entre Nord et Sud, avec la capture du Loup Gris.

À l'ombre du volcan, les fidèles d'Azel avaient mis plusieurs heures avant de saisir l'ampleur de ce qui venait de se produire. Les plus prompts s'étaient précipités sur les pentes du volcan à la poursuite d'Artemis, mais ce dernier avait su mettre à profit une nouvelle averse de cendres pour rejoindre son campement. Un messager rebelle était venu le maudire deux heures plus tard, affirmant que les troupes d'Azel ne le laisseraient jamais franchir le défilé au pied du volcan. Une menace en l'air puisque l'armée de Carthagène s'était déjà mise en marche. Artemis avait renvoyé ledit messager en indiquant qu'Azel et les autres prisonniers seraient exécutés sans sommation au moindre rocher précipité sur leurs têtes. De fait, les menaces proférées ne s'étaient pas concrétisées, la capture d'Azel faisant voler en éclats l'union rebelle. Artemis avait visé juste : incapables de s'accorder sur la stratégie à adopter, sonnés par le découragement, leurs adversaires avaient préféré temporiser, avant de finalement renoncer.

Ils n'étaient pas assez nombreux pour attaquer

de front les troupes de Carthagène, et si certains avaient ensuite entrepris de les suivre de loin, cette décision semblait marquée du sceau d'une résignation inavouée. Ils cherchaient avant tout à donner le change, tout en sachant que chaque lieue qui les rapprochait de la cordillère sonnait encore un peu plus le glas de leurs espoirs. Cependant, quelques irréductibles ne se résignant pas à abandonner Azel chantèrent pour lui les premiers soirs. Cela ne dura pas longtemps. Privés du seul homme à même d'apporter un peu de cohésion dans leurs rangs, le seul parmi eux élevé dans la connaissance des us et coutumes du Coronado, ils finirent par déserter eux aussi.

Artemis avait levé le camp en direction de Trevelin, que les troupes atteignirent huit jours plus tard. Derrera fut bien obligé de leur faire bon accueil, d'autant que le colonel Sorel avait déposé les armes en apprenant l'échec du front rebelle. Les Cinq Cents étaient seuls, privés d'alliés et de ressources. Et c'était donc Cortellan qui venait de remporter la bataille décisive pour le compte de Derrera, achevant de contrarier le capitaine.

Impossible toutefois de s'en délecter. Le général avait souhaité repartir pour Carthagène dès le lendemain, affirmant désirer se présenter devant le Conseil au plus vite. Une fois franchies les montagnes, il avait envisagé quelques heures de prendre un train, mais il ne voulait pas s'éloigner de ses troupes – pas maintenant. Ces premiers jours à pied avaient paru bien ternes pour les soldats. Traversant des régions désolées, ils n'avaient pas eu l'occasion de se retrouver au contact d'une population ravie de leur victoire ou simplement au courant de la fin de la guerre. Sans même parler de l'Azur, touché par les prémices de l'hiver, toujours prêt à leur souffler sur la nuque.

Zuhaitza, quant à elle, avait disparu.

Le dénommé Azel voyageait enfermé dans une cage disposée dans une simple charrette. Cortellan avait ordonné que les soldats chargés de le surveiller soient remplacés toutes les quatre heures. Non qu'il redoutât que le chef rebelle tenter de les amadouer – le plus souvent, celui-ci se terrait dans un silence plus désabusé que désespéré –, mais une atmosphère étrange régnait depuis son coup d'éclat. Plusieurs fois, le général avait surpris des conversations entre des soldats se plaignant de n'avoir pas participé à *la* bataille – de celles qui décidaient du sort d'une nation. Cortellan faillit intervenir la première fois, puis il renonça. Quels idiots ! Ils ne se rendaient pas compte de leur chance, au contraire d'Azel, bien conscient des conséquences de sa capture.

Le Loup Gris savait qu'au total une quinzaine de ses fidèles s'étaient fait prendre. Pour eux, il n'avait pas le droit de tenter l'impossible ou de défier ses geôliers. Ceux-ci n'avaient toutefois pas fait état de provocations de sa part, et quand bien même, le général s'était montré très clair à ce sujet : il était hors de question que les soldats profitent de sa capture pour passer leurs nerfs sur lui.

— Il faut rester digne en toutes circonstances, messieurs, leur avait-il répété. Dans la défaite comme dans la victoire. Ne l'oubliez jamais.

Derrière cette maxime censée démontrer une fois de plus ses valeurs, Artemis ne pouvait nier une certaine gêne. S'il avait toujours considéré que tous les moyens étaient bons pour parvenir à ses fins – en particulier sur un champ de bataille –, la capture du

Loup Gris ne lui apportait aucune fierté. Suivre Zuhaitza sur les pentes du volcan puis dans les ruines de Xemballa, avoir recours au chantage, s'emparer d'un homme désarmé à dix contre un…, quel prestige là-dedans ? Mais la question n'était plus là : la course contre le temps d'Artemis avait pris un nouveau tour depuis l'annonce de la venue de Constance pour l'anniversaire de la colonie.

Ce n'était pas sa seule préoccupation. Artemis était convaincu que Zuhaitza les suivait, et cette conviction s'était accrue depuis leur arrivée dans les montagnes.

Le général songeait à son ancienne espionne en tirant sur sa cigarette. Damir approcha entre deux bouffées de tabac, sans prendre la peine de s'annoncer de façon aussi guindée qu'au début de leur périple.

— J'ai vu nos guides partir un peu plus tôt, mon général. Tout va bien ?

Artemis écrasa sa cigarette sous le talon de sa botte.

— Évidemment, lieutenant. Pourquoi en irait-il autrement ?

— Je me demandais juste pourquoi ils étaient encore parmi nous, pour être honnête. Nous sommes bien loin de Surkutir maintenant.

— Que voulez-vous dire par là, Damir ?

— Rien du tout, mon général.

— Vous comprendrez aisément que, dans ma position, bénéficier d'une garde rapprochée n'est pas inutile. Disons que j'ai pris quelques précautions. On ne sait jamais.

Damir acquiesça, les lèvres pincées. Que cette réponse le satisfasse ou non, elle serait la seule qu'il obtiendrait ce soir. Artemis suivit des yeux une dernière volute de fumée puis son regard dériva en direction de la cage d'Azel, à quelque cent mètres de là. Seuls quatre de ses hommes en noir étaient partis explorer les environs, à la recherche de Zuhaitza, les autres étaient toujours là, quelque part. Parfois, il aurait aimé tous les renvoyer de l'autre côté des chutes de Calabrim, tout en sachant bien qu'il ne disposait plus d'une telle liberté. Leur association était un lien impossible à défaire, à moins de tomber avec eux.

Cachée entre deux rochers situés trois mètres au-dessus d'une paroi à pic dominant un petit cirque, Zuhaitza attendait patiemment que Cortellan rejoigne sa tente pour passer à l'action. À trente mètres environ, Azel lui tournait le dos, enfermé dans une cage. Elle posa les yeux sur lui pour la première fois depuis qu'elle l'avait abandonné à son sort. La jeune femme baissa aussitôt la tête sur le médaillon. La pierre semblait presque chaude, braise sur le point de s'éteindre au creux de sa paume, à croire qu'elle était incapable d'alimenter son feu.

Elle avait contemplé des mines réjouies, entendu des rires ravis. Franchir les montagnes avait amélioré le moral des troupes. Tous semblaient finalement satisfaits de l'issue de la guerre, de rentrer enfin chez eux ! Quant à elle, sa colère et ses remords n'avaient fait que grandir et gronder.

Zuhaitza entendit le cliquetis d'un chien de fusil.

— Ne bouge pas.

L'espionne obtempéra.

— Je ne sais pas pour quelle raison Cortellan nous a lancés sur tes traces, mais tu es douée, je dois bien l'admettre. Déjà trois jours que l'on crapahute après toi tous les soirs, ça commençait à faire long… Tu es au service de ce petit empereur, c'est ça ? Tu n'avais aucune chance. Même si tu m'avais échappé, j'ai trois camarades planqués à proximité de la cage de ton idole.

— Je ne sais pas qui vous êtes, mais vous êtes doué vous aussi, répliqua la jeune femme.

Il devait s'agir de l'un des hommes en redingote noire qui ne quittaient que rarement l'ombre de Cortellan. Zuhaitza n'avait pas eu à les observer longtemps pour sentir l'aura de danger qui émanait d'eux.

— Bien dit. Toutefois, si tu ne sais pas qui nous sommes, je n'ai aucun intérêt à t'éclairer.

La jeune femme haussa les épaules.

— Tant pis pour moi.

L'homme dans son dos perçut le sifflement de la vive-lame un instant trop tard. Zuhaitza l'avait lentement laissée glisser entre ses jambes, espérant que son adversaire ne la remarque pas, dissimulant son attaque derrière un simple mouvement d'épaules. Lorsque la langue d'acier lui effleura la joue, l'étranger perdit l'équilibre sous le coup de la surprise. Aussitôt, la jeune femme lui arracha son arme des mains, l'écarta d'un geste, puis ramena la vive-lame en arrière avant d'en utiliser la lame comme un poignard.

À genoux, il tendit le bras en direction de son fusil, mais Zuhaitza fut une nouvelle fois plus prompte. Elle enfonça la lame d'acier dans la cuisse de son ennemi, qui s'effondra au sol. L'espionne saisit le fusil et fourra aussitôt le canon dans la bouche de l'étranger, lui cassant une dent et l'empêchant de donner l'alerte.

— Maintenant, tu vas tout me dire si tu ne veux pas que mon prochain coup te sectionne une artère. On ne se connaît pas, je ne sais pas ce que tu attends de la vie, mais ça m'étonnerait que tu souhaites crever dans la montagne, en te vidant de ton sang à deux pas de ceux qui auraient pu te sauver.

Elle enfonça le canon un pouce plus loin et l'homme s'étouffa à demi, la poitrine soulevée par un haut-le-cœur.

— Et évite de vomir sur mes sandales. Avant que tu commences, je crois que l'on sera tous les deux d'accord pour que notre rencontre reste confidentielle, n'est-ce pas ? Je ne pense pas que tu aies envie d'expliquer à Cortellan que tu t'es montré trop sûr de toi et que tu t'es fait avoir par une femme que tu as laissée s'échapper… Il me semble que ce ne serait pas une très bonne idée.

Tandis que son adversaire réfléchissait à son offre, Zuhaitza jeta un coup d'œil derrière elle. Vers la cage et l'homme qu'elle renfermait. Elle s'était entêtée à suivre le sillage de l'armée pendant plusieurs jours, espérant trouver une faille dans la carapace de Cortellan. Une folie de plus. Seule, elle n'avait aucune chance. Pas ici, pas en chemin pour Carthagène.

Carthagène. Il ne lui restait plus qu'à partir à bride abattue pour rejoindre la capitale de la colonie. Mais avant son départ, elle devait subtiliser une dernière chose : les renseignements que Cortellan lui avait refusés, lui qui lui avait pourtant confié de nombreux secrets au fil des mois. Avant de la trahir…

Elle regarda l'homme en noir du général et sut qu'il allait parler.

— Alors ? J'attends.

L'ombre leva lentement une main, en signe de reddition.

39

Arriver en vue de Fort-Léon avait constitué une étape bienvenue pour les troupes victorieuses. Et pas seulement parce qu'il s'agissait de ce qui ressemblait le plus à une ville depuis leur départ de Trevelin, une petite semaine plus tôt, mais surtout parce qu'elles avaient enfin l'occasion de rencontrer des gens les saluant avec entrain.

Le général soupira. Vingt-cinq longues années dans cet enfer vert s'achevaient donc par une campagne éclair pour reprendre la main sur la péninsule. La guerre civile avait pris fin avant même de pouvoir réellement s'embraser.

— J'ai agi pour le mieux, n'est-ce pas ? s'interrogea-t-il à voix haute tout en baissant les yeux sur son verre de vin.

Sabatha passa la tête sur le balcon, peu pressée de s'asseoir. Venue depuis Carthagène, elle l'avait rejoint ici, dans la demeure du bourgmestre, relégué dans les quartiers de ses domestiques, plutôt que sous une tente. Depuis son retour d'exil, Artemis avait à peine eu le temps de la croiser. Il savait très bien qu'elle ne l'avait pas attendu, éprise et tourmentée – ce n'était pas son genre. La jeune femme n'avait jamais couru après lui, même quand il occupait le poste de vice-roi. Au début, elle n'avait été à ses yeux qu'un trophée de plus pour asseoir son orgueil, mais il s'était laissé au fil des ans prendre au jeu. Un peu trop.

Artemis remarqua alors qu'elle tenait dans sa main gauche une lettre, ornée des armoiries de la famille Cortellan.

— Je relisais vos courriers, avant votre arrivée, dit-elle. Je les ai conservés précieusement. Ce n'est pas la première fois que je les relis d'ailleurs.

Cortellan l'étudia. La jeune femme s'exprimait d'une voix pâteuse et ses yeux peinaient à rester ouverts. De toute évidence, elle avait déjà beaucoup bu avant même le dîner.

— Vous avez relu quelques-unes de mes lettres, en sirotant un verre ou deux. Si j'osais présumer de vos motivations, je dirais que c'était pour vous donner du courage.

— Allons, une soirée avec vous n'a rien de si terrible, répondit-elle avec un rire perlé. Je vous connais bien.

La cantatrice lui adressa un sourire en coin avant de faire le tour de la table, laissant les doigts de sa main droite caresser l'acajou. Le général garda le silence. C'était plus fort que lui : Sabatha l'avait touché comme aucune femme avant elle. Néanmoins, leur relation n'avait rien d'idéal. La cantatrice était d'un naturel frivole et son intérêt pour Artemis n'avait que rarement dépassé un entrain poli. Il avait cru que l'impliquer dans ses affaires pourrait changer quelque chose entre eux, mais il s'était fourvoyé, comme si souvent avec elle.

— La perspective de chanter devant Constance

vous pèse, Sabatha ? demanda-t-il en l'invitant à s'asseoir.

Artemis sut qu'il avait vu juste quand la jeune femme détourna le regard, les lèvres pincées.

— Eh bien, oui, je l'avoue. Ce n'est pas tous les jours qu'on a la chance de se produire devant une reine, n'est-ce pas ?

— C'est cela qui vous inquiète ? Ou Constance elle-même ?

Sabatha se raidit, posant les mains sur le dossier de la chaise la plus proche.

— Comment est-elle ? C'est votre cousine après tout.

Artemis s'écarta de la table, levant la tête sur un tableau représentant Vila Verde. Parfois, il se demandait encore si les choses avaient changé là-bas.

— Je n'ai pas revu Constance depuis plus de vingt ans et nous ne nous sommes pas quittés en très bons termes, ce n'est rien de le dire. Constance n'a jamais été très portée sur les arts. Une fausse note ou deux ne risquent pas de la faire frémir.

— Vous m'imaginez donc capable de commettre des fausses notes… Je ne sais pas si je dois m'en réjouir. À moins que cela soit pour vous une façon de me rassurer ? Ce n'est guère convaincant.

Elle rit, laissant échapper un ronflement presque porcin. Oui, elle avait trop bu, c'était manifeste. La jeune femme se plaça dos à la table, les mains posées dessus, le menton relevé. Elle avait besoin de se retenir pour ne pas vaciller.

— Avez-vous envie d'une petite répétition, rien que pour vous, Artemis ? Je pourrais m'en acquitter dès maintenant, pour célébrer nos retrouvailles…

— Nos retrouvailles…

Avait-il imaginé la revoir ainsi ? Éméchée, non, mais toujours aussi légère ? Cortellan comprit soudain pourquoi la cantatrice lui plaisait tant : elle était comme lui vingt-cinq ans plus tôt, affichant le même détachement, le même esprit moqueur, dissimulant sûrement des doutes aux allures de véritables failles. Et force était de constater que lui-même n'avait pas vraiment changé, malgré les années. Il en irait peut-être de même pour Sabatha.

— Nous pouvons encore passer une belle soirée, reprit-il. Ne m'avez-vous pas invité à dîner ?

— Racontez-moi donc cette campagne, répliqua la jeune femme, virevoltant jusqu'à lui. Je veux tout savoir ! Pourquoi diable ceux des plaines se sont-ils soulevés ainsi ? Et ce Loup Gris, est-il si terrible ? On dit qu'il se battait avec de véritables fous de guerre ainsi que des sorcières. Vous l'avez capturé vous-même ? Aurai-je le droit de le voir ?

— Cela changerait-il vraiment quelque chose à notre conversation ? s'enquit Artemis.

Il baissa les yeux sur le pommeau de son sabre. Il avait revêtu une tenue d'apparat à la dernière mode pour la retrouver. Cependant, comme souvent, le regard de Sabatha glissait sur lui, l'alcool aidant. Artemis sourit. Pourquoi se soucier de quelque chose d'aussi frivole que les sentiments de Sabatha à son égard en cet instant ? Voilà qu'il se comportait en véritable jouvenceau sujet à ses premiers émois.

— Tout de même, ne pouvez-vous m'en dire plus ?

— En principe, ces informations-là sont réservées à l'armée, et à notre souveraine. J'en reviens en héros, n'est-ce pas suffisant à vos yeux ? Laissez-moi plutôt vous aider à préparer votre représentation. Si vous faites un sans-faute, vous pourrez prendre la mer pour vous présenter à la cour. Une tournée sur le Premier Continent…

— Précisément, souffla Sabatha. J'en ai toujours rêvé. Je comptais sur le concert pour décrocher les faveurs de la reine. J'ai entendu dire qu'elle était sensible au charme féminin, gloussa-t-elle.

Le sourire d'Artemis disparut.

— Vous l'avez dit vous-même, reprit-elle, Carthagène est trop petite pour moi. Je mérite mieux. C'est un adieu, Artemis. Je vous ai fait confiance autrefois et j'ai perdu trois ans, tout ça pour vous voir exilé et perdre de mon côté les faveurs du public par votre faute, parce que pour eux j'étais la maîtresse du vice-roi déchu, en plus d'être d'une étrangère.

— J'étais à la retraite.

— Bien sûr, la *retraite*. Et une fois de retour, j'ai dû de nouveau me plier à votre service, sans poser de questions.

Elle prit les mains rêches de Cortellan entre ses doigts délicats.

Artemis ne répondit rien. Sa gorge s'était nouée, sans qu'il soit capable de décider quelle émotion il cherchait à ravaler. Sabatha n'avait rien à se reprocher ; elle avait avancé ses pions, tout comme lui. En réalité, il aurait plutôt dû se sentir agacé. Faire preuve de naïveté ne lui ressemblait guère. Toutefois, il se sentait bien plus las qu'il ne l'avait cru. La campagne avait laissé des traces, lui rappelant sans équivoque qu'il n'avait plus vingt ans.

Dans ce domaine comme en amour.

Le général aurait voulu se retirer, mais hors de question de battre en retraite à la façon d'un pauvre idiot énamouré. Cortellan avait un rang à assumer et des réponses à obtenir.

— Quel âge avez-vous désormais ? poursuivit-elle sur le même ton. Un peu plus de cinquante ans ? Et vous me courez après comme un jeune aspirant de l'Opéra. Il y a là quelque chose de pathétique… Vous étiez déjà un enfant capricieux, c'est ce qui causa votre perte par le passé, à ce qu'on dit. Et vous n'avez toujours pas changé. Vous êtes le pantin de vos appétits.

— Sabatha, je crois que vous avez trop bu.

La cantatrice ricana, reniflant encore.

— Moi ? Pas du tout. N'imaginez pas qu'il me fallait trouver de quoi me donner du courage pour si peu. J'ai cru pouvoir me contenter de cette vie ici, mais ce n'est pas pour moi. Je ne comprends pas pourquoi le Nouveau-Coronado attire tant de convoitises, pourquoi vous avez lié votre destin à cette langue de terre. Il n'y a rien ici, que de la poussière, du vent et la mort.

Artemis ne répondit pas, saisit le verre des mains de la jeune femme et se pencha sur son contenu. Il inspira délicatement, humant le vin.

— Vous connaissez mes intentions pour le Coronado. Et vous avez trop bu, insista-t-il.

— Ne suis-je pas là pour fêter votre triomphe ? Un avant-goût de votre retour à Carthagène ? Décidément, vous ne manquez pas de trophées.

— Le Loup Gris n'est pas pour moi.

Cortellan soupira avant de poursuivre :

— Venons-en au fait, Sabatha. Vous et moi savons que vous n'êtes pas vexée à cause de votre venue ici, puisque c'est vous qui l'avez précipitée. Je ne suis pas sûr que cette décision fut la bonne.

— Je ne pouvais plus attendre seule à Carthagène. Après tout, me faire venir à Fort-Léon correspond tout à fait à vos manières fantasques. Je ne crois pas que quiconque se doute de quoi que ce soit.

Artemis reposa son verre. De toute évidence, la cantatrice et lui ne dîneraient pas ce soir. Sabatha se comportait de façon bien plus agitée que d'ordinaire.

— J'aurais déjà dû partir, vous savez, reprit-elle. Je veux partir.

— Allons, vous savez qu'il faut attendre l'arrivée de Constance.

— Non.

Ce simple mot parut lui rendre une partie de son calme.

— J'ai bien réfléchi, je ne peux pas continuer vos petits jeux. Je ne sais pas ce que vous avez cru faire avec moi, Artemis. Tout cela m'a un temps donné le frisson, c'est vrai, mais ce temps est révolu. Et je sais bien que votre lubie à mon égard a toujours fait partie de votre plan. Le vieux général épris de la jeune et belle cantatrice…

Pour la première fois, Sabatha semblait touchée par le regret. Elle qui avait toujours savamment joué avec lui, se sentait-elle finalement vexée de n'avoir été qu'un pion ? Artemis sourit. La connaissant, elle devait surtout éprouver un soupçon de mortification pour n'avoir pas su percer à jour plus vite les intentions réelles du général.

— Que voulez-vous ? demanda-t-il, d'un ton aussi plat que possible.

— Je veux un sauf-conduit pour retourner en Ulster. Je ne peux plus partir par bateau, les voyages sont réservés aux citoyens de la colonie.

Artemis fronça les sourcils.

— Depuis quand ?

— Une semaine environ. Si je ne peux plus

prendre la mer, alors je veux rejoindre leur colonie plus au nord. Vous me devez bien ça, Artemis. Au bout du compte, vous m'avez arraché mes rêves pour satisfaire les vôtres.

Devant son silence, elle poursuivit.

— Je pensais vraiment chanter à la cour. Or, je ne peux pas. Quoi qu'il arrive désormais, je ne peux plus. Vos intrigues m'ont perdue.

— Si ce n'est celle du Coronado, d'autres cours vous ouvriront leurs scènes, répliqua Artemis, toujours aussi imperturbable.

— Non, répéta Sabatha. Là n'est plus la question. J'ai fidèlement recopié vos messages enflammés et les ai fait suivre à vos petits amis, selon vos instructions. J'ai fait ma part. Et je m'aperçois trop tard de ce qu'elle m'a coûté.

Artemis secoua la tête, ne cherchant plus à cacher sa déception.

— J'avais quitté une cantatrice, je ne pensais pas retrouver une tragédienne. Vous ne réussirez pas à m'apitoyer, Sabatha. Personne ne le peut. Je ne vous ai pas choisie par hasard. Et vous savez bien que vos charmes ont réellement agi sur moi. Parfois, vous avez réussi à me faire oublier mon âge. Il faut croire que de nous deux, je suis le meilleur acteur. Et, princesse ou pas dans l'âme, ça ne devait pas vous déplaire tout à fait.

— N'essayez pas de réécrire l'histoire.

Pour la première fois depuis le début de leur entrevue, il s'écarta d'un pas pour changer de verre, alors que la mine de Sabatha s'assombrissait encore. Il avait touché juste. La jeune femme lui ressemblait décidément beaucoup. Elle n'avait pas dû apprécier de se voir manipulée, et si par le passé elle pouvait ignorer cela et en profiter pour lui lancer des piques, ses inquiétudes récentes avaient tout balayé.

— Moi, le vieux général courant après la femme qu'il ne peut avoir… C'était justement une belle histoire.

La soprano demeura insensible.

— M'assurerez-vous d'un sauf-conduit ? C'est grâce à moi que vos secrets ont pu circuler, aux lettres que j'ai écrites de mon côté sous la dictée. Vous me devez bien ça. Je ne rentrerai pas à Carthagène, insista-t-elle. Je ne veux pas courir le moindre risque.

Artemis était las. Las de jouer les indifférents au cœur froid, las aussi de se battre. La jeune femme ne voulait de toute évidence rien entendre. À quoi bon lui expliquer sa déception, lui faire comprendre qu'il s'était pris au jeu au fil du temps ? Il avait goûté son esprit fier et sa faconde dès le premier jour. Finalement, la force de caractère de la cantatrice s'était fissurée bien vite.

— Très bien, concéda-t-il sans plus chercher à la convaincre. Dans ce cas, le mieux pour vous est probablement de demeurer ici quelque temps, en prétextant être souffrante. Vous auriez pu tomber malade en cours de route. Tenez, vous pourrez même m'accuser, vous ne serez pas la première ! Pendant ce temps, je prendrai les dispositions adéquates pour vous assurer un passage vers le nord. Le voyage ne sera pas forcément très agréable, mais au moins il sera sûr. Une fois de l'autre côté de la frontière, vous n'aurez plus à vous inquiéter de rien. Et qui sait ? Peut-être viendrai-je vous rendre visite dans quelque temps.

Comme il s'y attendait, la cantatrice ne releva pas

sa dernière remarque, se contentant d'un signe de tête, avant de grimacer.

— Très bien. Voilà qui me convient. Oh, vous aviez raison, j'ai trop bu…

— Ne vous inquiétez pas, Sabatha, je sais me retirer sans qu'on me le demande. Je n'ai pas l'intention de vous importuner. Quoi que vous en pensiez, j'aurais pu vous protéger. Mais il est trop tard… Laissez-moi juste vous demander une ultime faveur.

La jeune femme détourna les yeux un instant, puis poussa un long soupir.

— Puisque vous l'avez suggéré vous-même, pourriez-vous chanter pour moi ce soir ? Une dernière fois.

40

Pour la troisième fois, Calider frappa une série de touches de la machine à écrire. S'il avait inséré une feuille de papier dans le chariot, il aurait déjà rédigé une bonne partie de l'introduction de son nouvel article « Orage sur Carthagène ». *L'armée et la garde ne sont pas séparées sans raison. L'une combat les ennemis de l'État, l'autre défend le peuple. Quand l'armée assume ces deux fonctions, alors c'est que le peuple est devenu l'ennemi de l'État aux yeux de la gouvernance.* Le journaliste devait bien admettre qu'il était plutôt fier de son papier. Toutefois, il n'y aurait pas d'article, ni aujourd'hui, ni demain, ni sans doute avant longtemps. Toutes les publications de Carthagène étaient désormais contrôlées par les autorités locales, sans même que celles-ci cherchent à préserver les apparences. Il fallait que tout soit parfait pour les vingt-cinq ans de la colonie unifiée.

La situation avait pris un tour dramatique pour *La Gazette*. Les autres journaux avaient tout de même pu poursuivre leur activité, mais pas *La Gazette*. Calider n'en blâmait même pas le Conseil ou la Croix-Blanche. L'un comme l'autre paraissaient perdus, naviguant sans sextant sur une mer de plus en plus déchaînée. La population perdait patience face aux troubles et les agitateurs accentuaient leur pression. Autrement dit, la situation confinait au casse-tête insoluble.

Le journaliste lui-même avait perdu le goût de la joute. Il passait ses journées à faire les cent pas dans son bureau exigu, s'arrêtant quelques instants devant sa fenêtre avant d'effectuer un tour de plus, le ramenant bien vite planté au même endroit. Il était pour ainsi dire le seul employé de *La Gazette* à se présenter encore dans les locaux. Ce qui n'était pas pour lui déplaire, ses collègues lui ayant fait comprendre de façon très claire qu'ils le jugeaient responsable des affres du journal. À moins de descendre dans la rue en agitant une cloche pour chanter à tue-tête, Calider n'avait aucun moyen de se faire entendre.

Sa charmante nièce blonde passait encore de temps en temps pour lui tenir compagnie, mais Cressida devrait bientôt envisager une autre activité, ou un mariage.

Depuis deux ou trois jours, Calider avait également l'impression qu'on le surveillait. Il n'en fallait pas beaucoup pour impressionner la plupart des gens et le journaliste ne s'était jamais considéré comme différent de son prochain. Il n'était pas plus courageux, ni même plus ardent, tout au plus plus curieux que la moyenne.

Il s'était fait cette réflexion en remarquant la veille et encore tout à l'heure, moins d'une heure plus tôt, la présence dans la rue d'une silhouette non loin du lampadaire le plus proche. Qui pouvait oser braver le couvre-feu, en dehors d'une personne chargée de le surveiller ? Il pouvait très bien s'agir d'un membre de la garde, prêt à rester là toute la nuit. Entre ça et une ronde dans les quartiers les plus tendus de la cité..., le choix s'avérait facile à première vue. Le correspondant n'avait toutefois pas le cœur à plaisanter ; après avoir fait taire son journal, comment savoir si les autorités n'avaient pas les mêmes visées le concernant ? Pas plus qu'un autre, Calider n'avait envie de se retrouver dans un cachot, d'autant qu'il n'aurait pas que des amis en prison.

Presque malgré lui, Calider retourna près de la fenêtre. Il claqua la langue. L'apparition avait disparu. Avant même de se poser la moindre question quant à cette soudaine absence, il entendit un bruit au rez-de-chaussée. Qui pouvait bien chercher à s'introduire dans l'imprimerie ? Le regard du journaliste papillonna aux quatre coins de son bureau. Il n'avait jamais possédé d'arme à feu, pas même un couteau. Avec quoi pourrait-il se défendre ? La garde avait-elle décidé de passer à l'action et de lui « épargner » un séjour en prison ?

— Bon sang, grommela-t-il. Il ne manquait plus que ça !

Une unique volée de marches le séparait du rez-de-chaussée qui accueillait les rotatives. Calider avait beau tendre l'oreille, le claquement qu'il avait saisi quelques secondes plus tôt ne s'était pas reproduit, ni rapproché. S'était-il trompé ? Il se sentait si fatigué, si tendu ; après tout, voilà qui n'avait rien d'improbable.

— Mon vieux Calider, tu ne peux tout de même pas te terrer dans ton bureau jusqu'à ce que mort s'ensuive !

Il devait descendre vérifier. Au-delà de son cas personnel, il n'était pas impossible que les locaux déserts de *La Gazette* suscitent la convoitise de quelque voleur, couvre-feu ou non. Le seul et modeste coffre-fort du journal ne contenait certes que des documents et pas la moindre pistole, mais tout le monde ne le savait pas, évidemment.

Calider n'avait aucune envie d'avancer dans le noir une simple lampe à la main. Il était sur le point de se rasseoir quand les marches se mirent à grincer. Il y avait bel et bien quelqu'un. Et cette personne approchait… Cette fois, le faisceau d'une lanterne frappa le panneau de verre de sa porte.

Trop tard. Il recula d'un pas à l'instant où la clenche commençait à bouger, puis posa une main sur sa machine à écrire. Il devait la remplacer, alors pourquoi ne pas la lancer à la tête de l'inconnu qui s'apprêtait à franchir le seuil ?

Le journaliste saisit la machine à deux mains mais la reposa un instant plus tard sur son sous-main en cuir.

— Vous !

Maran, le chef de la contestation étudiante, se tenait devant lui. De toute évidence, il avait dû se battre récemment, peut-être même ce soir, à en juger par sa paupière droite gonflée.

— C'est vous que j'ai vu tout à l'heure ? Hier ? C'est vous qui me suiviez ?

Le jeune homme se contenta d'ahaner, comme si monter une vingtaine de marches avait suffi à l'épuiser. Et dire que Calider s'était inquiété !

— Je suis venu vous trouver car nous avons besoin de vous. Vous savez sans doute que l'université a fermé ses portes ?

— C'est temporaire, non ? Le temps des célébrations des vingt-cinq ans de la colonie.

Maran voulut rire, mais seule une quinte de toux lui échappa.

— Vous ne pouvez pas croire ces balivernes, pas vous ! Ce n'est pas une faveur que l'on nous a faite, c'est seulement une façon de nous faire taire. Une fois de plus, la jeunesse est bâillonnée.

Calider sourit, recouvrant sa bonhomie habituelle.

— Vous parlez déjà comme un conseiller ou un vice-roi.

— Peu importe comment je parle, Calider, c'est la vérité.

— Vous en êtes persuadés, tous autant que vous êtes.

Le jeune étudiant fronça les sourcils, une main sur l'embrasure de la porte.

— Vous avez peur ou quoi ? Vous qui êtes allé sur le champ de bataille, vous qui avez même accompagné le fameux Loup Gris ?

— Pour ce que cela lui a rapporté…

La capture du chef des rebelles avait fait son petit effet en ville, mais pas au point de faire oublier aux uns et aux autres leurs difficultés du quotidien.

— C'est une victime lui aussi. Il s'est battu pour une cause en laquelle il croyait. Mes amis et moi voulons faire de même. Il faut nous faire entendre tant qu'il est encore temps. La venue de la reine peut nous offrir cette opportunité, en fin de compte.

— Vraiment ? Je sais qui vous êtes, Maran Torreira. Vous n'êtes pas un étudiant sans le sou. Vous n'êtes même pas d'origine indigène, malgré votre teint. D'aucuns pourraient dire que vous avez épousé ce combat en vue de vous lancer en politique. Par pur cynisme. Vous avez peut-être eu un accrochage dans la rue, mais vous ne vous êtes pas sali les mains.

— Des paroles bien sévères. Me salir les mains ? Vous verrez quand nous adresserons nos cahiers de doléances à Constance ! Si elle est là en personne, elle pourra juger de ses propres yeux la réalité de nos conditions de vie ici, à tous. Colons comme indigènes.

Calider baissa les yeux sur sa machine à écrire.

— Je ne vous demande pas de prendre parti, continua le jeune homme. J'aimerais juste avoir accès à votre imprimerie.

Le journaliste secoua doucement la tête.

— Vous savez bien que l'endroit a été réquisitionné par les autorités. *La Gazette* est muette.

— Oh, il n'est pas question de publier quoi que ce soit dans vos colonnes, je vous demande juste de m'accorder l'accès à vos machines. J'ai des affiches à imprimer.

Calider marmonna tout en levant les yeux au ciel.

— Parce que vous savez vous en servir ? J'en doute.

— Ce n'est pas quelque chose qui devrait vous inquiéter, non ? répliqua Maran en tendant la main.

Calider s'aperçut que les doigts de l'étudiant tremblaient.

— Donnez-moi les clés. C'est tout ce que je demande, je vous le jure. Les clés.

Le journaliste se retourna vers son bureau. Une fine couche de poussière le recouvrait, à l'instar de chaque meuble de l'étage. *La Gazette* avait comme disparu, ensevelie, étouffée par un autre voile, invisible. Par le passé, la rédaction avait connu quelques hoquets, mais jamais au point de se retrouver immobile, figée, sur ordres.

— Très bien. Attendons encore une heure. Et je viendrai avec vous. La serrure n'en fait souvent qu'à sa tête. Il vaut mieux que je sois là pour ouvrir, si vous ne voulez pas avoir l'air d'un voleur.

Maran sourit.

Au cœur de la nuit, les machines se mirent à ronronner et Maran se retrouva bien vite avec près de trois cents affiches, que ses amis et lui ne tarderaient pas à placarder aux quatre coins de la ville. Beaucoup les arracheraient, par peur ou par colère, mais l'important était qu'elles soient vues.

— Je ne suis pas le seul employé de *La Gazette*, souffla Calider, aussi compterai-je sur votre discrétion pour transporter tout cela.

— Comptez sur moi ! répondit Maran, souriant pour la première fois comme un garçon de son âge, simple étudiant avide de connaissances et de liberté.

Calider lui rendit son sourire. Dehors, Carthagène s'animait avec la levée du couvre-feu et le retour des premiers passants dans les rues. Les premiers rayons du jour se faisaient encore attendre.

— Puis-je demander pour quelle raison vous avez embrassé cette cause, vos camarades et vous ?

— Je ne peux parler pour eux, mais, ces derniers mois, j'ai rencontré une jeune femme. Une marchande indigène. Nos discussions ont changé ma vision du monde. Et chassé mon cynisme.

Calider haussa un sourcil.

— Je vois…

L'étudiant ouvrit la bouche pour poursuivre, à

l'instant précis où les cloches de la basilique entreprirent de réveiller la ville.

— Tiens, c'est inhabituel…, remarqua Maran. Voilà qui devrait nous aider à transporter discrètement nos affiches.

Calider ne lui répondit pas, le regard levé sur les séraphins. Artemis Cortellan était-il déjà de retour ? Deux ou trois jours de route lui seraient encore nécessaires pour rallier la capitale d'après les rumeurs. Mais si ce n'était lui, qui était-ce ?

Son regard s'attarda sur les statues dorées.

— Espérons en tout cas que les séraphins soient porteurs d'une bonne nouvelle.

41

Au fil de la route, Azel avait compris que si Cortellan ne comptait pas recourir aux brimades, il ne lui accorderait nulle faveur non plus. Cholallan et les autres étaient retenus prisonniers quelque part dans le convoi, mais le jeune homme ne les avait pas aperçus une seule fois. Artemis avait décidé d'éviter tout contact entre eux.

Azel jeta un coup d'œil en arrière. Le groupe d'hommes en redingote noire qui ne quittaient jamais les abords de sa cage n'était pas reparti avec eux ce matin-là. Il les distinguait au loin, debout sur une colline, à moins de trois lieues de Carthagène à présent.

— Vos amis de Cibao ne viennent pas avec nous ? demanda-t-il.

Cortellan, qui s'était porté à hauteur de sa cage, ne lui répondit pas immédiatement, mais Azel ne le lâcha pas des yeux.

— Cibao, vous dites ?

— Vous pensez que je suis le seul à avoir remarqué leur accent ? répliqua Azel.

— Ils préfèrent ne pas visiter Carthagène, fit Artemis, ignorant la pique de son prisonnier.

— Voilà qui ne me dit rien qui vaille, ironisa Azel.

— Leur mission a pris fin avec votre capture. Ce sont des guides et des gardes du corps. Je n'ai plus besoin d'eux, les voilà donc libres de se rendre où bon leur semble.

— Je vois. Jeter les gens à votre service, ça semble une habitude chez vous.

Une nouvelle fois, Cortellan ne répondit pas, préférant visiblement tirer un cigarillo de sa veste. Si Cortellan avait fini par effectuer une partie du trajet en train, il avait tenu à arriver à Carthagène à la tête de ses troupes, à cheval.

— Vous êtes fier de vous ? demanda Azel.

— Pourquoi ne le serais-je pas ? répliqua Artemis. Votre révolte a finalement été matée. Sans vous à leur tête, vos troupes sont en déroute. Le Nord s'est effondré. De toute façon, ce soulèvement n'avait aucune chance d'aboutir. Il a été lancé bien trop tôt.

— *Grâce* à vous.

Cortellan se contenta de sourire, lissant sa barbe d'une main.

— Je ne prétendrai pas le contraire devant vous. Je sais que Zuhaitza n'a pas hésité à tout vous raconter. Même ce qu'elle aurait dû garder pour elle.

— N'avez-vous pas peur de ce qu'elle pourrait faire ?

— Avec ces informations ? Non. Je me suis beaucoup appuyé sur elle, mais elle ne sait pas tout. En outre, Zuhaitza connaît ses intérêts. C'est même cet instinct qui l'a toujours guidée vers moi. C'est une jeune femme de talent, trop intelligente pour son propre bien.

— Quel mépris dans vos paroles.

— Oh, non, il ne faut pas l'interpréter de la sorte !

se défendit Artemis. Zuhaitza sait que j'incarne le seul rempart possible pour vous. Depuis mon départ, on ne peut pas dire que la situation des indigènes se soit améliorée, vous ne trouvez pas ? Comnène ne vous comprend pas et Rodrigo ne pensait qu'au pétrole et à se faire bien voir de Vila Verde…

— Et vous êtes différent ?

— Je ne cherche plus à plaire à quiconque aujourd'hui. Ce qui veut dire qu'indigène ou colon vous êtes tous les mêmes pour moi.

— Vous n'avez jamais eu l'intention de nous offrir une réserve.

— L'auriez-vous seulement acceptée, Azel ? Vous savez tout comme moi que ça n'aurait pas été une solution pérenne. Les vôtres peuvent encore rentrer dans le rang et éviter le pire. Vous pouvez douter de ma parole, mais je tenterai malgré tout de négocier un tel accord.

— Constance n'a pas l'air disposée à l'accepter.

Le sourire de Cortellan s'élargit.

— Constance ? Qui a parlé de Constance ?

Azel ne dit rien.

— Vraiment ? Vous n'êtes pas curieux ? Vous ne voulez pas savoir ?

— Vous semblez bien trop content de vous pour que je vous fasse ce plaisir.

— Comme vous voudrez.

Si Artemis était contrarié, il n'en laissa toutefois rien paraître, se contentant d'allumer son cigarillo. Azel avait remarqué qu'au moindre signe de fatigue fumer était devenu le premier réflexe du général, comme si rien d'autre ne parvenait à l'apaiser. Peu importait ses stratagèmes, Azel ne comptait pas l'écouter exposer à quel point il estimait avoir berné son monde avec maestria.

Azel sentit Carthagène avant même de poser les yeux sur la ville.

La fumée des usines, la brise chargée d'embruns, le parfum de la terre, si différent de celui des plaines. Chaque odeur semblait capable de l'écœurer un peu plus que la précédente. Bientôt, les remparts se dessinèrent au loin, masse informe, tache brune sur l'horizon marin.

Ils traversèrent un faisceau de triage, longèrent plusieurs usines, contournèrent une carrière, chaque lieu paraissant abandonné. Aucun ouvrier n'était visible, aucun soldat ne montait la garde ou ne s'avançait à leur rencontre en cet instant. Azel fronça les sourcils. Pour un peu, on aurait pu imaginer que l'on voulait leur tendre une embuscade.

— J'ai hâte de revoir les couleurs du Nouveau-Coronado, se réjouit Cortellan, chevauchant à hauteur de son chariot. Même si on me rappelle à tout bout de champ que je ne suis qu'un mercenaire sans foi ni loi, j'ai un temps pensé m'installer ici. Ce n'est plus le cas aujourd'hui. Je voulais simplement ne pas crever sur un bout de rocher.

— Bien sûr. Et faire un beau cadeau à votre cousine pour l'anniversaire de la colonie.

— Si vous le dites, renifla Artemis. Mais, oui, vous avez raison, jouer les bons petits soldats n'a jamais été mon fort. Sitôt revenu à Carthagène, on m'a encore qualifié de mercenaire, comme s'il s'agissait d'une insulte. Cependant, ils n'avaient sans doute pas tort…

Conscient que le général se gaussait de lui, Azel se

mura une nouvelle fois dans le silence, même s'il devait admettre ressentir une pointe d'impatience. Restait à savoir si celle-ci provenait de ce que Cortellan se refusait à lui dire ou de son attitude même.

— Je suis un mercenaire dans l'âme, soupira-t-il. Regardez les murailles toutes proches. Les couleurs de la colonie flottent sur ses murs, mais dans quelques semaines…

Artemis s'interrompit et Azel suivit son regard. Les couleurs du Nouveau-Coronado n'étaient pas les seules visibles sur les remparts. D'autres oriflammes étaient suspendues, plus nombreuses en vérité. Elles étaient connues de tous, mais Cortellan donnait l'impression de les découvrir pour la première fois.

Les couleurs de sa patrie d'origine, les couleurs de la Couronne, le château d'or de Vila Verde sur fond rouge.

Les couleurs de Constance.

— On dirait qu'ils ont pris de l'avance sur les festivités à venir ! lança Azel.

Cortellan se taisait toujours, hésitant à ordonner à ses troupes d'entrer en ville. Le vieux général avait imaginé une tout autre arrivée et Azel voyait bien qu'il s'efforçait de conserver une mine impassible.

— On dirait que Carthagène était trop occupée pour nous attendre. Il en va ainsi des grandes villes de notre siècle ! plaisanta-t-il en se retournant vers son second, Damir, qui avait porté sa monture à leur hauteur.

Tirant une dernière bouffée sur son cigarillo, Artemis le jeta, les yeux toujours rivés sur les murailles.

— Pourquoi attendre plus longtemps ? Damir,

restez ici avec le gros des troupes, voulez-vous ? Entrons.

Ils franchirent enfin les portes de la ville.

Les membres de la colonne se turent en passant sous les murailles. Les premiers pâtés de maisons étaient parmi les plus récents, mais aussi les plus modestes, avec leurs murs recouverts de stuc aux couleurs vives et leurs toits en tôle mouchetés de suie grasse. Au détour d'une venelle, une succession de petites cours nues semblait rendue encore plus sombre par l'absence du moindre citoyen. Si Azel avait connu les averses de cendres au nord de la cordillère, ici, le sable venu des plages toutes proches prenait le relais, se faufilant dans les rues, tous quartiers confondus.

Azel avait imaginé une cité en liesse, mais tous s'aperçurent bien vite que Carthagène semblait repliée sur elle-même. Le centre-ville était barricadé et les seules personnes qui accueillaient l'armée victorieuse étaient des membres de la garde. Et même eux saluaient Cortellan et ses troupes sans ferveur et surtout sans s'approcher. Certains reculaient même en les voyant.

— C'est très étrange, non ? l'interpella Azel.

— Taisez-vous un peu, répondit Artemis, sans même lui jeter un regard.

Le général observait la moindre fenêtre, le moindre coin de rue. De toute évidence, les gens avaient préféré rester chez eux tandis que les militaires devaient être occupés à sécuriser les lieux de pouvoir de la cité.

Un peu plus loin, Azel repéra les contours d'une arène, de celles qui accueillaient les concours de licornes si chers à son père. La façade à deux niveaux mesurait plus de vingt mètres de haut et, à son sommet, on distinguait des pierres en saillie trouées servant de fixation au toit en toile rouge, qui se déployait au-dessus des gradins afin de protéger le public du soleil ou de la pluie. D'un coup d'œil, Azel estima que plus de dix mille personnes – au bas mot – pouvaient se masser dans ses travées.

La colonne poursuivit son avancée sans rencontrer ni résistance ni comité d'accueil. Dans le doute, Artemis semblait décidé à suivre son plan d'origine et rejoindre le cœur de la cité. S'engageant dans une rue déserte, quelques soldats sursautèrent en voyant rouler une feuille de papier en travers la rue. C'était une affiche, qui se déploya soudain contre un mur, poussée par le vent.

Azel et tous les autres s'aperçurent qu'elle représentait un loup gris.

— C'était aussi votre symbole autrefois, je me trompe ?

Artemis ne prit même pas la peine de lui répondre.

Quelques minutes plus tard, s'enfonçant toujours plus loin dans cette atmosphère lourde et électrique, le cortège arriva enfin en vue de la grand-place où deux bâtiments se faisaient face : le palais du vice-roi et le siège du Conseil du Nouveau-Coronado. Azel s'était toujours estimé plus impressionné par une montagne que par de tels monuments, mais l'architecture des lieux avait quelque chose de déroutant. Une fois à hauteur des rues, la ville paraissait s'étendre à perte de vue. La mer elle-même demeurait invisible. Mais Azel ne pouvait oublier son sort et pas davantage, bien au contraire, celui de ses compagnons, dispersés dans la colonne.

Artemis Cortellan leva la main droite et la colonne

s'immobilisa, une rangée après l'autre. De l'autre côté de la place était apparue une délégation d'une cinquantaine d'hommes aux couleurs de la reine, moulés dans d'impeccables uniformes grenat, tranchant net avec les teintes ocre et safran de la ville. D'après les dires du général, Constance n'aurait pas dû poser le pied à Carthagène avant trois semaines.

Mais elle était arrivée en avance.

La délégation s'arrêta elle aussi et un cavalier, seul, s'avança à la rencontre de Cortellan.

— Général ! fit le nouveau venu. Je suis ravi de vous accueillir à Carthagène. Je me nomme Lautero Silva. Je ne pense pas que vous me connaissiez, je suis l'un des ministres de notre reine. Sa Majesté m'a prié de vous demander de nous suivre.

Si le regard du cavalier était en partie dissimulé par des tresses, le bouc parfaitement taillé accentuait la morgue de son sourire, le sourire d'un homme savourant avec gourmandise chacun des mots franchissant ses lèvres.

— Immédiatement.

Artemis tira sur les rênes de sa propre monture.

— Immédiatement ? Allons, ne me laisserez-vous même pas le temps de me changer ? J'aimerais être présentable devant ma cousine, vous le comprendrez aisément. D'ailleurs, a-t-elle fait bon voyage ?

Silva souriait toujours.

— Pourquoi ne pas lui demander vous-même, général ? Vous comprendrez quant à vous que l'on ne fait pas attendre une reine.

Artemis se retourna sur sa selle, en direction de ses troupes qui s'étiraient sur la place.

— Bien sûr. Nous vous suivons.

Lautero leva une main.

— Juste vous et votre prisonnier, général.

Artemis se contenta d'un hochement de tête.

Deux gardes libérèrent Azel pour l'attacher au cheval de Lautero. Azel vacilla lorsqu'il posa le pied à terre. Le voyage depuis Xemballa, dans une cage lui permettant à peine de rester debout, avait malmené son corps au point qu'il eut l'impression d'être redevenu un tout jeune enfant, incapable de tenir sur ses jambes plus de quelques mètres.

Les trois hommes traversèrent la place pour retrouver le groupe de soldats qui les attendaient. Aucun d'entre eux ne dit un mot ou ne prit la peine de saluer Cortellan, ce qui arracha un sourire mauvais au jeune homme.

— Carthagène vous plaît ? demanda-t-il soudain au ministre du Coronado, l'interpellant sans hésitation.

Pour la première fois, Lautero baissa les yeux sur lui.

— C'est donc vrai. Non seulement vous parlez notre langue, mais vous êtes un des nôtres.

— Si je parle votre langue, je ne suis pas des vôtres. J'appartiens aux plaines. C'est ma première visite en ville et je la déteste déjà, répliqua Azel. Mais je suppose que vous me comprenez. Quelqu'un habitué aux merveilles de Vila Verde doit être bien déçu en contemplant le *joyau* de la colonie.

— Que voulez-vous, je sers ma reine et mon pays, lui répondit Lautero. Et je me rends partout où elle le juge nécessaire. Il était important à ses yeux de venir en personne pour assister aux festivités de vos vingt-cinq ans. Surtout avec l'agitation de ces derniers mois. Mais Sa Majesté vous en parlera mieux que moi.

Azel chercha Cortellan du regard, mais le général chevauchait toujours au pas, les yeux rivés droit devant lui.

— Où nous rendons-nous ainsi ? demanda-t-il à son tour, adoptant un ton badin. Je pensais que Constance voudrait me recevoir dans l'enceinte du Conseil ou au palais du vice-roi.

Lautero tourna un bref instant la tête en direction de la basilique, avant de revenir à sa discussion avec Azel.

— Cette basilique se défend, reprit-il. Elle n'est pas particulièrement impressionnante, mais la Croix-Blanche a tout de même su utiliser ses ressources à bon escient.

Malgré sa bonhomie apparente, il était évident que le ministre avait choisi d'ignorer la question de Cortellan en répondant à Azel. Néanmoins, le vieux général ne chercha pas à le relancer, faisant mine de ne pas se soucier de cette petite humiliation.

Les rues de la cité étaient toujours aussi calmes, bien que désormais parées de nombreuses décorations liées à l'anniversaire de la colonie – lampions, guirlandes et autres drapeaux –, ce qui rendait le silence d'autant plus étrange. Heureusement, ils ne tardèrent pas à atteindre leur destination.

Azel battit des paupières. Lautero et les autres soldats les avaient conduits sur le port, une découverte, là encore, pour lui qui n'avait jamais vu ni la mer ni l'océan. Mais comment apprécier la beauté simple des flots, entre l'odeur des entrailles de poissons, la vision des algues engluant les pontons et les cris des mouettes, dans une rade tout entière envahie de navires ?

Azel les aurait bien comptés si on ne l'avait pas

poussé sans ménagement en direction d'une rampe longue d'une vingtaine de mètres. Constance les attendait sur son navire amiral, *Le Triomphant*. Un véritable trois-mâts de guerre. Azel n'avait jamais rien contemplé de tel. La seule vue du bâtiment devait suffire à réprimer toute rébellion. Le navire était tout simplement une plateforme à canons flottante. Il s'agissait moins d'un moyen de transport que d'une force de dissuasion, destinée à réfréner les appétits des pirates ou d'une puissance ennemie. Depuis les quais, le pont supérieur semblait désert. Azel, se souvenant du misérable bac qu'il avait emprunté trois ans plus tôt, pénétrait maintenant dans la gueule d'un monstre d'acier et de bois.

Un vent vif soufflait sur le pont large de plus de trente mètres et Azel dut fermer à demi les yeux sous le soleil de midi. Il repéra divers officiels, appartenant sans doute au Conseil, de même qu'un homme en fauteuil roulant vêtu à la façon des religieux de la Croix-Blanche. Un moine portant un casque d'or se tenait derrière lui, son visage de séraphin implorant tourné vers une étrange structure surplombant le pont tout entier. On avait monté une estrade sous la casemate et sur laquelle un trône dominait la scène. Azel ne put s'empêcher de sourire, un sourire vibrant d'une joie mauvaise.

Constance.

La reine devisait, un sourire aux lèvres, avec le dignitaire religieux, comme si elle n'avait pas remarqué leur présence – ce dont Azel doutait fortement. Le regard du captif s'attarda alors au-dessus du trône, sur l'objet étrange qu'observait l'homme au casque d'or. Il crut tout d'abord qu'il s'agissait d'une sorte de pierre précieuse, mais aucun reflet n'avait de prise sur ce bloc terne, presque fragile, enchâssé dans une coque de bronze.

— Vous contemplez le Cœur du Coronado, fit Lautero, surprenant son regard. La relique la plus précieuse de tout le Premier Continent. La preuve de l'existence des séraphins.

Azel reporta son attention sur le reliquaire de bronze. Que pouvait-il bien contenir ? Un véritable cœur ? Il sourit, et le visage de Lautero se figea.

— Vous trouvez ça drôle ?

— Plutôt, oui. Je me souviens qu'on disait du père de votre reine qu'il pensait en conquérant la péninsule y découvrir la magie qui n'existait plus chez vous. Et voilà que, vingt ans plus tard, alors que vous n'avez trouvé aucune trace de magie, vous venez nous montrer une breloque en pensant nous convertir à vos croyances…

— Comment osez-vous parler ainsi du Cœur du Coronado ? C'est un symbole incomparable, qui accompagne depuis toujours nos souverains lors de leurs voyages. J'imagine qu'un homme tel que vous, un homme des plaines, cracha-t-il, ne connaît rien à l'histoire d'Uriel, le…

— … le plus grand des séraphins qui s'est battu et a versé son sang pour nous, récita Azel d'un ton faussement docte. Si, je connais cette histoire.

Lautero le considéra en silence, son regard de plus en plus acéré, comme s'il comprenait que le faste de la cour ne pourrait en rien impressionner Azel.

— Avancez. La reine vous attend depuis déjà trop longtemps.

42

— Mon cher Artemis, fit la reine, d'une voix bien différente de celle qu'Azel avait imaginée, aigre et aiguë. Nous nous retrouvons enfin, et comme souvent, les circonstances de nos entrevues s'avèrent on ne peut plus singulières.

Constance, reine du Coronado, protectrice de la conquête, de la navigation et du commerce, avait débarqué un peu moins d'une semaine plus tôt, par la grâce des séraphins, avec une demi-compagnie de chevaliers de la Sainte-Croix – ainsi que plus de cinq cents hommes appartenant à l'élite de la nation. Le lendemain matin, aux premières lueurs de l'aube, ils avaient repris la main sur les trois casernes de la ville, le palais du vice-roi, ainsi que la commanderie de la Croix-Blanche, interdisant au passage toute communication avec l'armée en marche.

Azel remarqua qu'Artemis n'avait pas bougé d'un pouce, toujours debout près de lui.

— C'est donc lui, ajouta enfin la souveraine, d'une voix étonnamment vive, presque enjouée. C'est lui le mystérieux Loup Gris qui a voulu faire souffler un vent de révolte sur mes terres. Il n'a pas l'air si féroce, ni si intelligent.

— Je pourrais en dire autant à votre encontre.

Azel s'était attendu à une réaction outrée, à être passé au fil de l'épée, mais il comprit au bout de quelques secondes qu'il ne s'était pas exprimé à haute voix.

— C'est pourtant bien lui, confirma Artemis, sans paraître touché par le sous-entendu critique de la reine. Sa capture nous a permis de renverser le cours du conflit.

Constance leva une main pour le faire taire.

— Oui, j'entends bien, Artemis. On m'a lu vos rapports. Le général Cortellan, le grand héros, celui qui a réussi à unir Nord et Sud sous la bannière du Coronado, l'homme qui a accepté de sortir de sa retraite pour sauver son pays. Je connais cette petite musique…

— Majesté…

— Tais-toi, Artemis.

Cette fois, le général parut choqué de voir sa cousine adopter le tutoiement en public, devant toutes les personnes rassemblées ici. Il n'avait pas l'habitude de se trouver désarçonné. Mais Constance avait déjà changé de cible.

— Tu parles notre langue, n'est-ce pas ? interpella-t-elle Azel. Tu es un Alborán ? C'est une très ancienne famille du Coronado, à la réputation sans tache. J'avais été fort peinée d'apprendre la disparition de ton père. Un malheureux incendie…

— Il a été assassiné. Et je me suis chargé de son meurtrier.

Le visage de Constance demeura impassible.

— Tu es un symbole, jeune Alborán. Pour chaque camp. Par ton père, tu fais partie de la noblesse du Coronado, et à ce titre, je ne peux t'exécuter sur-le-champ pour haute trahison, si je ne veux pas jeter de l'huile sur le feu. À moins, bien sûr, que tu renies toute cette vie…

Azel baissa la tête.

Pendant vingt ans, il avait espéré – sans jamais oser se l'avouer – suivre les traces de son père, accomplir l'impossible pour sentir un soupçon de fierté dans son regard, un peu d'amour, quelque chose, tout sauf de l'indifférence. Mais celui-ci n'était plus là pour le voir. Et en vérité, Azel avait fait son choix depuis trois ans.

Trois ans qu'il avait adopté le peuple d'une mère qu'il n'avait jamais connue, et dont il ne gardait aucun souvenir. Trois ans à souffrir, non pas pour eux mais *avec* eux. À parcourir les plaines du Nord. Azel avait embrassé la cause des délaissés, des invisibles, des laissés-pour-compte, ceux-là mêmes dont il ne voulait pas entendre parler quand Ombeline était venue le trouver. Au-delà de son appétit de grands espaces, il avait finalement fait ce que son père avait toujours attendu de ses fils : se battre pour ce en quoi il croyait, tout comme Julen. Ombeline lui avait indiqué le chemin, en lui demandant de guider les esclaves, et si la vengeance l'avait un temps égaré, il avait découvert ce que son esprit blessé avait toujours réclamé de son côté : non seulement vivre libre, mais lutter pour cette liberté. Le Loup Gris n'était qu'un nom, en souvenir d'Apisi. Au-delà de tous ses regrets, il avait appris à chérir ces trois années.

Le jeune homme releva la tête et vit la souveraine se raidir sur son trône. Tout le monde retenait son souffle sur le pont. La reine venait d'offrir à l'homme qui s'était dressé contre eux une possibilité de rédemption inespérée.

Il était temps pour lui de prendre la parole.

— Je suis Azel La Tachtalaran, quarante-troisième empereur de l'empire du Léopard, dit-il en levant ses mains menottées. Vous pouvez me couvrir de chaînes, mais je me battrai pour les miens jusqu'à mon dernier souffle.

La stupéfaction et les cris se répandirent sur le pont comme une traînée de poudre. Instinctivement, Azel porta la main à son poignet, cherchant son médaillon disparu. Avec un petit sourire satisfait, il se dit que Zuhaitza aurait apprécié cette vision. Peut-être même aurait-elle éprouvé une pointe de fierté.

La reine Constance souriait elle aussi, penchée en avant.

— Et avec toi, l'Empire mourra une seconde fois.

Azel soutint le regard de la souveraine. Il n'avait plus peur. Il ne doutait plus.

— Dans neuf jours, à l'occasion de la pleine lune, nous fêterons la chute de l'empire du Léopard et les vingt-cinq ans du Nouveau-Coronado, déclara Constance, se levant tout à coup de son trône, les mains tendues devant elle. Tout Carthagène profitera du spectacle et des festivités. La guerre est finie, mais nous avons besoin de paix pour oublier nos divisions. L'héritier de l'Empire défilera dans les rues de la cité avant de se battre dans nos arènes ! S'il refuse, ses amis seront sacrifiés sous ses yeux, pour lui montrer ce qu'il en coûte de se dresser contre la Couronne. Qu'en dites-vous, cher empereur ?

Les pupilles d'Azel étaient devenues brûlantes.

Toutefois, Constance ne semblait pas attendre de réponse de sa part. Elle paraissait même en avoir fini avec lui, et son attention s'était maintenant tournée vers Artemis. Son courroux n'était pas rassasié.

— Tel est le sort réservé aux traîtres à la Couronne ! acheva Constance.

Personne n'osait parler, pas même à voix basse.

— Je sais ce que tu penses, Artemis. Que tous tes efforts ont été vains. Mais, vois-tu, je sais bien que tu as fait ton possible pour en arriver à cette situation.

— Majesté, je n'ai jamais agi dans l'idée d'obtenir une récompense ou une promotion. Seulement pour ma patrie.

Constance sourit à nouveau, ramenant une mèche de cheveux derrière son oreille, avec un geste faussement négligé.

— Oui, tu n'as pas ménagé ta peine, cher cousin. Cherchez l'or, trouvez le traître. Je sais que tu m'en veux, je sais que tu m'en voudras toujours, ajouta-t-elle. Au lieu d'un coup d'État, tu pensais gagner le cœur des foules. Tu n'as pas réussi à le faire il y a vingt ans, pourquoi aurais-tu réussi cette fois ?

Constance inclina légèrement la tête à l'intention de Cortellan.

— Tu n'as décidément pas changé, Artemis, tu es toujours aussi doué pour raconter des histoires. Et être le premier à y croire, bien sûr.

Surpris, Artemis se tourna un instant vers Azel, comme si celui-ci pouvait lui expliquer ce que la souveraine du Coronado entendait par là.

— Cousine Constance, je ne saisis pas… Auriez-vous quelque reproche à formuler à mon égard ? Certes, nous avons pu rencontrer quelques difficultés par le passé, mais il me semble que la paix règne désormais à nouveau sur la colonie grâce à notre action conjointe. J'oserais même dire que…

Il s'interrompit en voyant la reine brandir l'un de ses deux sceptres.

— Dis-moi, Artemis, en comprenant que j'étais arrivée en ville trois semaines en avance sur tes prévisions, as-tu songé à fuir dès la nuit tombée, si je ne vous avais pas convoqués tous les deux séance tenante ?

— Je ne comprends toujours pas.

Pour la première fois depuis leur rencontre, Azel avait l'impression que Cortellan n'était qu'un chien de prairie affolé sous l'œil d'un léopard.

— Tu ne comprends toujours pas ? Certes, tu n'es pas n'importe qui, cousin. Pour tout dire, je ne sais pas si cette époque pourra encore produire des hommes de ta trempe. En soi, tu devrais apprécier ce compliment. Ils sont rares dans ma bouche.

Le général se retourna vers le pont, comme pour prendre la foule à témoin. Mais tous fuyaient son regard.

— Enfin, ma reine, de quoi parlez-vous ?

— Alors que ces terres étaient en proie aux troubles, tu as tout fait pour souffler sur les braises. Crois-tu que Carthagène était seule à te surveiller ?

— Je profitais de ma retraite sur…

— Il suffit. Je n'ai pas attendu les suppliques du prélat Comnène ici présent pour me décider à franchir l'océan. Tu es toujours resté sous surveillance, saisis-tu ? Depuis le bout de rocher où je t'avais envoyé, tu as bâti un véritable réseau. Tu avais des yeux et des oreilles partout. J'en serais presque admirative. Mais tes amis sont sous ma coupe. Ne réclame pas leur épée impuissante. Pour trois qui te viendraient, j'en aurais soixante. Ton retour nous a tout de suite paru orchestré, et je *sais* que tu as encouragé la révolte des grands propriétaires du Nord. Tu es même allé jusqu'à commanditer l'assassinat du vice-roi Alcàcer !

Cortellan ne bougea pas, ne dit rien – il savait que ce n'était plus nécessaire. Dans son dos, une demi-cohorte de soldats de la garde personnelle de la reine était venue se ranger en silence.

— Et ce n'est pas tout, poursuivit Constance, brandissant soudain une pièce d'or. J'ai dit plus tôt que tu avais encouragé les séparatistes du Nord, mais tu as fait bien plus qu'attiser les feux de leurs colères et de leurs rancœurs : tu es allé jusqu'à les financer toi-même pour les décider à se dresser contre Carthagène ! Tu leur as fait croire, à ces idiots, que l'Ulster était prêt à les soutenir financièrement. On ne peut plus risqué, même pour toi, et cela a failli se retourner contre toi quand les adversaires ont décidé de s'allier. Mais là encore, tu as réussi à profiter de la situation. Tu pensais venir ici en général victorieux, acclamé par la population. Et puis, tu t'es laissé griser par ta rouerie.

Azel vit le prélat et son secrétaire échanger un regard devant l'assemblée, bouche bée sous le vent.

— Le moindre de ces actes relève de la haute trahison, et pourtant le meilleur est encore à venir.

À la grande surprise d'Azel, elle se tourna de nouveau vers lui.

— Jeune Alborán, tu pensais que mon cousin voulait faire de toi un trophée ? Oui, mais ce n'était pas pour moi. Tout de même, Artemis, l'Ulster ? Eh oui, membres du Conseil, poursuivit-elle, s'adressant cette fois à la foule, auréolé de sa victoire, notre grand général comptait pourtant disparaître. Quelle modestie, quelle discrétion ! Selon son plan, les forces de l'Ulster devaient débarquer en force avant mon arrivée. Qu'auraient-elles trouvé ? Une population qui panse ses plaies, des ressources limitées, une armée étirée aux quatre coins de la péninsule.

Elle désigna Artemis du bout de son sceptre.

— Comment pouvais-tu imaginer trahir ainsi ta patrie ?

Artemis avait baissé la tête. Cependant, Azel se rendit compte bien vite qu'il ne s'agissait pas pour lui d'un signe de soumission ; le général souriait. Il n'avait pas l'intention de nier plus longtemps.

— Quelle patrie, ma chère cousine ? Tu m'en as privé pendant vingt-cinq ans. Je n'ai que faire du Coronado, ou de cette colonie.

Cortellan releva brusquement la tête.

— C'est de *toi* que je voulais me venger, seulement de toi, reprit-il, écartant les bras dans un geste théâtral comme pour s'excuser de sa confession. C'est tout ce qui me reste. Ça, et l'or que devait me rapporter la vente.

Constance se redressa sur son trône, comme poussée par les cris de stupeur de l'assemblée.

— Tu ne réussiras pas à obtenir ma pitié, Artemis. Je suis lasse. Lasse de tes tours de passe-passe, même si j'apprécie ta franchise. C'est peut-être la première fois que nous nous parlons, tous les deux. Je m'étais imaginé que tu allais te défendre avec ta fougue habituelle et nier tes responsabilités…

Artemis soutint son regard, se contentant de hausser les épaules.

— J'ai joué, j'ai perdu. L'Ulster niera tout engagement, je le savais déjà.

Constance agita une main tachée.

— Il suffit. Je n'ai plus envie de t'écouter t'apitoyer ou te justifier. Tu voulais quitter ton île ? Tu as réussi. Mais tu n'y retourneras pas. Ni là-bas, ni dans une geôle. Du moins, pas plus de quelques nuits.

Une certaine surprise se propagea dans l'assemblée, une série de chuchotements fébriles. Quel sort pouvait bien réserver la reine à celui qui restait son cousin, un membre de la cour ?

— Gardes ! Placez le général Cortellan aux arrêts.

Toute l'assistance en resta bouche bée, le souffle coupé.

Tous sauf Azel.

Le jeune homme avait éclaté de rire – un rire ni amer ni dément. Un simple éclat de rire comme il n'en avait jamais connu, devant la fin des rêves d'Artemis Cortellan, puni par là où il avait péché. Un rire puissant, le conduisant au bord des larmes, tandis que le soleil brillait au-dessus de leurs têtes. Il rit au point de tomber à genoux, les épaules secouées de tremblements, la poitrine serrée. Il rit, chassant le sourire sur les lèvres de Constance.

Artemis lui-même fut ébranlé par cette étincelle, comme si ce rire le ramenait à sa condition, brisait des barrières autour de lui qu'il avait crues indestructibles, capables de résister à tout, y compris aux paroles de sa cousine.

Mais ces barrières n'étaient rien pour Azel.

43

Muscles bandés, épaules raidies, Zuhaitza était parvenue à atteindre les remparts de la cité sans attirer l'attention, se hissant jusqu'au sommet à l'aide de son arme utilisée à la façon d'un grappin. Elle avait vu la situation se dégrader à Carthagène depuis son retour, devançant Artemis de trois jours en profitant d'un train de marchandises. Un mélange d'excitation fébrile et de curiosité morbide s'était emparé des rues. Et l'arrivée de la reine n'avait rien fait pour apaiser les tensions.

La jeune femme ne regrettait pas la déchéance d'Artemis, dont les officiers avaient été démis et les troupes démantelées en moins de deux jours : confirmer les soupçons du Coronado vis-à-vis de Cortellan constituait le seul moyen de sauver Azel. Le ministre Lautero n'avait paru que trop heureux d'apprendre l'implication de certains nobles de l'Ulster en découvrant une enveloppe anonyme dans sa cabine. Zuhaitza avait également dénoncé trois agents du réseau d'Artemis, parmi les plus fidèles, afin de s'en débarrasser au passage. Le général croupissait maintenant dans un cachot. Il l'avait bien cherché : il l'avait trahie le premier.

Il fallut de longues minutes à la jeune femme avant de repousser la bile qui ne demandait qu'à sourdre de son estomac. Zuhaitza ne cessait de masser sa gorge nouée et tremblante ; en vain.

Lorsqu'elle entendit deux gardes passer en contrebas, ses deux mains se posèrent instinctivement sur sa vive-lame. Deux pauvres recrues, sans doute appelées en renfort, à peine capables de faire la différence entre le canon et la crosse d'un fusil, se retrouvant là en raison d'un enthousiasme naïf. Était-ce vraiment suffisant pour les excuser, ou les épargner ? Zuhaitza ferma les yeux, ignorant leur discussion.

La jeune femme décida de s'en remettre aux toits, aussi bien pour gagner du temps que pour éviter des regards insistants. Cette nuit, elle avait abandonné ses vêtements traditionnels – elle ne jouait plus les espionnes ou les domestiques serviles – et coiffé ses cheveux en une natte. Elle avait aussi fait disparaître le mélange d'ocre qu'elle utilisait depuis de longs mois. Impossible toutefois de dissimuler les traits de son visage, n'étant pas métisse comme Azel. Heureusement, les toits plats de la ville lui offraient un anonymat bienvenu.

Le concert qu'elle attendait était donné en plein air, près de la baie. Les toits de ces quartiers-là se révélaient plus pentus, plus difficiles à exploiter, dominant les demeures construites en dépit du bon sens, afin de satisfaire les caprices d'une noblesse cherchant à retrouver l'architecture caractéristique du Coronado. Le concert était censé être gratuit et ouvert à tous, mais la jeune femme doutait d'y croiser beaucoup d'indigènes. Et en effet, ceux-ci restaient en petits groupes au bout de la place, derrière les barricades érigées pour isoler le centre-ville, condamnés à ne rien saisir de la musique jouée ce soir-là.

Et pourquoi auraient-ils voulu assister à une telle manifestation ? La musique des colons vantait bien évidemment les mérites et la gloire du Coronado. Sans compter que, depuis le début du conflit et l'implication prouvée de rebelles autochtones, la situation des indigènes s'était encore dégradée. Ils n'avaient plus aucun droit, sinon celui de se taire.

La jeune femme n'avait pas l'intention de se mêler à la foule, mais seulement d'assister au concert de près. Elle contourna donc la place par l'ouest, à l'ombre d'une rangée de palmiers indolents, insensibles aux tensions qui parcouraient la ville, puis se hissa sur le toit d'un kiosque, bondit jusqu'à la terrasse la plus proche et se retrouva sur le toit d'un entrepôt. Là, sur le côté de la scène, elle pourrait observer de près les musiciens.

L'orchestre officiel de Carthagène abritait dans ses rangs une poignée d'indigènes ; une volonté née des décisions du prédécesseur de Cortellan au poste de vice-roi. Elle-même avait un peu pratiqué le violon par le passé, mais elle avait perdu son instrument depuis longtemps et n'avait jamais cherché à le remplacer. Trop de choses s'étaient produites, l'entraînant sans relâche toujours plus loin de ses rêves d'enfant.

Zuhaitza n'en nourrissait aucun regret.

La foule réunie sur la place ce soir devait atteindre les trois ou quatre cents personnes. Ce n'était pas si mal, même si une bonne moitié devait se trouver là pour donner le change et préserver les apparences. Zuhaitza doutait que les mélomanes se bousculent dans une cité comme Carthagène.

Quelques applaudissements la tirèrent de ses réflexions. L'orchestre venait de faire son entrée. Tandis que les premiers musiciens prenaient place, Zuhaitza reporta son attention sur la foule. Avec un concert en plein air, pas de loges ni de balcons, seulement quelques rangées de fauteuils disparates. Artemis Cortellan occupait le premier rang, seul à côté d'un siège vide, sans doute réservé à la reine. Zuhaitza avait été surprise de le revoir, presque contrariée. Pourquoi n'était-il pas en train de croupir dans son cachot ? La jeune femme songea un instant aux trois ans passés à ses côtés, à tous ses sacrifices. Elle s'était répété qu'elle agissait avant tout pour sauver sa peau, par égoïsme, mais elle avait aussi suivi Cortellan en espérant apporter un vrai changement pour les peuples autochtones. En vain. Elle se mentait encore en prétendant agir seulement pour Azel. Le général l'avait trahie et elle tenait à sa vengeance. Pourquoi, alors, se sentir presque embarrassée de le voir ?

La nouvelle de son emprisonnement s'était répandue en ville comme une traînée de poudre. Si la reine avait choisi de le faire sortir de prison pour la soirée, elle souhaitait fatalement lui réserver un traitement particulier.

Beaucoup de spectateurs ne se soucièrent guère de ce prélude, devisant légèrement entre eux. L'heure était à la fête et certains avaient commencé à boire bien avant le concert.

Tout à coup, quelques têtes se retournèrent dans la foule, puis le mouvement se propagea, telle une vague de visages blancs, avant que chacun ne se lève. Dans l'allée centrale, la reine Constance avait fait son apparition, prête à assister à ce concert donné en son honneur. La souveraine se déplaçait seule et arborait une tenue à la traîne somptueuse, se terminant par des plumes de paon, tenue à bout de bras par trois serviteurs.

Constance remonta l'allée à pas lents, savourant chaque regard posé sur elle. Carthagène représentait un tout nouveau public, et la reine en profitait allègrement. Seul Artemis ne s'était pas retourné pour l'accueillir. Il ne s'était pas levé non plus, le regard rivé sur la scène, à la façon d'un amateur de musique avide d'assister à une représentation attendue depuis des années.

Un instant, Zuhaitza joua avec une idée qu'elle avait caressée souvent ces derniers jours : s'attaquer à la souveraine elle-même. Mais Constance était bien mieux protégée que le vice-roi. Qui plus est, sa mort ne résoudrait rien, et surtout, elle ne ferait pas libérer Azel.

Constance arriva à hauteur du premier rang et salua de la main l'assistance, un grand sourire aux lèvres. Cortellan n'avait toujours pas esquissé le moindre geste. Toutefois, lorsque la reine se débarrassa de sa traîne pour s'asseoir, il croisa finalement les jambes, les mains sur les genoux. Alors, la reine se pencha un instant vers lui, sans se départir de son sourire. Zuhaitza était trop loin pour lire sur ses lèvres, mais il était évident qu'elle venait de lui adresser quelques mots, avant de se tourner à son tour vers la scène.

La soprano apparut alors.

Zuhaitza se figea, comme l'assemblée tout entière, en découvrant Sabatha Curin, la maîtresse de Cortellan. En effet, les applaudissements accompagnant son arrivée se turent bien vite. La jeune femme portait des chaînes et chacun de ses pas résonnait d'un écho métallique.

La stupeur se propagea dans le public, rang après rang. Que se passait-il ? Le cœur de Zuhaitza se mit à battre plus fort. Elle avait appris en rentrant à Carthagène que Sabatha était partie rejoindre son amant. Pourquoi se retrouvait-elle quelques jours plus tard sur scène, comme annoncé, mais aux fers, et surtout à la vue de tous ? Une information lui échappait. La jeune femme pensait avoir tout observé, tout déchiffré, mais elle était perdue.

À cette distance, elle avait du mal à distinguer le visage de Sabatha, mais la cantatrice était bien en costume, arborant le maquillage qui allait de pair avec cette histoire de princesse indigène épousant un bel aventurier du Coronado. Aux sillons humides sur ses joues, il était évident qu'elle avait pleuré. La laisser s'avancer ainsi représentait une humiliation supplémentaire. Tout autour d'elle, les musiciens faisaient semblant de rien, les yeux rivés sur leur partition. L'assemblée, quant à elle, retenait son souffle.

Enfin, Constance se leva.

— Je remercie le Nouveau-Coronado pour le magnifique concert qui nous attend ce soir, déclara la souveraine d'une voix forte. Comment, bien sûr, ne pas remercier Sabatha Curin ? J'entends parler de vous depuis des années, je suis heureuse de pouvoir enfin assister à l'une de vos représentations. Quel dommage, toutefois, d'avoir choisi de trahir la patrie qui vous avait accueillie à bras ouverts !

Le silence remplaça les murmures. Zuhaitza oublia la discrétion sur laquelle elle comptait et se pencha. Constance n'en avait pas fini.

— Car telle est la triste vérité : vous, Sabatha

Curin, avez comploté avec le général Artemis Cortellan. Comme si ces terres ne souffraient pas assez de la menace des sauvages, vous avez voulu ouvrir les portes du Nouveau-Coronado à nos voisins, nos *ennemis*. Vous ne serez pas pardonnée. Mais vous allez chanter ce soir, chanter pour tous ceux ici présents que vous avez trahis pour votre seul profit.

Sans surprise, Sabatha ne chercha pas à répondre, inclinant encore davantage la tête. Un instant plus tard, elle exécuta même une révérence aux accents de ferraille devant la reine.

— Voilà ce qui attend les traîtres à la Couronne, reprit Constance. Ils seront traqués, retrouvés et punis. Il est temps que le Nouveau-Coronado se souvienne qu'il n'est qu'une dépendance.

L'espionne n'apercevait que le profil du vieux général, mais elle le connaissait assez bien pour savoir que lui non plus ne s'était pas attendu à une telle apparition. Cortellan avait beau prétendre le contraire, il éprouvait un attachement sincère pour la cantatrice. Peu importaient ses mots ou ses promesses, une chose était sûre : il ne l'aurait pas trahie, encore moins vendue à sa cousine honnie. Constance avait dû les piéger tous les deux. Et, maintenant, la reine voulait les punir ensemble également.

— Assis, Artemis.

Les mots claquèrent comme un coup de fouet, frappant l'assemblée tout entière. Zuhaitza recula instinctivement. Constance était-elle comme son père, le roi Philippe, au bord de la folie ? Sa démonstration relevait d'une cruauté superflue. Sa venue même avait quelque chose d'un conflit personnel. Zuhaitza, elle, en avait assez. La scène sous ses yeux la révulsait – elle redoutait même la première note. Zuhaitza devait s'arracher à ce spectacle.

Elle se releva, se laissa glisser le long du mur, tournant le dos à la place, fuyant une tempête de cuivre, et s'éloigna en direction du centre-ville par la ruelle la plus proche, loin des beaux quartiers. La jeune femme se surprit à fredonner, une façon comme une autre de compter ses pas. Cela faisait bien longtemps qu'elle n'avait plus estimé ses distances en chansons. Elle tourna la tête en direction des murailles de la cité. Zuhaitza savait très bien où se rendre à présent, sous le couvert de la nuit. Quand elle avait repris contact avec Calider deux jours plus tôt, le journaliste l'avait étonnée en lui proposant lui-même un rendez-vous ce soir. Malgré ses velléités pacifistes, et quand bien même ses réflexions semblaient l'entraîner peu à peu sur la voie de l'indépendance, la jeune femme l'aurait imaginé plus timoré.

Évitant les patrouilles des remparts, Zuhaitza se retrouva de l'autre côté des murs de Carthagène une demi-heure plus tard. Ici, nulle note de musique, nulle foule prête à couvrir autrui de lazzis. Même le faisceau de triage de la gare paraissait endormi. Un seul lieu d'activité était encore éclairé, un entrepôt – ou plutôt un hangar – à l'est de la ville, à moitié caché derrière un cirque aux courbes douces. Une ancienne carrière, abandonnée bien avant l'arrivée des colons. Calider l'attendait à environ deux cents mètres de là, observant l'entrepôt en contrebas.

— Vous voilà, dit-il lorsqu'elle apparut à ses côtés.

Le journaliste semblait fatigué, mais étonnamment calme.

Devant les portes ouvertes de l'entrepôt, Zuhaitza

s'aperçut qu'une montgolfière se préparait à décoller. Son ballon imposant se dressait au-dessus de la nacelle. Une petite dizaine d'ouvriers s'affairaient alentour et une odeur âcre, celle du pétrole raffiné, montait jusqu'à eux.

— Cela fait quelques jours qu'il y a de l'agitation par ici, reprit Calider à mi-voix. J'ai décidé de me rendre sur place hier et je me suis dit que le spectacle pourrait vous intéresser.

Zuhaitza hocha la tête sans mot dire.

— Les lieux ne sont pas vraiment surveillés, poursuivit-il. Il faut surtout faire attention à la présence des ouvriers. J'ai compté quatre ballons. Tous aux couleurs du Coronado bien sûr. Je suppose que tous ces braves gens préparent eux aussi quelque chose à la gloire de Constance pour les festivités.

— Vous voulez dire : à la gloire de la colonie.

Calider esquissa un sourire.

— Bien sûr, de la colonie. Où avais-je la tête ?

La première montgolfière semblait sur le point de décoller. Si l'on se fiait à la brise, celle-ci la guiderait en direction de la côte, à une demi-lieue de là.

— Pourquoi vouliez-vous me rencontrer hors des murs de la ville ? reprit tout à coup la jeune femme.

— Je sais que vous êtes en mesure de vous déplacer aisément. Quant à moi, j'ai encore mes entrées dans la garde. La plupart ne sont pas très contents de se voir rejeter à la périphérie de Carthagène. Leur demander de fermer les yeux de temps en temps n'est pas trop difficile. Et vous, pourquoi un tel empressement ? lui demanda-t-il. On ne peut pas dire que vous ayez bonne mine : vous êtes presque aussi pâle que moi d'ailleurs. Et tout cela, dans quel but ?

— Ne suis-je pas là pour sauver Cortellan ?

— À d'autres… Vous m'avez expliqué qui était le Loup Gris l'autre jour. Quand vous parlez de lui, votre attitude est très différente de celle que vous avez vis-à-vis du général. Je ne crois pas que le sort des étudiants de la ville, ou même celui de vos semblables, vous importe vraiment. Vous étiez du côté du général il y a encore huit jours.

— Si vous êtes si perspicace, vous n'avez qu'à me le dire.

Comme prévu, le ballon dirigeable, mètre après mètre, dérivait en direction des murailles de la cité.

— Je ne prétends pas l'être. Je suis avant tout un simple observateur. Mais je me suis renseigné sur Azel Alborán. Il est évident que vous cachez à tout le monde vos véritables intentions à son sujet. À votre ami Maran, notamment…

Zuhaitza croisa les bras.

— Maran n'est pas mon ami. À deux ou trois ans près, je pourrais être à l'université moi aussi. Je l'ai rencontré quelques fois avec ses amis, c'est tout.

— Et cela a suffi à éveiller sa conscience, on dirait bien. Il vous tient en haute estime, alors que vous n'avez fait que le manipuler, lui aussi.

— Pour un simple observateur, vous vous permettez tout de même beaucoup de jugements, répliqua la jeune femme. Je ne crois pas que Maran soit si naïf. Lui et d'autres avaient déjà envie de contester l'autorité de Carthagène, je n'ai fait que les aiguiller. Si vous ne voulez pas prendre part à tout cela vous-même et que vous comptez laisser Constance faire régner la terreur, libre à vous… Elle va laisser un champ de ruines derrière elle, vous le savez.

— Peut-être. Mais je ne sais toujours pas ce que vous comptez faire.

— Moi ? Rien. Il est temps que les habitants de cette terre retrouvent la liberté de choisir eux-mêmes leur destinée. Et pas seulement les colons.

Calider garda le silence. Que pouvait-il dire de plus ? Malgré son cynisme, malgré son goût pour l'intrigue, l'espionne n'avait pas tort. Constance n'était pas venue rétablir la paix ou la justice. Elle n'était pas là pour écouter les revendications de ceux qui formaient pourtant également son peuple. La reine s'était déplacée par esprit de vengeance, par vanité. Chaque jour qui s'écoulait à Carthagène le démontrait un peu plus.

— Les troupes d'Azel sont loin, objecta-t-il encore.

Zuhaitza sourit. Le journaliste lut dans son regard une détermination sans faille. Elle était en mission – contre le temps, contre Constance, contre une nation tout entière –, mais elle ne céderait pas.

— C'est pour ça que j'ai « volé » ses agents à Cortellan.

— Plaît-il ?

— Ces dernières années, j'ai appris auprès d'un manipulateur hors pair et je compte bien me servir de ce savoir. Je connais son réseau. Je gérais même ses fonds secrets ! Je peux même dire que j'étais son bras droit il y a encore peu de temps et Artemis n'a fait passer aucune consigne à mon sujet à ses agents, car il n'aurait jamais envisagé que je me retourne contre lui. Il me suffisait de réapparaître pour les pousser à tenter de le libérer. Sans compter ceux qui pensent sincèrement dans les rangs de l'armée que leur général a été lâchement piégé. Il y en a. Certains sont prêts à croire tout et n'importe quoi plutôt que d'accepter les conséquences d'une décision extérieure.

— Alors qu'en réalité c'est Azel que vous cherchez à retrouver.

La jeune femme ne répondit pas immédiatement.

— C'est vous qui le dites. Je suis juste là pour souffler sur les braises de la colère générale, avant qu'il ne soit trop tard et que Constance n'éteigne définitivement ce feu. Il faut profiter de la convergence. Et si nous dévoilons à tous qu'Azel est le fils d'un noble, voilà qui devrait encore semer davantage le trouble dans les esprits. Beaucoup de colons de la première génération sont très attachés aux traditions. Je ne crois pas qu'ils apprécient que l'on mène l'un des leurs à la mort, même s'il s'est révolté.

— Constance est déjà au courant grâce à vous, et qui sait ce qu'elle compte lui infliger avec cette arène et cette parodie de couronnement.

— Justement. Si toute la population de la ville est au courant, la reine n'osera peut-être pas aller contre la tradition. Azel devrait être exilé, pas plus. J'ai une dette d'honneur envers lui. C'est à cause de ma naïveté qu'il a été fait prisonnier.

— D'honneur ou…

— Attention à ce que vous dites, Calider, l'interrompit Zuhaitza. Vous auriez dû être romancier, pas journaliste. Moi, je ne rêve plus. J'accomplis.

La raison de l'espionne le martelait chaque jour à son esprit, tentant de briser toute résistance de la part de son cœur.

Calider, quant à lui, hésitait encore.

— Je ne sais pas. Vous étiez à bonne école avec Cortellan, et vous savez choisir vos mots pour convaincre. Toutefois, tout cela me donne l'impression que vous êtes prête à sacrifier des hommes et des femmes qui n'ont rien demandé pour parvenir à vos fins. Pour sauver quelqu'un qui ne vous est pas indifférent.

— Réfléchissez, Calider. Libérer Azel, n'est-ce pas la meilleure solution pour ces terres, et ce, quelles que soient mes intentions ? Que la colonie change de régime ou devienne au contraire indépendante, cela ne se fera pas sans remous. Même un idéaliste comme vous doit bien s'en rendre compte. Sauf si vous êtes totalement coupé des réalités, et je sais que vous les avez touchées du doigt.

— Je ne peux pas vous contredire sur ce point. Cette terre doit trancher ses liens avec le Premier Continent, je le conçois désormais. Cependant, vous me cachez quelque chose, vous ne me l'enlèverez pas de la tête. Cela dit, je dois vous avouer que lorsque vous m'avez dévoilé l'identité du Loup Gris l'autre jour, je la connaissais déjà. Je ne suis pas resté les bras croisés après mon retour à Carthagène ! À ce titre, j'ai quelqu'un à vous présenter. Venez avec moi ! dit-il en désignant le hangar en contrebas. C'est l'autre raison pour laquelle je vous ai demandé de venir ici.

Zuhaitza haussa un sourcil.

— Vous êtes sûr que l'on peut descendre ?

Calider hocha la tête, les mains sur les hanches.

— Tout à fait ! Ce hangar est tenu par ses ouvriers. Il y en a un que j'aimerais vous faire rencontrer. Moi aussi, j'ai fait mes recherches ! Si vous voulez jeter le nom des Alborán à la face du monde, vous devez d'abord rencontrer quelqu'un. Il mérite de savoir.

La jeune femme ne dit rien. Le journaliste s'était déjà engagé dans un sentier à l'abri des regards, mais assez pentu, même pour une chèvre. Moins de deux minutes plus tard, tous les deux se retrouvèrent aux abords du terrain de décollage. Un homme faisait signe à d'autres ouvriers d'avancer. Trois chevaux tiraient un chariot contenant un nouveau ballon.

Près des portes, Zuhaitza repéra un chien énorme. Malgré son museau légèrement écrasé, il semblait plus proche d'un loup que d'un chien, à vrai dire. Le cœur de la jeune femme se serra. Elle se souvint de l'une de ses conversations avec Azel.

Ses yeux se posèrent alors sur l'ouvrier qui guidait les autres. Celui-ci avait interrompu son travail lorsque le chien avait relevé la tête à leur approche et il s'était aussitôt tourné vers eux. Calider s'arrêta et leva la main en guise de salut, mais l'inconnu n'avait pas attendu ce signe pour s'avancer à son tour dans leur direction. Au départ, en apprenant leur existence, l'espionne avait projeté de mettre la main sur ces ballons en vue de sa grande opération. Elle devait allumer autant de foyers que possible. Mais, un instant, elle oublia tout en croisant le regard de l'ouvrier.

Cet homme n'était pas n'importe qui, Zuhaitza s'en rendit compte aussitôt.

Dans ses traits, dans ses yeux, elle reconnaissait quelque chose de familier.

Quelque chose d'Azel.

44

Depuis combien de jours Azel se noyait-il dans les ténèbres ?

La prison de Carthagène était une monstruosité de pierre articulée autour de deux bâtiments répartis le long d'une allée centrale, avec seize cellules ouvrant sur deux cours. Elle n'avait rien à voir avec ces prisons royales comprenant plusieurs pièces et permettant aux prisonniers d'accueillir un serviteur. Il ne fallait pas espérer non plus un repas digne de la table d'un gouverneur ou du mobilier, seulement un matelas crasseux et un seau.

Azel n'avait pas droit aux visites, mais qui serait venu le voir ?

Le plus souvent, il ne s'éveillait plus qu'au gré des bastonnades, aussi féroces que répétées, qui le tiraient de son cauchemar. Le jeune homme songeait parfois que les jours pouvaient bien s'être mués en semaines. Mais non : Constance avait parlé de neuf jours. Neuf jours à tenir avant la fin. La lueur souffreteuse d'une bougie allumée ne lui était d'aucun soutien, donnant seulement à ses tortionnaires un visage ricanant, masques mouvants de flammes tourbillonnant autour de lui.

Les rayons du soleil n'existaient plus. La porte grinçante aux barreaux étroits le reliant à ses geôliers s'ouvrait et se refermait sur les ténèbres, avec la sensation accablante qu'il se trouvait à des centaines de mètres d'elle, inaccessible. Enchaîné au mur, il ne connaissait plus que le contact humide et glacé de ces blocs de pierre pour lui procurer une sensation autre que la pure douleur.

Quatre jours s'étaient écoulés depuis qu'on l'avait conduit au cachot.

Quatre.

C'était ce qu'il se répétait afin de ne pas sombrer tout à fait. Artemis Cortellan avait connu le même sort, avant de quitter sa cellule la veille. Quand, comment, Azel n'aurait su le dire. L'ancien chasseur de primes avait imaginé ne jamais le revoir, mais le général était revenu. Contrairement à ses habitudes, celui-ci n'avait pas articulé un mot depuis, disparaissant dans les ténèbres de son cachot, de l'autre côté du couloir. Azel avait entendu parler d'un concert grâce aux conversations des gardiens. Leurs gloussements moqueurs, en évoquant une cantatrice censée avoir été la maîtresse du général, avaient manqué lui arracher un soupçon de pitié.

Azel eut besoin de quelques minutes pour se faire à la pénombre changée de la cellule ; puis il la vit enfin, luisant près du mur opposé. Un instant, il crut qu'un autre prisonnier l'accompagnait au cœur de ce lieu de perdition. Un homme imposant, au port altier, à la large stature, un allié, un mentor comme il n'en avait jamais connu au cours de sa vie.

Voilà la figure qu'Azel espérait rencontrer.

Mais il ne trouva qu'une armure vide. S'il n'avait jamais vu d'armure impériale de l'empire du

Léopard, il devina pourtant immédiatement son origine. Le Nouveau-Coronado avait dû la récupérer dans les ruines de Xemballa, à moins qu'elle n'ait appartenu à un prisonnier depuis longtemps décédé. Le heaume de l'armure était doté d'un masque, représentant un faucon couronné de plumes métalliques aux reflets irisés. Les gardiens avaient dû l'apporter pendant qu'il tentait de voler quelques instants d'un repos qui se refusait à lui.

Trop faible pour avancer davantage, Azel tomba à genoux devant l'armure.

— Croyez-vous aux fées, Azel ? demanda Artemis, prenant la parole pour la toute première fois de la journée.

Azel sursauta. La voix du général venait de le tirer de la torpeur qui s'était une nouvelle fois abattue sur ses épaules.

— En quoi cela vous importe-t-il ?

— La reine Constance vous posera peut-être la question elle aussi.

Azel songea à son héritage, à ses ancêtres qui avaient vénéré les fées pendant des millénaires, à la voix qui l'avait hanté lui-même. Si la magie avait existé, elle aurait pu l'aider. Avec elle, il aurait pu invoquer le courroux des fées pour recouvrer sa liberté. Non. Combien de victimes cette soif de magie avait-elle pu faire ? Trop. La question de Cortellan, il se l'était posée de nombreuses fois : les fées existaient-elles ? S'il gardait l'esprit vide, entre deux respirations, il pouvait les entendre. Elles pleuraient si fort, et si souvent. Les fées ? Plutôt ses peurs.

Malgré les dires de Cortellan, malgré ses propres visions. Azel n'y croyait pas, il n'y avait jamais vraiment cru. Il s'était seulement abrité derrière ces légendes, lorsque son esprit n'avait pas eu la force d'endurer les épreuves que l'existence avait dressées sur sa route. La fée qui l'avait accompagné, qui l'avait mis en garde, qui s'était moquée de lui ou qui s'était tenue à ses côtés quand tout le monde s'était détourné de lui n'existait pas. Azel frissonna, songeant à tous ces instants où il avait cru perdre pied lui-même. Mais tout était né d'un cauchemar d'enfant. La terreur d'un enfant avait nourri les doutes, les failles d'un adulte qui ne parvenait pas à oublier la nuit qui l'avait marqué au fer rouge. Il n'y avait nulle magie là-dedans. Aussi terrible soit-elle encore aujourd'hui à ses yeux, ce n'était qu'une illusion à laquelle il avait donné voix. La fée n'existait pas. Elle n'avait jamais existé.

— C'est tout réfléchi. Je ne crois pas en la magie.

Cortellan ne dit rien, le temps d'une poignée de battements de cœur silencieux.

De son côté, Azel tendit une main en direction de l'armure. À sa grande surprise, il sentit Cortellan retenir son souffle, comme s'il redoutait – ou attendait – l'instant où Azel poserait la main sur le métal.

— Lorsque la fée s'est réveillée dans les profondeurs de Xemballa, lâcha le général dans un murmure, l'armure du prince s'est mise à briller. Pas une simple lueur, non, c'était comme… comme si l'on pouvait voir les âmes des gens qui ont été sacrifiées pour forger cette armure se mettre à hurler, juste sous la surface du métal. Un spectacle fascinant.

Son regard était rivé sur Azel. Le poids des attentes du général semblait peser à présent sur ses doigts à lui, comme si Cortellan l'encourageait à tendre le bras en avant, vers l'armure. S'il parvenait à oublier la douleur, s'il réussissait à ignorer la morsure des fers sur ses poignets à vif, il pourrait peut-être la toucher, même si ce n'était qu'un bref instant. Azel poussa sur ses jambes, sentit un genou protester, une cheville s'embraser.

Il y était presque.

Lorsque le jeune homme posa la paume sur l'armure, l'atmosphère se tendit encore un peu plus. Les yeux écarquillés, il contempla le métal aux lueurs dorées. L'alliage ne se troubla pas, ne se couvrit pas de visages déformés. Rien ne se produisit. Parce que les fées n'existaient pas.

— Un homme admirable portait cette armure, murmura Artemis.

— Un homme admirable…

— Le prince Amaru, fils aîné de Xinxi-La[1]. Lors du siège de Xemballa, j'ai vu le prince se dresser pour affronter une fée et sauver son peuple. Je l'ai aidé à la chasser mais, sans lui, je ne sais pas si nous aurions pu nous débarrasser de cette créature. C'était fabuleux !

Ainsi, Cortellan avait connu personnellement le prince. Azel était déchiré entre l'envie de s'en prendre au premier et la curiosité qui le rongeait à l'égard du second. Comment était-il ? Quels étaient ses rêves, ses regrets ? Aurait-il pu se montrer digne de lui ?

— Qu'est-il devenu ? Je ne me souviens pas de son sort.

Il sentit Cortellan s'appuyer encore davantage contre la porte.

— Après la chute de l'Empire, il est resté prisonnier pendant près de dix ans, alors qu'il était en

1. Voir *L'empire du Léopard.*

prime atteint d'une terrible maladie. Il n'y avait rien à faire pour le soulager et même si je lui avais proposé mon aide, je ne crois pas qu'il l'aurait acceptée. De même, je n'ai pu me résoudre à le tuer parce que, d'une certaine façon, je lui dois la vie… Il a affronté la maladie comme je l'imaginais, avec dignité et philosophie.

— Voilà qui a dû grandement le soulager, enfermé entre quatre murs.

— Le prince a tout perdu avec la destruction de Xemballa, poursuivit Cortellan, ignorant sa pique. Son empire, sa famille, un avenir. J'ai tout de même réussi à lui éviter d'être embarqué à destination du Coronado pour être exhibé à la cour comme un animal de foire.

— Vous a-t-il remercié pour votre dévouement ?

— Vous faites de l'ironie, mais j'ai toujours eu le plus grand respect pour le prince Amaru. De son côté, je crois que lui non plus ne m'a jamais apprécié. Lui aussi me voyait comme un mercenaire. Cependant, il a affronté son destin avec dignité, loin de chez lui, privé de son histoire et de son peuple. Aussi, ne parlez pas à la légère de votre oncle. Vous aurez de la chance si vous vous montrez moitié aussi digne que lui dans l'arène.

— Vous le dépeignez en véritable héros.

— Un héros, non, ce n'était pas son cas. On peut s'enivrer de son âme et cette ivrognerie-là s'appelle l'héroïsme. Le prince était un homme tourmenté. La folie coulait dans ses veines, même s'il l'a toujours mieux domptée que sa sœur. Je ne saurais vous dire si c'était courant dans leur famille ou si c'était une manifestation du pouvoir des fées. Ce que j'essaie de vous dire, Azel, c'est que les fées existent. Aussi fou que cela puisse paraître, je les ai vues.

— Et pourtant, aujourd'hui, plus personne ne croit en elles.

— Vous avez raison. Après ces événements, la nouvelle ne s'est pas ébruitée, malgré mes déclarations. Les autres témoins ont disparu, ou fui. Et quand la quête de magie ou d'orichalque s'est avérée vaine, on eut vite fait de m'en faire porter la responsabilité, car j'étais le vice-roi. On a même fini par me traiter d'affabulateur. Comme si j'avais voulu dissimuler mes fautes derrière un écran de fumée. Un tissu de légendes et de mensonges.

Le jeune homme leva les yeux sur l'armure, s'attardant sur le masque figé. Il n'avait rien à lui répondre. Cortellan avait-il vraiment espéré un signe indiquant qu'une fée se trouvait dans les environs ? Pouvait-il vraiment le penser ? Un instant, Azel se sentit déçu lui aussi, comme l'était à l'évidence le général.

Artemis se redressa, recula d'un pas étudié.

— Il faut croire que la magie n'existe pas, murmura Azel.

— Ou que vous n'êtes pas à la hauteur de cette armure, lui rétorqua Cortellan.

45

Depuis deux jours, le nom du père du Loup Gris était sur toutes les lèvres.

De nouvelles affiches avaient recouvert les murs de Carthagène. Fallait-il jeter dans l'arène un fils de la haute noblesse du Coronado ? Et si Constance était vraiment prête à procéder de la sorte, comment agirait-elle ensuite ? Voilà qui avait de quoi inquiéter bien plus que les petites gens ou les indigènes, au cœur même de la capitale de la colonie.

Antero Alborán ne se posait pas ce genre de questions. Son visage se ferma un peu plus en remarquant une flambée au beau milieu de la chaussée. Il savait très bien de quoi il était question ici : les étudiants de l'université avaient organisé la mise en place de véritables cahiers de doléances, cherchant à les remettre à la reine en personne. Impossible, bien entendu. Comment avaient-ils pu croire qu'on les laisserait approcher Constance ? Ils avaient ensuite tenté d'adresser leurs cahiers au conseil de la ville, qui les avait cette fois acceptés. Mais, dès le lendemain, des feux avaient commencé à se déclarer dans les rues de Carthagène. Sur ordre de la reine, on avait déchiré des dizaines de cahiers pour les brûler en place publique. Les étudiants n'avaient pas encore réagi, sans doute sous le choc de cette décision brutale et sans appel.

Antero préféra effectuer un nouveau détour. Ces feux se consumaient sous la surveillance de membres de la garde royale, vite surnommés les « fourmis rouges », mais à un moment ou un autre, il était certain que la situation allait dégénérer et qu'un opposant plus déterminé ou désespéré que les autres s'en prendrait aux soldats.

Lui-même était sous le choc, mais pour une raison bien différente : sous le masque du Loup Gris se dissimulait son demi-frère, Azel. Désormais, toute la ville connaissait son identité ainsi que celle de son père – *leur* père.

Depuis deux jours, Antero vivait dans la peur. Sa famille n'était même pas au courant de l'existence d'Azel, mais peu importe, il subirait tôt ou tard les conséquences de son lien de parenté. Ne pas les inquiéter était une chose ; les protéger, une autre.

Tout ce qu'il avait construit risquait d'être emporté dans la tourmente. Depuis qu'il avait vendu les ruines du domaine familial pour une bouchée de pain à un magnat du rail, il fabriquait un alcool basé sur le petit-lait des « licornes ». Comme son père.

Antero tendit l'oreille. Des bruits de casserole résonnaient au bout de la rue. Dans la nuit, on avait l'impression d'avoir affaire à deux ou trois batteries de cuisine complètes, ce qui n'était certainement pas le cas ; les domestiques n'osaient – pas encore – se montrer aussi audacieux. Néanmoins, puisqu'ils n'avaient pas le droit de se faire entendre dans les rues, ils avaient trouvé cette alternative. Ils se mettaient aux fenêtres et tapaient sur des casseroles, des plats ou des pichets, à l'aide d'une louche ou d'une simple cuillère. Comment les interpeller ? Et pour quel motif ? Reconnaître qu'il s'agissait d'un signe de fronde revenait à admettre que celle-ci existait au cœur de Carthagène. Et contre qui sévir ? Les propriétaires de ces esclaves ?

Si, les premiers jours, les fourmis rouges avaient reçu l'ordre de repérer dans la mesure du possible les fauteurs de troubles, cela n'avait pas duré : voir les soldats de la reine courir aux quatre coins de la capitale au moindre bruit de ferraille avait vite tourné au ridicule. Comment ensuite espérer maintenir l'ordre ? Les colons devaient donc composer avec ce désordre.

La fièvre insurrectionnelle s'installait chaque jour un peu plus dans les rues de la ville, encore plus depuis l'arrivée de la souveraine.

— Bonsoir, patron !

Antero salua son employé d'un signe de tête, la gorge trop nouée pour dire un mot. L'avenir lui pesait, même s'il ne faisait pas partie des plus malheureux. Contrairement à beaucoup, il n'avait pas à s'inquiéter outre mesure pour sa famille ou son entreprise. En effet, sa distillerie rencontrait un tel succès qu'il avait depuis quelques mois les moyens d'engager sa propre milice afin de surveiller ses entrepôts.

Antero traversa la cour intérieure et se dirigea vers les escaliers extérieurs menant à son bureau. D'ordinaire, il aimait passer du temps seul dans sa distillerie, tout comme son père à l'époque, mais il n'en était plus question à présent.

Antero posa une main sur la paroi de l'alambic.

— Si seulement père avait pu voir cela de ses propres yeux, murmura-t-il.

— Le vieux aurait probablement trouvé des choses à redire, tu ne crois pas ?

Antero fit volte-face, une main sur la crosse du pistolet qu'il portait sous son veston, et se retrouva nez à nez avec Heitor, les deux mains levées.

— Je me rends ! Ce n'est que moi, Antero. Les affaires vont bien à ce que je vois.

— Les tiennes aussi, non ? La Croix-Blanche semble avoir repris du poil de la bête !

— Tu sais bien que je me suis détourné des Écritures. J'ai longtemps cru me battre sous la bannière des séraphins, mais ce combat n'est plus le mien. Tu es au courant pour Azel ?

Antero s'écarta du tonneau le plus proche mais ne répondit pas.

— Je me disais que nous pourrions prier ensemble pour son salut, reprit Heitor devant son silence.

— Comment ne pas être au courant ? Franchement, si tu veux faire quelque chose avec moi, buvons plutôt un verre et trinquons. Oui, trinquons donc au fait qu'il n'existe aucun salut sur ces terres. Ni aucun dieu. J'espère ne pas te vexer. Quoique, si ça peut te consoler, je pense que c'est la même chose au Coronado.

— Je ne dirai pas non à un toast.

Antero se tourna de nouveau vers son frère, l'observant avec un sérieux retrouvé. Puis il fit quelques pas pour saisir deux verres sur une desserte.

— Tu te rends compte, la famille impériale ! sourit Heitor. Si on avait su, on aurait certainement pu profiter un peu d'un tel prestige ! En tout cas, toi, tu t'en serais certainement vanté auprès des dames !

— Du prestige ? Dans le Nord… Non, si on l'avait su avant, on se serait surtout moqués d'Azel.

— On le faisait déjà bien assez.

Les sourires disparurent.

— Je n'ai pas de temps à lui consacrer. En vérité, je n'en ai jamais eu, c'est comme ça. Mais puisque tu es là, autant te l'annoncer maintenant : j'envisage de partir, lui avoua Antero.

— Tu veux rentrer dans le Nord ?

Antero lui jeta un regard noir.

— J'ai dit *partir*.

— Oh. Je ne suis pas certain que nous en ayons le droit avec les Cinq Cents. Père s'était engagé à…

— Père n'est plus là. Son projet non plus. Ses espoirs encore moins.

— En tout cas, il n'apprécierait pas ce qui se passe aujourd'hui, c'est certain, avec ou sans Azel. Je me souviens qu'il n'aimait guère Cortellan.

— Aucun grand propriétaire n'a jamais été satisfait d'aucun vice-roi.

Antero saisit une bouteille d'arhec, remplit un verre, admirant quelques instants la robe laiteuse du spiritueux à la lueur de la lampe à huile de la salle, puis le tendit à son frère avant de se servir lui-même.

Heitor jeta un coup d'œil aux fûts les plus proches.

— Et n'oublions pas la part des séraphins…

— Oh, ça, je crois qu'ils se servent largement sur notre dos, grogna Antero.

— Touché. En attendant, tu as réalisé l'un des rêves de notre père.

— Je n'ai jamais partagé ses rêves. Toi non plus, soyons honnêtes. Je n'ai fait que m'en servir. En fait, Azel est certainement celui qui lui ressemble le plus.

Heitor secoua la tête.

— Quelque part, le destin que nous a imposé le

Coronado nous a frappés tous les trois. Cette bande de mercenaires n'était que sa main armée…

Antero vida son verre et claqua la langue.

— Encore cette histoire…

— Cette histoire a décidé de notre vie à tous les trois.

— Je l'ai longtemps cru moi aussi. D'autant qu'ils étaient très singuliers. Pourtant, si ça n'avait pas été eux, d'autres seraient venus un jour ou l'autre. De même qu'un jour ou l'autre les Cinq Cents se seraient soulevés contre Carthagène. Peut-être pas aussi tôt, mais deux, cinq ou dix ans plus tard, qui sait ? Au fond, qu'est-ce que cela aurait changé concrètement pour toi ou moi ?

Après avoir hésité un certain temps, Heitor avala une dernière gorgée d'alcool.

— Posséder une distillerie t'a rendu philosophe. Pour un peu, tu pourrais prêcher devant les fidèles.

Heitor effleura de la main la croix à son cou. Une habitude, sans doute.

— J'ai d'autres plans désormais, martela Antero. C'est ainsi. Je dois penser à ma famille. Ce qui s'est passé il y a trois ans…, j'aurais dû comprendre que c'était un signe : pas seulement le moment de quitter les plaines mais aussi la colonie. Il n'y a rien pour nous ici, sinon de mauvais souvenirs… Encore plus depuis la capture d'Azel et l'annonce publique de ses origines. Les miens n'ont pas à en supporter les conséquences. Que ce soit Constance elle-même, les autorités de Carthagène ou un simple fou, je ne veux pas voir mes biens confisqués ou ma femme jetée en prison.

— Azel a pourtant subi les conséquences de nos propres choix. Et je comprends malgré tout ta volonté.

Antero ne dit mot. Son frère le considéra de longues secondes avant de reprendre.

— Tu comptes donc vendre ton entreprise au plus offrant, j'imagine ? Avec le risque que la nouvelle de tes liens familiaux fasse traîner en longueur les discussions ou baisser le prix. Si tu veux tourner la page, je peux t'y aider. Je crois même que j'ai une solution. C'est la raison de ma venue. Plus sûre que celle que tu pourrais imaginer, et plus rapide. Ta famille et toi pourriez être en sécurité dès demain.

— Dès demain ? Et comment comptes-tu procéder ? Acheter toi-même la compagnie ? Je savais que les prêtres de la Croix-Blanche détournaient une partie des dons de leurs fidèles, mais pas à ce point…

Cette fois, Heitor ne sourit pas. Son regard s'était même durci.

— Je ne plaisante pas, sache-le. En échange, j'aurais seulement besoin de ton aide. De tes tonneaux.

Antero plissa les yeux.

— Pour quoi exactement ?

Heitor sourit, tout en secouant la tête.

— Je ne crois pas que tu aies très envie de le savoir.

46

Le prélat Comnène attendait impatiemment d'officier.

Sous l'égide du Conseil, la Croix-Blanche avait tâché de préserver les apparences alors que tous préparaient en parallèle les célébrations de l'anniversaire de la colonie. Comnène, habitué à la tranquillité, ne s'accoutumait pas à un tel bouillonnement. Les récents événements ne l'avaient apaisé en rien, bien au contraire. Lui qui s'était imaginé un retour au calme, avec la victoire sur le Nord puis l'arrivée de Constance, avait vite déchanté.

Tous les jours, il priait seul, en plus des célébrations publiques auxquelles il était tenu de participer. Diriger l'Église du Nouveau-Coronado n'était pas une tâche aisée, mais il désirait ardemment se retrouver à l'abri des regards pour s'adresser aux séraphins eux-mêmes.

Il avait longtemps douté. Armandillo, son secrétaire depuis deux ans, lui avait souvent répété qu'il avait un véritable rôle à jouer, l'incitant notamment à plaider auprès de Constance pour qu'elle se déplace en personne. Mais chacune de ses décisions semblait sujette à des rebuffades, quoi qu'il fasse, quoi qu'il dise.

Armandillo conduisait justement son fauteuil droit vers les portes de la chapelle privée située sur les hauteurs de la ville, au sein de la commanderie de la Croix-Blanche, siège plus isolé que jamais des réalités du monde aux yeux du prélat.

— Conduisez-moi devant l'autel, puis retirez-vous et fermez les portes. Je ne veux pas être dérangé.

L'homme au masque d'or hocha lentement la tête.

— Monseigneur, avec toute cette agitation, je vous supplie de bien vouloir me laisser rester avec vous. Ou je vais finir par me demander si vous ne priez pas en réalité les démons.

La voix de l'homme demeurait étouffée sous son masque, mais Comnène était certain d'y avoir saisi une pointe de sarcasme.

— Les séraphins sont avec moi, je ne crains rien sous leur œil. Qui plus est, la chapelle est surveillée, et face à la mer. Que pourrait-il bien m'arriver ?

Ils avaient atteint les portes de bronze, que deux gardes entrouvrirent.

— Allez-vous prier pour le général ? demanda encore son secrétaire.

Comnène soupira. Il savait bien ce qu'il entendait par là.

— Je n'ai jamais apprécié Cortellan, mais que faire d'autre, mon cher ? C'est ce que voudraient les séraphins.

— En êtes-vous sûr, monseigneur ? Le général ne recherchait pas l'apaisement. Ses intentions n'étaient pas pures.

— Malheureusement, il en va de même pour nous tous sur cette terre. Même vous, même moi. Nous ne sommes pas des séraphins. Cette campagne était indispensable pour reprendre nos fouilles dans le Nord. C'est vous qui m'avez poussé à soutenir cette initiative, l'avez-vous oublié ?

Avant d'entrer dans les ordres, Comnène s'était un temps rêvé grand explorateur. Sa venue au Nouveau-Coronado ainsi que les vestiges des fées avaient de temps à autre ranimé les cendres de ce songe indolent. Il serra plus fort les accoudoirs de son fauteuil. Le regard du prélat se tourna vers les jardins et se voila d'une ombre de regret.

Il s'apprêtait à célébrer une cérémonie sans doute suivie d'un certain retentissement. Le Cœur du Coronado, exposé à tous et pas simplement aux heureux élus de la cour. Il redoutait plus que tout de pécher par orgueil à cette occasion et n'avait plus que deux jours pour se préparer.

Comnène posa sa main droite sur le bras gauche de son secrétaire.

— J'ai besoin de me retrouver seul.

— Je comprends, monseigneur.

Sans un mot, Armandillo le poussa devant l'autel puis recula. Comnène ne prit pas la peine de tourner la tête, se contentant d'écouter les portes se refermer dans un soupir. Il était désormais isolé de l'extérieur. Il n'entendait plus un bruit. Ni le ressac, ni le chant des oiseaux, ni les chuchotements des moines-soldats en patrouille autour de la chapelle.

Posant les deux mains sur les roues de son fauteuil, le prélat se décala de quelques degrés sur le côté. Une croix immense en forme de X se dressait au-dessus de l'autel entouré de quatre encensoirs.

Une poignée de minutes de liberté, c'était tout ce qu'il était en mesure de s'offrir. Il pencha la tête, les mains nouées sur les genoux, et ne put s'empêcher de remarquer les volutes de fumée, plus visibles qu'à l'ordinaire, cordons duveteux qui s'enroulaient les uns sur les autres dans la chapelle, tel un serpent de brume. Le prélat frissonna. Un énorme serpent.

Comnène eut tout juste le temps de se recueillir avant de sentir une ombre franchir les barrières d'encens.

— Excusez-moi, qui êtes-vous ? demanda le prélat.

Il avait expressément demandé qu'on ne le dérange pas mais n'avait plus la force de s'agacer.

— Vous êtes le symbole de tout ce qui ne va plus ici ! Nous voulons être libres !

Bouche bée, Comnène regarda un homme – un jeune indigène – s'approcher de lui, couteau à la main. Comment avait-il pu rallier la chapelle sans être arrêté ?

— Vous vous moquez de nous !

Le prélat se mit à bredouiller, incapable d'articuler la moindre réplique, la moindre explication, la moindre parole apaisante. Il avait pourtant tant de choses à lui dire.

— Pourquoi n'avez-vous rien fait ? Pourquoi nous avez-vous abandonnés ? La Croix-Blanche… la Croix-Blanche devait nous accueillir !

— Mon enfant, du calme, je suis sûr…

— N'êtes-vous pas leur chef ? l'interrompit l'intrus sans hésitation. Je croyais qu'on était tous égaux sous l'œil des séraphins ! Tous jugés de la même façon. Enfin, si je n'ai pas d'âme comme le soutiennent certains d'entre vous, sourit l'indigène, alors je ne risque pas de finir aux Enfers pour ce que je m'apprête à faire, n'est-ce pas ?

Il brandit sa lame un peu plus haut.

— Meurs, ordure !

Comnène ferma les yeux et leva piteusement les deux bras devant lui, comme si cette grossière barrière de chair et d'os allait empêcher le couteau de le frapper, de le tuer.

Au bout de quelques instants, alors que le coup fatal tardait à venir, Comnène ouvrit les yeux. L'indigène dardait sur lui un regard méprisant, luisant de larmes. Il n'avait pas réussi à transformer sa colère en geste meurtrier. Le prélat eut soudain envie de demander au jeune homme le pourquoi de ses larmes : colère, frustration, regrets…, peur ?

— Je… je suis désolé. Vous ne valez pas mieux que nous, siffla-t-il. Vous le pensez, mais vous ne valez pas mieux.

— Raconte-moi ton histoire, mon enfant, je peux t'aider, j'en suis sûr, parvint-il enfin à répondre.

— Mon histoire ? Elle n'a pas d'importance… Il est trop tard pour m'aider, moi ou n'importe quel autre. Nous aider, il fallait y penser plus tôt.

L'indigène releva brusquement la tête, mais le secrétaire de Comnène se montra le plus prompt. Une balle traversa la bouche grande ouverte de l'intrus un instant plus tard et il tomba à genoux, lâchant son couteau, dont la lame était couverte de sang, sur les genoux du prélat. Le sang de son agresseur. Mort.

Armandillo était déjà à sa hauteur, une main sur son épaule.

— Monseigneur, je vous l'avais bien dit, vous devez vous montrer prudent.

Comnène n'osait pas le regarder. Il se contentait de secouer la tête, incrédule. C'était donc ça, la mort ? Il n'avait encore jamais accompagné qui que ce soit vers le Jardin et il s'était toujours imaginé le faire dans la douceur et la paix. Par tous les séraphins… La douceur et la paix n'étaient pas de ce monde.

— Je ne comprends pas, je ne comprends pas, répétait-il. J'ai tout fait pour résoudre ces tensions. J'ai cherché à satisfaire les uns et les autres, j'ai… Je ne comprends pas.

Il fallut un certain temps au prélat pour se rendre compte qu'ils avaient quitté la chapelle et qu'Armandillo l'avait conduit à l'extérieur, sur un sentier serpentant au-dessus de l'océan.

— Je ne comprends pas, répétait-il toujours.

— Il n'y a peut-être rien à comprendre, monseigneur. Il manque trop de bonté dans ce monde pour que règne la paix. Ce que vous venez de vivre, c'est la preuve que nous, pauvres humains, serons toujours les victimes de nos turpitudes. Il nous faudrait… le retour des séraphins.

Pour la première fois depuis le début de la journée, depuis des semaines, le prélat sourit.

— Il va pourtant falloir nous contenter de notre reine.

— Qui sait, monseigneur, qui sait ? Un jour, le roi des rois reviendra, et ce jour-là, seuls les meilleurs d'entre nous seront amenés à le côtoyer. C'est bien le cœur des croyances qui nous animent. Cependant, en attendant ce jour, il ne faut pas ignorer cet avertissement. Et cette fois, j'espère que vous allez m'écouter. Nous devons vous mettre en sécurité. La grande messe des vingt-cinq ans de la colonie doit avoir lieu. Le Cœur est un symbole que tous doivent contempler. Il faut que les gens puissent le voir de leurs propres yeux.

Las, Comnène releva la tête. La ferveur soudaine de son secrétaire lui réchauffait le cœur. Peut-être avait-il raison. Il avait cru saisir des signes lui aussi, ces derniers mois, à moins bien sûr que tout cela ne soit que mirage, une fois encore.

— Je devais me rendre à la prison, soupira Comnène d'une voix tremblante. J'avais dit que je visiterais certains prisonniers et je n'ai pas eu le temps de le faire au cours des dernières semaines.

— S'il vous plaît, monseigneur, je ne peux que vous répéter que vous devriez plutôt vous préserver. Ne présumez pas de vos forces. Ne présumez pas de ce que cela pourrait changer dans l'esprit de ces hommes. Vous en avez été témoin tout à l'heure : ceux qui ne veulent pas entendre ne vous écouteront pas. Ils n'écouteront pas quelqu'un qu'ils considèrent comme eux, une créature de chair et de sang qui partage les travers qu'ils ne veulent pas affronter. Votre regard est trop pur, monseigneur.

— Vous avez sans doute raison, Armandillo.

Au cours du trajet retour, Comnène entendit des éclats de voix se rapprocher, bien vite remplacés par des quolibets. Parvenus au pied de la modeste butte accueillant la chapelle, le prélat et son secrétaire y découvrirent Lautero, le ministre de Constance, debout devant un domestique agenouillé dans l'herbe. À côté de celui-ci était posé un plateau en argent. Comnène comprit que l'indigène avait renversé une carafe en cristal, qui s'était donc brisée. Le prélat fronça les sourcils. Le domestique ramassait les reliquats de la carafe, à genoux au milieu des morceaux de verre, au risque de se blesser.

Comnène sentit ses mains se mettre à trembler

sur les accoudoirs de son fauteuil. Lautero venait de remarquer sa présence et l'interpella aussitôt.

— Vous avez vu ça, Comnène ? Je suis ici pour régler les détails de la cérémonie que vous allez diriger après-demain. J'imaginais ces sauvages capables de faire des domestiques corrects, et voilà qu'ils ne savent même pas servir un verre de vin.

Les lèvres de Comnène s'étirèrent. Il n'aimait pas le ministre ; à vrai dire, s'il écoutait son cœur, il n'appréciait aucun des dignitaires débarqués avec la reine. Ces hommes se croyaient tout permis et prenaient les religieux de haut, tous autant qu'ils étaient. Lautero, en particulier, le traitait comme s'il n'était qu'un novice. Que cela plaise ou non, il était le plus haut représentant de l'Église ici, et le moindre confesseur de Constance aurait dû lui baiser la main – plus encore un simple ministre. Son regard glissa sur le serviteur toujours à genoux. Ses épaules frémissaient. Il devait avoir dix-sept ou dix-huit ans. Ce n'était justement pas un novice, mais un serviteur, sans doute gêné, en tout cas apeuré. D'un claquement de doigts, Lautero pouvait exiger qu'il soit chassé ou envoyé en prison, voire pire.

Comnène aurait dû intervenir. N'était-ce pas là l'enseignement principal des séraphins, qui s'étaient battus pour les hommes contre les démons ? Défendre son prochain ? Mais le cœur du prélat se serra. Pourquoi défendre le frère ou le cousin de celui qui venait d'intenter à sa vie ? Comnène avait lu la haine dans le regard de l'indigène. Ce même ressentiment qui ne tarderait sans doute pas à habiter ce pauvre garçon rabroué. À quoi bon défendre quelqu'un qui finirait par le haïr, le mépriser ?

Le prélat détourna les yeux et baissa la tête sur

ses propres genoux. Le couteau de son agresseur était toujours là. Il venait tout juste de survivre à une tentative d'assassinat. Qui lui en voudrait s'il ne protégeait pas un misérable ?

— Non, vraiment, c'est incroyable ! tempêtait le ministre. Enfin, Comnène, vous ne dites rien ? Vous n'êtes pas d'accord, tout de même ?

— C'est « monseigneur Comnène », pour vous, monsieur le ministre.

Comnène releva la tête. Le soleil brûlant, Lautero, la vision pathétique du domestique à genoux, tout cela avait disparu derrière Armandillo. Son secrétaire avait effectué deux pas en avant pour s'interposer entre Lautero et lui.

Le ministre parut surpris.

— Pour qui vous prenez-vous ?

Sans répondre, Armandillo franchit la distance le séparant de Lautero et aida le domestique à se redresser. L'indigène saignait. Il s'était coupé au niveau de la paume de la main gauche. Pendant quelques instants, le religieux masqué observa sa main, qu'il serrait dans la sienne.

Complètement ignoré, le ministre de Constance s'indigna un peu plus.

— Vous protégez cet incapable qui vient de briser une carafe en cristal de Paderne ?

Toujours en silence, Armandillo lâcha la main du domestique puis ramassa le plateau d'argent, où étaient posés quatre verres en cristal. Sous le regard horrifié de Lautero, il les saisit un à un et les jeta contre le tronc d'arbre le plus proche. Chaque verre se brisa dans une averse d'éclats protestant d'une voix aiguë.

— Qu'est-ce qu'un peu de cristal, fût-il en

provenance du Coronado ? répliqua-t-il de sa voix imperturbable. Vous êtes ici sur les terres de la Croix-Blanche, monsieur le ministre.

Lautero cherchait des yeux Comnène.

— Mais que se passe-t-il ici ? C'est ce climat qui vous rend fous ?

— Qui êtes-vous pour juger sous l'œil des séraphins ? répliqua le secrétaire, d'une voix vibrante de ferveur. N'avez-vous pas eu vent des miracles de notre prélat ? Saint, saint, saint est l'Éternel des armées. Toute la terre est pleine de leur gloire.

Comnène reconnut le passage – Armandillo le citait souvent depuis qu'il était à son service. La bouche de Lautero s'était tordue de mépris. Ses petites tresses tremblaient devant ses yeux de façon presque comique.

— Je ne suis pas venu ici pour une leçon de morale. Laissez-moi discuter avec *monseigneur* Comnène. Et n'oubliez pas que votre place se trouve derrière son chariot, rien de plus. Hors de ma vue, tout de suite !

Cette fois, le secrétaire ne réagit pas mais retrouva Comnène d'un pas mesuré, avant de se pencher vers lui, une main tachée de sang sur les siennes.

— Ceci est votre épreuve, monseigneur. Je sais que vous êtes capable de la surmonter. J'ai quelque chose à faire, un vieil ami à visiter, aussi ne serai-je pas là pour vous soutenir. Mais souvenez-vous, nous avons une mission tous les deux. Pacifier cette terre et lui rendre ce qu'elle a perdu. Nous avons commis des erreurs, mais nous avons toujours agi en pensant faire le bien.

— Faire le bien, répéta Comnène.

— Ayez confiance en moi. Le Cœur du Coronado nous habite.

Le prélat se contenta d'un hochement de tête silencieux. Il avait beau se trouver à l'abri dans son sanctuaire, il ne pouvait contredire le ministre. Armandillo se retira, le laissant seul.

Seul avec ses doutes et le couteau qui avait manqué lui ôter la vie désormais dissimulé dans sa manche. Mais son secrétaire avait raison, comme toujours : la foi les guiderait.

47

Azel n'avait pas revu Cortellan depuis deux jours. Personne n'avait voulu le renseigner quant au sort du général. Constance avait peut-être décidé d'en finir avec son cousin ou bien lui avait réussi à s'évader.

Le jeune homme leva les yeux sur l'unique bougie collée au mur de sa cellule. Au moins, il ne la partageait pas avec des rats. À moins que ses yeux gonflés ne l'empêchent de les voir courir et se gausser de leur compagnon de cellule.

Azel ricana et l'écho de son rire moqueur sembla éveiller une soudaine lueur dans le couloir, celle d'une lanterne. Quelqu'un approchait, et ce n'était pas l'un des gardiens. Azel plissa les yeux dans la pénombre ambrée. Il se souvint avoir déjà vu l'homme qui s'avançait à pas lents. Il s'agissait du secrétaire du prélat de la Croix-Blanche.

— Je ne crois pas que nous ayons été présentés l'autre jour. Pas formellement, en tout cas.

— Désolé, je n'étais pas en position de décider du protocole, répondit Azel. Que faites-vous ici ? Les visites sont interdites.

— Pas pour un serviteur des séraphins… Nous

n'avions pas eu le plaisir de discuter lors de notre première rencontre. Je constate que vous avez le sens de l'ironie. Voilà qui tombe bien.

— Vraiment ? J'ai bien peur de ne pas vous suivre.

— Vous avez dit ne pas savoir qui j'étais. Pourtant, Azel, dit le secrétaire en l'appelant par son prénom, je crois que vous le savez. Nos chemins se sont déjà croisés il y a quelques années. Je dois même vous remercier pour cette rencontre.

Azel soupira.

— Monsieur, qui que vous soyez, je vous demanderai de me laisser tranquille… sauf si vous avez un message précis à me transmettre. Je n'ai rien à dire à la Croix-Blanche. Je sais de quoi certains d'entre vous sont capables.

— C'est drôle que vous disiez ça. Je fus autrefois le produit de la Croix-Blanche. Une proie, même. Puis je l'avais quittée, un temps. J'ai écouté mon orgueil, en me pensant à même de faire ce que personne n'avait accompli avant moi. C'est vous qui m'avez ouvert les yeux et, d'une certaine façon, c'est vous qui m'avez repoussé dans les bras de l'Église. Je faisais fausse route, Azel : les fées n'étaient pas la solution…

L'ancien chasseur de primes se redressa, les mains toujours serrées autour des barreaux de la cellule, de peur de ne pas être capable de rester debout sur ses jambes.

— Ai-je besoin d'enlever mon masque, Azel ? Dites-le-moi et je le ferai volontiers.

Les ombres de la lanterne posée devant Armandillo prenaient forme lentement sur le mur et sa silhouette évoqua tout à coup celle d'un rapace trop frêle pour ce monde obscur.

Ce n'était pas possible.

Pas lui.

— Tu m'as laissé la vie sauve, Azel. Je suis désolé, mais je ne pourrai malheureusement pas te rendre la pareille.

Azel ne l'écoutait plus, emporté trois ans en arrière par un tourbillon hurlant, loin de ces barreaux et de ces murs. La tempête arracha chacune des pierres des murs qui l'entouraient, de chaque pan de la prison, pavant sous ses yeux un chemin de ténèbres le ramenant au sommet du volcan de Xemballa. Mourir au fond d'une cellule dans la crasse et l'obscurité ne revêtait plus aucune importance. Quelques années plus tôt, il avait laissé la vie sauve à l'alchimiste, conscient que sa mort ne lui rendrait pas ceux qu'il avait perdus. Il s'était toujours imaginé, pour il ne savait quelle raison, que celui-ci était mort sur les hauteurs du volcan, fou, brisé.

Mais il avait survécu.

— J'ai réussi à survivre, confirma-t-il, comme s'il lisait dans sa tête, j'ai compris que la Croix-Blanche représentait mon seul salut. Et voilà que moi, qui l'avais fuie il y a des années de cela, je suis humblement revenu dans son giron. Et même dans les cercles de pouvoir. Cela n'a pas été facile, mais le destin a guidé ma main. Personne ne fait jamais attention à l'homme à tout faire, fût-il celui du prélat lui-même. Depuis, j'attends patiemment mon heure. Et j'ai bien fait. Sans vous tous – toi, Comnène et Cortellan –, sans vos erreurs, vos provocations ou vos intrigues, jamais la reine ne se serait déplacée en personne jusqu'ici avec *lui*.

Azel n'écoutait pas vraiment. Ces trois années paraissaient n'avoir été qu'un long rêve : Xemballa, le volcan, la caverne, Jophiel sur son trône vermillon, autant de visions surgies du passé qui s'écrasaient les unes après les autres dans son esprit, sans répit.

— L'heure du réveil est toute proche désormais. J'aurais aimé que tu puisses le voir de tes yeux, mais je crains que Constance ne t'ait réservé un autre sort. Ne t'inquiète pas, elle sera punie, elle aussi. Quand elle rejoindra la basilique après ton exécution, sache qu'elle découvrira la vérité, toute reine qu'elle soit. *Tous* vont la découvrir. Et le monde en sera transformé.

Le jeune homme ne disait toujours rien, prisonnier de ses souvenirs.

— Vas-tu m'écouter ? tonna l'alchimiste, s'énervant pour la première fois et lui rappelant un instant le fou qu'il avait rencontré trois ans plus tôt. J'ai longtemps fait fausse route, Azel. J'ai cru pouvoir devenir un dieu, ajouta-t-il en lui présentant une pierre rouge.

Azel frissonna, se souvenant d'une vision tout aussi repoussante, celle des pierres de sang que l'alchimiste avait cherché à faire pousser dans son repaire.

— Mais cela ne fonctionne pas. Pas vraiment, pas assez longtemps, reprit-il. Je me suis demandé comment j'avais pu me complaire dans l'erreur et j'ai compris ce que je te devais. Les légendes de l'Empire, l'existence des fées, tout est faux… La punition que tu m'as infligée m'a ouvert les yeux. Pour devenir le roi des rois, pour que le séraphin que je porte en moi s'éveille, je devais m'en remettre à ses frères justement, les autres serviteurs du Créateur. Et quoi de mieux pour cela que le Cœur du

Coronado ? J'ai si souvent imploré Comnène de demander à la reine de venir en personne. Si elle venait, c'était forcément avec cet artéfact qui ne quitte jamais le palais. Je remercierais bien aussi Cortellan, s'il était là. À vrai dire, c'est davantage lui que Comnène qui a convaincu Constance de traverser l'océan, soyons honnête.

Azel était sidéré. Comment l'alchimiste pouvait-il exprimer de façon aussi sereine de telles énormités ? Un nouveau sentiment avait germé dans le cœur d'Azel, une graine de pitié avait déployé ses racines dans cette terre qu'il avait crue exsangue. De la pitié pour un homme inconscient de sa folie.

— Nous ne sommes pas si différents, Azel. Comme toi, j'ai passé trois ans dans l'ombre, à attendre. Cependant, mon heure est venue. La tienne aussi, mais de façon bien plus tragique.

Entre ses doigts, la pierre se mit à briller, à moins que la flamme de sa lanterne ne soit seule en cause.

— Je suis prêt, Azel. *Il* est prêt à régner sur ces terres, à leur rendre leur grandeur. Lorsque le roi des rois se sera éveillé et parlera à travers moi, tout changera. Avec le Cœur, le roi des rois pourra enfin assumer le rôle qui est le sien : être au chevet de cette terre et la sauver de ses turpitudes. Tous ne pourront pas l'être, mais les Élus qui me suivront seront sauvés et avec eux, leurs rêves, nos rêves !

Par le passé, cet homme avait su entraîner des dizaines d'autres dans sa folie, les appâter et les convaincre de le suivre. Et voilà qu'il recommençait : ces trois ans passés dans l'ombre, comme il disait, n'avaient en rien apaisé ses tourments.

Azel déglutit péniblement, oubliant toute pitié.

— Vous êtes fou…

— Fou, dis-tu ? C'est peut-être vrai. Mais seuls les fous sont prêts aux vrais sacrifices. Pour appeler le roi des rois, il faut du sang. Encore et toujours, voilà ce qu'il faut

L'alchimiste saisit son casque entre ses doigts tremblants, dévoilant un visage qui n'avait jamais vraiment guéri des coups portés par Azel. Son nez n'était plus droit et trois dents, au moins, lui manquaient. Il portait gravé dans sa chair le poids de sa folie.

— Je suis là pour servir.

48

— Dis voir, le pailleux, il paraît que tes petits amis basanés vont tenter le tout pour le tout !

Le gardien ne semblait pas le moins du monde inquiet en interpellant Azel de la sorte. Depuis la veille, les liaisons télégraphiques avec Trois-Pistoles avaient connu des actes de sabotage et certaines rumeurs soutenaient même que les troupes d'Azel, associées au colonel Sorel qui s'était soi-disant échappé, avaient pris la route de Carthagène. Le camp des plaines avait des alliés sur place, ne serait-ce que du fait des liens familiaux qui unissaient les deux factions. Mais le Nord pouvait-il vraiment marcher sur la capitale ? L'ancien chasseur de primes avait bien du mal à le croire.

Le jeune homme avait l'impression d'entendre une rumeur gronder de l'autre côté des murs de pierre. Parfois furieuse, souvent sourde. Personne ne lui dit rien, mais Azel se doutait de la nature de ces clameurs. Le vent de la révolte. Il ne pouvait compter que sur l'embrasement de la cité. Azel n'espérait rien pour son propre compte ; simplement que la population de Carthagène et d'ailleurs, elle, en tire de quoi desserrer ses liens. Constance et le Conseil n'étaient pas idiots, ni aveugles. Contrairement à lui, ils étaient aux premières loges pour assister à ces élans. Toutefois, ils préféraient détourner les yeux, le nez pincé, ou agir dans l'ombre, pour mieux les réprimer.

— C'est le grand jour, Majesté, ricana un garde, visage anonyme parmi tous les autres. Il est temps de vous préparer à votre couronnement. Vos admirateurs vont se presser pour vous voir !

Le jeune homme ne répondit rien. Il n'avait cessé de songer à la visite de l'alchimiste, de chercher un moyen pour mettre un terme à ses plans fous, mais Armandillo avait gagné. Personne ne se dresserait contre lui.

— Tu es prêt ?

Une fois encore, Azel garda le silence en sortant de sa cellule. De l'autre côté des portes, la lumière diurne l'attendait pour la première fois depuis des jours.

— Alors, on boude ? se moqua le garde.

L'homme le poussa en avant sans ménagement. Azel parvint à ne pas vaciller, malgré les liens qui l'entravaient. S'il avait fini par s'habituer au contact de la pierre froide, sentir sous ses pieds la tiédeur des pierres réchauffées par les rayons du soleil le surprit quelques instants. Le jeune homme n'eut pas l'occasion de profiter de cette sensation bien longtemps. Le garde le conduisit sans plus d'égard vers une autre pièce. Azel battit des paupières et comprit qu'il s'agissait des bains.

— Allez, il faut te faire beau, n'est-ce pas ?

Trois femmes se trouvaient là, trois indigènes vêtues de robes brunes qui faisaient partie de ses compagnons d'aventure depuis les ruines de Xemballa. Méripa,

Tosun et Ciniza. Elles le regardaient, les yeux brillants. Elles avaient beaucoup pleuré, à l'évidence.

L'ancien chasseur de primes s'aperçut alors que le garde s'était retiré. Il ouvrit la bouche et comprit qu'il n'avait pas les mots à même de se faire pardonner, et encore moins ceux capables de les rassurer. Il les laissa approcher. Bien que tremblantes, elles baissèrent les yeux avant lui, lui épargnant cette peine.

Les trois indigènes guidèrent Azel en direction du bassin. Il ne rougit pas quand elles le dévêtirent, le laissant en pagne. Deux d'entre elles poussèrent un hoquet de surprise en découvrant ses côtes bleuies, ses poignets ensanglantés. Le jeune homme ne dit rien et se retrouva assis, de l'eau à hauteur de la poitrine. L'écume était tiède, agréable. Bientôt, les caresses des éponges sur sa peau lui firent monter les larmes aux yeux. C'était le premier geste de tendresse auquel Azel avait droit depuis… depuis combien d'années, en vérité ? Il ferma les yeux et aurait presque pu s'assoupir, si la douleur avait pu cesser un instant de rôder sur le seuil de sa conscience.

Trop vite, bien trop vite, il entendit grincer la porte dans son dos.

— C'est bon, vous avez fini ? lança le garde, s'adressant cette fois aux trois femmes.

Aucune d'elles ne répondit, et Azel supposa qu'elles avaient dû hocher la tête. Deux d'entre elles le soulevèrent en glissant un bras sous les siens afin de le tirer hors du bassin.

— Il est temps pour Son Altesse de revêtir son armure de cérémonie !

L'armure du prince Amaru était là et semblait illuminer la pièce d'une lueur chaude et paisible. Les trois femmes l'entourèrent pour l'aider à revêtir son armure. Il n'était pas question pour Azel de tenter quelque chose et de les mettre en danger. Elles sanglèrent les jambières, les coudières, et toutes les autres pièces. Le jeune homme grimaça à plusieurs reprises et réprima même un cri quand l'une d'elles serra trop fort le plastron. Après ce bain chaud, Azel évoluait dans un brouillard.

Il ne sentit pas le premier baiser déposé entre ses côtes.

La lame s'enfonça en tremblant, se glissa dans sa chair, faisant éclater la douleur. Azel inspira par réflexe, incapable de crier, étouffant un hoquet de surprise et de souffrance mêlées. La première femme avait déjà reculé de deux pas, laissant échapper son arme, les mains tachées de sang.

Azel ouvrit la bouche. Ses mâchoires se crispèrent, comme soudées, quand un deuxième coup de couteau le frappa entre les deux côtes suivantes. La morsure de l'acier résonna jusque dans sa gorge, se fracassa contre ses dents.

Des cris montèrent toutefois sous la voûte de pierre. La femme pleurait. Azel croisa son regard. Leurs yeux semblaient aussi troubles que les siens. Il porta la main à son côté, touchant du bout des doigts les lèvres à vif de ses plaies. Elles tremblaient sous ses mains, comme impatientes. Du sang coulait sur sa hanche, plus chaud qu'il ne l'aurait cru. Azel se rendit compte qu'il frissonnait de la tête aux pieds. Mais il n'était pas question de mettre un genou à terre.

La troisième jeune femme s'avançait déjà, son poignard tenu à deux mains. Elle paraissait prête à le lâcher et vacillait elle aussi, pas après pas. Mais elle tint bon. Azel n'avait plus la force de lever un bras pour se protéger. Il était à leur merci, à la merci des tourments qu'on avait décidé de lui imposer. Il ne pouvait qu'accueillir cet ultime baiser avec l'espoir qu'il mettrait fin à ses souffrances. Il n'en fut rien.

L'indigène franchit la distance la séparant de lui d'un bond, comme si elle craignait de renoncer au dernier moment. Puis elle le frappa à son tour, les yeux mi-clos, les traits déformés par la honte. Les deux autres le retinrent pour éviter qu'il ne bascule en avant.

— Nous sommes désolées, chuchota l'une des trois.

Il n'aurait su désigner laquelle.

— Ils nous ont obligées, murmura une autre. C'était ça ou nos familles…

— C'était ça ou on finissait dans une fosse commune, l'interrompit la troisième.

La triste réalité s'écrivait dans ces mots. Elles avaient choisi de sauver leur peau et celles de leurs proches. Que pouvait bien représenter Azel en comparaison ? Rien. Il n'avait jamais été qu'une silhouette de paille derrière laquelle ils avaient tous cru pouvoir se cacher. Mais le vent l'avait balayée, et avec elle, leur résolution et leurs promesses. Le jeune homme ne leur en voulait pas. Il tenta de reprendre son souffle, de maîtriser sa respiration. S'il inspirait trop fort, trop vite, une vive douleur s'emparait de lui.

— Je comprends, murmura-t-il.

Un instant, il avait cru leurs coups superficiels, et ils l'étaient. Mais une brûlure cruelle lui fit comprendre que les lames étaient empoisonnées. Les trois femmes s'étaient comme blotties contre lui à présent, alors que le jeune homme se laissait tomber doucement au sol. Azel pouvait sentir leurs souffles chauds sur sa nuque, leurs mains dans son dos, sous sa cuirasse. Le jeune homme frissonna. Ce contact était presque ardent sur sa peau froide. La sueur perlait sur son front et il avait l'impression que son sang bouillonnait sous sa peau. L'odeur aigre qui émanait de leurs aisselles se mêlait à la douceur de leurs chevelures. Azel voulut lever un bras et il se retrouva à enlacer à moitié les deux premières.

— Je comprends, répéta-t-il.

C'était lui qui les consolait.

— Alors, Votre Majesté, le bain était trop froid ? Je vois qu'on frissonne ! Pourquoi vous pleurez, vous autres ?

Le premier gardien était de retour. Sans vergogne, il lui tapota l'épaule, celle marquée au fer rouge par ses demi-frères.

— Tu peux nous prendre de haut, mais tu le sais bien au fond de toi, tu le portes dans ta chair. Tu n'es qu'un esclave comme un autre, tu n'es bon qu'à rejoindre ton enclos. Tu as choisi le parti des indigènes, tu t'attendais à un traitement de faveur ici ? chuchota-t-il, mauvais. C'est ton destin après tout. Il ne fallait pas prendre les armes contre Carthagène.

À quoi bon lui expliquer qu'il n'avait jamais convoité un tel titre, qu'il avait toujours gardé secret le nom de sa mère ? Cet homme ne voulait rien entendre de son histoire ou de ses arguments, pas plus que ses camarades. Azel avait du mal à réfléchir. Son cœur ne voulait pas ralentir, diffusant encore plus vite une sensation qu'il avait crue oubliée : la peur. Depuis combien de temps était-il parvenu à la fuir ? Plus de trois ans. Mais, ce matin, elle l'avait rattrapé, aussi silencieuse et rapide que les coups de couteau.

— Tu préfères tenir ta langue ? reprit le garde, visiblement déçu. Ce n'est pas grave. Tu es prêt pour la suite des festivités de toute façon.

Constance avait tout pouvoir sur lui, sur eux tous, sur la péninsule tout entière. Personne ne se souviendrait de lui, et Azel se surprit à le regretter. Il avait toujours choisi de ne jamais s'attacher à quiconque, et pourtant, au fil du temps, d'autres s'étaient rapprochés de lui.

— Qu'est-ce qu'il y a ? Tu pleures ? se gaussa le garde, remarquant les yeux brillants d'Azel. N'aie pas peur, pauvre petit empereur, on ne va pas te régler ton compte. La reine compte sur toi pour défiler dans les rues ce soir, tu sais.

Dans son dos, deux autres gardes étaient apparus. Azel reconnut aussitôt l'odeur émanant du bol tendu par l'un d'eux. Celle de la jusquiame noire, utilisée en décoction par les guerriers de l'empire du Léopard pour augmenter leur résistance et leurs réflexes.

— Il te faut bien un petit remontant, n'est-ce pas ? Imagine que le poison agisse trop vite… Il faut que tu puisses te montrer sous ton meilleur jour devant la foule !

Azel reçut une claque du revers de la main, puis on lui immobilisa la tête pour le forcer à ingurgiter le contenu du bol. Il voulut résister, ne pas avaler la mixture ; en vain. Il était si faible, et eux étaient si nombreux.

— Du calme ! Je te l'ai dit, reprit le garde, on veut juste que tu sois vaillant. Tu ne vas pas avoir de visions, rassure-toi. Tout ce que tu vas voir, ce sera ta fin. Si tu ne t'agenouilles pas devant la reine, si tu n'obéis pas au moindre de ses désirs, les autres chiens qui t'accompagnent seront décapités devant tes yeux.

Azel retomba à genoux, hoquetant mais incapable de recracher.

— Ne crois pas pouvoir t'échapper. Tu ne quitteras pas la prison avant des heures. La seule chose qui a changé, c'est qu'on s'est dit avec les gars que si tu devais défiler comme empereur, il fallait bien te couronner !

Le garde se retourna un instant pour désigner les couloirs.

— Ce n'est pas grand-chose, tu nous pardonneras. Je suis sûr que la cérémonie aurait été bien plus fastueuse chez toi, dans les montagnes.

Des mains invisibles le remirent debout. Ses jambes tremblaient.

— Après vous, monsieur l'empereur ! lui lança encore le garde à l'origine de cette mascarade. Avance, on n'a pas toute la journée pour s'amuser avec toi.

Pieds nus, Azel fit trois pas sur la pierre glacée. Il lui fallut quelques instants pour prendre conscience que les gardes ne l'encadraient plus. Mais il n'avait pas la force de se mettre à courir. Il avançait en titubant, suivant leurs instructions. Remonter une volée de marches l'épuisa et il manqua s'écrouler sur le palier, enseveli sous les rires des gardes. Quand bien même aurait-il pu courir, il ne serait jamais parvenu à s'échapper des couloirs de la prison.

— Du nerf, monsieur l'empereur ! siffla l'un des gardes. On vous attend pour votre couronnement !

Azel n'aurait pas su dire où l'homme se trouvait exactement. Dans son dos ? Penché près de son oreille ? Ou même devant lui ? Le jeune homme, incapable de relever la tête, contemplait les dalles déformées du sol. Des lézardes serpentaient sous ses yeux, comme pour le guider. De temps à autre, une goutte de sang éclaboussait la pierre. Il glissa plusieurs fois, se rétablissant toujours, parfois avec le soutien de l'un des gardes.

— Il saigne pas un peu trop ? chuchota l'un des gardiens.

— Ta gueule ! Ah, nous y voilà.

Le jeune homme était presque sûr qu'il s'agissait du premier d'entre eux.

Ils étaient arrivés dans l'aile nord de la prison. Devant eux, de part et d'autre d'un long couloir, d'autres prisonniers étaient enfermés dans leurs cellules. Azel aperçut des regards luisants dans l'ombre, des mains sur les barreaux, des lèvres retroussées. Une meute brimée, mais d'autant plus avide. Tous savaient à quoi ils allaient assister ce matin.

La plupart des prisonniers n'étaient que de petites frappes, de simples voleurs ou autres monte-en-l'air de la cité. Azel ne savait pas où ses compagnons étaient détenus, mais certainement pas ici. Il sourit.

— Qu'est-ce qu'il y a, Votre Majesté ? lui demanda le garde. Les invités ne sont pas à votre goût ?

Les prisonniers les plus proches saisirent sa remarque et se mirent à rire ou en profitèrent pour l'apostropher à leur tour.

— Tous ces hommes, ce sont mes frères. Eux aussi sont victimes de Carthagène, et des lois de Constance, finit par répondre Azel. Ils ne se rendent simplement pas compte que nous partageons le même cachot.

— Tu m'en diras tant.

— Vous aussi, à votre façon, vous êtes des prisonniers. Vous ne faites qu'exécuter les ordres. Pour oublier que vous n'êtes que des moutons, vous vous permettez quelques écarts de temps à autre, quand vous savez que vous ne risquez rien.

— Ferme ta gueule.

Azel s'était attendu à un coup de crosse derrière la tête, mais le garde se contenta de le pousser en avant. Autour d'eux, les cris et les quolibets fusaient toujours. Certains prisonniers tentèrent de lui cracher dessus, malgré la distance, tandis que d'autres frappaient les barreaux avec des timbales en étain ou simplement avec le plat de la main.

Encore quelques pas et le couronnement promis pourrait avoir lieu. Il n'était pas question pour lui de se complaire dans cette parodie. Il ne voulait pas courber l'échine devant ces gardes aveuglés par leur haine. Azel obéissait car il était mû par une seule idée désormais : rejoindre ses amis, ses compagnons de trois ans de lutte, qu'il retrouvait pour la première fois depuis sa capture. Jusqu'à maintenant, il n'avait jamais tout à fait été certain que Cholallan et les autres soient encore en vie. Mais ils étaient là ! Avec eux, il communierait une dernière fois autour de leurs aspirations brisées.

— Allez, dépêche.

Cholallan était lui aussi vêtu d'une parodie de vêtements indigènes : son crâne était surmonté d'une collerette de plumes multicolores, arrachées à toutes sortes de volatiles. Malgré sa vision trouble, Azel décela sur son visage des marques de coups.

Tout à coup, le masque lui parut fait de pierre.

Les autres gardes se tenaient l'arme au pied et

Azel en sentit plusieurs s'agiter, sous la houlette de celui qui l'avait tiré de sa cellule.

— N'allez pas bavasser dans votre charabia ! cracha-t-il. Dépêchez-vous ! Vous n'êtes pas là pour parler du bon vieux temps.

Le bras droit d'Azel tressaillit, sans même qu'il ose jeter un coup d'œil au garde. Il devait être responsable, au moins en partie, de son état.

— Beaucoup d'entre nous sont déjà brisés, souffla-t-il.

Azel secouait déjà la tête.

— Je suis désolé. Je dois le faire. Ou tous…

— Je vous ai dit de vous dépêcher ! aboya encore le garde.

Cette fois, Azel lui-même se tut.

Cholallan se retourna et le jeune homme découvrit enfin la couronne qu'on lui avait réservée. S'il en avait eu la force, il aurait pu éclater de rire lui aussi. La couronne en question n'était qu'un simple cercle de fer aux contours grossiers, surmonté d'un joyau de pacotille.

Il la saisit alors entre ses mains tremblantes – il ne tremblait plus de peur, seulement de colère, les yeux rouges et la mâchoire raide. Puis il retira le masque du prince. La sensation de libération ne dura qu'un instant, alors que le masque roulait au sol, disparaissant hors de sa vue. Il déposa enfin la couronne sur sa tête, avec l'impression que ses cheveux venaient de prendre feu.

— Finalement, cette couronne te convient bien, murmura Cholallan. Une couronne de pacotille pour un menteur. J'avais perdu ma femme, ma fille. Avec toi, je pensais pourtant que l'espoir était encore possible. J'espère qu'elle te fera plier le genou devant leur reine. Toi seul nous as conduits à cette journée avec tes mensonges.

— Azel, vous voilà devenu le quarante-troisième empereur de l'empire du Léopard, premier souverain de la péninsule tout entière, récita un autre indigène d'une voix glaciale, tandis que les gardes autour d'eux ricanaient bruyamment. Souverain légitime des six royaumes, protecteur des montagnes, héraut des fées. Vous voilà couronné.

Azel vacilla, manquant basculer. La ville et ses habitants n'attendaient plus qu'une chose : l'accueillir en son sein, lui ouvrir ses rues, pour mieux le broyer. Azel savait déjà qu'il obéirait et s'inclinerait devant Constance. Il n'avait pas d'autre choix s'il voulait que Cholallan et les autres survivent à cette journée. Azel le ferait pour les hommes et les femmes qui avaient cru en lui pendant trois ans.

Empereur de pacotille ou pas, il devrait s'incliner comme les autres.

Ce serait là son ultime action de Loup Gris.

49

Les gardes avaient annoncé à Azel que le défilé aurait lieu le soir même, mais il n'avait aucun moyen de vérifier leurs dires. Quelques heures plus tard, on vint le chercher dans sa cellule et le jeune homme crut le moment arrivé. Enfin, il allait à la rencontre de son destin. Une main sur les côtes, comme si ce simple contact à travers l'armure pouvait soulager sa douleur, il n'opposa nulle résistance. Combien de temps tiendrait-il ? Le sang ne coulait plus car on avait finalement pansé ses plaies. Mais cela ne suffirait pas contre le poison, pas plus que la décoction.

Il avait imaginé rejoindre un chariot et une cage comme à son arrivée à Carthagène, mais il se retrouva dans un carrosse. Azel laissa trois gardes le mener à une voiture noire dépourvue de fenêtres, tirée par deux chevaux. Personne ne saurait qui se cachait à l'intérieur d'un véhicule semblable à tant d'autres. Lorsqu'il sentit à nouveau la morsure du soleil à travers le tissu, cela ne dura pas. Il s'agissait peut-être de le conduire au point de départ de la grande parade. Peut-être pas. Il ne cherchait plus à se poser de questions.

Combien de temps dura le trajet ? Le jeune homme

n'en savait rien. Il comprit qu'il avait pris fin quand une portière s'ouvrit, laissant entrer un air chargé d'embruns. Toujours aveugle, il tendit l'oreille par réflexe mais ne perçut nulle rumeur. Ils avaient donc dû quitter l'enceinte de Carthagène.

— Ne le lâchez pas des yeux, fit une voix toute proche. S'il tente quoi que ce soit, s'il esquisse le moindre geste, abattez-le sur-le-champ.

Lautero. Il avait reconnu la voix pincée du ministre.

On le poussa sans ménagement à l'extérieur, au risque de lui faire rater une marche, puis l'un des gardes lui retira son bandeau et Azel découvrit une plage de galets caressée par l'océan, loin du tumulte du port qui l'avait accueilli à son arrivée en ville.

L'ancien chasseur de primes leva la tête, les paupières lourdes. L'après-midi s'étirait déjà. Il se rendit compte, après quelques secondes de vertige, qu'il se trouvait dans un jardin qui n'avait rien d'entretenu. La végétation luxuriante poussait à sa guise, s'appuyant à sa droite sur une demeure à moitié effondrée et qui menaçait à tout instant de s'écraser sur les galets en contrebas. Personne ne pouvait habiter ici, pas même pour chercher à s'isoler.

— À genoux, empereur ! siffla Lautero.

Contrairement à ce qu'Azel avait cru, le ministre ne voulait pas le voir s'incliner devant lui. En effet, un peu plus loin dans le jardin, la silhouette de la reine Constance se découpait sur l'horizon lapis-lazuli. Elle aussi s'était parée de ses plus beaux atours en vue du défilé. L'incarnation du pouvoir et de l'injustice se tenait à moins de vingt mètres de lui.

Elle se retourna en entendant son ministre et son regard chercha celui d'Azel, son menton finement dessiné relevé avec morgue et malice. Elle avait dû être belle autrefois. D'un éclat qui consumait votre vie.

— Approchez, Alborán, dit-elle. Lautero, restez avec les gardes, votre présence n'est pas nécessaire.

Le ministre se contenta de s'incliner, sachant qu'il n'était pas question de contredire sa souveraine lorsqu'elle se montrait aussi péremptoire.

— Vous avez besoin d'aide ? demanda-t-elle à Azel.

Le jeune homme avait fait deux pas en avant, sans même songer à lui désobéir. Le souffle trop court pour répondre, chancelant, il dut poser la main contre un bloc de pierre pour ne pas tomber. Avec un frisson glacé, il constata que c'était une pierre tombale mangée de mousse.

— C'est un modeste cimetière, lui indiqua la reine en remarquant son regard. Il abrite entre autres la sépulture du prédécesseur de mon cousin au poste de vice-roi. Un autre de mes cousins, à vrai dire.

Sans plus attendre, la reine fit quelques pas de côté et s'assit sur un banc en bois qu'Azel n'avait pas encore repéré. Celui-ci semblait neuf. Constance avait dû le faire transporter ici à dessein.

— Venez me rejoindre, mon garçon, reprit-elle.

Son ton était bien différent de celui employé lors de sa démonstration de force, sur le pont de son navire amiral. Tout aussi ferme, mais presque apaisé.

— Pourquoi ? parvint à dire Azel.

Il ne se trouvait plus qu'à trois mètres de la reine, dont le regard était désormais plongé dans la contemplation des flots.

— Qu'avez-vous de mieux à faire ?

Azel aurait presque pu en sourire. Il s'assit à son

tour, sous le regard des soldats qui les entouraient de toutes parts, en joue. Il ne put retenir un soupir, portant une fois encore la main à son flanc.

— J'aime et je déteste cet endroit à la fois, murmura Constance. Je ne parle pas de la colonie en tant que telle, mais de cet endroit précis, de ce jardin et de ces tombes. C'est ici que j'ai vu pour la dernière fois celle que j'aimais. Possédez-vous un endroit comme celui-ci ? Un jardin secret ?

Azel réfléchit. L'écume était trop brillante pour son regard. Et la réponse à donner trop évidente. Le jeune homme se souvint du domaine de son père, ses joies, ses peines.

— Oui. Autrefois.

À ses côtés, Constance hocha la tête. Un mètre, à peine, les séparait.

— Je voulais vous voir avant la *mascarade* de ce soir. J'emploie ce terme à dessein, mon garçon. Je ne suis pas folle, contrairement à ce que certains voudraient faire croire. La vue du sang ne m'excite pas. Mais je *dois* être dure. Je n'ai pas d'autre choix.

Azel garda le silence. Finalement, les rayons du soleil ne se révélaient pas si désagréables. À quoi bon prêter attention aux paroles de Constance ? La reine n'attendait pas de réponse de sa part. Il était là pour écouter des confidences qui sonnaient comme des tentatives de justification.

— Avez-vous des enfants ? reprit-elle. Moi, oui, un fils. Il me succédera un jour. C'est pour lui que je fais tout cela. Pour lui laisser un héritage.

Cette fois, Azel rit doucement, mais la douleur le rattrapa bien vite.

— Tous, vous dans cette arène, moi en tribune,

nous portons des masques, poursuivit Constance. Nous avons un rôle à jouer.

— Et on dirait que vous vous êtes assurée que je ne puisse en changer, murmura-t-il entre ses dents.

Un instant, le regard de la reine s'attarda sur son front en sueur, sur ses joues caves.

— Je ne peux faire preuve de compassion à votre égard, Azel, répondit-elle. Lautero m'a informée de ce que les gardiens à sa solde vous ont infligé. Est-ce que cela me touche ? Non. Je peux seulement vous dire que le poison n'était pas mon idée, ajouta-t-elle avec un signe de tête en direction de son ministre. Je vous l'ai dit, nous avons tous un rôle à tenir. Lautero a aussi joué le sien.

— Les affres de la solitude du pouvoir…

À n'en pas douter, Constance perçut l'ironie amère des paroles d'Azel. La souveraine ne parut toutefois pas s'en offusquer.

— Que vous le vouliez ou non, vous avez connu ce sentiment à la tête de vos troupes.

— Ce n'était pas des troupes, répliqua Azel. C'est ce que vous n'avez jamais compris. Ni vous ni Carthagène…, pas même Cortellan. Personne dans mon camp ne voulait d'une guerre. Seulement être libres.

— Nous savons tous les deux qui a soufflé sur les braises, qui a choisi sa cause personnelle au prix de nombreuses vies. Jusqu'à la vôtre.

Dans quelle mesure la reine croyait-elle sincèrement n'être responsable de rien ? Azel n'aurait su le dire.

— Je ne suis pas comme Cortellan… ou vous. Je n'ai jamais cherché à conserver ce que vous appelez le pouvoir. Vos intérêts personnels passent avant ceux de la nation. Je ne crois pas qu'avoir un fils ou même dix puisse le justifier.

Sans crier gare, Constance se redressa. Elle regardait toujours l'océan, dont le ressac baignait le cimetière à l'abandon. Azel prit conscience qu'il en avait même oublié les soldats et leurs chuchotements nerveux.

— Pourquoi tenir autant à ce lopin de terre, Azel ? Je suis l'héritière d'un royaume millénaire, béni par les séraphins. Votre Carthagène a moins de cinquante ans !

— C'est amusant, répliqua-t-il. Le souverain de l'empire du Léopard ne pourrait-il pas dire exactement la même chose à l'égard du Coronado ? Vous, entre toutes, devriez savoir que le pouvoir vient de la terre.

La reine ne sourit pas.

— Je voulais vous offrir un moment de paix avant le sacrifice, dit-elle finalement. N'oubliez pas : inclinez-vous devant moi et vos camarades seront épargnés. J'ai ordonné qu'on vous laisse ici encore une heure, si vous le souhaitez.

Azel ne chercha pas à la retenir, ni même à croiser son regard une dernière fois. Lui aussi s'était tourné vers les vagues.

— Votre Majesté, dit-il d'une voix dépourvue de la moindre ironie à présent. Puis-je vous poser une question ?

— Faites.

Si Constance avait mieux connu Azel, elle aurait pu percevoir une pointe de fébrilité au revers de ses mots.

— Tous les sacrifices de votre vie, les échangeriez-vous contre ce que vous avez perdu ?

Longtemps, Constance conserva le silence, si bien que le jeune homme se demanda s'il s'était exprimé à haute voix. Mais la souveraine croisa soudain les mains devant elle.

— Non. Je ne crois pas. Et en cela, quelque chose me dit que nous sommes différents.

Elle s'en fut alors, lui tournant le dos pour rejoindre Lautero d'un pas plus alerte qu'Azel ne l'aurait cru possible pour son âge. *Nous sommes différents.* L'ancien chasseur de primes songea à sa quête de vengeance, à la façon dont il avait consumé l'affection de Zuhaitza dans le brasier de sa colère, nié son héritage, *ses* héritages, ou encore à la visite de l'alchimiste dans la prison. Qu'aurait-il donné pour se retrouver cette nuit face à l'homme qui lui avait volé sa vie ? Il préférait ne pas répondre à cette ultime question.

Il n'eut pas droit à l'heure accordée par la reine, seulement à une poignée de minutes sur le banc, avant que les gardes qui l'avaient conduit ici ne le fassent remonter dans le carrosse, sans prendre la peine de lui bander les yeux cette fois.

— Tiens le coup, mon vieux ! se gaussa l'un des gardes. Tu dois faire le spectacle dans l'arène ou le public va gronder !

— Il y a déjà assez de gens mécontents dans cette ville au goût de la reine, ricana un autre soldat.

Loin de l'agitation grandissante, il rallia une petite place où l'attendait une carriole d'un autre âge, tirée par de simples mules. Un instant, alors que la pénombre dissimulait une partie de la cité, Azel eut l'impression d'être de retour sur les plaines. Dans ses rêves, il s'était parfois imaginé rentrer ainsi sur le domaine de son père, accueilli par Ombeline.

La jeune femme lui souriait alors et Apisi s'approchait, heureux de le retrouver lui aussi, à l'ombre des girofliers. Cette vision ne deviendrait jamais réalité, une certitude qui l'habitait depuis longtemps. Le temps était mort plus de trois ans auparavant.

— Votre fiacre est avancé, Votre Altesse ! le héla un soldat vêtu de grenat.

— Dis voir, Maripan, t'en as de la chance de conduire un empereur ! se moqua un autre, adressant un coup de coude complice à l'un de ses camarades, sans doute appelé à jouer les cochers.

— Ferme-la !

Tous se mirent à rire.

Deux autres charrettes étaient garées là et Azel frémit, baissant vite la tête en reconnaissant les visages des guerriers faits prisonniers avec lui et d'autres indigènes qu'il ne connaissait pas. Il monta dans le char en grimaçant et on lui passa de lourdes menottes, ses mouvements aussitôt limités par le poids des chaînes. Il lui était défendu de s'asseoir ou même de demeurer à genoux.

Le cortège se mit en branle, croisant bientôt les premiers passants. La population était sortie dans les rues, même celle qui n'avait pas été concernée par les troubles, et des centaines de lanternes avaient envahi les venelles de Carthagène. Azel, debout et les poignets entravés par de lourdes chaînes, n'y prêta pas attention, progressant tête basse.

Puis un murmure lui vint aux oreilles, d'abord chuchoté par une voix, bientôt repris par des dizaines, des centaines de poitrines autour de lui. Le jeune homme les entendit à leur tour. Ses propres fidèles. Leurs sanglots se mêlèrent aux plaintes de leurs frères et de leurs sœurs, dans une mélopée funèbre constellée de larmes amères. Là encore, Azel n'osa bouger ni se retourner vers les autres prisonniers dont les pleurs avaient remonté le convoi jusqu'à lui.

S'il les entendait si bien à présent, c'était parce qu'aucun habitant de Carthagène ne se moquait plus de leur douleur. Dans les rues, nul ne discutait avec son voisin. S'ils ne partageaient pas leur peine, les simples spectateurs n'osaient plus rien dire, baissant la tête à leur tour, couverts d'opprobre.

Azel avait été témoin de bien des choses ces derniers jours, mais il ne s'était pas attendu à voir la population le prendre en sympathie. Depuis qu'il avait quitté les geôles, ceux qui l'avaient reconnu avaient détourné les yeux ou l'avaient salué en silence d'un signe de tête.

Le cours de ses pensées s'interrompit avec un brusque arrêt. En pleine rue, un inconnu barrait la route du char.

— Dégage ! vociféra Maripan.

Azel considéra le trublion un bref instant. N'était-ce pas le chamane qu'il avait capturé trois ans plus tôt ? Non. Mais l'homme, un indigène, n'était pas là pour se battre. Au contraire, il mit un genou à terre, inclinant profondément la tête.

— Gloire à l'empereur, murmura-t-il, une main sur le cœur.

Le silence se fit sur le carrefour. Azel avait du mal à tourner la tête, mais il sentit du mouvement à sa droite. Pivotant maladroitement, il ne put que constater que trois autres indigènes avaient fait de même. Ils restaient là, à genoux devant lui, répétant la même formule rituelle que cet homme qu'ils ne semblaient pourtant pas connaître.

Plusieurs soldats parurent soudain se rendre

compte de ce qui se passait autour d'eux, sans qu'aucun ne presse les indigènes de se relever. Eux-mêmes plongés dans le silence, ils se contentaient d'échanger des regards interloqués, indécis. Fallait-il leur interdire de se comporter de la sorte ? Obliger le cortège à changer d'itinéraire ?

À cette intersection, entre le marché et la caserne la plus proche, on dénombrait plus d'indigènes que de colons. Le regard brouillé d'Azel tomba sur une jeune fille, sans doute la fille d'un marchand à en juger par sa tenue. Elle tenait par la main une domestique qui devait être légèrement plus jeune qu'elle. Une amie ? Azel ne pouvait que l'espérer. Il ne s'était pas attendu à voir la jeune bourgeoise s'incliner elle aussi devant lui, entraînant sa camarade avec elle. Leurs genoux disparurent dans la poussière et la boue.

Cette fois, plusieurs voix se récrièrent. Tout le monde en ville savait désormais qui était vraiment Azel. Le fils de l'une des plus grandes familles du Coronado.

— Gloire à l'empereur.

L'homme, le chamane, l'avait suivi et cria cette fois.

À ces mots, devant cette vision, toute la rue s'inclina, rangée après rangée. Bientôt, le regard d'Azel balaya plusieurs dizaines de têtes inclinées devant lui. La foule s'était écartée, lui ouvrant le chemin vers l'arène.

Mais la magie ne dura pas.

— Dispersez-vous ! hurla un premier soldat. Tout de suite !

Maripan se mit à jurer entre ses dents.

Leur parodie de défilé se retournait contre eux.

50

Constance se pencha vers son ministre.

— Dites-moi, Lautero, pourquoi un tel silence dans les rues ? Je vois que le cortège de notre petit empereur avance pourtant comme prévu.

La reine avait bien du mal à cacher sa contrariété. Elle avait précipité les réjouissances pour étouffer le soutien qu'elle sentait monter au sein de la communauté autochtone et qu'il fallait tuer dans l'œuf. Mais elle semblait avoir réagi trop tard ; même si quelques colons qui s'étaient déplacés par curiosité n'hésitaient pas à rire ou à railler Azel Alborán à son passage, la plupart des spectateurs incarnaient une masse muette. Les citoyens du Nouveau-Coronado eux-mêmes renâclaient à élever la voix, d'autant qu'ils étaient maintenant au courant de l'ascendance noble du prisonnier. Qui avait pu faire imprimer tous ces tracts dévoilant l'identité du père d'Azel ? Ce défilé aurait dû constituer une fête, une occasion de célébrer la toute-puissance royale. Constance frissonna.

Elle avait l'impression d'assister à un enterrement.

La nuit avait drapé Carthagène d'une parure d'argent et d'ébène, dissimulant la laideur de ses rues. Constance fit la moue. C'était une maigre consolation. Heureusement, la parade toucherait bientôt à sa fin. Elle jeta un coup d'œil derrière elle, dans l'arène, d'ordinaire réservée aux affrontements entre licornes si prisés des colons. À Vila Verde, ce passe-temps barbare s'était vu relégué dans l'oubli. Ici, elle avait dû faire déplacer une cinquantaine de têtes de bétail pour libérer les lieux. Il n'y avait plus un siège de libre dans les travées. C'était là que se jouerait son triomphe en fin de compte. Pour l'heure, Azel approchait, bien trop lentement au goût de Constance. Il n'était encore qu'une silhouette dorée debout sur un char et elle ne pouvait s'empêcher d'éprouver une soudaine déférence à son égard. Il n'incarnait plus un simple homme, mais l'héritier d'un Empire millénaire auquel il n'appartenait pourtant pas tout à fait.

Les lèvres de Constance s'étirèrent, blanches. Elle avait sous-estimé le poids du symbole. Malgré leurs moqueries, leurs efforts pour tourner en dérision ce statut, l'armure représentait bien davantage ; un héritage. Il émanait de la cuirasse elle-même une solennité presque palpable qui tenait à distance le plus gros des railleries. Des mules fatiguées tiraient le chariot d'Azel, mais là encore, l'armure du prince Amaru paraissait nimber ces bêtes d'un éclat rivalisant avec celui des plus beaux étalons du Coronado, alors que les rayons du soleil s'étaient faits rasants, comme pour mieux illuminer le cortège.

Peu à peu, Azel approcha et l'assistance réunie dans l'arène, entièrement acquise à la cause de Constance, s'anima. Nombreux furent ceux qui tendirent le cou pour l'apercevoir, du moins pour ceux assis en hauteur. Les autres se contentaient de se retourner, guettant une clameur qui ne venait pas.

Lorsque l'attelage d'Azel franchit enfin les portes, Constance sourit, obtenant ce qu'elle avait désiré depuis le début. Une ovation célébrant la défaite de l'Empire, la présentation de ce rebelle vaincu sous leurs yeux envieux et ardents. Cette fois, elle était certaine que les applaudissements ne retentissaient pas en l'honneur de son prisonnier, mais bien pour saluer sa capture.

— Il y a un quart de siècle, le dernier obstacle se dressant sur la route du Coronado tombait, nous offrant la victoire sur la péninsule tout entière, déclara Constance, prenant la parole. Avec la chute de l'Empire, une nouvelle page se tournait. Vingt-cinq ans se sont écoulés, vingt-cinq ans pendant lesquels nous avons tenté de faire de notre mieux afin de réunir toutes les populations sous notre bannière. Et pourtant, vous le voyez devant vous, certains ont préféré mordre cette main tendue, alors que le destin nous les avait confiés. Aujourd'hui encore, ils recherchent la division, en se comportant en véritables chefs de guerre. Pour ces hommes-là, le nombre de victimes dans les deux camps ne représente rien, seule compte la division. Toutefois, ne nous voilons pas la face ! reprit-elle. Cette province a connu des clivages profonds. Les indigènes n'ont pas été les seuls à contester l'autorité de Carthagène au cours des derniers mois, j'en ai conscience. Tous, vous devrez faire des efforts en conséquence. Avec cet anniversaire, nous panserons également ces blessures. Je vous en fais la promesse !

De nouveaux applaudissements retentirent dans l'enceinte, polis, feutrés. Tout le monde écoutait ce discours, même si, à l'évidence, les spectateurs attendaient davantage que ces quelques mots. Les paroles

– peu importe celui ou celle qui ouvrait la bouche – pesaient bien peu face au spectacle promis.

— Regardez ! intima la souveraine en tendant les deux mains en avant. Regardez !

À pas lents, Azel fit son entrée dans l'arène et les clameurs reprirent de plus belle. Constance grimaça. Les cris devinrent si assourdissants que l'on aurait cru une véritable chute de pierres s'abattant sur le jeune homme, le faisant ralentir alors qu'il progressait péniblement vers le centre de l'enceinte. Constance connaissait la raison de sa lenteur. Tout se déroulait selon ses désirs.

— Voilà le visage de la dissension ! s'exclama-t-elle encore. Le visage de celui qui pensait instaurer un ordre nouveau. Mais le seul ordre reconnu ici, c'est celui de la Couronne du Coronado !

Plus de dix mètres en contrebas, Azel ne faisait que peu de cas du discours de la reine, contemplant les arcades de l'amphithéâtre. Il avait du mal à les observer distinctement, comme si son regard s'était embué. Les odeurs d'écurie qui imprégnaient les galeries souterraines de l'édifice n'avaient fait qu'accroître ses vertiges. La puanteur semblait l'avoir suivi sur le sable. La brise nocturne qui agitait les fanions ne s'aventurait pas à l'intérieur du bâtiment. Combien de générations de licornes se succéderaient pour divertir des hommes tels que son père, faire leur fortune ou leur malheur ? Bien assez pour que toute trace de sang disparaisse sous des couches et des couches de sable ? Comment pouvait-il être si blanc et cacher tant de noirceur ? Azel eut bien du mal à réprimer un nouveau haut-le-cœur.

Il ne bougeait pas, les épaules basses, le menton légèrement tremblant. Il tenait une lance devant lui, à deux mains, avec la sensation d'être prêt à la laisser tomber à chaque instant. Finalement, il n'y tint plus et planta l'arme du prince dans le sol pour conserver son équilibre. Il croisa le sourire froid de la reine, détournant aussitôt le regard. Il remarqua alors deux épées plantées dans le sable, à l'autre bout de la piste.

— Et pour faire régner cet ordre, qui de mieux qu'un champion ? reprit la reine.

Face à Azel, sous la loge de Constance, une grille remonta lentement, révélant une ultime surprise pour le prétendu héritier de l'Empire.

— Veuillez saluer Artemis Cortellan ! Ce soir, notre vaillant général va tâcher de laver son honneur en affrontant rien de moins qu'un empereur !

Azel plissa les yeux et releva la tête à la mention du général.

Artemis ?

Le jeune homme le vit quitter l'ombre des couloirs de l'arène pour s'avancer et saisir les deux épées qui l'attendaient, non sans un instant d'hésitation. Mais le trouble apparent du vieux général ne dura pas et Cortellan s'arrêta finalement à dix mètres environ.

— Que faites-vous ici ? soupira Azel.

Artemis eut un sourire triste.

— Je suis mis à contribution.

Le regard de son adversaire se fit acéré, se posant bien vite sur les doigts ensanglantés d'Azel, puis sur son flanc droit, que le jeune homme touchait à intervalles réguliers. Cortellan grimaça.

— Il semblerait que ma cousine ait décidé d'orchestrer notre duel dans les moindres détails. Côte brisée ?

Azel se contenta d'un signe de tête négatif.

— Poison.

— Sachez quoi qu'il en soit que je suis désolé de ce traitement. Quelles que soient les circonstances de ce duel, ce n'est pas ainsi que je le concevais.

La tristesse se lisait dans ses yeux. Il n'avait jamais goûté le déshonneur.

— Jusqu'au bout, elle m'aura considéré avec mépris, murmura-t-il pour lui-même. Constance ne me fait même pas confiance pour vaincre sans son aide.

— Je compte bien me battre, hoqueta Azel.

— C'est votre droit. Espérons que dans votre cas, ma cousine tiendra parole et laissera la vie sauve à vos compagnons. Dans le mien, je sais déjà qu'elle ment. Constance a toujours été impatiente.

Poussés par l'instinct pour l'un et une vie de duels pour l'autre, les deux hommes se mirent lentement à marcher en cercle. Même en temps normal, Azel aurait eu du mal à manipuler la lance du prince. Il n'avait jamais tenu de pique de sa vie et avait l'impression de se retrouver projeté des siècles en arrière, à une époque où le tranchant de l'acier décidait de tout. La pointe de l'arme traçait un sillon tremblant dans le sable.

— Peu importe mon sort, répliqua le jeune homme d'une voix hachée. Je ne me bats pas pour moi.

Artemis secoua la tête.

— Voilà ce qui vous a conduit ici : embrasser la cause des autres. Et j'ai le sentiment que vous ne vous êtes jamais battu pour vous.

Azel se mit en garde, chaque pas les rapprochant de l'instant où l'un d'eux passerait à l'attaque. Son père avait bien essayé de lui enseigner l'escrime, ainsi qu'à ses frères, mais le jeune homme ne s'était jamais montré très assidu, plus à l'aise avec un pistolet. Cet ultime duel contre Cortellan l'opposait à l'un des maîtres de l'épée du Coronado. Une bonne partie de la réputation du général s'était forgée au fil de ses lames et des duels qu'il aimait autrefois mener.

Constance s'était redressée, prête à frapper dans ses mains. Dans les gradins, le public avait fait silence. En élevant un peu la voix, les deux combattants eux-mêmes auraient sans doute pu se faire entendre jusqu'au dixième rang.

La reine ouvrit la bouche, avant de la refermer aussitôt. Azel et Artemis comprirent, tout comme la foule, qu'elle avait vu quelque chose au-delà des murailles de l'arène. Quelques instants plus tard, une série de crépitements succéda à un léger sifflement, puis les gradins se parèrent d'une ombre rouge.

— On dirait bien que quelqu'un était pressé d'admirer les feux d'artifice, sourit Artemis.

Constance s'était retournée vers les membres du Conseil présents, ainsi que son ministre, Lautero. À les voir se recroqueviller sur leurs sièges, la nature de ses paroles était évidente. Mais elle pivota vers la foule comme si de rien n'était.

— Notre grand général, au nom de la Couronne, va maintenant exécuter la sentence que les séraphins ont réservée aux traîtres ! s'exclama la souveraine.

Artemis ricana.

— Les séraphins, comme toujours… Ils ont bon dos. Au fil des ans, ma cousine et la Croix-Blanche ont justifié toutes leurs actions en les invoquant. N'est-ce pas pratique de vénérer des divinités invisibles ?

C'était la seule chance d'Azel. Attaquer au détour d'une réplique anodine. Il s'apprêtait à bondir quand un second feu d'artifice s'éleva dans les cieux. Beaucoup plus proche de l'arène que le précédent.

Lautero ne tarda pas à se lever, cherchant à quitter la tribune sous le regard courroucé de Constance. Artemis, lui, n'avait pas quitté sa cousine des yeux.

— Ce n'est pas normal…

Une troisième explosion le confirma, illuminant le firmament d'une pluie d'étoiles jaune vif.

— Le premier aurait pu être une erreur, mais deux explosions de plus ? reprit le vieux général. Je ne crois pas que…

Malgré la douleur, Azel bondit, coupant droit à travers le cercle invisible qui les séparait. Il n'avait aucune idée de quelle façon utiliser au mieux cette arme et voulut frapper d'estoc. Artemis l'évita d'un pas de côté. Sincèrement intrigué ou pas, il avait fait semblant de se laisser distraire par les feux d'artifice prématurés. Il plaça son pied gauche sur le chemin d'Azel, qui bascula en avant. Le jeune homme laissa échapper sa lance et se retrouva à terre.

La foule se récria. Azel releva la tête, tandis que son adversaire le contournait lentement par la droite.

Leurs deux regards se croisèrent une dernière fois.

— Je suis désolé, souffla Artemis en levant sa lame au-dessus de sa tête.

C'était fini. L'armure du prince Amaru ne protégerait pas Azel d'une telle attaque. Il n'avait pas d'autre arme, aucun poignard caché dans une botte. Il pouvait toujours jeter une poignée de sable au visage du général, mais Artemis était trop roué, trop expérimenté.

— Je vous regretterai, Azel. Vous étiez quelqu'un de surprenant.

Azel choisit de ne pas fermer les yeux. Il songea à Zuhaitza ; à l'alchimiste grimaçant. Il vit la lune épouser le tranchant du sabre de son adversaire, glisser sur ses doigts aux jointures blanchies, crut saisir dans la pénombre un infime tremblement dans le bras d'Artemis.

Le jeune homme sourit, portant la main à son flanc blessé.

— Peut-être nous reverrons-nous bientôt.

Un grondement différent se mit tout à coup à résonner à leurs oreilles. Sous leurs pieds, le sable de l'arène frémit. Dans les travées, des gobelets de cuivre se renversèrent. Deux fanions se détachèrent du toit.

Chacun en chercha aussitôt l'origine. Tout le monde connaissait de réputation les tremblements de terre qui avaient déjà frappé la ville à plusieurs reprises.

Ils n'étaient pas en cause ce soir.

Tous les regards convergèrent vers le clocher de la basilique et la représentation des douze séraphins majeurs. Accompagnées des hurlements des poutres donnant l'impression que les statues avaient pris vie, les effigies basculèrent dans le vide, une à une, disparaissant derrière les terrasses du quartier avant de soulever un immense nuage de poussière qui occulta un instant la basilique tout entière. Mais il se dissipa bien vite, dévoilant une flèche proprement décapitée.

Le symbole même de la foi des colons.

51

Près de la cathédrale, quelques minutes plus tôt.

Comnène inclina la tête sous le fronton marmoréen de la basilique couverte d'azulejos.

— Je ne sais pas si j'en ai la force, Armandillo. Je ne sais pas.

Son secrétaire et lui avaient traversé le parvis sous l'œil sévère des séraphins. Il n'y avait pas encore foule, d'autant que cette cérémonie était réservée à une élite. Les habitants de la cité n'auraient pas le droit de pénétrer dans la basilique, et le parvis lui-même était considéré comme une zone sous étroite surveillance, depuis que la ville se complaisait dans le frisson de l'agitation. Comnène avait imaginé présenter le Cœur du Coronado à la population sur le balcon du palais du vice-roi, mais son secrétaire l'avait convaincu que, là encore, il valait mieux rester prudent, surtout après la tentative d'assassinat dont il avait été victime. Quel meilleur écrin pour cette relique que la basilique tout juste achevée, pour faire le lien entre le royaume et sa colonie ?

C'était un raisonnement parfaitement sensé, justifié. Il le savait. Un tel cadeau n'était pas fait pour tout le monde. Le simple fait de contempler le Cœur constituait un véritable privilège, réservé d'ordinaire aux invités de marque ou aux dignitaires religieux de haut rang. Ce qu'il était. Ses mains serrèrent plus fort les accoudoirs de son fauteuil. Ce qu'il était. Il devait se le rappeler. Oui. Il était digne du Cœur.

Armandillo le lui avait encore martelé un peu plus tôt sur le chemin. La cérémonie ne commencerait pas avant deux heures environ. Voilà qui lui laissait le temps, espérait-il, de retrouver ses esprits et un semblant de sérénité.

— Vous en êtes capable, monseigneur, chuchota le secrétaire au creux de son oreille.

Comnène sentit sa peau se couvrir de chair de poule. Perdu dans ses pensées, il ne s'était même pas rendu compte qu'ils avaient déjà franchi les portes de la basilique. Là, ils remontèrent la nef, rangée après rangée. Une vingtaine d'invités – parmi les moins prestigieux, ou les plus pieux – avaient déjà pris place sur les bancs. La plupart détournèrent les yeux en entendant gémir les roues du fauteuil de Comnène, à moins que l'étrange silhouette d'Armandillo n'en soit la cause.

— Regardez ces pauvres créatures, murmura son secrétaire en observant l'allée centrale. Perdues, désespérés, inconscientes de leur errance et de leur souffrance. Elles ont tellement besoin de nous.

Comnène suivait des yeux les ogives élancées qui s'arc-boutaient au-dessus de leurs têtes.

— Malheureusement, il en ira toujours ainsi, mon cher. Nous ne sommes pas dans le Jardin, même si certains l'ont cru en arrivant ici. Tout ce que nous pouvons faire, c'est prier pour eux.

— Prier ne suffit plus, monseigneur. Vous avez vu

comme moi de quelle façon cette ville s'abîme dans le chaos. Pensez-vous que la reine puisse rétablir la paix ? En soigner tous les maux ? Même si j'admire sa poigne, je ne le crois pas. Je vais demander aux gardes de se retirer un moment, ajouta-t-il.

— Mais…

— Pour vous laisser seul avec le Cœur.

Comnène ne dit rien, se contentant d'un sourire ; Armandillo se laissait parfois aller à des élans mystiques d'un autre temps.

Tous deux atteignirent le chœur. Armandillo chassa les soldats les plus proches d'un claquement de doigts, les reléguant à l'autre bout de l'édifice.

— Faites place au prélat ! lança-t-il.

Comnène baissa la tête, embarrassé.

— S'il vous plaît, Armandillo. Ces braves soldats ne font que leur travail.

— Allons, monseigneur, je vous l'ai souvent répété, vous n'êtes pas considéré à l'aune de votre juste valeur.

Comnène grimaça. Depuis quelque temps, Armandillo se montrait de plus en plus déférent à son égard, une attitude qui en devenait presque gênante. Et qui ne faisait rien pour l'apaiser en cet instant.

Le prélat tendit le cou en direction de l'entrée de la basilique, mais la nuit se pressait déjà aux portes du majestueux édifice, lui barrant la vue. Il déglutit péniblement, sentant ses entrailles se nouer. Ils étaient maintenant arrivés devant l'autel, au niveau du transept, et Comnène n'osait même pas lever les yeux sur les vitraux qu'il avait si souvent contemplés. Cette cérémonie se révélerait à nulle autre pareille.

Son secrétaire pencha la tête.

— Monseigneur, il est temps.

Comnène savait ce qu'il voulait dire. Derrière la porte en face d'eux se cachait une chapelle, et dans cette crypte, au pied d'une volée de marches, les attendait le Cœur du Coronado. Le prélat n'avait pas prévu cette entorse au protocole – ce n'était pas vraiment autorisé –, mais une fois de plus, les douces paroles de son secrétaire avaient su le convaincre. Pourquoi n'aurait-il pas le droit de poser les yeux sur cette sainte relique ? Il n'en avait encore jamais eu l'occasion.

Avec un dernier regard inquiet en direction des soldats en patrouille, le prélat acquiesça et Armandillo s'engagea dans le déambulatoire, croisant trois autres chapelles et autant de vitraux à la gloire des séraphins.

Comnène baissa les yeux sur ses genoux, laissant une fois encore son secrétaire lui imposer le chemin à suivre. Ce dernier ouvrit la porte que Comnène avait contemplée de loin quelques instants plus tôt à peine.

Il releva la tête en franchissant le seuil. Le Cœur l'attendait.

— Permettez, monseigneur…

Avec une infinie douceur, Armandillo le souleva, laissant son fauteuil au sommet des marches.

— C'est l'affaire de quelques secondes, ajouta-t-il comme pour s'excuser de devoir le porter.

Comnène pouvait tenir debout, mais marcher était le plus souvent au-dessus de ses forces. Il ne comptait plus le nombre de fois où il était tombé avant même d'avoir posé un pied devant l'autre. Il se sentit tout à coup si léger dans les bras d'Armandillo, si paisible. Mais ce dernier n'avait pas menti. Ils se trouvaient déjà au pied des escaliers. Le reliquaire était bien là, posé sur une colonne de marbre, à moins de dix pas, éclairé par quelques cierges dégageant une fumée légère. Ici, pas de vitraux, pas de tableau ni de statue, seulement un banc, sur lequel son secrétaire le déposa avec délicatesse. La crypte avait été creusée dans la roche, à même le grès sombre veiné de quartz, évoquant davantage une caverne servant de lieu de culte aux indigènes qu'une chapelle.

Comnène poussa un soupir tremblant, les yeux humides.

— Je suis content d'être là. Vous avez eu raison. Pouvez-vous me laisser un moment, Armandillo ? Vous savez que j'aime être seul pour me recueillir.

Le silence répondit au prélat, qui releva la tête. Armandillo lui rendit son regard, puis se dirigea vers le reliquaire.

Avec horreur, Comnène le vit lever les bras puis saisir l'objet à deux mains, avant de se retourner vers lui.

— Je ne le savais pas, mais je vous ai longtemps attendu, murmura-t-il. Grâce à vous, le roi des rois pourra enfin prendre vie.

— Reposez le Cœur, Armandillo. Personne n'a le droit de le manipuler en dehors de…

Il n'eut pas le temps de terminer sa phrase, car son secrétaire déposa alors le reliquaire sur ses genoux. Comnène se mit à trembler, incapable de détourner les yeux de l'objet de bronze. Il lui semblait presque chaud, même si c'était impossible.

— Le Cœur d'Uriel. Lorsqu'il battra à nouveau, le roi des rois s'en nourrira. La renaissance est proche, monseigneur. Faites-moi confiance. Je vous en prie, Comnène, faites-moi confiance.

Un sifflement attira l'attention du prélat, bouche bée.

Armandillo avait tiré un couteau.

La voûte au-dessus de leurs têtes se mit soudain à vibrer.

Le secrétaire se précipita dans les escaliers pour comprendre de quoi il retournait, son faciès implorant tourné vers les hauteurs de la basilique.

— Par tous les séraphins…

52

Dans les rues de Carthagène, quelques dizaines de minutes plus tôt.

Des nuages bas et violacés planaient au-dessus de la cité, illustrant à merveille la chape de plomb qui pesait sur Carthagène. Le couvre-feu avait été renforcé. Il était interdit de se promener dans les rues avec une arme à feu, et tout ce qui pouvait servir d'arme blanche était l'objet de contrôles à différents carrefours stratégiques. Le centre-ville était isolé du reste par des murs invisibles mais bien réels.

Damir rajusta sa casquette. Au crépuscule, sur les hauteurs de Carthagène, il ne faisait pas si chaud. Il aurait presque regretté d'avoir laissé sa veste à son camarade, mais il avait un besoin pressant à soulager. À la recherche d'un pas de porte à l'abri des regards, le jeune homme grogna. Dire que d'autres – les fameuses « fourmis rouges » de la reine, surnom rapidement attribué à ses soldats habillés de grenat – allaient faire la fête ce soir, quand lui s'était vu relégué à l'écart. Il aurait pourtant bien voulu apercevoir Cortellan à sa sortie de cachot. La chute du général avait entraîné la sienne et celle de tous ses camarades officiers, jugés complices des agissements du vieil homme.

Leur situation était la pire à ses yeux : ils étaient confinés à l'intérieur du périmètre sous surveillance, mais loin des lieux de célébration, tout en restant trop proches des zones à risque pour prendre de réelles libertés avec le règlement.

Damir avait encore deux heures à tirer avant que son partenaire et lui cèdent leur place. Il jeta un coup d'œil derrière lui. La tête couronnée de lames de l'Ange aux épées était toujours visible, même à vingt mètres de la statue. Pourquoi surveiller un monument qui n'intéressait personne ? Avoir en permanence sous les yeux le symbole de la gloire passée de Cortellan ravivait ses rancœurs. La statue comportait soi-disant plus de mille lames arrachées à ses ennemis par le général lui-même.

— Foutaises ! marmonna-t-il.

L'ancien lieutenant ne comptait pas se soulager sous l'œil de la statue. Enfin, il trouva une ruelle à sa convenance. En soupirant, il déboutonna son pantalon, puis leva les yeux sur le ciel violet, quand on l'interpella soudain.

— Excusez-moi ? Monsieur l'agent ?

Une voix de femme. Une voix jeune.

— C'est bien ma veine, grommela Damir.

Aussi maladroit qu'empressé, le soldat rajusta sa ceinture avant de faire brusquement volte-face.

— Oui ?

La voix qui s'était adressée à lui appartenait bien à une jeune femme blonde, un peu trop potelée à son goût. Elle avait le teint frais et portait une ombrelle sous le bras.

— Vous ne devriez pas être ici, soupira-t-il en triturant sa casquette.

— Ah bon ? La zone n'a pas l'air interdite pourtant. Je n'ai pas vu de barrière.

— C'est parce qu'il n'y en a pas, mais... C'est à cause de la statue, là, au bout de la rue.

— Je crois que je me suis perdue. L'aide d'un charmant soldat ne serait pas de refus ! Pourriez-vous m'indiquer...

Damir ne l'écouta pas plus longtemps. Il ne la laissa pas non plus le retenir par la manche. Le soldat se mit aussitôt à courir, sans même prendre le temps de ramasser sa casquette lorsque celle-ci tomba dans la poussière. Il avait un mauvais pressentiment. Un très mauvais pressentiment.

Retrouvant le cul-de-sac menant à la statue, Damir se figea. Son camarade avait disparu. Tout comme sa veste. Une trentaine d'hommes et de femmes s'étaient massés au pied de l'Ange.

Entre leurs mains, des lames de toutes sortes, de toutes formes, de toutes longueurs, émoussées, aiguisées. Damir porta la main à sa ceinture par réflexe afin de saisir son arme.

— À votre place, je ne ferais pas ça.

Il se retourna à demi.

La jeune fille blonde l'avait suivi.

Dans ses bras, Damir crut distraitement reconnaître deux fusées.

À trois rues de là, soit à moins de deux cents mètres de l'arène, les soldats de la reine étaient occupés à régler des soucis de circulation. Le tracé du défilé de même que les barrages obligeaient les chariots à emprunter des rues qui n'étaient pas toujours conçues pour eux.

— Qu'est-ce que vous venez faire ? aboya le garde en observant le chariot d'un œil torve.

— Nous avons quelques tonneaux d'alcool à livrer, pour la fête. Vous devriez nous laisser passer, peut-être que vous pourrez en profiter vous aussi plus tard !

Le garde grogna, tout en jetant un coup d'œil dans la rue. Il semblait hésiter et son camarade préférait ne pas s'en mêler.

— Ne nous mettez pas en retard, s'il vous plaît ! le pressa le conducteur du chariot. Qu'y a-t-il ? Vous ne pensez tout de même pas que j'ai caché des gens dans ces tonneaux, si ?

— Pourquoi vous me dites ça ? répliqua le garde, les yeux plissés.

Au lieu de désamorcer la situation, la remarque du conducteur nourrit de nouveaux soupçons.

— Leandro ! aboya le garde.

Le soldat sursauta avant de monter dans le chariot.

— Si vous n'avez rien à vous reprocher, vous laisserez bien mon collègue vérifier quelques tonneaux ?

— Mais bien sûr.

Le conducteur ne broncha pas.

L'examen de sa cargaison, qui dura quelques minutes, s'écoula dans un silence seulement troublé par les sifflets et les cris de l'autre côté de la rue, contrastant nettement avec la rumeur en provenance de l'arène qui dominait le quartier.

— C'est bon ? finit par demander le conducteur. Je ne suis là que pour faire une livraison, vous savez.

— Ça va, ça va. Vous êtes si pressé de jouer les larbins ?

— Oh, ce n'est pas moi qui remplirai les verres.

— Rien à signaler, Leandro ? s'enquit le garde.

Son camarade fit non de la tête.

— C'est bien de l'alcool, aucun doute là-dessus. J'ai vérifié tous les tonneaux, ajouta-t-il en refermant le dernier à l'aide d'un petit marteau. On peut les laisser passer.

— Si tu le dis, répondit l'autre, de toute évidence toujours réticent face à cette livraison inattendue.

Mais dans la précipitation qui les avait tous emportés ces derniers jours, une livraison de plus ou de moins était-elle bien surprenante ?

— C'est bon. Filez donc. On n'a pas que ça à faire de la soirée.

— Oui, je n'en doute pas, répliqua le livreur, s'attirant un nouveau regard noir de la part du garde.

Bon sang, se dit Calider en faisant claquer les rênes, levant la tête sur une première montgolfière, *tiens ta langue.*

Lorsqu'il avait présenté Heitor à Zuhaitza, il n'avait pas imaginé qu'une nouvelle idée germerait si vite dans l'esprit de cette dernière. Pour la jeune femme, cette nuit n'était pas qu'une question de convictions ; lui, en revanche, ne pouvait que suivre sa conscience. Calider jeta un ultime coup d'œil au ballon. Au moins, personne ne lui avait demandé de remonter dans la nacelle de l'un de ces engins de malheur !

Le sergent Calamalo eut bien vite d'autres soucis en tête. Il avait dû quitter le barrage dont il avait la charge avec deux de ses hommes, car on était venu les prévenir d'une bagarre d'ivrognes deux pâtés de maisons plus loin. Quelqu'un semblait avoir décidé que cette nuit était la bonne pour offrir des verres d'alcool aux fêtards et les incidents s'étaient multipliés aussi vite que les bouteilles vides.

— Qu'est-ce qu'on fait, sergent ?

Calamalo n'avait jamais songé mettre les pieds dans un tel bourbier. Carthagène était une véritable poudrière et le sergent avait l'impression de marcher une allumette à la main depuis le début de la journée. Une allumette qui lui brûlait les doigts et ne voulait surtout pas s'éteindre, même au bout de plusieurs heures.

— Qu'est-ce qu'on fait ? répéta le soldat de deuxième classe.

Aucun d'eux n'avait jamais eu envie de découvrir la colonie. Tout le monde savait bien au Coronado que ces terres étaient considérées comme perdues. Elles ne faisaient plus rêver personne, mais il n'en allait bien sûr pas de même pour leur reine ; et la volonté de Constance était la leur.

Une charrette renversée leur barrait à présent le chemin, tandis que les tonneaux qu'elle abritait quelques secondes plus tôt cascadaient dans la rue.

Les trois soldats se retournèrent, nerveux. Les crépitements sonores dans leur dos leur avaient fait craindre le pire, et s'apercevoir qu'il s'agissait d'un simple feu d'artifice déclenché trop tôt ne les apaisa pas.

— Ce n'est rien, marmonna le sergent, le premier d'entre eux à même de se reprendre.

— Mais le feu d'artifice ne doit-il pas avoir lieu sur la grand-place ? répondit un autre soldat, en désignant la direction du pouce. C'est carrément de l'autre côté, sergot !

Calamalo haussa les épaules.

— Je n'en sais rien, moi. La reine a peut-être décidé d'en organiser plusieurs. Ou les caves du coin. Ils ont l'air prêts à tout pour l'impressionner.

Les trois soldats gloussèrent, mais une nouvelle explosion pétaradante leur fit faire volte-face.

— Crevez, les fourmis !

Encore ce surnom ! Certains ne comptaient manifestement pas seulement boire. Des bouteilles enflammées traversèrent les rues pour venir s'abattre contre les murs ou les échafaudages, créant des flaques de feu aux quatre coins de la rue.

Des rues.

Bien vite, des dizaines de foyers d'incendie potentiels les encerclèrent.

— Ça ne va pas du tout ! reprit l'un. Ils ont bloqué les accès.

La plupart d'entre eux connaissaient encore très mal les embranchements des rues de Carthagène, découvertes à peine quelques jours plus tôt.

— On va finir coincés !

Dans leur dos, une seconde fusée colorée s'éleva au-dessus des toits.

Zuhaitza caressa Apisi entre les deux oreilles, puis se retourna vers Heitor.

C'était l'une des dernières étapes de leur plan. Les forces du Coronado étaient allées jusqu'à fouiller toutes les maisons dans le périmètre des festivités. Il était impossible de cacher des armes à l'intérieur. Zuhaitza n'avait même pas cherché à le faire d'ailleurs. Il était hors de question de créer un incident à même de provoquer la fin de toute leur opération.

Heitor sourit en la voyant flatter l'animal.

— Je vois ce qui a pu plaire à mon frère chez vous. Même s'il est parfois trop sensible pour les entendre, il a besoin qu'on lui dise ses quatre vérités. Rien que pour ça, il faut bien tenter de le sortir de là.

Heitor souffla dans ses mains avant de reprendre :

— Vous ne dites rien ?

— Pourquoi, je devrais ? Je suis en confession ?

Cette fois, le sourire d'Heitor illumina son visage.

— Oh, vraiment, Azel doit vous adorer.

La jeune femme se pencha sur le toit pour contempler la rue, passant une main sur son crâne lisse. Elle avait tenu à se raser la tête avant cette nuit fatidique, comme pour trouver dans ce geste le moyen de remonter le temps.

— Vous ne m'avez pas répondu, répliqua-t-elle enfin, concernant les séraphins. J'ai été étonnée de voir que vous étiez prêt à vous impliquer.

— Mon frère a une famille. Je suis heureux qu'ils aient pu partir, grâce à l'argent des fonds secrets de Cortellan. Ma famille à moi, c'étaient mes fidèles, mais je n'en ai plus désormais. Alors, pourquoi ne pas me battre pour la seule chose qui peut faire évoluer la situation de la péninsule ? Si nous devenons indépendants, rien ne garantit que nos décisions seront meilleures, mais ce seront les nôtres.

La jeune femme se contenta d'un signe de tête. S'ils n'avaient pu dissimuler des armes sur eux, ils n'étaient pas sans défense pour autant, bien au contraire. Zuhaitza avait su composer avec les ressources dont elle disposait. Les différents opposants de la Couronne s'étaient fédérés, que tous en aient conscience ou pas. En permettant aux partisans de Cortellan de s'emparer de quatre montgolfières, elle avait créé un nouveau foyer de soulèvement. Qu'Artemis soit libéré cette nuit, qu'il s'échappe à l'étranger ou décide de lutter contre sa cousine, elle n'en avait que faire. Tout comme la reine, elle guettait maintenant un signal.

Le même que cette dernière.

Dès la première explosion de couleurs dans les cieux de Carthagène, la jeune femme leva le bras et déclencha le déluge, aux quatre entrées de la caserne.

Les soldats reculèrent aussitôt, sans même se poser de question. Des averses d'étincelles pleuvaient des toits environnants. Au lieu de s'envoler en direction des nuages, les feux d'artifice s'étaient changés en véritable arme de guerre.

— Rien de plus simple qu'un mortier, siffla Zuhaitza. Et en prime, même pas besoin d'en fabriquer nous-mêmes.

Une voie de plus se dégageait pour eux, tandis que les soldats battant en retraite ne savaient quelle tactique adopter. Quitter la ville ? Se replier en direction du port et de leurs navires ? Tirer ne servait à rien face à un ennemi invisible et plusieurs d'entre eux abandonnèrent leur fusil au cours de la débandade. Zuhaitza disparut derrière le muret après avoir déclenché un nouveau feu d'artifice, qui éclata en contrebas, à quarante mètres de là, dans une succession de ricochets vert émeraude. Des torrents de fumée avaient également envahi les rues, ajoutant encore à la confusion.

Parfait.

Son plan ne pouvait pas échouer. Elle ne pouvait se le permettre.

— Laissez-moi tirer cette fusée, murmura-t-elle. C'est le dernier signal.

— Bon, cette fois, on dégage !

Calamalo se demanda s'il devait attendre une minute, moins peut-être. Ils étaient seulement parvenus à fuir les flammes quelques instants plus tôt, cherchant désespérément à rejoindre leur barrage, même si, au fond de lui, le sergent avait du mal à imaginer qu'il soit encore debout. Leurs adversaires d'une nuit avaient arraché de quoi monter eux-mêmes des barricades. Au coin de la rue que les trois soldats venaient de quitter, ils avaient renversé une diligence, afin de barrer toute la largeur de la chaussée.

— Du calme, les gars, du calme ! On doit reprendre nos esprits !

Ces rebelles avaient gonflé leurs plumes, mais ils n'étaient pas si nombreux. Combien de visages masqués avaient-ils croisés ? Quelques dizaines ? Cent ? Cinquante ? Comment savoir ? Ils ne portaient aucun signe distinctif, en dehors des foulards dissimulant leurs traits.

— Sergent ! s'écria Leandro. Le point de contrôle ! Il est là ! Au bout de la rue !

Calamalo fit volte-face. Enfin ! Ils avaient retrouvé le bon carrefour. Les arcades de leur foutu amphithéâtre semblaient enfin à portée. Ils avaient toujours gardé les arènes en point de mire, sans jamais avoir l'impression de s'en rapprocher jusqu'à cet instant.

— Sergent !

Le sous-officier serra plus fort la crosse de son arme. Et merde. Il avait cru ce cauchemar terminé, mais un dernier choix l'attendait.

— C'est bien ma veine, murmura Calamalo. Pour une fois que je décide de revenir à mon poste.

La rue sous leurs pieds s'était remise à gronder, mais il n'était pas question d'une nouvelle explosion. Les yeux ronds, Calamalo vit surgir du coin de la rue un troupeau entier de licornes, lâché dans les artères de Carthagène.

— Et merde.

Les énormes animaux laineux fonçaient tête baissée, balançant leur corne de plus d'un mètre de long en hurlant. Un jeune garçon se retrouva sur la trajectoire de l'une de ces bêtes, incapable de l'éviter. Il ne survécut pas au choc, alors que la licorne poursuivait sa course folle sans ralentir.

— Il faut grimper !

— Non, par ici !

Calamalo et ses deux camarades s'engagèrent dans une allée aux allures de coupe-gorge. Tout était préférable aux licornes. Les laissant derrière eux, ils rallièrent trois minutes plus tard les abords de la grand-place, elle-même gagnée par un émoi croissant. Mais le sergent n'avait aucune intention de laisser le soulagement l'envahir, persuadé qu'il était trop tôt pour cela.

Bien lui en prit : la flèche de la basilique s'embrasa sous ses yeux un instant plus tard.

53

Constance n'avait pas attendu plus de quelques minutes avant de quitter la tribune d'honneur, puis l'amphithéâtre lui-même. La ronde céleste des montgolfières planant à une altitude anormalement basse avait fini par la convaincre d'écouter son ministre. Elle ne pouvait pas courir le risque de rester et de se retrouver isolée au cœur de Carthagène. On leur avait rapporté des incidents à différents points de la ville, souvent éloignés, comme pour mieux pousser la garde à multiplier les interventions. Les alentours immédiats des arènes avaient même vu défiler un troupeau de licornes déchaînées ! Une caserne était prise d'assaut, une partie des étudiants avaient quitté l'université pour protester dans les rues, et plusieurs points de contrôle avaient sauté, libérant l'accès au centre-ville.

Ses troupes étaient débordées, de même que les forces de la colonie. Une fois de plus, Constance leva les yeux sur le ciel étoilé, préférant ne pas contempler le spectacle lamentable qui l'entourait.

— Faites place ! Faites place !

Lautero avait quitté le carrosse royal pour haranguer les soldats occupés à dégager la voie. Ils avaient tous cru que le retour sur le port serait aisé, que les rues à l'ouest de l'arène n'étaient pas touchées par les mêmes troubles que le reste de la cité. Mais s'il n'y avait pas de contestataires armés, les soldats du Coronado devaient disperser une foule de badauds qui avaient choisi cette nuit pour s'attaquer à un hôtel. L'établissement – le seul à mériter ce nom dans une ville comptant son lot de pensions modestes et d'auberges mal famées – avait été littéralement pillé. Des dizaines de personnes, pour certaines manifestement ivres, étaient encore rassemblées à l'ombre de la façade éventrée, espérant récupérer les dernières miettes.

— Faites…

Lautero ne put terminer sa phrase, rattrapé par une quinte de toux. Il se saisit d'un mouchoir de soie, pour se protéger d'une rafale de vent chargée de grains de sable, tout en se retournant vers le carrosse.

Constance grimaça. Quel spectacle ! Elle tourna la tête en direction des quais, encore bien trop éloignés à son goût.

Calider s'arrêta, à bout de souffle, les mains sur les hanches. Maran, le chef des étudiants, l'attendait dix mètres plus loin. Il l'avait croisé un arc à la main, en route vers son point de repli. Du côté du journaliste, les choses avaient vite mal tourné après la livraison. Il avait vu de ses yeux des soldats du Coronado sur le point d'ouvrir le feu sur la foule. S'ils en étaient arrivés à une telle extrémité, ni lui ni aucun autre gratte-papier n'auraient la possibilité de témoigner à ce sujet. Constance aurait sans doute décidé de trancher dans le vif et d'éliminer tous ceux à même de témoigner, de faire vivre la vérité. Quelques semaines plus tôt, quelques jours même, Calider n'aurait jamais cru cela possible.

Comme beaucoup d'autres, le journaliste avait reculé, se dirigeant vers l'université, poussé par la foule. C'était là que leurs deux routes s'étaient croisées. L'établissement, fermé depuis plus de dix jours, avait vu nombre d'étudiants braver l'interdiction et se retrouver le soir pour discuter de leurs revendications, mais aussi pour organiser leur mouvement, évidemment. Imitant les « fourmis rouges » de la garde royale, ils avaient même dressé des barricades afin d'en contrôler l'accès. Cette nuit, l'université s'érigerait en refuge pour tous les révoltés.

— Vous avez du mal à avancer, Calider ? fit soudain une voix connue.

Le journaliste se retourna et ne fut pas surpris de reconnaître Zuhaitza. Il eut toutefois besoin de quelques instants. Elle s'était rasé la tête, renonçant à sa lourde natte. La jeune femme se trouvait sur un toit, à l'angle d'une rue perpendiculaire à celle empruntée par Calider.

— Je vous avais dit que je n'étais plus tout jeune lors de notre première rencontre, répliqua-t-il en se redressant.

La jeune femme sourit, mais sa posture et son regard trahissaient sa tension. Elle désigna les mains noircies de Calider.

— Je vois que vous avez décidé de faire plus que conduire un chariot, dit-elle.

Zuhaitza avait sans doute voulu le provoquer, ou simplement lui faire prendre conscience qu'il devrait lui aussi se battre pour ce en quoi il croyait, loin du refuge de ses feuilles de papier, et sans visée blessante, mais le journaliste baissa les yeux. Dans le tumulte, il avait oublié la bombe incendiaire qui avait roulé jusqu'à ses pieds quelques minutes plus tôt et qu'il avait renvoyée droit sur la barricade la plus proche. Il avait fui avant de la voir exploser, mais sa détonation ne s'était pas révélée moins réelle. Les éclats de verre l'avaient rattrapé au bout de trois pas. Avait-elle causé des victimes du côté des soldats, peut-être même dans leur propre camp ? Dans un cas comme dans l'autre, il ne voulait plus y songer.

— Vous êtes en route pour l'arène ? l'interrogea-t-il, avec un regard en coin pour Maran.

Celui-ci couvait littéralement l'espionne des yeux. Il ne devait toutefois pas connaître l'étendue du rôle de la jeune femme dans cette affaire, notamment son action auprès de Cortellan, une figure guère appréciée de la jeunesse de Carthagène.

— Je viens avec toi ! fit Maran.

Zuhaitza secoua la tête.

— Tu as largement de quoi t'occuper avec ton groupe. Ne t'inquiète pas pour moi.

— Mais…

Un pas en arrière suffit à faire disparaître la jeune femme. Maran garda les yeux rivés sur le toit un court moment, avant de sentir le regard de Calider sur lui.

— C'est donc elle qui vous a poussé à vous dresser contre l'université et le Conseil ? s'enquit le journaliste.

Le jeune homme hocha la tête, le regard toujours perdu, comme s'il ne percevait plus les remous de la marée humaine qui l'entourait.

— Vous la connaissez aussi ? demanda-t-il finalement.

— Disons que c'est l'une de mes sources d'informations.

Calider avait repris son souffle. Maran, toutefois, ne semblait toujours pas prêt à se remettre en route.

— Je devrais la suivre, dit-il à mi-voix. Il pourrait lui arriver malheur. Elle ne devrait pas… elle ne devrait pas faire ça.

À quoi pouvait bien penser réellement le jeune homme ? Comprenait-il qu'il n'était pour Zuhaitza qu'un instrument précieux, certes, mais un outil malgré tout ?

— Vous pourriez la suivre, choisit de répondre Calider, mais cette décision ne changerait rien entre vous.

L'étudiant lui lança un regard courroucé.

— Que voulez-vous dire ?

— Allons, Maran. Vous avez des sentiments pour elle.

— Ne me prenez pas pour un gamin rêveur, répliqua-t-il. Nayaret et moi, nous avons…

Calider leva aussitôt la main pour l'interrompre.

— Je ne veux pas le savoir. Même si vous avez partagé quelque chose de réel pendant quelques semaines, elle n'est pas pour vous. Son cœur appartient déjà à un autre. Si vous la suivez, vous oubliez vos camarades, alors que ceux-ci ont plus que jamais besoin de vous. *Vous* avez choisi de faire de cette université le symbole de la résistance des combats de toute une génération, alors ne reculez pas maintenant.

Chaque nouvelle surprise était un affront de plus fait à la reine. Constance se sentait littéralement mortifiée devant le spectacle de cette ville en décomposition, qui ne savait même pas pourquoi elle ne voulait plus du Coronado. Une flèche, une misérable flèche, s'était même plantée dans le toit de son carrosse.

— C'est une honte, une honte !

Constance se retourna pour la première fois depuis de longues minutes et se demanda si Carthagène tout entière risquait de céder à l'appétit des flammes.

Le chaos s'était largement étendu depuis les premiers incidents. Avec leurs uniformes grenat, les troupes débarquées avec elle représentaient en prime une cible par trop aisée pour leurs ennemis anonymes et sans honneur.

— Majesté !

Lautero la fit sursauter et elle le foudroya du regard.

— Quoi encore ?

— On m'a informé de troubles en prison. Certains détenus ont tenté de s'évader. Tous, en vérité.

— *Tous* ?

— Ils n'ont pas réussi. Pas pour le moment, en tout cas.

Son ministre estimait-il que cela aurait dû la consoler ? Pas pour le moment… Ces festivités s'étaient changées depuis longtemps en vaste plaisanterie. Avec ou sans elle, cette ville n'avait jamais voulu célébrer quoi que ce soit. Et ses habitants perdus au bout du monde n'avaient pas tort ! Qu'avaient-ils à fêter après vingt-cinq ans ? Rien.

Des coups de feu crépitèrent en amont et la souveraine du Coronado leva les yeux sur le ballon qui refusait de disparaître. Il avait repris une centaine de mètres d'avance sur le convoi et la distance s'accentuait irrémédiablement à présent. Aucune balle n'était parvenue à le toucher, du moins, en apparence et personne à bord n'avait cherché à riposter.

Quand soudain…

— Je l'ai eu !

Le ballon changea brusquement de trajectoire, s'inclinant mollement sur la droite, puis sur la gauche. Bientôt, la reine le vit perdre un mètre d'altitude, puis deux, puis trois, tout en traversant la chaussée.

Et derrière lui, enfin, se dessinaient les trois mâts de son navire amiral, au-dessus des toits.

— Lautero ! A-t-on repéré des troupes en marche aux abords de Carthagène ? Toujours aucune nouvelle du colonel Sorel lui-même ?

— Aucune, Votre Majesté. Si le Nord a décidé de frapper, c'est depuis l'intérieur même de la ville. Ces ballons n'étaient qu'une diversion…

Quand les rumeurs étaient revenues à leurs oreilles, ni la reine ni les autorités locales n'étaient parvenues à les confirmer. Elles persistaient, gonflaient, sans devenir plus tangibles pour autant.

Avant les nouvelles coupures des lignes de télégraphe, le capitaine Derrera avait juré sur son honneur que tout était sous contrôle à Trevelin. Il avait même affirmé être allé en personne vérifier que Sorel se trouvait bien dans sa cellule, sous-entendant au passage qu'il déplorait amèrement de ne pas être présent pour rencontrer la reine lui-même et rappelant qu'il avait toujours été plus que méfiant à l'égard de Cortellan.

— J'aperçois les quais ! s'écria alors Lautero, avec un enthousiasme par trop marqué.

Il n’avait fallu qu’une poignée de rues à Damir pour regretter sa fuite. Il n’avait aucune envie de donner sa vie, ni de se mettre en danger pour défendre ceux qui l’avaient rétrogradé au rang de simple troufion. Mais tout de même ! Quelle folie !

Damir avait pensé tout d’abord rejoindre le parvis de la basilique, voire pénétrer à l’intérieur de celle-ci pour prier, mais la couronne des séraphins avait alors explosé sous ses yeux. Une foule en colère s’était rassemblée devant le conseil de la ville. Il se disait que ceux qui ne faisaient pas partie des invités de Constance dans l’arène avaient organisé un grand dîner en l’honneur une fois encore de la colonie et de son destin prétendument glorieux. Il secoua la tête. Quelle bande d’idiots.

Depuis une heure maintenant, chaque rue lui apportait de nouvelles rumeurs, toutes plus folles les unes que les autres. Dans certains quartiers, les soldats eux-mêmes étaient pris pour cibles et il retira bien vite sa veste.

Damir recula d’un pas. Plusieurs montgolfières tournoyaient dans les cieux de la ville. Le jeune homme cligna des yeux. À l’est, deux licornes venaient de faire leur entrée sur la place. Encore un coup des émeutiers, sans doute ! Un troupeau entier avait été libéré un peu plus tôt dans les rues. Il avait vu, non sans un petit sourire en coin, une dizaine de soldats de la reine s’éparpiller devant les bêtes à corne.

— Laissez-nous entrer !

Ils étaient plusieurs à répéter inlassablement la même chose, massés sur les marches du Conseil, mais Damir s’aperçut que la plus grande partie des gens étaient restés au pied des escaliers, se contentant d'observer la scène.

— Compagnie, en joue ! fit une nouvelle voix.

Damir sursauta. Une vingtaine de soldats aux couleurs du Coronado venaient de rallier la place, se positionnant maintenant à une dizaine de mètres de la première marche du bâtiment. Une majorité de curieux se dispersa sans attendre à leur simple vue. Mais celles et ceux qui n'avaient pas bougé ne le feraient pas. Ils voulaient pénétrer à l'intérieur de la salle du banquet, coûte que coûte.

Damir fit un pas en avant sans même s'en rendre compte.

— Sergent, vous n'allez tout de même pas tirer sur des civils !

— J'ai dit, en joue ! gronda l'officier entre ses dents, sans même se retourner. Dernier avertissement ! Vous avez été prévenus, je ne me répéterai pas ! À genoux, les mains derrière la tête. La Couronne ne tolérera pas…

— Ce n'est pas la Couronne qui gouverne ici ! cria un anonyme dans la foule.

— Que le Conseil nous reçoive ou qu'on nous conduise à la reine !

Comment osaient-ils défier ainsi l'autorité du Coronado ?

Avant que le sergent ne prononce des paroles aux conséquences irréversibles, les portes du bâtiment s'ouvrirent en grand.

— Entrez, vite ! fit un homme debout dans l'embrasure.

Les frondeurs apeurés se précipitèrent à l'intérieur de l'édifice sans poser de questions ni émettre la moindre revendication.

— Monsieur, vous n'avez pas le droit ! voulut protester l'officier de la Couronne en se dirigeant à son tour vers les marches. Nous avons reçu l'ordre…

— Il ne sera pas dit que nous laisserons nos concitoyens se faire tirer comme des lapins ! l'interrompit le nouveau venu. Qu'est-ce que vous faites là, pour commencer ?

Bonne question, se dit Damir.

Le jeune homme sursauta alors, surpris par une série de détonations à l'autre bout de la place. Quelques hommes avaient réussi à pénétrer de leur côté dans le palais du vice-roi et s'amusaient à tirer en l'air depuis le balcon.

L'un des soldats de la Couronne tressaillit lui aussi, appuyant par réflexe sur la détente de son arme, foudroyant le membre du Conseil apparu sur le seuil. L'homme s'effondra sur les marches, sous les regards écarquillés de ceux qui, quelques instants plus tôt, étaient prêts à le rudoyer sans vergogne.

Les yeux de Damir croisèrent ceux du sergent.

— Qu'avez-vous fait ? murmura l'ancien aide de camp de Cortellan.

54

Azel contempla l'arène, tournant sur lui-même d'un pas vacillant.

Un instant plus tôt, un soldat l'avait mis en joue, mais Artemis lui-même était intervenu, surgissant dans le dos du militaire et le transperçant de sa lame sans hésitation.

— Pourquoi ? avait demandé Azel.

— Je n'ai plus rien à perdre, mon jeune ami. Je suis déjà coupable aux yeux de tous, avait-il répondu en embrassant les gradins grouillants du regard. Des puissants en tout cas. Et vous ne méritez pas de mourir ainsi.

Azel n'avait su que dire, abasourdi par ce sursis.

Artemis lui lança alors un sourire amusé. Les spectateurs se dirigeaient vers les sorties en oubliant toute prudence, et les rares soldats encore présents avaient bien du mal à les contenir, encore plus à les ramener à la raison. Un premier spectateur, au premier rang, sauta par-dessus la rambarde. Azel crut que l'homme voulait s'en prendre à eux, mais il fila droit en direction du passage souterrain, comme s'il l'estimait plus sûr pour fuir l'enceinte. D'autres l'imitèrent bien vite, et des dizaines d'hommes et de femmes de bonne famille se retrouvèrent dans l'arène, sans même lui jeter un coup d'œil au passage. Tout le monde cherchait à s'enfuir tandis que le feu d'artifice, soudain ridicule, dérisoire, illuminait les cieux, donnant une couleur plus étrange encore à cette foule mouvante.

— Incroyable, fit Artemis. Nous étions censés incarner le clou du spectacle, et regardez, plus personne ne se soucie de nous !

— C'est vous le responsable ? reprit Azel, pantelant.

— C'est sans doute ce que ma chère cousine va croire. Toutefois, si je ne me trompe pas, nous connaissons tous les deux la véritable force motrice derrière cette initiative. J'ai toujours su qu'elle avait ça en elle, même si je ne l'imaginais pas capable de quelque chose d'aussi… spectaculaire !

Constance avait disparu, battant en retraite avec sa garde, pendant que Carthagène s'embrasait de toutes parts au cœur de la nuit. Azel savait qu'il devait se réfugier sous les arcades et profiter de la panique qui avait gagné l'enceinte. Le chaos se répandait dans les travées, grondant un peu plus à chaque seconde. Artemis, quant à lui, ne bougeait pas, mais son regard étudiait chaque sortie potentielle.

— Que comptez-vous faire ? le questionna Azel.

— Me venger.

— Vous pensez sincèrement pouvoir vous en prendre à Constance ? demanda Azel, interloqué. Vous n'avez aucune chance. Ils vont vous passer par les armes à la première occasion.

Le sourire d'Artemis s'élargit.

— Azel… J'ai vu de mes yeux une fée faire

revenir des morts à la vie, détruire une cité et réveiller la colère d'un volcan. S'il y a bien un lieu sur cette terre où l'impossible n'existe plus, c'est ici, dans cette péninsule. De votre côté, vous devriez vous faire soigner si vous espérez vous échapper.

— Vous n'arriverez jamais à atteindre Constance, répliqua Azel, ignorant les paroles de son ancien adversaire.

Artemis leva les yeux vers un ballon qui flottait paresseusement à hauteur de l'anneau supérieur de l'arène. Deux hommes étaient à bord, deux soldats des forces de Carthagène, à en juger par leur veste.

— Mon général ! hurla l'un d'eux. Par ici !

Cortellan adressa un sourire mordant à Azel.

— Comment savoir ?

Sans un regard de plus pour Azel, il s'élança en direction des gradins, droit sur le ballon, tandis que l'un des deux aéronautes lui jetait une corde pardessus la nacelle. Seul désormais au milieu des cris, le jeune homme chancela, plantant sa lame dans le sol pour ne pas tomber. De nouveaux spectateurs le bousculèrent sans s'arrêter et il perdit de vue Cortellan.

Azel n'avait plus le temps de songer à ce dernier. Il lui restait peut-être une heure tout au plus avant de sombrer.

Son regard fut soudain attiré dans une autre direction, celle de la basilique. L'alchimiste. C'était le seul chemin qui s'offrait encore à lui. Lentement, il s'approcha de la bouche de la galerie souterraine où il avait patienté un peu plus tôt. Sous les arcades de l'arène, le chaos ambiant était comme étouffé. Les hurlements assourdis de la foule lui évoquaient la clameur du ressac qu'il avait à peine eu le temps de découvrir. Azel avançait péniblement, se servant de la lance du prince Amaru en guise de béquille. Son armure était bien trop lourde et semblait se resserrer encore sur lui à chaque pas. Sa respiration hachée résonnait dans la galerie souterraine, aussi bruyante que les mugissements des spectateurs en fuite. Au-dessus de lui, des volutes de poussière s'étiraient parfois depuis la voûte, la faute aux derniers invités affolés.

Au bout de vingt mètres, Azel tomba à genoux. Il ne parviendrait pas à rallier la basilique. Il n'en avait pas la force. Tout à coup, un souffle inconnu répondit au sien, plus loin dans le couloir, et lui caressa la joue. Azel releva la tête en direction des stalles. On avait déplacé les licornes en prévision de la cérémonie, et pourtant il en restait une, errant librement. Trop âgée sans doute, malade peut-être, les soldats avaient dû renoncer à lui faire quitter l'enceinte, pensant la laisser là jusqu'au retour des autres bêtes. L'animal aurait pu l'achever d'un coup de corne, mais l'énorme licorne laineuse le regardait placidement, tête basse.

L'odeur des bêtes était devenue insoutenable, mais Azel n'avait plus rien à rendre.

— Toi aussi, tu es loin de chez toi, murmura-t-il.

L'animal souffla, s'approchant d'un pas lourd. Le jeune homme tendit le bras, cherchant à prendre appui sur la licorne pour se relever, mais la sensation de chaleur ouatée qui émanait de sa fourrure le surprit et le laissa pantois. Azel se souvint de la promesse de ses frères, lors de cette fameuse nuit. Des tournois de son père, qui n'avait jamais souhaité que son plus jeune fils l'accompagne. Il avait toujours observé les licornes de loin, tel un vacher. C'était finalement la première fois qu'il en côtoyait une d'aussi près. Malgré sa taille, l'animal possédait une certaine grâce dans sa retenue.

— J'ai failli attendre, souffla-t-il tout en caressant toujours les flancs de l'animal.

La bête dodelinait de la tête, indécise. Elle pouvait repousser cet inconnu, si semblable à tous ceux qui l'avaient enfermée ici. Combien de duels avait-elle dû mener au fil des ans ? Leurs regards se croisèrent. L'œil énorme de la licorne était aussi gros que le poing d'Azel et l'observait avec une intensité qui contrastait avec la lenteur de ses mouvements.

— Je suis désolé, souffla Azel, tâchant de ne pas grimacer. Vraiment désolé. J'espère que tu pourras retrouver les plaines un jour. Moi, j'aurais dû rester dans mes montagnes...

— Tu ne m'aurais jamais rencontrée dans ce cas.

La bête fut la première à relever la tête, plus alerte qu'Azel.

Zuhaitza l'avait retrouvé. La jeune femme était venue à sa rencontre malgré tous les obstacles sur sa route. Elle se laissa tomber à genoux pour le prendre dans ses bras, tremblant plus encore que lui.

— Je suis là, répéta-t-elle plusieurs fois. Je suis là.

Malgré la douleur et la peur, Azel lâcha son arme pour passer un bras dans le dos de la jeune femme.

Sans un mot, elle l'attira contre elle, sans douceur, avec une fébrilité et une ferveur qui arrachèrent un sourire à Azel. Elle n'avait pas changé. Elle aurait pu hésiter, faire preuve de retenue en posant les yeux sur son corps blessé, mais un désir presque brutal l'avait saisie, bousculant une fois de plus le jeune homme, comme si souvent par le passé. Surprise, la licorne s'écarta en renâclant. Azel serait tombé sans Zuhaitza. Si proche encore, la chaleur de la bête les enveloppait tous les deux. Azel ferma les yeux, une main sur le crâne presque lisse de l'ancienne espionne.

Derrière les odeurs de sable, de sang et de musc qui hantaient les souterrains des arènes, il perçut soudain celle de la cendre, de la poudre et du sel. La moiteur de la peau de Zuhaitza remplaça bien vite celle de la bête et Azel se pressa un peu plus contre elle, enfouissant son visage dans son cou. Il était de retour trois ans en arrière, lors d'une autre nuit où tous les deux s'étaient retrouvés sous une voûte de pierre, à la lueur des flammes. Une nuit où la jeune femme s'était déjà sacrifiée pour lui. Il sentit des larmes perler au coin de ses paupières, prêtes à couler sur leurs deux joues.

Autrefois, Azel se serait lancé dans des déclarations ardentes, perdu sur des chemins de traverse. Mais avec Zuhaitza, il n'hésitait pas avant d'ouvrir la bouche, ne redoutait pas de prononcer le mot de trop. Il avait toujours pu tout lui dire. Avec elle…, il n'était plus prisonnier de ses fantômes adolescents. Il nota la courbure de son lobe d'oreille, la façon qu'elle avait de se frotter la joue à deux doigts, tous ces petits détails si intimes qui lui avaient cruellement manqué, piteusement consignés dans son carnet. Combien de temps demeurèrent-ils ainsi, entrelacés, hors du monde ? Incapable de réfléchir clairement, Azel perdit le fil, goûtant simplement ces instants dérobés au destin. Il n'avait cessé de caresser la nuque de Zuhaitza.

— Jolie coupe, tête d'œuf, lui glissa-t-il à l'oreille.

— Imbécile.

Azel ravala un cri de douleur quand la jeune

femme se releva sans hésitation, passant son épaule gauche sous son bras droit.

— Tu peux marcher ? Il faut partir tout de suite.

Elle n'attendit pas de réponse et fit un pas en avant, manquant vaciller quand Azel ne l'imita pas.

— Azel !

Le jeune homme se laissa retomber à même le sol, échappant à l'étreinte de Zuhaitza. Il respirait bruyamment, la bouche grande ouverte, les mâchoires roides.

— Je ne pourrai pas te suivre. C'est trop tard.

— Qu'est-ce que tu racontes ? répliqua-t-elle avec cette vivacité qu'il avait toujours appréciée chez elle. Je vois bien que tu es blessé. Je le redoutais. Mais on peut encore te soigner, j'en suis sûre ! ajouta-t-elle en saisissant une flasque sous sa veste. J'ai même apporté de quoi…

Elle s'interrompit lorsque Azel referma la main sur son poignet. Ses doigts étaient brûlants et la jeune femme frissonna.

— Je ne peux pas, Zu. Ils… Ceux qui m'ont fait ça savaient comment s'y prendre, expliqua-t-il en portant sa main libre à son flanc. Ils m'ont laissé un sursis de quelques heures, mais je ne peux pas espérer plus. Les lames étaient empoisonnées.

— Foutaises.

Zuhaitza se contenta d'un seul mot, d'un seul regard, aussi dur que ce même mot, mais elle glissa ses doigts sous le plastron d'Azel avec une délicatesse dont elle n'avait encore jamais fait preuve. Il frémit, claquant des dents quelques instants. Il lâcha la main de la jeune femme et dut poser sa paume sur le sol pour ne pas céder et s'écrouler pour de bon.

— Tu me prends pour une mule que tu palpes ?

grinça-t-il. Tu as remarqué ? C'est toujours le même côté avec moi.

Cette fois, Zuhaitza ne réagit pas. Elle avait blêmi, contemplant ses doigts rougis de sang.

— Ça ne change rien, siffla-t-elle. Rien, Azel, tu m'entends ? Viens avec moi, nous avons installé de quoi soigner les blessés de l'opération de ce soir et…

Un sourire fugace étira les lèvres d'Azel.

— Tu as beaucoup mieux à faire que rester ici. Et tu le sais. Ce soir, ce n'est qu'une première étape, n'est-ce pas ? Tu pourras accomplir encore de grandes choses. S'ils sont comme moi, ils auront grand besoin de toi.

La licorne poussa un brame plaintif quand le ricanement de Zuhaitza la frappa.

— Parce que tu crois que ces causes m'intéressent ? Que le sort de la colonie me concerne ? Ou celui des tribus, même la mienne ? Je me fous bien de ce qu'ils peuvent penser, tous autant qu'ils sont ! J'ai menti à tout le monde, raconté à chacun ce qu'il voulait entendre, tout ça pour les pousser à agir de concert. Tout ça pour toi. Bon sang, Azel, tu te souviens ? Je t'ai dit que c'était ton rêve, pas le mien. Mon rêve…, mon foutu rêve…

— Ophir.

Le visage de la jeune femme se ferma.

— Ophir, bien sûr.

Elle plaqua sa main contre la poitrine d'Azel, le repoussa contre le mur. Avec fureur, Zuhaitza s'abattit sur lui comme la foudre. Elle n'attendait plus de mots. Elle se pencha et saisit sa nuque, attirant son visage à elle pour déposer un baiser poussiéreux sur ses lèvres. Comme si elle voulait aspirer sa souffrance, comme s'il était un noyé qu'elle aurait pu sauver en lui faisant don de son souffle. L'espionne sentait le sel et le jasmin. Leur baiser dura longtemps. Lorsque Azel s'écarta, ses yeux brillaient doucement.

Mais bien vite, Zuhaitza se redressa et posa les deux mains sur les épaules du métis.

— Azel, je…

Il détourna les yeux, son regard se perdant plus loin dans le tunnel de pierre. Si les cris de la foule étaient en partie assourdis, ils résonnaient toujours.

— Je n'ai plus que toi, Azel, répondit Zuhaitza. Et tu n'as plus que moi.

Le jeune homme voulait lui répéter qu'il n'avait plus qu'une heure à vivre, tout au plus, qu'il ne pouvait pas la condamner avec lui.

— Tu ne me croiras sans doute pas, mais il n'y a pas un jour en trois ans au cours duquel je n'ai pas regretté ma décision de partir pour Xemballa en te laissant derrière moi. Il faut que tu le saches. J'avais tant besoin de toi pour oublier les autres.

— Azel…

La jeune femme avait déjà compris ce qui allait suivre.

— Je ne peux pas venir avec toi. Tu agis dans l'ombre, mais je suis une cible. Et surtout, c'est ma dernière chance si je veux l'arrêter. Jophiel n'était qu'un pion. Son maître se cache sous le masque du secrétaire du prélat, coupa Azel. Il n'a pas renoncé à ses rêves déments.

Zuhaitza se raidit.

— Et alors ? Tant pis, Azel, tant pis pour lui, tant pis pour eux. Cette terre est maudite, je l'ai compris. Ne te cache pas derrière ta vengeance, plus maintenant. Il poursuit des chimères, rien ne t'oblige à faire de même. Je ne suis pas venue sauver un empereur. Nous avons encore une chance, ensemble.

Un instant, Azel parut hésiter.

Ophir. Tout aussi miraculeuse que Tichgu ou la magie des fées.

— Je ne peux pas, Zuhaitza, je ne peux pas.

Cette fois, les larmes coulaient librement sur son visage.

— Je vis dans un mirage depuis trois ans et plus longtemps encore. J'ai cru que je pourrais en sortir, mais c'est au-dessus de mes forces. Il n'y a pas d'avenir pour moi, Zuhaitza. Je ne peux qu'en finir avec mon passé.

— Tu en as un, avec moi. C'est toi qui ne le vois pas.

— Je ne te demande pas de m'accompagner à la basilique, souffla Azel.

— Tant mieux, répliqua la jeune femme en se redressant. De toute façon, je ne te suivrai pas dans la mort.

Elle n'avait reculé que d'un pas, lui laissant un pistolet entre les mains, mais en vérité, Zuhaitza était déjà bien loin de la fièvre de Carthagène.

— Tu as six balles. Fais-en bon usage. Il est temps de se dire adieu.

Azel eut un sourire las.

— Ce n'est pas la première fois.

— Non, mais c'est la dernière.

Ils se séparèrent sans un mot de plus. Azel baissa la tête. À ses pieds, son pendentif, dérobé par Zuhaitza lors de sa capture. Elle était venue le lui rendre.

55

Engoncé dans son armure, le jeune homme avait l'impression d'étouffer. Tout en avançant d'un pas lourd, il se débarrassa de son plastron. Le chaos bouillonnait dans chaque rue de la cité et Azel comptait sur lui pour le protéger. Une balle dans le dos pourrait suffire à l'abattre, une main anonyme à le poignarder au détour d'une rue. Azel représentait plus que jamais une cible ; n'importe quel passant pouvait choisir de s'en prendre à lui, par croyance ou pour s'arroger un instant de célébrité, voire une récompense. Mais chacun semblait habité par une fièvre l'entraînant ailleurs.

La basilique décapitée n'était plus très loin. Plus il s'en approchait et moins il croisait d'habitants, qui avaient sans doute préféré fuir les lieux de peur que l'édifice entier s'écroule sur lui-même. Azel poursuivit son chemin, fendant la foule qui s'éloignait en sens inverse tel un flux ininterrompu de pénitents. Les regards lui offraient tour à tour peur, colère et fièvre. Les aspirations de certains devenaient pour d'autres l'occasion de libérer leurs instincts les plus vils. Mais les causes de son peuple, les revendications des colons, les désirs de Constance, tout cela n'avait plus aucune importance. Il foulait des rues pavées des éclats encore vifs de rêves partis en fumée.

Enfin, il aperçut la statue brisée d'un premier séraphin sur le parvis, vestige d'une guerre céleste perdue, de toute évidence. À croire que les fées étaient revenues à la vie pour affronter les divinités qui avaient osé s'aventurer sur leurs terres. Le sol se mit à crisser sous ses semelles et Azel constata que la place était parsemée de morceaux d'azulejos bleutés. L'explosion des statues s'était accompagnée d'une averse de faïence qui avait contribué à faire fuir les badauds. L'entrée de la basilique était encore envahie d'épaisses volutes de fumée grise, se déversant en cascade sur les marches.

Azel frissonna, incapable de déterminer s'il était rattrapé par la douleur ou par l'impression de se retrouver face à la bouche des Enfers, promis par la Croix-Blanche à tous ceux qui ne suivaient pas ses préceptes. Il serra plus fort la crosse de son arme et repartit de l'avant, pénétrant dans la basilique éventrée.

La chute des séraphins avait laissé le bâtiment à ciel ouvert et à la merci des flammes qui dévoraient la charpente endommagée. De lourdes solives pendaient dans le vide. Des blocs de pierre s'étaient écrasés sur une partie des bancs, mais le chœur était quant à lui étonnamment préservé. Azel fut surpris par la pluie qui s'abattait à l'intérieur même de l'édifice, comprenant toutefois bien vite que les énormes gouttes visqueuses étaient en fait du plomb fondu coulant des hauteurs de la basilique. Le jeune homme se contenta d'un bref coup d'œil à la voûte, mais ce simple geste de la tête suffit à lui donner le vertige et il dut poser la main contre une colonne pour ne pas tomber. Il ne tiendrait plus très longtemps.

Partout, des bancs brisés, des statues renversées. Les vitraux qui avaient survécu aux explosions affichaient des visages graves, contemplant la nef dévastée de leurs regards éplorés. Le jeune homme distingua bien vite les premiers corps. Des morts sans doute, éparpillés sur les bancs ou dans les allées, ainsi que quelques blessés. Leurs geignements hagards formaient un chœur de plaintes qui remontait jusqu'à la flèche décapitée. Azel grimaça. Quelle belle récompense pour leur dévotion ! Il songea un instant à la responsabilité de Zuhaitza, l'oubliant le suivant. Il n'était pas venu sauver ces gens. La mort avait frappé la basilique, mais il lui restait une autre proie. Azel était là pour elle. Beaucoup semblaient inconscients, déjà perdus dans un autre monde. Le jeune homme tenta de maîtriser sa respiration. Pour le moment, la chaleur s'avérait plus gênante que la fumée, même si les effluves du bois brûlé étaient vifs et amers. Il n'avait ni le temps ni l'envie de chercher des relents de chair calcinée.

L'alchimiste n'était nulle part en vue.

Lentement, Azel s'avança dans l'allée centrale, escaladant un tas de débris, évitant une flaque de plomb troublée de remous. Près de l'autel, il remarqua alors le prélat, Comnène, encore en vie, face contre terre. Son visage était couvert de suie, son regard hagard, sa bouche entrouverte. Ses traits déformés évoquaient ceux d'un comédien grimé en fée dans un spectacle de rue. Azel plissa les yeux. Une traînée sanglante s'étirait sur les dalles de marbre, à travers le chœur. Il prit conscience alors des robes imbibées de ce même sang que la cendre n'était pas parvenue à dissimuler entièrement. Le prélat avait dû ramper à même la pierre.

Comnène releva la tête. Surpris, Azel remarqua ses joues mouillées de larmes et son fauteuil un peu plus loin.

— Il… il… il m'a trahi…

— Votre secrétaire ? Je me fiche de vos histoires, répliqua Azel. Je veux juste mettre un terme à celle qui me lie à ce monstre. Il n'est pas celui que vous croyez, vous savez.

Le prélat ne l'écoutait pas.

— Il m'a menti ! poursuivit-il, hystérique. Il m'a fait croire que les miracles existaient, que… que j'étais capable d'aider les gens. Je ne voulais pas…

Il éclata d'un rire dément, se prenant la tête à deux mains.

— La magie n'existe pas, pauvre fou, souffla Azel.

Le jeune homme posa le pied sur la première marche de l'autel. Il ne comptait pas aider le prélat en l'éloignant de l'incendie. Portés eux-mêmes par la fièvre, son corps et son esprit s'étaient tournés vers ses vieux réflexes de chasseur de primes.

Comnène le retint, une main sur son poignet.

— Au nom des séraphins, je…

Le prélat perdait peu à peu le fil de ses mots.

— Où est-il ? demanda Azel.

Il mit un genou à terre, ravalant un cri de douleur, puis il prit Comnène par l'épaule et le secoua sans ménagement, comme si par ce simple geste il pouvait se libérer de sa douleur en la transmettant au prélat.

— Il est vivant ?

— Dans… dans la chapelle, répondit le prélat.

Azel voulut se relever, mais le religieux n'en avait pas fini.

— Je n'ai pas réussi à… à… Il faut…

— Je ne suis pas votre confesseur. Dites-moi juste s'il est armé, blessé, ou que sais-je encore.

À ces mots, Comnène se mit à pleurer.

— Je ne voulais pas. Je ne voulais pas ! Il a dit que la chute des séraphins était un signe, qu'il avait besoin d'un cœur pur pour réveiller le roi des rois… Moi, c'était moi qu'il voulait utiliser ! Mais il fallait que je me défende… Il le fallait ! C'est lui-même qui m'avait demandé de me tenir prêt ! Et maintenant… maintenant…

Azel se dirigeait déjà vers la porte entrouverte, suivant la piste sanglante laissée par le prélat. Impossible de se tromper sur le chemin à emprunter cette fois. L'alchimiste ne lui échapperait pas.

Tout à coup, une détonation fit voler un ciboire posé sur l'autel. Azel fit volte-face en hurlant de douleur et tira.

— Ne bougez plus ! fit une voix tremblante.

Il gaspilla deux balles avant de repérer le soldat solitaire qui l'avait pris pour cible. Qui ? Pourquoi ? Avait-il affaire à une jeune recrue, un vétéran, un gamin ambitieux, apeuré ? Peu importait. Azel n'avait pas l'intention de parlementer. Il n'en avait ni la force ni le temps. Une nouvelle balle le percuta cette fois, frappant la spallière gauche de son armure. Il recula sous l'impact tel un pantin désarticulé mais releva le bras et l'abattit avec sa quatrième balle. Le revolver siffla doucement tandis que Comnène, non loin, sanglotait de plus belle.

Merde. Plus que deux balles dans le barillet.

Azel se remit en marche.

Derrière l'autel, il fit soudain face à un dernier cercle de séraphins disposés dans l'abside. Azel eut un sourire mauvais. Eux avaient survécu à l'attaque des anciens serviteurs des fées. Plus pour longtemps, il fallait l'espérer. Un linceul de plomb fondu avait recouvert une partie des vitraux, soufflant des centaines de bougies au passage. Trois cierges rouges étaient les seuls à brûler encore, plongeant l'abside dans une pénombre teintée de vermillon. Secoué par une quinte de toux, Azel sentit une salive amère remonter dans sa gorge. Dans un dernier geste de défi, il cracha sur les robes de l'un des séraphins, incapable de retrouver son nom.

Quelle importance ? Il était là pour exécuter ce qu'aucun de ces messagers ailés n'avait jugé bon de faire. Azel baissa les yeux sur son arme, puis tira sur le chien. Il ne disposait plus que de deux balles, en tout et pour tout, et de réflexes émoussés. Il serra les dents et ravala une imprécation ordurière. Il s'en contenterait.

La porte de la crypte l'attendait.

Sitôt le seuil franchi, sitôt les marches descendues une à une, le dos collé à la paroi pour ne pas tomber, le jeune homme fut saisi par un terrible haut-le-cœur. L'alchimiste se trouvait bien là, tout en bas, près d'une colonne de marbre, comme foudroyé sur place. Il se vidait de son sang. Il avait retiré son casque doré et pressait contre lui la relique si précieuse du Coronado. Azel serra les dents, incapable de maîtriser ses tremblements face au souvenir de ce que dissimulait ce heaume. Azel avait espéré ne jamais revoir ce regard illuminé de fièvre, ouvert sur un monde que l'alchimiste était seul à contempler. Armandillo ahanait, le souffle court. Sa poitrine frêle se soulevait à une cadence presque douloureuse à voir. Ôter son heaume ne l'avait pas aidé à respirer plus aisément.

À défaut d'avoir pu vider le prélat de son sang, il pataugeait dans le sien en pleurant.

— Je suis le roi des rois ! Le roi des rois !

Azel frémit.

— Je dois sauver ce monde ! Pas pour moi, mais pour vous tous !

Le jeune homme s'approcha pesamment. Bouche bée. Hébété. Incapable de lui répondre. La colère, celle-là même qui avait guidé chacun de ses pas depuis l'arène, l'avait abandonné, sans crier gare. L'alchimiste n'était qu'une victime lui aussi de sa propre folie, un pitoyable bourreau.

— Les dieux n'existent plus. Ni dieux ni maîtres, seulement l'homme, abandonné par le destin. Et qui sont les enfants des hommes, sinon de pauvres feuilles emportées par le vent ? Je devais devenir plus que ça. Plus que ça.

Mais Comnène s'était défendu et s'était montré le plus prompt des deux, poignardant son seul ami pour sauver sa vie. Azel nota un reflet métallique un peu plus loin. La lame utilisée par Comnène, certainement. À quoi avait pu penser le prélat en se retournant contre celui qui le servait au quotidien ? Comnène avait peut-être seulement voulu sauver sa peau, à moins que l'ampleur de cette trahison n'ait guidé son geste.

Il songea à tout ce qu'il avait lui-même sacrifié pour se retrouver dans cette crypte souillée par le sacré. L'alchimiste l'avait gardé prisonnier durant trois ans, sans même qu'il en ait conscience, qu'ils en aient conscience, l'un comme l'autre. Azel s'était jeté à corps perdu dans sa mission, abandonnant tout ce qui avait fait sa vie derrière lui.

— Je suis le roi des rois ! Le roi des rois !

Ses hurlements se firent de plus en plus stridents et il bascula sur le côté, dévoilant son second visage, évoquant celui d'un enfant prisonnier d'une gangue de chair et d'os. Azel se souvint de ses larmes coulant aux coins de ses paupières fermées.

— Azazel. Reviens parmi nous. Reviens arpenter le monde. Je serai ton instrument dévoué !

Azel secoua la tête, saisi par une immense et implacable fatigue. L'alchimiste était moribond, tout comme lui, mais la peur guidait ses derniers pas en ce monde. Incapable de surmonter son effroi, il se montrait de plus en plus agité. Entre ses doigts gourds, la relique s'était déformée, masse spongieuse qui s'effritait. Le Cœur du Coronado n'avait rien changé à son destin. Son second visage n'avait pas ouvert les yeux. Il n'était pas investi d'un pouvoir divin. Il n'était plus qu'une loque, à son tour rattrapée par la mort.

— Tu n'es rien.

À ces mots, l'alchimiste parut recouvrer un semblant de raison.

— Je ne veux pas. Je ne veux pas qu'on le retrouve, chuchota-t-il, s'adressant directement à Azel.

De quoi parlait-il ? L'ancien chasseur de primes frissonna. À ses pieds, le second visage de l'alchimiste le contemplait et un instant Azel crut que c'était lui qui venait de prendre la parole.

Non, de le supplier.

Ses yeux étaient grands ouverts.

Azel se souvint des paroles de Comnène, l'implorant à demi-mot de faire ce qu'il n'avait pas su, ou voulu, accomplir. L'achever. N'en avait-il pas rêvé à l'instant même où il avait compris que l'alchimiste n'était pas mort trois ans plus tôt à Xemballa ? Connaissait-il la pitié ? L'avait-il, lui, connue un jour ? Azel n'était obligé de rien. Il n'avait qu'à le laisser se vider de son sang. Sa bouche se tordit. Le jeune homme se savait condamné lui aussi, mais il avait l'avantage de le savoir depuis des heures.

Le rêve dément et glorieux de l'alchimiste s'était consumé dans la nuit, tout comme ceux d'Azel, tellement plus terre à terre. Il pouvait encore lâcher son arme, se rendre, mais dans quel but ? Pourquoi retourner en prison ? Il mourrait sans doute sur le trajet de retour.

— Libère-le, Azel, je t'en prie. Je n'ai pas réussi, sanglotait la créature. Libère-le. Il… C'était… le roi des rois.

Avec dégoût, Azel se dit que l'on aurait dit un père protégeant son fils. Le second visage de l'alchimiste s'était mis à pleurer. Que ferait la Croix-Blanche si elle mettait la main sur une telle créature ? Il n'avait aucune envie de l'imaginer.

— Tu n'es rien, répéta-t-il pour lui-même. Rien. *Vous* n'êtes rien. Tu veux être libre ? J'attends ça depuis trois ans.

Azel appuya sur la détente de son arme.

Le canon siffla et la balle s'abattit un instant plus tard sur l'alchimiste, lui fracassant la mâchoire. Son corps agité de soubresauts incontrôlables se tortillait comme un ver au pied de la colonne. Une main sur le côté, Azel se pencha, le canon de son arme à quelques centimètres de son second visage. Contre toute attente, il était indemne. Et il ne pleurait plus.

Le faciès d'enfant contemplait Azel en battant des paupières, comme incrédule.

La vision du jeune homme se troubla, mais il aurait pu jurer voir les minuscules lèvres de ce visage inachevé s'écarter doucement.

— Je suis… le roi…

L'œil de l'alchimiste n'était plus rivé sur Azel. La mort l'avait déjà emporté, pour de bon cette fois. Le jeune homme passa un doigt sur la joue déformée du petit visage. Azel se mit à trembler. Un linceul de moire coulait devant ses yeux, obscurcissant sa vue. Ses jambes se dérobaient sous lui.

— Il est temps de te rendormir.

La dernière balle d'Azel fit voler en éclats le crâne de l'alchimiste.

56

Ils avaient vu la montgolfière touchée finir sa course en disparaissant derrière la poupe du navire. Le ballon s'était certainement abîmé en mer quelques minutes plus tôt, mais Constance l'avait déjà oublié. La reine et la poignée d'hommes qui avaient réussi à la suivre jusqu'aux quais avaient trouvé là l'amiral Navas, descendu à sa rencontre avec une petite dizaine de chevaliers de la Sainte-Croix.

— Je vous prie de bien vouloir monter à bord au plus vite, Majesté, implora ce dernier. La plupart de nos troupes sont déployées dans les rues. D'ordinaire, entre nos propres troupes et les effectifs de la colonie, nous aurions largement de quoi ramener le calme, mais c'est impossible au vu de nos forces actuelles… Avant toute chose, je préfère assurer votre sécurité.

Constance leva un instant les yeux sur la proue du *Triomphant*. Que devait penser l'amiral ? Certains matelots avaient dû rire sous cape en la voyant approcher au pas de course, telle une oie apeurée ! Constance se contenta d'un hochement de tête grave.

— Des nouvelles de la situation en ville ?

— Malgré les apparences, il semblerait que cette

attaque ait été planifiée avec des moyens limités. Ses initiateurs ont agi de façon coordonnée en profitant du couvert de la nuit pour donner plus de poids à leurs actions. Néanmoins… certains de nos hommes ont ouvert le feu sur une foule. L'un des membres du Conseil a trouvé la mort lors de cet incident. Je crains qu'il n'y ait des conséquences.

— Comment est-ce possible ? s'emporta Constance. Qui a pu donner un tel ordre ? Vous avez tous perdu la tête ?

L'amiral détourna les yeux.

— Je suis désolé, Majesté, mais… il a fallu aussi nous rendre dans un quartier mal famé, car des habitants de la ville avaient décidé de s'en prendre aux indigènes. Ils les accusaient d'être à l'origine de ce soulèvement.

— Peu importe. Je n'ai affaire qu'à des incapables ! Vous êtes d'une incompétence, messieurs…, sidérante. Sidérante ! J'ai été contrainte de battre en retraite, vous imaginez quelle image cela donne de la Couronne ? Il est hors de question de lever l'ancre. Tous les soldats encore de garde vont descendre à terre d'ici une heure et soumettre cette ville une bonne fois pour toutes. Il est temps que le Nouveau-Coronado apprenne qui dirige ces terres.

L'officier supérieur ne risqua aucun commentaire, se contentant de saluer une seconde fois sa souveraine, déjà retournée vers la ville en flammes. Il n'y avait plus grand monde à renvoyer à terre. L'officier n'avait toutefois pas tort : le nombre des incidents n'était pas directement lié à leur gravité. Elle s'était laissé déborder par l'urgence de l'instant.

— Votre Majesté, si vous voulez bien monter à bord…

Un coup de canon l'interrompit, balayant ses paroles dans un nuage de fumée. Le boulet arracha un cri de douleur au navire amiral. Tout le monde se retourna. Sous leurs yeux ébahis, le grand mât vibra sur son axe, avant de basculer lentement et de s'écraser sur le bastingage à tribord, éparpillant des éclats de bois et de métal de toutes parts. Un second coup de canon retentit quelques secondes plus tard, cette fois accompagné de hurlements stridents. Horrifiée, Constance vit plusieurs fusiliers marins projetés dans les airs comme des poupées de chiffon, leurs hurlements de douleur muets face au chœur de poudre des canons. Le projectile fracassa le bastingage et tous reconnurent alors deux boulets reliés par une longueur de chaîne, prêts à tout faucher sur leur passage. Un instant plus tard, ils retombaient dans la baie en soulevant un véritable geyser.

— Amiral ! Ce n'est pas l'œuvre de simples rebelles ! tonna Constance, ignorant la rumeur moqueuse de l'écume.

La lune surgit soudain de son lit de nuages, parant les volutes de poussière qui flottaient sur le pont de reflets argentés.

— Nous remontons à bord, tout de suite ! gronda Constance.

Quand bien même certains de ses conseillers l'auraient pressée de lever l'ancre, voilà qui n'était plus possible dans l'immédiat.

— Tout de suite ! insista-t-elle.

La passerelle n'avait pas bougé malgré les deux détonations. La garde de Constance dut se précipiter au pas de course pour devancer la souveraine, qui s'était déjà élancée, sans se soucier de l'état de ses robes, ni des convenances allant de pair avec son rang. La reine avait enduré trop d'affronts cette nuit. Beaucoup trop. Qui que soient ceux qui se cachaient derrière ce nuage de fumée, ils seraient jugés sur-le-champ.

Alors qu'il lui restait quatre pas à peine pour se retrouver sur le pont, une troisième détonation vrombit. Instinctivement, Constance rentra la tête dans les épaules, tandis que Lautero se jetait devant elle, comme si cela aurait pu changer quoi que ce soit. Dans sa précipitation, il déséquilibra sa souveraine et le menton de Constance heurta la passerelle.

— Majesté, je suis confus, je ne voulais pas…

La reine le tailla en pièces du regard.

— Plus un mot, Lautero.

Cette fois, le projectile était dirigé contre un autre bâtiment de la flotte. Un véritable cuirassé, qui encaissa le choc, même si l'une de ses plaques de métal en fut déformée. Le boulet ricocha à la verticale, avant de retomber sur la roue à aubes tribord, brisant la plupart de ses pales. Tous entendirent le navire gémir, comme s'il s'agissait d'une entité vivante venant juste de recevoir un coup mortel.

— Ils sont sur le pont de batterie ! s'écria Lautero. Dépêchez-vous de trouver…

Il fut le premier à mettre un pied sur le tillac, suivi par dix chevaliers.

S'il ne restait plus que quelques lambeaux de fumée sur le pont, l'odeur de la poudre était encore par trop prégnante. Constance s'emporta quand une nouvelle quinte de toux frappa son ministre. Le vent se mit à tourbillonner et les voiles au-dessus de leurs têtes claquèrent, tels les tirs de fusils désormais trop familiers à leurs oreilles. L'écoutille bâbord s'ouvrit avec un cri strident et une dizaine de fusiliers sortirent en courant, les derniers encore présents à bord. La reine fut la première à saisir les contours d'une silhouette sur l'estrade improvisée. Puis les ultimes lambeaux s'effilochèrent sous la lune, dévoilant les cadavres et blessés éparpillés sur le pont, au milieu de lingots de fer destinés aux ballasts.

— Un navire de ligne en haute mer est une créature merveilleusement élégante, fit une voix sentencieuse. Mais dans un port… il en va autrement.

Cette voix, ce ton, qu'elle méprisait tellement…

— Cousine ! Vous avez failli me faire attendre.

Cortellan.

Lui, encore lui, toujours lui.

Deux rangées de soldats mirent aussitôt en joue Artemis, assis sur le trône de leur souveraine, tandis que les chevaliers de la Sainte-Croix se disposaient en étoile autour de cette dernière.

Constance leva la main. La plaisanterie avait assez duré.

— Ne tirez pas ! Je le veux vivant, grinça-t-elle. Je veux qu'il souffre !

Malgré ses piques bravaches, Artemis avait perdu de sa superbe. S'il avait réussi à monter à bord et à mettre la main sur quelques pièces d'artillerie, il en avait subi les conséquences. Du sang coulait de son bras droit, qui pendait mollement à son côté. Ses hommes étaient tout de même parvenus à le blesser ! Mais un coup de canon avait réduit à néant la résistance de la plupart et les survivants avaient reculé, attendant l'arrivée de renforts.

— Puisqu'il faut être grand pour mourir, je me lève ! s'exclama l'ancien mercenaire.

Artemis bondit sur l'estrade pour ne pas offrir

une cible facile, comptant de toute évidence s'adresser d'égal à égal à Constance.

Comme à chaque fois.

— Comment nous as-tu devancés ? l'interpella la souveraine, dissimulant sa contrariété. C'était toi dans le ballon, c'est bien cela ?

Cortellan prit quelques instants avant de répondre.

— Tel un séraphin, prêt à tout pour vous retrouver ! Deux camarades m'ont aidé à affûter derechef mes réflexes de canonnier, avant de malheureusement préférer me quitter. Une soudaine envie de prendre un bain, je crois. Me voilà donc seul !

— Pourquoi, Artemis, pourquoi ne pas t'enfuir après avoir quitté l'arène indemne ?

— Si tu ne t'en étais pris qu'à moi, Constance, je crois qu'aucune flamme n'aurait pu me pousser jusqu'ici, dit-il avec un coup d'œil en direction de la poupe et du mât brisé. Mais il a fallu que tu exerces ta vengeance sur Sabatha.

La reine le foudroya du regard.

— À d'autres, Artemis ! Tu serais là pour elle ? Pour laver son honneur ? Tu n'as toujours pensé qu'à toi, à toi et à ta prétendue légende.

Le vieux général observa chacun de ses dix adversaires en souriant.

— Tu me connais si bien, cousine. À quoi bon mentir, c'est vrai.

— As-tu perdu la raison, Artemis ? Tu crois que tu as une chance contre l'élite de la nation ?

À la grande surprise de sa cousine, le général laissa tomber son pistolet.

— Qui sait ? Il fut un temps où j'étais un maître escrimeur, n'est-ce pas ? Le plus doué de l'Académie.

— Tu n'as jamais été aussi doué que Cérès, siffla Constance.

— Mais elle est partie depuis longtemps, ma chère cousine. Par ta faute, là encore.

— Majesté, une balle et…

— Non ! s'emporta la reine. Cousin Artemis a toujours péché par orgueil. Il croit s'en tirer encore une fois, mais à dix contre un, Artemis, vraiment ?

Elle secoua la tête de façon théâtrale.

— Vous. Allez-y ! ajouta-t-elle en désignant l'un des spadassins, le seul à avoir déjà un pied posé sur une marche.

Le jeune homme se retourna vers Cortellan, un rictus moqueur aux lèvres. Artemis savait très bien ce qui pouvait occuper ses pensées en cet instant. Le chevalier s'imaginait déjà être le grand héros du jour, celui qui en finirait avec le cousin rebelle de sa souveraine, le capitaine mercenaire, le vice-roi de la colonie, le général victorieux.

— Comment t'appelles-tu ? lui lança Artemis.

La moue dédaigneuse du chevalier se figea. Il n'avait pas anticipé une telle question.

— Quelle importance, monsieur ? répondit-il d'une voix presque flûtée.

— J'aimerais connaître le nom du premier d'entre vous à mourir cette nuit, répliqua Artemis. Tu as bien des parents, non ? Je leur écrirai, c'est promis.

Les autres chevaliers rirent, mais pas l'adversaire désigné de Cortellan.

— Vieux bouffon sénile, gronda-t-il entre ses dents serrées.

Le spadassin se précipita sur Artemis, qui para aisément son premier coup. Le général avait l'avantage de l'allonge et désarma le jeune homme d'un simple mouvement du poignet gauche. Le chevalier leva sur lui des yeux ronds, mais Cortellan ne pouvait faire preuve de la moindre pitié. Il lui trancha la gorge et le jeune bretteur tomba à la renverse, incapable de porter une main à son cou.

Les rires se turent tandis que son cadavre roulait jusqu'aux pieds de ses camarades, dix marches plus bas.

— Votre Majesté, insista Lautero.

Constance n'en avait que faire.

— À vous, murmura-t-elle froidement en désignant un deuxième chevalier.

Le second bretteur s'avança, les yeux rivés sur Cortellan, dont le sourire s'élargit. Face à un adversaire qui se montrerait certainement plus prudent que son prédécesseur, Artemis devait paraître d'autant plus sûr de lui. Il siffla. Les deux hommes partagèrent un instant un même battement de cœur, puis le chevalier bascula à son tour, terrassé.

— Et de deux, cousine !

Lautero ne fut pas le seul à se tourner vers la reine cette fois. Les chevaliers aussi semblaient s'interroger. La colère déforma les traits creusés de Constance. Une fois encore, ils osaient mettre en doute ses décisions, tous autant qu'ils étaient.

— J'attends ! lança Artemis.

Comprenant qu'elle ne céderait pas, Lautero reporta ses inquiétudes et sa colère sur les huit chevaliers restants.

— À quoi jouez-vous, bon sang ? Vous affrontez un vieillard ! Regardez-le, il est déjà essoufflé, blessé, il ne le cache même pas !

Et c'était vrai. Artemis avait franchi une marche de plus, mais il se tenait bouche grande ouverte, le dos légèrement courbé. La sueur qui humectait son front plaquait ses cheveux sur ses tempes et trahissait le passage des ans.

Le mépris le disputait à la colère dans le cœur de Constance. Le défi de son cousin se révélait aussi saisissant que pathétique. S'il se savait perdu, il croyait sincèrement l'emporter avec lui dans la mort. Il n'avait jamais grandi, en fin de compte. Jusqu'au bout, il préférait s'enivrer de contes et de récits guerriers narrant les exploits les plus improbables.

— Votre Majesté, un seul mot de vous et nous pourrions le passer par les armes ! Vous avez au moins…

— Taisez-vous, Lautero. Mon cousin va mourir ce soir, mais il n'est pas trop tard pour lui inculquer une leçon. C'est ce que nous allons faire !

Un troisième chevalier caressa le pont du bout de sa lame, s'avançant droit sur Artemis. Prudent, il avait visiblement l'intention de laisser l'ancien général frapper le premier. Cortellan n'attendit pas, se fendant. Le chevalier para et fit voler la lame d'Artemis dans les airs, aussi facilement que ce dernier l'avait fait un peu plus tôt avec son premier adversaire. Il se permit un sourire à l'intention de la reine, inclinant légèrement la tête.

— Attention !

Trop tard. La tête du chevalier pivota juste à temps pour voir Artemis s'emparer d'une lame de sa main droite prétendument blessée, l'enfonçant un instant plus tard entre deux interstices de l'armure.

Le chevalier mit un genou à terre, incapable de parler, puis bascula sur le côté.

— Le Zéphyr ne vous apprend pas tout… Tu sais

qui me l'a enseigné, Constance. Tu la connais toi aussi.

— Tais-toi.

Le regard de Lautero s'était fait implorant, mais cette fois le ministre n'osa rien dire.

— Écoutez-moi, reprit la reine, ne quittant pas des yeux un Artemis à bout de souffle. Le premier d'entre vous à transpercer le cœur du général se verra récompensé d'un domaine et d'un titre de noblesse au pays.

Interloqués, les sept bretteurs encore debout parurent rassérénés. Les nouveaux titres de noblesse étaient rares au Coronado.

— Je vous en prie, Votre Majesté, laissez-les au moins attaquer deux par deux…

— Regardez-le, répondit Constance. Il n'avait qu'une pitoyable astuce et il a déjà dû la dévoiler. Il est à bout. Le prochain devrait en terminer sans peine avec ce vieil homme.

À ces mots, le sourire d'Artemis réapparut. Il ramassa l'épée de son troisième adversaire et s'appuya dessus pour se redresser.

— Au suivant, mes amis.

Il n'attendit pas que le quatrième chevalier approche. Sitôt ce dernier eut-il posé un pied sur la première des marches de l'estrade qu'Artemis saisissait un lingot de fer abandonné là un peu plus tôt. Il visa sans hésiter la tête de son adversaire, mais cette fois le chevalier l'évita d'un pas de côté.

— Il va falloir trouver mieux ! s'écria le bretteur.

L'homme fit deux pas de plus, bondissant légèrement. C'était le meilleur des quatre, à l'évidence. Il abattit sa lame sur l'épaule droite d'Artemis, qui bascula sur sa gauche tout en s'emparant d'un poignard passé dans le dos.

— Mieux, vous disiez ?

Il l'enfonça droit à travers la botte du chevalier. Le spadassin poussa un hurlement de douleur mais frappa de nouveau. Artemis brandit son épée, trop tard. Leurs deux lames épousèrent la même trajectoire. Il serra les dents et mugit à son tour. L'ancien général venait d'être mordu à l'épaule. Son adversaire tomba quant à lui sur le flanc, blessé fatalement.

— Au… Au cinquième, ahana Cortellan.

Constance avait blêmi, contemplant les marches désormais couvertes de sang. Un désastre de plus cette nuit pour elle. Ses mots résonnèrent comme un aveu amer dans sa bouche.

— Il est blessé. Achevez-le…

Les chevaliers hésitèrent le temps de quelques battements de cœur confus.

Deux autres ballons étaient apparus au-dessus des quais, accueillant chacun deux soldats à leur bord. Deux carabines à répétition en équilibre sur le rebord de leur nacelle prirent alors pour cible le pont supérieur du *Triomphant*, ouvrant le feu sans distinction sur le moindre uniforme aux couleurs du Coronado.

Cortellan les vit approcher un instant avant les troupes déjà décimées de sa cousine.

— Non ! Ne faites pas ça ! hurla Artemis.

Les fusiliers de Constance se retournèrent vers les deux montgolfières, s'abritant derrière le bastingage tout en armant leurs carabines. Avec horreur, Artemis vit son rêve de gloire vaciller un peu plus à chaque fusilier touché. Il ne voulait pas d'une telle victoire. Toute sa vie, le capitaine mercenaire avait bâti sa légende en trichant, en n'hésitant pas à avoir recours aux stratagèmes les plus vils, aux ruses les plus déloyales, du moment qu'ils lui garantissaient la victoire, une victoire absolue. Mais cette nuit entre toutes, il aspirait à bien davantage. Artemis voulait se prouver qu'il était à la hauteur de toutes les fables qu'il avait lancées au visage de toutes les rencontres d'une vie.

— Non ! hurla-t-il encore, ne se souciant plus de ses propres adversaires. Non !

Mais les conspirateurs à l'abri de leur nacelle ne pouvaient pas l'entendre. Il scruta leurs visages déformés par la rage, incapable de saisir leurs regards.

— Tous à la fois, ajouta finalement leur reine.

Quatre faucons fondirent sur Artemis. Deux chevaliers avaient trouvé la mort sous les balles un instant plus tôt.

Ils ne pouvaient mener l'attaque conjointe de front. Artemis recula d'un bond, décochant une série de coups de taille pour s'accorder deux marches de répit.

— Tu as voulu une scène, Artemis, le héla sa cousine, eh bien, voilà, je t'en offre une. Tu vas rendre ton dernier soupir sur les planches, comme le comédien que tu es !

Au péril de sa vie, Artemis ferma les yeux et se représenta le Zéphyr. Le cercle de mosaïque apparut sous ses yeux, remplaçant le sang et le pont. Puis les quatre autres disques, de dimensions plus modestes, prirent forme aux quatre points cardinaux, encerclant les chevaliers prêts à ferrailler de plus belle. Le général sourit. Vila Verde. L'Académie. Le château de son père. Les champs de bataille du continent. Il avait toujours gagné.

Toujours. Il *allait* gagner.

L'un de ses opposants dut modifier sa trajectoire pour éviter une balle perdue. Il se décala sur la gauche, laissant l'un de ses camarades à découvert.

Maintenant.

La passe d'armes qui opposa Cortellan à ces quatre bretteurs se révéla brève et brutale, sous l'averse de balles venue des cieux : le premier fut désarmé d'un moulinet adroit, le second vit sa lame brisée net par le sabre d'Artemis, le troisième succomba d'un coup d'estoc à la gorge…

Le vieux général se souvint de la session d'entraînement qu'il avait imposée aux soldats sur le pont de *La Flèche d'Or*, en pleine tempête, deux mois plus tôt déjà. Il avait eu raison de le faire. Sa lame taillait, tranchant les chairs du dernier représentant de la garde. Artemis aurait aimé le prendre en chasse, se jeter dans une poursuite effrénée et enivrante. Mais l'homme résistait bravement, campé sur la dernière marche de l'estrade. Le courageux inconnu s'effondra soudain, après une ultime morsure de la lame ivoirine.

Cortellan s'approcha et fit sauter l'épée de son adversaire du talon. Un instant, il demeura là, au milieu du pont, impassible, à contempler les cadavres de ses victimes, écoutant les perles rubis goutter une à une depuis sa lame sur le tillac. Valait-il mieux la nettoyer sur-le-champ, ou un peu plus tard ?

Artemis haussa les épaules et rajusta son pourpoint.

— Huit… Huit… Ce n'est pas dix, mais ce n'est pas si mal, se gaussa-t-il, pantelant.

Le pont sombra dans le silence. Artemis s'aperçut que les deux ballons s'étaient éloignés, l'un d'eux privé de pilote et s'écrasant dans la voilure du cuirassé ancré tout près. Une dizaine de morts et de blessés supplémentaires parsemaient le pont. Artemis tourna son visage au vent et laissa les embruns salés le picoter.

Plus rien ne le séparait de la reine, si ce n'était Lautero, qui recula bien vite vers les marins survivants, abandonnant la souveraine à son sort.

— Tu n'as jamais été considéré comme un héritier potentiel, cracha Constance. Ta famille est malade, votre temps est passé. Que crois-tu obtenir si tu te débarrasses de moi ? Tu crois vraiment quitter cette terre, voguer vers le Coronado et monter sur le trône ? Tu sais que c'est impossible. Si je disparais, j'ai un fils prêt à assumer son devoir.

Artemis ne semblait pas la voir.

— Je n'espère rien de tout cela. Je ne cherche plus à rentrer, ni même à régner. J'ai fui le Coronado dès que je me suis offert une troupe de mercenaires, en vérité. Mais je ne crois pas que ton fils montera sur le trône comme si de rien n'était, comme si tu t'étais éteinte dans ton sommeil à un âge vénérable, chère cousine. Il est encore bien jeune, n'est-ce pas ? Nous connaissons tous les deux la noblesse de notre pays. Ta disparition déclenchera une véritable guerre de succession.

— Artemis…

Constance savait pertinemment qu'il était trop tard. Cortellan ne reviendrait pas en arrière. Elle-même ne l'aurait pas fait, si elle avait dû saisir une telle occasion. Elle songea un instant à son fils, à leurs promenades sur les remparts de la forteresse de Gondomar, si loin d'ici. Les seuls moments où elle ne regrettait pas son existence solitaire.

Enfin, Artemis plongea sa lame en plein cœur. En d'autres circonstances, son cousin aurait pu dissimuler sa main derrière un attentat quelconque et personne n'aurait été en mesure de prouver son implication. S'il avait décidé d'agir lui-même, ce n'était pas seulement dû aux aléas du destin. Son regard ne cilla pas en contemplant le visage de sa cousine.

Nulle ultime bravade, nulle malédiction lancée à la tête d'Artemis. L'ancien mercenaire abandonna sa lame, tandis que la reine retombait doucement sur le sol. Le regard du général glissa un peu plus haut. Lentement, il tendit une main tremblante et s'empara de la couronne, s'attendant presque à la sentir crépiter sous ses doigts.

Mais le contact du métal fut seulement froid, froid et piquant.

Dans son dos, il les entendait déjà. Ils se rapprochaient, implacablement. Même l'urgence n'avait pas altéré leur avancée au pas de course, millimétrée. Il pouvait encore fuir, s'il le voulait. Artemis secoua la tête tout en prenant la couronne à deux mains, faisant volte-face un instant plus tard.

Avec un grand sourire, il la posa sur son crâne, délicatement, comme s'il redoutait de la voir se briser en morceaux à ce simple contact. Mais la couronne ne vola pas en éclats, ne s'embrasa pas pour signifier qu'il n'était pas digne d'elle. Rien de tel ne se produisit. Ce n'était qu'un pauvre objet de métal ouvragé, inanimé.

— C'est donc ça que de porter la couronne du Coronado, murmura-t-il, songeur, tourné vers Carthagène.

Pour la première fois en vingt-cinq ans, la cité lui parut belle.

— C'est donc ça… être roi.

Les soldats de Constance s'étaient déjà mis en joue. La reine n'était plus là pour les empêcher d'avoir recours à leurs armes. Sans un mot, unis par un même élan, une même colère, chacun d'entre eux appuya sur la détente, abattant sans sommation un homme dont ils n'avaient jamais connu la réputation.

Artemis bascula par-dessus le bastingage, son regard forcé de s'écarter du soleil naissant pour s'abîmer dans les nuages tout juste mouchetés de nacre.

Son sourire n'avait pas disparu.

57

Une, deux ou quatre heures plus tard, il n'aurait su le dire, Azel quitta la basilique en feu par une sortie latérale.

Après s'être écrasé contre les vantaux du portail, il manqua s'écrouler dans les escaliers, dévalant les marches bien trop vite. La mort venait réclamer son dû. Le jeune homme était allé au bout de ses forces et n'avait plus rien à offrir à personne. Il titubait mais parvint à rester debout, une main posée sur l'extrémité de la rampe de pierre.

Azel grimaça en étouffant un cri de douleur. Il croisa le regard de deux soldats interloqués. Ils venaient d'arriver sur place, baïonnette au canon. Azel ne perçut aucune colère en lui. Il ne leur en voulait pas – plus. Ils n'étaient que des instruments, eux aussi. Azel lui-même était devenu l'outil de sa vengeance pour atteindre son but… Et il ne regrettait rien.

Ou presque.

— Je t'ai enfin retrouvé.

Azel leva les yeux. Un instant, malgré le timbre masculin très marqué de cette voix, il avait espéré que Zuhaitza n'ait pas respecté sa parole. Mais il connaissait trop bien la jeune femme.

— Heitor. Tu es venu pour m'administrer les derniers sacrements ?

Son frère ne sourit pas, incapable cette fois de faire disparaître son émotion derrière sa réserve.

— Je voulais te dire au revoir. Et je ne suis pas le seul.

Azel battit des paupières et se rendit compte de la présence silencieuse d'Apisi. Trois ans qu'il s'était séparé du demi-loup. Et voilà qu'il était de retour. Il n'avait pas changé, dégageant force et noblesse, plus que tout autre être humain à avoir croisé sa route. Azel avait toujours redouté le moment où il devrait enterrer son ami. Finalement, il n'aurait pas à s'en préoccuper et ressentit un soulagement sincère à cette idée. Il préférait goûter ces retrouvailles sans songer à un lendemain qui ne le concernait déjà plus.

Au loin, des cris retentissaient toujours dans la cité. Le jour ne tarderait plus à percer.

Azel était si las, bien plus las qu'après n'importe quelle chevauchée sur les plaines, même celle qui l'avait conduit jusqu'à Xemballa pour la toute première fois. Apisi s'approcha en silence tandis que le jeune homme se laissait glisser contre la pierre en retenant un nouveau cri de douleur. Il était hors de question que son ami soit témoin de sa souffrance. Le demi-loup devait de toute façon l'avoir déjà sentie. Trois ans loin l'un de l'autre n'avaient pas su rompre leur lien. Pas avec lui. Azel tendit la main, fit courir ses doigts dans la fourrure dense du cou d'Apisi. Sans un bruit, le demi-loup s'avança encore pour poser sa tête contre l'épaule d'Azel.

— Salut, mon vieux. Je sais qu'Heitor s'est bien occupé de toi, mais tu m'as manqué.

Apisi lui lécha timidement la joue et Azel parvint à sourire.

— Que crois-tu qu'il va se passer maintenant ? souffla-t-il.

Heitor se tourna face à la mer. Des centaines d'habitants s'étaient peu à peu réfugiés sur la plage au cours des dernières heures.

— Je ne sais pas. J'ai entendu que les choses avaient dégénéré sur le port. Certains disent que la reine Constance est morte.

— Quelque chose me dit que c'est envisageable, sourit Azel, avant de grimacer.

— Cortellan ?

Le jeune homme ne put qu'acquiescer, incapable de parler.

— On dirait que tu as décidé d'agir, murmura-t-il finalement, au prix d'un terrible effort.

Heitor hocha lentement la tête.

— Il faut n'avoir point d'âme pour ne pas s'acquitter des promesses faites aux séraphins. Et je pouvais accomplir bien davantage que le peu que j'avais fait jusqu'à maintenant. Mais je ne renie pas la Croix-Blanche. Ses enseignements d'origine sont tout à fait admirables.

— À d'autres !

Heitor sourit.

— Tu dis ça parce que tu n'as jamais étudié. Tu as toujours préféré dessiner.

Azel plongea son regard dans celui d'Apisi, redoutant soudain la prochaine question qu'il comptait adresser à son demi-frère.

— Tu n'es pas venu pour me conduire en lieu sûr, pour me soigner ?

— Non, confirma doucement l'ancien prêtre. Tu es une tête de mule après tout.

— Il est trop tard pour moi, Heitor, c'est vrai. Mais je l'ai fait… J'ai réussi.

Son demi-frère parut hésiter à répondre. Malgré les trois ans écoulés, Azel doutait qu'Heitor considère une vengeance comme légitime. Lui s'était battu cette nuit, mais pour une *grande cause*. De celles qui pouvaient faire basculer le destin d'une nation. Azel n'avait jamais eu autant d'ambition, même derrière son masque.

— J'ai compris en te voyant, répondit sobrement son demi-frère. C'est sûrement ta dernière nuit parmi nous. Je crois que Zuhaitza ne voulait pas voir ça.

— Qui ?

Heitor secoua la tête. Azel lui avait arraché un sourire.

— Ne joue pas les idiots. Elle ne voulait pas…

— Elle a eu raison, répondit Azel, le souffle de plus en plus court. Mais j'ai fait ce que je devais faire, Heitor. Et c'est tout ce qui compte. J'ai eu raison. J'ai eu raison.

Son frère n'était pas d'accord, mais il n'était pas question de contredire Azel maintenant. Le jeune homme semblait répéter ces mots pour s'en convaincre.

— Je me souviens, reprit Azel. Il y a trois ans, tu avais voulu que l'on prie ensemble. J'avais refusé. Mais peut-être que je devrais accepter cette fois.

— Je ne sais pas…

— J'avais appris que tu n'étais plus vraiment prêtre. J'imagine que tu n'as pas tout oublié pour autant.

Azel s'interrompit, basculant un instant sur le côté pour cracher.

— Je plaisantais, Heitor. Il y a une seule chose que je voudrais te demander. Ramène-moi sur le domaine.

— On parlera de ça plus tard. Je suis là pour toi, Azel. Personne ne mérite de mourir seul, ajouta Heitor dans un souffle.

Le jeune homme battit des paupières et saisit la tête d'Apisi entre ses doigts gourds. Il avait autre chose à demander à son demi-frère, mais il avait du mal à s'en souvenir. Il avait des carnets, autrefois, croquant paysages et rencontres sur les plaines. Ombeline. Il les jetait au fur et à mesure. Tous, sauf le dernier, à l'époque où il était devenu le Loup Gris et avait choisi de ranger ses crayons. Le seul à contenir un portrait de Zuhaitza. Mais il avait disparu quand on l'avait jeté en prison à Carthagène. Il ne pourrait jamais le transmettre à Heitor en lui demandant de chercher la jeune femme pour lui.

Les rayons rasants du soleil levant venaient de se faufiler jusqu'à lui au milieu des arbres. Tout doucement, pour s'assurer de ne pas lui faire mal, Apisi se coucha, la tête sur les cuisses du jeune homme.

Azel posa une main sur son crâne, le flattant entre les deux oreilles. Il avait de plus en plus de mal à réfléchir et décida de fermer les yeux. Bientôt, le soleil le réchaufferait.

Bientôt.

ÉPILOGUE

Zuhaitza campa trois jours à une lieue du village avant de décider de s'en approcher. Elle avait passé ses journées à rôder aux alentours sans jamais s'avancer jusqu'aux premières demeures encore debout. La jeune femme s'était même demandé si le village était habité.

Au matin du quatrième jour, elle éteignit son feu de camp et fit signe à Apisi.

— Tu viens ? Tu es sûr ?

Le loup avait levé sur elle ses yeux jaunes, gardant le silence et se mettant en route dans son sillage. Le ciel était bas ce matin, les nuages gris dissimulant le moindre rayon de soleil. On imaginait souvent la péninsule de la Lune d'Or couverte de jungles, mais cela ne représentait finalement qu'une toute petite partie de ces territoires. Zuhaitza n'avait jamais traversé de jungle elle-même. Et ce n'était pas dans ses projets.

Aux aguets, la jeune femme arriva devant la première maison, sans avoir croisé personne. Aucune lumière ne brillait à l'intérieur, pas plus que dans les quatre autres qui se dressaient non loin. Apisi, lui, avait entrepris de contourner les bâtiments, comme s'il avait déjà compris que Zuhaitza comptait se rendre sur la plage.

Le regard attiré par l'horizon, la jeune femme repéra une silhouette au niveau du rivage. Zuhaitza se surprit à hésiter un instant, mais elle reprit bien vite sa marche, une main devant les yeux pour tenter d'en discerner davantage au sujet de cette apparition aux courbes indéniablement féminines. La silhouette s'était immobilisée. Zuhaitza s'arrêta à moins de dix mètres d'une indigène qui devait avoir à peu près son âge.

— Bonne journée, dit Zuhaitza.

L'autre se contenta de hocher la tête. Zuhaitza s'était imaginée dévisagée de la tête au pied, mais elle ne semblait pas particulièrement curieuse à son égard, appuyée contre ce qui ressemblait à une lance.

— Qu'est-ce que vous venez faire ici ? lui demanda finalement l'indigène. Vous êtes à bien des chansons de chez vous.

— Je cherche un bateau. Je suis prête à l'acheter.

Sa demande fut accueillie par un nouveau signe de tête.

— Et vous, vous êtes seule au village ?

— Pour le moment, oui. Nous ne sommes plus très nombreux. Depuis que les hommes de fer sont venus.

Zuhaitza réussit à ne pas sourire. « Les hommes de fer ». Un surnom donné aux colons et plus précisément aux soldats qui remontait à plus de trente ans. La jeune femme savait très bien qu'elle avait rallié la région la plus reculée de toute la péninsule, mais elle ne s'était pas attendue à entendre de nouveau ce terme.

— Vous en avez revu récemment ?

— Ils sont partis très vite. Je ne sais pas ce qui se trame au-delà des montagnes. Ils n'ont fait que passer, mais j'ai… nous avons perdu plusieurs membres du clan. À cause de leurs bateaux.

— Je cherche quelque chose de beaucoup plus petit.

— Vous voulez descendre au sud en cabotant ?

Zuhaitza ne répondit pas tout de suite cette fois.

— Je pars pour l'ouest.

— Il n'y a rien à l'ouest.

— Il n'y a rien nulle part pour moi.

L'indigène lui sourit et Zuhaitza regretta aussitôt ses mots. Elle avait exprimé ce qu'elle ressentait profondément, mais elle avait bien conscience du ridicule d'une telle phrase aux oreilles d'une inconnue.

— Si vous le dites. Vous avez déjà navigué ?

— Oui. Il me faut juste une embarcation. Je vous l'ai dit, je peux l'acheter.

L'autre se retourna vers la mer.

— Le temps est calme, vous avez de la chance.

— Je disais…

— Je vous ai entendue, vous avez besoin d'un bateau. Vous pouvez vous servir parmi ceux qui sont rangés là-bas, près du rivage. De toute façon, il n'y a plus personne pour aller pêcher avec. Non, ajouta-t-elle en voyant Zuhaitza plonger une main dans sa bourse. Ce n'est pas la peine. Ici, on vit du troc. Avant, en tout cas.

— Plus maintenant ?

— Maintenant, on survit, c'est tout.

Zuhaitza se dit qu'elle aurait pu rester ici ; le climat était rude, mais personne ne viendrait la déranger. Elle serait si loin du tumulte…

Azel était mort deux mois plus tôt, tout comme

Artemis, et la reine Constance en personne. Décapité, le Coronado n'avait guère eu le temps de se soucier d'une colonie ingrate et les sécessionnistes avaient recouvré leur allant pour proclamer l'indépendance de la péninsule. Un parlement siégeait déjà à Carthagène, même si chacun redoutait de voir débarquer de nouvelles troupes bien décidées à mater ces velléités une bonne fois pour toutes, sans parler de la pression croissante de l'Ulster, aux appétits aiguisés par le sang. Toutefois, le Nouveau-Coronado était devenu pour l'instant une entité indépendante. Ce statut inédit tiendrait peut-être un an, dix, cent ; impossible de le savoir, et Zuhaitza n'en avait que faire.

Elle savait en revanche qu'elle aurait pu aspirer à des fonctions dans cette nouvelle organisation au vu du rôle qu'elle avait joué dans les événements menant à la mort de la reine. Mais là encore, Zuhaitza ne s'en préoccupait pas. Tout cela ne durerait pas. Bientôt, de nouveaux chefs de guerre ivres de pouvoir émergeraient, chacun espérant trouver ce que personne avant eux n'avait jamais trouvé, s'entêtant à croire que cette terre avait quelque chose à leur offrir. Mais cette terre sans dieux ne *voulait* rien leur donner. Zuhaitza semblait être la seule à avoir pris conscience de ce que tous auraient dû saisir.

Quoi que lui réserve son voyage, la jeune femme ne nourrissait plus de regrets.

Elle salua la villageoise et prit la direction du rivage, repérant Apisi un peu plus loin. Il s'était arrêté pour l'attendre, contemplant les flots à son tour.

— Vous comptez atteindre Ophir ? lui demanda finalement la femme, alors que Zuhaitza avait déjà fait une dizaine de pas. C'est ça que vous cherchez ? C'est un secret encore mieux gardé que Tichgu.

Elle n'avait pas tort : Ophir était une destination rêvée, que les indigènes se murmuraient les uns aux autres sans vraiment y croire. En général, il fallait être ivre ou se montrer particulièrement désespéré pour l'évoquer. Mais Zuhaitza n'était ni l'un ni l'autre. Pas ce matin, du moins. En plaisantant, Calider lui avait proposé de la suivre dans son périple, mais le journaliste était resté sagement à Carthagène, reprenant les rênes de *La Gazette* pour suivre l'avenir aussi palpitant qu'incertain de la Lune d'Or.

— Vous n'êtes pas la première, vous savez. Beaucoup d'autres ont essayé avant vous. Moi-même, j'ai hésité plus d'une fois.

Zuhaitza se retourna à demi.

— Vous voulez venir avec moi ?

Puis elle désigna son sac.

— J'ai dix jours de provisions et des vêtements chauds, je sais utiliser les étoiles pour me guider… Je ne pars pas à l'aventure tête baissée, confia-t-elle avec un sourire triste. Vous pouvez venir avec moi si vous le souhaitez.

Son interlocutrice détourna les yeux un instant, le regard fuyant.

— Je suis chez moi. Même après tout ce qui s'est passé, je dois rester ici. Je ne sais pas comment faire autrement.

Ce fut au tour de Zuhaitza de hocher la tête en silence.

Les deux femmes n'échangèrent pas un mot de plus, et une heure plus tard, Apisi couché à la poupe, Zuhaitza prit la mer, sa voile déjà gonflée par les vents. Qu'aurait pensé Artemis Cortellan de cette idée ? Il ne s'était jamais vraiment penché sur l'existence d'Ophir et l'espionne n'avait jamais rien fait pour l'inciter à changer d'avis. Elle n'imaginait pas l'ancien vice-roi croire que, très loin des archipels infestés de pirates au-delà de Carthagène, certains indigènes avaient choisi de créer une utopie en ralliant une île que personne n'avait jamais su placer sur une carte. Mais il n'était pas question de cités transportées dans un autre monde, comme dans le cas des fées. D'aucuns disaient que cette île était habitée depuis bien longtemps, avant l'émergence de l'empire du Léopard. Avant l'arrivée des fées, certaines légendes racontaient même que les ancêtres de ces dynasties-là avaient vu le jour sur Ophir.

La jeune femme orienta son embarcation plein ouest. Si elle en parcourait environ trente par jour, elle pouvait espérer pousser jusqu'à trois ou quatre cents lieues avant de se retrouver sans nourriture, et elle avait prévu de quoi pêcher aussi. Bien sûr, elle misait aussi sur l'eau de pluie pour compléter ses réserves. Zuhaitza s'était préparée au mieux et pourtant, elle risquait bien de perdre la vie ou de finir par s'échouer sur une île minuscule, loin des mirages offerts par des siècles de légende.

Elle resserra sa veste de fourrure sur sa poitrine. Il faisait déjà très froid, alors que le soleil, s'arrachant enfin aux nuages, était au plus haut dans le ciel. Bientôt, ses muscles s'engourdirent, mais ni la fatigue ni la douleur ne la touchèrent. Elle demeura à la barre toute la journée, jusqu'à l'apparition des premières étoiles, attendant que la lune brille presque autant que l'astre du jour avant de prendre le temps de s'alimenter. Il n'avait fallu que quelques minutes pour que Zuhaitza se rende compte qu'une fois partie plus rien n'importait sinon s'éloigner le plus possible de la Lune d'Or.

Elle voulait laisser derrière elle ce passé qu'Azel n'avait pas su oublier, mais aussi les affres de la colonisation. Habiter un territoire désolé était une solution, mais quelque chose lui disait que ce ne serait pas suffisant. Un jour – peu importe qui régnerait sur le Coronado –, quelqu'un retrouverait ce village, et cette fois, il ne s'agirait pas seulement d'une destination de passage. On trouvait toujours quelque chose à exploiter pour se sentir plus riche ou plus important que son voisin.

La première nuit de la jeune femme se déroula sans contrariété majeure, même si elle regretta plusieurs fois de s'être rasé la tête. Ses mèches longues ne lui auraient pas vraiment tenu plus chaud, mais elle pesta tout de même. Sa décision lui avait paru naturelle sur le moment. Ce sentiment auquel elle avait cru être capable de résister était mort avec Azel. Et il fallait croire que son amour pour le jeune homme n'avait pas suffi à le retenir dans le monde des vivants. Elle leva les yeux sur les constellations mouvantes. Non, elle ne devait pas se dire ça car ce n'était pas la vérité. Azel avait choisi de rester en arrière et rien n'aurait pu le convaincre de renoncer…

Elle était redevenue celle qu'elle n'aurait jamais dû cesser d'être, quand bien même elle n'avait plus de famille à protéger. Zuhaitza était libérée de tout devoir, de toute mission, libre d'agir sans que quiconque exige quoi que ce soit de sa part ; y compris elle-même. Une raison de plus de prendre la mer sans arrière-pensée, sans se dire que quelqu'un l'attendait et qu'elle devrait rentrer un jour prochain.

Elle n'éprouverait plus jamais pour quiconque ce qu'elle avait éprouvé pour Azel. Zuhaitza passa une main dans ses cheveux tondus. Elle avait perdu l'habitude de les sentir si courts sous sa paume. Apisi dormait, bercé par l'océan. La jeune femme espérait que son sommeil demeure paisible, et surtout profond. Avec un peu de chance, aucune tempête ne déciderait de leur barrer le chemin.

Malheureusement, ce ne fut pas le cas.

Le grain surgit au petit matin du sixième jour, alors que Zuhaitza n'avait toujours pas croisé la moindre embarcation. Elle s'était attendue à apercevoir des icebergs, dont on racontait qu'il leur arrivait de remonter à une telle latitude, mais aucun signe avant-coureur ne la mit en garde. Une trouée se remplit bien vite et le vent partit à l'assaut de la voile. Les vagues gonflèrent brusquement, changées en murs d'écume. La température chuta. Les cieux devinrent soudain presque aussi sombres que les eaux déchaînées.

Zuhaitza serra la barre, les mâchoires roides, les bras tétanisés, le dos courbé. Elle tâcha de ne pas regarder Apisi, paniqué, qui levait vers elle des yeux implorants. Elle n'avait pas le luxe de chercher à l'apaiser d'une caresse, et le loup n'aurait probablement pas accepté qu'elle tende la main vers lui. En cet instant, Zuhaitza devait affronter une vague après l'autre.

Une vague après l'autre.

Ses dents se mirent à claquer, elle n'entendait plus rien que le hurlement du vent.

Une vague…

L'embarcation s'envola vers les cieux, comme si la houle avait cherché à la projeter en direction des nuages, pour lui permettre de s'échapper. Zuhaitza avait tardé à réduire la voilure, et le tissu s'était arraché de lui-même depuis de longues minutes, avant même que l'ancienne espionne ait réussi à le carguer.

… après l'autre.

Elle ne lui accorda qu'un instant, sentant brusquement s'éloigner le banc de bois sous elle. À quoi bon baisser les yeux sur les flots ?

Une vague…

Zuhaitza garda le regard rivé sur la lune, aussi longtemps que possible.

… après l'autre…

Zuhaitza se réveilla en hoquetant sur une grève de galets ronds.

Elle battit des paupières, face contre terre. Plus de hurlements dans ses oreilles, seulement un doux ressac. Plus de ciel d'ardoise, mais la chaleur du soleil limpide sur son dos. Se relevant sur un coude, elle se rendit compte que ses vêtements étaient à peine humides. Elle s'était peut-être échouée sur cette plage depuis plusieurs heures. Mais quand bien même, la marée ou une simple averse auraient dû faire leur office. Quelques secondes supplémentaires lui permirent de constater qu'elle avait perdu ses bottes et que ses pantalons, quant à eux, étaient encore lourds de sel et d'eau, ses jambes aussi froides que les galets éparpillés sous elle.

Zuhaitza tenta de se redresser à genoux, mais elle bascula sur le côté et vomit. Encore sonnée, elle passa de longues minutes à écouter le chant moqueur des oiseaux avant de parvenir à s'asseoir, les deux mains sur les cuisses.

Là, elle s'aperçut que la grève cédait sa place à une véritable forêt. Les yeux humides, elle balaya la plage du regard. Aucune trace d'Apisi. Le loup n'avait pas dû survivre à la tempête. Son dernier lien avec Azel avait disparu et l'ancienne espionne se retrouvait donc seule sur une île inconnue. Un frisson la parcourut, la courbant en deux. À cause de ses vêtements mouillés, mais aussi à cause d'une soudaine excitation.

Au milieu des galets sombres, elle ne distingua pas non plus de débris de son bateau. Secouant la tête, elle se souvint s'être raccrochée de toutes ses forces à la barre, même une fois que celle-ci se fut cassée net. Mais aucun éclat de bois n'était parvenu jusqu'ici. Des débris avaient pu s'échouer beaucoup plus loin, peut-être à des dizaines de lieues de là. Elle divaguait… Tous les prétextes étaient bons pour ne plus songer à l'absence du loup.

Avait-elle trouvé Ophir ? Un coup d'œil à la côte avait suffi à lui démontrer que celle-ci n'était pas bordée de somptueuses cités. Les criques environnantes n'accueillaient pas des dizaines ou des centaines de navires. Zuhaitza devait admettre l'évidence : elle avait sans doute découvert une île inhabitée, perdue au milieu de l'océan. Et même si elle semblait mesurer plusieurs lieues de long, personne, si tant est qu'on ait déjà jeté l'ancre un jour aux environs, n'avait jugé bon de s'installer ici ou de rapporter son existence. La végétation impliquait la présence d'eau douce. La jeune femme n'avait plus qu'à espérer pouvoir découvrir de quoi se nourrir.

Enfin, elle se mit debout, une main sur son épaule droite douloureuse. Quelle ironie. Elle n'avait trouvé ni la mort ni Ophir, mais peut-être que cette terre pourrait devenir sa demeure, avec le temps. Que pouvait-elle faire d'autre, à part se laisser mourir sur la plage ?

Zuhaitza avait aussi perdu son sac. À l'instant même où la jeune femme fit un pas en avant, elle saisit le regard doré du loup à l'orée des bois.

— Apisi ! s'exclama-t-elle, incapable de maîtriser sa voix.

Comment retenir un cri en apercevant le fidèle compagnon d'Azel, cette dernière attache avec son passé ? Le demi-loup ne la regardait déjà plus, disparaissant dans les fourrés.

Zuhaitza voulut s'élancer à sa poursuite, quand sa hanche gauche la rappela à l'ordre. Malgré les nombreuses ecchymoses, invisibles sous le tissu, elle se mit néanmoins en route, clopin-clopant. Elle n'avait plus d'arme, plus de poudre. Seul le coutelas solidement attaché à sa cuisse gauche était encore glissé dans son fourreau et elle le saisit en arrivant à hauteur des fourrés.

Quels animaux pouvait bien cacher ce sous-bois ? Si elle ne retrouvait pas le loup – car elle ne doutait pas qu'Apisi sache la distancer –, elle tâcherait de gagner le point le plus haut des environs afin d'en apprendre plus sur l'île. Il était possible qu'elle fasse partie d'un archipel. Ou bien il s'agissait peut-être du seul lopin de terre de tout l'océan.

Zuhaitza s'aperçut qu'elle n'avait pas affaire à une véritable forêt, encore moins une jungle. Elle traversa le bois en quelques minutes, notant que le terrain montait lentement, trop peu toutefois pour devenir difficile. Le loup apparaissait et disparaissait chaque fois un peu plus loin, sans se soucier de la guider.

La jeune femme quitta finalement le couvert de la végétation, empruntant un sentier s'élevant à flanc de colline, prêt à dévoiler le panorama dont elle s'était mise en quête. Elle crut qu'Apisi allait bientôt surgir à son sommet, lui aussi en quête d'horizon, mais il n'en fut rien. Le loup, réapparaissant à sa droite, accéléra soudain le pas et disparut le long d'un autre sentier, qui semblait quant à lui redescendre vers un autre bois, plus à l'est, sans doute un autre secteur isolé par d'étranges barrières rocheuses ocre.

Zuhaitza hésita. Elle mourait d'envie de contempler ce que cachait cette colline et de découvrir la véritable étendue de l'île, mais elle ne voulait pas risquer de perdre la trace d'Apisi. Ahanant, elle prit donc par la droite, redoutant de devoir traverser un terrain pentu.

Cette nouvelle étape se révéla bien courte. Quelques mètres plus loin, Zuhaitza découvrit une modeste crique, plus isolée encore que la plage où elle s'était réveillée, même si les deux ne devaient pas être éloignées de plus de quelques centaines de mètres.

Elle s'était attendue à ce que l'écho du ressac soit amplifié par les parois rocheuses, mais un autre son se mit à bourdonner à ses oreilles. Un coup d'œil lui révéla un pan entier de roche drapée d'essaims. Zuhaitza écarquilla les yeux en s'apercevant que les abeilles qui s'affairaient sur la paroi, énormes, possédaient des reflets bleus. Elle n'avait jamais rien vu de tel et se souvint avoir déjà entendu parler de tels insectes.

À Ophir.

Son cœur se mit à battre plus vite, alors qu'un

petit nuage de fumée froide dégageant une odeur de feuilles mortes parvenait maintenant à sa hauteur.

Elle suivit du regard les traînées de cire, au-delà du nuage, et découvrit alors une silhouette, près de dix mètres en contrebas. Elle portait une combinaison grise et son visage était dissimulé derrière une fine grille. À la main, elle tenait ce qui ressemblait à un enfumoir. La silhouette releva brusquement la tête, prenant conscience de la présence de la jeune femme, mais surtout de celle d'Apisi, descendu à sa hauteur et s'approchant des rochers.

— Cet animal vous appartient ? demanda alors l'inconnue, tendant le cou.

Zuhaitza nota une voix étouffée mais indéniablement féminine sous le masque. Sereine, aussi. Elle ne paraissait pas inquiète de la voir arriver ainsi.

— Non. Il est son seul maître, répondit-elle. Mais il est arrivé avec moi.

Alors, après une semaine de solitude, les mots se bousculèrent dans sa gorge.

— J'étais en mer, j'ai été prise dans une tempête. Je n'ai pas su en sortir et mon navire a été emporté par les flots. Il a sûrement sombré et je me suis réveillée sur une plage un peu plus loin, il y a quoi, une heure.

La femme posa son enfumoir sur une souche et enleva ses gros gants avant de se frotter les mains. Elle ne se souciait plus d'Apisi et n'avait pas quitté Zuhaitza des yeux. Cette dernière remarqua que son interlocutrice faisait bien une tête de plus qu'elle.

— D'où venez-vous ? Il est interdit de prendre la mer en cette période de l'année.

— Interdit ? Je… je ne pouvais pas savoir, je viens de la Lune d'Or.

— Ah oui ? Qu'espériez-vous trouver en partant ?

Zuhaitza avait à son tour atteint la plage.

— Je crois que je préfère éviter de me poser cette question depuis que j'ai quitté la rive. On dit qu'il n'y a rien par ici, que personne n'emprunte jamais les routes de l'ouest, à part en longeant la côte. Je suppose que la tempête m'a aidée à trouver cette île. J'avais un rêve…

— Comme beaucoup de ceux qui vivent ici.

Il y avait une touche de malice dans sa voix, mais nulle moquerie. Elle s'exprimait avec un phrasé qui n'avait rien à voir avec celui des indigènes, soutenant toutefois parfaitement la conversation avec Zuhaitza.

Le cœur de l'ancienne espionne connut un nouveau soubresaut.

— Vous êtes nombreux ?

La femme lui répondit sans hésitation, comme si elle ne craignait pas de se confier à une inconnue.

— Au fil du temps, nous le sommes devenus. J'ai été la première à m'installer. Moi aussi, je cherchais une demeure. Je n'en avais jamais vraiment eu et il m'avait fallu plus de trente ans pour m'en apercevoir. Alors j'ai choisi de disparaître. J'avais entendu parler d'une terre inconnue, à l'ouest, au-delà des tempêtes. En fait, il n'y avait rien. Ou plus rien, car qui sait ce qui se trouvait ici il y a des siècles ? Mes hommes et moi, nous avons décidé de nous établir ici, loin de tout. Petit à petit, au gré de nos expéditions, nous avons parfois ramené du monde avec nous. Des esclaves…

La jeune femme se tendit ostensiblement et son interlocutrice pencha la tête sur le côté.

— Du calme ! Ces esclaves, nous les avons libérés.

Je crois que les autorités de Carthagène ont souvent accusé les pirates qui sévissent dans les archipels de l'océan. Toujours aussi bêtes, ceux-là.

Zuhaitza recula malgré tout d'un pas, soudain rattrapée par les vertiges.

— Vous… vous êtes au courant de ce qui s'est passé dernièrement ? Là-bas… Le Coronado…

La femme la considéra longuement.

— Qui es-tu ? l'interrompit l'apicultrice.

À son ton, elle avait à l'évidence l'habitude qu'on lui obéisse.

Cette simple question déclencha un véritable torrent de réponses chez Zuhaitza. Elle ne connaissait même pas le nom de cette femme et pourtant elle lui confia toute sa vie. Ses peurs, ses doutes, ses épreuves, ses choix. Azel.

Elle l'écouta sans mot dire.

— Et j'ai donc décidé de partir, termina Zuhaitza, longtemps après. Je voulais… Je ne sais pas ce que je voulais, pour tout dire. J'imaginais trouver…

— Une ville ? Un royaume légendaire ? suggéra la femme. Tu sais, j'en avais entendu parler moi aussi, de ce royaume. Un refuge, à vrai dire. Mais il n'existe pas. Ton peuple ainsi que tous les autres opprimés de la péninsule l'ont rêvé, puisque les fées les avaient privés de tout. Ils ne pouvaient plus compter que sur eux-mêmes pour forger leurs propres légendes.

Zuhaitza hocha la tête. Que lui racontait cette inconnue ?

— Vous voulez dire qu'il y a bien une ville ici ?

— Aujourd'hui, oui, je pense qu'elle mérite ce nom. Tu as eu de la chance de tomber sur moi. Je suis la seule à m'aventurer par ici, mais nous sommes des milliers.

Zuhaitza ferma les yeux un instant et poussa un long soupir.

— C… comment s'appelle cet endroit alors ?

Son interlocutrice retira doucement son masque, avant de le poser sur la souche. Elle secoua la tête, dévoilant une chevelure flamboyante que le temps avait adoucie de gris.

— Je lui ai donné le nom d'Ophir, répondit la femme avec un sourire qui illumina ses yeux verts.

REMERCIEMENTS

Remercier celles et ceux qui vous ont aidé à mener une histoire à son terme est toujours un moment à part, car chaque roman s'avère différent. Et pourtant, à l'instant T, on souffre de la même manière de chapitre en chapitre, quel que soit l'ouvrage concerné.

Pour *La piste des cendres*, je tiens évidemment à remercier les éditions Critic pour leur confiance, et en particulier Simon Pinel, qui a supervisé l'écriture du roman et surtout ses révisions, au prix d'innombrables coups de téléphone. Sans son enthousiasme et son optimisme, je crois que j'aurais cédé plus d'une fois à la panique.

Un salut reconnaissant à ceux que j'ai pu déranger un nombre incalculable de fois pendant de longs mois (par ordre alphabétique) : Camille, Damien, Éléonore, Guillaume, Nicolas, Sylvain, Xavier, Zoraïde… Messages et mails se sont succédé sans relâche ou presque et vous n'avez jamais perdu patience. Pour ma part, je ne suis pas sûr d'avoir pu faire la même chose !

En réalité, je me dois d'adresser un double merci à Camille, pour ses corrections toujours avisées et son franc-parler. Et un triple à Éléonore, qui m'accompagne encore malgré les écueils de l'écriture. Je m'étonne tous les jours de ma chance. Sans tous les gens que j'ai pu citer ci-dessus, ce roman n'aurait pas été le même.

J'aimerais également remercier Xavier Collette bien entendu, pour avoir donné vie à Azel et pris le relais de Pierre Droal dans cet univers.

La vision que l'on a d'une histoire avant que celle-ci prenne vie, avant de devoir lui donner corps, se révèle souvent bien distincte du résultat final. Cette expérience n'a pas dérogé à ce qui est devenu une règle pour moi. Ai-je des regrets ? Ma foi, on en a toujours quelques-uns. Mais je suis heureux d'avoir pu revenir sur les terres de la Lune d'Or pour explorer de nouveaux destins, avec sans doute quelques-uns de mes personnages préférés jusqu'à maintenant, tous « camps » confondus. Comme souvent, beaucoup n'ont pas une existence facile, que leurs choix soient en cause ou pas, et ce n'est rien de le dire. Alors, j'espère que vous les aurez accompagnés jusqu'au bout du chemin avec bienveillance. Ils le méritent.

Emmanuel Chastellière
Lille
Novembre 2019

DU MÊME AUTEUR

Aux Éditions Critic

L'EMPIRE DU LÉOPARD
LA PISTE DES CENDRES (Folio Science-Fiction n° 716)

Aux Éditions de l'Instant

LE VILLAGE
CÉLESTOPOL

Aux Éditions de l'Homme Sans Nom

CÉLESTOPOL 1922

Aux Éditions Scrineo

POUSSIÈRE FANTÔME
SHUSHARRAH (avec Anthelme Hauchecorne)

Dans la même collection

435. Hal Duncan	*Encre* (Le Livre de Toutes les Heures, II)
436. Steven Amsterdam	*Ces choses que nous n'avons pas vues venir*
437. Serge Lehman présente	*Retour sur l'horizon*
438. Carol Berg	*L'insoumis* (Les livres des rai-kirah, II)
439. Henri Courtade	*Loup, y es-tu ?*
440. Lord Dunsany	*La fille du roi des Elfes*
441. Maurice Leblanc	*Le formidable événement*
442. John Varley	*Le système Valentine*
443. Philip K. Dick	*Le dernier des maîtres*
444. Pierre Pevel	*Les Lames du Cardinal* (Les Lames du Cardinal, I)
445. George R. R. Martin, Gardner Dozois & Daniel Abraham	*Le chasseur et son ombre*
446. Loïc Henry	*Loar*
447. Ray Bradbury	*Léviathan 99*
448. Clive Barker	*Hellraiser*
449. Robert Charles Wilson	*À travers temps*
450. Serge Brussolo	*Frontière barbare* (INÉDIT)
451. L. L. Kloetzer	*CLEER*
452. Cédric Ferrand	*Wastburg*
453. Jean-Claude Marguerite	*Le Vaisseau ardent*
454. Jean-Philippe Depotte	*Les jours étranges de Nostradamus*
455. Walter M. Miller Jr.	*L'héritage de saint Leibowitz*
456. Carol Berg	*Le vengeur* (Les livres des rai-kirah, III)
457. Philip K. Dick	*Question de méthode*

458.	Leandro Ávalos Blacha	*Berazachussetts*
459.	Alden Bell	*Les faucheurs sont les anges*
460.	Pierre Pevel	*L'Alchimiste des Ombres* (Les Lames du Cardinal, II)
461.	Xavier Mauméjean	*Rosée de feu*
462.	Arkadi et Boris Strougatski	*Stalker*
463.	Ian McDonald	*Le fleuve des dieux*
464.	Barry Hughart	*La magnificence des oiseaux* (Une aventure de Maître Li et Bœuf Numéro Dix)
465.	Serge Brussolo	*Trajets et itinéraires de la mémoire*
466.	Barry Hughart	*La légende de la Pierre* (Une aventure de Maître Li et Bœuf Numéro Dix)
467.	Jack McDevitt	*Seeker*
468.	Glen Duncan	*Moi, Lucifer*
469.	Barry Hughart	*Huit honorables magiciens* (Une aventure de Maître Li et Bœuf Numéro Dix)
470.	Daniel Polansky	*Le baiser du rasoir*
471.	Thomas Geha	*Le sabre de sang*, 1
472.	Thomas Geha	*Le sabre de sang*, 2
473.	Pierre Pevel	*Le dragon des Arcanes* (Les Lames du Cardinal, III)
474.	Alain Damasio	*Aucun souvenir assez solide*
475.	Laurent Genefort	*Les opéras de l'espace*
476.	Roger Zelazny	*Dilvish le Damné*
477.	Thomas Day	*Dæmone*
478.	Philip K. Dick	*Ne pas se fier à la couverture*
479.	Léo Henry	*Le casse du continuum* (INÉDIT)
480.	Frank M. Robinson	*Destination ténèbres*

481. Joël Houssin	*Le Temps du Twist*
482. Jean-Marc Ligny	*La mort peut danser*
483. George R. R. Martin	*Armageddon Rag*
484. Lewis Shiner	*Fugues*
485. Collectif	*Alternative Rock*
486. Arnaud Duval	*Les Pousse-pierres*
487. Christian Léourier	*Le cycle de Lanmeur*, I
488. Lisa Tuttle	*Ainsi naissent les fantômes*
489. Pablo de Santis	*La soif primordiale*
490. Norbert Merjagnan	*Treis, altitude zéro*
491. Robert Charles Wilson	*Julian*
492. Patrick Ness	*La voix du Couteau* (Le Chaos en marche, I)
493. Patrick Ness	*Le Cercle et la Flèche* (Le Chaos en marche, II)
494. Patrick Ness	*La guerre du Bruit* (Le Chaos en marche, III)
495. S.G. Browne	*Comment j'ai cuisiné mon père, ma mère... et retrouvé l'amour*
496. Glen Duncan	*Le dernier loup-garou*
497. Christian Léourier	*Le cycle de Lanmeur*, II
498. Mira Grant	*Feed* (Feed, I)
499. Richard Matheson	*Par-delà la légende*
500. Dan Simmons	*L'échiquier du mal*
501. Mira Grant	*Deadline* (Feed, II)
502. Robert Holdstock	*Avilion*
503. Graham Joyce	*Lignes de vie*
504. Mira Grant	*Red Flag* (Feed, III)
505. Jean-Philippe Jaworski	*Même pas mort* (Rois du monde, I)
506. Arkadi et Boris Strougatski	*Il est difficile d'être un dieu*
507. Laurent Genefort	*Omale*, 1
508. Laurent Genefort	*Omale*, 2

509. Laurent Whale — *Les étoiles s'en balancent*
510. Robert Charles Wilson — *Vortex*
511. Anna Starobinets — *Je suis la reine*
512. Roland C. Wagner — *Rêves de Gloire*
513. Roland C. Wagner — *Le train de la réalité*
514. Jean-Philippe Depotte — *Le chemin des dieux*
515. Ian McDonald — *La maison des derviches*
516. Jean-Michel Truong — *Reproduction interdite*
517. Serge Brussolo — *Anges de fer, paradis d'acier* (INÉDIT)
518. Christian Léourier — *Le Cycle de Lanmeur*, III
519. Bernard Simonay — *Le secret interdit*
520. Jean-Philippe Jaworski — *Récits du Vieux Royaume*
521. Roger Zelazny — *Les princes d'Ambre* (Cycle 1)
522. Christopher Priest — *Les insulaires*
523. Jane Rogers — *Le testament de Jessie Lamb*
524. Jack Womack — *Journal de nuit*
525. Ray Bradbury — *L'Arbre d'Halloween*
526. Jean-Marc Ligny — *Aqua™*
527. Bernard Simonay — *Le prince déchu* (Les enfants de l'Atlantide, I)
528. Isaac Asimov — *Fondation 1*
529. Isaac Asimov — *Fondation 2*
530. J. G. Ballard — *La forêt de cristal*
531. Glen Duncan — *Talulla*
532. Graham Joyce — *Les limites de l'enchantement*
533. Mary Shelley — *Frankenstein*
534. Isaac Asimov — *Les vents du changement*
535. Joël Houssin — *Argentine*
536. Martin Millar — *Les petites fées de New York*
537. Mélanie Fazi — *Le jardin des silences*
538. Graham Joyce — *Au cœur du silence*

539. Bernard Simonay — *L'Archipel du Soleil* (Les enfants de l'Atlantide, II)
540. Christopher Priest — *Notre île sombre*
541. Bernard Simonay — *Le crépuscule des Géants* (Les enfants de l'Atlantide, III)
542. Jack Vance — *Le dernier château*
543. Hervé Jubert — *Magies secrètes* (Une enquête de Georges Hercule Bélisaire Beauregard)
544. Hervé Jubert — *Le tournoi des ombres* (Une enquête de Georges Hercule Bélisaire Beauregard)
545. Hervé Jubert — *La nuit des égrégores* (Une enquête de Georges Hercule Bélisaire Beauregard, INÉDIT)
546. L. L. Kloetzer — *Anamnèse de Lady Star*
547. Paul Carta — *La quête du prince boiteux* (Chroniques d'au-delà du Seuil, I)
548. Bernard Simonay — *La Terre des Morts* (Les enfants de l'Atlantide, IV)
549. Jo Walton — *Morwenna*
550. Paul Carta — *Le Siège des dieux* (Chroniques d'au-delà du Seuil, II)
551. Arnaud Duval — *Les ombres de Torino*
552. Robert Charles Wilson — *La trilogie Spin*
553. Isaac Asimov — *Période d'essai*
554. Thomas Day — *Sept secondes pour devenir un aigle*

555. Glen Duncan	*Rites de sang*
556. Robert Charles Wilson	*Les derniers jours du paradis*
557. Laurent Genefort	*Les vaisseaux d'Omale*
558. Jean-Marc Ligny	*Exodes*
559. Ian McDonald	*La petite déesse*
560. Roger Zelazny	*Les princes d'Ambre* (Cycle 2)
561. Jean-Luc Bizien	*Vent rouge* (Katana, I)
562. Jean-Luc Bizien	*Dragon noir* (Katana, II)
563. Isaac Asimov	*Cher Jupiter*
564. Estelle Faye	*Thya* (La voie des Oracles, I)
565. Laurent Whale	*Les damnés de l'asphalte*
566. Serge Brussolo	*Les Geôliers* (INÉDIT)
567. Estelle Faye	*Enoch* (La voie des Oracles, II)
568. Marie Pavlenko	*La Fille-Sortilège*
569. Léo Henry	*La Panse* (INÉDIT)
570. Graham Joyce	*Comme un conte*
571. Pierre Pevel	*Les enchantements d'Ambremer* (Le Paris des Merveilles, I)
572. Jo Walton	*Le cercle de Farthing*
573. Isaac Asimov	*Quand les ténèbres viendront*
574. Grégoire Courtois	*Suréquipée*
575. Pierre Pevel	*L'Élixir d'oubli* (Le Paris des Merveilles, II)
576. Fabien Cerutti	*L'ombre du pouvoir* (Le Bâtard de Kosigan, I)
577. Lionel Davoust	*Port d'âmes*
578. Pierre Pevel	*Le Royaume Immobile* (Le Paris des Merveilles, III)
579. Jean-Pierre Boudine	*Le paradoxe de Fermi*

580. Fabrice Colin	*Big Fan*
581. Fabien Cerutti	*Le fou prend le roi* (Le Bâtard de Kosigan, II)
582. Jo Walton	*Hamlet au paradis*
583. Robert Charles Wilson	*Les Perséides*
584. Charles Yu	*Guide de survie pour le voyageur du temps amateur*
585. Estelle Faye	*Un éclat de givre*
586. Ken Liu	*La ménagerie de papier*
587. Chuck Palahniuk et Cameron Stewart	*Fight Club 2*
588. Laurence Suhner	*Vestiges* (QuanTika, I)
589. Jack Finney	*Le voyage de Simon Morley*
590. Christopher Priest	*L'adjacent*
591. Franck Ferric	*Trois oboles pour Charon*
592. Jean-Philippe Jaworski	*Chasse royale – De meute à mort* (Rois du monde, II-1)
593. Romain Delplancq	*L'appel des illustres* (Le sang des princes, I)
594. Laurence Suhner	*L'ouvreur des chemins* (QuanTika, II)
595. Estelle Faye	*Aylus* (La voie des Oracles, III)
596. Jo Walton	*Une demi-couronne*
597. Robert Charles Wilson	*Les affinités*
598. Laurent Kloetzer	*Vostok*
599. Erik L'Homme	*Phænomen*
600. Laurence Suhner	*Origines* (QuanTika, III)
601. Len Deighton	*SS-GB*
602. Karoline Georges	*Sous-béton*
603. Martin Millar	*La déesse des marguerites et des boutons d'or*

604. Marta Randall	*L'épée de l'hiver*
605. Jacques Abeille	*Les jardins statuaires*
606. Jacques Abeille	*Le veilleur du jour*
607. Philip K. Dick	*SIVA*
608. Jacques Barbéri	*Mondocane*
609. Romain d'Huissier	*Les Quatre-vingt-un Frères* (Chroniques de l'Étrange, I)
610. David Walton	*Superposition*
611. Christopher Priest	*L'inclinaison*
612. Jacques Abeille	*Un homme plein de misère*
613. Romain Lucazeau	*Latium I*
614. Romain Lucazeau	*Latium II*
615. Laurent Genefort	*Étoiles sans issue*
616. Laurent Genefort	*Les peaux-épaisses*
617. Loïc Henry	*Les océans stellaires*
618. Romain d'Huissier	*La résurrection du dragon* (Chroniques de l'Étrange, II)
619. Romain Delplancq	*L'Éveil des Réprouvés* (Le sang des princes, II)
620. Jean-Philippe Jaworski	*Chasse royale – Les grands arrières* (Rois du monde, II-2)
621. Robert Charles Wilson	*La cité du futur*
622. Jacques Abeille	*Les voyages du fils*
623. Iain M. Banks	*Effroyabl Angel*
624. Louisa Hall	*Rêves de Machines*
625. Jean-Pierre Ohl	*Redrum*
626. Fabien Cerutti	*Le Marteau des Sorcières* (Le Bâtard de Kosigan, III)
627. Elan Mastai	*Tous nos contretemps*
628. Michael Roch	*Moi, Peter Pan*
629. Laurent Genefort	*Ce qui relie* (Spire, I)
630. Rafael Pinedo	*Plop*
631. Jo Walton	*Mes vrais enfants*
632. Raphaël Eymery	*Pornarina*

633. Scott Hawkins — *La Bibliothèque de Mount Char*
634. Grégory Da Rosa — *Sénéchal*
635. Jonathan Carroll — *Os de Lune*
636. Laurent Genefort — *Le sang des immortels*
637. Estelle Faye — *Les Seigneurs de Bohen*
638. Laurent Genefort — *Ce qui divise* (Spire, II)
639. Ian McDonald — *Luna – Nouvelle Lune* (Luna, I)
640. Lucie Pierrat-Pajot — *Les mystères de Larispem, I* (Le sang jamais n'oublie)
641. Adrian Tchaikovsky — *Dans la toile du temps*
642. Karin Tidbeck — *Amatka*
643. Jo Walton — *Les griffes et les crocs*
644. Grégory Da Rosa — *Sénéchal II*
645. Saad Z. Hossain — *Bagdad, la grande évasion !*
646. Al Robertson — *Station : La chute*
647. Peter Cawdron — *Rétrograde*
648. Fabien Cerutti — *Le Testament d'involution* (Le Bâtard de Kosigan, IV)
649. Yoon Ha Lee — *Le gambit du Renard*
650. Sabrina Calvo — *Toxoplasma*
651. Karoline Georges — *De synthèse*
652. George R. R. Martin / Lisa Tuttle — *Elle qui chevauche les tempêtes*
653. Katherine Arden — *L'Ours et le Rossignol*
654. Laurent Genefort — *Ce qui révèle* (Spire, III)
655. Léo Henry — *Thecel* (INÉDIT)
656. Grégory Da Rosa — *Sénéchal III*
657. Romain d'Huissier — *Les Gardiens célestes* (Chroniques de l'Étrange, III)
658. Thomas Spok — *Uter Pandragon*
659. Estelle Faye — *Les nuages de Magellan*
660. Chris Vuklisevic — *Derniers jours d'un monde oublié* (INÉDIT)
661. Annalee Newitz — *Autonome*

662. Nicolas Texier	*Opération Sabines* (Monts et merveilles, I)
663. Ray Bradbury	*Le Pays d'octobre*
664. Patrick K. Dewdney	*L'enfant de poussière* (Le cycle de Syffe, I)
665. Mary Robinette Kowal	*Lady astronaute* (INÉDIT)
666. Lucie Pierrat-Pajot	*Les mystères de Larispem, II* (Les jeux du siècle)
667. Lionel Davoust	*La Messagère du Ciel* (Les dieux sauvages, I)
668. Thibaud Latil-Nicolas	*Chevauche-Brumes*
669. Nicolas Texier	*Opération Jabberwock* (Monts et merveilles, II)
670. Ernest Callenbach	*Écotopia*
671. Adam Roberts	*Jack Glass, l'histoire d'un meurtrier*
672. Élisabeth Vonarburg	*Chroniques du Pays des Mères*
673. Pierre Alferi	*Hors sol*
674. Alain Damasio	*Les Furtifs*
675. Michael Roch	*Le livre jaune*
676. Yoon Ha Lee	*Le stratagème du corbeau*
677. Ian McDonald	*Luna – Lune du loup* (Luna, II)
678. Gareth L. Powell	*Braises de guerre*
679. Christopher Priest	*Conséquences d'une disparition*
680. Lionel Davoust	*Le Verrou du Fleuve* (Les dieux sauvages, II)
681. Manon Fargetton	*Dix jours avant la fin du monde*
682. Katherine Arden	*La fille dans la tour*
683. Philippe Auribeau	*L'héritage de Richelieu*
684. Jean-Philippe Jaworski	*Chasse royale – Curée chaude* (Rois du monde, II-3)

685. George Orwell — *1984*
686. Adrian Tchaikovsky — *Chiens de guerre*
687. John Varley — *Blues pour Irontown*
688. Patrick K. Dewdney — *La peste et la vigne* (Le cycle de Syffe, II)
689. Ian McDonald — *Luna – Lune montante* (Luna III)
690. Lucie Pierrat-Pajot — *Les mystères de Larispem, III* (L'élixir ultime)
691. Katherine Arden — *L'hiver de la sorcière*
692. Jo Walton — *Pierre-de-vie*
693. Lionel Davoust — *La Fureur de la Terre* (Les dieux sauvages, III)
694. Philip K. Dick — *Radio libre Albemuth* (Prélude à la trilogie divine)
695. Estelle Faye — *Les révoltés de Bohen* (Le cycle de Bohen, II)
696. Fabien Cerutti — *Les secrets du premier coffre*
697. Philippe Testa — *L'obscur*
698. Jean-Philippe Jaworski — *Le sentiment du fer*
699. Thibaud Latil-Nicolas — *Les flots sombres* (Chevauche-brumes, II)
700. Aurélien Manya — *Trois cœurs battant la nuit*
701. Rozenn Illiano — *Le phare au corbeau*
702. Ted Chiang — *Expiration*
703. Laurent Genefort — *Colonies*
704. Adam Roberts — *La chose en soi*
705. Gareth L. Powell — *L'armada de Marbre* (Braises de guerre, II)
706. Sébastien Coville — *L'Empire s'effondre*
707. Lionel Davoust — *L'Héritage de l'Empire*, 1 (Les dieux sauvages, IV)
708. Lionel Davoust — *L'Héritage de l'Empire*, 2 (Les dieux sauvages, IV)

Tous les papiers utilisés pour les ouvrages des collections Folio sont certifiés et proviennent de forêts gérées durablement.

Composition IGS-CP à L'Isle-d'Espagnac (16)
Impression Novoprint
à Barcelone, le 14 septembre 2022
Dépôt légal : septembre 2022

ISBN 978-2-07-292515-3 / Imprimé en Espagne

374348